CONTES

DE

CHANOINE SCHMID

TRADUCTION DE A. CERFBERR DE MÉDELSHEIM

ILLUSTRATIONS PAR GAVARNI

PARIS

MORIZOT, LIBRAIRE-ÉDITEUR

3, RUE PAVÉE-SAINT-ANDRÉ-DES-ARTS, 3

CONTES

DU

CHANOINE SCHMID

CORBEIL. — Typ. et stér. de CRÉTÉ.

CONTES

DU

CHANOINE SCHMID

TRADUCTION DE A. CERFBERR DE MÉDELSHEIM

ILLUSTRATIONS PAR GAVARNI

PARIS

MORIZOT, LIBRAIRE-ÉDITEUR

3, RUE PAVÉE-SAINT-ANDRÉ-DES-ARTS, 3

LES ŒUFS DE PAQUES

I

BON DIEU! COMMENT! IL N'Y A PAS ENCORE DE POULES ICI!

Dans une petite vallée entourée de forêts et dominée par de hautes montagnes, vivaient, il y a plusieurs siècles, de pauvres charbonniers. Leurs chaumières étaient éparses çà et là au pied des coteaux; des cerisiers, des pommiers, ombrageaient chaque cabane; un champ ensemencé de blé, de lin ou de chanvre, une vache et quelques chèvres composaient toute la fortune de chaque famille. Ces bonnes

gens gagnaient en outre quelque peu à faire du charbon
à l'usage des forges qui se trouvaient dans la montagne.
Malgré leur pauvreté, ils étaient très-heureux, car ils
ne désiraient rien de plus. Leur vie laborieuse, sobre et
dure, les faisait jouir d'une excellente santé, et l'on ren-
contrait souvent dans ces chaumières ce que l'on chercherait en vain dans les palais, des vieillards dont l'âge
dépassait cent ans.

Un jour, l'avoine commençait déjà à jaunir et la chaleur était très-forte; la petite fille d'un charbonnier,
qui gardait les chèvres, accourut presque hors d'haleine
chez ses parents et leur annonça qu'il était arrivé dans
la vallée des étrangers habillés d'une façon singulière et
parlant un langage inconnu; c'était une dame de distinction, deux enfants et un vieillard, qui, quoique aussi
bien vêtu, ne paraissait être cependant que leur domestique.—Ces gens, ajouta la petite fille, meurent de
faim et sont accablés de fatigue. Je les ai rencontrés
dans les montagnes en cherchant une chèvre qui s'était
égarée, et je leur ai montré le chemin de notre vallon.
Il faudrait cependant leur porter de quoi boire et manger
et voir si nous pouvons leur offrir un gîte pour la nuit,
chez nous ou chez les voisins. Les parents prirent
aussitôt du pain d'orge, du lait, du fromage, et allèrent
au-devant des étrangers.

Pendant ce temps, ceux-ci s'étaient mis à l'ombre sur
la pente d'un rocher buissonneux pour y respirer le frais.
La dame était assise sur un quartier de roche couvert de
mousse; un voile de fine gaze cachait son visage; sur
ses genoux elle tenait l'un de ses enfants, sémillante
petite fille d'une rare beauté. Le vieux domestique, respectable vieillard, était occupé à décharger de nombreux bagages que portait le mulet qu'ils avaient amené
avec eux. L'autre enfant, vif et beau garçon, présentait à la bête des chardons qu'elle mangeait avec avidité.

Le charbonnier et sa femme s'approchèrent respectueusement de l'étrangère; car, à son noble maintien,
à ses longs et blancs habits, ils s'aperçurent bien qu'elle

devait être de haute distinction. — Regarde donc, dit
tout bas la charbonnière à son mari, regarde donc cette
belle collerette droite et festonnée, ces fines dentelles
d'où ces jolies mains ne sortent qu'à moitié, et ces sou-
liers !... ils sont blancs comme les fleurs de nos cerisiers
et ornés de broderies d'argent. Mais le mari lui imposa
silence et la gronda, en lui disant : — Tu n'as en tête que
vanité ! Aux gens de distinction appartiennent aussi
les riches habits ; mais l'habit ne rend pas l'homme
meilleur, et ces élégantes chaussures n'ont pas dispensé
cette bonne dame de faire plus d'un faux pas dans nos
chemins raboteux.

Le charbonnier et sa femme offrirent aux étrangers
du lait, du pain et du fromage. La dame releva son voile,
et tous deux s'émerveillèrent de la noble douceur de son
visage. Elle leur rendit mille actions de grâces, fit boire
à l'enfant, qu'elle tenait sur ses genoux, du lait de chèvre
dans une écuelle de terre, et de douces larmes s'échappèrent de ses yeux en sillonnant ses joues animées, lorsqu'elle vit cet enfant tenir le vase d'une main ferme et
boire avidement.

Le joli petit garçon s'approcha aussi et but ; puis elle
leur donna du pain, et songea seulement alors à se rassasier elle-même. Le vieillard se contenta du fromage,
dont il se régala. Pendant qu'ils mangeaient, accoururent des chaumières voisines tous les habitants, qui se
réunirent en cercle et regardèrent ces étrangers avec
autant d'étonnement que de curiosité.

Dès que le vieillard fut rassasié, il demanda avec instance à ces bonnes gens s'ils ne pourraient pas céder
un petit logement dans une de leurs chaumières à cette
dame et à ses enfants ; il ajouta qu'elle ne leur serait
point à charge et qu'elle payerait tout exactement.
— Oh ! oui, dit la dame avec une voix douce et pénétrante, ayez pitié d'une mère et de ses deux enfants
qu'un horrible destin a chassés de leur patrie.

Les hommes se réunirent aussitôt et tinrent conseil
sur ce qu'il y avait à faire.

Au fond de la vallée, s'échappait d'une masse de marbre rougeâtre un ruisseau qui se précipitait écumant de chute en chute, et faisait tourner la roue d'un petit moulin qui semblait là comme suspendu aux rochers. De l'autre côté du ruisseau, le meunier avait construit une jolie petite maison; elle n'était, à la vérité, que de bois, comme toutes les autres habitations de la vallée, mais elle était agréablement ombragée de cerisiers, entourée d'un petit jardin, et l'on y découvrait une vue magnifique. Le meunier s'empressa de l'offrir pour demeure à l'étrangère.

—Ma maisonnette, que vous voyez là-haut, lui dit-il en la montrant de la main, est toute neuve; je vous la cède bien volontiers telle qu'elle est. Elle n'a encore été habitée par personne; je l'ai fait construire pour pouvoir un jour y loger moi-même quand j'aurai cédé mon moulin à mon fils. Il semble que Dieu, et je lui en rends grâces, vous l'ait destinée; elle n'a été achevée qu'hier, et vous pouvez y entrer dès aujourd'hui : c'est comme si je l'avais fait bâtir pour vous. Je suis certain qu'elle vous plaira.

La bonne dame fut bien charmée de cette offre obligeante. Après s'être reposée quelques moments, elle se hâta de monter à sa nouvelle demeure. Elle portait la petite fille dans ses bras, le vieillard conduisait le petit garçon par la main, et le meunier prit soin du mulet. La dame trouva, à la grande joie du meunier, fort convenable la maison, qui se trouvait déjà pourvue d'une table, de quelques chaises et de bois de lit. Elle avait apporté sur son mulet de magnifiques tapis et de très-beau linge. Elle put donc y passer la nuit, et avant de se coucher, elle et ses deux enfants remercièrent Dieu dans toute l'effusion de leur cœur de leur avoir enfin fait trouver, après avoir erré si longtemps, un asile aussi convenable.

— Qui eût cru, dit-elle, que moi, élevée dans les palais, je m'estimerais un jour heureuse d'être recueillie dans une pareille chaumière? Ah ! combien les grands ont

besoin d'être bons et bienveillants envers leurs infé-
rieurs ! Hélas ! s'ils étaient assez durs pour ne pas le
faire par humanité, ils le devraient encore par prudence;
car personne ne sait ce qui peut arriver.

Le lendemain matin, la dame sortit de bonne heure
avec ses deux enfants pour reconnaître un peu les environs, que la fatigue les avait empêchés de visiter la
veille. Ils admirèrent avec transport le bel aspect de ces
lieux. Les cabanes isolées ou en groupes apparaissaient
parsemées dans la vallée verdoyante ; au milieu d'elles
serpentait l'onde pure et argentée du ruisseau ; les
rochers, dont les formes et les couleurs variaient à l'infini, étaient couverts d'arbustes et de buissons que brou-
taient les chèvres. Ce beau tableau, éclairé du soleil
levant, formait un ensemble plus imposant que tout ce
qu'aurait pu rêver l'imagination du peintre le plus habile.

Aussitôt que le meunier aperçut la dame avec ses enfants, il se hâta de sortir du moulin et franchit l'étroite
planche qui conduisait au delà du ruisseau. — N'est-il
pas vrai, s'écria-t-il, dès qu'il fut près d'eux, qu'on ne
saurait trouver un plus beau site dans tout le vallon?
C'est toujours ici que dardent les premiers rayons du
soleil ; souvent, lorsque dans le fond les cheminées des
cabanes percent à peine les épais brouillards, on jouit
ici d'un ciel bleu dans toute sa pureté.

Mais ce qui attira davantage l'attention des enfants
de la dame, ce fut la roue du moulin qui tournait sans
cesse avec tant de rapidité et de constance. Le petit
garçon s'amusait surtout du craquement du moulin et
du clapotement de l'eau qui ressemblait à du lait bouillant. La petite fille aimait mieux les pierres brillantes
du ruisseau, qui ressemblaient, disait-elle, aux gouttes
d'eau traversées par les rayons du soleil, qui tombaient
de la roue du moulin.

La dame employa cette journée aussi bien qu'on pouvait le faire dans cette pauvre vallée. Les habitants s'ef-
forcèrent à l'envi l'un de l'autre de la pourvoir de denrées, de bois de chauffage, de vaisselle de terre, d'us-

tensiles de cuisine et d'une foule d'autres objets utiles.

La jeune fille qui, la première, lui avait montré le chemin de la vallée, et qui s'appelait Marthe, entra à son service.

—Avant tout, il me faut des œufs, dit la dame lorsqu'elle voulut se préparer à faire la cuisine. Va donc voir si tu ne peux pas m'en acheter. — Des œufs! demande Marthe tout étonnée; et pourquoi donc faire? — Pourquoi, ma petite? dit la dame; pour faire cuire. Va! et dépêche-toi de revenir. — Pour cuire? répondit la servante; mais les oiseaux ne pondent déjà plus; et puis, ce serait vraiment dommage : il faudrait plus de cent œufs de pinson et de linotte pour rassasier quatre personnes. — Que dis-tu là? répliqua la dame; qui te parle de petits œufs d'oiseaux? Ce sont des œufs de poule que je veux. A ces mots, Marthe secoua la tête et dit : Je ne sais pas du tout ce que c'est que ces oiseaux; jamais je n'en ai vu. — Bon Dieu! s'écria la dame; ainsi, vous n'avez pas de poules chez vous!

Les poules nous vinrent en effet de l'Orient, et alors, dans certaines contrées, une poule était aussi rare que l'est aujourd'hui un paon.

Dans un pays où l'on ne pouvait non plus se procurer de la viande, la dame fut bien embarrassée pour faire sa petite cuisine.— Je n'aurais jamais cru, dit-elle, combien un œuf, maintenant que j'en suis privée, est un bienfait de la Providence. Hélas! il en a déjà été ainsi de mille choses dans le cours de ma vie!... Les privations et le besoin ont cependant leur bon côté, car ils nous font apercevoir de l'inépuisable sollicitude de Dieu, et nous inspirent de la reconnaissance pour maints bienfaits qui nous avaient échappé au temps de la prospérité.

La bonne dame était donc obligée de vivre bien chétivement; toutefois, les habitants de la vallée s'efforçaient de tout leur faible pouvoir à lui être agréables. Le meunier trouvait-il une belle truite, ou un charbonnier une paire de grives, vite ils allaient les lui porter. Mais c'est

surtout le vieux domestique qu'elle avait amené avec elle
qui lui rendait les plus grands services. Elle possédait
encore quelques bijoux et de magnifiques pierreries ; elle
lui en donnait de temps en temps ; il partait, et restait
souvent absent plusieurs semaines pour les vendre. Lorsqu'il revenait, il était toujours chargé de mille petites
choses nécessaires au ménage. Les habitants de la vallée
remarquèrent qu'après chaque retour du domestique, la
dame paraissait toujours très-affligée, et qu'elle avait les
yeux tout rouges de pleurs. Ils auraient bien désiré
savoir qui étaient et d'où venaient ces étrangers ; mais ils
n'osaient questionner la dame elle-même, et lorsqu'ils
interrogeaient le domestique, il leur disait des noms si
étranges, qu'ils pouvaient à peine les répéter, et qu'en
moins d'un quart d'heure, ils les avaient entièrement
oubliés ; enfin, s'apercevant que le malin vieillard se
jouait de leur curiosité, ils s'adressèrent aux enfants. —
Dis-nous donc, demandaient-ils au petit garçon, comment se nomme ta mère ? Ne crains rien, nous ne
le répéterons pas ; dis-le-nous seulement à l'oreille.
L'enfant leur disait alors très-bas et du meilleur cœur
du monde : — Elle s'appelle *Maman*. La petite fille
leur faisait la même réponse, de sorte qu'ils se virent
obligés d'attendre du temps l'éclaircissement de ce
mystère.

II

DIEU MERCI ! NOUS AVONS ENFIN DES POULES.

Un jour, le vieux domestique, qui s'appelait Kuno,
revint d'une nouvelle excursion, et apporta sur ses
épaules une cage contenant un coq et quelques poules.
Lorsque les enfants de la vallée virent arriver le vieillard,
ils coururent tous à lui, car il ne manquait jamais de leur

apporter quelque petit cadeau, soit du pain blanc, des  pruneaux, un sifflet, une sonnette pour leur chèvre, ou quelque autre bagatelle.

Cette fois, les enfants furent très-curieux de savoir ce que contenait ce coffre grillé, qui était couvert de toile, de manière à n'y rien laisser voir. Ils accompagnèrent Kuno jusque devant la maison de la dame, qui sortit aussitôt, rayonnante de joie, avec ses deux enfants, et salua le vieillard. — Dieu merci ! s'écria la petite fille en frappant des mains, nous avons enfin des poules !

Kuno déposa sa cage, en ouvrit la petite porte, et aussitôt s'en échappa un coq magnifique. Les enfants en furent émerveillés. — Quel est donc cet oiseau extraordinaire? s'écrièrent-ils, car ils n'en connaissaient pas encore le nom ; de notre vie nous n'en avons vu d'aussi beau ! Quelle belle crête il porte sur la tête ! la couleur rouge de la fleur des champs n'est pas plus éclatante. Ses plumes blondes et brunes brillent plus belles encore que les épis mûrs au soleil couchant ! Et sa queue ! on dirait une faucille ! Les poules ne les charmèrent pas moins. Il y en avait deux noires à crête couleur de feu, deux blanches à huppe, et deux d'un brun rougeâtre, sans queue.

La dame jeta à ces oiseaux plusieurs poignées d'avoine, qu'ils eurent bientôt entièrement becquetée. Les enfants se tenaient en cercle, debout ou à genoux, les regardant le visage épanoui.

Dès que l'avoine fut mangée, le coq, déployant ses ailes, se mit à chanter, et tous les enfants de rire et de

faire éclater leur contentement. Tous les petits garçons,
en s'en allant, criaient : *Kikiriki !...* Les petites filles
essayaient bien de les imiter, mais elles ne pouvaient
parvenir à crier aussi fort. Quand les enfants furent
rentrés chez leurs parents, ils ne tarirent point sur ces
admirables oiseaux, qui, disaient-ils, étaient plus grands
que les colombes et même que les corbeaux, et ils racontaient combien leurs couleurs étaient plus belles que
celles de tous les oiseaux de la forêt.— Et, dit Marie, la
petite sœur de Marthe, ils portent sur la tête de petits
chaperons rouges tels que nous n'en avons encore jamais
vu aux oiseaux des bois. La curiosité s'empara également des parents ; ils vinrent voir les volatiles étrangers,
et n'en furent pas moins émerveillés.

Quelque temps après, une poule se mit à couver.
Marthe fut chargée de lui donner la pâture. La dame
montra un jour le nid aux enfants de la vallée, et ils
furent étonnés de la quantité d'œufs qu'il contenait.
—Quinze œufs ! s'écrièrent-ils ; les ramiers n'en pondent
que deux, d'autres oiseaux cinq seulement. Mais comment fera donc cette poule pour nourrir tant de petits ? »

Lorsque les œufs furent près d'éclore, la dame voulut
procurer un nouveau plaisir aux enfants et les fit appeler.
Or, il arriva que c'était précisément jour de fête, de sorte
qu'avec les enfants vinrent aussi beaucoup de grandes
personnes. Elle leur montra un œuf éclos. Oh ! combien
ils se réjouirent de voir les efforts du jeune poussin
pour en sortir ! La dame l'aida à briser tout à fait sa
coquille. C'est alors que l'étonnement s'accrut lorsqu'ils
virent le petit oiseau, déjà revêtu d'un tendre duvet jaune,
jeter des regards vifs avec ses petits yeux noirs, et courir
aussitôt avec facilité ; tandis que les autres oiseaux viennent au monde nus, aveugles et infirmes.— C'est inouï,
dirent les enfants ; Il n'y a pas de pareils animaux dans
tout l'univers.

La joie des enfants et de leurs parents fut au-dessus de
toute expression lorsqu'ils virent la belle et brillante
poule noire venir, pour la première fois, sur le gazon

vert au milieu de ses quinze poussins.— On ne peut rien
voir de plus beau, dit un charbonnier. — Eh ! écoute
donc ! répondit la charbonnière, comme la mère appelle
ses petits, et comme ils entendent cette voix et y sont
dociles ! il serait à désirer que vous, enfants, vous obéis-
siez toujours ainsi.

Un petit garçon prit un poussin dans sa main, seulement pour le considérer de plus près. Mais le poussin se
mit à crier lamentablement, et aussitôt arriva la mère,
les ailes ouvertes, qui sauta sur la tête du curieux ; celui-
ci fut tellement effrayé qu'il appela à son secours. Elle
lui aurait certainement crevé les yeux, s'il n'avait bien
vite lâché prise. Le père le gronda fortement, et sa mère
dit : — Voyez donc comme cette fidèle bête prend fait et
cause pour ses petits ; elle pourrait presque en enseigner
aux hommes.

Lorsque la poule trouvait quelque bonne becquetée,
elle jetait tout aussitôt un cri, et les petits accouraient se
grouper autour d'elle. La mère partageait le morceau
avec son bec, et distribuait pour ainsi dire à chacun sa
part. Tout le monde s'étonna de voir de si petits animaux
non-seulement courir, mais aussi manger, quoiqu'ils
n'eussent encore qu'un jour d'existence.

Un moment le soleil fut obscurci par des nuages, aussitôt les poussins se réunirent sous les ailes de leur mère
pour s'y réchauffer.— C'est peut-être ce qu'il y a de plus
touchant, dirent les assistants. Rien de plus gracieux
et de plus joli que de voir çà et là sortir une petite tête
de dessous l'aile de la poule, ou bien un poulet s'avancer un peu et revenir bien vite se réfugier à une autre
place.

Le meunier, qu'au milieu de ces noirs charbonniers
l'on remarquait facilement à ses habits enfarinés, et que
son bon sens et ses manières dégagées leur rendaient également supérieur, dit : — Quelle étonnante chose que
ces oiseaux ! Nous apercevons, il est vrai, la main de Dieu
dans toute la nature ; mais lorsque quelque chose d'inac-
coutumé vient se révéler à nos sens, sa toute-puissance.

sa sagesse et sa bonté nous frappent davantage encore. Pensez donc combien il est heureux que ces petits oiseaux puissent si vite courir et manger : si la mère était obligée, comme l'hirondelle, d'apporter dans son bec la nourriture à tous ses poussins, elle n'en viendrait jamais à bout. Il est bon qu'ils aient déjà l'instinct de la suivre et d'obéir à son appel ; s'ils couraient de suite l'un d'un côté, l'autre de l'autre, puisqu'ils savent courir, leur mère ne pourrait plus les rassembler, et les petits se perdraient. Mais, du reste, ce qui m'intrigue, c'est de savoir où cette poule puise tout le courage qu'elle emploie pour défendre ses petits avec tant de vigueur. Je me suis surpris quelquefois à appeler ces oiseaux de sottes bêtes, parce qu'elles fuyaient chaque fois que je passais auprès d'elles, quoique cependant elles eussent dû s'apercevoir que je ne leur voulais point de mal. Et maintenant la nature de cette mère est tellement changée, qu'elle ne craint pas de défendre ses petits contre un homme. Je me suis souvent diverti à voir ces poules se disputer une becquetée, et lorsqu'une d'entre elles avait attrapé une plus grosse miette, elle était tellement avide, qu'elle s'échappait aussitôt, et les autres couraient après elle pour la lui arracher. Mais maintenant celle-ci a mis de côté toute sa voracité ; elle appelle ses petits elle-même, et ne touche à rien qu'ils ne soient rassasiés. Je crois que cette bonne mère mourrait plutôt de faim que de laisser affamé un seul de ses petits.

La tendre sollicitude avec laquelle cette poule conduit ses poussins, leur cherche de la nourriture, les protége et les réchauffe sous ses ailes, c'est Dieu qui lui en a inspiré l'instinct, tant la Providence est soigneuse pour ces petits animaux ! Et comment, nous, pourrions-nous nous décourager ? Ne doit-elle pas avoir pour nous plus de soin encore ? Oui, certes ; aussi, bon courage, braves gens ! Dieu fait tout pour le plus grand bien ; il prend soin de toutes ses créatures, mais surtout de l'homme, qui, à ses yeux, vaut plus que toutes les poules et que tous les oiseaux de l'univers.

III

L'étrangère, voyant avec quel empressement et quelle constance les habitants de la vallée avaient toujours cherché à lui être utiles, voulut à son tour rendre quelque service qui les soulageât dans leur misère. En conséquence, elle mit de côté les œufs et les poules qu'elle put ménager, et dès qu'elle en eut une bonne provision, elle envoya Marthe inviter toutes les mères de famille de la vallée à venir la voir le lendemain matin, qui était un dimanche. Elles accoururent avec empressement, parées de leurs plus beaux atours. Le vieux domestique avait préparé, dans le jardin, une grande table entourée de bancs à la mode du pays : ce fut là qu'elles prirent place.

Marthe apporta un grand panier plein d'œufs. Ils étaient tous blancs comme neige et n'étaient déparés d'aucune tache. Les charbonnières ne furent pas peu surprises de voir une telle quantité d'œufs. — Dieu merci ! dit la dame, maintenant nous avons des œufs en abondance ; et, c'est sans contredit un fort joli coup d'œil qu'une telle collection. Je vais vous montrer comment on peut les utiliser dans un ménage. »

Dans un coin du jardin, au pied d'un rocher, on avait allumé du feu, sur lequel était posée une casserole pleine d'eau. La dame cassa d'abord un œuf pour leur montrer en quel état ils étaient avant la cuisson. Elles admirèrent toutes cette belle liqueur cristalline dans laquelle nageait un joli globule jaune. Elle fit alors bouillir légèrement des œufs en nombre égal à celui des convives. Sur la table étaient placés du sel et de longues tranches de pain. La dame leur montra la manière de manger ces œufs, et elles s'émerveillèrent de la blancheur laiteuse de la

liqueur transparente, et du léger épaississement du jaune.
Elles les mangèrent en y trempant leur pain, selon l'instruction de la dame, et les trouvèrent exquis.—On a ainsi,
disaient-elles, le mets et l'écuelle. Et comme tout est
beau ! comme le blanc se mélange avec le jaune ! Avec
quelle promptitude et sans dépense on cuit un œuf ! On
ne pourrait vraiment trouver, pour les malades, une nourriture plus restaurante et moins coûteuse.

La dame cassa ensuite des œufs dans de la graisse
fondue ; ce qui fut pour les charbonnières un nouveau
sujet d'étonnement.—Comme le blanc entoure agréablement le jaune ! dirent-elles ; absolument comme dans
l'œil-de-bœuf, la grande fleur jaune et blanche de nos
prairies. Les œufs furent ensuite placés, l'un après
l'autre, sur des épinards préparés dans un grand plat, et
ce mets fut également trouvé délicieux. La dame leur fit
manger encore d'autres œufs différemment accommodés,
et leur apprit ainsi qu'ils ne sont pas seulement par eux-
mêmes une nourriture saine, mais qu'on peut également
s'en servir avec les mêmes avantages dans la préparation
de beaucoup d'autres mets.

Enfin on apprêta une belle salade bien verte. Le vieux
Kuno apporta une assiette pleine d'œufs qu'on avait fait
durcir d'avance, et qu'on avait laissé refroidir. Le malin
vieillard fit, par plaisanterie, tomber de dessus l'assiette
quelques œufs, qui coulèrent sur le terrain pierreux du
jardin. La frayeur des charbonnières fut tellement grande,
qu'elle leur arracha un cri perçant. Mais quel ne fut pas
leur étonnement lorsque, au lieu de voir le blanc et le
jaune répandus à terre, comme elles le craignaient, elles
aperçurent la dame dépouiller tranquillement de leurs
coquilles les œufs, qui s'étaient tellement épaissis, qu'on
pouvait les couper par morceaux ! Elles crièrent au miracle. La dame, toujours obligeante, leur enseigna la manière de les faire durcir, et les découpa par tranches sur
la salade. Elles ne mangèrent pas de ce dernier mets avec
moins de plaisir que les précédents.

Lorsque le repas fut terminé, la dame partagea entre

les mères de famille un coq et une couple de poules ;
elle leur dit ensuite qu'une poule pondait de cent à cent
cinquante œufs par an.—Plus de cent œufs ! s'écrièrent-
elles, quelle richesse pour un ménage ! Et en retournant
dans la vallée avec leurs oiseaux, ces heureuses mères de
famille répandirent l'allégresse et la joie dans toutes les
cabanes. Tous les habitants comblaient l'étrangère de
bénédictions, et remerciaient Dieu de ce riche et nouveau bienfait.

Les poules furent longtemps l'objet quotidien de toutes
les conservations. Ces bonnes gens découvraient tous les
jours en elles quelque utilité nouvelle. Les pères de famille se trouvaient bien surtout du chant que le coq faisait retentir tous les matins. — Il annonce ainsi l'arrivée
de l'aurore, disaient-ils, et il avertit les hommes de se
lever pour vaquer aux travaux de la journée. C'est une
toute nouvelle vie dans la vallée, depuis que ce coq nous
réveille tous les matins, et l'on est plus disposé au travail. — Certainement, dit le meunier ; mais quand le
coq chante pour la première fois vers minuit, il avertit
à haute voix les sociétés joyeuses qu'il est temps de se
retirer et de se livrer au repos.

Les femmes préféraient le cri que jetait la poule
chaque fois qu'elle venait de pondre un œuf. La joie était
toujours dans la maison dès qu'elle se faisait entendre.
—On le sait ainsi à l'instant même, disaient-elles, et l'on
peut aussitôt recueillir ce don précieux. »

Les pères et mères de famille disaient souvent entre
eux : — Dieu a sûrement créé ces oiseaux pour servir
d'animaux domestiques. Ils s'attachent fidèlement à la
maison, ne s'en écartent jamais, accourent au premier
appel, se retirent dès qu'on veut les éloigner, reviennent
eux-mêmes au poulailler dès que le soir arrive, et ils attendent à la porte ou à la fenêtre jusqu'à ce qu'on les
fasse entrer. Non-seulement ils sont d'une utilité extrême
dans une maison, mais encore ils coûtent très-peu à entretenir. Ils se nourrissent de son, de pelure de légumes
et d'autres choses dont on ne saurait que faire. Du matin

au soir ils grattent et furettent de tous côtés, cherchant eux-mêmes leur nourriture. C'est ainsi que des milliers de graines qui, au temps des semailles et des récoltes, se perdraient infailliblement, tournent encore au profit de l'homme : les poules les ramassent avidement et nous les rendent en œufs. La plus pauvre femme peut posséder une poule sans aucuns frais, et l'œuf qu'elle en reçoit chaque matin est pour elle une aumône de chaque jour.

Et les enfants de la dame comprirent alors quel précieux présent de l'Éternel étaient ces œufs, eux qui n'y avaient donné aucune attention lorsqu'ils vivaient dans l'abondance. Oh ! comme ils étaient contents lorsque, de temps en temps, on leur servait le matin du lait avec des œufs ! Combien ils trouvèrent délicieux ces mets qui d'abord ne leur paraissaient pas mangeables parceque les œufs y manquaient ! et comme ils en remercièrent Dieu !

IV

LA FÊTE DES ŒUFS TEINTS. — FÊTE D'ENFANTS.

Cependant l'été et l'automne passèrent ; puis arriva l'hiver, qui cette fois fut très-rude dans ces contrées. Les cabanes furent plusieurs mois comme enfouies sous la neige. Cette blanche enveloppe laissait à peine sortir une partie des toits et les cheminées fumeuses. Depuis le chemin creux qui se trouvait entre les rochers jusqu'à la sommité des montagnes, on n'apercevait plus rien ; le moulin était silencieux ; les cascades cristallisées par le froid restaient suspendues aux rochers ; toutes les communications étaient interrompues. Aussi la joie des habitants fut-elle sans égale lorsque la fonte des neiges ramena le printemps.

Les enfants de la vallée vinrent aussitôt voir les petits étrangers, Edmond et Blande, et leur apportèrent les

premières violettes et les premières primevères qu'ils
purent trouver ; et dès que les champs se couvrirent des
charmantes fleurs du printemps, ils leur en tressèrent
de superbes guirlandes jaunes et bleues. — Il faut, dit la
noble dame, que je leur procure aussi quelque plaisir,
à ces bons enfants. Je veux, pour le prochain jour de
Pâques, leur procurer un divertissement champêtre ;
car il est bon que cette fête soit un jour de fête pour les
enfants. Mais que vais-je leur donner ? A Noël, j'aurais
pu les régaler de pommes et de noix, que j'eusse fait
venir pour eux ; mais nous n'avons, dans ce temps-ci, que
des œufs. La terre ne produit encore rien qui puisse me
servir. Les arbres sont sans fruits. Les œufs sont les
premiers dons de la nature ranimée. — Mais, dit Marthe,
il est dommage qu'ils ne soient pas de couleurs différentes. Le blanc, sans contredit, est toujours beau ; mais
les diverses nuances des fruits, celles des pommes, par
exemple, sont encore plus belles. — Tu me donnes là,
dit la dame, une idée qui n'est peut-être pas mauvaise.
Je ferai durcir les œufs, et j'en teindrai quelques-uns des
nuances qui pourront prendre facilement. Ils feront ainsi,
j'en suis sûre, grand plaisir aux enfants.

Cette mère attentive et instruite connaissait les racines
et les plantes qui peuvent servir à la teinture. Elle colora
des œufs de plusieurs manières. Les uns étaient d'un
beau bleu de ciel, d'autres jaunes comme des citrons,
ou d'une nuance aussi brillante que l'intérieur d'une
rose. Elle en avait enveloppé quelques-uns dans de
jolies petites feuilles vertes, qui, s'y étant empreintes,
leur donnaient un aspect varié ; sur quelques-uns elle
avait écrit des devises en vers.

— Ces œufs teints, dit le meunier lorsqu'il les vit,
atteignent bien le but de cette fête, époque où la nature
dépose sa robe blanche pour s'orner de mille couleurs.
Cette excellente mère fait comme le bon Dieu, qui non-
seulement nous accorde des fruits savoureux, mais qui
les rend encore beaux et agréables à la vue. Il donne
la couleur rouge à la cerise, à la prune la bleue, la

jaune à la poire ; de même agit la dame avec les œufs.

Cette année, Pâques fut un magnifique jour de printemps, un vrai jour de résurrection pour la nature. Le soleil était si resplendissant et si chaud, le ciel si pur et si azuré, que c'était plaisir à voir ; tout semblait renaître, et l'on se sentait heureux de vivre. Les prairies étaient déjà vertes et çà et là émaillées de fleurs.

Longtemps avant l'aurore, la dame et Kuno s'étaient mis en route pour aller à l'église, située au delà des montagnes, à plus de deux lieues de distance. Les habitants de la vallée et leurs plus grands enfants, qui pouvaient supporter les fatigues de la route, y allèrent aussi. La dame revint vers midi avec l'aide du mulet que conduisait Kuno, mais les autres habitants n'arrivèrent que le soir.

Dès que la dame fut de retour, les enfants qui étaient restés au hameau et qui se trouvaient à peu près du même âge qu'Edmond et Blande, montèrent joyeusement chez la mère de ces derniers, qui les avait fait inviter depuis longtemps.

Celle-ci les conduisit au jardin que, l'année précédente, Kuno avait embelli avec soin. Près du rocher, sur un terrain garni de gravier, était une grande table ovale couverte d'un tapis et entourée de bancs de gazon vert. Ils s'assirent autour de cette table ; Edmond et Blande étaient au milieu d'eux. Tous étaient joyeux et contents, et leurs yeux attentifs indiquaient leur impatience de savoir ce qu'on leur destinait. Oh ! que c'était un joli coup d'œil, que cette guirlande de petites têtes aux boucles brunes ou dorées, et ces jeunes visages épanouis !

— La plus gracieuse couronne de roses et de lis n'est pas plus belle, dit la dame en elle-même.

D'abord elle leur raconta clairement et d'une voix touchante pourquoi le saint jour de Pâques est une fête si importante. Puis on apporta un grand vase plein de lait chaud, dans lequel on avait battu des œufs. Tous les enfants avaient devant eux une écuelle de terre neuve, et chacun reçut sa part, qu'il trouva délicieuse. La dame

les conduisit ensuite, par une porte latérale du jardin, dans
le petit bois contigu. On avait ménagé, parmi de jeunes
sapins, des places gazonnées : la dame dit aux enfants
d'arracher un peu de la mousse qui entourait les arbres
et les rochers, et d'en faire de petits nids. Ils obéirent
avec empressement ; ceux qui ne pouvaient bien y réussir
se firent aider par les plus habiles. Chacun eut soin de
retenir la place du sien.

Alors les enfants retournèrent dans le jardin. Mais,
ô surprise ! sur la table était posé, en forme de couronne,
un immense gâteau aux œufs, qui leur fut partagé par
gros morceaux. Pendant qu'ils le savouraient, Marthe se
glissa furtivement dans le petit bois avec un grand panier rempli d'œufs colorés, qu'elle distribua dans les
différents nids ; et ces œufs rouges, bleus, jaunes, ba-
riolés, ressortaient à ravir de ces jolis nids de belle
mousse verte.

Après ce repas champêtre, la dame dit aux enfants :
— Venez maintenant, nous allons voir les nids. Dans
chaque nid se trouvaient cinq œufs de même couleur, et
sur l'un d'eux une devise. Quels cris de joie les enfants
poussèrent à cette vue ! La surprise et le plaisir qu'ils en
ressentirent sont au-dessus de toute expression. — Des
œufs rouges ! s'écria l'un ; dans mon nid il n'y a que des
œufs rouges ! — Et dans le mien des bleus ! s'écria
un autre ; oh ! d'un aussi joli bleu que celui du ciel maintenant. — Et moi, j'en ai de jaunes ! dit un troisième ;
d'un plus beau jaune que celui de la primevère et du
papillon qui s'envole là-bas. — Les miens sont ba-
riolés de toutes couleurs, je crois, dit un quatrième. —
Oh ! il faut que ce soient des poules bien rares, celles
qui pondent de si beaux œufs, dit un petit garçon ; je
voudrais bien les voir. — Eh ! dit la petite sœur de
Marthe, la plus jeune de tous les enfants, les poules n'en
pondent certainement pas d'aussi jolis. Je crois plutôt
qu'ils ont été pondus par le lièvre que j'ai vu s'enfuir de
ce bosquet de genévriers lorsque j'y ai été chercher de la
mousse pour faire mon nid. Et tous les enfants d'é-

clater de rire, et de dire en plaisantant : — C'est le lièvre
qui a pondu tous ces œufs de couleur !... Plaisanterie
qui s'est perpétuée dans beaucoup de pays, et jusque
dans le nôtre [1].

— Qu'il faut cependant peu de chose pour leur faire
plaisir ! dit la dame ; et ce peu, qui ne le donnerait de
bon cœur ? Certes, il est plus doux de donner que de
recevoir. Qui ne voudrait redevenir enfant ? car une joie
naïve et aussi pure ne se montre que dans les âmes innocentes encore et sans tache. Ceux-là seulement vivent
dans la naïveté et les contentements de l'enfance, qui ont
la simplicité de cœur, ce don précieux de l'Éternel.

La dame procura aux enfants un nouveau plaisir. Maint
d'entre eux qui n'avait reçu en partage que des œufs
rouges en eût aussi désiré de jaunes ou de bleus ; il en
était de même des enfants qui n'avaient reçu que de ces
derniers. La dame leur permit de les échanger, à l'exception de celui qui portait la devise ; ce fut pour les enfants
un nouveau plaisir, car ils pouvaient se procurer ainsi
des œufs de toutes les façons. — Voyez ! leur dit la dame ;
c'est ainsi qu'il faut s'entr'aider. Il en est ainsi de mille
autres choses. Dieu répartit ses dons de telle sorte qu'on
puisse se les partager au moyen des échanges, se rendre
mutuellement service et gagner chacun également. Puissent toutes les transactions être faites comme votre petit
échange ! que toutes les parties y gagnent sans qu'une
seule y perde.

Le petit Edmond lut la devise qui se trouvait sur son
œuf. Un petit garçon en fut ébahi ; car, dans ce temps-là,
il y avait encore peu d'écoles, et maintes grandes personnes savaient à peine quelles précieuses et utiles
choses étaient la lecture et l'écriture. Le petit charbonnier voulut aussitôt savoir ce qui était écrit sur son œuf.

---

[1] Cette coutume de faire découvrir des œufs de Pâques dans les haies
ou dans le buis et les fraisiers qui bordent les allées des jardins, existe
en effet dans toute l'Allemagne et en Alsace ; les personnes qui donnent
aux enfants le signal pour les chercher, s'écrient : *Der Hase hat geleyt !*
le lièvre a pondu !

—Oh ! une bien belle sentence ! dit la dame ; écoute :

> Pour le pain que tu reçois,
> Rends grâce à Dieu tu le dois.

Elle demanda aux enfants s'ils l'avaient toujours fait. Ils pensèrent seulement alors à remercier Dieu de leur avoir accordé ce joyeux repas et ces beaux œufs teints : et ils le firent aussitôt de bon cœur, suivant l'instruction de la dame, qu'ils n'oublièrent pas dans leurs actions de grâces.

Mais alors chaque enfant voulut connaître sa devise. Tous se pressent autour de la dame, et tendent, de leurs petites mains, leurs œufs vers elle. Tous crient comme d'une seule voix :— Qu'y a-t-il sur le mien ? Et sur le mien ? Lisez le mien le premier !...

Il fallut que la dame leur imposât silence ; elle les rangea en cercle, et lut alors leurs devises l'une après l'autre. Chaque enfant était impatient de savoir ce que renfermait la sienne ; tous avaient les yeux dirigés vers la dame, et aucun ne les en détournait lorsqu'elle se mettait à lire.

Ces devises consistaient toutes en quelques mots, Celles qui étaient sur les œufs que la dame distribua ce jour-là, et sur ceux qu'elle donna plus tard, étaient à peu près les suivantes :

1.   Avant toute chose, enfant,
    Aime ton Dieu tout-puissant.

2.   Avec amour et prières,
    Viennent sagesse et lumières.

3.   Pour le pain que tu reçois,
    Rends grâce à Dieu, tu le dois.

4.   En Dieu mets ta confiance,
    Tu recevras assistance.

5.   Enfant, quand ton front rougit,
    C'est Jésus qui t'avertit.

6.   A Dieu celui qui ne pense,
        Aux cieux n'aura récompense.

7.   Si vous aimez Jésus-Christ,
        Faites ce qu'il vous prescrit.

8.   Une âme reconnaissante,
        Pour le ciel doit être ardente.

9.   Piété, bonté, candeur,
        Te conduiront au bonheur.

10.   A l'enfant doux et docile
        L'obéissance est facile.

11.   Avec l'indocilité
        Toujours pleurs, jamais gaieté.

12.   Dieu te voit toujours, enfant :
        A la vertu sois constant.

13.   La douceur et l'espérance
        Guérissent mainte souffrance.

14.   Comme une éclatante rose,
        L'âme pure est fleur éclose.

15.   De mentir garde-toi bien;
        Du menteur on ne croit rien.

16.   La hideuse hypocrisie,
        Est le poison de la vie.

17.   L'avarice dans le cœur
        Rend l'homme sourd au malheur.

18.   Ce n'est pas l'or, c'est le zèle
        Qui nous vaut ami fidèle.

19.   La vertu donne toujours
        Au malheur aide et secours.

20.   Pain gagné par la constance
        Donne force et jouissance.

21.   La patience au malheur
        Donne douce joie au cœur.

22.   Remords, mépris et démence
        Sont fruits de l'intempérance.

23.   Bonne conscience en nous
        Est un oreiller bien doux.

24.   La méchanceté, la haine,
       Engendrent douleur et peine.

25.   Faites le bien en tout temps,
       Et vos cœurs seront contents.

26.   Douceur, charité, silence,
       Valent un trésor immense.

27.   Un jour il faudra mourir,
       N'en perds pas le souvenir.

28.   La joie ici-bas s'efface,
       La vertu seule ne passe.

29.   La pudeur, ô mon enfant,
       Est le plus beau vêtement.

30.   Des couronnes éternelles
       Sont promises aux fidèles.

Chaque enfant fit tout son possible pour retenir sa devise, et il la répétait sans cesse tout bas pour ne pas l'oublier.

La dame les leur fit réciter tour à tour pour s'assurer par elle-même de leur bonne mémoire; elle fut obligée de souffler quelques mots par-ci, par-là; mais bientôt ils surent tous les redire très-exactement. Beaucoup en savaient déjà plusieurs, et peu à peu chaque enfant put les réciter presque toutes l'une après l'autre. Lorsqu'on leur disait les premiers mots d'une devise, ils la finissaient presque aussitôt; et leur en disait-on la moitié, ils savaient à coup sûr l'autre. Ces enfants n'avaient jamais tant et si facilement appris en si peu d'instants qu'ils le firent ce jour-là en riant et en s'amusant.

Les pères et mères, et les autres enfants qui étaient revenus à la maison, entendant les cris de joie qui retentissaient jusqu'au fond de la vallée, montèrent chez la dame pour en découvrir la cause, et quand ils virent le résultat de cette fête, ils furent tout étonnés. — Ces enfants, dirent-ils, ont plus appris ici en une demi-heure qu'ils ne s'instruisent chez eux en six mois; tant il est vrai que lorsqu'on fait quelque chose avec goût et

plaisir, le travail et la peine ne se font point sentir. —
— C'est juste, répliqua le meunier; mais leur inspirer ce
goût, voilà le point difficile. C'est ce qui s'appelle apprendre beaucoup à la fois. Ces devises forment un vrai
cours de morale à l'usage des enfants. Que cette charitable dame sait bien s'y prendre avec eux !

La dame distribua aux nouveaux venus le reste des
œufs teints et des gâteaux; elle leur dit à tous : — Vous
pouvez manger les œufs colorés, mais vous conserverez
en mon souvenir ceux qui portent une devise. — Oh !
pour ceux-là, nous nous garderons bien de les manger,
s'écrièrent-ils tous à la fois ; nous les conserverons soigneusement, car la devise vaut mieux que l'œuf. —
Vous avez bien raison, dit la dame, surtout si vous
exécutez ce qu'elle prescrit.

Elle recommanda ensuite aux parents de saisir toutes
les occasions de rappeler à leurs enfants l'exécution des
devises; conseil que les parents ne manquèrent pas de
suivre. Lorsqu'un enfant n'obéissait pas promptement,
son père levait le doigt et disait :

A l'enfant doux et docile,

et l'enfant de répondre aussitôt :

L'obéissance est facile ;

et il obéissait. Lorsqu'un autre voulait mentir, sa mère
disait :

De mentir garde-toi bien !

l'enfant continuait en disant :

Du menteur on ne croit rien ;

et il rougissait de honte. Les parents employaient ainsi
toutes les devises.

Les enfants ne se lassaient pas de répéter que de leur
vie ils n'avaient passé une aussi heureuse journée. — Eh
bien, dit la dame, soyez toujours sages comme vous le
recommandent les devises, et tous les ans je vous donne-

rai une pareille fête ; mais ceux qui auront été méchants et indociles n'y seront pas invités, car cette fête ne doit être instituée que pour les enfants sages.

Oh ! mes petits amis ! combien, depuis ce jour, les enfants de la vallée firent d'efforts pour être sages, et combien ils le devinrent en effet !

V

QUELQUES ŒUFS QUI VALENT PLUS QUE S'ILS ÉTAIENT D'OR.

Parmi les spectateurs de cette petite fête d'enfants, la

dame avait remarqué un jeune étranger qui au milieu de cette troupe joyeuse, paraissait morne et triste. Ce jeune homme pouvait avoir environ seize ans; il était habillé très-pauvrement, mais son maintien, du reste, était très-décent, et son visage frais et rose respirait la santé; ses beaux cheveux blonds lui tombaient jusque sur les épaules. Il portait un long bâton de voyage.

Dès que la plupart des assistants se furent retirés, la dame lui demanda avec intérêt la cause de sa tristesse. —Hélas ! répondit le jeune homme en versant des larmes, mon père, qui était tailleur de pierres, est mort il y a trois semaines; ma mère peut à peine suffire à l'entretien d'un frère et d'une sœur plus jeunes que moi ; mon oncle maternel veut bien

me recueillir chez lui et m'enseigner l'état de mon père,
qu'il exerce lui-même, afin que je puisse un jour soutenir
ma mère et me pousser moi-même dans le monde. C'est
pour rejoindre cet oncle que vous me voyez en voyage ;
j'ai déjà fait près de vingt lieues, et j'ai à peu près autant
de chemin à faire, car mon parent demeure loin d'ici,
de l'autre côté des montagnes.

Ce récit émut vivement la dame, car elle trouvait une
triste conformité de malheurs entre elle et la pauvre
veuve du tailleur de pierres. Elle donna au jeune homme
des œufs et du laitage, et lui fit cadeau de quelques pièces
de monnaie pour secourir sa mère. Edmond et Blande
se prirent également de compassion pour lui. — Tiens,
dit Blande, porte cet œuf rouge à ta petite sœur, et
fais-lui mille amitiés de ma part. — Et celui-ci, dit
Edmond en lui en offrant un bleu, tu le donneras à ton
petit frère, et tu lui diras de venir un jour nous voir, nous
voulons aussi le régaler de potage au lait et d'omelette.
Leur mère sourit, chercha également un œuf teint, et le
lui donnant : —Envoie cet œuf, lui dit-elle, à ta mère ;
la devise qu'il porte est le meilleur conseil que je puisse
lui donner :

> En Dieu mets ta confiance,
> Tu recevras assistance.

Et ainsi cet œuf ne sera pas pour elle un inutile présent,
car si elle se conforme au précepte de cette devise,
ce sera le meilleur cadeau qu'on puisse jamais lui
faire.

Le jeune homme la remercia de tout son cœur. Il
passa la nuit chez le meunier, et le lendemain matin,
dès que les premiers rayons du soleil dorèrent les poin-
tes des rochers de la vallée, il continua sa route, muni
de pain et de fromage dont le bon meunier avait eu
soin de remplir son bissac.

Fridolin (c'était le nom du jeune homme) hâtait sa
marche à travers des rochers taillés à pic et de profondes
vallées. Sur le soir du troisième jour, il n'était plus éloi-

gné que de quelques lieues de la demeure de son oncle ;
mais tout à coup, comme il parcourait un étroit sentier,
le long de rochers escarpés, il aperçut, en regardant au
fond d'un gouffre affreux qui s'entr'ouvrait sous ses pieds,
un cheval tout bridé et harnaché ; sa housse était rouge
et ses rênes paraissaient d'or. Ce cheval se tourna vers le
jeune homme et se mit à hennir comme s'il se fût réjoui
de la présence d'un homme et qu'il voulût en manifester
sa joie et l'appeler à son secours.

— Mon Dieu ! s'écria Fridolin, comment se fait-il que
ce beau cheval se trouve dans ce gouffre ! Il appartient
sans doute à quelque chevalier ; pourvu que son maître
n'ait point éprouvé de malheur ! Un cheval sellé dans un
pareil endroit est quelque chose qui effraye, vraiment ; il
faut que j'aille voir ce que c'est.— Malgré l'habitude qu'il
avait de marcher dans les montagnes, il chercha longtemps un chemin qui pût l'aider à descendre ; enfin, il
trouve entre les rochers un petit sentier creusé par un
torrent, et actuellement à sec. Il descend sans accident
au fond du précipice. Là, il voit, sous la pente d'un rocher, un homme à noble figure et recouvert d'une
armure de chevalier. D'un côté était son casque orné de
plumes brillantes, de l'autre se trouvait sa lance ; mais
le chevalier était d'une pâleur extrême, et le jeune
homme douta d'abord s'il était mort, ou s'il dormait seulement. Enfin, plein de compassion, il s'avance, lui prend
doucement la main et lui dit : — Avez-vous besoin de
quelque secours, mon beau monsieur ?

L'inconnu ouvre alors les yeux, regarde fixement le
jeune homme, soupire, et, faisant de vains efforts pour
parler, porte la main à sa bouche, puis il montre le casque qui est à ses côtés. Fridolin, comprenant qu'il demandait à boire, prit le casque pour aller chercher de
l'eau. Quelques saules, gris de vétusté, qu'il aperçut dans
un enfoncement écarté du précipice, lui indiquèrent
qu'il ne manquerait pas de trouver de l'eau dans les environs. Il y courut en se frayant un chemin à travers les
rochers et les buissons, trouva de la terre humide, et peu

après un petit ruisseau, dont l'onde, pure et claire comme le cristal, jaillissait d'un rocher moussu. Fridolin emplit le casque d'eau et se hâta de venir l'offrir au chevalier, qui but à longs traits à plusieurs reprises. Peu à peu la parole lui revint. « Dieu soit loué ! » furent ses premiers mots ; « et grâce aussi à toi, bon jeune homme ! » poursuivit-il avec plus de force, en appuyant la tête sur sa main ; « c'est Dieu qui t'envoie pour m'empêcher de mourir misérablement dans ce précipice. Mais comme la faim me dévore ! n'aurais-tu pas un morceau de pain à me donner ? »

— Mon Dieu ! mon Dieu ! dit Fridolin, que ne l'ai-je su plus tôt ; j'ai déjà consommé tout le pain et le fromage que je portais dans mon bissac !... Mais, attendez ! s'écriat-il tout à coup transporté de joie, j'ai encore mes œufs teints ; c'est une nourriture saine et fortifiante !

Aussitôt il s'assied près du chevalier, sur la terre couverte de mousse, sort les œufs de son bissac, en dépouille un de sa coque, le découpe avec son petit couteau fermant, en longues tranches, comme des quartiers de pomme, et le fait manger à l'étranger, morceau par morceau ; celui-ci buvait et mangeait alternativement.

Fridolin se disposait à casser le troisième œuf lorsque le blessé l'en empêcha. — Assez ! assez ! lui dit-il ; il n'est pas prudent de manger trop à la fois, surtout après une longue abstinence ; ce que j'ai pris me suffit pour le moment. De ma vie je n'ai rien trouvé de meilleur ; c'est un festin de roi. Grâce à Dieu, je me sens déjà plus de forces, continua-t-il en se levant tout à fait. Ah ! si tu n'étais venu à mon secours, cette nuit eût été sans doute le terme de mon existence !...

— Mais, dit Fridolin en examinant de plus près sa brillante cotte d'armes et ses riches vêtements, comment se fait-il, noble chevalier, que vous vous trouviez avec votre cheval dans cet affreux précipice ?

— Je ne suis que simple écuyer [1], répondit-il, et de-

---

[1] Dans le moyen âge chaque chevalier avait à son service un ou plusieurs écuyers et des pages. Ce n'est qu'après avoir passé par ces deux

puis plusieurs semaines déjà je voyage dans les environs
pour les affaires de mon maître. Je me suis égaré dans
ces montagnes boisées, la nuit m'y a surpris, et tout
à coup, au milieu de l'obscurité qui régnait autour de
moi, je tombai avec ma monture de cette route escarpée
dans le précipice. Mon cheval, qui a de bonnes jambes,
ne s'est point fait de mal; mais moi, je me suis tellement
blessé au pied, que je n'ai pu faire un pas ni remonter à
cheval. C'est vraiment un miracle que cheval et cavalier
ne soient pas morts; je n'en puis assez rendre grâces à
la Providence! Je pansai ma blessure, mais alors la fièvre me prit. Je m'étais déjà familiarisé avec la pensée
de mourir de faim au milieu de ces rochers, lorsque tu
m'es apparu comme un ange du ciel, bon jeune homme!
Mais dis-moi donc aussi quelle est l'heureuse circonstance qui t'a amené dans cet horrible désert?

Fridolin lui raconta ce que déjà vous savez, mes petits
enfants, et l'écuyer de l'écouter avec attention, l'interrompant quelquefois par ses questions. — Ces œufs de
belle couleur rouge ou bleue sont merveilleux, dit-il en
regardant les débris épars çà et là sur le gazon; je n'en
ai point encore vu de pareils, Fais-moi donc voir celui
que tu as remis dans ton bissac.

Fridolin le lui donne et raconte comment il l'a reçu.
L'écuyer regarde cet œuf avec une attention marquée, et
des larmes s'échappent de ses yeux.— Mon Dieu! dit-il,
ce qui se trouve sur cet œuf est d'une vérité pour moi
bien consolante et bien avérée :

> En Dieu mets ta confiance,
> Tu recevras assistance.

C'est ce que je viens d'éprouver. Du fond de cet abîme,
j'ai prié Dieu avec ferveur de me venir en aide, et il a
exaucé ma prière. Bénis soient les généreux enfants qui
t'ont donné ces œufs! Certes, ils ne pensaient pas, en les

grades qu'un gentilhomme était armé chevalier. En obligeant les fils
de famille à cet apprentissage, en quelque sorte servile, on leur ensei-
gnait qu'avant de commander il fallait d'abord savoir obéir.

donnant, qu'ils sauveraient la vie à un étranger. Bénie
mille fois la bienfaisante dame qui a écrit sur cet œuf un
aussi admirable précepte!... Donne-moi cet œuf, poursuivit-il; je veux le conserver pour avoir toujours devant
mes yeux la belle devise qui l'orne; mes enfants et mes
petits-enfants auront en Dieu plus de confiance lorsqu'ils
le verront et qu'ils en liront la devise. Mes descendants
raconteront peut-être encore dans quelques siècles comment Dieu a préservé un de leurs ancêtres d'une mort
certaine et cruelle au moyen de quelques œufs. Je veux
en retour te donner quelque autre chose. A ces mots,
il prit sa bourse et lui donna, pour chaque œuf qu'il avait
mangé, une pièce d'or, et deux pour celui qu'il voulait
conserver. Cependant il fallut toutes les pressantes instances de l'écuyer pour décider Fridolin à se dessaisir
de son œuf.

—Mais, dit cet homme en levant les yeux, la nuit va
nous surprendre, car les rochers et les buissons de là-
haut se rougissent déjà des derniers rayons du soleil
couchant; il faut songer à sortir d'ici; essaye donc de
m'aider à remonter à cheval; le chemin qui t'a conduit
dans ce gouffre effrayant, où n'a jamais percé un rayon
de soleil, me fait espérer de pouvoir en sortir.

Fridolin l'aide à se placer sur son cheval, et conduit
celui-ci par la bride. Malgré la peine qu'ils eurent à remonter le chemin creux, ils y réussirent cependant avec
bonheur. Oh! quel plaisir éprouva l'écuyer, lorsqu'au
sortir du précipice qu'il croyait devoir lui servir de
tombe, il vit le soleil, et les forêts environnantes éclairées
de ses rouges rayons du soir!...

—Nous arriverons bien encore aujourd'hui chez mon
oncle, dit Fridolin. Je marche d'un bon pas, et votre
cheval ne restera pas en arrière; mon oncle est un brave
homme, il vous accueillera avec bienveillance; vous
trouverez chez lui non-seulement un gîte, mais encore
des soins empressés jusqu'à votre parfait rétablissement.

Ils arrivèrent, à la tombée de la nuit, à la cabane de
l'honnête tailleur de pierres. Celui-ci accueillit l'écuyer

2.

avec joie, et, frappant légèrement sur l'épaule de son
neveu, le félicita d'avoir si bien agi. Fridolin parla de
ses scrupules de ne pouvoir tenir sa parole et porter à sa
mère et à ses frères et sœurs les œufs qui leur étaient
destinés.—Mais, mon Dieu ! lui dit son oncle, je ne sais
réellement ce que tu réclames depuis que tu parles sans
cesse d'œufs rouges, bleus et d'autres couleurs, et ce
que ces œufs peuvent avoir de plus que ceux des autres
oiseaux, qui sont tout aussi beaux et aussi délicats ; mais
fussent-ils d'or pur, on ne pouvait en faire meilleur usage,
puisqu'ils ont été cause que ce digne écuyer n'est pas
mort de faim, et qu'ils t'ont procuré l'occasion de faire

une bonne action. Tu as
agi comme le bienfaisant
Samaritain ; pour moi, je
vais maintenant faire le
maître d'hôtel. Mais tu
ne payeras rien, ajouta-
t-il en souriant, entends-
tu ?

L'écuyer lui montra
l'œuf à devise. — Il est à
la vérité fort beau, dit
l'artisan à son neveu ;
mais laisse-le à Monsieur :
cet or fera plus de bien
à ta mère. Viens, je vais
te le changer !— Le jeune
homme s'extasia devant la grande quantité d'argent qu'il
en reçut, car il ne connaissait pas la valeur de l'or.—Vois,
dit l'oncle, cette devise sera aussi pour ta mère d'une
bien douce vérité :

En Dieu mets ta confiance,
Tu recevras assistance.

Cette maxime vaut cent fois mieux que toutes les richesses possibles ; il est bon qu'on puisse se la rappeler sans
avoir besoin de l'œuf. Et surtout, mon enfant, ne l'oublie
jamais.

L'écuyer resta chez le bon tailleur de pierres jusqu'à
parfaite guérison, et avant de quitter cette famille hospi-
talière, il n'oublia pas d'y laisser à tous les membres
des marques non équivoques de sa gratitude et de sa
reconnaissance.

VI

UN OEUF ENCHASSÉ DANS L'OR ET LES PERLES.

Le printemps et l'été s'écoulèrent sans que rien de
nouveau se passât dans la vallée; les charbonniers culti-
vaient leur petit champ et retournaient à la forêt faire
du charbon; leurs femmes prenaient soin du ménage,
élevaient beaucoup de poules, et enfin les enfants de-
mandaient sans cesse si Pâques ne reviendrait pas bientôt. Mais si les habitants de la vallée se sentaient heureux
et contents, l'étrangère paraissait parfois d'une douloureuse tristesse; le bon vieux domestique qui l'avait accompagnée, et qui, dès le commencement de leur retraite
dans ces montagnes, faisait de temps à autre des voyages
plus ou moins courts pour soigner les affaires de la maison, ne pouvait déjà plus depuis longtemps quitter la
vallée, car il était constamment valétudinaire, et dès que
vint le temps des vendanges et que les buissons virent
prendre à leurs feuilles les pâles couleurs de l'automne,
il put à peine sortir sur le seuil de la porte de la maison
pour se chauffer au soleil, comme il aimait à le faire. La
dame versa plus d'une larme silencieuse et compatissante
que lui arrachaient les souffrances du pauvre vieillard,
devenu son seul soutien, et qu'elle était menacée de
perdre à jamais! Elle s'affligeait également beaucoup de
la pensée que cette mort la priverait des nouvelles dont
ce fidèle serviteur allait s'enquérir dans sa patrie, et
qu'elle serait oubliée de tout le monde dans ce vallon étroit
et ignoré.

Pendant ce temps, un autre événement qui survint à la bonne dame fut loin de calmer ses craintes et de dissiper ses frayeurs.

Les charbonniers, revenant un matin de la forêt, racontèrent que la nuit précédente, étant assis gaiement autour de leurs fours à charbon, ils avaient vu venir à eux quatre étrangers qui avaient la tête couverte de bonnets de fer et dont les vêtements étaient de même métal; de longues épées pendaient à leurs côtés. C'étaient des gens de la suite du comte de Schroffeneck, arrivé dans ces montagnes avec bon nombre de cavaliers. Ils s'étaient informés de tout ce qui se passait dans les environs.

Le meunier s'empressa d'aller informer de cette nouvelle la dame, qu'il trouva assise devant le lit de Kuno malade. Elle devint pâle comme la mort, lorsque le meunier eut laissé échapper le nom de Schroffeneck. O Dieu! s'écria-t-elle, c'est mon plus cruel ennemi; assurément, c'est à ma vie qu'il en veut... Pourvu que les charbonniers n'aient pas découvert ma retraite! Le meunier l'assura que, dans ce qu'on lui avait rapporté, il n'avait pas été question d'elle. Ces hommes ne s'étaient approchés du feu que pour se chauffer et avaient continué leur route dès l'aube du jour. Mais cependant il ne put lui cacher qu'ils rôdaient encore dans les montagnes.

— Cher Oswald! dit la dame au meunier, j'ai appris, depuis le temps que vous m'avez recueillie dans votre maison, à vous connaître et à vous apprécier comme un homme pieux et honnête. Je veux donc vous confier aujourd'hui le triste secret de ma vie et vous découvrir mon cœur, maintenant atterré de la plus effroyable crainte dont puisse être saisie une mère; je suis persuadée que je n'aurai pas compté en vain sur vos bons conseils et sur votre généreuse assistance.

Je suis Rosalinde, fille du duc de Bourgogne. Deux nobles comtes se disputaient ma main: Hanno de Schroffeneck et Arno de Lindembourg. Hanno était le plus riche et le plus puissant seigneur des alentours, et

possédait beaucoup de châteaux et d'hommes de guerre,
mais il n'était ni bon, ni loyal; Arno, au contraire, était
bien le plus noble et le plus vaillant chevalier du pays;
mais il était pauvre en comparaison de Hanno, car il n'a-
vait hérité de son noble et généreux père que d'un vieux
château héréditaire, et son caractère franc et loyal s'op-
posait à toute rapine et à tous moyens déshonnêtes qui
eussent pu l'enrichir. Ce fut lui qui, avec l'assentiment
de mon père, eut la préférence dans mon cœur; il devint
mon époux, et je lui apportai en mariage, avec de beaux
domaines, de magnifiques châteaux. Nous vivions d'un
bonheur si doux, que le ciel eût pu difficilement nous en
offrir de plus pur.

Cependant Hanno de Schroffeneck, trompé dans ses
espérances, conçut une haine violente contre nous, et devint notre ennemi le plus acharné; mais il cachait sa colère et n'osait point en venir à des hostilités ouvertes.
Pendant ce temps, mon mari fut obligé de suivre l'empereur dans une guerre qu'il entreprit contre des nations
païennes et barbares. Hanno devait être également de
l'expédition; mais, sous divers prétextes, il parvint à faire
retarder de jour en jour ses préparatifs de départ, s'abste-
nant d'y aller en promettant toutefois de s'y rendre le
plus tôt possible. Mais, hélas! pendant qu'Arno défendait
avec ses vassaux les frontières de la patrie, et qu'ils employaient tous leurs efforts à en repousser de puissants
ennemis, le lâche et traître Hanno envahit nos terres, où
il ne se trouvait plus personne capable de s'opposer à
cette indigne violation. Il dévasta tout ce qu'il rencontra
sur son chemin, et s'empara de tous nos châteaux les
uns après les autres. Il ne me resta d'autre moyen de salut
que de m'enfuir secrètement avec mes deux enfants
chéris. Le bon vieux Kuno fut mon unique protecteur
pendant cette périlleuse fuite, où je risquais à chaque
instant de tomber dans les piéges de Hanno. Enfin j'arrivai au milieu de ces montagnes, où j'ai trouvé un asile si
sûr et si paisible.

Je pensais rester ici jusqu'à ce que mon époux re-

vînt de la guerre et arrachât nos biens à leur injuste ra-
visseur. De temps en temps, Kuno passait les montagnes
pour se rendre dans ma patrie et s'enquérir de la guerre ;
mais il revenait toujours triste : Hanno occupait encore
nos domaines, et une guerre opiniâtre continuait sur les
frontières avec des succès partagés. Voilà un an bientôt
que Kuno est malade, et depuis ce temps je suis sans
nouvelles de mon malheureux pays et de mon époux
bien-aimé. Mon Dieu ! peut-être a-t-il déjà succombé sous
le fer des ennemis ! peut-être Hanno, qui se trouve si
près de nous avec ses cavaliers, connaît-il mon asile secret !... Et qu'adviendrait-il de moi ? La mort est encore
ce qui pourrait m'arriver de plus doux !... Oh ! cher
Oswald, parlez aux charbonniers ; dites-leur que pour
tout au monde ils ne me trahissent pas... — Vous tra-
hir !... interrompit le meunier ; je vous réponds d'eux
tous ; il n'est pas un d'entre eux qui ne donnât sa vie pour
vous. Avant que le comte de Schroffeneck vous fasse la
moindre injure, il aura à passer sur notre corps à tous.
Soyez donc tranquille, noble dame. Les charbonniers,
instruits par le meunier, tinrent tous le même langage :
—Il n'a qu'à venir, s'écrièrent-ils, nous lui montrerons le
chemin avec nos fourches et nos pelles.

Cependant la bonne dame menait une vie soucieuse et
désolée au milieu de précautions et d'alarmes continuelles. Elle n'osait sortir, et permettait à peine à ses enfants de se tenir sur le seuil de la porte. Lorsque enfin les
montagnes furent tranquilles et que l'on n'entendit plus
parler d'hommes armés, elle se hasarda à faire une petite
promenade ; c'était par un beau jour, après de longues
pluies, vers la fin de l'automne. A quelques centaines de
pas de la cabane était une petite chapelle rustique bâtie
en sapin et entièrement ouverte par devant. Dans le fond,
on apercevait la *Fuite en Égypte*, joli tableau que Kuno
avait un jour rapporté de ses excursions, pour offrir à sa
maîtresse les consolations qu'elle pouvait y puiser sur sa
propre fuite. Derrière cette chapelle s'élevait une imposante masse de rochers, et au devant de majestueux sa-

pins en ombrageaient l'entrée; on y arrivait par un chemin agréable, couvert de gazon et bordé à droite et à
gauche de rochers pittoresques et de buissons. Ce site
avait quelque chose de silencieux et de si mélancolique,
qu'on ne s'y arrêtait jamais sans avoir le cœur ému et
serré.

C'était la promenade favorite de la dame. Elle s'y rendit ce jour-là, mais non sans une certaine inquiétude et
un secret pressentiment. Elle s'agenouilla avec ses enfants
sur un prie-Dieu qui se trouvait à l'entrée de la chapelle.
L'analogie de son sort avec celui de la mère du Sauveur,
qui fut aussi obligée de fuir avec son fils en pays étranger, l'émut vivement et lui arracha des larmes. Elle pria
quelque temps, puis s'assit sur un banc. Les enfants
cueillaient des mûres sauvages qui pendaient aux rochers,
et la forme de ces fruits les réjouissait beaucoup, parce
qu'ils ressemblaient à de petits raisins d'un noir brillant.
Peu à peu, ils s'éloignèrent à une assez grande distance
de la chapelle.

Pendant qu'elle était ainsi assise, rêveuse et solitaire,
un pèlerin parut tout à coup entre les rochers et s'approcha d'elle. Il avait, à la manière des pèlerins, une longue
robe noire recouverte d'un petit collet; son chapeau était
orné de brillants coquillages, et il portait à la main un
long bâton blanc. Il paraissait déjà très-vieux, mais son
aspect avait cependant quelque chose de distingué, de
noble. Ses longs cheveux qui tombaient des deux côtés
de sa tête en touffes lisses et unies, et sa longue barbe,
étaient d'une grande blancheur; mais un vif incarnat co-
lorait ses joues. La vue subite de cet homme effraya la
dame. L'inconnu la salua respectueusement et entra en
conversation; mais elle fut très-réservée dans ses paroles; car elle ne le voyait qu'avec crainte et défiance,
comme si elle eût voulu scruter au fond de son cœur et
savoir si elle pouvait se confier à cet homme tout étranger
pour elle.

— Noble dame, dit enfin le pèlerin, ne me craignez
point; vous ne m'êtes pas aussi étrangère que vous le

pensez. Vous êtes Rosalinde de Bourgogne ; je sais par
quel affreux malheur vous avez été obligée de venir chercher un refuge au milieu de ces rochers arides. Votre
époux, dont vous êtes séparée depuis trois ans, m'est
aussi parfaitement connu. Depuis que vous vivez dans ce
séjour isolé, il s'est passé dans le monde bien des choses.
S'il vous convient d'apprendre des nouvelles de ce bon
Arno de Lindembourg, si son souvenir n'est point encore
effacé de votre cœur, je puis vous en donner de récentes
et heureuses. Nous avons la paix ; le prince chrétien,
couvert de gloire, est revenu dans ses États. Votre époux
a reconquis tous ses biens ; il a mis en fuite le lâche
Hanno, qui s'est sauvé avec peine dans ces montagnes, et
qui déjà s'est vu forcé de s'enfuir plus loin. Le vœu le
plus ardent du vaillant Arno n'est plus maintenant que
de retrouver son épouse bien-aimée.

— Dieu ! s'écria Rosalinde, quelle heureuse nouvelle ! Oh! combien je te remercie, mon Dieu ! Puis
elle tombe à genoux et verse d'abondantes larmes. —
Oui, dit-elle, tu as vu couler mes pleurs, tu as écouté
mes sanglots, tu as exaucé mes prières ! Je t'en rends
grâces, ô mon Dieu ! Arno ! Arno ! que n'est-il arrivé,
l'heureux instant où je pourrai te revoir et poser dans
tes bras nos chers enfants, si jeunes encore à ton départ,
pour que tu puisses recueillir pour la première fois de
leurs lèvres innocentes le doux nom de père !

— Vous doutez, dit-elle ensuite au pèlerin, si je
pense encore à mon époux et si son souvenir n'est pas effacé de mon cœur ?... Venez, mes enfants, s'écria-t-elle
à Edmond et à Blande, qui se tenaient à l'écart et regardaient curieusement l'étranger ; venez vite ! Ils accoururent aussitôt.

— Toi, Edmond, dit-elle à ce dernier en l'embrassant et l'engageant à ne rien craindre, à parler en toute
confiance, répète à Monsieur la prière que tous les
matins nous adressons à Dieu pour ton père. Le petit
s'agenouilla, comme il avait coutume, même quand il
récitait sa prière pour l'apprendre, croisa pieusement les

mains; puis, levant les yeux au ciel, il dit avec émotion :
— O notre père qui es aux cieux ! daigne jeter un regard
de pitié sur deux pauvres orphelins ! Ne laisse pas succomber notre père dans les combats. Nous promettons
d'être pieux et bons pour réjouir son cœur quand tu nous
auras accordé la grâce de le revoir. O Dieu de bonté !
écoute notre prière !

— Et toi, Blande, dit-elle ensuite à la petite aux cheveux blonds et aux joues roses, dis comment nous prions
Dieu, le soir, pour ton père. Blande croise ses petites
mains comme son frère, lève au ciel ses beaux yeux bleus,
et dit d'une voix douce et timide : — Notre père qui es
aux cieux, avant de céder au sommeil, nous t'implorons
pour notre père sur la terre. Envoie-lui un repos bienfaisant, et que tes anges écartent de lui tout péril ! Donne
également à notre mère un doux sommeil qui la soulage
un instant du noir chagrin qui la dévore ; ou bien, si tu
l'en prives, que celui que tu daigneras accorder à notre
père en soit plus réparateur. Oh ! puisse cette nuit être la
dernière de notre cruelle séparation ! puisse-t-il venir
bientôt, l'heureux jour qui doit nous réunir !

— Ainsi soit-il ! s'écria la mère en levant au ciel des
mains jointes et baignées de pleurs.

A ce spectacle, l'inconnu ne peut plus retenir les larmes qu'il comprimait ; en un instant il a rejeté tout son
accoutrement de pèlerin, sa barbe et ses cheveux blancs,
sa robe, son manteau, son bâton de voyage. Ce n'est plus
alors le vieux pèlerin, c'est un jeune et beau chevalier,
plein de force et de vie, couvert d'or et de pierres précieuses ; il tend les bras vers la dame et les enfants, et
s'écrie de toute la force d'un cœur ému : — O Rosalinde !
ma femme ! ô Edmond ! Blande ! mes chers enfants !...

Rosalinde, saisie de joie à cette soudaine apparition,
demeure interdite. Les enfants qui, en voyant les larmes
du pèlerin, s'étaient tournés vers leur mère comme en
lui demandant des consolations pour cet homme, se re-
tournent dès qu'ils l'entendent prononcer leurs noms, et
restent stupéfaits à la vue du miracle qu'ils pensent voir ;

car ils ne croyaient rien moins qu'à la métamorphose subite du vieillard en un jeune et bel habitant du ciel, à un ange radieux, tant leur père leur parut beau en ce moment. Ce qui appuyait leur croyance, c'étaient les légendes miraculeuses que leur avait souvent racontées leur mère; et Arno passait en effet pour le plus beau guerrier de l'armée chrétienne. Quelle ne fut pas leur joie lorsqu'ils apprirent de leur mère que ce brillant chevalier n'était autre que le bon père dont elle les avait si souvent entretenus ! Père, mère, enfants, tous aussi heureux que s'ils se voyaient déjà réunis dans le ciel, ne s'aperçurent pas de la fuite des heures qui s'envolaient comme des secondes. Mais aussi que les angoisses de leur longue séparation avaient été douloureuses !

Arno apprit à sa famille qu'il était arrivé en toute hâte avec une forte escorte pour la chercher; mais, vu la difficulté des chemins, il avait été obligé de laisser sa suite à quelque distance, et s'était avancé seul, à pied, sous l'habit de pèlerin (costume dont se servaient alors fréquemment les gens de distinction qui voyageaient *incognito*), afin de pouvoir, à la faveur de ce pieux déguisement, être plus tôt auprès d'elle, s'informer de sa santé et de la bonne conduite de ses enfants, la préparer enfin à ce subit retour. — Rosalinde lui demanda comment il était parvenu à découvrir sa retraite.

— O Rosalinde, répondit-il, notre réunion est le fruit de ta charité envers les pauvres, et surtout envers les enfants de cette vallée; c'est cette charité qui a servi de moyen à Dieu pour rendre leur père à ses enfants. Sans tes sentiments généreux, nous ne nous serions pas sitôt revus, et peut-être jamais, hélas ! car tes ennemis t'environnaient de tous côtés, et tu serais facilement tombée en leur pouvoir. Ce n'est que depuis mon arrivée avec mes gens dans ces montagnes que Hanno et les siens les ont quittées. Vois, ajouta-t-il en lui montrant l'œuf teint qui portait la devise :

En Dieu mets ta confiance,
Tu recevras assistance.

Cet œuf a été entre les mains de Dieu l'instrument de notre réunion. J'avais depuis longtemps envoyé un grand nombre de mes gens à ta recherche, mais toujours en vain. Un jour, enfin, je vois arriver d'une de ces courses, Egbert, mon écuyer, que sa longue absence m'avait fait considérer comme perdu. Il était tombé dans un précipice, et y serait mort de faim, si un jeune inconnu, grâce à quelques œufs, ne l'eût arraché à la mort affreuse qui le menaçait. Ce jeune homme lui laissa en outre, en mémoire de cette délivrance, un œuf orné de cette belle maxime. Grand Dieu! quelle ne fut pas ma surprise lorsqu'à la première vue j'y reconnus ton écriture! Aussitôt nous montons à cheval et nous nous dirigeons en toute hâte vers la carrière de marbre où travaillait le bon jeune homme. Il nous montra le chemin de la retraite. — Ainsi, tu le vois, si tu n'avais pas eu l'ingénieuse idée de donner avec des œufs teints une fête aux enfants; si tu n'avais joint à ce bienfait celui de prendre soin de la culture de leur esprit et de leur cœur en écrivant ces belles sentences; et si, enfin, vous tous, toi mon petit Edmond, et toi ma chère Blande, vous ne vous étiez pas montrés compatissants envers un jeune étranger, cet heureux jour ne serait pas encore arrivé. A chaque bienfait, quelque léger qu'il soit, pourvu qu'il parte d'un cœur pur et qu'il soit accompli sans espoir de récompense, est attachée la bénédiction du Ciel : c'est un grain de semence qui produit des fruits abondants. Par la volonté de Dieu, le bienfait reçoit déjà sa récompense sur cette terre même. Souvenez-vous-en toujours, mes chers enfants. Donnez aux pauvres de bon cœur; tâchez de procurer aux autres les jouissances dont ils sont privés; ressemblez à votre bonne mère, aidez-les dans leurs besoins, et vous obtiendrez vous-mêmes secours; soyez miséricordieux et vous trouverez aussi miséricorde. Vous pourrez alors vous reposer en toute sécurité sur la Providence, et l'avenir accomplira pour vous la constante vérité inscrite sur l'enveloppe fragile de cet œuf, vérité dont nous ressentons aujourd'hui l'influence si propice. Dieu

ne laisse jamais sans secours; votre récente histoire le
prouve assez. Je ferai enchâsser cet œuf dans l'or et les
perles, et je le suspendrai à l'autel de la chapelle de notre
château.

Cependant la soirée était avancée, et déjà quelques
étoiles scintillaient au ciel. Le comte Arno, devancé par
ses enfants et accompagné de Rosalinde, se rendit à leur
demeure champêtre. Un nouveau sujet de joie les y attendait. L'écuyer Egbert et son libérateur Fridolin y étaient
arrivés et s'entretenaient avec le vieux Kuno, que la nouvelle du retour de son maître avait déjà presque entièrement rétabli. Le bon Fridolin fut le premier à sa rencontre; il la salua, elle et ses enfants, comme de vieilles
connaissances, et les félicita de leur bonheur. Puis survint Egbert, l'écuyer que les œufs avaient rendu à la vie;
il s'incline avec respect, et dit : — Permettez-moi, gracieuse comtesse, de baiser la main bienfaisante dont Dieu
s'est servi pour protéger mes jours. Le comte embrassa
Kuno comme le plus fidèle de ses serviteurs, et serra
cordialement, plein d'une reconnaissante émotion, la
main du brave meunier, qui, pour assister plus dignement à cette douce fête de famille, avait revêtu ses beaux
habits du dimanche. Ils soupèrent tous ensemble, le cœur
joyeux et attendri.

Le lendemain matin, toute la vallée retentit de cris
d'allégresse. La nouvelle que l'époux de la dame, grand
et puissant seigneur, était arrivé, mit tout le monde en
émoi. Petits et grands accourent pour le voir et cernent
la maison. Le comte sortit avec son épouse et ses enfants,
salua ces braves gens avec bienveillance, et les remercia
pour tout le bien qu'ils avaient fait à la comtesse et à ses
enfants. — Oh! ce n'est pas nous qui sommes ses bienfaiteurs, s'écrièrent-ils les larmes aux yeux; c'est elle qui
nous a comblés de ses bienfaits. Le comte s'entretint
longtemps avec eux, parla à chacun en particulier, et
tous furent charmés de son affabilité.

Pendant ce temps arrive toute la suite du comte, à laquelle quelques charbonniers avaient montré le chemin.

Au son de la trompette débouchent tout à coup, entre
deux montagnes boisées qui cernaient la vallée, des chevaliers et une foule d'écuyers à pied et à cheval, dont les
lances et les épées, où se reflétaient les rayons du soleil,
brillaient comme autant d'éclairs. Tous saluent avec de
grandes démonstrations de joie la comtesse retrouvée;
et les échos des rochers, comme s'ils eussent aussi voulu
manifester leur allégresse, répètent à l'infini leurs acclamations...

Arno demeura quelques jours encore dans la vallée; la
veille de son départ avec sa famille et sa suite, il donna
un grand repas à tous les habitants. Le meunier et les
charbonniers étaient assis pêle-mêle avec tous ces chevaliers et ces écuyers recouverts d'or et d'armures brillantes, et la table présentait ainsi un aspect des plus
variés. — A la fin du repas, le comte fit de riches présents à ses hôtes champêtres, et principalement au meunier. Marthe resta au service de Rosalinde; l'avenir de
la mère du bon Fridolin et celui de son frère et de sa
sœur furent assurés : puis Arno dit aux enfants des charbonniers : — Mes bons amis, je veux, en mémoire du séjour
de ma femme et de mes enfants parmi vous, faire en
votre faveur une petite fondation. Tous les ans, on distri-
buera des œufs de couleur. — Et moi, dit la comtesse,
je veux étendre cette coutume à tout notre comté, et j'y
ferai à Pâques, en mémoire de ma délivrance, distribuer
à tous les enfants des œufs teints.

Cela eut lieu en effet, et on les appela *Œufs de Pâques ;*
cette coutume se propagea peu à peu dans tout le pays.

Les habitants des autres contrées où s'était répandu
cet usage disaient : — La délivrance de la bonne comtesse
nous est trop indifférente, ainsi que celle de l'écuyer,
pour que nous en célébrions la mémoire; mais ces œufs
teints doivent être pour nos enfants d'un plus grand et
plus utile enseignement; ils leur rappelleront une autre
délivrance qui nous touche de plus près, celle de nos
péchés, du mal et de la mort, par celui qui est ressus-
cité et qui a vaincu le mal. Pâques est une véritable

fête de délivrance, et la joie que nous procurons à nos enfants est tout à fait selon les institutions du Sauveur. L'amour, qui fait le bonheur des grands et des petits, n'est-il pas le sommaire de notre sainte religion et le caractère de ses vrais adorateurs? Oui, l'usage de donner des œufs aux enfants peut servir aussi aux parents et à tous les hommes en général, en leur rappelant l'amour de Dieu pour les humains, et en leur offrant un gage des bienveillantes intentions de sa tendresse paternelle. Car il a été dit : « Quel est d'entre vous le père qui donnera un chardon au fils qui lui demandera un œuf? Si donc vous savez donner à vos enfants des choses utiles, combien plus doivent attendre de votre père qui est dans le ciel, ceux qui lui demandent le meilleur de tous les dons, son Esprit-Saint? »

LE PETIT MOUTON

I

CHRISTINE ET SA MÈRE ROSALIE.

UNE petite fille d'environ dix ans, Christine, cueillait un jour des fraises dans la forêt. C'était par une chaude soirée d'été, dans une clairière où les rayons du soleil dardaient de toute leur force ; la chaleur y était étouffante, sans que le moindre vent frais la tempérât, ou que le léger chapeau de paille que portait Christine pût l'en garantir ; elle avait le front baigné de grosses gouttes de sueur, et ses joues étaient brûlantes. Elle ne continuait pas moins avec persévérance à cueillir des fraises, sans détourner la tête. — Car, disait-elle, en s'essuyant le visage de son mouchoir blanc, c'est pour ma bonne mère malade; et le produit de ces fraises servira à lui procurer quelque nouveau soulagement.

Aux approches de la nuit, le petit panier suspendu à son bras, elle retourne chez elle, en traversant la forêt. Il commençait à pleuvoir; les feuilles des arbres bruissaient de plus en plus des gouttes qui tombaient; le tonnerre grondait dans le lointain. A la sortie de la forêt, s'éleva un vent violent; une averse impétueuse battait Christine au visage, et au ciel rouge du soir étaient appendues, comme d'immenses montagnes, de sombres et épaisses nuées amoncelées les unes sur les autres. Christine chercha un abri contre la tempête, loin des grands arbres, sous des haies de noisetiers [1].

Elle était là, attendant que l'orage se passât, quand elle entendit auprès d'elle sortir d'un buisson d'aunes des cris plaintifs comme les vagissements d'un jeune enfant. Ni la tempête, ni la pluie, ni le tonnerre ne purent empêcher la compatissante Christine d'aller voir ce que ce pouvait être. Elle courut donc, et quelle ne fut pas sa surprise en apercevant un tendre agneau, ruisselant de pluie, tremblant, et ne sachant où se réfugier ! — Oh ! la pauvre petite bête ! s'écria-t-elle en s'approchant du petit mouton : non, tu ne périras pas; viens, je vais te prendre avec moi. Elle l'enleva avec précaution dans ses bras, et, aussitôt que la pluie eut un peu cessé, elle le porta dans la maisonnette qu'elle habitait avec sa mère.

— Regarde donc, maman ! dit-elle dès qu'elle fut entrée dans la chambre petite et étroite, mais propre, qui composait toute leur demeure; regarde ce que j'ai trouvé ! Un petit mouton beau à ravir ! Quel bonheur !

[1] Christine observait en cela les lois de la prudence qui recommandent de fuir pendant l'orage les abris élevés, car ils attirent la foudre.

comme je vais le soigner ! Il fera désormais toute ma joie.

— Enfant ! répondit la mère en se levant avec peine sur son séant du grabat où elle gisait souffrante et malheureuse, et en soutenant de ses mains décharnées sa tête amaigrie par la douleur et les nombreuses privations ; enfant ! tu oublies que ce petit mouton doit avoir déjà son maître. Il n'est que perdu ; il faut le rendre. Il appartient sans doute au riche paysan de la cour des Chênes. On ne doit pas garder le bien d'autrui, même un seul instant ; ainsi, reporte-le de suite.

—Êtes-vous folle ? cria tout à coup, à travers la fenêtre ouverte, une grosse voix qui venait du dehors ; il ne faut pas tant y regarder.

Celui qui proférait ces coupables paroles était un maçon, occupé à faire des réparations à l'extérieur de la maison, et qui avait entendu la recommandation de la mère. Celle-ci, ainsi que Christine, le considèrent avec frayeur ; mais il continue en disant : — Ne faites pas d'aussi sottes figures ! Nous allons écorcher cet animal et le partager : sa chair nous donnera juste deux rôtis, et nous retirerons de plus quelques kreutzers [1] de sa peau.  Votre riche paysan possède plus de cent moutons gras et

[1] Petite monnaie d'Allemagne ; trois kreutzers valent 10 centimes et 71 millièmes de notre monnaie.

beaux ; ainsi, qu'il ait ou non cet agnelet, il n'en sera ni plus riche, ni plus pauvre. Je vais donc le tuer de suite. Ne craignez rien, personne ne le saura ; — et vous pouvez vous fier à moi ; je suis discret, ajouta-t-il en jetant contre la muraille une truellée de mortier.

Christine fut épouvantée de ces paroles ; la pensée de garder le petit mouton lui paraissait désormais abominable. — Vous avez tort ! dit-elle au maçon avec force ; ce que personne ne voit, Dieu le voit ! Mais toi, bonne mère, tu as raison, et ce que tu m'as dit aurait dû venir plus tôt à mon esprit. — J'aurais bien aimé le garder ! ajouta-t-elle en pleurant ; oh ! oui ! mais nous devons d'abord obéir à la voix de notre conscience et à la volonté de Dieu. Elle enveloppe l'agneau dans son tablier et se hâte de le porter à la cour des Chênes, sans attendre que la pluie eût cessé de tomber.

Lorsque Christine arriva, la fermière se trouvait précisément sur sa porte, entourée de ses enfants ; elle tenait le plus jeune dans ses bras. Ils regardaient attentivement le bel arc-en-ciel qui se montrait alors après l'orage, au milieu des nuages sombres et grisâtres, dans tout l'éclat de ses couleurs. — Voyez, disait la mère en le leur montrant à l'horizon, et bénissez celui qui l'a créé. Par ces éclairs de feu et son formidable tonnerre, Dieu nous annonce sa force et sa toute-puissance, et par les belles couleurs de l'arc-en-ciel, il nous assure de sa miséricorde et de sa bonté.

Christine se plaisait à considérer alternativement le ciel et les riants visages des enfants ; elle garda le silence jusqu'à ce que l'arc se fût entièrement dissipé ; alors, découvrant l'agneau caché dans son tablier et le posant à terre, elle raconta comment elle l'avait trouvé.

— C'est bien ! dit gracieusement la fermière, c'est très-bien de l'avoir rapporté le soir même et par cette pluie ; tu es une bonne et honnête petite fille.

— Oui, certes ! dit le fermier, qui sortait de la maison. Mes amis, soyez aussi sages et aussi probes que cette pauvre enfant, et prenez-la pour modèle. Il vaut

mieux ne posséder jamais un seul agneau et être honnête et juste, que d'en avoir cent et devenir déloyal et
pervers. La probité de cette enfant qui nous a rendu
ce mouton est un trésor du cœur qui rend plus riche
que mille troupeaux; et ce trésor, aucun loup ne peut
l'enlever.

François, l'un des fils du fermier, alla chercher à l'étable la mère de l'agneau et l'amena. Quels furent les
transports du petit mouton ! Il sautait autour de sa mère
et en réclamait des caresses. Christine le regardait faire
et disait : « Oh ! ne serait-ce que pour la joie qu'éprouve
cette pauvre bête, je ne me repentirais jamais de l'avoir
rendue; cependant, il m'aurait aimée comme cela, et
j'aurais éprouvé bien du plaisir à le garder !

— Eh bien, dit le bon fermier, puisque tu es si honnête
et que cet agneau te cause tant d'envie, je veux t'en faire
présent. Mais maintenant il ne te servirait à rien, et,
privé du lait de sa mère, il dépérirait bientôt; dans une
quinzaine de jours, il sera assez fort pour pouvoir se
nourrir d'herbe et de gazon; alors mon fils François te
le portera.

— Soigne-le bien surtout, dit la fermière ; il ne te coûtera pas grands frais de nourriture : pendant que tu
cueilles des fraises ou que tu tricotes, tu peux facilement
le faire paître, et aussi facilement encore sécher de
l'herbe pour sa provision d'hiver. Quand il sera grand, le
lait qu'il vous donnera vous sera d'un grand secours dans
votre ménage, et sa laine vous fournira toujours une
bonne paire de bas par an.

— Enfin, si le bonheur vous favorise, vous pouvez, par
la suite, en espérer un troupeau entier, dit un des fils du
fermier.

Ces bonnes gens donnèrent en outre, à Christine, du
lait avec du pain et du beurre, et la généreuse fermière
lui donna de plus un gros morceau de beurre d'un jaune
d'or, qu'elle enveloppa dans de larges feuilles de vigne,
puis elle y ajouta une douzaine d'œufs. — Porte cela à ta
mère, lui dit-elle en les posant avec soin dans son ta-

blier; fais-lui des compliments de ma part, et Dieu
veuille qu'elle se rétablisse bientôt !

Christine, toute joyeuse, accourut lestement chez sa
mère. Le ciel s'était éclairci et resplendissait des mille
feux que répandaient les étoiles scintillantes et le disque
de la lune, qui, ce soir-là, recommençait sa course ; une
fraîche brise faisait tomber, des plantes et des fleurs, les
gouttes de pluie que renfermaient leurs corolles, et répandait de toutes parts leurs suaves parfums. Le cœur de
Christine ressentait un bonheur indéfinissable. — Après
chaque orage, se disait-elle, le ciel et la terre sont plus
beaux et semblent renaître ; mais jamais ils ne m'ont paru
aussi majestueux que ce soir.

En arrivant, elle raconta à sa mère ce qui lui était arrivé. — Tu le vois, lui dit celle-ci, c'est ce que je te répète
tous les jours : rien n'est au-dessus d'une conscience
tranquille. Lorsque nous faisons bien, notre cœur se remplit d'une sainte et douce joie; c'est par l'état de notre
conscience que Dieu nous apprend s'il est content de
nous ; ainsi donc, ma Christine, ne fais jamais rien qui ne
soit dicté par la vertu et qui ne soit bon et juste aux yeux
de l'Éternel. Tu le sais, ô mon Dieu ! nous sommes pauvres, et ce que nous possédons en ce monde est bien peu
de chose ; mais daigne nous conserver une bonne conscience, nous serons toujours assez riches, et la joie ne
nous manquera pas ! N'est-ce pas, en effet, le plus noble
et le plus doux des plaisirs ?

Christine comptait tous les jours qui devaient s'écouler
jusqu'à la réception de son petit mouton ; elle eût bien
aussi consulté son almanach si elle en avait possédé un ;
mais, en revanche, chaque soir, elle considérait l'état de
la lune et s'en allait se coucher toute joyeuse, car,
disait-elle, quand la lune sera bien ronde, j'aurai mon
petit mouton.

Enfin, la pleine lune arriva ; bientôt après, elle fut en
décroissant, et pourtant le petit mouton ne paraissait pas.
Christine attendait, attendait, et perdait tout espoir. « Je
n'entendrai sans doute plus parler de mon pauvre petit

mouton, disait-elle un soir, assise tristement près du lit
de sa mère. — Prends patience, répondit celle-ci ; la patience est une vertu qui prévient bien des maux. » Elle
n'eut pas plutôt parlé
que tout à coup la
porte de la cham-
bre s'ouvre, et elles
voient paraître le vif
et joyeux garçon du
fermier, accompa-
gné de l'agneau.
Christine, qui ne se
possédait plus de
joie, se lève préci-
pitamment, s'age-
nouille près du mou-
ton et le caresse avec
amour en s'écriant :
— Oh ! comme il est
devenu grand et
beau ! Je le recon-
nais à peine ! et
comme sa laine est

blanche, comme elle se crêpe agréablement ! Oh ! maintenant que je suis contente !

— Je voulais te l'apporter il y a déjà quelques jours, dit
le fils du fermier, mais mon père m'en a empêché, afin
de le laisser encore avec sa mère pour qu'il devînt plus
grand et plus fort.

— Tes parents et toi, vous êtes bien bons, dit Christine ; si je n'étais pas si pauvre, je te ferais aussi un cadeau ;
cependant, de la première laine que me donnera mon
petit mouton, je te tricoterai une belle paire de bas ; tu
peux en être certain, tu verras si je te dis la vérité.

Le petit fermier s'en alla, et Christine conduisit son
agneau dans l'étable qui se trouvait dans la chaumière,
et lui donna à manger. Le petit mouton s'habitua si bien
à sa nouvelle maîtresse et devint si familier, qu'il venait

prendre du pain dans sa main, buvait du lait dans sa
tasse, et la suivait comme ferait un petit chien ; elle n'a-
vait qu'à l'appeler, aussitôt il arrivait en courant. Souvent la mère de Christine, en voyant le contentement que
cet agneau causait à sa fille, disait : — Te repens-tu maintenant de m'avoir obéie en le reportant à ses maîtres ?
— Oh ! non, maman ! répondait Christine ; ainsi que
mon petit mouton obéit à ma voix, ainsi je veux toujours
écouter la tienne ; car, je le sais, tu me chéris bien plus
que je n'aime mon mouton.

II

MADAME DE WALDHEIM ET SA FILLE ÉMILIE.

Le hameau qu'habitait Christine était situé au pied
d'une montagne boisée, dominée par un vieux château
que défendait un gros donjon et où étaient venues demeurer, depuis quelques années, madame de Waldheim et
sa fille. Ce château lui avait autrefois appartenu ; mais,
depuis la mort de son époux, elle n'en jouissait que
comme douaire [1]. Une partie du château tombant en
ruine, elle s'était fait arranger quelques pièces à neuf
avec beaucoup de luxe et d'élégance. C'est dans cette
retraite qu'elle vivait, livrée entièrement à l'éducation de
sa fille unique, Émilie, aimable jeune fille de l'âge de
Christine.

Pendant la saison des fruits, Christine allait presque
tous les jours au château. Émilie n'achetait des fraises
que d'elle et ne l'appelait que sa gentille marchande ; car
les fraises que cueillait Christine étaient toujours bien
mûres et rouges comme l'écarlate ; le vase dans lequel

---

[1] Le douaire est ce que le mari donne à sa femme en faveur du
mariage qu'il contracte, et pour qu'elle en jouisse en cas de survie.

elle les apportait, quoique d'une argile très-commune,
était cependant toujours d'une grande propreté, et ses
vêtements, quoique grossiers, étaient toujours si nets et
son maintien si modeste, que sa petite personne était vraiment gentille.

Cependant Christine n'avait pas paru au château depuis
huit jours ; Émilie, qui préférait les fraises à toutes les
sucreries, se plaignait vivement de l'absence de sa petite
marchande. Enfin, un beau matin, celle-ci revint au château. La cuisinière entra dans la chambre de sa maîtresse
pour l'en avertir, pendant que Christine attendait à la
porte. Émilie sortit aussitôt et dit : — Pourquoi me laisses-
tu donc si longtemps sans fraises ?..... Ce n'est pas bien,
car tu sais que je n'en achète que de toi ; si tu as aussi peu
d'attentions pour moi, tu perdras ma pratique ! Les beaux
yeux bleus de Christine se remplirent alors de larmes. —
Mon Dieu ! ma bonne demoiselle, ma mère est malade
depuis le commencement du printemps, et cette semaine
elle a été plus mal que jamais, de sorte que je n'ai pas osé
m'écarter un seul moment de son lit. Hier seulement elle
se sentit un peu mieux, et ce matin, dès la pointe du
jour, je me suis hâtée de courir à la forêt pour gagner
de nouveau quelques kreutzers, en vous cueillant des
provisions.

— Pourquoi ne m'as-tu pas dit plus tôt que ta mère
était malade ? répondit Émilie ; ma mère n'est point sans
pitié pour les pauvres, elle ne vous eût certainement pas
laissées sans secours !

— O Mademoiselle, dit Christine, je connais vos sentiments charitables et ceux de madame votre mère pour
les pauvres gens ; mais ma mère dit souvent : Tant que
l'on peut gagner son pain soi-même, il ne faut pas tomber
à la charge d'autrui. Combien y a-t-il de malheureux qui
ne peuvent plus travailler !..... Ce serait un crime de les
priver de leur pain.

Ces paroles plurent beaucoup à Émilie. — Attends un
instant, dit-elle avec affabilité ; et elle courut parler à sa
mère. Madame de Waldheim voulut voir Christine ; Émilie

l'introduisit. On peut juger de la surprise de la pauvre
enfant à la vue de ce magnifique appartement. Les parois
en étaient vertes et peintes de fleurs de diverses couleurs.
Une grande glace était renfermée dans un cadre d'or, les
buffets et les tables de beau bois brun poli et brillant ;
une soie verte recouvrait les fauteuils et les canapés ;
enfin, le parquet était ciré et marqueté. Jamais Christine
n'avait vu plus magnifiques choses, et elle ne les contemplait qu'avec une sorte de ravissement et de vénération.

La dame, assise devant un métier à broder, s'émut vivement à la vue de cette enfant timide, avec ses pauvres,
mais propres vêtements de toile rayée, blanche et rouge,
son petit chapeau de paille jaune, surmonté d'un bouquet
de feuilles de fraisiers entremêlées de fleurs, ayant les
yeux remplis de larmes. Christine se tenait à la porte, l'é-
cuelle de fraises dans sa main tremblante.

— Approche, lui dit madame de Waldheim avec une
voie douce, tu n'as rien à craindre. Lorsque Christine
se fut approchée, elle aperçut son image se refléter dans
la glace. Elle n'en avait encore jamais vu d'une telle dimension, et celle qu'elle possédait n'était pas plus grande
qu'un calendrier de poche. Elle crut d'abord qu'une autre
marchande, qui voulait lui disputer sa pratique, venait à
elle ; elle s'arrête stupéfaite. Cependant elle s'étonne de
ce que cette petite fille avait absolument le même costume qu'elle ; tout était semblable : le même bouquet de
fraises sur son chapeau, la même robe usée, et enfin le
même vase de fraises en main. Elle s'aperçut bientôt
qu'elle s'était trompée, et le rouge lui monta au visage.

Madame de Waldheim ne put s'empêcher de sourire de
l'innocente méprise de la pauvre enfant, et s'informa avec
un intérêt plein de compassion de l'état de sa mère. Christine reprit courage, et répondit convenablement à chaque
question ; mais lorsqu'elle vint à dire la misère et les chagrins de sa tendre mère, elle put à peine parler, tant elle
avait le cœur serré. Elle sanglota, et d'abondantes larmes,
s'échappant de ses yeux, ruisselèrent sur ses joues.

— Ne pleure pas ainsi, mon enfant, dit madame de

Waldheim, j'aurai soin de ta mère ; dis-moi maintenant
où vous demeurez : — Dans la dernière chaumière du
village, répondit Christine ; vous pouvez en apercevoir
de vos fenêtres le toit de chaume, là-bas, parmi ces
arbres. — Oui, je vois, dit madame de Waldheim, cette
petite maison, ses murailles blanches et son toit jaune.
Elle ressort assez bien de la verdure de ces arbres. Ainsi,
c'est là que demeure ta mère ? Et comment s'appelle-
t-elle ?

— Elle s'appelle Rosalie West ; mais, dans le village on
ne l'appelle communément que la pauvre Rosalie.

La bonne madame de Waldheim paya à Christine trois
fois la valeur de ses fraises, et lui fit remplir d'un excellent bouillon, pour sa mère, le vase de terre qui les contenait.

— Voilà une bien aimable et bien bonne petite fille,
dit madame de Waldheim à Émilie lorsque Christine fut
sortie ; sans parler de ce que, malgré toute sa pauvreté,
elle peut passer pour un modèle de propreté, l'amour
qu'elle porte à sa mère la recommande suffisamment. Un
tel cœur rempli d'amour filial est bien préférable à une
brillante étoile de diamants qui ornerait son sein. O
Émilie ! si un jour, et ce jour arrivera peut-être, je suis
malade et misérable comme la mère de Christine, auras-
tu pour moi les mêmes soins, le même dévouement, le
même amour ?

Émilie, dont les yeux s'étaient déjà remplis de larmes
au récit de Christine, se jette en sanglotant dans les bras
de sa mère. — Dieu vous préserve toujours, s'écria-
t-elle, ô ma chère maman, de la maladie et de la misère !
qu'il me les envoie plutôt à moi !... Cependant, si sa volonté était de vous affliger un jour de quelques maux, oh !
soyez sûre que je ne ferai pas moins pour vous que Christine ne fait pour sa mère.

— Dieu bénisse, ma fille, la piété filiale ! répondit
madame de Waldheim émue jusqu'aux larmes. Oh ! reste
toujours dans les mêmes sentiments, et tes jours s'écou-
leront heureux sur la terre ; car, crois-moi, Dieu accorde

la paix et le bonheur à tous les enfants qui chérissent leurs parents; Christine verra donc encore luire pour elle de beaux jours. »

Cependant Christine était retournée chez elle, contente et joyeuse. Sa mère se réjouit beaucoup de ce qu'elle lui raconta, et le bouillon fortifiant de la charitable dame ranima un peu les forces de cette pauvre femme, qui, depuis longtemps, n'avait mangé que de la soupe aux légumes. — « Chère Christine, dit-elle en levant avec ferveur ses mains vers le ciel, Dieu n'abandonne jamais ses serviteurs. Il les aide toujours quand il le faut. Comptons sur lui pour notre avenir, qui, espérons-le, sera, comme notre passé, honnête et sans reproches! Car, vois-tu, si ton amour pour moi ne t'avait pas inspiré de cueillir des fraises, et si tu n'avais pas écouté mes recommandations d'ordre et de propreté, nous n'aurions pas eu le bonheur de voir s'intéresser à notre malheureux sort cette noble dame et sa fille. Aucun bien, même le plus léger, ne reste sans récompense; Dieu se sert toujours de généreux cœurs pour nous tirer du besoin.

III

AVENTURES DES DEUX MÈRES.

Le jour suivant était un dimanche. Sur le soir, Christine, après avoir mis en ordre le ménage et donné la pâture au petit mouton, s'était assise près du lit de sa mère et lui faisait une lecture d'une voix douce et pénétrante. La soirée était magnifique, et les rouges rayons du soleil couchant, pénétrant dans la petite chambre à travers les feuilles de vigne du treillis qui se trouvait devant la fenêtre, y produisaient un effet admirable. Tout à coup la porte s'ouvre et elles voient madame de Waldheim et Émilie. — Ah! mon Dieu! dit Christine, la bonne dame et sa demoiselle! La malade fut vivement touchée de cette visite inattendue.

Madame de Waldheim porta un regard de contentement autour de l'étroite chambre. Les murs en étaient blancs comme de la neige; le peu de tasses et d'assiettes, placées sur une assiette, brillaient claires et propres; la table, les bancs, les chaises étaient bien essuyés, et le plancher balayé. Le lit et les vêtements de la malade, quoique vieux et usés, étaient nouvellement blanchis. Madame de Waldheim prit place sur la chaise qu'occupait Christine lorsqu'elle était entrée dans la chambre. Elle apprit avec satisfaction qu'aux soins de celle-ci étaient dus l'ordre et la propreté qui régnaient dans ce pauvre logis. Elle feuilleta le livre que cette enfant tenait entre ses mains, en approuva la lecture et se montra fort contente de la diction de Christine qu'elle avait entendue en entrant. Elle parut également satisfaite de l'ouvrage de la mère et de la fille, en voyant deux tricots placés sur une armoire adossée à la muraille.

— Vous n'êtes sans doute pas de ce village, dit-elle; car ici, ni vous ni votre fille n'avez pu apprendre à tricoter et à coudre; il faut qu'un événement quelconque vous y ait amenées?

— Oui, certes, ce sont des événements, et de bien pénibles, répondit la malade; et elle se mit à les raconter. — Mon mari, dit-elle, était chasseur[1] dans un domaine seigneurial au delà du Rhin. A peine mariées depuis quelques années, années passées dans un bonheur dont la pureté ne fut jamais troublée par un nuage, la guerre vint à éclater avec la France. Nos maîtres prirent la fuite, et nous ne pûmes les accompagner. D'après leurs conseils, mon mari s'engagea dans un régiment de cavalerie; dans l'impossibilité de

---

[1] On appelle ainsi les laquais de bonne maison dont l'emploi est de se tenir derrière la voiture de leurs maîtres. Ils sont ordinairement chamarrés de galons, le couteau de chasse au côté et le chapeau garni de plumets éclatants. Ils servent également, à la chasse, à lancer le gibier.

le suivre avec ma petite fille, alors si jeune qu'elle pouvait à peine prononcer le nom de son père, nous nous séparâmes après de déchirants adieux. Hélas! c'était la dernière fois que je devais le voir! De temps en temps il m'écrivait qu'il se portait bien; mais j'appris tout à coup qu'il avait été grièvement blessé, et bientôt arriva l'effroyable nouvelle qu'il était mort de ses blessures. Je ne saurais exprimer l'affliction que je ressentis. Mon mari était un homme bon, honnête et juste; j'ignore où sont ses cendres, mais je suis certaine qu'elles reposent en paix. La misère me surprit bientôt avec ma fille. J'avais été recueillie chez mes parents; mais la guerre étendit jusque chez eux ses cruels ravages. Ils perdirent tout ce qu'ils possédaient, et une épidémie engendrée par ce fléau les emporta quelque temps après et me laissa sans ressources dans le plus profond dénûment. Je m'éloignai... Mes bagages furent bientôt réunis... Je n'avais plus que mes deux mains pour m'aider à vivre. J'errai longtemps de côté et d'autre; enfin, j'arrivai dans ce village; cette chaumière se trouvait pour le moment inhabitée; les braves paysans à qui appartient également la maison y attenant me permirent de l'habiter, à la seule condition que j'enseignerais à leurs deux petites filles à coudre et à tricoter, ce que je fais avec plaisir. J'ai beaucoup souffert, mais Dieu cependant a toujours eu soin de moi et m'a puissamment secourue jusqu'au moment où il a daigné vous conduire sous mon toit de chaume, noble et bienfaisante dame. Grâces lui soient rendues pour mes joies comme pour mes douleurs!

Ce récit attendrit madame de Waldheim, qui l'avait écouté avec attention. — Hélas! dit-elle, mon sort ressemble au vôtre, et même il est plus triste. Non-seulement j'ai perdu comme vous époux et parents, mais encore mon fils unique. Mon époux était major[1] d'un

---

[1] Officier supérieur. En Allemagne, le major, *oberst*, est le premier officier de son corps; en France il a le grade de chef de bataillon, et son emploi est purement administratif.

régiment de hussards. Dès le premier combat qui ouvrit la campagne, et dans lequel il avait déployé une
grande valeur, il fut grièvement blessé. A cette affreuse
nouvelle, je volai vers lui avec mes deux enfants; la
triste espérance de pouvoir encore une fois l'embrasser
soutenait mon courage. Il mourut dans mes bras. Vous
vous imaginez le coup dont je fus atteinte. Après cette
malheureuse bataille, il y eut une déroute complète;
les chemins étaient encombrés de fuyards. Je fus entraînée dans cette immense tourbe sans savoir où j'allais.
Mes deux enfants, un charmant petit garçon de quatre
ans à peine, et ma petite fille qui alors n'avait pas un an,
augmentaient mon embarras et mon chagrin. Lorsque
j'arrivai avec eux sur les bords du Rhin, la foule de
chariots, de canons, de caissons, de voitures remplies
de blessés et de bagages était tellement grande que je
ne pus m'approcher du pont. Pendant ce temps, le
soleil s'était couché. On combattait encore au loin pour
protéger le passage du fleuve. Cependant le bruit
du canon approchait de plus en plus. Cette affreuse
soirée fut la plus horrible de ma vie. Quelques fuyards,
pour atteindre l'autre rive, s'étaient emparés d'un bateau qui se trouvait un peu plus bas sur le fleuve ; ils
m'y recueillirent par pitié, moi et mes enfants; mais ce
bateau était tellement surchargé et si mal conduit qu'il
chavira.

Un officier s'était aperçu, de la rive opposée, du danger
que nous courions, et nous avait envoyé en aide deux
soldats avec une petite barque, la seule qui se trouvât
là. Ils arrivèrent au moment où notre bateau s'englou-
tissait. Moi et ma fille, que je tenais étroitement serrée
dans mes bras, nous fûmes retirées des flots et déposées
à terre demi-mortes. Mais mon pauvre fils fut à jamais
perdu et je n'en entendis plus parler !

Ici, madame de Waldheim, que les larmes empêchaient de continuer, se cacha le visage dans son mouchoir. Un instant après elle reprit : «Nous serions mortes
de froid et de besoin sans la bienfaisante charité d'un

seigneur qui fuyait comme nous et qui nous recueillit, en passant, dans sa voiture de voyage. Cependant, la crainte et l'effroi que m'avait fait éprouver notre catastrophe, la cruelle affliction que me causait la mort de mon époux et de mon fils, les entraves et les difficultés de notre fuite, tout cela réuni épuisa mes forces ; je tombai malade. Lorsque je fus rétablie, la double perte qui m'avait frappée me présenta un nouveau sujet de peine. Comme mon époux était mort sans héritier mâle, nos biens revenaient de droit à sa famille. On prit aussitôt possession de notre château, et on en fit un hôpital pour les soldats malades et blessés. Je demeurais, chose que je ne puis imputer qu'à la difficulté de ces temps désastreux, sans pension et sans secours ; n'ayant plus de logement au château, je fus obligée d'en louer un à la ville ; bref, j'endurai toutes les privations. Enfin, j'obtins une pension de veuve qui m'est suffisante ; l'arriéré m'en fut soldé, et l'on m'accorda dans ce château, qui autrefois m'avait appartenu, un logement à titre de douaire. Mais tout cela ne peut me consoler de la perte irréparable de mon époux et de mon fils. Quelque grande et douloureuse que soit cette perte, elle n'a pas laissé que de me procurer quelque bien, car Dieu a permis que mes chagrins me rendissent plus sensible aux souffrances d'autrui. Et puis, que devons-nous désirer de mieux sur la terre qu'une petite place où nous puissions vivre en repos, servir Dieu et faire le bien, dans le doux espoir de nous rencontrer dans un autre monde et dans une même béatitude avec ceux que nous avions aimés ici-bas !... »

Pendant ces récits de cruelles infortunes, le jour avait disparu. Madame de Waldheim regarda sa montre et se leva. — Avez-vous besoin d'un médecin ? demanda-t-elle encore. — Oh non ! répondit Rosalie ; je ne refuserais pas les soins d'un bon médecin, mais je ne veux pas me confier à un de ces inhabiles charlatans qui infestent les campagnes. — Vous avez raison, dit madame de Waldheim ; il vaut mieux se passer de secours que d'en supporter de semblables. Elle lui promit de lui envoyer son propre

médecin, et elle chercha à la consoler par l'espoir que,
Dieu aidant, elle serait bientôt rétablie. Puis, elle recommanda à Christine de venir tous les jours au château chercher à manger pour sa mère, souhaita à celle-
ci une bonne nuit, et retourna chez elle avec Émilie.

IV

GÉNÉROSITÉ.

Quinze jours après, madame de Waldheim et sa fille
revinrent voir la pauvre malade. Elle allait beaucoup
mieux depuis la dernière visite de ses bienfaitrices. Les
excellents remèdes et les sains aliments qu'on lui avait
fait prendre avaient victorieusement combattu la maladie. A l'arrivée de madame de Waldheim, Rosalie se
trouvait assise sur un banc devant la table et travaillait.
Aussitôt qu'elle aperçut cette charitable dame, elle se
leva précipitamment et vola vers elle ; de grosses larmes
sillonnèrent ses joues pâles, elle ne put trouver un seul
mot pour articuler ses remercîments. Madame de Waldheim s'assit à l'autre bout de la table ; elle avait apporté
sa corbeille à ouvrage, d'où elle sortit sa broderie. Elle
permit à Émilie de s'amuser avec Christine dans le
verger qui s'étendait de la cabane au ruisseau, et qui
appartenait aux bons paysans qui avaient si charitablement recueilli Rosalie.

Pendant que les deux mères causaient ensemble de
leurs aventures, leurs deux filles s'entretenaient dans
le jardin. Christine montra son petit mouton à Émilie,
à qui cette vue causa un vif plaisir. Comme elle avait
toujours été élevée dans une grande ville, elle ne connaissait pour ainsi dire le mouton que par les images
qu'elle en avait vues ; jamais elle n'avait approché d'un
agneau vivant.

Celui de Christine se laissa caresser par Émilie, mangea dans sa main l'herbe fraîche qu'elle lui présenta, et courut après elle comme pour lui en demander encore. Émilie s'extasiait. Elle eût bien sincèrement désiré en avoir un pareil; cependant elle prit bien garde de ne point faire paraître ce désir. — Non, dit-elle, je ne priverais pas, pour tout au monde, cette bonne Christine de son seul amusement.

Lorsque madame de Waldheim et Émilie furent parties, Christine décrivit à sa mère la joie que son petit mouton avait causée à Émilie. Sa mère lui dit alors: — Écoute, Christine; Émilie et sa mère nous ont comblées de bienfaits; sans elles, je serais morte et tu n'aurais plus de mère; il est donc juste que nous leur prouvions notre reconnaissance par tout ce qui est en notre pouvoir. Tu pourrais également faire grand plaisir à Émilie, mais je crains que cela ne te coûte trop. Cependant, à ta place, je sais bien ce que je ferais..... — Lui donner mon petit mouton! s'écria Christine en interrompant sa mère; oui! c'est ce que je vais faire! Demain, de grand matin, elle l'aura. Sa maman m'a conservé ce que j'avais de plus précieux au monde, ma bonne et tendre mère: pourquoi ne ferais-je pas cadeau à Émilie de ce que j'ai de plus cher, après toi, de mon petit mouton?

— Eh bien, répondit Rosalie en l'embrassant, je suis heureuse de te voir le cœur reconnaissant; cela vaut mieux que si l'on te donnait le pesant d'or de ton agneau.

Elle se souvint qu'elle possédait encore parmi ses effets une petite bande de satin rouge et quelques paillettes dorées. Elle les chercha et se mit à faire aussitôt un collier pour l'agneau, et avec les paillettes elle y broda le nom d'Émilie. Celle-ci avait donné à Christine un beau fichu blanc, dont un des coins portait le chiffre d'Émilie brodé en soie bleue; les lettres de ce nom servirent de modèle à Rosalie. Elle résolut de veiller jusqu'à ce que l'ouvrage fût terminé; Christine lui tenait compagnie, enfilait ses aiguilles, cherchait, parmi les paillettes, les plus belles et

les plus brillantes. Enfin, vers minuit, la broderie fut
achevée, et Christine en ressentit une telle satisfaction,
qu'elle put à peine dormir de toute la nuit.

Le lendemain matin, dès qu'il fit jour, cette aimable
enfant courut à la rivière et usa son dernier morceau de
savon à laver le petit mouton, qu'elle rendit aussi blanc
qu'un lis. Ensuite Rosalie lui mit au cou le collier de satin rouge, qui, avec ses lettres et ses fils d'or, faisait,
au milieu des flocons de laine blanche, un effet merveilleux. Christine et sa mère ne pouvaient se lasser de le
regarder et de l'admirer.

Christine le conduisit ainsi au château. Elle se rendit
d'abord près de la vieille cuisinière, qui s'était toujours
montrée d'une extrême bienveillance à son égard, et la
questionna sur la manière la plus convenable d'offrir son
présent. La cuisinière s'extasia à la vue du joli petit mouton, et loua beaucoup l'ingénieuse idée de Christine.
Elle le prit, et alla ouvrir tout doucement la porte de sa
maîtresse. Madame de Waldheim était à broder près
d'une fenêtre ouverte, Émilie lui faisait la lecture, et
toutes deux étaient tellement occupées, qu'elles ne s'a-
percevaient de rien. La cuisinière introduisit le mouton
dans la chambre, referma légèrement la porte, et revint
à la cuisine.

Madame de Waldheim et Émilie n'avaient rien vu. L'a-
gneau resta devant la porte, regarda un instant autour de
lui, puis se prit à bêler. Émilie leva les yeux et s'écria
aussitôt : — Eh! mon Dieu ! le petit mouton!... Elle sortit
alors du buffet un morceau de pain qui était resté de son
déjeuner et le lui tendit ; la jolie petite bête, qui n'avait
encore rien mangé de la matinée, accourut à elle et
mangea dans sa main. Émilie éprouvait une joie indicible. L'agneau lui parut sans comparaison plus beau que
la veille, et lorsqu'elle aperçut sur le collier son propre
nom en lettres d'or, et qu'elle put conclure de là qu'on
voulait lui en faire don, sa joie ne fit qu'augmenter. —
Oh! combien Christine est bonne d'avoir songé à me
donner ce qu'elle aime le mieux ! J'hésite presque à le

prendre. Dois-je l'accepter, chère maman? qu'en pensez-vous?

— Il faut l'accepter, sans quoi tu affligerais cette

excellente petite fille. Je dédommagerai Christine d'une
autre manière.

Émilie courut alors à la cuisine appeler sa bonne marchande de fraises. Christine avait voulu s'en retourner
aussitôt, mais la cuisinière l'avait retenue; Émilie eut
beaucoup de peine à l'amener près de sa mère.

Pendant ce temps, madame de Waldheim avait pris
dans son secrétaire une pièce d'argent où était représenté
un mouton. — Tu as le cœur aussi bon que reconnaissant, ma chère enfant, dit-elle à la petite, qu'Émilie
amenait rouge et timide. Tu as fait à ma fille un présent que tu n'eusses pas cédé pour de l'or; accepte donc
en retour, et comme marque de ma satisfaction, cette
belle médaille.

La bonne Christine fut si troublée de cette délicate
manière de donner, qu'il lui fut difficile de repousser

cette offre. Cependant elle s'affligeait de l'idée qu'on pût croire que sa reconnaissance réclamait un salaire, et les larmes lui vinrent aux yeux, tant était grand son embarras. — Oh! non! Madame, dit-elle enfin, je ne puis accepter cet argent, il gâterait toute ma joie. Une reconnaissance pure et sincère m'a seule portée à faire cadeau à mademoiselle Émilie de mon agneau, ce faible présent pour lequel il m'est impossible d'accepter une aussi riche récompense.

Malgré toutes les prières elle resta inébranlable dans sa résolution.

Un tel désintéressement de la part d'une si pauvre petite fille charma bien plus encore madame de Waldheim, que son rustique cadeau. — Eh bien, dit-elle, je vais chercher, pour te dédommager, un autre moyen qui soit plus digne de ta reconnaissance. Tu seras désormais la compagne de mon Émilie. En ta société, elle ne courra point le risque de contracter de mauvaises habitudes ou d'éprouver de mauvais sentiments. Viens désormais ici tous les jours, après midi, je vous donnerai de l'ouvrage à toutes deux, et nous verrons plus tard ce que nous ferons.

Quand Christine eut raconté à sa bonne mère ce qui venait de lui arriver, celle-ci fut enchantée de la conduite de sa fille.

— Vois, dit-elle, c'est ce que je t'ai déjà souvent dit. Le plus pauvre enfant, lorsqu'il a bon cœur, trouve toujours des gens qui l'estiment plus pour ses vertus que s'il était chargé d'or et de perles. En revanche, la plus belle et la plus riche petite fille, lorsqu'elle n'a pas d'autres qualités, finit par encourir le mépris qu'elle mérite; car le bonheur d'être aimés et estimés des honnêtes gens est la seule chose qui nous réjouisse et nous rende heureux et riches.

V

IL SURVIENT UN ÉTRANGER.

Aux broderies d'or qui ornaient le collier du petit mouton, madame de Waldheim avait pu juger de l'habileté de Rosalie. Cependant cette dernière, voyant que la broderie ne suffirait pas à sa subsistance dans ce pauvre village, avait cessé de s'en occuper depuis longtemps, et s'était bornée à coudre et à tricoter. Madame de Waldheim la chargea de quelques ouvrages et lui fit avoir plusieurs autres pratiques. Par là, Rosalie parvint à se procurer non-seulement une existence honnête, mais encore ses entrées fréquentes au château.

D'abord madame de Waldheim ne l'avait recueillie que par commisération ; mais lorsqu'elle la connut mieux, cette pitié se changea en estime. Elle goûta tous les jours de nouveaux charmes dans sa société. On s'étonnait qu'une grande dame, veuve d'un officier supérieur, se liât d'amitié avec une pauvre femme de soldat ; à cela madame de Waldheim répondait en souriant : — Eh bien, vous ne me soutiendrez point que mon époux, le major-général, ne fût pas soldat? Il l'était certainement! Et c'est précisément parce que le mari de la pauvre Rosalie l'était aussi, et que, comme le mien, il eut la gloire de mourir pour sa patrie, que je m'intéresse à ses malheurs. La conformité de nos destins nous rapproche. Comme moi, elle est veuve; comme moi, elle a eu à supporter bien des peines, des tribulations; comme moi, enfin, elle n'a qu'une fille. Nos deux enfants ont le même âge et s'aiment étroitement, et si mon Émilie devient aussi bonne et aussi reconnaissante que la mère de Christine, je m'estimerai fort heureuse. Les hommes doivent sans doute tenir, chacun, le rang qui leur appartient dans la grande famille de l'humanité; mais un cœur noble et bon fait le seul vrai mérite. Cette pauvre veuve de soldat est si modeste, si douce, si honnête, si éprouvée par les chagrins, si tendrement pieuse, et, en même temps, si intelligente et si instruite, que je me fais gloire de l'appeler mon amie.

Madame de Waldheim témoignait toujours de plus en plus d'intérêt à sa pauvre amie. Elle descendait tous les dimanches au village pour se rendre à l'église, et jamais elle ne passait devant la chaumière de Rosalie sans y entrer et y rester au moins quelques instants. Souvent elle disait à Christine, qui venait chaque jour au château, d'amener sa mère; et bientôt elles furent obligées d'y aller passer toutes les après-dinées. Madame de Waldheim, Émilie, Rosalie et Christine se plaçaient autour d'une table de travail et s'occupaient ainsi plusieurs heures à confectionner divers jolis ouvrages. Les deux dames prenaient ensuite du thé, et l'on donnait aux enfants une tartine de beurre. Le soir, elles faisaient d'ordinaire un tour de promenade.

Une fois, par une belle soirée d'été, elles allèrent dans la forêt qui entourait la montagne dominée par le château. Plusieurs allées ombragées et recouvertes de gazon vert la perçaient en tous sens; et des bancs, placés de distance en distance, invitaient les promeneurs au repos. Pendant la journée, la chaleur avait été excessive, et la brise du soir ne l'avait pas encore totalement dissipée. Madame de Waldheim s'assit avec Rosalie sur un banc de pierre taillé dans le roc et ombragé de deux chênes. Cet endroit, d'où l'on découvrait une vue magnifique, était son but favori de promenade.

Émilie et Christine allèrent un peu plus loin, ayant chacune une élégante corbeille au bras. C'était alors la saison des framboises, et Émilie désirait depuis longtemps en cueillir elle-même. Christine la conduisit dans un endroit qu'une coupe de bois avait laissé vide et qui s'était couvert de haies de framboisiers. Les deux petites filles cueillaient attentivement, et prenaient grand plaisir à ces odoriférantes graines, se criant de temps en temps

4.

l'une à l'autre : — Ici, il y en a encore de plus belles ! Et les plus belles étaient mises de côté pour la mère d'Émilie. Pendant ce temps, le petit mouton, qui les accompagnait, gambadait autour des haies, broutant ici de l'herbe, rongeant là des arbustes, si bien que peu à peu il finit par s'éloigner à une assez grande distance.

Tout à coup Émilie aperçut un étranger qui caressait l'agneau et paraissait considérer avec une grande attention son collier rouge. Les petites amies accoururent aussitôt, car elles craignaient qu'il ne voulût emporter le collier ou même le mouton. L'étranger leva les yeux lorsqu'il les entendit venir. C'était un beau jeune homme, au visage épanoui, portant un vêtement vert foncé, et coiffé d'un chapeau rond en castor. Il paraissait ému jusqu'aux larmes et regardait Émilie avec une sorte de surprise et de saisissement. Enfin, il ôta poliment son chapeau de la main droite, et de la gauche il présenta un anneau d'or à Émilie, étonnée et effrayée.

— Rassurez-vous, Mademoiselle, dit-il lorsqu'il vit son émotion, je ne veux aucun mal à ce petit mouton, qui, à ce que je crois, vous appartient. Mon attention ne se porte que sur les trois lettres brodées sur ce collier. Seraient-ce vos initiales ? — Oui, répondit Émilie toute troublée, ce sont mes initiales. Ces trois lettres d'or sont E. D. W. ; je m'appelle Émilie de Waldheim.

— Émilie ! Émilie ! s'écria l'inconnu avec force. Émilie s'effraya de la soudaineté de cette exclamation ; elle croyait que ce jeune homme ne possédait pas toute sa raison, et pensa qu'il était dangereux de demeurer là plus longtemps. — Viens, il ne fait pas bon rester ici, dit-elle à Christine en lui prenant la main et en s'efforçant de l'entraîner. Mais l'étranger les arrêta et dit tranquillement : — Je vous en prie, restez encore un moment. J'ai là une bague d'or où sont aussi gravées ces trois lettres. Voyez : E. D. W. C'est pour cela que je considérais avec tant d'attention ces caractères si bien brodés sur ce collier. Il m'importe beaucoup de savoir d'où cet anneau peut provenir. Cependant, ajouta-t-il, il ne vous appar-

tient probablement pas, car à côté des lettres se trouve
la date 1786; elle indique l'époque de ma naissance, et, à
cette époque, vous n'aviez pas encore vu le jour. Émilie
répondit : — Mais ma mère porte le même nom que moi ;
elle s'appelle également Émilie de Waldheim.

— Comment ! s'écria le jeune homme ; serait-ce possible ! Mon Dieu ! mon Dieu ! cet anneau appartient peut-
être à madame votre mère ! Ne pourriez-vous pas me
conduire à elle ? — Avec plaisir, dit Émilie ; elle n'est
qu'à quelques pas d'ici ; veuillez avoir la bonté de me
suivre. Ils y allèrent. L'étranger marchait à la droite
d'Émilie, et Christine les suivait avec le petit mouton.

Lorsqu'ils arrivèrent au banc de pierre, le jeune étranger resta dans un enfoncement, et, pendant quelques
moments, il contempla en silence madame de Waldheim. Il était pâle comme si la frayeur s'était emparée de
lui, et la main qui tenait la bague tremblait fortement.
Cependant, reprenant courage, il s'approcha plus près,
salua avec politesse, raconta en peu de mots la singulière
coïncidence des lettres, et tendit l'anneau. Madame de
Waldheim le prit, et, à la vue de ces lettres, elle poussa
un cri perçant, et serait tombée évanouie si Rosalie ne
l'avait secourue.

— Juste ciel ! qu'est-ce que cela ? s'écria-t-elle lorsqu'elle fut un peu revenue de son saisissement ; c'est
l'anneau de noces de mon époux. Voyez celui que j'ai là
au doigt : c'est lui qui me l'a donné pendant nos fian-
çailles ; je le porte toujours en sa mémoire ; il est travaillé avec autant de soin, seulement il est un peu plus
petit. Oh ! parlez, parlez ! Comment cet anneau se trouve-
t-il en votre possession ? Qui êtes-vous ? Quels sont vos
parents ?

Le jeune homme était devenu plus pâle encore et tremblait de tous ses membres. — Mon père, dit-il, fut tué à
la guerre. Ma mère était une belle femme, toujours
habillée de noir et pleurant beaucoup. J'avais encore
une petite sœur qui s'appelait Émilie ; ma mère traversait
avec nous le Rhin, quand la barque qui nous portait cha-

vira ; j'avais alors à peu près quatre ans. Je fus retiré de l'eau ; mais, depuis ce temps, je n'entendis plus parler ni de ma mère, ni de ma sœur. On trouva cette bague avec d'autres petits objets dans un paquet renfermant des hardes d'enfant, et qui, par conséquent, fut jugé devoir m'appartenir. Je ne sais rien de plus sur mes parents, ni sur ma patrie ; mon nom est Charles.

— O Charles, s'écrie madame de Waldheim, tu es mon fils !... Oui vraiment, tu l'es !... Tu es l'image frappante de ton père !... O mon Dieu ! mon Dieu ! que tes arrêts sont mystérieux et admirables ! s'écrie-t-elle de nouveau en levant les mains au ciel et en répandant d'abondantes larmes ; puis elle embrasse son fils et l'inonde de ses pleurs. Le jeune homme était tellement hors de lui, qu'il ne put qu'avec peine proférer ces paroles : — Ma mère ! ma mère ! mon Dieu ! mon Dieu ! grand Dieu !...

Émilie, tremblante et pleurant, était appuyée sur Christine. — Émilie, lui dit sa mère, regarde, c'est ton frère Charles ; Charles, vois, c'est ta sœur ! Oh ! embrassez-vous donc !

Charles serra Émilie dans ses bras et dit : — O ma bonne, ma chère sœur ! Mon Dieu ! de quelle joie tu m'accables aujourd'hui ! Retrouver ici ma mère et ma sœur !... Les larmes empêchaient également Émilie de dire autre chose que : — Mon frère ! mon cher frère !

Tous trois se trouvaient si heureux et avaient tant de choses à se demander et à se dire, qu'ils avaient oublié tout le monde autour d'eux. Le soleil s'était couché et il faisait déjà nuit qu'ils ne s'en étaient pas aperçus. Rosalie les avertit enfin qu'il était temps de rentrer. Madame de Waldheim suivit son conseil et rentra au château tenant un de ses enfants à chaque bras, et suivie de Rosalie et de sa fille.

VI

AVENTURES DE LA JEUNESSE DE CHARLES.

Arrivée au château, madame de Waldheim fit servir un petit souper de famille pour célébrer cet heureux retour. Émilie étendit sur la table une nappe du lin le plus fin et de la plus éclatante blancheur, et la douce lumière que jetaient deux bougies portées sur des flambeaux d'argent, se reflétait dans les facettes polies du service du même métal. Charles prit place entre sa mère et sa sœur. Rosalie et Christine furent également du repas. — Car, dit madame de Waldheim, sans vous et le petit mouton, je n'aurais jamais eu le bonheur de retrouver mon bien-aimé Charles. Celui-ci, dont la route avait aiguisé l'appétit, fit honneur au repas ; mais la joie de sa mère et de sa sœur était si grande, qu'elles purent à peine y prendre part. Elles ne regardaient que lui et ne cessaient de lui adresser une foule de questions. Ce ne fut cependant qu'après la collation qu'elles l'engagèrent à raconter son histoire, ce qu'il fit en ces termes :

— Mon enfance et mon adolescence, dit-il, se passèrent, depuis le soir où je fus sauvé des eaux, chez un vénérable curé nommé Engelhardt, qui habite au delà du Rhin. Les souvenirs de ma vie précédente seraient confus et en bien petit nombre, si ce bon curé ne m'avait souvent répété le peu que je pus lui dire alors, n'étant âgé que de quatre ans environ. Je ne me souviens même que vaguement de notre voyage ; ce n'est pas que mon bienfaiteur, dont la demeure n'était pas loin du lieu de l'événement, et dont la prudence avait recueilli, sur ce qui me concernait, tous les renseignements possibles, ne me décrivit souvent cette terrible soirée avec toutes ses frayeurs.

La guerre, escortée de ses horreurs et de ses calamités, s'était répandue dans ces pays comme un orage
dévastateur. Des villages en flammes projetaient au loin
leur monstrueuse clarté, rougissant les nuages, dont le
fleuve renvoyait les effroyables reflets. L'armée vaincue
se retirait de l'autre côté du fleuve; les vainqueurs la suivaient de près. On croyait entendre le tonnerre d'une
horrible tempête, le canon retentissait menaçant. L'on
entendait à peine les coups de fusil. Des familles entières, pères, mères, enfants, femmes, vieillards, s'étaient
retirés de ces lieux, les uns à pied, les autres en voiture,
ne sachant où se réfugier. Le tumulte et la confusion
étaient au comble. Les fuyards encombraient également
la maison du curé, qui était charitablement occupé à les

consoler et à les secourir, quand soudain on frappe à la
porte de la maison à coups redoublés. Il ouvre, et voit

s'avancer un soldat portant dans ses bras un enfant; cet
enfant, c'était moi.

— Pour l'amour de Dieu ! M. le curé, dit le brave
soldat, ayez pitié de ce pauvre enfant et gardez-le près
de vous; je l'ai retiré là-bas du fleuve et ne sais où le
mettre ni qu'en faire. Ce petit paquet mouillé contient
ses hardes et autres petites choses. Prenez tout cela, car
il faut que je m'éloigne. Le charitable curé me prit dans
ses bras, et le soldat disparut en disant encore : — Dieu
vous en récompensera.

Le généreux curé conclut, de ce que je pus lui dire,
que mon père était sans doute mort sur le champ de bataille, et que ma mère et ma sœur avaient succombé dans
notre naufrage. Il ne laissa cependant pas de s'informer
si ma mère et ma sœur avaient, par hasard, été sauvées
des flots. Aussitôt que cela lui devint possible, il fit une
tournée dans les environs pour demander de leurs nouvelles. Il rencontra quelques personnes qui s'étaient précisément trouvées sur le même bateau qu'elles, et qui
avaient échappé à la mort. Toutes parlèrent avec intérêt
et compassion de la veuve de l'officier, leur triste et résignée compagne de voyage; cependant ils s'accordèrent à
dire qu'elle avait péri ainsi que sa petite fille. La force du
courant avait rejeté quelques personnes vers la rive que
l'on venait de quitter, mais il n'était pas probable qu'on
eût pu l'atteindre. Le généreux prêtre ne se lassa pas,
bien qu'il ne pût continuer de sitôt ses recherches. La
guerre interrompit longtemps les communications entre
les rives du Rhin, et dès qu'elles furent rétablies, les
perquisitions nouvelles qu'il fit ne donnèrent aucun résultat. On n'avait vu personne du signalement de la
dame, et l'on en conclut que définitivement elle n'existait plus.

Le curé me conserva alors près de lui pour m'élever.
C'était un aimable vieillard, véritable ami des enfants;
jamais mes jeunes années n'eussent pu s'écouler plus
heureusement. Il était toujours affable et gai, et savait
me diriger d'un clin d'œil; car, avec toute son affabilité,

son maintien était digne et grave, et m'inspirait une telle
vénération que, pour tout au monde, je ne me serais
hasardé à paraître devant lui le moindrement coupable.

Le premier objet de sa sollicitude fut de m'élever dans
les principes et les devoirs de la religion ; il me parlait sur
ce sujet avec tant de clarté et de conviction, que j'aimais
bientôt de toute mon âme Dieu et notre divin Sauveur. Il
m'apprit à lire et à écrire, et lorsqu'il crut découvrir en
moi quelques progrès et quelques dispositions, il me
donna les premiers principes de la langue latine. Il lisait
avec moi des livres latins et savait toujours choisir les passages qui convenaient le mieux à mon âge et à mon intelligence. Ce que j'avais lu, j'étais obligé de le transcrire
en allemand. J'eus ainsi plusieurs cahiers écrits de ma
propre main et qui furent reliés avec soin. J'y prenais
un plaisir infini, ce qui me donna une incroyable facilité
à lire tout ouvrage latin, pourvu que son contenu ne dé-
passât pas ma conception. Dans la suite, il m'apprit aussi
un peu de grec.

Sa jolie petite maison curiale était entourée d'un beau
jardin potager et d'un verger. Après avoir étudié quelque
temps, nous allions travailler au jardin, car il le cultivait
lui-même, et moi je l'aidais ; cette occupation faisait nos
récréations. En hiver et pendant les jours pluvieux, il employait ses heures de loisir à dessiner, art dans lequel il
avait atteint une grande perfection. Il savait ensuite si bien
colorier ses dessins, que les connaisseurs plaçaient ses
productions à côté de celles des premiers maîtres. J'avais
du goût pour le dessin et pour la peinture ; il me permit
de m'y livrer, mais seulement comme délassement à mes
autres travaux ; sous une telle direction, je ne pus faire
bientôt que de rapides progrès. C'est ainsi que mes jours
s'écoulant paisibles au milieu d'occupations douces et
agréables, je fus toujours aussi heureux et aussi content qu'on pouvait l'être sous ce toit hospitalier.

Le bon curé eut cependant beaucoup à souffrir des
calamités de la guerre qui s'appesantissaient sur lui avec
force. Le logement des gens de guerre et les fournitures

de toute espèce lui coûtèrent considérablement, et deux
ou trois fois sa maison fut dévastée. L'importance qu'il y
attachait n'eût pas été bien grande, si je ne me fusse trouvé
auprès de lui.

Il m'avait souvent promis de me faire faire mes études,
et, quoique les revenus de sa cure ne fussent pas très-con-
sidérables, il était parvenu cependant, à force d'économie, à amasser assez d'argent pour subvenir aux frais de
mon entretien pendant mes études. Mais cela lui était
devenu impossible ; les désastres de la patrie l'avaient
mis lui-même dans une étroite gêne.

Toutefois, il avait à Vienne un ami d'enfance qui jouissait d'une haute considération et qui avait de nombreuses relations avec les grands et les savants. Il lui écrivit
et lui demanda s'il ne pouvait pas procurer les moyens
d'étudier à un pauvre jeune homme qui avait de l'apti-
tude et des dispositions. Il reçut bientôt la nouvelle
qu'on m'attendait les bras ouverts et que l'on se chargeait
de mon entretien. On lui écrivait, en outre, de me faire
partir aussitôt pour pouvoir passer, en arrivant, un examen préparatoire et être inscrit au nombre des étudiants.

Un négociant, qui était très-lié avec M. Engelhard,
se trouvait précisément sur le point de partir pour ces
contrées-ci ; il offrit de me prendre avec lui sans rétribution. J'acceptai avec joie une offre qui me permettait
de faire près de la moitié de la route dans une bonne voiture de voyage, et en épargnant des frais.

Le souvenir du matin où je fis mes adieux à mon vénérable bienfaiteur restera longtemps gravé dans ma
mémoire. Ce digne homme, au visage pieux et pâle et
aux cheveux blancs, me serra dans ses bras, m'inondant
de ses pleurs.

« Cher Charles, me dit-il, le moment de ton entrée
« dans le monde est arrivé. Dans notre lointain et tran-
« quille village, et surtout dans ma maison, tu n'as, Dieu
« merci ! vu que de bons exemples. Il en sera bien autre-
« ment dans l'immense cité que tu vas habiter. Tu seras,
« il est vrai, dans la maison d'un honnête homme, et tu

I.   5

« en connaîtras d'autres encore ; mais aussi, que de mé-
« chants tu verras ! que de mauvaises paroles tes oreilles
« entendront ! O Charles ! n'oublie jamais mes salutaires
« conseils ; ne t'écarte jamais de la bonne route ; sois tou-
« jours un brave et loyal jeune homme ! Ne cesse d'être
« fidèle à notre sainte religion ; c'est le plus précieux
« trésor que nous possédions sur la terre ; c'est le pain
« céleste de notre âme immortelle. Sers Dieu non-seule-
« ment ouvertement et sans crainte, mais encore consacre
« le silence de ta chambre à l'adorer mentalement et
« avec ferveur. Songe que son œil vigilant veille tou-
« jours sur toi, qu'il est partout et que tes actions doivent
« être dirigées comme s'il était devant tes yeux. Confie-
« lui tes peines, repose-toi en lui ; ne l'oublie pas, et il
« ne t'abandonnera jamais.

« Tu entendras souvent de mauvais et de légers propos
« sur la religion ; fuis-les avec soin, ainsi que ceux qui les
« profèrent. Celui qui suit les enseignements de la reli-
« gion chrétienne apprend par l'état de son âme qu'ils
« émanent de Dieu même.

« Avec ces preuves irrévocables données par son divin
« auteur, la religion, comme l'or le plus pur, peut être sou-
« mise sans crainte à toutes les épreuves ; j'en ai la confir-
« mation par une expérience de soixante-dix ans bientôt.

« Garde-toi du mal et n'entre jamais en accommode-
« ment avec ta conscience. Ne hante pas les gens qui se rient
« de l'innocence, de la pudeur, et se font un jeu de l'hon-
« neur et de la vertu ; fuis-les comme s'ils étaient atta-
« qués de la peste. Les sociétés corrompues ont déjà
« perdu maints jeunes gens qui n'ont pas eu assez de
« force pour se garantir du vice, et dont la vie étiolée
« s'est bientôt flétrie, trouvant la tombe longtemps avant
« le terme commun. Conserve un cœur pur et sans tache,
« et tu conserveras aussi la belle couleur de tes joues, le
« feu de tes yeux, le repos de ta conscience, la lucidité
« de ton esprit ; le premier regard que je jetterai sur toi,
« lorsque nous nous reverrons, me dira de suite si tu as
« écouté mes conseils.

« Sois assidu dans les devoirs de ton état ; celui d'étu-
« diant est noble et beau. Soit que tu veuilles devenir
« mathématicien, médecin ou prêtre, tes heures d'étude,
« bien passées, te procureront toujours, sinon un moyen
« continuel d'existence, du moins une ressource tempo-
« raire. Ce serait honteux si tu ne prenais à cœur de de-
« venir habile dans ta profession, et si, au lieu de te con-
« sacrer au bonheur de l'humanité, ton ignorance et ton
« oisiveté n'engendraient que du mal. Les années d'étu-
« des sont un temps de semailles; emploie ce précieux
« temps avant qu'il s'enfuie ; car, une fois qu'on l'a laissé
« passer sans le mettre à profit, sa perte est irréparable.
    « Ne néglige surtout jamais tes devoirs de chrétien ;
« nourris-toi de la lecture de l'Évangile; persévère dans
« une constante vigilance; puise tes forces et tes consola-
« tions dans la prière, et le mal ne pourra t'atteindre. Oh !
« mon fils ! peut-être est-ce pour la dernière fois que je
« te presse dans mes bras; ma carrière s'avance, et bien-
« tôt, sans doute, Dieu en marquera le terme ; souviens-
« toi, je t'en conjure, des larmes et des conseils de celui
« qui, pendant plusieurs années, t'a servi de père. Je te
« confie à la garde de Dieu ! que sa volonté s'accomplisse
« et que son saint nom soit béni ! »
    Après ces touchantes paroles, le bon vieillard tira
de sa bourse les deux pièces d'or qui lui restaient et me
les remit. Il me donna également un Évangile, me bénit
une dernière fois, me serra tendrement la main sans
pouvoir proférer une parole, et je sortis de la maison en
sanglotant. —
    Ici, Charles, saisi d'une vive émotion, ne put retenir ses
larmes et s'arrêta. Sa mère, sa sœur, Rosalie et Christine
partageaient son attendrissement. — Que Dieu récompense ton digne bienfaiteur ! s'écria madame de Waldheim avec l'accent de la plus profonde reconnaissance.

VII

COMMENT CHARLES RETROUVA SA MÈRE.

Après un moment de silence, et après avoir essuyé ses larmes, Charles continua son récit. — Le négociant qui me céda si généreusement une place dans sa voiture était un honnête et excellent homme; gai compagnon de voyage, il avait toujours quelque chose à raconter et faisait tout son possible pour apaiser le chagrin de ma récente et douloureuse séparation. Tantôt il débitait quelque jolie histoire bien intéressante, tantôt il me donnait à deviner des énigmes ou chantait divers airs.

Il connaissait les noms de tous les villages que nous traversions, et me montrait dans les villes les curiosités qu'elles renfermaient.

A trois lieues d'ici environ, nous nous séparâmes, notre chemin n'étant plus le même. Il me souhaita un heureux voyage et la bénédiction divine sur mon avenir, me fortifia dans la crainte et la confiance en Dieu, prit soin encore de confier et de recommander ma valise à un voiturier pour la faire transporter à sa destination, me fit présent d'une pièce d'or, et enfin, me serrant fortement la main en signe d'adieu, il s'éloigna avec sa voiture.

Cette nouvelle séparation ajouta à ma tristesse; désormais j'étais spaéré de tout être connu ! Je poursuivis cependant mon chemin à pied; vers le soir, je traversai la forêt qui entoure ce château : la chaleur du jour, et la fatigue du voyage, auxquelles je ne suis point habitué, m'avaient lassé. Je m'assis sur un banc de gazon qui se trouvait à l'abri d'un hêtre, et je pris un instant de repos. Ce vieux château, doré par les rayons du soleil couchant, s'avançait entre les montagnes boisées, qui projetaient au loin leurs ombres gigantesques et fantasques, et présen-

taient au peintre le site le plus pittoresque et le plus beau.
J'arrachai une feuille de papier de mon portefeuille et me
mis à dessiner.

Bientôt, cependant, je fus obligé d'abandonner cette
distraction à mes peines ; le déclin du soleil, le silence
de cette forêt solitaire, l'approche de la nuit, dont les
étoiles déjà scintillaient au ciel, remplirent mon âme de
mélancolie et de douloureuse tristesse. Le sentiment de
mon abandon m'accablait. Hélas! disais-je, déjà la nuit
étend ses sombres voiles, et je ne sais encore où la passer !
A plusieurs lieues à la ronde, je ne connais personne, et
désormais je ne vivrai que parmi des étrangers. Mon digne père d'adoption, dont je ne me suis jamais séparé un
seul jour, est maintenant très-vieux, et peut-être, hélas !
je ne verrai plus sa douce et vénérable figure ! Et mes
bons parents ! à peine les ai-je connus ! je n'ai d'autre
souvenir de mon père que le souvenir de sa mort, et de
ma mère que celui de ses noirs vêtements de deuil et de
ses yeux rouges de pleurs.

Ces pensées m'accablèrent et m'émurent profondément. Je pris l'anneau d'or que le bon curé m'avait donné.
Mon Dieu! dis-je, cette bague provient de mes parents ;
c'est le seul héritage que j'aie reçu d'eux, pauvre orphelin ! Ces trois petites lettres sont les initiales du nom
chéri de mon père ou de ma mère ; et je ne puis savoir
quel est ce nom ! Cette bague fut portée évidemment par
mon père, qui depuis longtemps repose dans la tombe,
ou par ma mère, qui peut-être existe encore ! Oui ! peut-
être vit-elle encore, et qui sait si elle n'habite point ici
même, dans ces contrées que je parcours ?

Ces pensées me saisirent au cœur ; un sentiment
mêlé d'une douloureuse tristesse et d'une sainte espérance le remplirent bientôt. Je tombai à genoux, je joi-
gnis les mains et m'écriai en levant avec ferveur les yeux
vers le ciel : Mon Dieu ! toi seul tu peux me la faire retrouver ! car peut-être n'as-tu pas laissé sans dessein cette
bague entre mes mains ; les lettres qui y sont gravées
peuvent, avec ton secours, me rendre enfin ma tendre

mère. Oh ! quelle joie elle ressentirait si elle pouvait me
serrer dans ses bras, moi jeune homme maintenant ; et
quel bonheur ce me serait que de pouvoir contempler son
doux et bienveillant visage, de pouvoir la remercier de ce
qu'elle a fait pour moi, puisque je n'ai encore pu reconnaître l'amour qu'elle m'a porté et le bienfait de la vie
que je lui dois ! Quelle douce et immense félicité je re-
trouverais à pouvoir maintenant lui prouver toute ma tendresse, et à devenir l'appui et le soutien de ses vieux
jours ! O mon Dieu ! père des veuves et des orphelins,
écoute l'humble prière d'un fils abandonné ! daigne, si tu
m'as conservé ma mère, daigne me conduire dans ses
bras !

Après avoir ainsi prié, puis regardé le ciel bleu à travers le feuillage du hêtre, j'entendis tout à coup, dans
les broussailles voisines, un léger bruit ; je m'approchai
et j'aperçus l'agneau. Les lettres d'or qui brillaient sur
son collier écarlate aux derniers rayons du soleil couchant
me frappèrent les yeux. Une sensation indicible et extraordinaire, effet d'une fantastique vision, s'empara de
mon être ; je fus comme illuminé d'un rayon du ciel, et
les lettres brillèrent comme si un éclair tombé d'en haut
lui avait prêté sa clarté soudaine. Je crus que Dieu manifestait en ce moment sa toute-puissance, et que les feuilles des arbres qui m'entouraient tremblaient de vénération pour lui. J'éprouvai un sentiment intérieur qui me
dit : Ta prière est exaucée ! Et ainsi en était-il en effet :
je ne m'étais point trompé, car aussitôt m'apparut,
comme un ange du ciel, ma sœur avec ses blancs vêtements, qui m'apprit pour la première fois le nom chéri
de ma mère. C'est ainsi, bonne mère, que Dieu vous a
rendue à mon amour et qu'il m'a jeté dans tes bras, sœur
chérie !

— Oui, il en est ainsi, ô mes enfants ! dit madame de
Waldheim en les enlaçant de ses bras ; il nous a de nouveau réunis tous trois ; faible enfant, il t'a enlevé à ta
mère, cher Charles, et t'a confié à un noble et digne
homme qui, par un sentiment d'humanité des plus rares,

t'a donné une éducation qu'il m'eût été impossible de te fournir, moi, pauvre femme et veuve abandonnée. Je te retrouve jeune et bel adolescent, et Dieu a changé en larmes de joie les pleurs de douleurs et de regrets que je versais sur ta perte. Oui! Dieu a tout bien fait, il a tout réglé dans sa sagesse et son amour. O mes chers enfants! remercions-le en toute humilité, et du plus profond de notre âme, de ses bienfaits et de sa divine Providence.

Tous les trois restèrent longtemps silencieux et émus; leur cœur seul parlait à Dieu; Rosalie et Christine partageaient leur recueillement, les mains jointes, les yeux pleins de larmes, et respirant à peine, pénétrées de respect pour les arrêts de la Providence.

— Quelle joie, dit enfin Charles, éprouvera le généreux vieillard, mon second père, lorsqu'il apprendra notre réunion merveilleuse et inespérée! Il faut que cette nuit même je lui annonce cette heureuse nouvelle.

Il était près de minuit lorsque Charles monta à sa chambre, et cependant il ne sentit aucun besoin de sommeil; il lui fut impossible de se coucher. Il se mit donc devant un bureau qui se trouvait là et écrivit au digne curé, son père adoptif, avec tant de bonheur et d'enthousiasme, qu'il travaillait encore quand les premiers rayons de l'aurore vinrent frapper les vitres de sa fenêtre et faire pâlir sa bougie.

VIII

LE BON CURÉ.

Charles vivait dans le château de ses ancêtres aussi heureusement que dans un paradis. Plus il apprenait à connaître sa mère, plus il se sentait de tendresse pour elle; il en était de même de sa sœur, qu'il apprenait de jour en jour à chérir davantage, tant elle était bonne,

douce et complaisante. Son arrivée à Waldheim fut cause
d'un nouveau surcroît de bonheur et de bien-être dans
la famille. Leur château, qui avait d'abord été la propriété de son père, n'avait été accordé à sa mère que
comme douaire; mais maintenant, il revenait à Charles
comme héritage paternel, et le fils nouvellement retrouvé
de madame de Waldheim pouvait désormais regarder les
hameaux environnants comme autant de ses propriétés,
et leurs habitants comme autant de ses sujets. Sa mère
le conduisit, plein de joie, dans toutes les parties du
château, lui en montra toutes les dépendances, tous les
environs et tous les biens qui lui appartenaient, et l'entretint ensuite longtemps sur la sainte et grande mission
à laquelle il était appelé, de faire le bonheur et d'être le
père de tous les habitants de la petite vallée.

C'est au milieu d'entretiens pareils qu'un jour madame de Waldheim, Charles et Émilie s'étaient assis,
après midi, sur le banc de sapin placé près d'une table
champêtre, hors la cour du château, dans un endroit
soigneusement couvert de gazon et ombragé par deux
beaux châtaigniers. Tout à coup ils virent venir à eux un
beau vieillard aux cheveux blancs, et tout habillé de noir;
il tenait à la main une canne de voyage et portait sous
son bras un grand chapeau à trois cornes. — Grand
Dieu! mon père d'adoption! s'écria Charles en s'élan-
çant vers lui les bras ouverts; est-il possible que ce soit
vous! comment êtes-vous arrivé ici?

— Cher Charles, mon bien-aimé fils! dit le curé;
aussitôt que j'eus reçu ta lettre, je me décidai à entreprendre ce voyage, malgré mon âge avancé; je crois ici
ma présence utile et même nécessaire. D'ailleurs, j'ai
désiré connaître la mère et la sœur de mon Charles; la
joie que Dieu vous a accordée à tous trois, j'ai voulu la
partager, non dans l'éloignement où j'étais, mais au lieu
même de l'événement, au château de Waldheim. —
Charles sauta au cou du vénérable curé, et madame de
Waldheim, ainsi qu'Émilie, ne pouvaient trouver assez
de mots pour lui témoigner toute leur reconnaissance.

Le vieillard, fatigué de gravir les montagnes, s'assit auprès d'eux sur le banc. Madame de Waldheim lui offrit des rafraîchissements ; mais le bon curé n'avait en ce moment aucun désir de boire ni de manger ; il n'était occupé que de l'objet de son voyage. Il commença aussitôt à parler avec effusion des incroyables moyens employés par Dieu à l'exercice de sa bienfaisance et de sa sollicitude ; il s'étendit ensuite sur ce qu'il fallait faire de Charles, devenu seigneur de la contrée, un digne descendant de la famille de Waldheim ; il discourut longtemps sur ce que Charles avait encore à apprendre pour devenir le sage et bon père de ses futurs sujets.

Pendant ce temps arrivèrent, comme à l'ordinaire, Rosalie et sa fille. Madame de Waldheim les présenta toutes deux au curé. — Voyez, monsieur le curé, dit-elle, voici l'excellente enfant qui, avec son mouton, nous a fait un don si cher et si précieux ; et voici sa mère, qui a brodé sur le collier les trois lettres, source incontestable de notre bonheur. — Le bon curé fut enchanté de voir Rosalie et Christine, et les accueillit avec la plus grande bienveillance.

Madame de Waldheim pria Rosalie d'apporter sous les châtaigniers du thé, du pain, du beurre, du vin et des fruits. Émilie et Christine, de leur côté, coururent tout doucement chercher le petit mouton, qui était charmant à voir ; elles l'ornèrent d'une couronne de feuillage frais et vert entremêlé de roses, lui mirent son collier rouge brodé d'or et le conduisirent devant le curé. Le bon vieillard le considéra avec une joie pieuse, le caressa affectueusement, et dit à madame de Waldheim et à Émilie : — Vous m'avez fait connaître deux estimables personnes dont Dieu s'est servi pour vous envoyer le bonheur ; vous n'avez pas même oublié cet innocent mouton qui y a contribué pour une aussi grande part. Maintenant je veux aussi vous faire connaître celui qui fut choisi par Dieu pour vous préparer cet heureux événement et faire tout ce qu'un homme peut faire, c'est-à-dire vous conserver votre félicité. Je veux parler du brave soldat qui, au

5.

péril de sa vie, s'élança au milieu du Rhin et retira notre
cher Charles, petit et frêle enfant, des flots qui menaçaient de l'engloutir à jamais. Ce brave homme a éprouvé,
depuis ce jour, bien des malheurs. Il fit plusieurs campagnes, essuya mille revers, éprouva des privations
inouïes, et enfin fut dangereusement blessé dans une bataille. Il fut alors, avec une foule d'autres blessés, placé
sur une voiture pour être transporté plus loin. En arrivant à la porte d'une petite ville, sur les bords du fleuve,
ils passèrent devant la maison d'un honnête teinturier.

Le brave soldat avait logé autrefois dans cette maison
et était parvenu à la préserver de la violence des militaires
qui s'en étaient emparés. Il avait ainsi évité à son hôte une
perte et une ruine certaines. Le teinturier était précisément à la fenêtre lorsqu'il aperçut tout à coup dans la
foule des blessés son généreux libérateur qui s'agitait
dans la voiture, les yeux tournés vers lui. Aussitôt le
digne homme accourut et conjura l'officier qui comman-
dait le convoi de lui laisser le pauvre mourant. Le chi-
rurgien appelé, et sur sa déclaration que c'en était fait
de ce malheureux, qui ne pourrait, comme beaucoup
d'autres, atteindre l'hôpital, l'officier permit de le transporter dans la maison du teinturier pour qu'il y pût trouver au moins quelques soulagements et quelques consolations aux maux de ses derniers moments.

Tous les soins imaginables inspirés par le vif sentiment de la reconnaissance et d'une profonde commisération, furent prodigués au pauvre soldat. Ces soins
généreux, le repos dont il jouit, l'intérêt qu'on lui
témoigna, tout cela adoucit tellement ses maux que,
contre toute attente, il revint à la vie ; cependant, il resta
encore si faible qu'il ne put continuer son voyage ni
s'occuper d'un travail tant soit peu pénible. Le teinturier, homme riche, dont les relations étaient très-éten-
dues, le garda chez lui avec plaisir, et le soldat, qui avait
une très-belle écriture, tint sa correspondance et ses
livres de commerce avec le plus grand soin et la plus
ponctuelle exactitude. Tous les deux s'estimèrent de plus

en plus et vécurent ainsi dans une étroite fraternité.

Les choses, cependant, changèrent bientôt de face. A peine le brave soldat était-il rétabli et avait-il repris toutes ses forces, que l'honnête teinturier mourut subitement. La mort l'enleva en si peu de temps qu'il ne put, ce qu'il eût certainement fait, porter son ami dans son testament. Son héritage échut à ses parents; son établissement fut vendu, et les héritiers inhumains renvoyèrent le brave homme les mains vides. Obligé d'aller chercher ailleurs des moyens d'existence, et ne pouvant plus servir, estropié qu'il était du bras gauche, il résolut de rejoindre son régiment pour demander son congé. Le chemin qu'il prit l'ayant conduit tout près de mon village, il lui vint naturellement à l'esprit de s'informer de ce qu'était devenu l'enfant qu'un jour il avait sauvé des eaux; il vint me trouver précisément quelques jours après le départ de Charles; j'éprouvai une grande joie à revoir ce brave guerrier; je le gardai chez moi et m'informai si je ne pouvais pas lui procurer quelque emploi convenable.

C'est alors qu'arriva la lettre de Charles, m'annonçant la nouvelle la plus heureuse et certes la moins attendue. Je regardai comme important et charitable d'amener ce brave homme avec moi; car d'abord, pensai-je, son témoignage ne paraîtra pas suspect quand il dira comment, telle année et tel jour, il retira des eaux un petit garçon d'environ quatre ans, avec le petit paquet où se trouvaient les hardes et la bague, et qu'il me confia le tout; ainsi il prouvera jusqu'à l'évidence que Charles, que jusqu'à présent on avait cru noyé, est réellement le fils de la noble dame de Waldheim; ensuite, j'espérais que Charles ne se montrerait pas ingrat envers son libérateur, et que ce brave homme, non-seulement versé dans le calcul et la tenue des livres, mais encore garde-chasse, pourrait être utilement employé par le puissant seigneur de Waldheim dans la conservation et la garde de ses biens.

— Mais où est-il donc? où est-il donc? s'écrièrent

ensemble et comme d'une voix madame de Waldheim, Charles et Émilie.

Le curé se retourna et fit signe de s'approcher à un homme assez bien vêtu qui se tenait caché dans un enfoncement ; il le prit par la main, et le plaçant devant la dame, il dit : — Voici le bon, honnête et généreux Jean West !

— Jean West ! s'écria hors d'elle la pauvre Rosalie ; mon Dieu ! c'est mon mari ! — Elle se jeta dans ses bras, et l'embrassa tremblante et palpitante de joie.

Tous s'extasièrent sur cette nouvelle manifestation de la providence de Dieu. Cependant West demeurait comme pétrifié ; il fut quelque temps sans pouvoir se rendre compte du bonheur qui lui advenait ; enfin il laissa échapper un torrent de larmes. Rosalie, ivre de joie, disait à sa fille : — O Christine ! c'est ton père ; mais embrasse-le donc aussi ! — Christine, qui jusqu'alors était restée immobile et les mains jointes, se rapprocha de lui, et, suffoqué par des larmes de joie, West l'étreignit dans ses bras paternels. Tous les trois goûtaient maintenant le même bonheur qu'avaient connu quelques jours auparavant madame de Waldheim, Charles et Émilie.

Après être revenus de leur première émotion, Charles s'avança et remercia le conservateur de sa vie avec les expressions d'une profonde reconnaissance.

Madame de Waldheim et Émilie lui tendirent la main avec bienveillance et le remercièrent également avec des paroles de gratitude et de louange. — Cher West, dit la dame, vous, votre femme et votre fille, vous êtes désormais de la famille, et vous ne nous quitterez plus ! Vous aurez un logement au château ; et si, comme je l'espère, mes biens me sont restitués, je vous ferai un sort dont vous aurez lieu d'être contents.

IX

JOIE GÉNÉRALE AU VILLAGE.

Madame de Waldheim ne voulait pas que l'on sût aussitôt que le jeune étranger qui se trouvait au château était
son fils ; car elle désirait, du moins pendant quelques
jours, jouir seule et en secret de son bonheur. Toutefois,
le cocher qui avait amené le curé dans sa voiture, et qui
avait mis son cheval à l'auberge du village, ébruita l'événement. Le soir, nettoyant la voiture et pansant son cheval, il fut accosté par plusieurs personnes du village qui
revenaient du travail et qui lui demandèrent à qui appartenait cette voiture ; car c'était quelque chose de rare et
de curieux au village qu'une voiture étrangère, et son apparition faisait époque. Le cocher dit : — J'ai amené ici
monsieur le curé qui a élevé votre jeune seigneur. —
Comment ! s'écrièrent ces gens, mais il fut noyé n'étant
encore qu'enfant ! — Non, dit le cocher, il est vivant ; il
est là-haut dans le château. Il fut retiré et sauvé des flots
par un homme qui a accompagné ici monsieur le curé ;
sans quoi il eût péri certainement. Je suis le domestique
du curé, et j'ai souvent fait chevaucher votre jeune seigneur sur ce vieux cheval à travers les champs et les prés.
Charles est un très-honnête et très-bon jeune homme, et
il a toujours fait grand cas de moi, son vieux Jean. Vous
aurez du bonheur à le voir et à vivre sous lui ; et lui, de
son côté, s'efforcera de vous bien gouverner.

La nouvelle que le baron Charles, né au château et bap-
tisé à l'église paroissiale de Waldheim, mais que ses parents avaient emmené quelques mois après sa naissance,
et que si longtemps on avait cru mort, était retrouvé, se
répandit aussitôt dans tout le village. Tous les habitants,
grands et petits, jeunes et vieux, accoururent au château.

Lorsqu'ils y arrivèrent et qu'ils virent leurs maîtres assis sur un banc sous un châtaignier, ils se tinrent à l'écart. Mais bientôt il se forma un cercle épais de villageois sans que la société du château y prît garde, tant elle était préoccupée de son bonheur. Cependant madame de Waldheim s'en aperçut la première et dit : — Que nous veulent donc tous ces gens ? — La cuisinière, qui apportait pour la seconde fois de l'eau chaude pour le thé, répondit : — Ces personnes désireraient voir notre jeune seigneur; elles viennent d'apprendre à l'instant qu'il est ici.

Le bon curé s'écria : — C'est très-bien ! leur démarche me plaît infiniment ! Permettez, noble dame, que je présente à ces braves gens mon fils adoptif comme leur bon seigneur, et que je leur adresse quelques mots. — Le vénérable vieillard ôta, avec émotion, de dessus sa tête blanche, sa calotte de satin noir, s'avança de quelques pas, leva au ciel ses yeux pleins de larmes, et commença à parler avec toute la conviction du dévouement et de la joie :

— Vous ! jeunes et vieux, pères et mères, hommes et femmes, approchez et écoutez le récit du bonheur que Dieu a réservé à vos nobles seigneurs ainsi qu'à vous !

Dieu, sans la volonté duquel ne vole pas un seul oiseau sur les toits, et qui sait compter les cheveux de notre tête, est merveilleux dans ses voies et sait tout conduire avec sagesse.

Lui, le Dieu des veuves et des orphelins, le père de tous les malheureux et de tous les affligés, daigne souvent, par des miracles, nous faire toucher du doigt et voir de l'œil sa grandeur et sa puissance. Il ne laisse pas sans récompense le plus petit bienfait, et sa sagesse accorde souvent cette récompense sur la terre même. — Le bon curé raconta alors les circonstances les plus détaillées de l'aventure, encore inconnue de ses auditeurs, et continua :

— Voyez comment Dieu a reconnu la charitable générosité de votre noble dame envers la pauvre et malade Rosalie, qui se croyait veuve et pleurait son mari ! Le prix

de sa bienfaisance a été grand, et Dieu a voulu qu'il lui
vînt par Christine, la fille de Rosalie. Dieu leur a réparti
la plus grande joie qu'elles eussent pu éprouver, car il a
rendu à l'une un époux, à l'autre un fils chéri.

Dieu a également récompensé avec éclat la jeune
Émilie de sa généreuse pitié pour une pauvre petite fille,
et de sa bienveillante bonté que ne dictait pas l'orgueil.
Elle aima la pauvre Christine avec autant de sincérité et
de dévouement que si elle eût été sa sœur, et Dieu en retour lui envoie la joie la plus grande et la plus pure en lui
rendant son frère bien-aimé.

Dieu ne laissa pas non plus la pauvre Rosalie sans récompense de ce qu'elle avait supporté si patiemment les
douleurs et les privations de la maladie et de la misère, et
de ce qu'elle avait si bien élevé sa fille en l'accoutumant
à la probité, à la reconnaissance, au travail, à la pudeur
et à toutes les autres vertus. Cette bonne éducation rapporte déjà à sa mère les plus doux fruits, en changeant
sa douleur en allégresse.

Enfin, Dieu a récompensé dignement la pitié de Christine envers un agneau égaré, sa tendresse et son obéissance envers sa mère, la probité avec laquelle elle s'empressa de restituer le petit mouton, et la reconnaissance
qui le lui fit offrir à Émilie. Toutes ces qualités lui ac-
quirent l'intérêt et la confiance de votre noble dame et
de sa fille, et furent cause qu'elle retrouva son père et
qu'elle obtint un bonheur que ne pourraient remplacer
tous les trésors du monde.

Avec quelle miraculeuse sollicitude Dieu conduisit
votre jeune seigneur dans les bras de sa mère, qui le tenait pour mort depuis longtemps ; et comme il sut bien
reconnaître son obéissance, son application, sa bonne
conduite et l'amour qu'il portait depuis sa plus tendre
enfance à une mère inconnue ; enfin, comme il sut bénir
et exaucer la pieuse et fervente prière qu'il lui adressa
dans la forêt !

Avec quelle magnificence il a récompensé enfin la générosité de ce brave guerrier ! Cet homme, plein d'une

généreuse pitié, se précipita dans les flots pour sauver, au
péril de sa vie, celle de l'enfant d'une pauvre et triste
veuve. C'est pourquoi Dieu prit en miséricorde cette
même veuve et son enfant, les tira du besoin et de la douleur, et réveilla de nobles cœurs qui se rencontrèrent
dans leurs vertus, et en ramenant le brave West auprès de
la mère et de l'enfant, lui fit retrouver un bonheur ineffable qu'il ne pouvait plus espérer ! Maintenant, cette heureuse famille voit luire enfin de beaux jours et s'effacer à
jamais les temps de misère et de malheur.

Et toute cette suite d'événements, Dieu la fit produire
par cet agneau, image de l'innocence, blanc comme le
lis et orné de roses. Dieu permit qu'il s'égarât ; il fit en
sorte que Christine le trouvât et en eût pitié ; il remplit
de générosité le cœur du brave paysan qui le lui abandonna ; il envoya à Christine et à sa mère l'idée de l'offrir
à Émilie ; il conduisit l'agneau vers le jeune voyageur,
pour rendre celui-ci à l'amour de sa mère ; et enfin, par
ce mouton, il leur rendit tous leurs biens et contribua
grandement à votre bonheur, habitants de Waldheim !
car, je puis vous l'assurer, Charles est un noble et bienfaisant jeune homme ; il craint Dieu et aime les hommes ;
il sera pour vos enfants un bon et généreux seigneur.

Et faut-il que Dieu, qui vient de montrer sa miséricorde, sa toute-puissance et sa sollicitude au moyen d'un
agneau, vous abandonne vous-mêmes ? Oh ! non ! il vous
porte tous dans son cœur avec plus d'amour et de reconnaissance que n'en possédait Christine en recueillant
cet agneau.

O mes bons amis ! comment un serviteur de l'Évangile
pourra-t-il désormais voir un agneau sans qu'il lui vienne
aussitôt à l'esprit de recueillir aussi un innocent agneau,
pour pouvoir en être le gardien fidèle et contribuer ainsi
au bonheur de ses semblables ! Oui, celui dont je suis
l'humble serviteur, celui dont je prêche le saint Évangile,
est l'éternel et fidèle pasteur de vous tous, il connaît tout
son troupeau, il appelle chacune de ses brebis par son
nom ; il leur parle de sa voix la plus douce, il les conduit

avec sa houlette la plus bénigne ; il les préserve de tout
encombre et veille sur elles ; il recherche celles qui sont
égarées ; il voudrait les ramener toutes également dans
son paradis ! Reposez-vous donc en lui de tout votre
cœur.

Écoutez sa voix et obéissez-lui ; faites le bien tant que
vous pourrez, car, voyez-vous, Dieu s'intéresse à toutes
vos actions, il cherche à vous rendre heureux les uns
comme les autres par sa bénédiction et son salut. Si, par
exemple, votre noble dame ne s'était pas montrée si bienfaisante et si généreuse envers la pauvre malade Rosalie ;
si Émilie ne s'était pas montrée aussi bonne envers Christine, si elle ne lui avait pas fait de petits présents ; si
Christine reconnaissante n'avait pas, à son tour, donné
son mouton à Émilie, ou bien si la mère de Christine
n'avait pas brodé ce beau collier ; si Charles n'avait pas
voué un amour si constant et si filial à sa mère, s'il n'a-
vait pas été à sa rencontre, s'il n'avait pas prié dans la
forêt, il ne serait rien arrivé de tout ce que nous admirons, et ce jour ne serait pas pour nous tous un jour de
bonheur et de joie. C'est ainsi que le plus petit bien que
nous faisons attire toujours quelques bénédictions sur
nous ou sur d'autres. Les bonnes actions sont des perles
que Dieu ne laisse jamais s'égarer, mais qu'il rassemble
par un lien ; les bienfaits sont des anneaux d'or qu'il
réunit et dont il fait une belle et précieuse chaîne.

Mais vous, mes chers enfants, dit le curé en se tournant vers les plus jeunes de ses auditeurs ; vous les plus
grands, qui m'avez écouté avec attention, et vous, les plus
petits, qui n'avez regardé que le petit mouton blanc, que
Dieu vous bénisse tous ! qu'il permette que vous restiez
toujours aussi innocents, aussi patients, aussi doux qu'un
agneau, quand même vous tomberiez comme un pauvre
agneau en des mains méchantes et impures ; que celui qui
a donné sa vie pour un troupeau vous porte dans ses bras
et dans son cœur, qu'il vous prenne sous sa protection,
lorsque le loup affamé du crime et de l'impureté vous me-
nacera. Vous, jeunes enfants, vous êtes tous des brebis

de son troupeau ; il ne voudra jamais vous laisser arracher de ses mains. —

Ainsi parla le curé ; son visage était éclairé des derniers
rayons du soleil couchant, et ses cheveux, blancs comme
la neige des montagnes, resplendissaient aux dernières
lueurs de cet astre. Il était là, radieux, les yeux pleins de
larmes, tournés vers le ciel, et tous ceux qui l'entendaient, pleurant comme lui, sentaient en leur cœur, les
soulageant comme la rosée rafraîchit les fleurs de la vallée, une nouvelle et plus vive confiance en Dieu qui fait
tout bien. Les bons paysans s'en retournèrent chez eux
tout émus et pleins de bonnes et pieuses résolutions.
— C'était beau ! se disaient-ils en route les uns aux
autres ; et une joie aussi générale n'a point encore été
ressentie dans le village depuis qu'il existe.

X

UNE FÊTE D'ENFANTS.

Madame de Waldheim se rendit avec Charles à la capitale, le présenta au prince, à qui elle raconta comment
elle l'avait retrouvé, et demanda la réintégration de son
fils dans ses biens. Le bon curé et le brave West les avaient
accompagnés, pour pouvoir, au besoin, témoigner de
la vérité et prouver que Charles était en effet le fils du
seigneur de Waldheim. Le prince écouta leur récit avec
intérêt et trouva justes la réclamation et la prière de la
veuve ; il ordonna donc que ses biens fussent rendus au
jeune homme, avec la condition cependant que madame
de Waldheim en aurait l'administration jusqu'à ce que
Charles eût atteint l'âge de majorité.

Madame de Waldheim revint au château heureuse et
satisfaite, et ramena avec elle tous ses compagnons de
voyage. Quelques jours après, le vénérable curé retourna

à son presbytère et à ses ouailles, accompagné des larmes
de reconnaissance et des bénédictions de madame de
Waldheim, de Charles et d'Émilie. Charles prit soin de
l'école, qu'il dota richement et qu'il pourvut dans tous
les plus petits détails. West, de son côté, aussitôt qu'il
eut obtenu son congé, fut investi par madame de
Waldheim de l'intendance générale de ses biens, et elle
lui confia, en outre, comme à un homme dont les connaissances forestières étaient grandes, le contrôle et la
surveillance de toutes les eaux et forêts que renfermaient
ses vastes domaines.

Après que Charles eut achevé ses études, il fit un grand
voyage qui fortifia son expérience et son instruction, et
revint prendre lui-même la gestion et la conduite de ses
biens. Un soir, il se trouvait assis sur le banc de chêne,
devant la porte du château, avec sa mère et Émilie, qui
était devenue une belle et gracieuse jeune fille. C'était précisément l'instant de la rentrée des troupeaux, que madame de Waldheim avait considérablement augmentés.
Le petit mouton s'était aussi confondu dans ces troupeaux, mais il était toujours considéré comme la propriété d'Émilie. Charles et sa sœur s'occupaient à compter
les troupeaux et les moutons. — Eh bien ! mes enfants,
dit madame de Waldheim lorsqu'ils eurent fini de passer,
vous pouvez maintenant donner un libre cours à la reconnaissance dans les principes de laquelle je vous ai toujours élevés. Nos troupeaux sont assez considérables et
assez nombreux, et demain il y aura un an, mes chers
enfants, que Dieu nous a gratifiés, vous et moi, par la
voie d'un petit mouton, d'un ineffable bonheur auquel
ont pris une part sincère tous les habitants de nos domaines. Que cet anniversaire devienne un jour d'allégresse pour notre village et les lieux environnants; qu'il
soit désormais pour les enfants un jour de fête, à laquelle,
néanmoins, les parents prendront part également. — Là-
dessus, madame de Waldheim se rendit dans la cour du
château avec Charles et Émilie; ils y choisirent les plus
beaux agneaux et les firent soigneusement enfermer à

part ; le lendemain matin, les servantes du château reçurent l'ordre de les laver proprement, et elles s'en acquit-
tèrent si bien, qu'ils devinrent blancs et jolis à ravir, surtout après qu'Émilie et Christine les eurent ornés de
bandelettes rouges.

Madame de Waldheim fit alors avertir tous les enfants
du village et des environs qui venaient à l'école de
Waldheim, de se rendre sans faute au château à deux
heures de l'après-midi. Ces enfants, garçons et filles, arrivèrent le front rayonnant, et parés de leurs plus beaux
habits ; il n'était pas une heure que déjà tous étaient rassemblés devant la porte du château, attendant avec impatience qu'elle s'ouvrît enfin. A l'heure indiquée, ils
furent introduits dans la cour. Quelle ne fut pas leur
surprise en voyant toute la longueur de cette même cour
occupée par une immense table chargée de grands et
beaux gâteaux, de brillantes tasses, d'échafaudages de
pâtisseries et de confitures, et d'élégantes corbeilles
dans lesquelles leurs yeux avides aperçurent les belles et
appétissantes couleurs des pommes, des poires et des
prunes ! Au milieu de ces différents mets, se trouvaient
aussi quelques bouteilles dans lesquelles apparaissait
le rougeâtre hydromel [1]. Les enfants s'assirent sur des
bancs autour de la table, les garçons d'un côté, les filles de
l'autre, et on leur distribua à chacun des parts égales de
tout ce qui avait été préparé pour le repas. Alors la gaieté
la plus vive rayonna sur leurs heureux visages ; ils mangèrent tous avec appétit, et n'oublièrent pas, le verre d'hydromel en main, de boire à la santé de la noble dame, de
Charles et d'Émilie.

Lorsque le repas fut achevé, ils entendirent tout à coup
les accents joyeux d'un chalumeau ; les fils du berger
arrivèrent dans la cour au son de cette champêtre musique ; ils étaient suivis d'un beau et joli troupeau d'a-
gneaux ; le vieux berger fermait la marche. Les enfants
tout joyeux s'écrièrent : — Oh ! que c'est beau ! nous n'avons

---

[1] L'hydromel est une boisson composée d'eau et de miel fermenté.

encore jamais vu d'aussi jolis et d'aussi blancs agneaux,
et ornés comme ceux-ci de bandelettes rouges. — Mais
combien s'accrut encore leur surprise, lorsqu'ils apprirent que ces agneaux leur étaient réservés et que les enfants de chaque famille devaient en recevoir un ! Madame
de Waldheim, afin d'effectuer ce partage sans partialité,
voulut qu'il eût lieu par le sort. Chaque mouton avait un
petit billet attaché au cou. Dans un grand vase de terre
étaient déposés les numéros correspondants à ceux des
agneaux ; chaque enfant vint successivement à son tour
en tirer un, et aussitôt après les chalumeaux se faisaient
entendre, et continuaient jusqu'à ce que l'agneau portant
le numéro sorti fût trouvé. On peut difficilement s'imaginer l'ardeur des enfants et le vif désir qu'exprimaient
leurs yeux en tirant leurs numéros ; l'impatience qu'ils
manifestaient pour savoir quel agneau écherrait, et enfin
leur plaisir lorsqu'on les leur livrait ; la cour du château
retentissait de leurs acclamations. Lorsque les moutons
furent tous distribués, les enfants descendirent au village,
ayant à leur tête les fils du berger, dont le chalumeau
éclatant se faisait entendre au loin ; leurs moutons les
suivaient ; le vieux berger fermait la marche comme pour
l'entrée. Ils parcoururent le village en triomphe. Lorsque
les habitants entendirent le son des chalumeaux et le cri
de joie des enfants, et quand ils aperçurent les agneaux
ornés de bandelettes, ils furent tout étonnés de ce spectacle et ne savaient qu'en penser. Cependant, dès qu'ils
apprirent que c'était le seigneur qui en avait ainsi gratifié
leurs enfants, leur allégresse fut au comble, et bien
des parents versèrent des larmes d'attendrissement sur
la généreuse bonté de leurs honorés maîtres.

Dans les familles où il ne se trouvait pas d'enfant fréquentant l'école, madame de Waldheim envoya également des agneaux ; elle en donna dix au bon paysan qui
avait si généreusement recueilli Rosalie dans sa maison.
Elle n'oublia pas non plus le brave fermier et sa femme
de la cour des Chênes, qui avaient fait présent à Christine
du petit mouton et de vivres ; mais comme ces gens étaient

riches et qu'ils avaient grand nombre de troupeaux, elle
les invita le dimanche suivant à dîner au château. Le fermier répétait souvent que cet honneur lui était beaucoup
plus sensible que si la dame lui eût donné cent moutons.

Le lendemain matin, tous les pères et mères de famille
se rendirent au château, parés de leurs plus beaux habits,
pour remercier leur bienfaisant seigneur de toutes ses bontés. Alors Charles prit la parole et dit : — Bons habitants !
vous savez qu'un jour je voyageais dans ces environs,
pauvre jeune homme, n'ayant pour tout appui et pour
toute fortune que mon bâton de voyage ; c'est par un
agneau que Dieu me fit retrouver l'héritage de mes pères
et qu'il me permit de devenir l'heureux seigneur d'aussi
braves gens. Ma mère, ma sœur et moi, nous désirons que
le bonheur dont Dieu nous a favorisés, par le moyen de cet
agneau, ne soit jamais oublié de nos descendants et des
vôtres, et qu'il puisse encore leur servir de sujet de bénédiction. Écoutez donc ce que nous avons arrêté :

Le droit d'élever des moutons dans notre village appartient de temps immémorial au seigneur : ce droit,
vous pouvez dès aujourd'hui le partager ; c'est pourquoi
ma mère a donné à tous vos enfants un commencement
de troupeau. Dieu veuille le faire croître et multiplier !

Je désire, selon l'ancien proverbe, que vos travaux
agricoles puissent s'améliorer au moyen de l'éducation
des bestiaux ; le proverbe dit : Les traces des pieds des
agneaux se changent en or. Les pauvres qui n'ont point
de champ à cultiver trouveront une utile ressource dans
le produit du lait et de la laine de leur troupeau.

Je trouverai moyen de faire travailler dans votre village la laine que nous recueillons ; et j'espère qu'un jour
viendra où tous les vêtements des habitants de mes domaines seront faits avec la laine qu'ils recueilleront : Dieu
nous aidera de sa bénédiction. —

Le vœu de Charles reçut son plein accomplissement.
La pauvre Rosalie, maintenant devenue madame l'inten-
dante, et sa fille Christine, enseignèrent à travailler et à
filer la laine. Charles fit venir au village un tisserand, un

chapelier et un fabricant de bas. On y confectionna des
laines de toutes couleurs, de bons chapeaux et d'excellents bas. Charles vit bientôt avec satisfaction tous les habitants du village, grands et petits, habillés des pieds à
la tête de vêtements faits par eux-mêmes, et les champs
de toute la vallée, portant de belles moissons, prendre
un aspect plus brillant et plus riche qu'auparavant.

Émilie s'exerça et se perfectionna dans la broderie;
elle avait amassé, au moyen de son petit troupeau, une
provision de laines très-fines et très-belles. L'intendant
West déploya dans cette occasion un talent que jusqu'alors on ne lui avait pas connu : il avait appris du généreux teinturier à donner aux laines toutes les nuances
et toutes les couleurs possibles, depuis la plus claire jusqu'à la plus foncée. Émilie fut ainsi en état d'exécuter
les ouvrages les plus beaux et les plus variés; Charles en
faisait les dessins, et Christine leur était d'un puissant
secours. Ils brodèrent ainsi des couronnes de fleurs variées, de brillantes corbeilles remplies de fleurs ou de
fruits, de gros bouquets de roses épanouies ou en boutons, et même des paysages entiers représentant des bos-
quets, des rochers, des cascades et autres beautés naturelles, entremêlées de vignes auxquelles pendait le noir
raisin. Peu à peu, Émilie parvint à orner ainsi toute une
belle salle du château. Le tapis de la table, la couverture
des chaises et du canapé, ainsi que les tapis de pied,
étaient tous brodés de la sorte, et quand on entrait dans
cette chambre, les yeux étaient frappés de l'éclat et de la
beauté des couleurs, de la pureté du dessin et de l'emploi bien entendu des ombres.

Comme toutes les belles laines qui avaient été em-
ployées à ces ouvrages provenaient du petit mouton de
Christine, Charles, maintenant noble seigneur de
Waldheim, composa un grand et beau tableau, dans lequel il dessina le moment bienheureux où il retrouva sa
mère et sa sœur. Sur le premier plan, il peignit sa mère
assise sur le banc de rocher ombragé d'un chêne, à côté
de sa compagne Rosalie; plus loin, on apercevait dans

le bois Émilie, Christine et lui-même, et au milieu d'eux
le petit mouton. Charles tenait dans une main la bague,
et montrait avec l'index de l'autre les trois lettres d'or
que l'on voyait brodées sur le collier rouge du mouton.
Émilie montrait de ses deux bras étendus l'endroit où
était sa mère, comme si elle voulait dire : « Elle est là. »
Charles mit son dessin en couleur, puis, l'ayant placé
dans un beau cadre doré, il le suspendit dans le salon,
après avoir inscrit au bas ces mots : PAR LA VOLONTÉ DE
DIEU !

LA CROIX DE BOIS

MADAME de Linden, issue d'une illustre famille, habitait, depuis la mort de son époux, un château situé dans une campagne écartée; là, séquestrée du monde, elle vivait de la vie paisible des champs, s'efforçant d'apaiser sa douleur par la pratique des vertus, et répandant des bienfaits autour d'elle. Aussi son nom était-il vénéré dans le pays; sa douce piété, son obligeance sans bornes, sa tendre sollicitude pour les pauvres, lui avaient fait de tous les habitants des amis sincères et dévoués.

Un jour, des affaires pressantes l'appelèrent à la ville voisine, où elle passa plusieurs semaines à de sérieuses occupations. La veille de son retour, il lui prit fantaisie de faire une fois encore une promenade à travers la ville. Elle sortit donc vers le soir (c'était un dimanche); le temps, qui avait été pluvieux les jours précédents, avait fait de celui-ci une magnifique journée de printemps. Les habitants, en habits de fête, étaient sortis hors les portes de la ville pour jouir d'une aussi belle soirée. A peine madame de Linden eut-elle fait quelques pas, que l'idée lui vint de visiter une dernière fois l'église cathédrale, qui se trouvait sur son passage. A cette heure, pensait-elle, elle pourrait admirer à son aise toutes les curiosités du vieux monument, sans troubler les fidèles dans leurs prières, et aussi sans que personne vînt la distraire dans ses explorations.

Ce fut avec un sentiment de vénération qu'elle entra dans le saint temple. L'immense et vaste voûte, sa longue et magnifique colonnade, le maître-autel situé dans l'enfoncement du chœur, le demi-jour et le silence de ce lieu consacré à la divinité, la grandeur et la majesté de l'édifice, tout la saisit à l'âme et la remplit du besoin de la prière et des secrets pressentiments d'une prochaine éternité. Elle s'agenouilla sur la chaise la plus voisine et resta quelque temps absorbée dans ses méditations et ses prières.

Puis elle s'avança lentement à travers l'allée principale de l'église, s'arrêtant par intervalles, dans une silencieuse contemplation, et elle laissa échapper ces mots : — Quel monument de la croyance et de la vénération de nos pères envers Dieu cette église nous rappelle! Combien il a fallu de foi et d'amour au cœur des hommes pour parvenir à construire ces gigantesques édifices! que de bras, que d'efforts, que de persévérance n'a-t-il pas fallu pour achever un temple où les hommes pussent adorer dignement leur Créateur!

Puis elle contempla les autres curiosités que renfermait l'église, visita les autels, les chapelles latérales, examina les grands et pieux tableaux qui en tapissaient les parois, et enfin s'arrêta devant les inscriptions de quelques vieux tombeaux où était tracée, en lettres antiques et depuis longtemps inusitées, l'histoire d'hommes célèbres et remarquables, et de femmes vertueuses qui avaient vécu plusieurs siècles auparavant. Elle ne vit personne nulle part : sous cette immense voûte régnait le silence le plus profond ; elle n'entendait d'autre bruit que celui de ses pas, et le bruissement du dehors ne lui arrivait que vague et confus comme un écho lointain.

Elle sentit comme un frisson d'horreur parcourir ses membres, lorsqu'elle s'aperçut qu'elle était ainsi seule, marchant au milieu des tombes qui recouvraient tant de générations éteintes. Plus d'une pieuse épitaphe excita sa sensibilité ; l'une d'elles surtout la frappa vivement : c'étaient quelques paroles tirées de l'Écriture sainte : « Heureux ceux qui meurent dans le Seigneur ! car il a été dit : Ils se reposeront de leurs peines, et leurs bonnes œuvres les accompagneront. »

Cependant, quel ne fut pas l'étonnement de madame de Linden, lorsque, en visitant les dernières chapelles, elle aperçut, agenouillée sur les marches de l'autel, une petite fille d'environ huit ans, toute vêtue de noir. Cette enfant était seule ; elle priait avec tant de ferveur, et ses regards étaient fixés au ciel si attentivement, qu'elle ne s'aperçut pas de la présence de cette dame. De grosses larmes brillaient sur ses joues roses. Sa belle et innocente figure respirait une si vive empreinte de douleur et de résignation, de ferveur et de recueillement, que les expressions manqueraient pour la décrire.

A l'aspect de cette petite fille agenouillée, madame de Linden se sentit émue d'une pieuse compassion et de cette douce bienveillance qui est déjà une sorte de respect. Elle ne voulut pas l'interrompre dans sa dévotion ; ce ne fut que lorsque l'enfant eut achevé sa prière que la dame s'approcha d'elle et lui dit avec un tendre intérêt :

— Tu es bien triste, ma chère enfant ! que te manque-t-il?
pourquoi pleures-tu? — Mon Dieu ! dit la petite fille en
versant des larmes abondantes, il y a un an à pareille heure
que mon père est mort, et ma mère est morte depuis huit
jours. — Pourquoi donc priais-tu le bon Dieu avec tant

de ferveur? dit la dame. — Pour qu'il ait pitié de moi,
répondit l'enfant ; je n'ai d'autre refuge qu'en lui. Je suis
encore, il est vrai, dans la maison où mes parents lo-
geaient, mais je ne puis y rester plus longtemps, et demain je dois en sortir. C'est ce que m'a répété aujourd'hui
le propriétaire. J'ai bien quelques parents dans la ville,
et j'aurais désiré que l'un d'eux prît pitié de moi et me
recueillît. Le curé de cette paroisse, qui secourut souvent
ma pauvre mère pendant sa maladie, et qui lui a fait
beaucoup de bien, leur a représenté énergiquement qu'il
était de leur devoir de m'élever. Cependant ils ne peuvent s'accorder sur le point de savoir qui sera chargé de
me recueillir; et je ne puis leur en vouloir, car ils sont
eux-mêmes chargés de famille, et n'ont, pour la nourrir,

que le produit de leur travail. — Pauvre enfant ! s'écria
la bonne dame, je ne suis plus étonnée de tes pleurs ! —
Il est vrai, répliqua la petite, je suis venue ici bien triste ;
mais le bon Dieu a soudain soulagé mon cœur de toute
affliction ; je suis maintenant consolée, un rayon d'espoir
a traversé mon âme, et je n'ai plus d'autre souci que de
vivre selon sa volonté, pour qu'il soit content de moi et
me prenne en miséricorde.

Ces paroles de l'innocente enfant et la candeur qui brillait dans ses yeux saisirent au cœur la noble dame. Elle
jeta sur la petite les regards d'une tendre mère, et dit :
— Je crois que Dieu a exaucé ta prière ; demeure dans ces
pieux sentiments, et console-toi ; tu recevras du secours.
Viens, suis-moi.

La bonne petite fille examina la dame avec étonnement,
et resta indécise. — Mais où voulez-vous donc me conduire ? dit-elle ; je n'ose pas, il faut que je rentre à la
maison.

Madame de Linden lui répondit : — Je connais beaucoup le généreux curé qui, me dis-tu, a fait tant de bien
à ta mère ; c'est chez lui que nous allons nous rendre,
afin de nous concerter ensemble pour venir à ton aide.

Après avoir prononcé ces paroles, elle prit affectueusement la main de l'enfant, qui la suivit avec joie.

Le bon pasteur, que l'âge avait déjà voûté, mais à qui
sa belle et douce figure donnait un air d'apôtre, était assis
devant son bureau. Il se leva précipitamment, et avec une
exclamation de contentement, pour recevoir la dame qui
entrait tenant sa protégée par la main.

Madame de Linden lui raconte comment elle vient de
faire la connaissance de l'enfant ; puis elle prie celle-ci de
sortir un instant pour la laisser causer plus librement
avec le curé. — Mon bon Monsieur, dit la dame aussitôt
que la petite fut sortie, j'ai l'intention de prendre cette
petite fille auprès de moi et de lui servir de mère. Mes enfants sont tous morts en bas âge ; mon cœur me dit que
je pourrai reporter sur elle tout l'amour qu'il m'eût été
doux de leur vouer. Cependant, je désirerais d'abord sa-

voir de vous, qui avez connu les parents, et qui par conséquent connaissez la petite fille, ce que vous me conseil-
lez. Qu'en dites-vous? Je voudrais marquer mon court et
rapide passage ici-bas par quelque bienfait. Croyez-vous
que ceux que je consacrerais à cette enfant seraient bien
placés?

Le pieux vieillard leva au ciel ses yeux, dans lesquels
brillaient des larmes de satisfaction, et, joignant ses
mains tremblantes, il s'écria avec une vive émotion :
— Dieu soit loué ! vous ne pouvez pas trouver d'occasion
plus heureuse d'exercer votre inépuisable bienfaisance,
et vous ne trouverez jamais non plus, pour mériter vos
bienfaits, d'enfant plus sage, plus docile et plus intelligent que la petite Sophie ! Ses parents étaient les deux
plus honnêtes gens du monde, vraiment pieux et chrétiens. Ils donnèrent à leur fille, suivant leurs facultés, la
meilleure éducation possible ; il est bien malheureux
qu'une mort prématurée les ait empêchés de la continuer.
Je n'oublierai jamais avec quel profond chagrin la mère
mourante portait ses regards sur sa fille unique et bien-
aimée, qui était assise au pied de son lit, pleurant et
sanglotant de douleur, et aussi avec quelle confiance,
levant les yeux vers le ciel, elle prononça ces paroles :
« O mon père qui es aux cieux, tu seras son père aussi ;
« tu donneras une seconde mère à ma fille, j'en suis sûre,
« et je meurs consolée !... » Les paroles de la pieuse
femme ont été exaucées, et il est certain que c'est Dieu
lui-même qui vous a choisie, noble et généreuse dame,
pour servir de seconde mère à la pauvre orpheline. C'est
pour cela que vous êtes venue dans la capitale ; c'est pour
cela que Dieu vous a fait naître la pensée de visiter une
dernière fois cette église avant votre départ. Tout cela
est son œuvre ; que son nom soit mille fois béni !

Le bon curé appelle alors la petite Sophie et lui dit :
— Sophie, cette pieuse et charitable dame veut te servir
de mère ; c'est pour toi un bonheur inespéré que t'accorde
le bon Dieu. Consens-tu à la suivre et à devenir sa douce
et obéissante fille ?

Sophie s'écrie avec transport : — Oui ! La joie lui arrache des larmes et l'empêche de continuer. Elle remercie la bonne dame d'un regard reconnaissant, puis lui baise la main avec effusion.

— Vois, mon enfant, continua le curé, comme Dieu veille sur tes jours ! Ta mère n'avait pas encore rendu le dernier soupir, que déjà, sans nous en douter, il avait amené ici celle qui doit la remplacer, et il ne permet point qu'elle parte sans t'avoir trouvée et recueillie sous son adoption. Reconnais à ce bonheur inespéré la tendre et paternelle sollicitude de l'Éternel ! aime-le de tout ton cœur, ce Dieu de bonté et de miséricorde ; en lui mets toute ta confiance et observe ses divins commandements. Sois, envers la noble mère qu'il vient de te donner, aussi douce, aussi bonne que pour ta mère défunte. Alors, cette bonne dame te comblera avec joie de ses bienfaits, et ton bonheur s'en accroîtra d'autant. Médite et rappelle-toi souvent ces paroles. Ta vie à venir ne sera sans doute pas exempte de peines et de tribulations ; adresse toujours tes prières à Dieu avec autant de piété, de candeur et de confiance que tu viens de le faire à la cathédrale ; il sera alors toujours ton protecteur et ton aide comme il vient de l'être avec tant d'éclat et de bonté.

On fit venir ensuite les parents de la petite fille. Ils ne firent pas la moindre opposition à ce que la noble dame l'emmenât. Ils s'en réjouirent au contraire et consentirent à tout ce qu'on proposait de faire pour elle. Leur joie fut plus grande encore lorsque madame de Linden déclara qu'elle emmenait la pauvre orpheline telle qu'elle était là, leur abandonnant à eux et à leurs enfants les meubles, le linge et tout ce qui provenait de la succession de la défunte, ainsi que le reste des hardes de Sophie ; celle-ci désira seulement conserver, comme souvenir, quelques livres de piété qui avaient appartenu à sa mère, ce qu'on lui abandonna volontiers.

Le lendemain matin de très-bonne heure, madame de Linden fit monter Sophie dans sa voiture de voyage et reprit la route de son château.

Elles arrivèrent le soir très-tard. Madame de Linden prit quelque nourriture, fit asseoir Sophie à ses côtés et lui fit servir de tous les mets ; puis elle la conduisit dans une jolie petite chambre.

— Ceci sera désormais ta chambre à coucher, lui dit-elle ; ainsi, bonne nuit ! dors bien, et n'oublie pas d'éteindre ta lumière.

Sophie était ravie des bontés de la dame, et plus encore des bienfaits de Dieu, qui l'avait si paternellement secourue. Elle s'endormit les mains jointes et les yeux remplis de larmes de bonheur.

Le matin, en s'éveillant, elle eut à se féliciter et à rendre grâces à Dieu d'une nouvelle jouissance. Le logement qu'elle habitait à la ville donnait, triste et malsain, sur une sombre ruelle ; on n'y voyait, de toute l'année, luire ni lune ni soleil. Mais au château ce furent les premiers rayons d'orient qui, dardant à travers les vitres, vinrent frapper ses yeux. Elle se lève aussitôt, se met à la fenêtre, s'extasie devant l'admirable tableau qui se déroule à ses regards : au pied du château, un jardin potager étalant sa riche verdure, puis les parterres aux mille fleurs ; d'un côté, au haut d'une colline, un magnifique verger ; des arbres fleuris l'émaillent de couleurs fraîches et variées ; de l'autre, la vue s'étend au loin à travers de riants villages et de vastes champs de blé ou de seigle, que dominent de hautes montagnes boisées. Sophie tomba à genoux et remercia le Seigneur de l'avoir conduite dans cette belle contrée, auprès d'une dame si généreuse.

Madame de Linden se montra à l'égard de Sophie comme une bonne et véritable mère, et Sophie la payait en retour de la tendresse la plus filiale, exécutant ses ordres avec empressement et prévenant ses moindres souhaits ; car, avant même que madame de Linden eût ouvert la bouche pour exprimer un désir, il arrivait souvent que Sophie courait pour le satisfaire. Et la petite fille faisait preuve de tant de piété, de douceur, d'intel-

ligence, que l'affection de sa noble protectrice ne fit que
s'accroître de jour en jour.

Madame de Linden envoya Sophie, qui déjà savait très-
bien lire et commençait à écrire et à compter passable-
ment, elle l'envoya régulièrement à l'école que sa bienfaisance et ses soins avaient fondée et établie sur un
excellent pied. L'instruction religieuse y était donnée à
Sophie et aux autres enfants par le digne curé, qui venait
presque tous les jours visiter l'école. Hors les heures de
classe, Sophie était occupée, autant que le permettaient
ses forces, à la cuisine ou au jardin, soit pour qu'elle
apprît de bonne heure à faire tous ces ouvrages, soit pour
qu'elle s'habituât, au sortir de l'enfance, à une vie active
et laborieuse. Quand aucun de ces soins ne la réclamait,
il lui était permis de venir, avec son tour à filer, dans
l'appartement de sa protectrice, de qui la conversation
pieuse et instructive avait pour elle beaucoup d'attraits,
et qui, dans la suite, lui apprit elle-même à coudre et à
broder.

Madame de Linden la fit aussi habiller proprement et
convenablement, mais néanmoins avec modestie ; car,
disait-elle, mainte fille de bourgeois qui tient un état au-
dessus de son rang se trouve plus tard bien embarrassée
de son faste ; car les bourgeois la trouvent trop grande
dame, et les grands seigneurs, trop bourgeoise.

Sophie grandit ainsi, sagement dirigée par cette excellente éducation ; simplement vêtue, d'un maintien modeste et pudique, tout dans son air respirait la candeur.
Jamais désir coupable ne vint souiller son cœur, et elle
s'épanouit plus belle et plus fraîche qu'une rose d'avril.
Maintes jeunes filles plus richement vêtues, mais flétries
par l'emportement ou par d'autres défauts mal com-
primés, étaient souvent réduites à lui envier son teint
frais et sa figure franche et ouverte.

Sophie vécut ainsi plusieurs années, heureuse et contente ; mais un jour madame de Linden tomba malade.
La douleur qu'en ressentit Sophie fit éclater tout l'attachement qu'elle portait à sa bienfaitrice ; elle la soi-

gnait avec tout le dévouement d'une véritable fille, et ses soins s'étendaient jusqu'aux plus petits objets. Elle parlait toujours si bas, le bruit de ses pas était si léger, si faible, que jamais la malade n'était troublée et qu'on eût pu, dans sa chambre, ouïr le vol d'un moucheron.

Pendant sa maladie, madame de Linden n'aimait rien tant à ses côtés que sa chère Sophie. Souvent celle-ci restait des nuits entières, assise dans un fauteuil, auprès de sa bienfaitrice, dans une chambre à peine éclairée par la lueur pâle et blafarde d'une lampe ; et à peine commençait-elle à s'assoupir elle-même, que le moindre mouvement de la malade la faisait aussitôt accourir près de son lit. L'état de madame de Linden se prolongea longtemps ; mais Sophie ne se lassa point de lui prodiguer tous les soins imaginables.

La noble dame appréciait ce dévouement filial et bénissait tous les jours le ciel de lui avoir inspiré l'idée de recueillir cette orpheline. Une fois, c'était pendant une rude et froide journée d'hiver, elle se sentit plus mal qu'à l'ordinaire et demanda un peu de thé ; Sophie se hâta de le préparer ; puis elle l'apporte devant le lit, les mains tremblantes de froid. Madame de Linden, après avoir bu, lui rend le vase et lui dit : — Chère Sophie, tu fais beaucoup pour moi ; une fille ne serait pas plus dévouée ! Dieu t'en récompensera. Je ne veux point cependant te laisser moi-même sans récompense, et je ne t'ai pas oubliée dans mon testament. L'amour et le dévouement, je le sais, ne sauraient se payer, mais tu verras que je ne suis point une ingrate. Je t'ai fait un legs qui pourra te mettre à même de faire un mariage convenable ; tu connaîtras ce legs après ma mort.

Sophie la pria, en pleurant, de ne plus lui parler ainsi de mort et de reconnaissance : — Ai-je fait autre chose que mon devoir? ajouta-t-elle. Dieu, je l'espère, ne veut pas vous rappeler si tôt à lui !

Mais la dame continuant : — Ne pleure pas, chère Sophie ! La mort n'est pas aussi terrible qu'on le suppose : c'est une amie véritable, une amie qui nous délivre de cette prison d'argile où nous languissons, pour nous ouvrir la porte d'un autre monde, plus beau et plus heureux. Je me réjouis de le voir bientôt, ce monde des élus, auquel je crois sans l'avoir vu. Reste toujours pieuse de cœur, chère enfant, aime de toute ton âme Celui qui mourut pour nous sur la croix ; ne fais jamais le mal, ne te lasse pas de faire le bien, et la mort, à ta dernière heure, te paraîtra douce et légère ! Il n'y a rien d'effrayant à cette délivrance de tous les maux et à la transition à un état meilleur.

Madame de Linden se tait un instant. Elle avait en main un petit crucifix, de bois simple il est vrai, mais d'un travail précieux ; elle le baise avec une vive émotion, et dit :

— Je ne te vois encore, ô mon Sauveur ! que sous cette imparfaite image ! mais bientôt, doux ravissement ! je pourrai te contempler face à face ! Cette croix, jusqu'à ce moment (quelque distance infinie qu'il y ait entre elle et toi), sera là sans cesse pour m'avertir que c'est ton amour inépuisable qui fit verser pour moi ton sang précieux, et que ton corps humain exhala son âme vers ton père céleste. Déjà, sur cette terre, tu as été mon meilleur ami ; je l'ai vu à l'état de mon cœur. Les heures les plus douces de ma vie se sont passées dans la méditation de tes préceptes et de tes exemples, depuis ta naissance jusqu'à ta mort ; elles se sont écoulées dans les prières que je t'adressais et dans les ouvertures que te faisait mon âme. Nous autres humains, nous n'avons de salut qu'en toi, dans l'accomplissement de ta parole ! Lorsque nous te confions sincèrement nos prières, tu ne nous laisses jamais sans secours, sans refuge ! C'est dans ta parole que je puise maintenant ma dernière consolation ; n'as-tu pas dit à tes disciples : « Dans la maison de mon père se « trouvent beaucoup d'habitations ; s'il en était autre- « ment, je vous l'aurais dit ; je m'en vais donc vous pré- « parer les voies. » Ce sont tes paroles, ô mon Dieu ! et je crois que ma place est prête ; le Seigneur m'appelle..... j'obéis avec joie !

Elle voulut encore parler, mais la voix lui manqua. — Mon Dieu! ajouta-t-elle encore, mais bas et faiblement, mon Dieu! je remets mon âme entre tes mains!.... Ce furent les dernières paroles intelligibles qu'elle prononça. Elle devint très-faible et ferma les yeux à la lumière. Sophie, toute en larmes, éveilla les gens de la maison, alla chercher le curé..... Quelques heures après, madame de Linden avait cessé de vivre.

Sophie pleura amèrement cette perte douloureuse, comme autrefois elle avait pleuré sa pauvre mère.

Madame de Linden était sincèrement aimée de tous les habitants de la contrée; les pauvres la regardaient comme leur plus grande bienfaitrice, et la regrettèrent comme telle. Une foule considérable se porta à ses funérailles, et l'on vit tous les yeux verser des larmes sur la perte que le pays venait de faire. Il y vint également beaucoup de parents, proches ou éloignés, et tous gens de haute distinction. Lorsque cette triste solennité fut accomplie, on ouvrit le testament. Sophie y était comprise pour un legs de deux mille écus; l'intérêt devait courir du jour de l'ouverture du testament, mais le capital ne devait lui être remis qu'à son mariage. Une clause du testament lui permettait en outre de choisir, à titre de souvenir, dans les effets précieux de la défunte, ce qui, après mûr examen, lui paraîtrait le plus convenable et lui plairait davantage.

Le legs de deux mille écus avait déjà allongé et attristé mainte figure de tante ou de cousin; mais quels ne furent pas les cris que jetèrent les plus jeunes parentes à la nouvelle du choix qui était permis à Sophie parmi les plus précieux objets de la généreuse dame! Elles se concertèrent alors, et dirent à la jeune fille avec une feinte bienveillance: — Vois-tu cette robe d'étoffe magnifique, avec ces superbes fleurs de mille nuances? eh bien, nous te conseillons de la prendre. Regarde-la bien encore une fois! Ces fleurs sont si belles qu'on n'en a jamais vu de pareilles, et chaque bouquet est presque aussi grand qu'une assiette. Comme l'étoffe en est solide! C'était la robe de noces de notre pauvre tante: il n'en est point de plus jolie ; cela pourra te faire un jour une très-belle robe de fiancée.

Elles en étaient là de leurs conseils et de leurs propos, lorsqu'un des parents de la défunte, M de Hagen, brave et loyal officier, déjà sur l'âge, leur imposa silence et leur dit : — Cette robe ne peut aller ni convenir à Sophie. Ne dites point de telles sottises; d'ailleurs, vous n'avez rien à faire là-dedans; laissez-la choisir elle-même. — Mais les jeunes filles reçurent cet avis avec impolitesse, et redoublèrent d'efforts pour faire choisir à Sophie tel objet de mince valeur, parmi les richesses qui étaient à sa disposition.

Sophie, étourdie de ces caquets et de ces insinuations, restait indécise sur ce qu'elle devait prendre. Enfin, l'honnête notaire qui avait opéré l'ouverture du testament prit la parole et dit : — Sophie est une pauvre orpheline, dont le sort excite tout mon intérêt. Il y a là des objets de la plus grande valeur; madame de Linden, comme je le sais, du reste, et comme l'indique assez le testament, a eu l'intention de lui léguer quelque chose de prix qui pût lui offrir une ressource en cas de besoin. J'accorde à Sophie le temps de penser à ce qu'elle veut choisir. Qu'elle vienne donc demain, et déclare ce qu'elle désire avoir.

Alors il sembla que les discussions et les conseils seraient sans terme. La cuisinière du château conseillait à Sophie de choisir la belle bague où était enchâssé un gros diamant, ou le magnifique collier de perles, dont le prix était inestimable. Le vieux jardinier, au contraire, disait que le beau petit portrait de la bonne dame, encadré dans l'or et les pierreries, convenait mieux au souvenir que Sophie voulait en conserver.

Lorsque, le lendemain matin, on se fut rassemblé de nouveau, la plupart des héritiers se tenaient là comme préparés à une lutte, et mainte cousine jetait sur Sophie des regards menaçants.

Cependant l'orpheline prit la parole : — O mes bonnes demoiselles ! il n'est pas entré un seul instant dans ma

1.   7

pensée, pour conserver un souvenir de ma généreuse
bienfaitrice, de choisir quelque bijou d'un prix élevé. Le
plus petit objet, pourvu qu'il provienne de la noble dame
que nous regrettons, acquiert à mes yeux la plus grande
valeur. La bonne et sainte dame m'a déjà rendu assez
riche par le legs qu'elle m'a fait; mais, libre de choisir
ce que je désire, je vous prierai de m'accorder la petite
croix de bois que madame de Linden serrait sur son
cœur en expirant, qu'elle baignait de ses dernières larmes
et des froides sueurs de la mort. Ce sera pour moi le plus
consolant, le plus précieux souvenir; cette croix me rappellera les dernières exhortations que madame de Linden
me donna de ses lèvres décolorées. En suivant fidèlement
ses conseils, certes, je pourrai, dans la croyance qu'il
existe quelque chose de mieux que les biens de la terre,
me passer d'or et de pierreries. La bénédiction de la sainte
dame me suffira!...

La demande de Sophie fut accueillie avec empressement par les héritiers, qui s'étendirent en nombreuses
louanges sur le désintéressement et le choix pieux qu'elle
avait fait, bien qu'au fond du cœur ils se moquassent de
sa simplicité. Au sortir de l'assemblée, la cuisinière irri-
tée apostropha la jeune fille en ces termes : — Mon Dieu!
que tu es sotte de n'avoir rien choisi de plus précieux!
N'as-tu donc pas aperçu les signes que je te faisais? Cette
vieille croix de bois, presque en poussière, tu aurais pu
la prendre sans que personne s'en fût inquiété; tu n'es pas
rusée. — Le vieux jardinier lui dit, au contraire : — Dieu
te bénisse, ma chère enfant! tu es une bonne et reconnaissante fille; cette croix te vaudra plus de bonheur et
de bénédictions que l'or ou l'argent ne saurait faire, et
dans les temps de peine et d'affliction, et même à ta dernière heure, elle te donnera plus de joie et de consolations que les perles et les pierres précieuses.

Sophie serra la petite croix dans son armoire, et de
tout ce que celle-ci renfermait, ce pieux souvenir lui
parut l'objet le plus précieux.

La conscience d'avoir fait son devoir, et la prudence

d'avoir su, par amour de la paix, se contenter de peu, lui assurèrent une tranquillité et un repos parfaits, tandis que les avares et envieuses parentes se disputaient sérieusement pour le partage des bijoux; et ce riche héritage leur causa, en définitive, plus d'embarras et de chagrin que de plaisir et de véritable contentement.

Une année environ avant la mort de madame de Linden, le fils du jardinier, sage et laborieux artisan, avait fait des vœux pour obtenir Sophie en mariage. La mère du jeune homme n'existant plus, il en avait parlé à son père, qui, applaudissant à ce désir, s'en était ouvert à la bonne dame.

Celle-ci, qui connaissait les sentiments de Sophie à cet égard, répondit en ces termes : — Votre vœu, mon cher jardinier, celui de votre fils, est aussi le mien. Vous avez donné à votre fils une bonne éducation, vous l'avez élevé, dès son enfance, dans la crainte de Dieu; vous lui avez donné des habitudes de probité, de tempérance, d'ordre et de travail. Il s'est toujours conduit avec la retenue et la modestie qui conviennent à un jeune homme. Je n'ai donc rien à dire contre votre proposition, qui me fait le plus grand plaisir. Cependant il est encore trop tôt, pour vous, mon brave, de quitter votre service; votre fils Wilhelm a besoin de rester quelque temps encore à la ville, pour se perfectionner dans son état, que l'on a poussé bien loin de nos jours, et enfin pour apprendre tout ce qui constitue un bon et habile jardinier. Si, lorsqu'il reviendra dans quelques années, Sophie et lui sont encore dans les mêmes sentiments, alors, si je vis encore, la mère adoptive de Sophie ne s'opposera pas à ce mariage, et s'estimera heureuse d'en bénir la célébration.

Cette réponse réjouit également le père, son fils Wilhelm et Sophie. Madame de Linden avait fait faire au jeune homme des habits de voyage, lui avait donné quelque argent, l'avait muni de lettres de recommandation pour le jardinier en chef de la cour, et l'avait envoyé dans la capitale.

Après la mort de madame de Linden, Sophie se trouvant sans asile, le vieux jardinier la recueillit chez lui, afin qu'elle prît soin du ménage.

Au bout d'un an revint Wilhelm. Son mariage avec Sophie fut bientôt célébré ; mais combien leurs cœurs furent brisés de ne pouvoir bénir à leurs noces leur généreuse bienfaitrice ! En sortant de l'église, après la bénédiction nuptiale, ils se rendirent au cimetière, et là, sur la tombe de madame de Linden, que le jeune jardinier avait entourée de fleurs, ils versèrent leur tribut de larmes de reconnaissance pour tous les bienfaits dont la noble dame les avait comblés.

Wilhelm et Sophie vivaient heureux, prenant soin de leur vieux père avec le dévouement le plus filial. Cependant, ainsi qu'il arrive toujours en ce bas monde, leur bonheur ne resta pas sans mélange de peine et de chagrin. Avant qu'il se passât trois ans, le bon vieillard mourut dans leurs bras. Ce fut pour eux une perte cruelle, à laquelle ils donnèrent bien des larmes. L'année suivante, Wilhelm tomba du haut d'un arbre, se cassa un bras, et devint dangereusement malade. Il fut rendu à la vie, mais il ne put se servir de son bras pour travailler, et fut désormais empêché de se livrer au jardinage. Il lui fut enjoint de quitter, dans le délai de trois mois, le logement seigneurial qu'il occupait ; et comme ses nouveaux maîtres étaient très-avares, il ne reçut pour indemnité qu'une faible somme d'argent et un peu de bois et de blé.

Wilhelm s'attrista ; il fut bien affecté de perdre à la fois son logement et son emploi. — Comment donc allons-nous vivre ? s'écriait-il avec désespoir ; comment allons-nous faire pour entretenir les enfants dont Dieu a béni notre mariage ?

Mais Sophie lui répondit d'un air consolé : — Reposons-nous sur Dieu ! Il nous a secourus jusqu'à présent, et ne nous abandonnera pas ; mais il faut que nous nous aidions aussi nous-mêmes. Il n'est point de si fâcheuse position de la vie dont l'homme qui travaille et qui a confiance en Dieu ne puisse sortir et triompher. Ainsi, du courage !

Ils avisèrent alors à ce qu'il y avait à faire. Ils furent
bientôt d'accord d'acheter une maison dans le village, où
ne se trouvait point de mercier, et d'y établir une bou-
tique de mercerie et des choses les plus nécessaires aux
gens de la campagne.

— J'espère, disait Wilhelm, pouvoir facilement entretenir ce magasin de mes faibles bras. — Certainement,
répondit Sophie ; et moi, après les soins qu'exige le ménage, je pourrai gagner quelque chose à la couture ou à
la broderie, arts que m'a si bien enseignés cette excellente madame de Linden.

Une maison se trouvait précisément à vendre. Ils firent
estimer combien d'argent il leur faudrait pour l'acheter
et la rendre habitable. Cependant, pour l'achat de cette
maison, pour les réparations urgentes que nécessitait son
état délabré, ainsi que pour monter le magasin, ils avaient
besoin d'une certaine somme. En outre, les frais de la
maladie de Wilhelm se montaient très-haut, et ces frais
devaient être payés avant tout. Les deux mille écus de
Sophie étaient déposés chez un négociant de la ville.
Wilhelm voulut les retirer ; mais le banquier répondit
que l'obligation portait que le payement ne devait s'effectuer que dans un an ; qu'alors il rembourserait exactement, mais qu'avant cette époque il n'en ferait rien.

Wilhelm et Sophie se trouvèrent fort embarrassés ;
mais un riche paysan du village offrit de leur avancer
l'argent pendant un an, moyennant les intérêts ordi-
naires ; ils accueillirent cette proposition avec reconnaissance. La maison fut achetée, les réparations furent
faites, et elle prit ainsi tout à coup une autre tournure,
plus gracieuse et plus propre. Sophie et Wilhelm en
prirent possession avec joie. Ils pourvurent leur magasin
de belle et bonne marchandise, s'efforçant de contenter
les acheteurs par la qualité des denrées, leur prix raisonnable, leur bon poids, leur juste mesure ; donnant toujours plutôt plus que moins, et ne manquant jamais de
gratifier les acheteurs, et surtout les enfants, de quelque
petit objet par-dessus le marché.

C'est par ces moyens honnêtes qu'ils s'attirèrent bientôt une grande clientèle. Ils éprouvèrent par là que la probité et la bonne foi, quoique lentes à produire, sont toujours ce qu'il y a de meilleur, et qu'un petit gain

souvent répété vaut mieux, est plus sûr qu'un gros bénéfice qui enrichit tout d'un coup, mais qui aussi ne se présente pas une seconde fois.

Après tous les embarras et tous les malheurs qui leur étaient arrivés, après la chute qui priva Wilhelm de l'usage d'un bras et de l'exercice de son état, après les déménagements et les emménagements, et enfin, lorsque les réparations qu'ils avaient eu à faire à leur maison furent terminées, ils commencèrent à goûter de nouveau quelques instants de bonheur. Ils ne pouvaient assez remercier Dieu d'avoir ainsi amélioré leur position et celle de leurs deux enfants.

Mais ici-bas le bonheur n'est jamais constant ni sans mélange : c'est une succession continuelle de peines et de joies ; c'est ce qu'éprouvèrent de nouveau Sophie et

Wilhelm. L'année ne s'était pas encore écoulée, que le
banquier, détenteur de leurs fonds, fît banqueroute. Le
paysan qui leur avait avancé les mille écus était assez
complaisant, mais cette complaisance ne partait pas du
cœur ; ce n'était pas humanité, c'était calcul. Aussitôt
qu'il apprit le malheur que venait d'éprouver Sophie, il
se hâta de l'aller voir. Il se mit à gronder et à s'emporter
contre elle et son mari, bien qu'ils ne fussent que les
victimes de ce malheureux événement qui leur enlevait
leur petite fortune. Il leur signifia que si le rembourse-
ment de ses avances ne s'effectuait pas au jour convenu,
il ferait saisir, pour être vendus à son profit, leur maison,
leurs meubles, leurs marchandises, et jusqu'à leurs lits
et leurs hardes. Ce disant, il frappait du poing sur la
table, avec tous les signes d'une grande colère.

Dès lors l'avenir apparut triste et sombre aux jeunes
époux. Ils entrevirent une longue et affreuse succession
de jours douloureux. Trois semaines à peine les sépa-
raient du jour fatal. Ils se confièrent toutefois en Dieu,
quoiqu'ils n'entrevissent pas comment il pourrait leur
venir en aide. Ils le prièrent sans relâche. Sophie, pleine
de l'amour qu'elle portait à son mari et à ses enfants,
sentait son cœur se fendre et se remplir d'amertume :
elle ne laissait pas néanmoins de placer en Dieu une
confiance entière et sans bornes.

La veille du jour où devait s'accomplir leur malheureux
sort, elle monte dans une petite chambre qui se trouvait
aux mansardes de la maison, afin d'y pouvoir pleurer à
son aise, sans être vue de son mari ni de ses enfants.
Pour calmer les angoisses de son cœur, elle prend entre
ses mains la petite croix de bois, ce cher souvenir de la
sainte dame, et la tenant fortement entre ses doigts cris-
pés par la douleur, elle tombe à genoux et se met en
prières.

— O mon divin Sauveur ! s'écrie-t-elle, quel affreux
destin nous accable ! Hélas ! ce n'est pas pour moi que je
souffre et que je pleure ! c'est pour mon mari, c'est pour
mes pauvres petits enfants ! Mon Dieu ! que vont-ils faire

désormais ! Mon cœur de mère se brise en y songeant.
Ainsi que tu implorais ton Père céleste dans l'agonie de
la Passion, ainsi je t'implore moi-même aujourd'hui :
mon Père ! s'il est possible, fasse que ce calice s'éloigne
de moi ; cependant, que ta volonté soit accomplie et non
la mienne !.....

Elle se tait et pleure de nouveau. La petite croix qu'elle
tenait en main était baignée de ses larmes. — Hélas !
reprend-elle encore, la misère de mes enfants me fend
le cœur ! O mon Père qui es aux cieux ! ton cœur est
plein de sollicitude et de miséricorde ! Oh ! écoute ma
prière ! aie pitié de moi et de mes enfants ! Si une mère
pouvait oublier ses enfants, tu ne les oublierais pas, toi ;
car tu l'as dit toi-même ! Oh ! accorde-nous, en cette
occasion, toute ta paternelle sollicitude ! — Elle reporte
ses yeux baignés de pleurs amers sur la croix qu'elle
tient dans ses mains jointes, puis ajoute : — Divin Sauveur ! ainsi que, du haut de la croix, tu jetas sur ta
sainte Mère un dernier regard d'amour, ainsi jette maintenant, du haut du ciel, un regard compatissant sur une
pauvre mère qui t'implore pour ses enfants ! Tu es le seul
refuge des cœurs brisés. Oh ! fais rentrer la joie et le
bonheur dans le mien ; aide-moi ! déjà tu as exaucé ma
prière, lorsque, dans mon enfance, orpheline de père et
de mère et ne sachant où trouver un asile, je t'implorai
dans ton temple et te demandai de me venir en aide dans
mon infortune. Maintenant que l'affliction m'accable de
nouveau, sois encore mon protecteur et mon refuge ;
exauce encore une fois ma prière !.....

Après avoir prié quelque temps de la sorte, elle sentit
tout à coup son cœur soulagé, comme le jour où elle
priait dans la cathédrale, après la mort de sa mère. Elle
se trouva toute consolée et comme déchargée d'un
énorme fardeau. Elle se rappela alors les paroles du saint
prêtre lorsqu'elle lui fit ses adieux en quittant pour toujours le séjour de la ville : — Que Dieu serait toujours un
fidèle soutien comme il venait de le manifester avec tant
d'éclat. — Elle puisa dans sa confiance en Dieu un nou-

veau courage et de nouvelles forces. Ses yeux n'étaient
plus remplis des pleurs du désespoir, mais de douces
larmes d'espérance et de consolation. Elle veut remettre
la petite croix à sa place habituelle ; mais soudain elle
s'aperçoit qu'un petit morceau de bois s'est détaché d'un
de ses côtés et est tombé à terre. Elle pense que la croix
ayant été un jour cassée, et les morceaux replacées avec
de la colle, ses larmes et la chaleur de ses mains venaient de la détremper et de la dissoudre. Elle s'avance
près de la petite fenêtre de la chambre, à travers laquelle
dardaient les rayons du soleil couchant, pour voir comment on pourrait réparer le dommage ; mais, ô suprise !
tout à coup un jet lumineux sort de la croix et vient
frapper ses regards : Sophie s'effraye. Elle considère la
croix de plus près et s'aperçoit qu'elle est creuse et renferme quelque chose de brillant. Elle remarque que sur
ses côtés on avait pratiqué si artistement de petites coulisses, qu'on pouvait les prendre pour des incrustations.
Après quelque effort, elle ouvrit ces coulisses, et vit que
la croix était creuse, tapissée intérieurement de satin
rouge, et renfermait une autre croix de diamants en-
chàssés dans l'or.

Elle sortit cette croix pour la considérer de plus près :
ce bijou brillait au soleil avec une telle clarté et des feux
si éblouissants, qu'elle put à peine en soutenir les rayons.
Sophie avait souvent vu des diamants chez madame de
Linden, mais jamais d'aussi beaux. Elle tombe à genoux
et s'écrie en versant des larmes : — O mon Dieu ! tu as
exaucé de nouveau mes humbles prières ; daigne agréer
pour hommage de ma profonde reconnaissance les douces
larmes de bonheur que ta bonté me fait répandre !.....

Elle se hâte de descendre, et raconte, toute ravie, sa
merveilleuse découverte à son mari, triste et abattu, qui,
assis sur un banc, tenait un de ses enfants sur ses genoux
et l'autre à ses côtés.

Il sauta de surprise, jeta un regard sur la croix, joignit
les mains et s'écria d'une voix émue : — O Dieu ! quel
merveilleux secours !... Cette croix est d'une grande

7.

valeur! nous pourrons payer notre dette sans être
obligés de mendier, nous et nos enfants! — A l'exemple
de Sophie, il se met à pleurer de joie : les deux époux
étaient tout en larmes, les mains jointes et levées au ciel.
Leurs enfants les imitent; et ces pleurs, vive expression
de leur gratitude envers Dieu, avaient aux yeux de l'Éternel plus de puissance et de valeur que les plus magnifiques offrandes.

Le lendemain, dès la pointe du jour, Sophie se rendit à
la ville pour consulter, avant tout, le vénérable curé qui,
dans son enfance, l'avait déjà secourue avec tant de bienveillance et de véritable charité. C'était maintenant un
vénérable et imposant vieillard aux cheveux de neige. Sophie lui montre la croix, lui conte son aventure, et finit
en lui rappelant les paroles qu'il prononça, lorsque, encore enfant, elle prit congé de lui pour aller habiter le
château de madame de Linden.

— Vous ne les avez pas oubliées? dit le vieillard ému
et avec bienveillance : c'est bien ! Vous voyez maintenant
que ce que j'ai dit est vrai. Oui, certes, Dieu est un fidèle
soutien dans le malheur ! Personne ne l'implore en vain;
il n'abandonne pas l'affligé qui se repose en lui. Depuis
votre enfance jusqu'à cette heure, il a toujours eu soin de
vous, et vous a secourue en bon père. Restez donc toujours fidèlement attachée à sa croyance et à celle de son
divin Fils ; conformez-vous à sa sainte volonté; confiez-
lui tous vos chagrins et reposez-vous sur lui en toute sécurité; élevez vos enfants dans les mêmes principes, dans
la même foi, et il sera toujours avec vous et avec les vôtres, et vous garantira de toute affliction jusqu'à ce qu'à
la fin de toutes peines et de toutes misères, il vous prenne
avec lui dans son séjour céleste.

— Mais, dit Sophie, puis-je regarder cette croix comme
ma propriété, et, en la conservant, ne ferai-je point tort à
la succession de madame de Linden? car c'est un objet
bien plus précieux et de bien plus grande valeur que tous
les bijoux que la bonne dame a laissés.

Le curé lui répondit : — Cette croix vous appartient :

madame de Linden ne savait pas, sans doute, quel trésor renfermait ce vieil héritage de ses ancêtres. De plus, il est certain que sa pensée, en vous léguant quelque objet à votre choix, fut de vous donner la plus riche pièce de son écrin. Par amour de la paix et inspirée par un pieux sentiment, vous avez choisi ce qui vous paraissait de nulle valeur. Cependant Dieu a béni votre choix, et, par sa permission, il vous est échu, selon la volonté de la sainte femme, le bijou le plus précieux de toutes ses richesses. Dieu vous a donné, avec cette croix, un trésor caché d'un grand prix; ces diamants sont très-beaux, et peuvent valoir de deux à trois mille écus. Prenez-les donc, ils vous viennent de Dieu; vendez-les, acquittez vos dettes avec une partie de ce qu'ils vous rapporteront, consacrez-en une autre à vos besoins les plus urgents, et réservez le surplus pour vous en servir dans la nécessité; jouissez de votre bonheur, usez-en avec sobriété et remerciez Dieu qui vous l'a départi. Mais conservez soigneusement pour vos enfants et vos petits-enfants, la croix de bois de votre bienfaitrice, la pieuse et sainte madame de Linden, et plus encore en mémoire de l'éminent bienfait dont Dieu vient de vous combler.

Le pieux vieillard remit la croix de diamants dans sa boîte, en referma les coulisses et dit : — Qui croirait, à l'aspect chétif de ce bois, qu'il referme un si riche trésor? Il en est de cette croix comme de chacune de nos peines, que nous, chrétiens, nommons aussi très-bien et très-sensément une *croix*. Extérieurement, nos peines ressemblent assez à ce mauvais bois; mais, lorsqu'on en sonde la profondeur, on trouve qu'elles renferment un trésor plus précieux que l'or et les pierreries. C'est pourquoi ne regardez pas comme des malheurs les peines et afflictions dont Dieu pourrait vous accabler; mais considérez-les, au contraire, comme un effet fructifiant de sa miséricorde et de sa bénédiction; car l'heure viendra où la fausseté et le mensonge disparaîtront, et où la vérité jaillira plus précieuse et plus pure que l'or et les diamants; c'est alors aussi que le bien aura sa récompense. Et quand même le malheur ne viendrait plus vous troubler, vous trouverez cependant que chaque peine est un bienfait de Dieu, bienfait caché et immense qui nous enrichit pour l'éternité, et qui nous sera compté lorsque le monde sera consumé par le feu, et que toute splendeur sera, avec toute chose précieuse, réduite en cendre et en poussière.

Le bon curé connaissait un joaillier de ses amis et très-honnête homme. Comme le saint prêtre était peu ingambe, il lui dépêcha un domestique et le fit prier de passer à l'instant chez lui. Le joaillier, qui se connaissait en pierreries et qui entendait bien son commerce, accourut aussitôt, regarda les diamants et en offrit trois mille

écus, dont mille comptant et les deux autres mille dans un certain délai, ce que Sophie accepta avec joie. Elle ne fit du reste, aucun mystère de son aventure, qui fut bientôt connue de toute la ville, et parvint jusqu'aux oreilles des héritiers de madame de Linden. Ils se rassemblent aussitôt, tiennent conseil, et sont d'avis unanime de citer Sophie en justice pour lui faire restituer son trésor. — Car, disaient-ils, ce serait une faute de donner en souvenir à une mendiante une croix de diamants de l'énorme valeur de trois mille écus. On ne pourrait, ajoutaient-ils, rien trouver de plus sot.

Mais tout à coup apparut au milieu d'eux le vieux monsieur de Hagen, qui, instruit de ce qui se passait, s'écria avec énergie et en frappant le parquet de sa canne : — Restez tranquilles, mettez fin à vos clameurs et à vos doléances, et estimez-vous heureux si on ne parle plus de cette affaire ; et si votre animosité ne vous a pas déjà ravi toute raison, écoutez avec attention ce que je vais vous dire et ce que je crois sensé : Si, lors du partage de la succession, vous aviez eu connaissance du trésor que renfermait la vieille croix de bois, et si Sophie, le sachant également, l'avait choisie, vous, gens avares et intéressés, n'auriez-vous pas été forcés d'y consentir ? auriez-vous trouvé dans la teneur du testament aucun moyen de vous y opposer ? Restez donc satisfaits et en repos ; au surplus, ce qui arrive est fort juste et bien mérité. Votre manque de piété, le peu de vénération que vous avez eu pour la mémoire de madame de Linden, et votre dureté envers une pauvre orpheline, en sont la cause. Vous n'avez cessé de rire du choix *de bois* de Sophie, comme vous l'appeliez dérisoirement : maintenant vous en êtes punis, et c'est à votre tour d'être en butte aux plaisanteries et aux sarcasmes ; les rieurs sont passés du côté de Sophie. Mettez donc fin à vos clameurs pour ne pas vous attirer davantage le mépris et la dérision des hommes.

Quelque injustes que fussent ces gens, ils se virent néanmoins contraints de reconnaître que M. de Hagen avait raison ; ils mirent fin à leurs doléances.

Sophie, avant de se rendre chez elle avec son trésor, voulut d'abord visiter une dernière fois la petite chapelle de la cathédrale où sa prière d'enfant avait été exaucée miraculeusement et que, vingt ans plus tard, elle avait renouvelée dans la petite chambre des mansardes. Elle remercia de nouveau le Dieu bon, miséricordieux et charitable qui n'abandonne jamais ceux qui le servent et se reposent en lui de leurs peines.

L'ENFANT PERDU

I

NE pauvre veuve de pêcheur, appelée Théodora, habitait, non loin du Danube [1], une petite chaumière isolée. Depuis peu de temps elle avait perdu son mari, encore dans la fleur de l'âge. Sa seule consolation dans son veuvage prématuré était son enfant, beau et blond petit garçon, d'environ cinq ans. Il s'appelait Auguste. Son unique soin consistait à l'élever dans de sévères principes de probité et d'honnêteté; sa seule inquiétude, à pouvoir lui con-

[1] Le *Danube*, en latin *Ister*, en allemand *Donau*, est un des plus grands fleuves de l'Europe. Il prend sa source près de Donaueschingen,

server la chaumière de son père et ses instruments de
pêche. Depuis la mort de celui-ci, tous les travaux de
pêche avaient cessé, et les filets suspendus à la muraille,
ainsi que la barque renversée près de la cabane, étaient
pour elle un aspect de douleur et de tristesse continuelles.
Elle gagnait cependant quelque peu à faire des filets, travail pour lequel elle avait beaucoup d'adresse ; et bien
souvent, tandis qu'Auguste dormait déjà depuis longtemps, le matin la surprenait encore debout et travaillant
avec ardeur.

L'enfant n'avait aussi qu'une pensée, qu'un désir, c'é-
tait de faire la joie de sa bonne mère. Celle-ci versait des
larmes à chaque occasion qui lui rappelait son pauvre
mari, et Auguste s'efforçait toujours de la consoler à sa
manière. Un jour que le frère de la veuve, pêcheur du
village voisin, lui avait apporté un poisson magnifique,
Théodora considéra cette belle carpe miroitée et se mit
à pleurer. — Hélas ! dit-elle, je ne pensais pas revoir jamais sous notre toit un aussi beau poisson ! — Auguste
s'écria alors : — Ne pleure pas, maman ; quand je serai
grand, je t'en apporterai de pareils. — La triste mère se
prit à sourire et dit : — Oui, Auguste, j'espère que tu seras un jour la consolation et l'appui de ma vieillesse. Sois
aussi bon, aussi brave et aussi honnête homme que l'était
ton père, et je m'estimerai la plus heureuse des mères.

Un jour, c'était au plus beau moment de l'automne,
Théodora travaillait depuis le matin à un filet qu'elle voulait achever dans la journée. Auguste, de son côté, ras-
semblait dans la forêt du faîne que sa mère faisait moudre,
et qui leur procurait, pour les longues veillées d'hiver,
une provision d'huile peu coûteuse. Le petit Auguste se
réjouissait chaque fois qu'il pouvait rapporter à sa mère

grand-duché de Bade, dans la cour du château de Fürstemberg. Son
cours est immense ; il traverse la Bavière, l'Autriche, la hongrie et la
Turquie, et se jette dans la mer Noire ; il parcourt une étendue de
plus de six cent quatre-vingts lieues. Il reçoit le tribut de plus de cent
vingt affluents. La force de son courant est de trois mille toises par
heure ; sa largeur varie de cent cinquante à mille mètres.

sa petite corbeille pleine du fruit du hêtre. Théodora l'en
félicitait chaque fois, afin de l'habituer de bonne heure à
l'assiduité et à une vie laborieuse.

Cependant midi approchait, le petit était fatigué, il
avait faim ; on entendit bientôt sonner l'angélus au clocher du hameau voisin, et Théodora l'appela pour manger
sous le beau hêtre qui se trouvait non loin de la cabane,
dans un endroit de la forêt frais et vert : elle avait apporté
leur modeste repas, qui consistait en une jatte pleine de
lait et de pain émietté.

Lorsque plus rien ne resta dans l'écuelle, la mère dit
à Auguste : — Va te coucher maintenant, et dors un peu
à l'ombre de cet arbre; de mon côté, j'irai à mon ouvrage,
et quand il en sera temps, je viendrai t'éveiller. Ainsi,
dors bien ! s'écria-t-elle encore en se retournant, lorsqu'elle fut près de la cabane.

Quelque temps après, elle ressortit pour voir Auguste : il était toujours endormi sous l'arbre ; sa petite

tête blonde et
bouclée reposait
sur un de ses
bras ; de l'autre,
il entourait sa
corbeille de faî-
nes ; dans son
sommeil il sou-
riait, et le feuil-
lage tremblotant
du hêtre ombra-
geait son visage
et ses joues ro-
sées. Théodora courut de nouveau à son filet et travailla
assidûment jusqu'à ce qu'elle l'eût entièrement achevé.
Les heures s'étaient écoulées comme autant de minutes;
s'apercevant qu'il était tard, elle voulut aller réveiller le
petit Auguste, mais elle ne le trouva plus sous l'arbre. —
Cet excellent enfant est déjà retourné au travail avec sa corbeille ! s'écria-t-elle avec joie. Hélas ! qu'elle était loin de

prévoir l'affreux malheur qui l'attendait! Elle s'en retourna et vint étendre son filet sur l'herbe. Après un temps assez long, comme l'enfant n'était pas encore revenu, elle éprouva quelque inquiétude, et se mit à chercher dans toute la forêt, qui avait environ une lieue en longueur et la moitié en largeur. Ses recherches furent infructueuses; elle eut beau crier cent fois : — Auguste! Auguste! — L'écho seul répétait ses cris : son inquiétude s'accrut alors et sa crainte devint mortelle. — Aurait-il oublié, se disait-elle, la défense que je lui ai souvent réitérée? se serait-il approché de l'eau? — Cette pensée la fit frémir; elle chercha du côté du fleuve, et n'y trouva aucune trace de son fils. Alors, tout éplorée, elle courut au village : bientôt une foule d'habitants se rassemblèrent autour d'elle; tous prirent part à sa peine : son frère était aussi affligé qu'elle. Personne cependant n'avait vu l'enfant, et tous se mirent à l'aider dans ses recherches. Les uns se répandirent dans le bois, les autres dans les environs, et quelques-uns sur les rives du fleuve. La nuit se passa, et l'on n'avait encore obtenu aucun résultat satisfaisant.

— S'il est noyé dans le Danube, dit un pêcheur du village, nous retrouverons son corps, car nous connaissons le cours de l'eau : le cadavre sera certainement rejeté là-bas, à cette place de gazon où se trouve le vieux saule.
— La pauvre mère recueillit tous ces discours, et s'en retourna le cœur navré. Elle passa la nuit à veiller, à pleurer, et, dès la pointe du jour, elle s'empressa de courir au fleuve, croyant y retrouver peut-être, hélas! le cadavre de son fils chéri. Cependant, les jours et les semaines s'écoulèrent; soir et matin elle accourait, triste et éplorée, sur les bords du fleuve, et toujours en vain! Les pêcheurs qui allaient le matin à leur travail, ou qui en revenaient le soir, la trouvaient toujours à la même place, pleurant et les mains levées au ciel; c'était à fendre le cœur.

C'est ainsi que se passèrent des années; le cadavre ne se retrouva pas, et la mère n'apprit rien sur le sort de son

pauvre fils. Il serait impossible de décrire son chagrin et
sa douleur.

— En si peu de temps, s'écriait-elle, perdre mon
époux bien-aimé et mon fils chéri, c'est trop cruel à
supporter ! Je crois que j'en mourrais, si je n'avais la
consolante pensée que le ciel fait tout pour le mieux. —
Elle se faisait à elle-même les plus durs et les plus graves reproches : — J'aurais dû veiller plus attentivement sur lui ! s'écriait-elle en pleurant et en joignant
les mains.

— O vous ! disait-elle encore aux femmes du village
qui s'efforçaient de la consoler, profitez de mon exemple,
et soyez plus attentives sur vos enfants !

Le chagrin qui la minait la rendit peu à peu si pâle et
si défaite, qu'elle ne semblait plus que l'ombre mouvante
d'un trépassé. Lorsque, quelques semaines après la perte
de son enfant, elle arriva un dimanche à l'église avec les
habits du deuil qu'elle portait encore de son mari, les pa-
roissiens se disaient entre eux : — La pauvre Théodora !
elle suivra de près au tombeau son mari et son fils !

Le curé du village, vieillard respectable, qui prenait
aux peines de ses ouailles la part la plus active et la plus
sincère, s'était déjà rendu plusieurs fois chez Théodora
pour lui porter des consolations. Cependant, quand il la
vit ce jour-là à l'église, il s'aperçut plus que jamais de son
abattement et de l'altération sensible de ses traits ; il la
fit appeler après le service. Lorsqu'elle arriva dans la
chambre du bon pasteur, celui-ci, la tête couverte d'une
calotte de satin noir, était assis à son bureau et inscrivait
quelques notes sur le registre paroissial. Il la salua avec
affabilité et lui dit : — Attendez un peu, je suis à vous
dans un instant. — Théodora se mit alors à considérer
une petite image qui se trouvait appendue au mur dans
un cadre d'or. La vue de ce tableau l'émut au point de
lui faire verser des larmes.

— Eh bien ! dit le curé en secouant sa plume et en se
levant, cette image vous plaît-elle ? — Oui, certes, répondit Théodora, elle est touchante ; sa vue seule m'arrache

des larmes. — Savez-vous aussi ce qu'elle représente?
demande le curé. — Oh! mon Dieu oui! répondit Théodora, c'est la mère de Dieu. Je n'ai jamais vu la douleur
de Marie pleurant la mort de son divin Fils aussi bien
dépeinte. — Eh bien, dit le curé, c'est pour vous un
exemple aussi remarquable que consolant. Considérez-la
avec attention; voyez l'épée qui traverse son cœur; c'est
l'emblème de l'affliction profonde qui, selon la prophétie
de Siméon, doit lui percer le sein de part en part, à la
mort sanglante de son divin Fils. Ces yeux pleins de larmes qu'elle élève au ciel, ces mains fortement jointes,
disent assez combien elle se repose et se confie en Dieu.
Mais les rayons d'or qui brillent autour de sa tête témoignent de la béatitude céleste que lui obtiennent
sa patience dans le malheur et sa confiance en la volonté
de Dieu.

— Bonne Théodora! continua-t-il, vous avez beaucoup
perdu : votre époux et votre enfant!... Une épée à deux
tranchants a percé votre cœur. Cependant, levez, comme
Marie, les yeux vers le ciel, reposez-vous en la volonté
de Dieu, confiez-vous en lui, espérez d'en haut votre
consolation et votre force. Vous le savez, Marie se tint
debout au pied de la croix ; la foi avec laquelle elle dit à
l'ange qui lui apportait un heureux message : *Je suis la
servante du Seigneur ; qu'il soit fait selon sa volonté!* la
soutient encore maintenant dans sa profonde douleur et
l'empêche de perdre courage. Cette même certitude que
Dieu fait tout pour le mieux, que tout ce qu'il fait est
bien, que tout ce qu'il permet ne saurait être meilleur,
doit vous soutenir aussi et vous empêcher de vous désespérer. N'oubliez pas le but de toutes nos peines; les
afflictions de ce monde ne valent pas la béatitude qui
nous est réservée en partage. C'est par la douceur que
nous acquérons la vertu, et ce sont les maux passagers
qui nous procurent des joies éternelles.

Jésus-Christ lui-même fut obligé de souffrir pour con-
quérir sa gloire; Marie suivit la même voie : il n'est pas
pour nous d'autre chemin du ciel.

Théodora écouta le bon prêtre avec une profonde émotion ; elle se prit à considérer la sainte image avec un plaisir nouveau, et ne pouvait en détacher ses regards :
— Je veux, disait-elle, suivre l'exemple de cette mère éplorée ; je veux lever comme elle mes yeux au ciel ; comme elle encore, je veux prier, croire et m'écrier : *Seigneur, que ta volonté soit accomplie !*

— Bien ! dit le curé, très-bien ! et je m'en réjouis ! — Cet homme vénérable, en effet, ne se trouvait jamais plus heureux que quand il pouvait consoler un affligé. Il détacha l'image de la muraille, la donna à la pauvre veuve, et dit : — Pour que vous n'oubliiez pas votre bonne promesse, et que vous l'observiez en tous points, emportez cette image, je vous en fais don. Lorsque vous sentirez de nouveau dans votre cœur l'épée à deux tranchants, jetez un regard sur ce tableau, rappelez-vous votre promesse : Dieu aidant, votre blessure se guérira peu à peu, et là-haut, dans le ciel, se tressera pour vous une magnifique couronne.

Théodora suivit les conseils du curé, et sa douleur se calma. Cependant, chaque fois qu'elle passait devant l'arbre sous lequel elle avait vu pour la dernière fois son bel enfant, elle sentait son cœur défaillir et sa douleur renaître plus profonde que jamais. Il lui vint alors la pensée de faire une entaille dans le tronc de l'arbre et d'y placer l'image. — Cet arbre, disait-elle, ravive toujours ma douleur ; mais désormais j'y trouverai aussi de nouvelles consolations. Hélas ! ajoutait-elle encore, les autres mères font élever au cimetière de petits tombeaux à leurs enfants ; que cet arbre soit donc le monument funéraire de mon pauvre Auguste !

Elle exposa au curé ce qu'elle avait imaginé ; celui-ci n'y trouvant rien à redire : — Si cela peut vous offrir quelques consolations, faites-le, dit-il. Elle tailla alors dans le tronc, avec beaucoup de peine, une excavation de la grandeur nécessaire ; elle y enchâssa l'image, et désormais, lorsqu'elle passait devant cet arbre et qu'elle se sentait le cœur triste et brisé, elle y jetait les yeux en

disant : — Moi aussi, je veux être comme Marie, la servante du Seigneur ; qu'il me soit fait selon sa volonté ! Et
chaque fois elle sentait son pauvre cœur soulagé.

II

Pendant que cette mère désolée pleurait la mort de son
fils, celui-ci, âgé de cinq ans et quelques mois, était arrivé, après avoir parcouru un chemin de plus de cent
lieues, dans la grande ville impériale de Vienne[1] ; il habitait, sain et sauf, une magnifique maison qui ressemblait à un palais ; de plus il était habillé aussi bien et
aussi richement que s'il fût né de famille noble, et enfin,
ce qui valait mieux encore, il était élevé avec le plus
grand soin et recevait des meilleurs maîtres une éducation solide et distinguée. Ce merveilleux changement
dans sa position s'était opéré de la manière suivante :

Lorsque Auguste, que nous avons laissé endormi sous
le hêtre, se fut éveillé, il s'essuya les yeux, et se mit à
chercher du faîne dans le bois ; il en eut bientôt à moitié
rempli sa corbeille. Ayant parcouru une assez grande
distance sans rencontrer d'autres hêtres, il arriva au bord
de la forêt sur la rive du fleuve. Là, se trouvait amarré au
rivage un bateau qui s'était arrêté pour attendre des voyageurs descendus à terre. Parmi les passagers se trouvaient
quelques enfants qui, pendant que les grandes personnes
se promenaient de long en large sur l'herbe fraîche pour

---

[1] *Vienne*, en latin *Vindobona*, capitale de l'Autriche, est une des
plus grandes et des plus belles villes de l'Allemagne, à trois cents lieues
de Paris. Sa population est de près de trois cent mille habitants. Ses
monuments publics, ses palais, ses jardins, ses musées, ses bibliothè-
ques, la politesse de ses habitants, la résidence de la cour impériale,
sa position pittoresque, en font un séjour des plus agréables. Vienne
est tombée deux fois au pouvoir des Français, le 10 novembre 1805
et le 20 mai 1809.

se délasser de la fatigue du voyage, s'établirent au bord
de l'eau sur une pelouse gazonnée, et se mirent à jouer
avec des cailloux. Ils aperçurent le jeune Auguste, s'approchèrent de lui, et regardèrent ce qu'il avait dans sa
petite corbeille. Ces bruns et jolis fruits du hêtre, qu'ils
ne connaissaient point encore, leur plurent infiniment.
— Ce sont de beaux fruits, s'écria la petite Antonie, un
peu plus jeune qu'Auguste, et vêtue aussi magnifiquement qu'une riche demoiselle; nous n'avons encore jamais vu des châtaignes comme celles-là! — Ce n'est pas
ce que tu crois, répondit Auguste; ce sont des fruits du
hêtre, et l'on peut en manger. Ensuite il en distribua à
pleines mains aux enfants. Auguste était tout heureux de
se trouver au milieu de joyeux camarades; ce bonheur ne
lui était jamais arrivé, car il voyait à peine les enfants du
village; il se mêla donc avec ceux-ci, qui partagèrent
avec lui les fruits qu'ils avaient.

Auguste fut alors curieux de voir de plus près le bateau, car il n'en avait jamais vu de cette dimension; cette
maison flottante, plus grande que la chaumière de sa
mère, lui semblait une chose merveilleuse. Les enfants
l'emmenèrent dans le bâtiment, et Antonie le conduisit
dans le salon tapissé qui était destiné aux voyageurs de
distinction. — Comment! s'écria Auguste tout étonné, il
y a dans cette maison de plus belles chambres que chez
nous! — Antonie et ses autres camarades lui montrèrent
tous leurs jouets. Auguste était tellement absorbé par la
contemplation de ces richesses, qu'il ne pensa plus à retourner chez lui. Pendant ce temps, et sans que l'enfant
s'en aperçût, le bâtiment remit à flot, s'éloigna de terre,
et descendit majestueusement le fleuve.

Personne sur le bâtiment n'avait fait attention à ce
petit garçon, ou du moins les voyageurs qui se trouvaient
sur le bateau, dès le commencement du trajet, pensèrent
qu'il appartenait aux nouveaux passagers qui venaient
d'arriver, tandis que ceux-ci crurent, au contraire, qu'il
était un des enfants des premiers. Mais le soir, Auguste
s'étant mis à pleurer en appelant sa mère, on s'aperçut

que le bâtiment contenait un enfant étranger. On conçoit
l'étonnement et la rumeur que ses cris occasionnèrent
parmi les passagers : les uns, attendris, plaignaient la
mère et l'enfant; d'autres, au contraire, riaient de la manière inattendue dont leur était arrivé ce nouveau compagnon de voyage; mais les mariniers étaient furieux, et
furent sur le point de jeter l'enfant dans le fleuve.

Enfin arriva le patron du bâtiment, qui le prit à part,
et lui parlant d'un air sévère : — Dis-moi donc, petit, de
quelle ville ou de quel village sors-tu? — Je ne suis d'aucune ville ni d'aucun village, répondit Auguste. — C'est
singulier! dit le marin; tu dois cependant habiter quelque part. — Notre maison, dit l'enfant, est dans le bois,
non loin du village. — Très-bien, répliqua son interlocu-
teur; mais comment s'appelle ce village? — Ah! répondit
Auguste, ce village s'appelle..... le village. Ma mère ne
l'appelle jamais autrement : « Midi sonne au village, »
dit-elle; ou bien : « Demain, j'irai avec toi au village pour
acheter du pain. » — Mais, comment s'appellent tes parents? dit le patron avec tristesse. — Mon père, répondit
Auguste, est mort, et l'on appelle ordinairement ma mère,
la pauvre pêcheuse Théodora. — Ainsi son prénom est
Théodora? dit le batelier; mais quel est son nom de famille? — Elle n'a pas d'autre nom que Théodora, répondit le petit, et même elle disait souvent que l'on ne pouvait donner aux gens d'autres noms; car, alors, c'étaient
des sobriquets. — Le patron vit qu'il fallait renoncer à
l'espoir de tirer quelques renseignements de cet innocent
enfant, qui ne connaissait même pas son nom de famille.
Il devint pourpre de colère et s'écria : — Je voudrais que
le coucou t'eût conduit ailleurs que sur mon bâtiment. —
Le bon petit, qui avait encore les yeux pleins de larmes,
lui répondit tout triste et sans la moindre malice : — Le
coucou ne m'a point amené ici; je ne l'ai jamais vu, mais
je l'ai entendu quelquefois au printemps [1]. — Tous les

---

[1] Le coucou est, en Allemagne, une menace employée contre les
enfants, comme croquemitaine en France.

passagers se mirent à rire aux éclats; mais les bateliers se trouvèrent dans un grand embarras, car, par malheur, le Danube traversait précisément des contrées incultes, boisées et désertes, dans lesquelles n'apparaissait au loin aucun village. Plus tard, lorsque le soleil s'était déjà presque entièrement couché, on entrevit enfin dans l'éloignement le sommet d'un clocher. Le capitaine du bâtiment voulut y faire porter l'enfant, pour que de là on pût le remettre à sa mère; mais M. Wahl, père d'Antonie, s'y opposa. C'était un riche négociant qui emportait avec lui des caisses pleines d'argent et d'objets précieux, et qui, comme les autres passagers, fuyait devant l'ennemi. L'Allemagne alors subissait les influences désastreuses de la guerre de trente ans.

— Je souhaite de bon cœur, dit M. Wahl, que sa mère éplorée revoie son pauvre fils; mais, en ce moment, cela ne peut pas se faire; l'ennemi est en marche et s'approche des rives du Danube. Un retard de quelques heures pourrait nous être fatal, nous jeter en son pouvoir et nous faire perdre ce que nous possédons. Au nom de Dieu! continuez votre route!

M. Wahl, qui était en proie à l'inquiétude, insista particulièrement sur ce que les bateliers devaient voyager toute la nuit pour profiter de la pleine lune. Ils répondirent que c'était contre leur habitude; cependant, comme le négociant promit au patron et à ses compagnons une bonne somme d'argent, ils y consentirent enfin et continuèrent leur voyage.

Lorsque le soleil reparut, on arriva devant un petit village qui se trouvait au bord du fleuve. Le patron demanda aux paysans de recueillir l'enfant, et les pria de s'informer dans les environs d'où il pouvait être, où habitait sa mère, et de le lui ramener; il leur fit entendre que ce serait de leur part œuvre de charité méritoire et belle. Mais les paysans répondirent : — Qui sait à qui peut appartenir ce petit garçon! il pourrait bien se faire qu'il nous fût impossible de trouver à qui le rendre, et nous serions obligés de le garder et de l'élever. Par le temps qui court,

nous avons assez de nos propres misères, sans nous charger de celles des autres.

Bientôt on aperçut de nouveau, sur l'autre rive du
fleuve, un village peu éloigné de la rive, et qui paraissait
grand et riche. Le patron voulut se rendre chez le bailli
ou chez le curé, pour les prier de se charger de l'enfant.
Il ordonna donc de s'arrêter à terre; mais tout à coup
M. Wahl s'écria : — Écoutez! entendez-vous le bruit du
canon? l'ennemi est près de nous, ne perdons pas un
instant. En avant! en avant donc avec le bâtiment! Crai-
gnant qu'à la fin l'enfant ne demeurât à sa charge, le
patron s'opposa cette fois à M. Wahl, et bientôt une querelle sérieuse se fût engagée, si l'épouse de ce dernier,
bonne et douce femme, n'était venue s'interposer entre
eux. Elle dit tout bas à son mari, avec toute la bienveillance et la bonté d'âme qu'elle possédait :

— Gardons ce joli enfant, nous ferons une bonne œuvre,
et la querelle sera terminée. — Ce moyen conciliatoire
sourit à M. Wahl, qui dit aussitôt à haute voix : — Allez
toujours, je me charge de cet enfant, et je fournirai désormais à tous ses besoins.—Le patron fut satisfait de cet
arrangement, et tous ceux qui se trouvaient sur le bateau
louèrent à l'envi la charitable résolution de M. Wahl.

Le bâtiment arriva sans encombre à Vienne. M. Wahl
y acheta une grande et belle maison, et rétablit son commerce; il fit donner à sa fille unique, Antonie, une brillante éducation, et accorda à Auguste la faveur de suivre
l'enseignement et de profiter des leçons qu'elle recevait.
Le petit, quelque ignorant qu'il fût encore, montra bientôt une si grande intelligence, et fit dans ses études de si
rapides progrès, qu'il excitait l'étonnement de ses maîtres. En outre, il était si modeste, si docile, si complaisant, si aimant et si pieux, que M. et madame Wahl se
prirent à l'aimer comme leur propre enfant. Les principes
que sa mère lui avait inculqués, ainsi que la crainte de
Dieu dont elle lui avait rempli le cœur, y jetèrent de profondes racines et s'y fortifièrent de jour en jour.

M. Wahl, voyant avec plaisir qu'Auguste montrait de

grandes dispositions pour le commerce, lui procura la facilité de s'instruire dans tout ce qui fait la science du négociant, et, après ce noviciat, il le prit avec lui dans son cabinet.

Auguste l'aida bientôt avec grand succès dans toutes les opérations. Avant qu'il eût atteint sa vingtième année, il se trouvait en état de conduire déjà, et avec honneur, les affaires de son père adoptif. M. Wahl étendit de jour en jour ses relations; il se chargea de grandes fournitures pour les armées, et quoiqu'il ne fît jamais que des gains licites, il y amassa des sommes immenses. Il put voir alors combien il avait à remercier la prudence, le savoir-faire et la probité de son fils adoptif; il crut donc devoir aviser aux moyens de l'en récompenser dignement. La petite Antonie s'était formée et était devenue une jeune fille belle et gracieuse, pure de corps et d'esprit; elle était d'une beauté parfaite. M. Wahl la donna en mariage à Auguste. Après la guerre, l'empereur, voulant récompenser le zèle et les services de M. Wahl et de son fils, leur accorda des titres de noblesse, leur permettant de prendre le titre de seigneurs de Wahlheim. Les parents adoptifs d'Auguste ne purent jouir longtemps de son bonheur; ils moururent bientôt l'un après l'autre, avec la consolation de voir leur fille à jamais heureuse. Auguste, ayant liquidé ses affaires, résolut d'acquérir en Bavière ou en Souabe quelques-uns de ces magnifiques châteaux que la guerre avait fait abandonner, et qui se vendaient alors à bas prix. On lui en proposa plusieurs. Après avoir fait un voyage pour les visiter, il acheta la belle seigneurie de Neunkirch, qui, par son étendue et la beauté du pays, lui parut mériter la préférence. Il y fit aussitôt faire les réparations nécessaires pour l'habiter, et retourna chercher sa femme et ses enfants pour s'y fixer définitivement.

Lorsque Antonie arriva avec son époux dans ces nouvelles contrées, et qu'elle vit tous les ravages qu'avait occasionnés la guerre, elle fut pénétrée de douleur et de commisération. Une multitude de maisons étaient en ruines, d'autres menaçaient de s'écrouler; enfin une im-

mense quantité de terrain restait inculte et en friche.
—Hélas ! les pauvres gens ! s'écria-t-elle les larmes aux
yeux ; il nous faut venir à leur aide ! — Auguste se réjouit
de ce que son épouse était pénétrée des mêmes sentiments
que lui, et il se hâta de satisfaire aux plus pressants
besoins de ces malheureux habitants. Il donna du bois
pour bâtir, avança de l'argent, fit acheter des semences
et des bestiaux qu'il distribua à ceux qui manquaient de
ressources, et bientôt ces généreux seigneurs virent leur
château s'entourer de jolies et fraîches maisonnettes, et
de riches champs bien cultivés et de bon rapport. Les
paysans ne trouvèrent plus assez d'expressions pour les
remercier dignement, et ils se rendirent au château afin
d'exprimer toute leur gratitude à M. et à madame de
Wahlheim; mais Auguste leur dit : — Dieu m'a rendu, de
pauvre petit garçon que j'étais, homme riche et puissant,
et il m'a béni dans toutes mes entreprises ; je serais un
ingrat si je ne donnais point aux autres leur part de ces
bénédictions. Je me réjouis de pouvoir faire quelque
chose pour votre bonheur, car il n'est pas de plus grande
félicité que celle de rendre heureux ses semblables.

III

Pendant qu'Auguste de Wahlheim était, comme nous
l'avons vu, devenu un riche et puissant seigneur, sa mère,
la bonne Théodora, avait essuyé bien des traverses et
avait mené une vie bien dure, quoiqu'elle fût toujours
soutenue par sa confiance en la bonté de Dieu.

Peu de temps après qu'elle eut perdu le petit Auguste
dans la forêt, la guerre étendit son théâtre du côté du Danube où elle habitait, et bientôt le pays fut envahi par les
étrangers. Théodora abandonna sa chaumière et se retira
au village, chez son frère, qui possédait la maison pater-

nelle. Elle ne put toutefois y demeurer longtemps ; à la
suite d'un combat, le village fut réduit en cendres et
abandonné par la plupart des habitants ; la maison de
Théodora n'avait pas été épargnée. Son frère, que ce dé-
sastre avait ruiné, fut obligé de se placer en condition
comme garçon-pêcheur.

Pour elle, elle alla chez sa sœur, qui demeurait à environ quinze lieues de là ; accueillie par elle avec empressement, Théodora l'aida à élever sa nombreuse famille.
Les deux sœurs vivaient ensemble dans la plus parfaite
union, se soulageant mutuellement des peines et des privations que la guerre leur avait causées. Longues années
après, elles reçurent de leur pays une lettre de leur frère,
qui leur disait que sa femme était morte, et que ses deux
filles s'étant mariées à l'étranger pendant la guerre, il
priait Théodora de revenir chez lui pour diriger son ménage. Elle s'empressa d'y retourner.

A peine fut-elle arrivée au village, qu'elle se rendit
dans la forêt pour revoir le hêtre qui renfermait la belle
image que sa fuite précipitée ne lui avait pas laissé le
temps d'emporter. Mais, bon Dieu ! comme tout y était
changé et renversé ! Le chemin qui menait à sa chaumière
n'était plus reconnaissable, tant il était recouvert de haut
gazon et de buissons épais. Là où ne croissaient autrefois
que des broussailles, s'étaient élevés de grands arbres
étendant au loin leurs branchages, et, au contraire, de
gros arbres qu'autrefois Théodora avait vus sur pied
avaient maintenant complétement disparu. Il ne restait
plus depuis longtemps la moindre trace de sa pauvre
cabane de bois ; on ne pouvait même plus trouver la place
où elle était située : tout à l'entour était à présent un
épais fourré d'arbres nouveaux. Théodora se fatigue longtemps à rechercher le hêtre sous lequel elle avait tant
pleuré, elle pénètre à travers les épines et l'épaisseur du
bois ; elle interroge longtemps les hêtres qu'elle rencontre. — Quand même je n'y trouverais plus la belle
image, pensait-elle, je reconnaîtrai toujours l'arbre à
l'excavation qu'il doit avoir et qui renfermait le tableau.

—Ne vous donnez pas tant de peine, bonne mère, dit
un vieillard qui ramassait dans le bois des broussailles
sèches ; cet arbre n'existe plus depuis longtemps. Le
même changement qui vous a frappée à votre retour au
village s'est opéré dans le bois. Les hommes que nous
avons laissés enfants ont grandi ; ceux qui étaient jeunes
alors sont vieux maintenant, et les vieux ne sont plus de
ce monde ; le jeune bois a remplacé les vieux arbres ;
tout, dans ce monde, passe rapidement, les hommes plus
vite encore que les arbres. Nous n'avons ici-bas aucune
place stable, et nous devons aspirer à atteindre le plus tôt
possible celle qui nous est destinée là-haut. Le vénérable
vieillard s'éloigna après ces paroles, et Théodora perdit
l'espoir de retrouver son arbre.

M. de Wahlheim demeurait à plusieurs lieues de là, et la
forêt, ainsi que le village où habitait maintenant Théodora,
dépendait des vastes domaines qu'il avait acquis. Un jour,
il se rendit dans le bois à l'effet de distribuer aux villageois du bois pour leur provision d'hiver. Comme la forêt
était très-mélangée, que depuis longtemps on n'y avait
pas fait de coupe, et qu'il s'y trouvait beaucoup d'arbres
mûrs, Auguste voulut lui-même assister à la distribution,
pour que l'on n'abattît le bois qu'avec connaissance et
économie. Il voulut voir aussi par lui-même si chaque
habitant recevait bien sa juste part. Il avait fait rassembler tous les pères de famille et leur donnait tantôt un
arbre, tantôt un autre. Théodora était venue pour son
frère, et il arriva que l'ordre de la distribution lui fit
échoir l'arbre devant lequel se trouvait M. de Wahlheim.
Théodora s'approcha et pria le seigneur de vouloir bien
pardonner à son frère de n'être pas venu lui-même, mais
qu'il était malade et ne pouvait quitter le lit. M. de
Wahlheim ne pensait guère que cette pauvre femme, mal
vêtue, fût sa mère, et celle-ci ne se doutait pas davantage
que le riche seigneur qui était devant elle, brillant de
jeunesse et de beauté, vêtu d'un habit brun de drap fin,
et ayant les doigts couverts de diamants, était le fils
qu'elle pleurait tant. Celui-ci éprouva toutefois, sans la

8.

connaître, une grande commisération pour cette femme,
et ordonna qu'on abattît l'arbre pour elle.

Le garde forestier voulut s'y opposer :— C'est grand
dommage pour ce beau hêtre, dit-il ; le tremble et le
bouleau sont excellents pour ces pauvres gens ; le hêtre
devrait être conservé pour Sa Seigneurie et ses serviteurs.
M. de Wahlheim le regarda sévèrement et dit:— Nous ne
devons pas seulement donner aux pauvres ce que nous
dédaignons, mais nous devons encore, quand ils sont
dans le besoin, partager avec eux ce que recherchent les
riches. Cet arbre appartient à la sœur de ce pauvre
malade, et je veux en outre qu'il soit fendu à mes frais,
que le bois en soit cordé et conduit devant la porte de sa
sœur. Mettez donc de suite la main à l'œuvre, et que son
bois soit préparé avant le mien.

Il s'éloigne aussitôt pour lui épargner des remercîments. Théodora le regarde s'en aller les larmes aux
yeux et dit :—Dieu bénisse ce bon seigneur !— puis elle
continue son chemin.

Ainsi, la mère et le fils, qui s'étaient vus pour la dernière fois dans ce bois vingt-six ans auparavant, venaient
de s'y rencontrer de nouveau et allaient être séparés pour
toujours, si Dieu n'eût pris soin de faire éclater en cette
occasion toute sa providence.

Deux bûcherons avaient mis aussitôt la hache à l'arbre,
qui tomba à terre avec grand fracas ; dans ce moment,
ces deux hommes s'écrièrent tout à coup : — Miracle !
miracle !— Le tronc, en tombant, s'était brisé à sa partie
inférieure, où il était le plus fragile ; un morceau de
l'écorce s'en était détaché et avait découvert l'image que
Théodora avait si longtemps cherchée. Les couleurs du
petit tableau étaient encore fraîches et bien conservées,
et le cadre d'or brillait au soleil comme si l'image avait
été entourée de rayons éclatants. Les bûcherons étaient
de jeunes hommes qui ne connaissaient rien de la vieille
histoire de l'image. — La manière dont cette image est
venue dans cet arbre surpasse tout notre entendement,
se disaient-ils les uns aux autres. On n'aperçoit au dehors

de l'arbre aucune ouverture ; il était tout entouré
d'écorce et recouvert de mousse comme tous les autres
vieux arbres de la forêt. C'est une chose inouïe, extraordinaire, inconcevable ; c'est un miracle !

Aux bruyantes exclamations de ces hommes arrive
M. de Wahlheim, qui avait à peine fait deux cents pas, oc
cupé qu'il était encore à surveiller la distribution des
arbres. Il prend l'image entre ses mains et la considère
attentivement. — En effet, dit-il, elle est très-belle, je dirai
même que c'est un morceau de maître ! Cette pâle et douloureuse figure, ce regard éploré fixé vers le ciel, sont sans
pareils ; et cette rouge draperie et les plis de ce manteau
bleu, supérieurement peints. Au surplus, il est facile de
concevoir comment cette image a pu se trouver dans cet
arbre ; quelque âme pieuse aura fait une entaille dans le
tronc et l'y aura placée ; l'écorce, comme il arrive d'ordinaire à ces arbres, ayant peu à peu repoussé, aura fini
par recouvrir entièrement le tableau.

Cependant M. de Wahlheim changea tout à coup de couleur, et sa main qui tenait l'image se mit à trembler fortement. — Oh ! oui, s'écria-t-il, c'est merveilleux ! Il fut
obligé de s'asseoir sur le tronc de l'arbre abattu pour ne
pas tomber d'émotion ; il avait retourné le cadre, et au
revers il avait lu ces mots :

« *L'an seize cent trente-deux de la naissance du Christ,
le dix octobre, je vis pour la dernière fois, sous cet arbre,
mon unique fils Auguste, âgé de cinq ans et trois mois. Que
Dieu soit avec lui et l'accompagne partout, et que ce divin
Maître, ainsi qu'il consola Marie éplorée au pied de la croix,
daigne aussi accorder quelques consolations à moi, Théodora
Sommer, comme Marie, mère désolée !* »

Une pensée traversa comme un éclair l'esprit de M. de
Wahlheim: — Cet enfant perdu, se dit-il, c'est moi ; le
nom, l'année et le jour prouvent assez que c'est ma mère
qui plaça là cette image. Pendant qu'il l'examinait, Théodora accourut. Elle venait d'apprendre, par une voisine
qui voulait revenir avec elle, la nouvelle de l'image retrouvée, nouvelle qui s'était aussitôt répandue dans la forêt

et qui avait excité une surprise générale. — Mon Dieu!
excellent seigneur, dit-elle, cette image m'appartient; je
vous en prie, rendez-la-moi. Voyez-vous, mon nom y est
encore écrit; notre bon curé, que j'en avais prié, l'y a
tracé, et c'est aussi à ma prière qu'il y a ajouté les autres
mots. — Hélas! continua-t-elle en pleurant et en consi-
dérant l'arbre abattu: voilà donc le hêtre sous lequel
Auguste dormit encore d'un sommeil si doux et si paisible avant qu'il ne me fût enlevé pour toujours! Combien
de fois, depuis mon retour, ai-je passé devant cet arbre
sans le reconnaître! O mon Auguste, je revois donc de
nouveau la place où mes yeux t'aperçurent pour la dernière fois; hélas! je ne te verrai plus! Je ne puis donc
soupirer qu'après la tombe!...

Les larmes l'empêchèrent de parler plus longtemps.
M. de Wahlheim, qui avait déjà appris son nom par l'image
qu'il tenait entre ses mains, fut presque hors de lui en
apprenant que cette pauvre femme était sa mère. Son
cœur bondissait; il voulait s'élancer dans ses bras en s'é-
criant: — Ma mère! Cependant il se retint encore, car il
lui vint à la pensée qu'une joie aussi grande et aussi soudaine pourrait être pour elle le coup de la mort. Il lui
prend amicalement la main, essuie ses pleurs avec son
mouchoir blanc, lui fait agréer quelques consolations, et
peu à peu il lui dit que son fils vit encore, qu'il le connaît,
et qu'elle le verra bientôt. Après toutes ces précautions, et
lorsqu'il la voit assez préparée, il dit: — C'est moi qui
suis votre enfant perdu! — La mère s'élance dans ses bras
en poussant ce seul cri: — Toi! — Et le saisissement
l'empêche d'en dire davantage.

Tous deux se tinrent longtemps embrassés et en silence.
Cette scène attendrissante arrachait des larmes à tous les
assistants.

—Mère chérie! dit enfin M. de Wahlheim, Dieu a exaucé
le vœu que vous formiez pour moi et que vous avez fait
écrire sur cette image! Il m'a accompagné partout et il
m'a béni en toutes choses. Mais il a aussi exaucé le vœu
que vous faisiez pour vous-même; il vous a consolée

comme il a consolé Marie ; il vous a rendu votre fils et
vous l'a fait voir encore vivant ici-bas. C'est sous cet arbre
qu'il nous a séparés, et c'est à la même place qu'il nous
réunit de nouveau. Il a certainement conservé cette image
pour qu'elle devînt le moyen de notre reconnaissance et
de notre réunion. Il nous a montré que tout ce qu'il
fait est toujours pour le plus grand bien.

— Oui, s'écria Théodora, c'est de toute vérité ! Il t'a repris du sein de ta mère, parce que, peut-être, ne don-
nais-je pas à ton enfance des soins assez diligents. Il t'a
rendu à moi pour être le soutien de mes vieux jours, et
pour tout le pays une source de bonheur et de consolation ; tu en seras l'ange protecteur et gardien. Tout ce
que le bon Dieu fait est sagesse et amour ; que son nom
soit béni ! — Tous les assistants firent chœur avec elle et
rendirent des actions de grâces à Dieu.

M. de Wahlheim dit à son garde forestier d'aller avertir
le frère de Théodora qu'elle ne reviendrait chez lui que
le lendemain avec son fils. Théodora pria sa voisine de
donner pendant ce temps tous ses soins au malade. Là-
dessus, M. de Wahlheim fit avancer sa voiture, aida sa
mère à y monter, se mit à côté d'elle et fit prendre rapidement le chemin du château, où une nouvelle joie attendait la bonne Théodora. Elle était toute honteuse de se
présenter à sa bru dans ses pauvres et modestes vêtements.
Mais Antonie avait des sentiments trop élevés pour y faire
attention ; elle s'élança dans ses bras, l'embrassa avec effusion, et s'estima heureuse de connaître enfin la mère
de son époux bien-aimé. Théodora pleurait de joie, et
lorsqu'on lui eut encore présenté ses deux petits-enfants,
Ferdinand et Marie, tous deux blonds et beaux, pieux et
et bons comme des anges, elle pensa s'évanouir de bonheur. — Ma douleur d'autrefois était inexprimable, disait-
elle ; mais ma joie l'est encore plus. Je ne puis que pleurer, prier et remercier le Seigneur. Bon Dieu ! si déjà sur
cette terre tu peux départir une si grande somme de bonheur, que doit-ce être auprès de toi, dans le ciel ? Là-haut
nous attend certainement une félicité immense et inconnue.

Le lendemain matin, M. de Wahlheim fit atteler sa voiture et se rendit avec sa mère chez son oncle malade. Théodora demeura près de son frère jusqu'à ce qu'il se fût rétabli, puis elle vint habiter le château pour toujours, car Auguste et Antonie voulurent absolument la conserver près d'eux. Quant au frère et à la sœur de Théodora, on leur assura un heureux avenir. M. et madame de Wahlheim étaient tellement au-dessus de tout préjugé, qu'ils ne pensèrent jamais à rougir de la pauvreté de leurs parents. Au contraire, ils les convièrent un jour tous, père, mère, enfants et petits-enfants, à un repas auquel Théodora fut obligée de prendre la place d'honneur. Ces bonnes gens étaient émerveillés de l'accueil affable qu'ils recevaient, et dans tous les yeux brillaient des larmes de reconnaissance.

Auguste et Antonie s'informèrent de leurs besoins et de leurs désirs, et n'en laissèrent aucun qui ne fût satisfait. Chacun eut part égale à leurs bienfaits, et c'est ainsi que les jeunes époux s'attirèrent bientôt l'amour et les bénédictions de tous les habitants de leurs domaines, dont ils faisaient le bonheur et les délices.

M. de Wahlheim fit placer dans le coin le plus apparent de son salon la petite image du bois. — Ce sera pour nous, dit-il, une exhortation continuelle à nous reposer en Dieu et à le remercier. L'indéfinissable et beau regard que dans cette image Marie tourne vers le ciel, doit aussi nous y faire élever notre cœur; car qu'est-ce qui pourrait mieux, dans les actes et les peines de cette vie, nous garantir du péché, nous exciter au bien et nous consoler dans le malheur?

LA COLOMBE

I

U vieux château de Falkenbourg, situé sur le sommet d'une colline, vivait, il y a plusieurs siècles, un chevalier nommé Théobald, avec Othilia, sa vertueuse épouse. Le chevalier était aussi généreux que brave. Sa puissante protection s'étendait au loin sur tous les opprimés, sans qu'il réclamât en retour le mondre remercîment, le plaisir de faire des heureux étant pour lui une récompense suffisante.

Othilia distribuait autour d'elle de nombreuses aumônes. Elle allait visiter les malades dans les chaumières
des vallées voisines, et son château était le refuge assuré
de tous les malheureux qui avaient besoin de quelque
secours. L'unique enfant de ces excellents parents.

Agnès, âgée de huit ans environ, était aussi pour tout le
monde d'une bonté et d'une douceur sans égales ; faire
du bien était sa plus douce jouissance. Parents, enfants,
étaient en vénération dans le pays ; et le voyageur, qui
deloin apercevait la tour élevée de Falkenbourg, bénissait au fond de son cœur les personnes bienfaisantes qui
l'habitaient. Aussi la bénédiction de Dieu reposait-elle
d'une manière visible sur la tête de Théobald et de sa
famille. Quelque nombreuses que fussent les aumônes
qu'ils distribuaient, ils n'éprouvaient jamais de besoins.
Ils appartenaient aux familles nobles les plus riches
du pays.

Un jour d'été brillant et chaud, Othilia et Agnès, en
se levant de table, ouvrirent la petite porte pratiquée

dans le mur de la cour, et descendirent le long escalier de pierre qui conduisait au jardin, situé sur le penchant de la colline. Arrivées là, elles virent avec joie que les tendres boutons de rose commençaient à s'ouvrir et que, sous la verdure sombre de son feuillage, la cerise, aux couleurs si transparentes et si vives, commençait à briller.

Elles s'arrêtèrent un moment près du jet d'eau situé au milieu du jardin, et s'amusèrent à examiner le jeu de cette source, qui s'élevait à une grande hauteur, réfléchissait les rayons du soleil, et retombait dans le bassin en mille gouttelettes nuancées de toutes les couleurs de l'arc-en-ciel. Elles allèrent ensuite s'asseoir à l'ombre d'un berceau formé par un élégant treillage, et se mirent à travailler avec ardeur à un vêtement destiné à une pauvre orpheline. Tout était silencieux et paisible dans le jardin, et ce calme profond n'était interrompu que par la voix de la fauvette, qui, du sommet d'un arbre voisin, mêlait de temps en temps sa voix mélodieuse au doux bruit du jet d'eau.

Tout à coup quelque chose vient à remuer au milieu du feuillage qui les couvre ; mais ce mouvement fut si rapide qu'elles ne purent apercevoir la cause qui le produisait. Elles se regardent avec effroi. Bientôt un gros oiseau vint s'abattre à l'entrée du berceau, et resta quelques moments suspendu en l'air, ses larges ailes étendues au vent. Mais aussitôt qu'il aperçut du monde, il s'enfuit de toute la rapidité de son vol. Agnès était tellement effrayée, qu'elle n'avait pas le courage de lever les yeux pour voir ce qui occasionnait le bruit qui venait de se faire entendre. Sa mère lui dit en riant : — N'aie pas peur ; ce ne peut être qu'un pauvre petit oiseau fuyant les serres de ce vautour. Agnès se décida alors à regarder : — Eh ! vois donc, s'écria-t-elle, c'est une colombe blanche comme la neige ! Dans sa frayeur, elle est venue se réfugier derrière toi. — Othilia la prit dans ses mains, regarda Agnès avec intention, et lui dit : — Ce soir, je la ferai rôtir pour ton souper.

— Rôtir ! s'écria Agnès étonnée ; et elle saisit la colombe comme pour l'arracher à une mort imminente. Non, bonne mère, dit-elle, tu ne parles pas sérieusement. La pauvre petite bête est venue se mettre sous ma protection, comment pourrais-je la faire mourir ! Regarde donc comme elle est jolie : elle est aussi blanche que la neige, et ses pattes sont d'un rouge aussi brillant que le corail. Ah ! vois comme son cœur bat encore ! Elle me regarde avec ses yeux pleins d'innocence, dont l'expression suppliante semble me dire : Ne me fais pas de mal. Non, charmant petit oiseau, je ne t'en ferai aucun. Ce n'est pas en vain que tu te seras mis sous ma protection. Tu ne recevras de moi que des bienfaits.

— Très-bien, ma chère enfant, dit Othilia avec tendresse ; tu as compris ma pensée. Je ne voulais que t'éprouver. Emporte la colombe dans ta chambre et donne-lui quelque nourriture. Ne chassons pas les malheureux qui viennent chercher un refuge auprès de nous ; nous devons notre pitié à tous les êtres qui souffrent ; les animaux eux-mêmes ont droit à notre compassion. »

Othilia fit construire un charmant petit colombier, couvert d'une toiture rouge, et fermé avec un treillage de bois peint en vert. Agnès le plaça dans un coin de sa chambre et l'assigna pour demeure à la colombe. Tous les jours elle lui donnait une excellente nourriture, de l'eau fraîche, et de temps en temps elle renouvelait le sable de sa volière. La colombe ne tarda pas à s'accoutumer à Agnès, et bientôt elle devint très-familière. Aussitôt que sa jeune maîtresse ouvrait la porte de sa jolie cage, l'oiseau prenait sa volée et venait becqueter dans la main de l'enfant les petits grains de blé qu'elle lui présentait. Il n'était plus nécessaire de fermer la porte de la volière, la colombe ne songeait déjà plus à s'enfuir.

Au lever du jour, quand Agnès dormait encore, la colombe venait en volant se poser sur son oreiller ; elle l'éveillait, et ne lui laissait plus aucun repos qu'elle ne se fût levée et ne lui eût donné sa nourriture. Agnès s'en plaignit à sa mère, et lui dit : « Je sais bien ce que je

ferai, et de cette manière, elle ne pourra plus troubler
mon sommeil. Dorénavant, je fermerai avec soin, tous
les soirs, la porte de la cage ; elle n'en pourra plus sortir
le matin. — N'en fais rien, lui répondit sa mère ; apprends
plutôt par son exemple à te lever de bonne heure. Le
lever matinal est bon pour la santé, et rend le cœur
joyeux. Ne rougirais-tu pas d'être plus paresseuse qu'une
colombe? » C'est ainsi qu'Agnès s'accoutuma à se lever
de bon matin.

Un jour, elle s'était assise devant la fenêtre ouverte, et
cousait. La colombe becquetait quelques miettes répandues à terre. Tout à coup elle prend sa volée et va se
percher sur le toit voisin. Agnès, effrayée, pousse un cri
perçant ; sa mère survient et lui demande la cause de sa
frayeur. — Ah ! ma colombe ! s'écrie Agnès ; et elle lui
montre en pleurant le toit où l'oiseau s'est perché, se
chauffant au soleil. — Appelle-la, dit la mère. Agnès le
fit, et au même instant la colombe regagna la chambre et
vint s'abattre sur la main tremblante de l'enfant. Agnès
fut ravie de cette docilité. Mais sa mère lui dit : — « Sois
toujours aussi docile à ma volonté que cette colombe
l'est à la tienne ; car mon contentement sera bien plus
vif encore que celui que tu viens d'éprouver. N'est-ce pas
qu'à l'avenir tu me donneras cette satisfaction? » Agnès
le promit et tint parole ; elle devint la jeune fille la plus
obéissante.

Un certain jour, elle avait arrosé dans le jardin les arbustes et les fleurs. Fatiguée de ce travail, elle s'était assise à côté de sa mère sur le banc de gazon, près du jet
d'eau. La colombe était maintenant si bien apprivoisée,
qu'Agnès la laissait voler partout en toute liberté ; l'oiseau
vint de ce côté pour boire à la fontaine. — Regarde, ma
mère, dit Agnès, comme elle marche avec précaution
d'une pierre à l'autre, sur la mousse qui les recouvre !
Comme, attentive et soigneuse, elle se défie du limon qui
se trouve entre ces pierres ! Qu'elle est propre ! La couleur blanche est la plus difficile à conserver dans toute sa
pureté, et cependant on n'aperçoit pas la plus petite tache

sur les plumes éblouissantes du bel oiseau. — Et comme
Agnès est quelquefois peu soigneuse! répondit la mère
en jetant les yeux sur la longue robe blanche de l'enfant.
Agnès, en effet, n'avait pas pris garde à ses vêtements,
lorsque, l'arrosoir en main, elle avait puisé de l'eau à la
fontaine. Elle rougit, et depuis ce moment sa blanche
robe rivalisa toujours de pureté avec la neige nouvelle.

Un jour, Agnès avait fait une petite promenade qui lui
avait fait éprouver beaucoup de plaisir; lorsqu'elle fut de
retour au château, la colombe vola de suite à sa rencontre, témoignant un grand plaisir de la revoir. « Toute la
journée elle a paru attristée de votre départ, lui dit une
servante; elle vous a cherchée partout. Je suis étonnée
qu'un animal sans raison reconnaisse sa bienfaitrice et lui
soit aussi attachée! — Il est vrai, répondit Agnès, que
pour le peu de nourriture que je jette chaque jour à son
appétit, elle ne pourrait être plus reconnaissante envers
moi. — Mais, lui dit la mère, es-tu toujours, toi-même,
aussi reconnaissante! Vois, tu as éprouvé beaucoup de
plaisir aujourd'hui! en as-tu seulement remercié Dieu!
Que la conduite de cet oiseau te rende honteuse de la
tienne! » En effet, Agnès n'avait pas encore pensé à rendre grâces à Dieu. Depuis, elle ne se livra jamais au repos
avant de lui avoir offert sa profonde reconnaissance pour
les joies et les bienfaits dont il l'avait comblée pendant
la journée. « Charmante colombe! mes délices! disait-
elle un jour, en s'asseyant de grand matin à sa table de
travail, au petit oiseau qui reposait sur le bord de la table
et fixait sur l'enfant des yeux pleins d'innocence et de
tendresse, tu m'as enseigné bien des choses, et je te dois
bien des remercîments. » Sa mère lui répondit : « Il lui
reste encore à te donner un enseignement, et c'est le plus
précieux. Vois cette blanche colombe, n'est-elle pas la
douce image de l'innocence? Sans fausseté, sans détour
et sans déguisement, elle est pure de tout artifice, simple
et sans art. Notre divin Sauveur a résumé toutes ses qualités par un seul mot, lorsqu'il a dit : « Soyez simple
comme la colombe! » Puisses-tu, mon enfant, garder

cette noble simplicité! Puissent le mensonge, la dissi-
mulation et tous les autres vices n'atteindre jamais ton
cœur ! Dieu veuille que l'on puisse dire de toi : Agnès est
innocente et simple comme une colombe. »

C'est aussi ce que par la suite on put dire avec vérité
de la jeune Agnès.

II

Le chevalier Théobald rentrait à Falkenbourg d'une
expédition contre une nombreuse troupe de brigands qui
avait jeté l'épouvante dans tout le pays. Satisfait de son
heureux succès, il s'assit pour se rafraîchir, et, une coupe

pleine de vin devant lui, il se prit à raconter à sa famille
comment il s'était emparé de plusieurs bandits et les avait

livrés aux tribunaux; comment ce qui en restait avait été
dispersé, de telle sorte que le repos et la tranquillité allaient régner désormais dans le pays. Le récit durait depuis longtemps, Othilia et Agnès s'étaient mises à leurs
rouets élégants; elles étaient appliquées à leur travail,
écoutant le chevalier avec la plus grande attention. Il se
faisait tard, et la lampe allumée brûlait déjà sur la table.
En ce moment entra dans l'appartement une femme
belle, à la démarche imposante; la pâleur était sur ses
joues. Cette étrangère était couverte d'habits de deuil et
donnait la main à une petite fille, comme elle vêtue de
noir. Le chevalier, sa femme et Agnès se levèrent pour
saluer l'inconnue, qui parla ainsi d'une voix entrecoupée
de sanglots : « Dieu vous garde, très-noble chevalier !
Quoique je ne vous aie encore jamais vu, je viens cependant me réfugier auprès de vous. Je suis Rosalinde de
Hohenbourg, et cette enfant est ma fille, Emma. Peut-être
connaissez-vous l'affliction que Dieu a envoyée à ma maison. Mon bienheureux époux, le brave Adalric, Dieu le
console aujourd'hui ! est mort dans la sanglante bataille
qui s'est livrée l'année dernière. Oh ! combien j'ai perdu
en lui ! C'était un noble chevalier, un bon, un tendre
époux, le meilleur des pères ! Vous-même, vous l'avez
connu. Il était bienfaisant pour tous les malheureux, aussi
ne nous a-t-il laissé qu'un faible héritage. Mais voilà
qu'aujourd'hui on veut encore nous ravir ce qui est nécessaire au soutien de notre existence. Deux chevaliers, mes
voisins, avides de richesses, me tourmentent avec achar-
nement : l'un, sous divers prétextes, veut s'emparer des
prairies et des champs, si beaux et si fertiles, qui s'éten-
dent au pied des murailles du château ; l'autre, s'ap-
proprier les forêts considérables qui l'entourent de
l'autre côté. Depuis la mort de mon époux, leurs dispositions à mon égard ont totalement changé : l'avarice,
qui produit tant de maux sur la terre, a converti leurs
sentiments d'amitié en hostilité contre moi. Mon bienheureux Adalric avait pressenti ce qui arrive. En mourant,
il prononça votre nom. « Espère en Dieu, me disait-il ;

« confie-toi au chevalier Théobald, et nul ennemi ne
« pourra faire tomber un cheveu de ta tête. » Justifiez
aujourd'hui ces dernières paroles d'un mourant. Ah ! que
deviendrai-je, si je perds ainsi tous mes biens, et s'il ne
me reste que les murailles de mon château ? Ce n'est pas
avec elles que nous pouvons vivre, ma fille et moi. Si un
jour, que Dieu veuille à jamais l'empêcher, vous éprou-
viez le sort de mon époux ; si votre femme et cette enfant
chérie se trouvaient réduites à une détresse semblable,
alors elles trouveraient aussi un bras pour les sauver. »

La petite Emma, qui se trouvait être du même âge
qu'Agnès, s'approcha du chevalier et lui dit en pleurant :
« Homme généreux, soyez mon père, et ne me repous-
sez pas ! »

Le chevalier Théobald conservait un air grave et sérieux. Suivant sa coutume, il appuyait son menton sur sa
main, et gardait le silence, les yeux fixés à terre. Agnès
lui dit en pleurant : — Mon bon père, aie pitié d'eux !
Vois ! lorsque ma colombe, fuyant les serres de l'oiseau
de proie, est venue se mettre sous ma protection, ma
mère me dit : « Il ne faut jamais chasser les malheureux
« qui viennent se placer sous notre garde. » Et elle se
réjouit en voyant mon humanité envers la pauvre petite
bête. Et cette enfant, sa mère, ne méritent-elles pas encore plus de compassion et de pitié qu'une colombe ?
Sauve-les des griffes de ces deux indignes chevaliers,
trop semblables à des oiseaux de proie.

Le chevalier, tout ému, répondit : — Très-bien, ma
chère Agnès ; avec l'aide de Dieu, je les sauverai. Mon
silence n'était pas de l'hésitation ; je songeais aux
moyens de secourir cette noble dame et son enfant. —
Le chevalier alla prendre une chaise pour l'offrir à Rosalinde, et Agnès en fit autant pour Emma. Elles s'assirent.
Othilia sortit et alla préparer pour ses hôtes inattendus
un repas abondant. Car alors, suivant la coutume de l'é-
poque, la femme vaquait elle-même aux soins de la cuisine.

Le chevalier Théobald s'informa au juste du motif sur

lequel les deux chevaliers appuyaient d's prétentions
aussi élevées, et termina en disant : — Maintenant, très-
bien ! Autant que je puis le voir, vos droits sont parfaitement établis. Demain matin, à la pointe du jour, je me
mettrai en route accompagné de quelques chevaliers,
pour sonder d'abord le terrain. Quant à vous, demeurez
ici avec votre enfant jusqu'à mon retour ; vous appren-
drez aussi bien à mon château les bonnes nouvelles que
j'espère vous rapporter.

Pendant cette conversation, le souper avait été préparé.
Il se prolongea agréablement jusque dans la nuit, et, le
lendemain, le chevalier Théobald monta à cheval et partit avec ses compagnons.

Agnès éprouva une grande joie de conserver Emma
pendant quelques jours auprès d'elle. Elle la conduisit
dans sa chambre et dans le jardin, pour lui faire voir
ses parures, ses fleurs et sa colombe. Les deux enfants
devinrent bientôt d'intimes amies ; car Emma était née
aussi avec un noble cœur, et elle ne le cédait pas en
qualités à Agnès.

Au bout de quelques jours, le chevalier Théobald
revint. — Bonne nouvelle ! s'écria-t-il en entrant dans
l'appartement. Vos ennemis ont renoncé à leurs injustes
prétentions, et la discussion est terminée. A la vérité,
mes paroles avaient produit peu d'effet sur eux, quoique
je leur fisse voir l'iniquité de leurs demandes. Mais lorsque j'annonçai la guerre à celui d'entre eux qui vous
causerait la plus légère inquiétude, sur-le-champ ils se
désistèrent de leurs réclamations. Et maintenant, noble
châtelaine, consolez-vous et prenez courage ! aucun
étranger n'osera désormais vous expulser de vos domaines, chasser dans vos forêts et y porter une hache
destructive.

La jeune veuve fut au comble de la joie. Des larmes de
reconnaissance brillaient dans ses yeux. Que Dieu, s'é-
cria-t-elle, le protecteur naturel de la veuve et de l'orphelin, qui ne laisse aucune bonne action sans récompense ; que Dieu vous paye de ce que vous avez fait pour

mon enfant et pour moi ! qu'il vous préserve du malheur,
et vous sauve de tout danger ! — Elle fit ensuite ses préparatifs pour retourner à Hohenbourg. Les deux jeunes
filles, en se séparant, fondirent en larmes. Agnès voulait
donner un souvenir à sa jeune amie. Emma avait souvent
témoigné le désir de posséder aussi une colombe apprivoisée. Agnès alla chercher sa colombe, la pressa un
moment contre ses joues humides de larmes, et, malgré
son vif attachement pour le bel oiseau, elle le donna à
son amie. Emma ne voulait pas l'accepter. Il y eut entre
les deux jeunes filles une lutte de générosité. Enfin il
fallut qu'Emma cédât. Agnès lui fit en outre présent de
la jolie cage, et lui recommanda la colombe avec les
instances d'une mère attentive quand elle confie son
enfant à des mains étrangères.

Cependant, après le départ d'Emma, Agnès sembla se
repentir de lui avoir fait présent de sa chère colombe.
— J'aurais mieux fait de lui donner en souvenir mes
boucles d'oreilles en or, — dit-elle à sa mère. Mais celle-
ci lui répondit : — Tu le feras une autre fois, quand
Emma reviendra nous voir. Pour le moment tu ne pouvais faire à ta jeune amie un présent plus convenable.
Un souvenir plus riche ne lui aurait pas été aussi agréable
et l'aurait humiliée. Le don de l'objet qui t'était le plus
cher, quoiqu'il fût de peu de valeur, l'honorait et témoignait de ton amitié pour elle. Ne te repens donc plus
de ton action. Vois, ton excellent père était prêt à exposer
sa vie pour secourir la veuve dans l'affliction ; et c'est
aussi bien beau à toi d'avoir donné ta colombe, l'objet
de tes plus chères délices, pour rendre la joie à la triste
orpheline. Celui qui n'apprend pas de bonne heure à
sacrifier pour ses semblables tous ses biens, quelque
précieux qu'ils soient, celui-là n'aimera jamais véritablement son prochain. Mais ces sacrifices sont au nombre
des plus grands que nous puissions offrir à Dieu ; et Dieu,
mon enfant, te récompensera un jour de celui que tu viens
de faire.

9.

III

Rosalinde et sa fille vivaient de nouveau tranquilles et heureuses dans l'enceinte de leur château, situé au milieu de montagnes boisées. Un soir, à une heure assez avancée, deux étrangers se présentèrent à la porte du château et demandèrent l'hospitalité pour la nuit. Ils portaient, comme les pèlerins, des vêtements bruns d'une

couleur sombre, leurs mains étaient chargées de longs bourdons, et leurs chapeaux garnis de coquilles. Le domestique qui leur ouvrit la porte ayant annoncé leur arrivée à Rosalinde, celle-ci ordonna de les introduire dans la salle du bas, de leur servir à souper, et de verser à chacun d'eux un gobelet de vin. Lorsque leur repas fut terminé, elle descendit elle-même avec Emma pour les voir.

Les pèlerins se mirent à parler de la terre sainte. Tout le monde les écoutait avec la plus vive attention. Emma surtout éprouvait à entendre leur récit merveilleux une joie extraordinaire. Des larmes coulaient le long de ses joues, et dans son cœur d'enfant s'élevait le pieux désir de voir une fois aussi les contrées bienheureuses qu'avait foulées jadis notre Sauveur. Mais elle regrettait que ce vœu ne pût jamais s'accomplir.

Ma chère Emma, répondit sa mère, nous pouvons à chaque heure de la journée nous rendre dans ce pays, et visiter la montagne des Oliviers, celle du Calvaire, et le saint Sépulcre : nous n'avons qu'à lire avec soin l'Évangile. Par ce moyen, nous accompagnons notre divin Sauveur à chaque pas de sa carrière, et nous entendons ses propres paroles ; nous le voyons souffrir, mourir et ressusciter. Si nous savons mettre à profit ses leçons, ses exemples, ses souffrances, sa mort et sa glorification, nous pourrons vivre aussi dans le pays témoin de tant de merveilles. L'univers entier deviendra pour nous une nouvelle terre sainte.

Les pèlerins prirent ensuite des informations sur le pays environnant, et principalement sur le château de Falkenbourg. Ils vantèrent outre mesure le chevalier Théobald. — Si son château n'était pas si éloigné de notre route, dit le plus âgé des deux, et si j'avais l'espérance de le trouver chez lui, je ferais volontiers un détour pour le voir. — Rosalinde l'assura que la route qu'il devait prendre passait près de Falkenbourg, et que le chevalier Théobald, qui naguère était venu à son château, de retour d'une promenade à cheval, devait sans aucun doute se trouver maintenant chez lui. — J'en suis ravi, s'écria le pèlerin ; ce sera un grand plaisir pour moi de le rencontrer à son château. J'ai bien des affaires à régler avec lui. Demain matin, de très-bonne heure, nous partirons pour Falkenbourg.

Rosalinde et sa fille chargèrent les pèlerins de leurs

compliments affectueux pour le chevalier Théobald, Othilia et leur fille. Emma leur mit à chacun dans la main une petite pièce de monnaie que sa mère lui avait donnée précédemment, et les pria avec les plus vives instances de dire à la petite Agnès que la colombe se portait bien.

L'excellente Rosalinde avait compris, aux paroles des pèlerins, qu'ils ne connaissaient pas la route ; aussi elle ordonna à un domestique qui se trouvait dans la salle de leur indiquer, dès que le jour paraîtrait, le chemin qui traversait la montagne ; puis elle se retira en leur souhaitant une bonne nuit.

Le lendemain matin les voyageurs se mirent en route. Le domestique partit avec eux de bien bon cœur, et par complaisance voulut porter leurs bissacs. Les pèlerins faisaient fort peu d'attention à lui ; ils poursuivaient en silence leur chemin, qui tantôt descendait, tantôt présentait de rudes montées à gravir. Après avoir gravi une montagne escarpée, le chemin s'aplanit devant eux ; ils commencèrent alors à parler en italien. Le garçon qui les accompagnait était Italien lui-même. On ne le nommait au château que le petit Lienhard, quoiqu'il eût bien préféré s'entendre appeler du nom de Leonardo, qu'il portait dans son pays. Il était orphelin de naissance. Le chevalier Adalric, touché de compasion, l'avait pris à son service et emmené en Allemagne. Quoique ce garçon eût appris à bien parler l'allemand, cependant il comprenait encore sa langue maternelle. Il écoutait de toutes ses oreilles, et il allait témoigner même aux pèlerins la joie qu'il éprouvait d'entendre parler la langue de son pays, lorsque leur conversation vint le remplir d'horreur et d'effroi.

Il apprit en effet qu'ils n'étaient nullement des pèlerins ; qu'ils n'en portaient que l'habit ; que le pays qu'ils traversaient ne leur était pas aussi étranger qu'ils l'avaient donné à entendre ; qu'ils appartenaient à la bande de brigands que le chevalier Théobald avait combattue avec tant de succès et que leur cœur ne respirait que la vengeance : ils voulaient, à l'aide d'un saint habit, s'introduire dans son château, lui demander l'hospitalité, et alors se lever pendant la nuit pour massacrer le chevalier, sa femme, sa fille et tous les domestiques, piller le château et le livrer aux flammes.

Lorsque Falkenbourg leur apparut dans le lointain entre deux collines couvertes de forêts, le plus âgé des brigands, nommé Lupo, dit à Orso, son camarade :

— Voilà donc la demeure de l'homme odieux qui a fait périr sur l'échafaud tant de nos compagnons! Il mourra dans les plus cruelles tortures, en expiation de ses cruautés. Nous le chargerons de liens, et nous le jetterons tout vivant au milieu des flammes qui dévoreront son château.

— Mais l'entreprise n'est pas sans quelque danger, reprit Orso, le plus jeune des deux; si elle échoue, nous nous en trouverons mal. Les trésors, il est vrai, que le chevalier tient en réserve valent bien qu'on risque quelque chose.

— Le tuer, s'écria Lupo dans un furieux accès de rage, me sera une joie mille fois plus grande que de m'emparer de toutes ses richesses, quoique cependant je sois loin de les mépriser. Que ce coup nous réussisse, et nous serons assez riches. Nous abandonnerons notre métier et choisirons un genre de vie plus tranquille. Tiens, il me vient à l'esprit une admirable idée. Nous chercherons dans la garde-robe du chevalier ses plus magnifiques vêtements, et nous nous en parerons. Tu mettras sa chaîne en or, et moi sa couronne de chevalier, garnie de pierres précieuses. Ensuite nous partirons pour une terre éloignée où personne ne nous connaîtra ; nous nous donnerons pour de grands seigneurs et nous jouirons en paix des trésors que nous aurons capturés.

— Tout cela serait très-bien, reprit Orso ; mais je ne sais pourquoi cette affaire me cause de l'effroi.

— Quel effroi? s'écria Lupo. Tout n'est-il pas bien préparé, bien convenu? n'avons-nous pas assez de suppôts dans le pays! Lorsqu'à la fenêtre de la chambre des

pèlerins trois flambeaux paraîtront allumés, aussitôt ac-
courront à notre secours sept braves et vigoureux garçons
qui depuis longtemps déjà attendent chaque nuit ce signal ; alors nous les introduirons par la petite porte du
jardin, facile à ouvrir de l'intérieur, dans la cour du
château. Parmi eux, il en est un qui connaît tous les détours, toutes les chambres, tous les caveaux aussi bien
que sa propre maison. A neuf nous viendrons facilement
à bout de quelques hommes endormis. Ainsi donc, du
courage. Le succès est certain.

Le bon Léonardo fut glacé d'effroi en entendant le détail de cet horrible complot. Il se garda bien de laisser
voir qu'il comprenait leur conversation. Il se mit à marcher derrière eux, cueillant des fleurs et des herbes, et
sifflant une petite chanson à l'aide d'une feuille disposée
à cet effet ; mais au fond de son âme il demandait à Dieu,
avec ferveur, de ne pas permettre que le projet des deux
bandits réussit. Il résolut donc de les accompagner jusqu'à Falkenbourg et de tout révéler au chevalier.

Pendant que les brigands s'entretenaient encore des
différents moyens propres à la réussite de leur projet, le
pied manqua au plus âgé, sur l'étroit sentier où il se
trouvait, et il faillit tomber dans un précipice. Mais il
resta suspendu à des broussailles qui déchirèrent ses vêtements, et Léonardo put voir que sous cette longue robe
brune, il portait un pourpoint écarlate et une cuirasse
polie et brillante ; de plus, un poignard tranchant et bien
affilé s'était détaché de la ceinture du brigand. Mais Léonardo fit semblant de n'en avoir rien vu. Le vieux brigand s'empressa de relever son poignard, de refermer sa
robe, et fixa sur le domestique effrayé, en le regardant à
plusieurs reprises et de travers, des yeux aussi perçants
que ceux de l'aigle.

Ils arrivèrent bientôt à un gouffre terrible, au fond duquel mugissait un torrent que de longues pluies avaient
considérablement grossi. Deux roches buissonneuses
pendaient de chaque côté au-dessus du gouffre, et un
pin long et étroit, qui n'avait été taillé que d'une face,

joignait les deux bords et servait pour le passage. Le plus
âgé des brigands dit en italien à son compagnon : « Il
serait possible que ce garçon eût remarqué mes armes,
et il pourrait facilement en concevoir des soupçons.
Lorsqu'il passera sur cette espèce de pont, je lui donnerai
une secousse qui le précipitera au fond de l'abîme. Alors
nous serons parfaitement en sûreté. »

A ces paroles, le pauvre Léonardo sentit un froid
mortel lui courir par tous les membres. Il s'arrêta à
quelques pas du terrible passage, et s'écria : « Je n'ose-
rai jamais passer de l'autre côté, la tête me tourne déjà. »

Mais le plus âgé lui répondit : « N'aie pas peur, mon
garçon ! viens ici ; je te porterai sur l'autre rive. » Il
s'avança vers Léonardo, les bras étendus pour le saisir.
Mais Léonardo recula, criant et se lamentant, et il était
déjà préparé à s'enfuir dans le bois voisin, dès que le brigand aurait été à quelques pas de lui. « Ah ! s'écria le
pauvre garçon en tremblant, laissez-moi m'en retourner.
Nous serons précipités tous les deux dans le gouffre ; ou
si j'ai le bonheur d'atteindre l'autre bord, comment pourrai-je repasser de ce côté-ci ? Laissez-moi retourner à la
maison. Vous n'avez plus besoin de guide. Voilà la route,
et le château de Falkenbourg n'est plus bien éloigné ;
vous ne pouvez donc plus vous égarer. »

Le plus jeune des brigands attribua la frayeur de Léonardo à la vue seule du terrible passage, dont il frissonnait
lui-même, et il dit en italien à son compagnon : « Je veux
me précipiter dans ce gouffre si le pauvre imbécile a remarqué quelque chose ; mais eût-il aperçu ta cuirasse
et ton poignard, que nous importe ? Il ne comprend pas
notre langue, et par conséquent il ne peut connaître nos
projets. Pourrait-on faire attention à ses paroles sans
conséquence ? Laisse donc courir le pauvre fou. »

— Eh bien, soit ! reprit l'autre. Mais, pour plus de
sûreté, nous détruirons le pont ; alors il aurait beau tout
savoir, qu'il ne pourrait apporter aucun obstacle à notre
entreprise. C'est là qu'est Falkenbourg. Il y a plusieurs
lieues à faire pour tourner le torrent en remontant, et

dans sa partie inférieure il n'y a pas de pont. Il est donc
impossible d'apporter des nouvelles de l'autre côté du
passage avant que notre plan soit exécuté. »

Les deux pèlerins ramassèrent leurs bissacs, laissant
Léonardo libre de s'en retourner, sans même le remercier de la conduite qu'il leur avait faite. Lorsqu'ils furent
de l'autre côté du torrent, Lupo cria en allemand à Léonardo : « Mon garçon, tu as raison : c'est un bien mauvais chemin ! Le pont est moisi de vieillesse, et à moitié
pourri. On pourrait facilement perdre ici la vie. Pour
éviter tout malheur de ce genre, nous allons le détruire.
Les gens du pays en feront plus tard construire un meilleur. »

Les deux brigands détachèrent la poutre; elle roula
avec fracas au fond de l'abîme, et le torrent écumeux,
s'acharnant après elle, la déchira en lambeaux.

Aussitôt que les bandits chaperonnés eurent disparu
derrière la colline autour de laquelle le chemin montait,
Léonardo se mit à courir de toutes ses forces pour annoncer l'affreuse nouvelle à sa digne maîtresse : car dans le
pays il ne connaissait personne à qui il pût confier avec
sécurité cet épouvantable secret.

IV

Rosalinde, tranquille dans son château de Hohenbourg,
ne pensait guère à l'affreux danger qui menaçait son protecteur, le noble Théobald. Emma s'entretenait sans
cesse des récits merveilleux des pèlerins, et faisait à sa
mère une foule de questions sur le pays célèbre dont ils
avaient parlé. Pendant tout le jour, chacune d'elles se livra tranquillement à ses occupations. Vers le soir, lorsque le soleil jeta des rayons moins ardents, et qu'une
brise douce et fraîche se fit sentir, elles descendirent
dans la vallée pour visiter leurs champs. La récolte se

présentait magnifiquement. Quelques champs de blé of-
fraient à la vue des épis dorés par le soleil, et promettaient
une riche moisson.

D'autres pièces, où le lin avait été tardivement ensemencé, étalaient aux regards l'azur incomparable de ses
fleurs. Rosalinde et sa fille éprouvèrent à cet aspect une
joie d'autant plus vive, que toutes ces richesses étaient
pour elles en quelque sorte un présent inattendu; aussi
du fond de leurs cœurs elles remercièrent encore une
fois Dieu des bienfaits que sa main libérale leur dis-
pensait.

En ce moment survint Léonardo, couvert de sueur et
hors d'haleine. « O ma bonne maîtresse! s'écria-t-il en
joignant les mains, que ce que j'ai à vous apprendre est
horrible! Ces deux hommes ne sont pas des pèlerins,
mais des brigands, des assassins! Ils veulent massacrer
le chevalier Théobald et tous les siens, piller et brûler
son château. » Léonardo était tellement affaibli qu'il n'en
put dire davantage. Tout essoufflé et entièrement épuisé,
il se laissa tomber au pied d'un poirier qui se trouvait sur
le chemin, et il demeura longtemps ainsi avant de pouvoir continuer son récit.

Rosalinde et Emma tremblèrent à cette épouvantable
nouvelle. «O Dieu puissant! s'écria Rosalinde, que veut
dire cette affreuse nouvelle! Quel malheur menace le
noble, le généreux chevalier et son excellente épouse!

— Et la bonne Agnès, ajouta Emma effrayée et pâle
comme la mort. Ah! si elle et ses parents devaient périr,
j'en mourrais de douleur!

— O Emma! dit Rosalinde, prends les devants, cours
au château. Je t'y suivrai avec le pauvre Léonardo, aussi
vite que je le pourrai. Cours. Cours de toutes tes forces,
rassemble nos gens. Qu'ils montent à cheval et volent à
Falkenbourg, pour prévenir l'excellente famille du danger qui la menace. Qu'ils marchent donc avec toute la
célérité possible; qu'ils crèvent leurs chevaux, s'il le
faut. »

Emma gravit, aussi rapide, aussi légère qu'un chamois,

la pente escarpée de la montagne, et atteignit bientôt la
porte du château. A ses cris déchirants, tous les domestiques se rassemblent, effrayés, dans la cour. Emma leur
raconte en peu de mots le danger où se trouve Falkenbourg d'être mis à feu et à sang..... Tous furent saisis d'é-
pouvante ; ils vomirent mille imprécations contre les
pèlerins, et se lamentèrent comme s'ils voyaient les flammes dévorer leur propre château.

Un moment après, Rosalinde arriva. Elle se rendit dans
la cour avec Léonardo, qu'elle avait questionné, pendant
la route, sur les circonstances de son récit. « Que faites-
vous là, les bras croisés, à gémir ? s'écria-t-elle ; à cheval
donc ? volez et sauvez-les !

— C'est impossible, ma bonne maîtresse ! lui répondit le vieil écuyer du chevalier défunt. Les bandits ont une
trop grande avance. En ce moment, ils ne sont pas éloignés de Falkenbourg de plus d'une lieue, tandis que par
la grande route il y en a quinze à faire pour y arriver, et
il est déjà nuit. Est-il possible de faire assez rapidement
une route aussi longue, au milieu d'épaisses ténèbres, et
sur un chemin envahi par de longues pluies ? C'est à peine
si, avec le meilleur cheval, je pourrais y arriver avant le
lever du soleil. Nos vieilles juments de labour ne sont
guère propres à la course, et, depuis la mort de votre
noble époux, nos chevaux de bataille ont été vendus.
Dans tout le pays, il serait impossible de trouver une
monture qui pût fournir la moitié de la course. »

Rosalinde resta pétrifiée, les mains jointes. Elle leva au
ciel des yeux empreints d'une profonde douleur, et des
larmes coulèrent le long de ses joues. « Il n'est donc plus
de secours qu'en toi, ô mon Dieu ! s'écria-t-elle en élevant ses mains. Sois donc aussi charitable pour cette
famille qu'elle-même l'a été pour moi ! O Emma ! prie
Dieu, mon enfant, prie-le de faire échouer le complot de
ces malfaiteurs. »

Emma joignit les mains, et, les yeux pleins de larmes,
s'écria : « Dieu de miséricorde ! viens à leur secours,
comme ils sont venus à notre aide ! » Tous ceux qui se

trouvaient dans la cour du château joignirent les mains
et unirent leurs prières à celle de la jeune Emma.

« O vous tous qui m'entourez, mes braves serviteurs,
reprit Rosalinde, quelque difficile, quelque impossible
même qu'il soit d'arriver cette nuit à Falkenbourg,
tentez-le cependant! Quelques mots pourraient leur sauver la vie. En une minute tout sera prêt! Ah! si Léonardo
n'était pas aussi fatigué et presque malade de sa course
précipitée, il partirait sans retard! Mais toi, Martin, dit-
elle en s'adressant à un jeune domestique, tu as aussi de
bonnes jambes. Mets-toi en route. Le chemin pour les
piétons est d'un tiers plus court. Je te donne cent pièces
d'or, si tu arrives à Falkenbourg en temps utile.

— C'est impossible! répondit-il. Qui donc pourrait
trouver, par une nuit obscure, l'étroit sentier tracé dans
la montagne, sans tomber dix fois dans les précipices?

— D'ailleurs, reprit Léonardo, le seul pont qui existait
pour passer le torrent est détruit. Il faudrait maintenant
avoir des ailes pour le traverser.

— Des ailes! s'écria Emma, et la joie brille dans ses
yeux. Maintenant je sais comment envoyer un message à
Falkenbourg. Le chevalier Théobald m'a dit de bien enfermer ma colombe pendant les premiers jours; que,
sans cette précaution, elle reprendrait sa volée vers le
château. Si éloigné qu'il soit, me disait-il, elle en trouve-
rait bien certainement la route. Attachons-lui au cou un
petit billet; elle sera bientôt à Falkenbourg.

— O mon Dieu! je te remercie, s'écria Rosalinde, tu
as entendu nos prières. Emma, c'est ton bon ange qui t'a
inspiré cette idée! »

Emma court chercher la colombe. Rosalinde s'empresse d'écrire quelques lignes. Elle roule ensuite ce petit
billet et l'attache au ruban rouge dont Emma avait paré
le cou de sa colombe. Ensuite Emma, accompagnée de
sa mère, du vieil écuyer et de tous les domestiques, sort
du château, descend dans la campagne, et laisse la colombe prendre son vol librement. La colombe s'éleva
haut dans les airs, alla quelques moments à droite et à

gauche, et prit ensuite son vol vers Falkenbourg de toute
la rapidité de ses ailes. Tous les habitants de Hohenbourg
furent dans la joie, et s'extasièrent à l'heureuse idée de
l'enfant. Tous suivirent des yeux l'oiseau libérateur,
adressant au ciel mille vœux et mille prières. Jamais
vaisseau chargé d'or n'a mis à la voile au milieu d'un concert plus ardent de bénédictions.

Cependant Rosalinde et sa fille Emma n'étaient pas
sans éprouver de vives angoisses. La colombe pourra-
t-elle bien arriver au château? disait la mère. Si elle tombait entre les serres d'un oiseau de proie; si elle ne pouvait faire sans reprendre haleine une aussi longue route,
et si elle s'attardait, si enfin on ne remarquait pas son
arrivée à Falkenbourg, et si on ne la laissait pas entrer :
quel affreux malheur il en résulterait ! Elles se mirent
toutes deux à la fenêtre qui regardait Falkenbourg. Elles
promenaient des regards avides sur toute la campagne en
priant au fond de leur cœur. Un indicible effroi glaçait
leurs sens; elles osaient à peine réfléchir à leur situation.
L'éclat d'un incendie à l'horizon devait leur apprendre si
la messagère n'était pas arrivée à bon port. Elles ne quit-
tèrent pas la fenêtre, et le sommeil ne ferma pas leurs
yeux. Il était déjà minuit: un vent orageux et terrible mugissait dans les bois; tout le pays aux environs de Falkenbourg était plongé dans une obscurité profonde. Tout à
coup une vive lumière vint mettre le comble à leur terreur. Toutes les deux tremblèrent d'effroi et se mirent à
prier. « Grand Dieu ! s'écrie Emma, la flamme s'élève
plus haut ! Vois, comme le vent de la tempête l'incline
de ce côté. » Toutes deux tombent en défaillance. Mais,
à leur grande joie, elles reconnurent bientôt leur erreur.
Cet incendie supposé n'était que le croissant de la lune à
son dernier quartier, se dégageant des vapeurs de la nuit.
L'astre nocturne s'éleva bientôt dans les cieux, pur et
brillant, et, pareil à une faucille, plana au loin sur les
sommets des montagnes. Elles demeurèrent à la fenêtre;
mais elles n'aperçurent aucune de ces sinistres lueurs qui
éclairent l'obscurité du ciel et annoncent au loin un in-

cendie. Enfin le jour parut, et ce fut avec un vif élan de
joie et de grandes actions de grâces envers Dieu qu'elles
saluèrent, après une terrible nuit d'angoisses, la douce
clarté du matin.

V

Rosalinde et Emma savaient maintenant que les brigands n'avaient pas réussi à réduire Falkenbourg en cendres. Mais elles étaient toujours bien inquiètes, ignorant
s'il était arrivé malheur au chevalier et aux siens. « Que
ne donnerais-je pas pour recevoir une bonne nouvelle ! disait souvent Rosalinde. Je livrerais volontiers tous mes bijoux. — Et moi, ajouta Emma, je sacrifierais avec joie tous
mes trésors. » En attendant, les événements qui s'étaient
passés à Falkenbourg, la nuit précédente, étaient encore
un secret pour elles, et il ne leur restait qu'à attendre patiemment. Voici du reste ce qui s'était passé :

Le chevalier, Othilia et leur fille Agnès s'étaient mis à
table, la veille, le cœur content et libre de tout souci. Le
soleil approchait déjà de l'horizon ; ses rayons éclatants
illuminaient les vitraux, et éclairaient l'intérieur de l'antique salle à manger. Un écuyer vint annoncer les deux
pèlerins. Le chevalier ordonna de les bien héberger. »
Après le souper, dit-il, j'irai causer avec eux. Ils viennent
de loin ; ils nous raconteront les détails de leur pèlerinage.
En attendant, versez-leur une coupe de vin, leur langue
en sera plus déliée. » L'écuyer sortit. Agnès se réjouissait
déjà à l'avance du plaisir d'entendre de belles histoires.
Hélas ! rien ne leur faisait pressentir la catastrophe qui les
menaçait !

Assis autour de la table, ils causaient doucement ensemble, lorsque Agnès s'écria tout étonnée : « Eh ! ma
colombe ! » C'était elle en effet, les ailes déployées devant
la fenêtre, frappant les vitres de son bec, et semblant

prier qu'on voulût bien la recevoir. Agnès ouvrit la fenêtre,
et aussitôt la colombe vint s'abattre sur ses épaules et la
caresser. « Vois donc quel joli ruban rouge elle a autour
du cou, dit Othilia ; un papier roulé y est attaché ; je crois
que c'est une lettre. Les enfants ont quelquefois d'étranges idées ! »

Le chevalier regarda le papier de plus près, et en lut
la suscription, ainsi conçue : *Lisez sans le moindre retard.*
« Voyons, s'écria-t-il en riant, ce que nous vaudra une
célérité tant recommandée ! » Il déroule la feuille de papier, y jette les yeux et change de visage : « Grand Dieu !
qu'est-ce là ? — Quoi donc ? demandèrent avec effroi
Othilia et sa fille. » Le chevalier lut : « Très-noble cheva-
« lier ! les deux pèlerins qui se présenteront ce soir chez
« vous sont deux brigands ; ils appartiennent à la bande
« nombreuse que vous avez dispersée. Le plus âgé s'ap-
« pelle Lupo ; le plus jeune Orso. Sous leurs robes de pè-
« lerins ils portent des cuirasses et des poignards bien
« affilés. Cette nuit ils veulent vous assassiner, vous, votre
« femme, votre enfant et tous les vôtres, piller votre châ-
« teau et le livrer aux flammes. Couverts de vos habits de
« chevalier, parés de votre chaîne d'or et de votre cou-
« ronne ornée de pierres précieuses, ils rêvent encore un
« long avenir de fourberies. Sept autres brigands, répan-
« dus dans le pays, n'attendent que le signal convenu
« entre eux. Trois flambeaux exposés à la fenêtre de la
« chambre des pèlerins leur indiqueront le moment de
« pénétrer dans l'intérieur du château, pour leur prêter
« main-forte. Les deux brigands leur ouvriront la porte du
« jardin et les introduiront dans l'intérieur. Dieu veuille
« que la colombe arrive à bon port, et que vous soyez tous
« sauvés ! Vous envoyer un message par une autre voie
« était impossible. Expédiez-moi de suite un courrier
« pour m'apprendre votre délivrance. Votre dévouée

« ROSALINDE. »

« O mon Dieu ! dit Othilia avec émotion, quel prodige !
Cette colombe est un messager du ciel comme le fut jadis

celle qui apporta à Noé le rameau d'olivier. Agnès, age-
nouillons-nous pour remercier Dieu, ainsi que s'agenouil-
lèrent ces hommes pieux renfermés dans l'arche. Dieu
nous sauve d'une manière non moins miraculeuse ! »

Le chevalier met également un genou en terre, et, les
mains jointes, les yeux levés au ciel, s'écrie : « O mon
Dieu ! grâces te soient rendues ! » Il prie Othilia et sa
fille de passer dans une autre pièce ; il endosse sa cuirasse, et ordonne à quelques braves écuyers de se tenir
prêts au premier signal.

Ensuite, il fait dire aux deux pèlerins de monter. Tous
deux entrent dans l'appartement d'un air humble, et se
confondent en salutations. Lupo, qui portait la parole
commence en ces mots, d'une voix douce et empreinte
d'une exquise politesse :

« Puissant et généreux seigneur et chevalier ! nous ar-
rivons en droite ligne de Hohenbourg, et nous sommes
porteurs de compliments affectueux pour votre famille.
Que nous nous estimons heureux de pouvoir contempler face à face le héros qui remplit le monde de sa
gloire, l'homme que tous les malheureux, les veuves et
les orphelins comblent de bénédictions, et que la pieuse
Rosalinde ne pouvait assez louer, assez exalter, comme
son glorieux soutien ! Ah ! quelle pieuse femme ! Elle
nous a comblés d'honneurs que nous n'avions nullement
mérités. Et sa charmante fille Emma, combien elle est
bonne et gracieuse ! Le pauvre petit ange fondait en larmes au récit de notre pèlerinage dans la terre sainte.
Nous avons à causer, pendant des heures entières, de vos
amis de Hohenbourg avec vous et votre famille bien-
aimée. Pour le moment, nous nous contenterons de nous
acquitter de la commission qui nous a été donnée, en
vous annonçant que Rosalinde, Emma et la jolie, la
bien-aimée colombe, jouissent toutes les trois à cette
heure d'une santé parfaite. »

Le chevalier Théobald s'exaspéra encore davantage à
ces flatteries exagérées qui déguisaient des sentiments
criminels. Cependant il se contint, et leur demanda gra-

vement, d'une voix pleine de calme : « Qui êtes-vous?
— De pauvres pèlerins, répondirent-ils; nous revenons
de la terre sainte; nous regagnons notre patrie, la Thu-
ringe, où nous sommes nés. — Comment vous appelez-
vous? demanda le chevalier en élevant la voix. — Je
m'appelle Hermann, répondit Lupo, et mon jeune compagnon que voilà se nomme Burkhard. — Que venez-
vous chercher dans ce château? poursuivit le chevalier.
— Rien que l'hospitalité pour une nuit, répondirent-ils
en s'inclinant; demain matin, au premier chant du coq,
nous partirons. Oh! combien sera grande la joie de nos
mères en nous revoyant !

— Vous mentez! s'écrie alors le chevalier d'une voix
tonnante. Vous ne vous appelez ni Hermann, ni Burkhard ; mais toi, vieux scélérat, tu t'appelles Lupo, et toi,
jeune bandit, tu te nommes Orso. Vous ne venez pas de
la terre sainte, vous n'êtes pas des pèlerins, mais bien
des brigands, des assassins, des incendiaires. La Thu-
ringe n'est pas votre patrie. L'Allemagne ne vous a point
vus naître. Ce n'est pas l'hospitalité d'une nuit que vous
êtes venus chercher ici; vous y êtes venus pour tuer et
piller, pour mettre le feu et incendier. Vous aurez la
récompense que vos œuvres méritent : vous périrez par
le fer et le feu. Quoi! vous vouliez vous parer de mes
habits de chevalier, de ma couronne et de ma chaîne !
Holà! valets, arrachez-leur les vêtements qu'ils n'ont pas
le droit de porter; qu'ils se montrent dans leur costume
véritable. Désarmez-les, chargez-les de chaînes et enfer-
mez-les dans la tour. »

Les écuyers s'emparent des bandits et les dépouillent
de leurs vêtements de pèlerins. Ils parurent alors revêtus
chacun d'une cuirasse. « O l'infâme hypocrisie! s'écria le
chevalier : emprunter le masque de la piété pour tromper
des âmes pieuses ! Ce crime seul mérite déjà la mort. »

Ils furent liés tous deux les bras en croix et jetés ensuite dans la tour.

Lorsqu'ils y furent enfermés, le plus jeune dit à son
compagnon : « Comment le chevalier a-t-il pu connaître

jusqu'aux moindres détails de notre projet? Il sait déjà
la conversation que nous avons eue ensemble pendant
la route; il sait que nous voulions nous parer de ses habits et nous faire ensuite passer pour des chevaliers. Le
domestique qui nous accompagnait aurait-il compris
notre langue et nous aurait-il trahis?

— Il a donc passé par les fenêtres du manoir, répondit
Lupo. J'ai bien fait attention, et je n'ai pas perdu de vue
un seul moment les portes du château. Personne n'a passé
le pont-levis depuis que nous sommes arrivés. Tout ceci
n'est pas naturel. Bien certainement, Théobald a fait un
pacte avec le diable. »

Il entra alors dans une horrible rage; il vomit les plus
affreuses imprécations contre le chevalier. « Le cruel
Théobald, s'écria-t-il la bouche écumante, est seul la
cause de notre malheur. » Dans son endurcissement,
Lupo ne voulait pas voir que c'était lui-même qui, par
ses crimes affreux, s'était plongé dans cet abîme.

Orso, le plus jeune des deux, se mit, au contraire, à
pleurer, à se désespérer, et à adresser des reproches à son
compagnon. « Plût à Dieu que je n'eusse pas ajouté foi
aux fausses illusions dont tu me berçais! disait-il. Tu me
promettais une vie joyeuse, au sein des honneurs et de
l'abondance, et aujourd'hui je n'ai qu'à attendre la mort
la plus horrible! Tu voulais toujours me persuader que
nos actions n'étaient pas criminelles, que Dieu les laissait
impunies dans l'autre monde et souvent même dans celui-
ci. Mais une voix intérieure me disait toujours le contraire et m'annonçait un châtiment prochain. Oh! que ne
l'ai-je écoutée? A quoi me servent à présent les trésors
que nous avons volés? J'aurais gagné honnêtement ma
vie dans les plus humbles travaux, à fendre du bois, à
pousser la brouette, et ma conscience eût été en paix;
combien ma condition eût été plus heureuse, comparée
à ma situation présente! Mais la main du Tout-Puissant,
qui voit et punit les crimes les mieux cachés, s'est appe-
santie sur moi et m'a précipité dans cette noire prison.
Tout est fini pour moi dans ce monde. Puissé-je seule-

ment trouver grâce dans l'autre ! Puissé-je au moins être
un exemple salutaire pour d'autres jeunes gens ! qu'un
désir immodéré des richesses et des plaisirs ne les entraîne pas dans la débauche et le vice, et ne les précipite
pas dans le gouffre de malheur où je suis tombé ! »

Cependant les écuyers, sur l'ordre de Théobald, avaient
pris d'autres mesures pour se saisir de leurs compagnons.
Aussitôt la nuit arrivée, quand les étoiles brillèrent sur
l'azur sombre du ciel, ils placèrent trois flambeaux allumés à la fenêtre de la chambre qui était habituellement
assignée pour la nuit aux pèlerins et voyageurs.

Ensuite le gardien de la porte, sur la prudence duquel
le chevalier pouvait compter, arriva avec sept écuyers
dans la cour du château ; il se mit en embuscade à la petite porte pratiquée dans le mur, et guetta l'arrivée des
brigands. Il attendit longtemps en vain. Minuit était déjà
sonné. La lune se levait et illuminait déjà les créneaux
de la tour. Cette circonstance découragea les écuyers.
Toute notre peine va être perdue, dirent-ils ; les brigands
nous apercevront et prendront la fuite. »

« Il me vient une excellente idée, dit le gardien de la
porte, pour les attirer plus sûrement ici. » Il se mit à
courir, mais il ne tarda pas à revenir, vêtu d'une des
robes des pèlerins, et coiffé d'un de leurs chapeaux. « Ils
ne me reconnaîtront pas ainsi, dit-il ; quant à vous, ca-
chez-vous là, derrière les pilastres des murailles, afin
qu'ils ne vous aperçoivent pas de suite... » Ils attendirent
de nouveau avec patience.

Enfin, un coup bien léger fut donné à la porte, qui fut
ouverte tout doucement. Un des brigands en passa le
seuil, regarda le portier, qu'à son déguisement il prit
pour un de ses compagnons, et lui dit à voix basse :
« Arrivons-nous à temps? — Juste à temps! répondit
l'écuyer sur le même ton; soyez tranquilles, entrez tous. »

Tous les sept entrèrent, l'un après l'autre, en silence
et sur la pointe des pieds. Ils apportaient du soufre, des
cercles goudronnés, et chacun d'eux était armé d'une
épée. Lorsque le dernier fut entré, l'écuyer ferma la

porte, en prit la clef et s'écria d'une voix haute : « A moi
maintenant ! »

Aussitôt les écuyers accourent, s'élancent sur les brigands, chaque écuyer s'emparant de son homme. Au
même instant arrive dans la cour Théobald lui-même,
équipé de pied en cap, et accompagné de plusieurs
écuyers portant des torches allumées et l'épée nue à la
main. La lune donnait en ce moment à la nuit la clarté du
jour. Les brigands étaient à moitié morts de frayeur. Ils
n'avaient même pas trouvé le temps de tirer leurs épées.
Ils furent vaincus sans la moindre peine, chargés de liens
et jetés dans la prison pour y recevoir la récompense de
leurs crimes.

— C'est ainsi, dit le chevalier, que tout malfaiteur ter-
mine sa carrière; celui qui passe sa vie à creuser une
tombe sous les pas de ses semblables finit par s'y précipiter lui-même.

<hr />

VI

Renfermées dans leur château, Rosalinde et Emma attendaient toujours avec impatience et dans de cruelles
angoisses le messager qui devait arriver de Falkenbourg.
Plus de dix fois en moins d'une heure, Emma avait
monté les marches en pierre de l'escalier tournant qui
conduisait à la tour des gardes, pour voir, de ses propres
yeux, si le messager tant désiré arrivait. Mais elle ne découvrait rien. Midi était sonné, aucune nouvelle ne leur
était encore parvenue; elles retombèrent alors de nouveau
dans les plus vives inquiétudes ; chaque heure leur paraissait si longue qu'elles croyaient ne pas vivre assez
longtemps pour la voir s'écouler. Enfin, aux approches
du soir, pendant qu'Emma se tenait toujours en observation au haut de la tour, elle vit une voiture, escortée de
plusieurs cavaliers, sortir de la forêt et prendre le petit

chemin qui conduisait au château. Elle descend l'escalier
quatre à quatre, et court à sa mère, en s'écriant, dans un
transport de joie : — Les voilà ! ils sont sauvés ! Elles
sortirent aussitôt du château et allèrent à la rencontre de
leurs amis.

Le chevalier Théobald, sa femme et sa fille s'étaient
mis en route avant le lever du soleil, pour aller porter
eux-mêmes à Rosalinde et à Emma la bonne nouvelle de
leur heureuse délivrance, et les remercier de vive voix.
Aussitôt que le chevalier les aperçut, il mit pied à terre;
Othilia et Agnès descendirent également de voiture, saluèrent leurs amies avec la plus grande cordialité, et les
remercièrent avec cette effusion qu'aucune parole ne
peut exprimer. Ils étaient au comble de la joie, se faisaient des questions sans nombre, et se racontaient
mille choses en gravissant à pied la colline où était situé
le château.

Cette heureuse entrevue, après la délivrance d'un
aussi grand péril, fut célébrée le soir dans un banquet
où présida la plus franche gaieté. Tout le monde était
joyeux, on ne parlait que des derniers événements.
Léonardo, qui servait à table, fut obligé de répéter mot
pour mot la conversation des brigands. Il le fit volontiers. Entre autres choses, il raconta comment, lorsqu'il
fallut passer le torrent, le plus jeune avait intercédé en
sa faveur pour qu'il n'y fût pas précipité. — C'est pourquoi, continua Léonardo, je prierai aussi pour ce malheureux. Puisqu'il a montré des sentiments plus humains
que son compagnon, il faut qu'il soit traité avec plus
d'humanité. Tout le monde approuva le pauvre garçon.

A la fin du souper, le chevalier Théobald, élevant en
l'air sa coupe d'argent, s'écria : — A la santé d'Emma !
C'est grâce à son heureuse idée de faire de la colombe un
messager que les hôtes de Falkenbourg peuvent en ce
moment la remercier de n'être pas ensevelis sous les
ruines embrasées de leur château.

— Non, répondit la modeste Emma en rougissant,
c'est à la tendre compassion qu'Agnès témoigna à la

pauvre colombe, et à la bonté dont elle fit preuve en me la donnant. C'est donc à elle que l'honneur en revient.

— Béni soit Dieu ! reprit Rosalinde, qui a bien voulu nous donner des enfants tels que vous ! Cependant, n'en soyez pas trop fières, Mesdemoiselles ! car voyez le pauvre orphelin Léonardo, qui, pénétré de reconnaissance et d'amour pour nos bienfaiteurs, est accouru au château hors d'haleine et presque mort ; n'a-t-il pas fait plus que vous ?

— En vérité, s'écria le chevalier Théobald, vous avez raison ! Il emplit de nouveau sa coupe, l'approcha de ses lèvres, et la présentant au jeune garçon. —Allons ! dit-il, bois à notre santé ! Je te ferai page, car ton cœur généreux vient de t'anoblir et de te donner les droits les plus incontestables à cette distinction.

Othilia poursuivit : — Nous devons des larmes de reconnaissance au généreux, au bienfaisant Adalric, l'époux décédé de Rosalinde ; car si, dans sa bonté, il n'avait pas recueilli le pauvre orphelin dans son château, où serions-nous aujourd'hui ?

— C'est vrai, répondit Rosalinde ; votre salut, qui nous cause autant de joie que nous en éprouverions si nous-mêmes avions échappé au péril, nous récompense aujourd'hui amplement de la bienfaisance dont mon généreux Aldaric a usé envers le pauvre Léonardo. Mais le chevalier Théobald s'est-il conduit moins noblement envers moi, envers mon Emma, qui, elle aussi, est orpheline ? La bienveillance avec laquelle il nous a accueillies et nous a protégées contre nos ennemis ne pouvait rester sans récompense. Celui qui nous a sauvées, Dieu, à son tour, l'a sauvé. Il a, fidèle rémunérateur de toutes les bonnes actions, récompensé Othilia et Agnès de leur amitié pour nous. A lui donc louange et reconnaissance !

—Oui, dit le chevalier, c'est à Dieu qu'il faut adresser aujourd'hui, comme toujours, les premières actions de grâces. Il s'est montré bon pour nous, et il s'est servi d'une innocente colombe pour faire un miracle en notre

10.

faveur. A lui donc une éternelle reconnaissance ! Cependant, nous ne serons pas ingrats envers de nobles amies. Ce que mon épée n'aurait pu faire, la jeune Emma l'a accompli par le secours d'une colombe; elle a protégé mon château contre la ruse et le pillage, elle l'a sauvé de sa ruine. Ainsi, des femmes, des jeunes filles même, peuvent faire beaucoup de bien avec un bon cœur, et si, comme Rosalinde et Emma, elles mettent toute leur confiance en notre souverain Maître. Et puisque Emma doit un jour posséder ce château, et que déjà, malgré son jeune âge et sans le secours de l'épée, elle a su conserver au trône une puissante forteresse, pour la récompenser, je demanderai pour elle à l'empereur la permission de porter dans ses armoiries une colombe perchée sur une branche verte d'olivier.

Othilia lui répondit : — Ton idée est fort bonne, et il faut la mettre à exécution. En attendant, j'ai une surprise à faire à ma chère Emma. Elle fit un signe à sa fille. Agnès sortit, et au bout de quelques minutes, revint avec la colombe. Elle l'avait apportée du château, enfermée dans une petite cage ; mais jusqu'ici elle n'avait pas parlé de cette circonstance à sa jeune amie. La colombe vint se poser sur la main qu'Emma lui tendait. Cette dernière, ravie de joie, remarqua avec étonnement que l'oiseau portait au bec une branche d'olivier, en or, dont les feuilles légères étaient du même métal. Alors Othilia lui dit : — Que ce rameau d'olivier, symbole éclatant de notre salut, vous soit, ma chère Emma, un faible témoignage de notre reconnaissance. C'est un présent de feu ma mère, et je m'en suis toujours servi comme d'une épingle à cheveux, seul usage auquel il convienne. La pieuse femme me récita, en me le donnant, quelques vers qui peuvent fort bien s'appliquer aux événements dont nous venons d'être les témoins. Les voici :

> Enfant, mets en Dieu seul ton amour et ta foi :
> Dresse-lui dans ton cœur un temple à son image ;
> Quand l'heure du péril aura sonné pour toi,
> Sa main, loin de ta tête, écartera l'orage.

LE VER LUISANT

N était en plein été; la journée avait été chaude et brûlante; le soir, Marie, la pauvre veuve, ayant ouvert la fenêtre de sa petite chambre, regardait les beaux arbres du jardin qui entourait sa chaumière. Elle venait de mettre en bottes le foin qu'elle avait fauché dans la matinée; l'excessive chaleur du soleil l'avait bientôt suffisamment séché, et il exhalait une odeur fraîche et pénétrante. Les derniers feux du jour commençaient à pâlir; le ciel était pur et sans nuages; la lune, à moitié de sa carrière, éclairait l'intérieur de la petite chambre et teignait de sa pâle lumière les bords intérieurs de la fenêtre ouverte, en même temps qu'elle se réfléchissait dans les vitres rondes [1] et brillantes de celle qui était fermée.

[1] Les villages d'Allemagne, de Flandre et d'Alsace conservent encore,

— Le petit Ferdinand, âgé de six ans, était appuyé sur le bord de la fenêtre ; les rayons de la lune éclairaient à demi son frais visage, les boucles blondes de ses cheveux, les manches d'une chemise propre et blanche, et faisaient briller le drap écarlate de son vêtement.

La pauvre femme s'était assise auprès de la fenêtre pour se reposer un instant. Mais quelque pénible qu'eût été la journée pour elle, une peine plus difficile encore à supporter déchirait son cœur et lui faisait oublier sa fatigue. L'heure du souper était arrivée ; une jatte de lait, dans lequel elle avait rompu du pain, était sur la table, mais à peine en manquait-il deux cuillerées. Ferdinand était aussi extrêmement fatigué, mais la douleur qu'il remarquait chez sa mère l'empêchait de prendre aucun repos. Il n'avait pas tardé à terminer son repas, en voyant sa mère pleurer amèrement, et le vase de terre restait sur la table presque dans l'état où il y avait été déposé. La lune s'y réfléchissait, et ses rayons, répercutés au plafond, y dessinaient un cercle lumineux.

Le printemps commençait quand Marie perdit son époux. Celui-ci, le plus

brave jeune homme de tout le village, était parvenu, par son activité au travail et par son économie, à faire l'acquisition de la petite chaumière qu'elle habitait et du beau jardin qui l'entourait ; mais il n'avait pu le faire, assurément, sans contracter quelques dettes. Son activité n'avait pas n'avait tardé à enrichir ce jardin de jeunes arbres, qui déjà portaient

entre plusieurs coutumes du moyen âge, celle des vitres rondes enchâssées dans des lamelles de plomb.

de beaux fruits. Alors il avait épousé Marie, qui n'était qu'une pauvre orpheline, à qui ses parents n'avaient pu laisser qu'une excellente éducation ; car elle passait dans le village pour la fille la plus laborieuse et la plus sage. Leur union avait été des plus heureuses. Une épidémie qui se déclara dans le pays emporta le mari. Peu de temps après ce malheur, la pauvre veuve, qui avait prodigué à son époux les soins les plus tendres, tomba malade elle-même, et n'échappa qu'à grand'peine à la mort.

Mais cette maladie et celle de son mari épuisèrent ses ressources, et, pour comble de malheur, elle était menacée de perdre son humble chaumière. Son mari avait été employé chez le plus riche fermier du village. Celui-ci, qui appréciait son intégrité et son activité au travail, lui avait avancé trois cents écus pour faire l'acquisition de cette modeste demeure et du jardin qui l'entourait, mais à la condition qu'il lui payerait, chaque année, vingt-cinq écus, somme à laquelle se montaient ses gages. Le pauvre homme avait fidèlement rempli ses engagements jusqu'à l'année où il mourut, et sa dette ne s'élevait plus qu'à cinquante écus. Marie avait connaissance de tout cela.

Il arriva que la maladie qui avait emporté son mari emporta également son créancier. Les héritiers de celui-ci, qui se composaient d'un fils et d'une fille, trouvèrent, en fouillant dans ses papiers, la reconnaissance des trois cents écus souscrite par l'époux de Marie. Ils ignoraient entièrement quelle était cette affaire, puisque jamais le défunt ne leur en avait parlé. Ils exigèrent donc de la pauvre veuve la totalité de la somme. Effrayée, Marie leur assura, en prenant Dieu à témoin, que son mari avait, de son vivant, payé une partie de la somme et qu'il ne redevait plus que cinquante écus. Mais toutes ses protestations ne servirent à rien. Le jeune fermier la traita d'infâme menteuse et l'assigna devant les tribunaux. Là, comme elle ne put justifier d'aucun payement, elle fut condamnée à rembourser la somme entière. Ses créanciers lui mirent l'épée dans les reins ; mais, comme la pauvre femme ne

possédait que sa chaumière et son petit jardin, il fallut
se résigner à les vendre pour les désintéresser. Elle s'é-
tait jetée à leurs genoux, son petit Ferdinand en avait
fait autant ; elle avait pleuré, supplié. Mais tout avait été
inutile. Le jour de la vente était déjà irrévocablement

fixé au lendemain. Il y avait une heure qu'elle avait appris ce dernier malheur ; pendant qu'elle était occupée
à travailler dans son jardin, un de ses voisins le lui avait
crié par-dessus la haie.

C'est pourquoi elle était si affligée ! Assise près de la
fenêtre, tantôt elle regardait le ciel, qu'éclairait la lumière de la lune, tantôt son petit Ferdinand. Elle répandait des larmes bien amères en pensant à l'avenir, et il
régnait dans la petite chambre un silence plein de douleur.

« Bon Dieu ! se disait-elle, c'est donc aujourd'hui pour
la dernière fois que j'ai fauché le foin du jardin ! Ces pru-
nes si belles, si dorées, qu'aujourd'hui |pour la première
fois j'ai cueillies pour mon Ferdinand, sont donc les derniers fruits que lui donneront ces arbres que son père
avait mis tant de zèle à planter ! Peut-être cette nuit est-

elle la dernière que nous passons ici! Demain, à cette même heure, cette chaumière appartiendra à un autre, dont le premier soin, sans doute, sera de nous en chasser! Dieu seul sait où demain nous trouverons un toit pour abriter notre tête, peut-être n'aurons-nous que le ciel pour nous couvrir. » Et elle se mit à pleurer amèrement.

En ce moment, Ferdinand, qui jusqu'ici n'avait pas bougé de place, s'approcha d'elle et lui dit en sanglotant : «Mère, ne pleure donc pas ainsi... Vois, les larmes m'empêchent aussi de te parler. Ne te rappelles-tu pas les dernières paroles de mon pauvre père? Ne pleurez donc pas, nous disait-il; Dieu est le père de la veuve et de l'orphelin. Si le malheur vous frappe, adressez-vous à lui, il ne vous abandonnera pas. Voilà ce qu'il nous disait. N'est-ce pas cela, ma mère?

— Oui, mon enfant, c'est bien cela. — Eh bien alors, dit Ferdinand, pourquoi pleures-tu encore? Prie Dieu, et il viendra à ton aide. Ah! lorsque j'allais avec mon père couper du bois dans la forêt, si j'éprouvais quelque besoin... si, par exemple, j'avais faim ou qu'une épine me fût entrée dans le doigt, je courais vers lui:.., et aussitôt il déposait sa hache, me donnait un morceau de pain ou enlevait l'épine qui me faisait souffrir. Dieu ne t'aidera pas avec moins d'empressement et de bonté. Il est moins barbare que ce riche, devant qui nous nous sommes agenouillés, dont nous avons imploré l'humanité..., et qui n'a répondu à nos prières qu'en nous chassant et nous fermant sa porte, en nous maltraitant. Crois-tu que Dieu n'est pas assez riche? Mais il l'est beaucoup plus que le fermier. Approche de la fenêtre et lève les yeux au ciel. C'est à Dieu qu'appartiennent la lune et toutes les étoiles : mon père me répétait souvent que la terre entière était son bien. Pourquoi donc nous désoler? Prions Dieu, prions-le bien... Il viendra certainement à notre secours. Allons, mère, commence; je joindrai mes prières aux tiennes, et certainement elles auront plus d'effet qu'elles n'en ont eu auprès du riche fermier.

—Excellent enfant, tu as raison, lui dit sa mère, « et

ses larmes coulèrent moins amères, et l'espoir vint adoucir sa douleur. Elle joignit les mains, en levant au ciel des yeux éteints par les pleurs. Ferdinand fit comme elle. La lune projeta ses rayons sur ce groupe agenouillé, et sa lumière se réfléchit dans leurs yeux brillants de larmes. Marie commença sa prière, dont Ferdinand répéta chaque mot après elle.

« Père miséricordieux, disait-elle, du haut du ciel, jette les yeux sur une pauvre veuve et sur son enfant ; ils s'adressent en ce moment à toi. Nous sommes réduits à la plus affreuse extrémité, et nous n'avons aucun soutien ici-bas. Mais ton cœur est humain et compatissant. Toi-même as dit aux hommes : Quand le malheur vous accablera, adressez-vous à moi, et je viendrai à votre aide. Oh ! nous t'en prions…, ne permets pas qu'on nous chasse de cette humble cabane… ne prive pas un pauvre orphelin de l'héritage paternel. Et si le malheur qui nous frappe est l'œuvre de ta volonté, fatale pour nous, mais que nous devons respecter et bénir, accorde-nous au moins une autre place dans ce vaste univers, et donne-nous assez de force pour ne pas mourir de douleur en quittant ces lieux et en contemplant pour la dernière fois, du haut de cette colline, notre pauvre chaumière ! »

Les sanglots empêchèrent la pauvre mère de continuer ; elle leva au ciel des yeux mouillés de larmes, et garda le silence. Tout à coup Ferdinand, qui était agenouillé, les mains jointes, s'écria en montrant du doigt quelque chose à sa mère : « Oh ! maman, regarde, qu'est-ce donc que cela ? Quelle est cette lumière qui brille suspendue en l'air comme une étoile ? Vois, elle s'approche de la fenêtre ! elle entre dans la chambre ! Oh ! regarde comme elle est vive ! elle est presque aussi éclatante que celle des étoiles ! Tiens ! la voilà maintenant au plafond. Tout cela est bien étonnant !

— C'est un ver luisant, mon ami, répondit la mère. Le jour, ce n'est qu'un pauvre petit scarabée ; mais, la nuit, son corps resplendit d'un brillant éclat.

— Je voudrais le prendre, dit Ferdinand ; ne me ferait-

il aucun mal, et n'y a-t-il pas de danger que je me brûle
les doigts?

— Non, non, répondit la mère, cela ne brûle pas, et
un faible sourire éclaircit ses yeux noyés de larmes. Va le
prendre, et apporte-le-moi. Cet insecte, mon ami, est une
des merveilles de la toute-puissance divine.

L'enfant eut bientôt oublié toutes ses peines; il courut
pour s'emparer du brillant insecte, qui, en ce moment,
touchait le plancher de la chambre, mais qui bientôt alla
se poser sur la table, et un moment après sur la chaise.

— O mon Dieu ! s'écria tout à coup Ferdinand, quel
malheur ! — En effet, l'insecte, au moment où l'enfant
avançait la main pour le saisir, était allé se cacher dans
un coffret appendu à la muraille. — Je le vois très-bien,
s'écria Ferdinand en regardant dans l'intérieur du coffre;
il est tout à fait au fond, et tout ce qui l'entoure brille
d'un éclat aussi vif que si la lune l'éclairait; mais je ne
puis pas y arriver; mon bras est trop court.

— Patiente un peu, lui dit sa mère, il ne tardera pas
à quitter cette place.

L'enfant attendit inutilement; il s'approcha de sa
mère, et lui dit d'une voix douce et suppliante : —Maman,
je t'en prie, va me le chercher, ou bien décroche un moment ce coffre ; je pourrai ainsi le prendre facilement.

Marie se leva pour faire ce que son fils lui demandait,
et alors celui-ci put attraper le brillant scarabée; il le
mit dans le creux de sa main, et éprouvait à le regarder
une joie plus vive que celle d'un prince ou d'une prin-
cesse à l'aspect d'un diamant de la plus belle eau.

Mais un autre objet attirait en ce moment l'attention
de Marie. En décrochant le coffre, elle avait fait tomber
à terre un objet qui se trouvait placé entre ce meuble et
la muraille. Elle se hâte de le ramasser : — Grand Dieu !
s'écrie-t-elle, en poussant une exclamation de joie, voilà
qui va nous tirer de tout embarras; c'est le calendrier de
l'année dernière, que j'ai si longtemps cherché en vain !
L'inutilité de mes recherches me faisait croire que,
pendant ma dernière maladie et lorsque j'étais étendue

sans connaissance, il avait été détruit, comme n'étant plus
bon à rien, par des mains étrangères qui, dans notre ménage; n'agirent pas toujours avec une bien rigoureuse
économie. Nous pourrons prouver maintenant que ton
père a déjà payé l'argent qu'on nous réclame. Qui eût pu
croire que le calendrier était caché derrière ce coffre,
qui se trouvait dans la chambre lorsque nous en prîmes
possession, et qui, depuis que cette chaumière existe, n'a
jamais peut-être quitté la place où il était suspendu.

Elle s'empresse d'allumer une chandelle et parcourt
le calendrier, en pleurant de joie. Elle y voit inscrites
en toutes lettres, et la somme que son mari redevait encore sur les trois cents écus, au commencement de l'année précédente, et celle que, pendant le cours de celle-
ci, il avait reçue pour ses gages, et qu'il avait donnée en
payement. Au bas se trouvaient les lignes suivantes, écrites
de la main même du vieux fermier : « A la Saint-Martin,
« j'ai réglé avec Jean Blum, et il ne me doit plus que
« 50 écus ; lisez cinquante écus. »

Marie, dans sa joie, frappa ses mains l'une contre l'autre, embrassa son enfant et s'écria : — O Ferdinand ! remercie donc le bon Dieu ! car personne maintenant ne
pourra nous chasser d'ici ; nous ne quitterons pas notre
chaumière.

— N'est-ce pas, dit l'enfant, que c'est moi qui suis cause
de cet événement ? Si je ne t'avais pas priée avec autant
d'instance de décrocher ce coffre, tu n'aurais pas trouvé
ce calendrier. Il aurait pu demeurer là pendant des
siècles.

Marie se tut quelques instants, et puis s'écria : — O mon
enfant ! c'est Dieu qui a fait tout cela. Vraiment une
crainte respectueuse agite mon cœur lorsque je pense à
ce qui vient de se passer. Vois, lorsque nous étions tous
deux agenouillés et que nous fondions en larmes, ce brillant insecte entrait dans notre chambre pour m'indiquer,
comme s'il eût pu me le montrer de la main, l'endroit où
ce précieux papier était caché. Oh oui ! l'œil de Dieu est
ouvert sur tout, même sur les choses les plus abjectes. Le

doigt de la Providence est toujours étendu sur nous. Rien n'est l'effet du hasard. Sans la volonté de Dieu, un seul cheveu ne saurait tomber de notre tête. N'oublie jamais cela, mon enfant, et confie-toi toujours à lui, surtout dans les jours de malheur. Il peut facilement nous secourir et nous sauver. Il n'a pas besoin pour cela de nous envoyer un de ses anges. Le plus humble vermisseau suffit à ses desseins !

Marie ne put dormir, tant sa joie fut grande. Au lever du jour, elle s'empressa de se rendre chez le juge qui l'avait condamnée; celui-ci manda l'héritier, qui ne tarda pas à arriver. Il reconnut la validité du reçu qui lui était présenté, et exprima son repentir d'avoir, avant le jugement, injurié la pauvre veuve en la traitant de femme sans foi et sans honneur. Le juge lui dit alors qu'il devait un dédommagement à la pauvre Marie, pour l'affront et le chagrin qu'il lui avait faits. Le fermier se déclara prêt à faire tout ce qui serait ordonné.

Lorsque Marie eut raconté au juge, et la prière qu'elle avait adressée à Dieu, et l'apparition soudaine du ver luisant, il s'écria avec onction : — Je reconnais là le doigt de Dieu ; c'est lui qui vous a sauvés. »

Le jeune fermier ne put contenir son émotion à ce récit, ses yeux se mouillèrent de larmes : — Oui ! c'est vrai, dit-il, Dieu n'est pas seulement le père de la veuve et de l'orphelin, il est aussi leur vengeur. Pardonnez-moi de vous avoir traitée avec aussi peu d'humanité. J'étais aveugle. Mais pour vous indemniser un peu de la peine que je vous ai causée, je vous libère de la somme que vous me deviez, et si jamais vous retombez dans le malheur, venez à moi, vous me retrouverez toujours prêt à vous soulager. Car je le vois clairement aujourd'hui, Dieu n'abandonne jamais ses serviteurs; mettre sa confiance en lui, c'est asseoir son existence sur une base moins fragile que les grandes richesses. Qu'un jour je tombe dans la misère, que par ma mort prématurée ma femme devienne veuve et mes enfants orphelins, il viendra à leur secours, comme il est venu au vôtre.

— Ayez toujours confiance en Dieu, comme cette pauvre veuve, lui répondit le juge; vivez toujours en honnête homme, et aux jours d'affliction sa bonté ne vous abandonnera pas.

LA VEILLE DE NOEL

I

ENDANT la veille du saint jour de Noël, Antoine, joli enfant de huit ans, cheminait à travers la contrée couverte de neige. Le pauvre petit n'avait pour garantir ses boucles blondes, trempées d'humidité, que son léger chapeau de paille noire de l'été dernier, et ses joues étaient empourprées par le froid. Son costume avait quelque chose de militaire, car il portait la jolie veste écarlate des hussards. De sa main gauche il tenait un gros bâton d'épines, et sur son dos, un petit paquet dans lequel se trouvait tout son avoir. Mais, malgré sa triste position, il paraissait gai et de bonne humeur, et trouvait le plus vif plaisir à contempler le paysage avec ses beaux effets de neige, et les buissons et les taillis couverts de frimas.

Cependant le soleil disparut à l'horizon. L'herbe et les branches des arbres, couvertes de givre, étincelèrent de mille feux, le sommet des sapins voisins se dora aux rayons du couchant.

Antoine pensa pouvoir atteindre encore aisément le village situé de l'autre côté de la forêt, et entra résolûment dans l'épaisseur du bois sombre. Il comptait trouver dans le village de brillantes fêtes de Noël, car il avait entendu dire que les gens y étaient riches et charitables. Mais après un quart d'heure de marche, il s'était déjà trompé de route et égaré parmi les ravins, dans la partie la plus sauvage de la forêt. Il lui fallut marcher continuellement au milieu d'une neige épaisse, et maintes fois il faillit tomber dans des fossés et des fondrières cachés sous la neige. La nuit survint, et il s'éleva un vent froid, des nuages couvrirent le ciel et voilèrent les faibles étoiles qui brillaient à travers les branches sombres des sapins. L'obscurité était profonde, et la neige recommença à tomber avec violence.

Le pauvre garçon avait perdu toute trace, et ne savait plus où diriger ses pas. Fatigué d'errer en vain de tous côtés, il lui fut impossible d'aller plus loin. Il s'arrêta, tremblant de froid, et se mit à pleurer amèrement; il plaça son petit paquet sur la neige, s'agenouilla, ôta son chapeau, et, tendant vers le ciel ses mains glacées, il fit cette prière, arrosée de chaudes larmes : — O mon Père, qui es au ciel ! ne me laisse pas périr dans cette forêt sauvage, au milieu de cette nuit froide et glacée. Vois, je suis un pauvre orphelin, je n'ai plus ni père ni mère !

je n'ai plus personne que toi ! Ne me laisse pas périr de
froid, prends pitié d'un enfant ; songe que c'est aujour-
d'hui la nuit où est né ton Fils bien-aimé. Écoute-moi par
amour pour lui ! Oh ! ne permets pas que dans cette nuit,

où tout l'univers célèbre la naissance de ton Fils, un pauvre enfant périsse seul au milieu de la forêt ! — Il reposa
sa tête fatiguée sur son petit paquet, sanglota et versa
des larmes amères.

Tout à coup, du haut de la colline partirent de doux
accents, comme les sons d'une harpe, et un chant d'une
suave mélodie s'éleva et fit retentir l'écho des rochers.
Il sembla au pauvre garçon qu'il entendait chanter les
anges du ciel. Il se leva, écouta et joignit les mains. Le
vent s'était apaisé ; il n'y avait plus le moindre mouvement dans l'air. Ce chant se détachait avec une grâce
infinie au milieu des ténèbres et du silence de la forêt.
Antoine entendit distinctement les paroles suivantes :

> Tu dis aux grands : « Place dans la famille
> Aux orphelins, aux pauvres délaissés ;

Et réchauffez leurs petits pieds glacés
A votre foyer qui pétille. »

Puis le silence succéda, et l'on n'entendit plus que quelques légers accords, comme un écho affaibli. Le pauvre Antoine sentit son cœur soulagé. — Ah ! dit-il, telle dut être la joie des bergers de Bethléem lorsque, durant cette sainte nuit, ils entendirent les chants célestes. Je veux reprendre mon courage et ma gaieté. Il y a bien sûr dans le voisinage de braves gens qui me recevront ; car je pense que s'ils chantent comme des anges, ils doivent être bons et affables comme eux. — Il ramassa son paquet et monta la côte, en suivant la direction des chants qu'il avait entendus. A peine avait-il fait quelques pas dans le fourré, qu'il aperçut une vive lumière qui disparut aussitôt, puis brilla de nouveau au bout de quelques instants, pour disparaître et reparaître encore. Antoine s'avance, la joie au cœur, et parvient à une maison isolée au milieu de la forêt. Il frappe deux, trois fois à la porte ; il entend bien des voix joyeuses dans l'intérieur, mais personne ne lui répond. Il essaye alors d'ouvrir la porte ; elle n'était fermée qu'au loquet. Il entre, tâtonne longtemps dans l'allée obscure en cherchant la porte de la chambre où l'on se tenait. Il la trouve enfin, l'ouvre, et s'arrête stupéfait. Une multitude de lumières l'éblouissent de leur éclat. Il lui semble que les cieux sont ouverts et qu'il regarde dans le paradis. Dans le coin de la chambre, entre les deux fenêtres, se trouvait un paysage, imité en petit, avec beaucoup d'art. On voyait une contrée montagneuse, avec de grands rochers couverts de mousse, de vertes forêts de sapins, des chaumières, des troupeaux que les bergers menaient paître, et une petite ville au sommet de la montagne.

Au milieu du paysage, on découvrait une caverne, où l'on voyait l'enfant Jésus, la sainte Vierge, saint Joseph, les bergers en prière, et au-dessus, des chœurs de séraphins chantant les louanges de Dieu. Tout le paysage était éclairé d'une lumière magique ; il était parsemé d'une multitude de petites étoiles, et brillait comme le feuillage des arbres et la mousse des rochers, quand ils sont couverts d'une rosée abondante, par une belle matinée de printemps [1].

Les habitants de la maison étaient réunis pour voir l'enfant Jésus dans sa crèche. D'un côté était assis le père avec une harpe sur ses genoux ; de l'autre, la mère, avec le plus jeune de ses enfants sur son sein. Entre eux se tenaient debout deux jolis enfants, un garçon et une fille ; ils contemplaient avec dévotion le berceau du Sauveur, et joignaient les mains comme les pieux bergers à genoux devant la crèche. Le père se mit de nouveau à jouer de la harpe, et la mère chanta de sa voix d'ange le cantique dont Antoine avait déjà entendu quelques paroles. Les deux enfants joignirent leur voix claire et douce, et le père les accompagna de sa belle voix de basse et des accords de sa harpe.

Voici le cantique qu'ils entonnèrent :

> Bel enfant qui veilles sur nous,
> Toi dont les cieux redisent les louanges,
> Devant ton front, avec les blonds archanges,
> Je me prosterne à deux genoux.

> Aux opprimés tu dis : « Bientôt victoire !
> Le Dieu puissant, qui vous donne un Sauveur
> Vient ranimer l'espoir dans votre cœur ;
> Il vous chérit comme sa gloire. »

> Bel enfant qui veilles sur nous,
> Toi dont les cieux redisent les louanges,
> Devant ton front, avec les blonds archanges,
> Je me prosterne à deux genoux.

---

[1] Dans beaucoup de contrées on prépare, pour les fêtes de Noël, de ces sortes de crèches pour l'établissement desquelles on dépense beaucoup de soins, d'argent et d'industrie. C'est une joie très-grande dans les familles que ce jour qui voit commencer les étrennes par le cadeau d'une contrée entière de carton-pierre et de mousse, avec ses habitants de plâtre ou de bois, et surplombée d'un ciel bleu auquel scintillent des milliers d'étoiles de papier doré.

Tu dis aux grands : « Place dans la famille
Aux orphelins, aux pauvres délaissés ;
Et réchauffez leurs petits pieds glacés
A votre foyer qui pétille. »

Bel enfant qui veilles sur nous,
Toi dont les cieux redisent les louanges,
Devant ton front, avec les blonds archanges,
Je me prosterne à deux genoux.

Antoine était toujours sur le seuil de la porte, tenant
le loquet d'une main et de l'autre son chapeau et son
bâton. Ses yeux étaient fixés sur la crèche du Sauveur, et
il écoutait, la bouche béante, le chant et les accords de
la harpe. Personne ne l'avait remarqué. Mais tout à coup
la mère sentit le froid qui pénétrait dans sa chambre, et
jetant les yeux vers la porte entr'ouverte : — Mon Dieu,
s'écria-t-elle, d'où vient ce pauvre enfant, au milieu de
cette nuit sombre et de cette forêt ? Mon pauvre garçon,
tu t'es bien sûr égaré ? — Hélas ! oui, dit Antoine, je me
suis perdu dans le bois. — Tout le monde avait tourné les
yeux vers lui. Les deux enfants se sentirent vivement
attendris à la vue du jeune garçon, mais ils n'osèrent approcher, car c'était un étranger. La mère alla vers lui
avec son enfant sur les bras et lui demanda avec bonté :
—D'où viens-tu, pauvre enfant ? comment t'appelles-tu et
quels sont tes parents ? — Hélas ! répondit Antoine avec
des larmes dans ses yeux bleus, je n'ai plus de patrie. Je
m'appelle Antoine Kroner. Mon père a été tué à la guerre
et ma mère est morte, l'automne dernier, de misère et de
chagrin. Je suis étranger au pays et je cours le monde
comme une brebis égarée.

Il se mit à raconter quelle avait été sa détresse dans la
forêt, puis comment il avait entendu leurs chants et était
parvenu ainsi à trouver le chemin de la maison. Il voulut
continuer, mais la parole lui manqua, il avait encore trop
froid. Ce n'est que dans l'intérieur de la chambre qu'il
ressentit tout l'effet de la température ; il tremblait et ses
dents s'entre-choquaient. — Pauvre Antoine, lui dit la
mère, le froid t'empêche presque de parler, tu dois être

bien fatigué et avoir bien faim? Dépose ton petit paquet et assieds-toi ; je vais te donner de la bonne soupe chaude et ce qui reste du souper.

Touchés de compassion, les deux enfants, Christian et Catherine, le débarrassent de son chapeau, de son bâton et de son paquet. Catherine met le paquet sur le banc, Christian accroche le chapeau au-dessus et place le bâton dans un coin. Puis ils mettent leur petit hôte à table. La mère apporte la soupe et un gros morceau de gâteau avec des prunes cuites. Elle s'assit à l'autre bout de la table et ne put s'empêcher de sourire en voyant le bon appétit d'Antoine. Les enfants partagèrent généreusement avec lui leurs cadeaux de Noël, de belles pommes rouges, des poires jaunes comme l'or et de grosses noix. La petite Louise elle-même, à la prière de sa mère qui la tenait sur ses genoux, se départit pour lui d'une petite pomme pourprée qu'elle tenait dans sa main et qu'elle pouvait à peine entourer de ses doigts.

La soupe chaude vint fort à propos pour le pauvre Antoine engourdi de froid, et la douce chaleur de la chambre acheva de le remettre. Il retrouva toute sa gaieté. — Mais quelle merveille avez-vous là dans le coin de votre chambre ? reprit-il après quelques instants. Déjà, pendant qu'il mangeait, il n'avait cessé de jeter les yeux sur la crèche. C'est le printemps au milieu de l'hiver. Je n'ai rien vu d'aussi beau. Il faut pourtant que je voie cela de plus près. — En disant ces paroles, il s'approcha avec vivacité, et les enfants le suivirent.

— Mais sais-tu bien ce que tout cela représente ? dit Catherine. — Certainement, répondit Antoine, c'est la naissance de Jésus. Quel beau, quel aimable enfant ! Son visage réunit les belles couleurs des lis et des roses ! quel éclat dans ses yeux ! quel tendre sourire ! — Mais ce n'est pas là le véritable enfant Jésus, dit Catherine ; Jésus n'est plus un enfant, il y a longtemps qu'il est remonté au ciel. — Je le sais bien, dit Antoine ; me prends-tu donc pour un païen ? Il y a bientôt deux mille ans que l'enfant Jésus était couché dans une crèche. Tout cela

est fait pour que, nous autres enfants, nous puissions
mieux nous représenter les choses. Et cette ville, là-
haut, c'est Bethléem, si je ne me trompe : n'est-il pas
vrai ?—Catherine fit signe que oui. —Tu vois bien, ajouta
Antoine, que je sais tout ; je ne suis pas si simple que tu
le crois.

Les enfants rirent, et firent encore remarquer à Antoine
une foule de petits détails auxquels ils donnaient la plus
grande importance. — Vois donc, Antoine, disait Catherine, ce beau mouton blanc à la laine frisée et ces deux
petits agneaux à côté ! Regarde, le reste du troupeau paît
tout à l'entour, et là-bas, le berger debout jouant de la
flûte. C'est dans cette jolie petite hutte rouge à roulettes
qu'il passe la nuit. — Vois-tu aussi, reprit Antoine,
comme du sein de ces rochers s'élance une petite source
semblable à un filet d'argent, qui va se perdre dans le
lac transparent ? Regarde ces deux cygnes blancs avec
leur cou si élégamment recourbé ! comme ils nagent
avec grâce sur le lac ! comme ils se mirent dans les flots
calmes et argentés ! —Là-bas, dit Catherine, une bergère
descend une rampe escarpée et porte un panier couvert
sur sa tête, il s'y trouve sans doute des pommes ou des
œufs qu'elle porte à la crèche. — Et plus loin, reprit
Christian, vois-tu cet homme, là-bas, dans le ravin,
qui gravit la montagne avec un sac sur sa brouette ;
mais je ne peux pas trop imaginer ce qu'il y a dans
ce sac.

Telles étaient les causeries auxquelles ces enfants se
livraient avec tant de charmes : pas la moindre limace
rayée pendue aux rochers, pas le moindre coquillage bariolé jeté sur les rives du lac, qui ne fût l'objet de leurs
remarques. — Tout cela est magnifique, dit Antoine ;
mais ce qu'il y a de plus beau, c'est l'image de l'enfant
divin. C'est ce qui me plaît le plus ; car c'est grâce à lui
que notre Père céleste m'a tiré du malheur.

II

HISTOIRE DU PAUVRE ANTOINE.

Le maître de la maison où Antoine avait été reçu avec tant de cordialité était garde forestier. Pendant que les enfants babillaient ensemble, il était resté assis dans son fauteuil près du poêle et paraissait réfléchir profondément. Sa femme, avec son plus jeune enfant sur les bras, s'assit à côté de lui sur une chaise, et lui dit après une pause : — Pourquoi gardes-tu ainsi le silence, et à quoi penses-tu? — Je pense aux derniers couplets du cantique que nous venons de chanter : tu as fait ce qui y est recommandé. Tu as nourri et réchauffé le pauvre enfant. Mais je pense que nous pourrions faire mieux encore. C'est aujourd'hui la veille du saint jour de Noël, nous célébrons cette nuit où le fils de Dieu est venu au monde pour notre salut et celui de tous les hommes. Et voici que durant cette nuit, Dieu nous envoie un enfant que nous pouvons sauver aussi. Jésus est venu sur la terre comme un étranger, et il ne savait où reposer sa tête. comme s'il eût voulu mettre à l'épreuve l'hospitalité des hommes. Les habitants de Bethléem faillirent à l'épreuve, et dès sa naissance le reléguèrent au milieu des animaux de l'étable; et nous aussi nous repousserions cet enfant !.... Voyons, Élisabeth, dis-moi franchement ta manière de penser : que devons-nous faire? — Accueillir l'enfant, répondit aussitôt la femme avec bonté. « Ce que vous « faites au plus humble de vos frères, c'est à moi que vous « le faites. » Ce sont les paroles mêmes de celui qui naquit dans cette nuit. Antoine me paraît un bon et honnête garçon, doué du meilleur caractère. La pitié et l'innocence sont peintes sur ses traits; et quoiqu'il mendie, il n'est ni effronté, ni impudent. Sans doute ses parents étaient de braves gens. Il s'exprime d'une manière distinguée, et bien que sa veste rouge soit un peu usée, elle est pourtant de bon drap. Où il y a à manger pour cinq, il y en a pour six. Gardons-le.

— Tu es une bonne, une charitable femme, dit le forestier en lui serrant la main. Dieu t'en récompensera, et rendra à nos enfants le bien que tu auras fait à un étranger. Mais, avant tout, il faut nous assurer si l'enfant mérite qu'on s'intéresse à lui.

— Antoine, arrive ici, dit le forestier à haute voix. Antoine accourt et se place devant lui fixe et immobile comme un soldat en présence de son supérieur.

— Ainsi donc ton père était soldat, et il est mort pour la patrie? C'est un malheur pour toi, il est vrai, mais c'est un honneur et une gloire pour lui. Donne-nous quelques détails sur tes parents. Où étiez-vous pendant la guerre? Comment ton père a-t-il péri? Quelle fut la mort de ta mère? Par quel hasard te trouves-tu au milieu de cette forêt? Voyons. — Antoine fit le récit suivant.

— Mon père..... que Dieu l'ait en sa sainte garde ! était maréchal des logis de hussards. Autant que je puis m'en souvenir, notre régiment tenait garnison à Glatz, en Silésie. Ma mère, qui était couturière, était fort assidue au travail et gagnait beaucoup d'argent. Elle était très-habile. Un jour mon père rentra très-précipitamment en s'écriant : — La guerre est déclarée, nous partons demain ! Il était brave, et prit bien la nouvelle. Ma mère, au contraire, fut effrayée et pleura amèrement. Elle ne voulut pas le laisser partir seul ; l'idée d'une séparation la consternait. Après de longues prières, mon père consentit enfin à nous emmener. Nous allâmes bien loin, bien loin. Tout à coup on apprit que l'ennemi approchait. Le régiment de mon père dut avancer. Ma mère et moi nous restâmes en arrière. Notre terreur fut grande, quand nous entendîmes dans le lointain le bruit effrayant de la fusillade. — Hélas ! me disait ma mère, chaque coup me perce le cœur! Qui sait si une balle ne traverse pas la poitrine de ton père !

Tant que dura la fusillade, nous ne cessâmes de pleurer et de prier. Mon père, cependant, revint sain et sauf. Cette scène se renouvela souvent. Mais un jour, après une escarmouche, un hussard au galop revint au village en menant par la bride le cheval de mon père; il nous annonça que mon père était gravement blessé; qu'il était étendu sur le champ de bataille à une demi-lieue du village, et qu'on avait peu d'espoir de le sauver. Nous accourûmes en toute hâte. Il était couché au pied d'un arbre. Un vieux soldat, à genoux près de lui, le tenait dans ses bras, de manière à ce que mon père pût appuyer doucement la tête sur la poitrine du brave guerrier. Il y avait encore là deux soldats. Mon pauvre père avait la poitrine traversée d'une balle, et portait déjà sur ses traits la pâleur de la mort. Nous vîmes bien qu'il avait encore quelque chose à nous dire, mais, ne pouvant parler, il jeta avec tristesse des yeux mourants sur moi, puis les porta vers ma mère et ensuite vers le ciel. Quelques moments après il n'était plus. Ma mère et moi nous fondîmes en larmes. On enterra ses restes au cimetière voisin. Quelques officiers et un grand nombre de soldats suivirent le convoi. Je crois entendre encore le son lugubre et étrange des trompettes lorsqu'on lui rendit les derniers honneurs sur sa tombe! Nous fûmes tellement frappés, ma mère et moi, de ces tristes hommages, qu'il nous semblait qu'on tirait sur nous. Beaucoup de soldats s'essuyaient les yeux en revenant du cimetière. Quant à nous, les larmes nous suffoquaient.

Ma mère voulut retourner au pays. — Je n'y ai plus de parents, il est vrai, dit-elle, mais une amie dévouée; je pense qu'elle ne refusera pas de nous recevoir, et alors, grâce à mon travail, je pourrai subvenir à nos besoins. — Mais après quelques journées de marche, elle tomba malade. C'est à grand'peine que nous atteignîmes un petit hameau. Nulle part on ne voulait nous recevoir. Nous trouvâmes enfin un abri dans une grange. — C'est une rude épreuve, dit ma mère, mais la vierge Marie n'était pas plus heureuse. Elle non plus ne put trouver de

gîte nulle part, et fut obligée de passer la nuit dans une
étable. Cependant le mal empirait d'heure en heure;
elle fit appeler un prêtre et se prépara à la mort. Quand
il fit nuit, la paysanne à qui appartenait la grange lui
dit : — Vous êtes bien malade, il faut au moins que je
fasse quelque chose pour vous. Elle sortit, apporta une
vieille lanterne d'écurie où brûlait une lampe fumeuse,
et l'accrocha à une poutre. Voilà tout ce qu'elle fit. Elle
nous souhaita le bonsoir et ne s'occupa plus de nous.
Resté seul avec ma mère, je m'assis près d'elle sur un
peu de paille et pleurai amèrement. Vers minuit, autant
que je pus en juger à la faible lueur de la lampe, elle
pâlit de plus en plus, poussant par intervalles de profonds soupirs. Je versais des torrents de larmes. Elle me
tendit la main en me disant : — Ne pleure plus, cher
Antoine ! reste sage et pieux, fais ta prière, souviens-toi
toujours de la présence de Dieu, et fuis le mal. Dieu te
donnera un autre père et une autre mère. Telles furent
ses paroles. Mais hélas ! mon Dieu ! s'écria Antoine les
joues inondées de pleurs, je ne retrouverai jamais une
aussi bonne mère. Pour lors, continua-t-il, elle tint ses
yeux fixés vers le ciel, pria en silence, me bénit de ses
mains mourantes et expira ! Je ne pus que pleurer. Le
paysan et sa femme avaient bien promis à ma mère de
m'accueillir et de me traiter comme leur fils; ils prirent
le peu que ma mère avait laissé, quelques effets et un
peu d'argent : mais trois semaines ne s'étaient pas écoulées, que déjà ils m'avaient renvoyé, en me disant que je
leur avais coûté trois fois plus que ne valait le pauvre héritage de ma mère. Je partis dans l'intention de rejoindre
à Glatz mes camarades d'école; mais les paysans ne
pouvaient m'indiquer le chemin de la Silésie, et maintenant je cours le pays en mendiant : hélas ! que puis-je
faire autre chose ?...

Ce récit émut vivement la femme du garde. Ce fut les
larmes aux yeux qu'elle dit à ses enfants : — Voyez ! tel
pourrait être cependant votre sort. Vous pourriez nous
perdre, et que deviendriez-vous alors ? Priez donc chaque

jour le bon Dieu de vous conserver vos père et mère.

— D'après ce que je vois, dit le forestier, tu avais d'honnêtes parents, mon pauvre Antoine. Mais n'as-tu aucun papier? — Oh si vraiment! dit Antoine : et il tira un portefeuille de son paquet. — C'est sur son lit de mort que ma mère m'a remis ces papiers. Elle m'a recommandé d'en avoir bien soin, et de ne les donner à qui que ce soit. Mais à vous, je puis bien vous permettre de les voir. C'était l'acte de mariage de ses parents, son extrait de baptême, à lui, et l'extrait mortuaire de son père. Ce dernier acte avait été délivré par l'aumônier du régiment. Le colonel y avait ajouté, de sa propre main, un certificat constatant de la manière la plus honorable la bravoure et la générosité du maréchal des logis, et la conduite irréprochable de sa veuve.

— C'est au mieux ! dit le forestier; maintenant, dis-moi, Antoine, comment te plais-tu chez nous? — Très-bien, repartit Antoine avec reconnaissance, si bien qu'il me semble que je suis chez mes parents. — Voudrais-tu rester avec nous? ajouta le forestier. — Oh ! nulle part je ne me trouverais mieux, dit l'enfant. Votre femme est bonne comme ma mère, et vous, brave comme mon père, et vous portez des moustaches comme lui.

Le forestier sourit et passa la main sur sa barbe. — Eh bien, mon garçon, dit-il, tu resteras avec nous. Je te tiendrai lieu de père, et ma femme te servira de mère. Montre-toi bon fils, aime bien ton frère et tes sœurs, et ne leur cause pas de peine, entends-tu bien? Dès aujourd'hui tu es mon fils, Antoine ! — L'enfant resta ébahi et regarda le forestier avec de grands yeux, ne sachant s'il parlait sérieusement. Le pauvre Antoine était tellement habitué à se voir en butte aux mauvais procédés, qu'il pouvait à peine croire que le forestier voulût l'adopter pour fils. — Eh bien ! dit le garde en lui tendant la main, cela te va-t-il?—Antoine fondit en larmes, tendit la main au forestier, baisa celle de la femme, témoigna mille amitiés aux deux enfants et même au plus jeune, quoiqu'il ne comprît pas de quoi il s'agissait, comme ses

frère et sœur aînés. Christian et Catherine éprouvèrent la
joie la plus vive de garder Antoine avec eux. — Voilà qui
est bien amusant, dit Christian ; au moins quand nous
voudrons jouer à quelque jeu, nous serons trois.

— Vois, mon enfant, continua le garde en prenant un
ton sérieux, vois comme Dieu prend soin de toi ! La bénédiction de tes bons parents repose sur ta tête. Dieu a
écouté la prière de ta mère sur son lit de mort ; il a
exaucé les vœux que tu lui adressais dans la forêt, à
genoux dans la neige et tremblant de froid. Il a guidé tes
pas vers nous, il t'a conduit sous notre toit. Si tu n'avais
pas entendu nos chants, tu te serais endormi sur ton
paquet, le froid t'aurait fait périr, et je t'aurais trouvé
mort dans la forêt. Dieu a choisi le moment propice pour
te sauver. C'est au milieu de cette nuit sainte, où nos
cœurs étaient si profondément émus de la bonté de
Dieu, qui nous a donné son fils unique, que le Seigneur
t'a guidé vers notre demeure isolée au milieu de la
forêt, que tu aurais eu peine à découvrir même pendant
le jour. C'est à Dieu et à son fils bien-aimé, qui est venu
au monde, il y aura bientôt deux mille ans, dans cette
nuit mémorable, et qui, plus tard, est mort aussi pour
toi, pauvre enfant, que tu dois d'avoir trouvé un asile.
Reconnais donc hautement la bonté du Seigneur. Garde-
toi de l'oublier jamais ; témoigne sans cesse ta gratitude
envers Dieu ton sauveur ; pendant ta vie active, aie toujours Dieu présent à l'esprit et conduis-toi en bon
chrétien.

Antoine le promit avec des larmes aux yeux. — O mon
Dieu ! dit-il en levant ses regards vers le ciel, tu as rempli
les derniers vœux de ma mère avec fidélité : j'ai retrouvé
un père et une mère. Je veux observer aussi ses dernières
paroles, je pratiquerai tes saints commandements et surtout le quatrième envers mes nouveaux parents. — C'est
bien, Antoine, dit le forestier, fais ce que tu dis, et tu
ne pourras manquer d'être heureux.

La femme du garde indiqua à Antoine une petite chambre avec une couchette bien propre, et tout le monde

alla se reposer avec satisfaction. Le lendemain matin,
les enfants s'empressèrent de se réunir devant l'image de
Jésus dans sa crèche. C'était là leur unique plaisir pendant le jour de Noël et les fêtes qui suivaient. Mais cette
joie innocente manqua d'être troublée. Un jour, certain
jeune homme, grand amateur de chasse, M. de Schilf,
qui venait voir souvent le garde, entra dans la chambre.
Il se permit toutes sortes d'observations ironiques sur
cette manière de représenter aux enfants la crèche de
Jésus, et demanda à quoi pouvaient servir de pareilles
pratiques. — A quoi? dit le forestier : regardez un peu
par la fenêtre, mon jeune monsieur; voyez : une neige
épaisse couvre la terre, et les arbres de la forêt gémissent
sous son poids. On ne voit plus de fleurs ; seulement sur
les vitres glacées étincellent des fleurs formées par le
givre. Les arbres fruitiers qui ombragent ma demeure
n'ont plus ni pommes, ni poires, on n'y voit plus une
feuille verte ; toutes les branches, tous les rameaux, sont
couverts d'épais frimas, et autour du toit pendent de
longs glaçons. Ces pauvres enfants sont retenus dans la
chambre comme des prisonniers, et ne peuvent risquer
un pas hors de la porte. Eh bien! quel mal y a-t-il donc
que, durant l'âpre saison, de bons parents procurent à
leur famille une espèce de printemps, au milieu d'une
chambre bien chauffée? Pendant tout l'hiver c'est presque le seul plaisir de ces pauvres enfants, que cette
représentation en petit de la nature printanière avec ses
vertes forêts, ses prairies émaillées et les troupeaux qui
paissent sous la conduite des bergers.

Mais c'est là le moindre avantage; voici qui est plus
important. Pendant les saints jours de Noël, nous fêtons
la bonté de Dieu, qui, dans la personne de son fils, a
daigné se révéler à nous sous la forme humaine, et nous
voulons que nos enfants partagent notre joie à leur manière. Je sais bien que des peintres du premier rang ont
fait de ce sujet des tableaux qui depuis des siècles exci-
tent l'admiration du monde. Moi-même, lors de mes
voyages, j'ai maintes fois admiré, à Dresde, le fameux

tableau de la crèche de Jésus, connu sous le nom de la *Sainte-Nuit*. Mais le reproche que vous faites à mon imitation, sans doute bien défectueuse, de la crèche, pourrait également s'adresser, après tout, à cette magnifique peinture, si on la considère indépendamment de sa valeur artistique; ainsi, votre objection est sans fondement. D'ailleurs, des tableaux si précieux ne sont faits que pour de grands seigneurs, et seraient fort déplacés entre les mains des enfants; car je gage que les miens ne voudraient pas échanger leur crèche contre le célèbre tableau de Dresde.

Ainsi, mon cher monsieur de Schilf, n'en veuillez pas aux habitants de cette forêt, s'ils s'en tiennent aux vieilles coutumes de leurs pères. Je me souviens encore que cette crèche était une de mes plus grandes joies d'enfance, et qu'elle fut pour moi la source de bien des grâces. Puisse-t-elle être aussi pour mes enfants un sujet de joies et de bénédictions!

III

MŒURS SIMPLES ET TOUCHANTES DE LA FAMILLE DU FORESTIER.

Le forestier qui avait adopté le pauvre orphelin se recommandait par une haute probité. Il était, comme il le disait lui-même, un homme de la vieille roche. D'une piété fervente, d'une grande bienveillance envers tout le monde, il était infatigable au service de son prince et d'une fidélité à toute épreuve. Le digne homme avait gardé religieusement les mœurs de ses aïeux, qu'il avait encore connus, et de ses parents, qui avaient conservé les sentiments de ces derniers. Le matin, sa première occupation était de se livrer à la prière en commun avec sa femme et ses enfants, et la soirée se terminait par le même exercice. — Ne devons-nous pas, disait-il, commencer et clore la journée par la pensée de celui qui nous conserve chaque jour l'existence et nous donne notre pain quotidien?

Ce doit être un spectacle bien touchant pour les anges eux-mêmes, que la vue d'un père et d'une mère entourés de leurs enfants à genoux devant Dieu, et levant tous, jusqu'au plus petit, leurs mains vers le ciel, avec des prières de reconnaissance! Notre Père céleste ne peut que répandre sur eux des bénédictions.

C'était avec les mêmes sentiments de piété que le forestier priait avec les siens avant et après les repas. Un jour, il ramena de la chasse le jeune de Schilf, et comme on venait de servir la soupe, il invita son compagnon à dîner. Le jeune homme se mit de suite à table, sans songer à faire la prière. Mais le forestier, qui avait l'habitude, comme il le disait lui-même, de nommer les choses par leur nom, lui dit d'un ton très-sérieux : — Fi! mon jeune monsieur; les sangliers de la forêt ne font pas autrement : ils dévorent les glands sans regarder d'où ils tombent. — Le jeune homme hasarda quelques objections, et prétendit que la prière des repas n'avait pas grande importance.

— Ce qui peut nous rendre meilleurs, repartit le forestier en appuyant sur ses paroles, a toujours son importance : la piété ne saurait jamais nuire; l'oubli de Dieu, au contraire, n'a jamais produit, que je sache, de bons fruits; loin de là il en a engendré souvent de bien mauvais. Priez avec nous, comme il convient à un chrétien et à un jeune homme raisonnable, ou ce sera la dernière fois que nous aurons été ensemble à la chasse. Je ne veux pas avoir affaire à un païen, et je me garderais bien de manger à la même table que lui. Cependant, continua-t-il en se radoucissant, je sais bien que vous n'avez jamais réfléchi à ces choses. Vous avez vu, sans doute, des jeunes gens du grand monde se mettre à table sans prier, et vous les avez imités sans réfléchir davantage; vous avez cru vous donner ainsi un air distingué. Toutefois, mon cher monsieur, ne ressemblez pas, malgré la signification

de votre nom [1], au roseau vide et sans moelle qui tourne
au moindre vent. — M. de Schilf se leva et voulut bien
prendre part à la prière. Mais il le fit moins par dévotion
que par amour pour la chasse.

Le plus grand bonheur du forestier était de se trouver
au milieu de sa famille. — Pourquoi chercher le plaisir au
dehors, disait-il, quand je puis le trouver chez moi et à
meilleur marché ? — Aussi, après avoir achevé la journée,
restait-il chez lui à boire son cruchon de bière, et le dimanche un verre de vin, tout en causant avec sa femme
ou en racontant à ses enfants des histoires amusantes et
instructives. Quand il se sentait de bonne humeur, il prenait sa harpe.

— Voici qui nous tient lieu, disait-il, de concert et
d'opéra durant les longues veillées d'hiver, au milieu de
cette forêt sauvage. — Il avait commencé à apprendre le
cor, pendant sa jeunesse, mais le médecin lui avait défendu de continuer. Grand amateur de musique, il se
livra à l'étude de la harpe. La femme savait un grand
nombre de belles romances, et le mari l'accompagnait.
Les enfants, de leur côté, avaient appris quelques petites
chansons appropriées à leur jeune âge, et chantaient ensemble comme les oiseaux de la forêt.

Le forestier les envoyait à l'école d'Aeschenthal, qui
était la paroisse la plus rapprochée. Dès que les fêtes de
Noël étaient passées et que les chemins de la forêt étaient
redevenus praticables, Christian et Catherine s'y rendaient journellement. Ce fut avec la joie la plus vive qu'Antoine les y accompagna, et bientôt il surpassa tous ses
condisciples. Son assiduité et ses dispositions naturelles
étaient des plus remarquables. Le forestier, de retour de
la chasse, prenait place dans son fauteuil près du poêle,
où pétillait un bon feu; ses enfants lui parlaient de leurs
progrès à l'école, et lui montraient ce qu'ils avaient
écrit. Antoine avait toujours le plus à dire : son écriture

---

[1] *Schilf* signifie *roseau* en allemand ; c'est un jeu de mots que la
traduction française ne saurait rendre.

était toujours la plus belle, et il sut bientôt lire avec la plus grande facilité. Après le souper, les enfants faisaient tour à tour la lecture ; mais c'était Antoine, qu'on écoutait avec plus de plaisir. — Il lit avec un naturel étonnant ! disait la femme du garde ; si on ne lui voyait pas un livre à la main, on ne croirait jamais qu'il lit une histoire, mais bien qu'il l'a entendue quelque part, et qu'il nous la raconte de mémoire.

Le plus beau jour pour les enfants était le dimanche. Ce jour-là, le forestier n'allait pas à la chasse, et ses enfants ne le quittaient pas. — Je consacre, disait-il, sans relâche et de bon cœur, six jours de la semaine au service de mon maître ; mais le dimanche est réservé au service d'un maître plus grand. Aussi bien faut-il que moi et mes bûcherons nous ayons un jour de repos après six jours de travail.

Le dimanche matin donc, plein de calme et de recueillement, il allait avec toute sa famille à l'église d'Aeschenthal. C'était un des plus grands plaisirs pour les enfants, surtout pendant le printemps et l'été. Le chemin menait tantôt à travers des collines touffues, tantôt à travers des vallons de verdure entourés de rochers boisés et d'arbres élevés. — Que la forêt est belle ! s'écriait Antoine ; avec quelle magnificence verdoient ces arbres sous les rayons du soleil levant! Vraiment, le dimanche, la forêt me semble plus belle encore que les autres jours ! On dirait que la verdure est plus brillante. Les oiseaux, sous la feuillée, chantent avec plus de gaieté au milieu du silence universel. On n'entend ni la cognée, ni les voitures, ni les coups de fusil ; la cloche de l'église retentit seule dans le lointain. Tout est calme et silencieux comme dans l'église même. — Toute la nature est solennelle comme un temple, disait le forestier. La forêt elle-même est le temple du Seigneur : dans sa toute-puissance, il a placé ces arbres comme des colonnes, et arrondi leur feuillage en voûte. Tout, depuis le chêne immense couvert de mousse, jusqu'à l'humble muguet caché sous nos pieds, proclame sa grandeur et sa bonté ; toute la terre, aussi

loin que s'étend la voûte céleste, est un temple élevé à sa
magnificence. C'est surtout le dimanche que nous devons
l'adorer sous ce dôme sacré, et contempler avec recueillement les prodiges de sa puissance. Dans ce temple
majestueux qu'il s'est bâti lui-même, nous pouvons admirer sa grandeur et sa magnificence infinies ; mais c'est
dans nos églises, bien qu'elles soient bâties de la main
des hommes, qu'il révèle surtout ses décrets et sa volonté
sainte. C'est par suite de cette bonté sans bornes qu'il a
voulu que son Fils revêtit la forme humaine et vînt nous
donner ses divins enseignements. A cette heure du jour,
dans les milliers de temples et d'églises de toute la chré-
tienté, on explique sa parole, et des millions d'hommes la
recueillent avidement. Vous aussi, mes enfants, soyez attentifs aujourd'hui à chaque parole du maître, et gardez-
la dans votre cœur.

Tels étaient leurs entretiens en allant à l'église ; en revenant, ils parlaient du sermon, et tous racontaient à l'envi
à leur père ce qui les avait le plus frappés. Ce jour-là, le
forestier était toujours d'une grande gaieté à table. — Rarement, disait-il, j'ai le plaisir de dîner avec vous pendant
la semaine ; le plus souvent je mange un morceau à la
hâte, dans la forêt, et, Dieu merci ! l'appétit ne me manque pas ; mais le dimanche, toujours, je mange de meilleur cœur, non que les mets soient plus savoureux, mais
bien parce que je dîne au milieu de vous. — Il se plaisait
à servir lui-même ses enfants. — Mangez, mangez, leur
disait-il, et remerciez Dieu de ses dons. — Après dîner, il
allait avec eux dans la forêt, leur apprenait à connaître
les diverses espèces de plantes, d'arbres et d'arbrisseaux,
dont il vantait la beauté et les propriétés diverses. —
Ainsi, comme vous voyez, disait-il, la Providence a pris
un soin tout particulier du moindre végétal, et l'a destiné
à l'usage de l'homme. La forêt est un livre, et sur chacune de ses feuilles on peut lire la sagesse et la bonté
de Dieu.

Le printemps et l'été, quand les soirées étaient belles,
la femme du forestier mettait le couvert, non loin de la

maison, sous le grand tilleul, où l'on avait dressé une
table et des bancs. Après le souper, on chantait encore
quelques beaux cantiques bien touchants. Le garde jouait
de la harpe, et les oiseaux de la forêt mêlaient leur ra-
mage aux chants et aux accords de l'instrument.

Antoine se trouvait très-heureux au milieu de ces braves
gens, parmi lesquels régnaient la piété, l'union, l'amour,
le travail, l'ordre et le contentement. — Dieu a pourtant
bien des bontés, disait-il souvent. Il n'aurait pu me conduire chez de meilleures gens sur terre. Du reste, l'honnête garçon était plein de reconnaissance et d'attentions
pour ses parents adoptifs. Quand le forestier revenait le
soir de sa tournée, Antoine s'empressait de lui apporter
ses pantoufles et son vieux surtout gris, aux parements
verts, qui lui servait de robe de chambre. Quand la femme
du forestier se trouvait devant l'âtre, à faire sa cuisine,
Antoine lui apportait spontanément du bois; bien souvent, pour lui épargner quelques pas, il courait lui-même
au potager lui chercher les herbes dont elle avait besoin.
Il allait au-devant de tous ses désirs. Son père adoptif eut
à se louer également de ses bons offices dans une circonstance toute particulière. Il avait coutume de dresser
les plans des forêts confiées à sa garde, et il les enlumi-
nait de diverses couleurs pour leur donner un aspect
agréable. Au coin de chaque carte se trouvait, en gros
caractères, le nom de la forêt, et, suivant la qualité du
bois, ce nom était entouré d'une couronne de sapins ou
de chênes. Antoine parvint bientôt à copier avec beaucoup d'habileté et d'exactitude les plans les plus compli-
qués. Quant aux enjolivements qu'il y ajoutait, il les ima-
ginait lui-même, et il réussissait si bien, que le forestier
en était étonné. Antoine dessinait, par exemple, un chien
sur lequel se trouvait un écusson portant le nom de la
forêt, et à côté, l'on voyait un sanglier qui cherchait des
glands. Quelquefois le nom de la forêt était gravé sur un
rocher couronné de sapins, au bas duquel reposait un
cerf aux bois fourchus. Enfin, il employait tous ses
moments de loisir à dessiner ou à peindre tantôt des

12

paysages, tantôt des animaux. Il ne trouvait pas un morceau de papier, ni une enveloppe de lettre, sans y tracer
un oiseau, une fleur ou une branche. Jamais on ne le

voyait inoccupé. Le forestier et sa femme le chérissaient
comme leur propre fils ; son exemple éveilla l'émulation
de leurs enfants, qui, grâce à lui, devinrent plus com-
plaisants et plus assidus au travail.

IV

SUITE DE L'HISTOIRE D'ANTOINE.

Un jour le forestier chargea Antoine de porter à Felseck,
château du village voisin, quelques bécasses. L'intendant
en voulait régaler un de ses amis qui était venu le voir.
Chemin faisant, Antoine passa près d'une cascade, dont
l'eau se précipitait, blanche comme la neige, du haut
d'un rocher au milieu de la sombre verdure des sapins.
Non loin de là se trouvait un étranger, vêtu d'un habit
bleu foncé, qui dessinait la cascade. Antoine s'approcha,
jeta par-dessus les épaules de l'inconnu un regard furtif,
et ne put s'empêcher de s'écrier : — Oh ! que c'est beau !
voilà de la peinture ! — Il demanda et obtint la permission
de voir le tableau de plus près. — On croirait, dit-il,

que cette toile n'est qu'un miroir dans lequel se reflètent
en petit la cascade, le rocher et les arbres. L'eau, claire
comme l'argent, s'élance du roc entr'ouvert, et l'écume
blanche brille au milieu des pierres couvertes de mousse.
Que la mousse de cette pierre est fraîche et belle ! Ne
voudrait-on pas l'en détacher ? Que ces sapins sauvages
s'élèvent avec fierté ! Vous venez d'ajouter là au tableau
un cerf qui se désaltère au ruisseau. Quelle légèreté dans
ses jambes ! On voit bien avec quelle rapidité il court à
travers monts et vaux. Les cerfs que je dessine se tiennent si mal sur leurs jambes, qu'on s'attend à les voir
tomber d'un instant à l'autre. Je ne sais comment leur
donner de la vie.

Le peintre prit plaisir aux éloges naïfs de l'enfant, et
surtout au sentiment de l'art dont il avait fait preuve. —
Ainsi donc, lui dit-il en souriant, tu es un petit peintre ?

— Hélas ! répondit Antoine, je m'étais toujours cru,
non pas un petit peintre, mais bien un grand peintre ;
maintenant, je vois que je ne suis qu'un barbouilleur.

— Néanmoins je désire voir tes dessins. Je reviendrai
un de ces jours, et j'espère bien que tu me les montreras.
Que sont tes parents et d'où viens-tu ?

— Je ne suis qu'un pauvre orphelin. M. Grünenwald,
le forestier, m'a adopté.

— C'est donc un de tes parents ? peut-être le frère de
ton père ou celui de ta mère ?

— Mon Dieu non ! Je suis entré dans sa maison sans
qu'il m'ait connu auparavant. Lui et sa femme m'ont reçu
chez eux et m'ont traité comme leur propre enfant.

— C'est bien ! très-bien ! mais raconte-moi ton histoire. — Antoine la raconta en détail. Le peintre, après
l'avoir écouté attentivement, s'écria : — Le forestier et sa
femme sont en vérité de braves gens. Salue-les de ma
part, et dis-leur que demain, pendant la journée, je viendrai les voir pour les remercier, au nom de l'humanité,
de tout le bien qu'ils t'ont fait.

M. Riedinger (c'était le nom du peintre) était venu au
château, quelques jours auparavant, pour remettre à neuf

quelques vieux tableaux. Il avait profité de l'occasion
pour dessiner les sites pittoresques qu'il avait remarqués
dans la forêt. Le lendemain même, vers le soir, il alla
voir le garde. L'amitié ne tarda pas à lier ces deux hommes probes et honnêtes, qui, du reste, partageaient les
mêmes sentiments. Le peintre demanda à voir les dessins

LOUIS.   L. MONCECAL.

d'Antoine. Le forestier en fit un éloge pompeux et les
déclara parfaits. Antoine, au contraire, se tint tout honteux près de la porte. — Vous verrez, dit-il en rougissant,
que mes dessins sont tout à fait mauvais. — Le peintre
l'engagea néanmoins à les montrer, et Antoine les lui fit
voir. M. Riedinger les examina avec soin, et sourit à plusieurs reprises. Malgré les nombreuses critiques qu'il en
fit, il parut, en somme, très-satisfait. — En vérité, dit-il

au forestier, cet enfant promet de devenir un grand peintre. Monsieur Grünenwald, confiez-le-moi ; vous n'aurez
pas à vous en repentir. — Je vous prends au mot, repartit
le forestier : depuis longtemps je m'étais creusé la tête
pour lui créer un avenir. Il a treize ans, et l'école d'Aeschenthal ne peut guère plus lui profiter. L'état de forestier
ne convient nullement à sa nature douce et compatissante ; il a plutôt le tendre caractère de sa mère que le
naturel bouillant de son père. Ainsi donc, si vous croyez
pouvoir en faire un bon peintre, prenez-le sous votre direction. Quel sera le prix de vos leçons ?

— Oh ! pour cela, laissez-moi faire. N'est-ce pas vous
qui m'avez appris, par votre généreux exemple, comment
l'on doit recueillir de pauvres orphelins? Une belle action
entraîne toujours à sa suite une autre belle action, comme
un flambeau allume un autre flambeau. Tout cela s'arrangera très-facilement et ne vaut pas la peine qu'on en
parle. Dès que j'aurai achevé les travaux que j'ai entrepris
au château, Antoine, si toutefois il y consent, m'accom-
pagnera à la ville, et je ferai mon possible pour faire de
lui un véritable artiste. »

Antoine sauta de joie. Mais quand le moment du départ
fut arrivé, quand le peintre qui devait l'emmener se
trouva devant la porte, alors le pauvre enfant fondit en
larmes. — Ne pleure pas, Antoine, lui dit le forestier, il
n'y a qu'un pas jusqu'à la ville ; nous viendrons te voir
souvent, et nous t'attendrons chez nous les dimanches et
les jours de fête. Oui, monsieur Riedinger, je vous im-
pose la condition suivante : Antoine viendra nous voir
quelquefois, et passer au sein de notre famille les fêtes de
Noël. Vous le permettez, n'est-ce pas ? — Volontiers, répondit le peintre, et si toutefois cela ne vous déplaît point,
je l'accompagnerai toujours. — On se serra la main ; Antoine exprima toute sa gratitude à ses parents adoptifs,
qui, de leur côté, l'engagèrent à aimer et à vénérer
comme un père le noble bienfaiteur qui faisait tant pour
lui. Antoine monta en voiture, comblé des souhaits les
plus sincères, et partit avec le peintre.

L'excellent M. Riedinger tint parole sous tous les rapports. C'était un véritable plaisir pour lui de donner des
leçons à un élève aussi intelligent. Ils allèrent souvent
voir le forestier, et passèrent même près de lui quelques
jours pour dessiner les sites agrestes de cette contrée
montueuse et hérissée de forêts. Le maître faisait toujours
l'éloge de son disciple. — Entre-nous, dit-il au forestier,
Antoine deviendra un artiste dont je ne serai pas digne
de broyer les couleurs.

Quelques années après, M. Riedinger, accompagné de
son élève, revint voir le forestier et passa chez lui les
saints jours de Noël. Antoine était alors à la fleur de l'âge.
Après le souper, la conversation se prolongea entre le
peintre, le forestier et sa femme. Les enfants du garde et
Antoine s'étaient retirés pour se livrer au sommeil. Les
deux époux avaient remarqué que le peintre était vivement préoccupé et qu'il désirait leur faire part de quelque projet. A la fin, M. Riedinger leur dit : — J'ai fait
pour Antoine tout ce que j'ai pu ; maintenant il faut qu'il
voyage et fasse un tour en Italie. Sans doute ce serait une
forte dépense, mais je la crois nécessaire : jamais capital
ne sera mieux placé ; je puis vous garantir de gros intérêts. Les frais de voyage dépassent beaucoup la fortune
d'un simple particulier, mais j'ai mûri mon projet. D'abord
il est entendu qu'Antoine ne voyagera pas entièrement
au compte d'autrui : il faut qu'il y contribue par son travail.
Malgré cela, une somme assez ronde lui est indispensa-
ble pour lui permettre de vouer quelques heures à l'étude
de son art. Quant à moi, je ferai mon possible. Encouragé
par votre noble conduite, je me suis mis en tête de faire
d'Antoine un artiste, sans exiger le prix de mes leçons.
— Les tableaux qu'il a peints jusqu'à ce jour m'ont toujours été bien payés. J'ai mis cet argent de côté et je l'ai
destiné au voyage ; mais la somme est loin d'être suffisante, je m'adresse à votre bonté pour le surplus : le sacrifice que je vous demande est sans doute considérable, mais ne faut-il pas achever ce que vous avez commencé?

Ce fut avec une joie bien vive que l'honnête forestier apprit la bonne conduite et les rapides progrès d'Antoine. Possesseur d'une petite fortune, il demanda d'un regard significatif le consentement de sa femme. L'ayant obtenu, il serra la main du peintre en signe d'assentiment. — Eh bien, lui dit-il, je payerai le surplus, si mes moyens me le permettent. — On fit le calcul approximatif des frais du voyage, et l'on convint qu'Antoine se mettrait en route au printemps prochain. Le lendemain matin, un traîneau ramena en ville M. Riedinger et son élève. — Le forestier et sa femme profitèrent de l'hiver pour faire les prépara- tifs du voyage de leur enfant adoptif. On acheta du drap pour son équipement. Le garde chercha sa propre malle et la fit recouvrir d'une peau de chevreuil ; sa femme et ses deux filles se livrèrent à de nombreux travaux d'ai- guille et veillèrent à ce que le linge d'Antoine fût au grand complet. — Le jeune artiste passa les premiers jours du printemps près de sa famille adoptive.

Le forestier n'oublia pas de lui donner quelques con- seils d'ami, de lui recommander la prudence et de lui prodiguer de nombreux témoignages d'affection. Le brave homme eut soin de faire lui-même la malle. Toutes les fois que la bonne mère lui remettait quelque objet à em- baller, Antoine ne pouvait cacher son émotion. — Que ne vous dois-je pas ! s'écriait-il, mes propres parents, s'ils vi- vaient encore, ne pourraient faire davantage pour moi. — La malle fut envoyée à l'adresse d'un célèbre peintre, à qui M. Riedinger avait recommandé Antoine ; car ce der- nier se proposa de faire tout le voyage à pied. Christian, son ami de cœur, avait eu soin d'acheter un petit havre- sac, qui pouvait contenir les effets de première néces- sité.

Enfin, le jour du départ arriva. Antoine manifesta le désir d'aller faire d'abord ses adieux à M. Riedinger et de se mettre ensuite directement en route. La femme du forestier prépara un dîner d'adieu, auquel toute la famille assista. Ce fut une douce, une touchante fête. Le garde porta les yeux sur les convives : un silence mélan-

colique régnait partout : — Mais ne soyez donc pas si
tristes, mes chers enfants, et toi, ma femme, sèche tes
larmes. Il n'y a plus à y revenir. Les fils parvenus à l'âge
de maturité doivent aller dans le monde, et vous mes
filles, vous quitterez aussi bientôt le toit paternel. Du
reste, des montagnes et des vallées ont beau nous séparer, nos âmes resteront toujours unies. La séparation est
sans doute bien triste, mais le revoir, ici-bas ou là-haut,
en sera d'autant plus doux.

C'est ainsi que le brave homme, par ses entretiens con-
solants, sut ramener la joie parmi ses convives. Il fit
apporter une bouteille de vieux vin, qu'on avait réservée
pour les grandes occasions; il en versa à sa femme et à
ses deux filles, malgré leur refus. — Il faut du vin aux
affligés, leur dit-il en souriant. » Antoine et Christian ne
se firent pas prier, et tendirent leurs verres. A la fin du
repas, le forestier prit le sien en disant : — A ta santé,
Antoine, à un bon voyage, à un joyeux retour ! — Dieu
le veuille! dit la femme en choquant son verre et en
humectant ses lèvres. Christian, Catherine et Louise
burent aussi à la santé du jeune homme. Tout le monde
avait lès larmes aux yeux. Antoine était le plus affligé de
la société; il ne put retenir ses pleurs, et s'écria : — Oh!
mes chers parents, que n'avez-vous pas fait pour moi?
Que serais-je sans vous? Non, jamais je ne pourrais me
montrer assez reconnaissant; que Dieu vous récompense!
qu'il me mette à même de pouvoir prouver un jour à vous
et à mon frère et à mes sœurs toute ma gratitude pour
les bienfaits dont vous m'avez comblé!

— Oui, mon cher Antoine, dit le forestier, nous faisons
beaucoup pour toi, je suis forcé d'en convenir; et peut-
être trop, si je jette les yeux sur mes propres enfants;
car, quant à moi et à ma chère femme, nos besoins sont
bien bornés. Nos cheveux commencent à grisonner. Tant
que nous vivrons, nous aurons toujours notre pain du
jour. Mais, mon cher Antoine, s'il arrivait qu'un de nos
enfants tombât dans la misère, alors souviens-toi que nous
t'avons secouru quand tu étais dans l'indigence, et retire-

le du malheur. Promets-le-moi, Antoine! N'est-ce pas que tu n'abandonneras pas tes frère et sœurs? — Oh non! oh non! mon père, s'écria Antoine en lui tendant la main; je serais l'homme le plus ingrat que la terre ait porté, si j'oubliais vos bienfaits. Non, jamais ils ne sortiront de ma mémoire. Mon plus grand bonheur serait de vous prouver, à vous et à toute votre excellente famille, combien je vous suis attaché.

— J'ajoute foi à tes paroles, dit le garde. Mais il est temps de nous séparer. — Il se leva en disant : — Agenouille-toi, mon cher enfant, que je te donne la bénédiction paternelle. — Antoine se mit à genoux. Le forestier leva ses regards vers le ciel. Son port et son visage avaient quelque chose d'imposant et de solennel. Après avoir béni le jeune homme, il lui dit : — Que Dieu guide tes pas! qu'il te préserve du péché et qu'il te ramène pur et sans tache dans mes bras! — La bonne mère et ses enfants avaient entouré le forestier, les mains jointes et les regards en pleurs; ils s'écrièrent tous d'un voix émue : *Amen!*

Le forestier releva Antoine, et, le pressant sur son cœur : — Eh bien! pars, et que Dieu t'accompagne; pense toujours à lui, et n'oublie pas que son regard te suit partout. Aie assez de respect pour toi-même pour ne jamais te livrer au vice. Les biens et les jouissances de la terre sont trop payés si on les achète aux dépens de sa conscience. Souviens-toi que Dieu ne nous a pas faits uniquement pour le peu de jours que nous avons à passer ici-bas, et que l'éternité nous attend. Évite non-seulement le mal, mais aussi l'occasion d'y tomber. Fuis surtout ces hommes dangereux qui tournent en dérision les pieuses croyances de nos pères et la pureté de leurs mœurs. Encore une fois, mon fils, adieu, que Dieu soit avec toi!

La femme du garde lui dit, les yeux gonflés de larmes : — Mon cher Antoine, regarde ces yeux rougis de larmes, ces joues humides! Au nom de ces larmes, je te conjure de rester toujours fidèle à Dieu, et de ne jamais t'écarter du sentier de la vertu! Souviens-toi de ces larmes à l'heure de la tentation! Jusqu'à ce jour, tu as toujours fait notre bonheur. Ne nous afflige jamais! Je pleure maintenant, il est vrai, mais mon cœur ne manque pas de consolation! Si un jour j'apprenais que tu t'es livré au vice, alors mes larmes seraient trop amères. Ne néglige pas les tendres conseils que ton père et ta mère viennent de te donner; n'oublie jamais les dernières paroles de ta pauvre mère sur son lit de mort, ne les oublie jamais; adieu!

Toute la famille accompagna, presque jusqu'à l'issue de la forêt, le jeune homme livré à ses tristes émotions. Enfin, tout le monde lui dit encore une fois adieu. — Antoine partit; la famille du forestier s'arrêta. Il se tourna maintes fois encore en agitant son chapeau. Le garde et son fils lui répondirent de même, la mère et ses filles laissèrent flotter leurs mouchoirs blancs jusqu'à ce qu'il eût disparu, avec son bâton et son sac de voyage, derrière une colline boisée.

V

LE PRÉSENT DE NOEL.

La sainte veille de Noël était arrivée pour la troisième fois depuis le départ d'Antoine. Le garde et son fils Christian retournèrent chez eux de meilleure heure que de coutume. Le froid était très-intense. Le couchant jetait ses teintes de pourpre sur les croisés de la chambre; les vitraux ronds, couverts de givre, brillaient comme des rubis sous l'éclat de l'horizon enflammé. Le forestier s'assit dans son fauteuil près du grand poêle; il eut soin de le garnir de bûches, car on pouvait l'ouvrir dans la chambre même [1]. La flamme jeta bientôt une vive lumière

---

[1] Pour l'intelligence de ceci, il faut dire que l'usage en Allemagne

dans tout l'appartement, et se refléta sur les vitraux, dont l'éclat fut augmenté. Sur ces entrefaites, la femme du forestier entra. — N'est-il pas arrivé de lettre d'Antoine? demanda celui-ci. — Mon Dieu non! répondit-elle tristement. — C'est étonnant, répliqua le forestier en secouant la tête; jamais il n'a manqué de nous écrire pour les fêtes de Noël. Ses lettres étaient toujours pleines de détails et nous causaient la joie la plus vive. Pourquoi ne nous écrit-il point?

Le forestier avait à peine parlé, qu'un messager entra, les cheveux blanchis par les frimas. Il tenait une lettre en main et portait sur le dos une caisse neuve en sapin, plate, mais assez large et très-haute; ce qui l'obligea de se baisser pour entrer dans la chambre. — Il y a sans doute un miroir dans cette caisse, s'écria Catherine. Le messager remit la lettre au forestier et se débarrassa de son fardeau. — La lettre est de M. Riedinger, dit le forestier; c'est étonnant. Je commence à craindre qu'un malheur ne soit arrivé à Antoine. — Il s'empressa d'ouvrir la lettre et la parcourut avidement des yeux à la lueur que jetait le poêle. — Imaginez-vous, s'écria-t-il avec joie, qu'Antoine nous envoie de Rome un tableau pour présent de Noël. Il l'a envoyé, roulé, à M. Riedinger, en le priant de le faire richement encadrer et de nous le faire parvenir pour ce soir même. Au dire de M. Riedinger, ce tableau est un véritable chef-d'œuvre. Quel bon jeune homme que cet Antoine! que j'aurais de plaisir à le serrer dans mes bras! Catherine, s'écria-t-il, apporte au brave messager un verre de vin, en attendant le souper; cela lui fera du bien, car il fait terriblement froid dehors. — Le messager accepta le vin, mais refusa le souper. — J'ai promis, dit-il, à quelques parents d'Aeschenthal de passer chez eux la veille et la fête de Noël. — C'est bien, répliqua le forestier. — Il l'engagea à vider son verre, lui paya généreusement sa course et le congédia.

est de se tenir dans la salle contiguë à la cuisine. C'est dans celle-ci que l'on éclaire le poêle qui échauffe ainsi les deux pièces en même temps.

— Maintenant, dit le forestier, approchez tous. Voici une lettre de M. Riedinger, qui en renferme une autre d'Antoine ; je vais vous lire cette dernière.

— Je veux d'abord chercher une chandelle, dit Louise.

— C'est bien, dit le forestier ; je lirai plus commodément ; mais dépêche-toi. — Louise apporta la chandelle dans un beau flambeau de cuivre. Toute la famille, avide de nouvelles, se rangea en cercle, et le forestier fit la lecture suivante :

« Mes bons parents, mes chers frère et sœurs ! je vous « envoie pour présent de Noël un tableau auquel j'ai « donné tous mes soins. Il représente le Sauveur dans sa « crèche. Plusieurs artistes m'ont assuré que je n'avais « pas mal réussi. Quand il ne vous causerait que la moitié « du plaisir que j'ai eu de voir votre imitation de la crè- « che de Jésus lorsque j'entrai pour la première fois chez « vous, votre joie, certainement, ne serait pas médiocre.

« Que n'ai-je pu partir avec ce tableau, pour vous le « remettre en personne ! Du reste, le pays que j'habite est « magnifique. Au moment où je vous écris, l'hiver est « revenu depuis longtemps chez vous avec le mois de

« novembre ; le toit de votre maison, les sapins et les
« chênes d'alentour, gémissent sous le poids de la neige.
« Ici brillent encore les citronniers et les orangers avec
« leurs fleurs argentées et leurs fruits d'or. Toutefois, au
« milieu de cette belle nature, je regrette le foyer rusti-
« que où j'ai passé les instants les plus heureux de ma
« vie.

« C'est grâce à votre bonté que je vis sous le beau ciel
« de l'Italie, et que je suis devenu artiste, si toutefois je
« mérite ce nom. Cette manière naïve de représenter
« la crèche de Jésus à vos enfants, quelque imparfaite
« qu'elle ait été, a réveillé mes dispositions naturelles.
« Elle est toujours présente à mes yeux. J'ai vu bien des
« chefs-d'œuvre d'une supériorité incontestable, mais
« aucun n'a excité en moi le même enthousiasme. Hélas !
« rien ne vaut les jours heureux de l'enfance ! Tous les
« objets empruntent un éclat magique aux rayons dorés
« du matin. — Pourquoi ces heures fuient-elles si rapi-
« dement?

« Maintenant que vous lisez ma lettre, que vous con-
« templez mon tableau, je suis en esprit parmi vous. —
« Je me reporte avec émotion au soir où j'entrai, à moitié
« mort de froid, sous votre toit agreste, où ma bonne
« mère me rappela à la vie avec de bons aliments chauds,
« où vous m'adoptâtes pour votre fils, où Christian,
« Catherine et Louise me donnèrent avec tant de joie une
« partie de leurs jouets. — O mon père bien-aimé ! je
« vous baise les mains avec respect et reconnaissance,
« ainsi qu'à ma bonne mère. J'embrasse mon frère et mes
« sœurs. Je me réjouis d'avance de pouvoir vous dire
« dans quelques années, non plus seulement en esprit et
« de loin, mais face à face, combien je suis de tout cœur

« Votre dévoué et bien affectionné,

« ANTOINE. »

Rome [1], 15 novembre 1756.

[1] Rome, la ville éternelle, théâtre de toutes les grandeurs et de toutes

— Quelle lettre touchante ! dit le forestier en s'essuyant les yeux. Non vraiment, nous n'avons pas fait assez pour ce bon jeune homme. J'avais fondé sur lui de grandes espérances, mais il les a dépassées ; jamais je n'aurais cru qu'il me causerait tant de bonheur. Toutefois, dit-il en souriant, je crois qu'il est temps d'aller souper ; nous regarderons ensuite le tableau. — Non, non, s'écrièrent tous les enfants à la fois. Voyons-le tout de suite. — Le souper peut attendre, ajouta Louise ; je cours chercher encore une chandelle, afin que nous puissions mieux le contempler.

Christian apporta un ciseau, un marteau, et ouvrit la caisse. — Quelle beauté ! quelle grâce ! s'écrièrent-ils tous ensemble ; quelles formes célestes ! quel admirable coloris ! — Le forestier plaça la peinture sur la table, entre les deux flambeaux allumés. Tous les yeux étaient fixés dessus. La femme du garde joignit pieusement les mains, en disant : — En vérité, l'on ne peut rien voir de plus beau ! il me semble que je suis présente à la crèche de Jésus ! Avec quelle douceur, quelle bonté, nous regarde le divin Enfant ! on dirait qu'à son entrée dans le monde il nous souhaite à tous la bienvenue ! Comme Marie, à genoux près de la crèche, le contemple avec tendresse, avec amour ! D'une main elle tient son fils, de l'autre elle calme les battements de son cœur maternel, et, dans sa joie, elle oublie près de l'aimable Enfant toute la misère de l'étable ! Avec quelle dignité Joseph se tient debout près d'elle ! avec quelle ferveur, les mains jointes, il lève ses regards vers le ciel. Comme ces bergers ont un air patriarcal ! avec quelle vénération, quel recueillement, ils sont prosternés ! Et les anges au-dessus ! quelle beauté céleste ! comme ils planent légèrement ! Comme l'auréole

les vicissitudes du monde, après avoir perdu sa puissance et sa gloire, a conservé de ses splendeurs éteintes d'offrir des modèles admirables de toutes les beautés de l'art aux jeunes artistes de toutes les parties du monde qui viennent se presser dans les musées de la ville chrétienne pour y puiser le génie et s'instruire des exemples des temps qui ne sont plus.

qui entoure l'Enfant jette une vive lumière sur tous les
objets d'alentour, et efface même l'éclat des anges! En
vérité, il faudrait avoir un cœur de pierre pour ne pas se
sentir touché de voir naître ainsi le Sauveur, et ne pas
célébrer avec les anges la gloire de Dieu!

Jusque-là le forestier n'avait cessé de fixer les yeux sur
le tableau, sans dire une parole. Il rompit enfin le silence,
et comme s'il sortait d'un rêve : — Oui, dit-il, tu as raison! Cette sainte histoire, si bien peinte ici, si bien encadrée, laisse une impression toute nouvelle, toute particulière dans le cœur! Je vais essayer de vous dire tout
ce que j'y trouve et tout ce qu'elle me fait éprouver. — Il
avança son fauteuil, s'assit à quelques pas du tableau, de
façon à le voir sous le meilleur jour, et parla de la manière suivante : — Mes chers enfants, portons d'abord les
yeux sur l'Enfant divin dans la crèche ; pendant quelques
instants nous laisserons de côté sa naissance divine, nous
le considérerons d'abord comme un enfant des hommes.
Faible et sans secours, le voilà couché dans de pauvres langes, sur un peu de foin et de paille : mais sa mère lui sourit
tendrement et s'apprête à lui prodiguer tous ses soins. Son
père nourricier se tient attentif à leurs côtés; son bras
vigoureux saura protéger la mère et l'enfant, et sa main les
nourrira de son travail. Un père fidèle, une mère aimante,
et un enfant qui saura reconnaître l'amour de ses parents
aussitôt qu'il aura connaissance de lui-même, voilà le plus
beau des spectacles sur la terre, et dont les anges eux-
mêmes se réjouissent dans le ciel ! Cette belle trinité : un
père, une mère et leur enfant, c'est Dieu lui-même qui l'a
formée. En voyant cet enfant dans sa crèche, dites-vous
à vous-mêmes : Moi aussi j'ai été un faible enfant. J'ai
été jeté sur la terre, à la merci des hommes. J'aurais péri de
misère, si mes parents ne m'avaient recueilli avec amour !
Mais c'est avec joie et en remerciant le ciel qu'ils ont reçu
le jeune étranger, et tout était déjà préparé pour son arrivée. Ma mère m'a couvert de mes premiers vêtements,
de mes langes, qu'elle a filés, blanchis et cousus de ses
mains ! Elle n'a pensé nuit et jour qu'à prévenir mes

moindres besoins. Quand je dormais, elle restait à mon berceau. Que de nuits elle a passées sans sommeil, uniquement par amour pour moi ! Notre bon père a partagé ses soins et a travaillé pour tous deux. Répétez ces paroles, mes enfants, et remerciez Dieu qu'il vous ait donné des parents aussi bons ; car c'est lui qui, par affection pour vous, a mis quelque chose de sa bonté ineffable dans le cœur de votre mère ; c'est lui qui a communiqué une partie de son amour infini à l'auteur de vos jours, et qui lui a donné des entrailles de père. Mais n'oubliez pas non plus vos parents. Un fils ou une fille qui oublierait ce que leur mère a souffert pour eux, ce que leur père a fait pour les nourrir, les vêtir et les élever, seraient des enfants dénaturés.

Maintenant, mes enfants, que nous avons contemplé la sainte Famille, levons les yeux vers les anges qui planent au-dessus, et jetons un regard sur les animaux de l'étable ; nous reconnaîtrons par là la dignité et la destination de l'homme. Mais admirez encore une fois la sainte Vierge avec son doux visage empreint d'une céleste innocence et d'une ineffable tendresse. Considérez la noble pose du vénérable Joseph : comme il élève, dans une sainte extase, ses regards vers le ciel ! Voyez le bel Enfant, dont le visage sourit avec tant de douceur, et dont les yeux brillent comme des étoiles ; et maintenant, regardez les têtes grossières et hérissées de poil du bœuf et de l'âne. — Quelle lourdeur ! quelle stupidité ! comme leur museau est saillant et fait voir qu'ils ne pensent qu'à la pâture, et qu'ils sont incapables de songer à rien de plus élevé et de plus noble ; ils n'ont pas même la douceur du sourire. Oh ! qui ne voit pas là combien l'homme est un être plus sublime ! Il appartient certainement à un ordre de créatures plus élevé. L'homme le plus grossier se croirait insulté si on lui disait : « Tu ne vaux pas mieux que le bœuf qui traîne « la charrue, que l'âne qui porte les sacs au moulin, et « qui deviennent ensuite la pâture des vers. » Non, l'homme a bien plus de ressemblance avec les anges de Dieu, qui connaissent leur Créateur, qui se réjouissent de sa présence et chantent ses louanges. L'homme est le seul être, sur la terre, qui puisse les imiter. Malgré quelques traits de ressemblance avec l'animal, il se rapproche bien plus des anges du ciel. Il vient au monde, il est vrai, au milieu des pleurs et des gémissements; il a bien des douleurs à essuyer, bien des souffrances à traverser, jusqu'à ce qu'il ait atteint l'adolescence ; puis il se flétrit bientôt, pareil à l'herbe des champs, et tombe en poussière comme les animaux. Mais l'homme a une âme immortelle; c'est un ange caché sous un corps débile. Dès qu'il quitte son enveloppe, l'ange est formé, si toutefois il a accompli sa destinée ici-bas, et obéi constamment aux ordres du Seigneur.

Le peintre a mis fort à propos, à côté de ces grands animaux, un agneau et une corbeille de fruits. Placés au pied de la crèche, l'on remarque que ce sont des présents qu'on a faits au nouveau-né. Tous les êtres de la création sont soumis à l'homme. Il dompte les animaux les plus forts, et les contraint à le servir ; la brebis lui donne son lait et sa toison, et la terre lui prodigue ses fruits les plus beaux. Dieu a mis l'homme presque au niveau des anges ; il l'a couronné de majesté et de grandeur, l'a nommé le maître de l'univers, et a mis tout à ses pieds.

Le lieu même où nous trouvons l'enfant et ses parents, cette misérable crèche, cette pauvre étable, n'est pas sans importance. — L'homme n'a pas besoin de palais pour accomplir sa destinée ; sous le plus humble chaume, il peut vivre heureux et mourir en paix. Tout, dans cette étable, indique l'indigence et la pauvreté. L'homme, pour être véritablement heureux, pour être digne des honneurs les plus mérités et de la noblesse la plus réelle, a-t-il besoin de soie et de velours, d'or et d'argent? C'est précisément dans les choses les plus importantes que Dieu n'a pas établi de différence entre les hommes. — Une pauvre étable abrite les êtres les plus parfaits et les plus purs qui aient jamais paru sur terre.

Tout ce que je vous ai dit jusqu'à présent. mes en-

fants, est fécond en joies et en consolations; toutefois,
nous n'avons encore vu de l'histoire que ce qu'elle a de
beau sous le point de vue humain. L'origine céleste et la
haute mission de l'Enfant divin, voilà le point essentiel;
car Jésus-Christ, le Fils de Dieu fait homme, est venu sur
cette terre pour sauver les hommes éloignés du Seigneur,
déchus de leur dignité première et tombés dans les voies
de la perdition. En lui s'est révélée la bonté infinie de
l'Éternel; en lui nous avons vu la Divinité sous une
forme humaine. Il est né au sein de la pauvreté, son berceau fut une crèche; il n'avait pas où reposer sa tête en
ce monde, et il mourut, sur la croix, de la mort des malfaiteurs. Cependant, sans moyens humains, sans richesses, sans armées, par sa divine sagesse, son amour et la
puissance de sa parole, il a changé la face de l'univers; il
a éclairé la race humaine, l'a ennoblie et arrachée à la
perdition : — il a prouvé ainsi sa divine origine! — Le
peintre, dans son tableau, fait allusion à ces grands événements. Voyez, la nuit règne tout alentour, de profondes
ténèbres couvrent la contrée; la lumière qui émane de
l'Enfant divin éclaire seule la scène. Ainsi, à la naissance
de Jésus-Christ, les ténèbres de l'ignorance et du paganisme enveloppaient la terre; mais avec Jésus apparut la
lumière qui éclaire tout homme venant en ce monde. Les
humains étaient plongés dans le péché et dans le vice;
un grand nombre étaient abrutis comme les bêtes de l'é-
table; beaucoup même, à force de désordres, s'étaient
ravalés au-dessous de la brute; mais tous ceux qui crurent en la parole du Christ devinrent meilleurs et furent changés par lui en saints, en anges, sous une forme
humaine. Le malheur de l'humanité avait égalé son ignorance et sa perversité. Mais voyez quel est déjà le bonheur
de ceux qui entourent la crèche et se réjouissent de la
naissance du Sauveur.

En présence du Rédempteur qui vient de naître,
Marie, Joseph et les pasteurs se sentent au-dessus de
toutes les misères humaines. Lui, qui vint en ce monde
pour racheter les hommes du péché, pour leur apporter

le bonheur véritable et la paix du ciel, commença dès sa
naissance l'œuvre de la régénération. Ces paroles de
l'ange retentissent encore à toutes les oreilles : « Je vous
annonce une bonne nouvelle : un Sauveur vous est né ;
c'est le Christ, le Seigneur. »

Tous les hommes ont accès près de lui ! Il s'est ma-
nifesté d'abord à des gens pauvres et simples, à des pasteurs ; sa mère est pauvre aussi ; son père nourricier est
un ouvrier qui gagne son pain à la sueur de son front.
Déjà, dans sa crèche, Jésus nous enseigne que les richesses, le rang et la sagesse humaine n'ont aucune valeur
à ses yeux. Il ne demande qu'à rassembler autour de lui
des gens de bonne volonté, comme Marie, la vierge sainte,
Joseph, ce juste, les pasteurs, ces hommes pieux, pleins
de la crainte du Seigneur et du sentiment de leurs devoirs. Cependant il ne repousse pas le pécheur le plus
perverti, qui reconnaît sa faute et s'amende sincèrement.
Le nom du divin Enfant l'indique déjà ; aussi l'ange, en
annonçant à Marie la volonté divine, lui dit-il : Tu le
nommeras *Jésus*. Aussi répéta-t-il à Joseph : tu l'appel-
leras Jésus, ce qui veut dire sauveur ; car il sauvera son
peuple du péché. La race humaine, plongée dans le vice,
était destinée à devenir son peuple, un saint peuple devant le Seigneur ; c'est pour cela que nous voyons le ciel
entr'ouvert au-dessus de la crèche de Jésus. Il a voulu
nous rouvrir les portes du ciel, fonder sur la terre un
royaume divin et réunir ainsi de nouveau le ciel et la
terre. Les saints anges s'en réjouissent, ils entonnent des
chants d'allégresse, célèbrent la gloire de Dieu et félici-
tent les hommes du salut que le Christ est venu leur apporter.

Toutes les promesses que renfermait la crèche de
Jésus, le Christ les a réalisées, malgré les obstacles inouïs
que lui opposaient l'ignorance et l'opiniâtreté des hommes, malgré le grand nombre des malheureux pour lesquels sa naissance et sa mort ont été sans fruit. Il fonda
un royaume céleste sur la terre, et son œuvre a subsisté.
Beaucoup de conquérants ont fondé des empires ; mais

ces empires ne leur ont pas survécu longtemps, et se sont même quelquefois écroulés de leur vivant. Seul, le royaume de Jésus, le christianisme, s'est toujours agrandi et subsiste encore aujourd'hui. Des peuples entiers se convertirent à sa croyance, et des monarques puissants ornèrent leur couronne de sa croix. Les antiques barbaries du paganisme, les sacrifices humains et les autres atrocités disparurent des pays chrétiens. Il s'éleva une multitude de temples et d'églises où l'on adora le vrai Dieu et où l'on enseigna la sainte vérité. Un nombre immense d'écoles, de maisons de refuge et d'hospices, durent le jour à la charité chrétienne. Sans ces pieuses fondations, que d'enfants, de pauvres et de malades périraient dans l'ignorance, le vice et la misère! Des millions d'hommes accablés sous le péché ont retrouvé la paix de leur conscience et sont redevenus vertueux; et maintenant encore, malgré les progrès de l'incrédulité et de la corruption, que de cœurs qui battent pour cette sainte croyance et y puisent la force au milieu des peines de la vie et des angoisses de la mort! Aujourd'hui même, on annonce encore l'Évangile, *la bonne nouvelle*, aux idolâtres, et des hordes sauvages se convertissent à la foi, accueillent avec joie la vérité sainte et adoptent des mœurs plus humaines : aussi le jour de la naissance de Jésus est-il l'époque la plus importante de l'histoire des peuples, et c'est avec raison que nos pères, dans leur sagesse, ont fait de ce jour une ère nouvelle.

Chaque anniversaire doit donc nous rappeler que le jour de la naissance du Christ est celui de la naissance de la lumière et du salut pour les hommes qui lui ouvrent leurs yeux et leurs cœurs; le jour où l'humanité a trouvé son bonheur véritable et a été rendue à la lumière et à sa dignité primitive. Ainsi, mes enfants, pendant cette veillée et le jour qui la suit, rendons de nouveaux hommages au Sauveur, et mêlons nos cantiques à ceux des anges.

Ainsi parla le garde : sa femme ajouta avec émotion :
— Oui, mes enfants, suivons les conseils de votre père. Le

précieux tableau qu'Antoine nous a envoyé est le plus
beau présent de Noël, qu'Antoine, ou tout autre, fût-il
prince, ait pu nous faire. Le recueillement avec lequel
vous avez écouté les pieuses observations de votre père
est la meilleure manière de fêter dignement cette sainte
veillée. Recevons avec gratitude le salut que Dieu nous a
préparé par la naissance de son Fils ; alors nous pourrons
dater notre rédemption du jour de la naissance du Sauveur.

VI

MALHEURS ARRIVÉS AU FORESTIER.

Depuis le départ d'Antoine, le brave forestier avait
passé au sein de sa famille plusieurs années de paix et
de bonheur. Ses enfants étaient devenus grands. Christian était maintenant un jeune homme robuste ; Catherine
et Louise étaient de jeunes filles dans la fraîcheur de
l'âge ; tous bien élevés et d'une conduite irréprochable. Le
bon père éprouva peu à peu les incommodités de la vieillesse qui s'approchait. Il résolut de se démettre de ses
fonctions en faveur de son fils. Vers l'automne de chaque
année, le duc visitait quelques jours son château de Felseck ; au milieu de ses nombreuses occupations, il trouvait un délassement dans la chasse. Extrêmement affable,
il écoutait avec bienveillance le moindre de ses sujets, et
ne dédaignait pas de causer avec lui. Un jour que le prince
avait visité son château, et que la chasse avait été heureuse, il s'approcha du garde, lui frappa sur l'épaule, et
lui dit avec bonté : — Eh bien ! mon cher forestier, comment vont les affaires ? — Monseigneur, répondit le garde,
les fatigues de la journée commencent à peser à mes
vieilles épaules ; je voudrais bien en charger de plus jeunes. — Eh bien ! répliqua le duc, que votre fils Christian

13.

vous remplace. C'est un bon chasseur et, ce que j'aime mieux encore, un excellent forestier. Les bois, comme je l'ai remarqué à la chasse, sont dans le meilleur état. Fiez-vous à moi, personne d'autre n'aura la place; qu'il fasse le service en attendant. Mais je désire que vous gardiez quelque temps encore la haute-main et le titre de forestier. Les meilleurs sujets deviennent aisément négligents et présomptueux quand le collet de leur habit est orné de trop bonne heure d'une bordure d'or : c'est mon avantage, et il est du vôtre que vous gardiez encore quelque temps vos fonctions.

Le forestier remercia le prince de la promesse qu'il venait de lui faire, et ajouta : — J'ai encore une faveur à vous demander : mon fils pourrait faire à l'heure qu'il est un mariage très-convenable en épousant la fille d'un de mes amis d'enfance, du forestier Bousch, mort depuis plusieurs années. La jeune fille vient de perdre sa mère et ne sait où aller. Elle est pauvre, il est vrai, mais pieuse et assidue au travail : c'est l'innocence, la bonté, la mo-

destie même. — C'est bien, dit le prince ; j'approuve fort que, dans le choix d'une épouse, on préfère l'innocence et la vertu à la fortune. C'est avec plaisir que je lui donne mon consentement et votre survivance : j'aurai soin qu'on expédie de suite le brevet.

Christian, qui attendait avec anxiété, à quelques pas de là, l'issue de leur entretien, s'approcha à un signe que lui fit son père et remercia le prince. Le mariage eut lieu. L'arrivée de cette douce jeune femme fut une nouvelle source de bonheur pour la maison. La paix et l'harmonie régnèrent sous le toit du bon forestier. Le vieil-

lard eut encore la joie de voir sur ses genoux ses petits-
enfants ; et sa vieille compagne rajeunit, en quelque
sorte, du plaisir qu'elle avait de les choyer et de les porter sur ses bras. Les filles de la maison traitèrent la
jeune bru comme une sœur ; tout le monde était heureux.

Mais un grand malheur vint frapper l'heureuse famille.
Il prit sa source dans une vieille histoire que le forestier
avait presque oubliée. Le jeune M. de Schilf, qui autrefois avait souvent accompagné le forestier à la chasse,
s'était bientôt permis d'y aller seul et sans l'autorisation
du garde, et de tirer sans
pitié sur tout le gibier qui
passait devant lui. Le forestier le rencontra un jour
dans le bois et lui dit : — Le
braconnage est sévèrement
défendu. Si vous voulez
chasser, mon cher Mon-
sieur, venez avec moi,
comme vous avez fait jus-
qu'à présent. Vous m'ac-
compagnerez, et je vous
indiquerai les meilleurs
places où vous pourrez
vous en donner à cœur
joie. Mais je ne puis vous
permettre de suivre toutes
vos fantaisies dans la forêt
confiée à ma garde. — Le
jeune homme fut loin de
tenir compte de ces sages
avertissements. Le garde

le rencontra de nouveau, lui saisit son fusil, et lui dit :
— Dieu m'est témoin que je le fais à regret, mais c'est
mon devoir. Les ordres sont sévères : je n'y puis rien. Si
je vous y reprends, je serai forcé de vous dénoncer, et
alors gare à vous ! — Au surplus, le brave forestier alla
trouver le vieux M. de Schilf et l'engagea à défendre la

chasse à son fils. Le vieillard lui passait beaucoup de fautes ; mais il se montra sévère cette fois, car il craignait une disgrâce. Il le menaça de le déshériter s'il allait encore une seule fois à la chasse sans être accompagné du garde. Mais le jeune homme avait l'habitude de faire peu de cas des remontrances paternelles. Bientôt après, le forestier entendit un coup de fusil ; il accourut et trouva M. de Schilf près d'un cerf qu'il venait d'abattre. Le garde dressa procès-verbal. Le vieux père accourut lui-même près du prince pour implorer la grâce de son fils. — D'après les rigueurs de la loi, lui dit le prince, votre fils devrait être condamné à la détention. Je veux bien, pour cette fois, lui accorder sa grâce ; mais s'il se fait reprendre, il subira sa peine, et vous devez comprendre que ce n'est pas dans une maison de détention que j'irai chercher mes conseillers et mes autres employés. — L'affaire s'arrangea ainsi. Mais le jeune de Schilf garda une rancune mortelle à l'honorable forestier, et, bien que des années se fussent écoulées depuis, il brûlait toujours du désir de se venger.

Sur ces entrefaites, le prince vint à mourir : l'héritier présomptif était encore mineur et se trouvait alors en voyage. Il y eut une régence, et de grands changements s'opérèrent dans le pays. Le jeune de Schilf, qui jouissait d'une grande fortune et avait des parents haut placés, fut nommé garde général. Il s'établit en grande pompe au château de Felseck, dont une partie lui fut accordée pour demeure. Il devint ainsi le supérieur du brave forestier, et se plut à le tourmenter de mille manières. Il lui adressait des reproches continuels ; le garde ne faisait jamais rien de bien.

Le nouveau prince vint à prendre les rênes de l'État. Le garde général de Schilf, très-rusé et très-insinuant, sut gagner, par ses intrigues, les bonnes grâces du grand-maître des eaux et forêts, qui jouissait de toute la faveur du prince. Il en profita pour faire sentir encore davantage tout son orgueil et son animosité au pauvre forestier. — Vous n'êtes plus bon pour le service, lui dit-il un jour ; j'aurai soin de vous faire remplacer par un homme qui saura mieux veiller à l'entretien de cette belle forêt. — Je me démets avec plaisir de mes fonctions, repartit le forestier. Je l'aurais fait depuis longtemps si le vieux prince y avait consenti. Ainsi, mon fils va me succéder ? — Votre fils ? dit avec ironie M. de Schilf, il me semble que j'ai mon petit mot à dire. — Le forestier allégua le brevet que le prince avait délivré à Christian, et à l'occasion duquel ce dernier s'était marié. — Bah ! s'écria M. de Schilf, je connais votre brevet : vous l'interprétez très-habilement. Par malheur, ce n'est qu'une simple promesse, condition d'une bonne conduite, et rien de plus. Christian n'est bon à rien. Je saurai mieux faire mon choix. — Le pauvre vieillard à cheveux gris chercha vainement à retenir une larme et dit : — Monsieur le garde général, de grâce, ne soyez pas injuste ! Vous vous êtes cru un jour offensé par moi ; ce serait une raison de plus d'agir avec ménagement à mon égard. — Comment ! s'écria M. de Schilf, les yeux brillants de colère, c'est vous qui me rappelez votre grossièreté ? C'est vous qui me faites souvenir que, grâce à votre malveillance, j'ai été privé du seul plaisir de ma jeunesse, car c'est vous qui m'avez dénigré à la cour. Vous êtes un rustre, un insolent ! Jamais vous n'avez eu de respect pour la noblesse, et vous n'avez fréquenté que de la canaille. Vous avez permis à votre fils d'épouser une fille qui n'avait ni sou ni maille, une vraie mendiante. La petite fortune que vous aviez vous l'avez jetée à la tête de ce vagabond d'Antoine. Vous n'avez pas su régir votre propre bien, comment pourriez-vous gouverner le bien d'autrui et veiller aux intérêts du prince ? Allez, allez, vous n'êtes bon à rien. J'espère que bientôt nous n'aurons plus grand'chose à faire ensemble, et que je serai sous peu débarrassé de votre présence.

Le forestier s'en alla. — Bah ! bah ! se dit-il en lui-même en rentrant, M. le garde général a beau faire, les bois sont dans le meilleur état du monde. Je ne le crains pas, malgré le désir qu'il a de me nuire. Nous verrons. — Toutefois il ne parla pas à sa famille de la conversation qu'il avait eue avec le garde général, afin de ne pas l'affliger sans motif.

Un jour que le forestier était rentré de sa tournée et avait pris place dans son fauteuil, un messager entra et lui remit une lettre de la direction générale des eaux et forêts.

La lettre portait que le forestier Grünenwald, en vertu d'un ordre supérieur, était démis de ses fonctions, en raison de son âge et de l'incapacité qui en était la suite, et que le service de la forêt était, jusqu'au jour de son remplacement, confié au garde voisin de Waldenbruck. Quant à une pension pour l'honnête forestier et une place pour son fils, il n'en était nullement question. La lettre portait seulement qu'à dater du moment où il aurait reçu la présente, l'ancien garde eût à s'abstenir de tirer un seul coup de fusil dans la forêt, ou de s'y montrer même avec une arme, sous peine de la voir confisquée.

Le vieux forestier ouvrit la lettre et fut consterné. Sa main tremblait. Cependant il se contint, et il en fit la lecture à sa famille, qui était occupée autour de lui à divers travaux de ménage. La vieille mère et ses deux filles devinrent pâles de frayeur. Christian ne put cacher sa colère en voyant la méchanceté du garde général. Sa jeune femme garda le silence pendant quelques instants, puis fondit en larmes. Ses enfants, qui jouaient dans la chambre, se mirent à pleurer aussi en voyant pleurer leur mère. Tout le monde était plongé dans la douleur. Seul entre tous, le vieux garde conserva son calme et dit : — N'oubliez pas qu'il y a encore un bon Dieu. Toi d'abord, ma vieille femme, essuie tes larmes, et donne à nos enfants et à nos petits enfants l'exemple de la confiance en Dieu. S'il est avec nous, les méchants chercheront vainement à nous nuire. Cette épreuve nous vient de lui ; elle tournera un jour à notre avantage. Prenons courage : le Tout-Puissant nous protége. Si toute la terre nous rejette, lui du moins ne nous repoussera pas. Il est notre père ; ses richesses sont infinies, et il ne nous laissera jamais manquer de pain. Confions-nous en lui ; soyons sans crainte et consolons-nous dans l'adversité.

— Cependant, continua-t-il, je ne veux rien négliger. Demain j'irai trouver le prince. Il a toute la générosité de son père, il m'écoutera malgré le grand nombre d'affaires dont il doit être chargé au commencement de son règne. Il est juste, il ne voudra pas qu'un vieux forestier, qui a servi fidèlement ses maîtres pendant plus de quarante ans, soit livré, sans plus de façons, avec sa femme, ses enfants et ses petits-enfants, à la misère, à la faim et à la mort. Christian, tu m'accompagneras. Nous pouvons bien nous absenter maintenant tous deux sans l'agrément du garde général. Nous irons à pied : il serait trop coûteux pour nous d'y aller à cheval ou en voiture. Ce serait une dépense fort inutile, du reste. Nous mettrons dans nos sacs de chasse les vêtements nécessaires pour le voyage. Ayez soin que nous puissions partir demain de grand matin.

Le lendemain, le forestier se leva avant le jour et réveilla son fils. — Je ne puis attendre le lever du soleil, dit-il ; il fait clair de lune, et nous connaissons les chemins. Partons. — La vieille femme plia soigneusement l'uniforme vert aux broderies d'or, et l'enveloppa dans une serviette blanche pour qu'il ne fût pas endommagé dans le sac de chasse. Catherine apporta du linge et quelques provisions de bouche pour la route. La femme de Christian et Louise préparèrent le déjeuner et l'apportèrent dans la chambre. Les enfants dormaient encore. — Et quand penses-tu revenir, demanda la vieille femme à son mari ? — Je ne puis le dire au juste ; probablement avant huit jours. — De demain en quinze c'est la sainte veille de Noël, reprit la femme ; d'ici là, au moins, tu seras de retour. — De demain en huit déjà, si Dieu le veut, dit le garde ; du reste, quoi qu'il arrive, je veux célébrer avec vous le saint jour de Noël. — Allons ! à la garde de Dieu ! dit la femme. — En attendant, dit le forestier, priez Dieu et ayez confiance en lui ; il fera tout pour le mieux. — Tout le monde accompagna les deux

voyageurs sur le seuil de la porte. Il faisait encore bien
sombre et rien n'annonçait l'aurore. Ils partirent coura-
geusement au milieu d'une nuit froide et ténébreuse de
décembre. Nos deux voyageurs, et principalement le
vieux père, inspirèrent la plus vive sollicitude à toute la
famille. La première semaine se passa d'une manière
assez calme ; mais quand l'absence se prolongea, que le
temps devint de plus en plus mauvais, et que la pluie ne
cessa de tomber, on conçut de vives inquiétudes.—Hélas !
disait-on, Christian, avec sa santé robuste, aura déjà bien
du mal à essuyer ; mais notre vieux père, comment s'en
tirera-t-il ? — Les deux enfants de Christian couraient
continuellement à la porte pour voir si leur père et leur
grand-père ne revenaient pas.

Ainsi, à la première semaine en succéda une autre
pleine de tristesse et d'angoisses. En outre, quelques
jours après le départ des deux forestiers, un piqueur du
garde général avait apporté une lettre officielle. La vieille
mère n'osa pas prendre sur elle de l'ouvrir ; toutefois elle
craignait quelque triste nouvelle, car le piqueur avait
ajouté d'un ton d'ironie : — Quelle folie, de la part du
vieux forestier, d'avoir été courir à la capitale avec son
brouillon de fils ! M. le garde général est sûr de son affaire. Ils en seront pour leurs frais et ne recueilleront que
la honte et le mépris. — En attendant, la famille priait
Dieu tous les jours d'accorder à nos voyageurs un accès
favorable près du prince, et de les ramener sains et saufs.
Les enfants eux-mêmes, de leur propre mouvement, se
mêlaient à la prière.

VII

SUITE DES MALHEURS ARRIVÉS AU FORESTIER.

Sous ces tristes auspices, arrivèrent les fêtes de Noël.
La nuit tomba de meilleure heure. Le ciel était couvert

de sombres nuages. Le vent soufflait à travers les vieux
chênes, et faisait chanceler les sapins de la forêt. La gout-
tière mugissait comme le torrent qui se précipite du haut
d'un rocher, tant la pluie et la neige étaient fortes. —
O mon Dieu! dit la vieille femme, après avoir regardé longtemps à la fenêtre, on ne les voit pas encore! S'ils ne viennent pas aujourd'hui pour célébrer Noël, à coup sûr, un
malheur leur sera arrivé. Je suis dans des transes mor-
telles! Quel temps! on ne mettrait pas même un chien
dehors, et les chemins doivent être de vrais bourbiers.
Hélas! qu'ils arrivent, peu importe le reste. — Elle ouvrit
la croisée, se mit à regarder et s'écria : — Dieu soit loué! les
voilà! » Toute la famille accourut sur le seuil de la porte
au-devant des deux voyageurs et leur demanda : — Eh
bien! le voyage a-t-il été heureux? — J'espère que le
tout s'arrangera encore pour le mieux, répondit le vieux

forestier. Notre longue absence a dû vous causer de
vives inquiétudes ; mais le
voyage m'avait un peu indisposé, et avait retardé mon
départ. Après mon rétablissement, les rivières et les
ruisseaux avaient tellement
grossi par les pluies continuelles, que nous n'avons
pu partir que quelques jours
plus tard. Dieu soit loué !
nous voilà de retour. — Il
entra, changea de vête-
ments, et s'assit dans son
fauteuil, près du poêle où
brûlait un bon feu. La vieille
femme apporta une bou-
teille de vin, deux verres
et la lampe allumée. — Al-

lons, voilà de quoi vous restaurer, dit-elle en emplis-
sant les verres ; vous devez en avoir besoin. Le souper

sera bientôt prêt. — En vérité, dit le forestier en jetant
les yeux autour de lui, à la clarté de la lampe, qu'il est
agréable d'être chez soi, au milieu des siens, et de ne
voir partout que des visages gais et bienveillants !

Mais le fils du forestier avait dit à part à sa femme : — Les
affaires vont mal ; nous risquons fort de perdre la place.
— Cette nouvelle la consterna ; elle la communiqua en
secret aux autres membres de la famille. En voyant les visages s'assombrir tout à coup, et la crainte et la frayeur
se peindre sur tous les traits, le vieux forestier s'écria :
— Quoi, Christian a donc jasé déjà ? Il n'y a plus rien à
cacher ; vous saurez tout, mais ne vous désespérez pas.
Songez que cette nuit le Sauveur est né. Oublions, près
d'une si grande joie, les soucis mesquins de cette terre ;
du moins, ne les prenons pas trop à cœur.

Nous arrivâmes à la capitale bien avant dans la nuit ;
malgré l'heure avancée, je me suis rendu encore chez
M. Muller, le conseiller des eaux et forêts. C'est un
homme probe et honnête, me suis-je dit en moi-même.
Jadis il était mon garde général, et il m'a toujours témoigné de l'amitié. Les autres conseillers qui m'avaient
connu sont tous morts ou en retraite. Quoique retiré lui-
même des affaires, à raison de son âge, il pourra cependant me donner les meilleurs conseils. En effet, le digne
homme me reçut de la manière la plus affable. Je lui fis
part de ce que j'avais sur le cœur. — Le garde général,
me dit-il, est pour vous un ennemi dangereux, et, par
malheur, il a des amis puissants. Il veut faire obtenir votre
place à un jeune homme qui a été son domestique, et il
fait les rapports les plus défavorables sur vous et sur votre
fils. Je crains bien qu'il ne réussisse et ne fasse perdre à
Christian son pain paternel. — Oh ! lui ai-je répondu, l'affaire
n'ira pas jusque-là. Cependant je me propose de m'adresser directement au prince. — Je vous le conseille, me
dit M. Muller, et je vous accompagnerai. Mais vous avez
mal choisi votre moment. Le jeune duc est accablé d'affaires ; vous aurez de la peine à obtenir une audience.
N'oubliez pas d'aller aussi voir le directeur général et les

conseillers des eaux et des forêts. Je crains bien que vous ne trouviez un mauvais accueil. M. de Schilf les a tous gagnés en sa faveur. — Ces paroles ne se vérifièrent que trop. J'eus bien du mal à endurer. Le directeur général des eaux et forêts me reçut d'une manière très-froide, et me congédia assez lestement. Les autres conseillers ne me traitèrent pas beaucoup mieux ; je ne trouvai que des visages aigres, et j'entendis des paroles bien dures. Je ne fus pas même reçu du prince, qui était précisément avec le directeur général. M. de Schilf avait su nous calomnier avec beaucoup d'adresse. Je m'abstiens de vous donner de plus amples détails ; ils auraient trait, du reste, à des affaires que vous ne pouvez comprendre. Tout ce que nous pouvons espérer, c'est une enquête ; cependant elle peut tomber en des mains qui ne nous soient guère favorables. — Mais une pareille conversation nous rend tristes, et pendant cette soirée, tous les chrétiens doivent se réjouir. C'est la veille de Noël ; souvenons-nous de la naissance de notre Sauveur, cela déridera nos fronts.

Il jeta son regard sur le tableau de la crèche qu'Antoine avait envoyé. — Suspendu à la place qu'avait occupée le miroir, il était couvert d'un voile, qui le préservait de tout dégât. François et Clara, ces deux charmants petits-enfants du vieux garde, s'étaient réjouis depuis plusieurs semaines pour la veille de Noël.

Ils se levèrent brusquement, et essuyèrent les larmes de leurs petits visages, qui souriaient déjà. — Grand'mère, dit le petit François, ôte le voile du tableau, et allume, comme l'année dernière, les bougies pour qu'on puisse bien le voir. — Grand'père, dit la jeune Clara, prends ta harpe ; nous voulons chanter le joli cantique de Noël. — Mais dites-moi auparavant si, pendant mon absence, rien n'est arrivé ? — Mon Dieu, non ! répondit la vieille femme ; seulement une malheureuse lettre nous est venue de l'administration, aussitôt après ton départ ; mais j'ignore son contenu. — Elle lui présenta la lettre cachetée. Le forestier l'ouvrit, pâlit et leva son regard vers le

ciel :—Mon Dieu ! dit-il, que ta volonté soit faite !—Toute
la famille effrayée et pleine d'angoisses leva les yeux sur
lui.—Eh bien ! qu'y a-t-il ? demanda la vieille femme. —
Nous devons quitter cette maison, répondit le forestier.
Nous devrions même en être déjà sortis. Le garde général
nous ordonne d'évacuer la maison forestière avant Noël,
afin que le nouveau garde puisse y entrer pour les fêtes.
Il menace, en cas de désobéissance, de nous faire expulser par des sergents du bailliage. Je m'étonne seulement
qu'ils ne soient pas encore arrivés : d'un instant à l'autre,
ils peuvent nous jeter à la porte.

　　—Mon Dieu ! s'écria la femme de Christian, dans cette
nuit terrible et orageuse ! Entendez-vous le vent qui siffle,
la pluie qui tombe par torrents ! Où trouver un asile contre
le vent et la pluie ! — Elle tomba sur sa chaise, et serra
contre elle ses deux enfants.—Dieu de bonté ! dit-elle en
gémissant, aie pitié de ces innocentes créatures ! Christian, sans prononcer une parole, et les mains jointes, se
tenait debout devant elle, et jetait de tristes regards sur
sa femme et sur ses enfants.

　　— O mon Dieu ! dit la vieille mère en sanglotant et se
tordant les mains, être chassée dans ses vieux jours, avec
ses enfants et ses petits-enfants, de la maison où je suis
née, où mon père et mon grand'père ont vécu. — Mais
c'est inouï ! Dieu de bonté, permets que je meure dans
cette maison où j'ai reçu le jour.— Catherine pleurait en
silence ; Louise tremblait comme la brebis qu'on va im-
moler. Seul, le vieux forestier, aux traits vénérables et au
front chauve, ombragé sur les côtés de boucles argentées,
conservait son calme.

　　Les yeux tournés vers le ciel, il dit enfin avec une noble
résignation :—Oui, mes chers enfants ! il s'agit pour nous
de quitter la maison. Je ne connais personne qui puisse
nous recueillir tous. Nous serons obligés de nous séparer. J'avais espéré passer au milieu de vous une vieillesse
heureuse ; j'avais espéré vous voir un jour réunis, autour
de mon lit de mort, comme vous l'êtes aujourd'hui : Dieu
en a disposé autrement... Que sa sainte volonté soit faite.

Il jeta les yeux sur ses petits-enfants, et continua :
— Notre cœur saigne à la vue de ces enfants en pleurs.
Mais ne désespérons pas de la bonté de Dieu ; s'il nous
envoie des douleurs accablantes, c'est qu'il a de sages
desseins et il fera tourner ce malheur à notre avantage.
Quand le mal a atteint sa mesure, il ne peut plus que dé-
croître. Aussi, dans leur expérience, nos pères disaient-
ils : C'est dans l'affliction la plus profonde que le secours
du Seigneur est le plus proche. Dans cette chambre,
nous avons passé bien des veilles de Noël au sein de la
joie : acceptons avec résignation de la main de Dieu la
tristesse de cette soirée.

— Tu as raison, mon cher mari, répondit la vieille
femme ; remettons-nous entre les mains du Seigneur, et
prenons courage. Oh ! j'ai pensé bien souvent à la détresse
de Marie quand elle fut réduite à passer la nuit dans une
étable et forcée même plus tard d'abandonner, comme
nous en ce moment, sa demeure au milieu de la nuit,
pour aller avec son divin Fils en un pays étranger. Quelque grandes qu'aient été sa foi et sa confiance, je crois cependant qu'elle a dû sentir des larmes mouiller ses paupières, si ce n'est pas pour elle, du moins pour son enfant.
Je sais ce que c'est que le cœur d'une mère ! Ses douleurs
devaient lui fendre l'âme. Mais tout homme doit être
épuré par l'adversité : Dieu n'épargne les épreuves à aucun de ses enfants ; cette antique vérité s'est réalisée pour
nous. Mais celui qui, dans la pauvre étable et pendant la
triste fuite de Marie, lui envoya des âmes pour la consoler
et des anges pour guider sa marche, ne nous laissera pas
dans la peine. Il nous secourra quand il en sera temps.

Tout à coup on frappe à la porte de la maison. — Les
voilà qui viennent pour nous chasser de cette chambre, dit
le vieux forestier. — Christian se leva, et jeta les yeux sur
son fusil en s'écriant : — Qu'ils ne s'avisent pas de jeter à
la porte mes vieux parents, ma femme, mes enfants et mes
sœurs ! Le premier qui viendra, je..... — Oh ! non, non,
mon fils, dit le vieux père, ne prononce pas les terribles
paroles que tu as sur les lèvres ! Pas de résistance ; ne re-

cours pas à la force brutale : Dieu jugera leur conduite et
la nôtre. Lui seul est notre force et notre refuge. Si nos
prières et nos représentations sont impuissantes près de
ces hommes qui viennent nous chasser de notre demeure,
eh bien, nous en sortirons de bon gré, et nous nous mettrons à couvert, pour cette nuit dans cette caverne de la
forêt, où maintes fois, à la chasse, nous avons trouvé un
abri contre l'orage. Oui, dit-il, en se levant de son fauteuil, je voudrais que chacun d'entre vous pût répéter ces
paroles que l'expérience a enseignées à votre vieux père :

> Tranquille désormais, entre tes mains divines,
>   Je remets ma vie, ô Seigneur !
> Quand la terre et le ciel tomberaient en ruines,
>   Je sais qu'il me reste ton cœur !
> Au milieu du danger, sûr de ton assistance,
> Je saurai défier la mort et la souffrance !

VIII

VISITE INATTENDUE.

On commença à frapper de nouveau, avec plus de force
qu'auparavant. — Christian, dit le vieux forestier, va ouvrir
la porte. — Christian obéit. Au bout de quelques instants,
ils virent paraître un étranger, d'une tournure distinguée,
enveloppé d'un manteau vert foncé, et coiffé d'une casquette en fourrure. — C'est le nouveau forestier, se dirent-
ils tous avec effroi. L'inconnu parut lui-même effrayé
en voyant tous ces yeux rouges de pleurs et la terreur peinte sur tous les visages. Il ôta sa casquette en
disant : — Eh bien ! ne me reconnaissez-vous pas ? — Dieu
du ciel ! s'écria Louise, c'est Antoine ! — Antoine ! dit
Catherine, est-ce possible ? — Que pensez-vous ! dit la
vieille mère : monsieur est bien plus grand et plus fort
qu'Antoine. — Mais oui vraiment, dit Christian, c'est lui,
c'est Antoine ! Au nom du ciel, mon frère, quel hasard

l'amène près de nous ? Je te croyais à Rome, à plusieurs
centaines de lieues d'ici. — Le vieux forestier se frotta
les yeux comme s'il ne pouvait croire à ce qu'il voyait,
s'approcha lentement, puis tout à coup se précipita vers
Antoine, les bras ouverts, le serra sur son cœur, et ne
put que dire ces mots : — O mon fils Antoine! Ils se pressèrent longtemps avec tendresse dans les bras l'un de

l'autre. Puis Antoine embrassa sa vénérable mère adoptive, Christian, Catherine et Louise, avec des transports
de joie. Ce fut aussi avec la plus grande cordialité qu'il
salua la jeune femme et ses enfants, qu'il voyait pour la
première fois. Ils passèrent ainsi, en peu de moments, du
plus profond désespoir à la joie la plus grande. Ce bonheur inattendu avait chassé la tristesse, comme le soleil
levant dissipe les ombres de la nuit. Mais bientôt la
vieille mère parla ainsi :— Hélas! Antoine, tu nous trou-
ves dans une bien triste position! En entrant dans la
chambre, tu as dû voir encore nos larmes. Je vais te ra-

conter nos malheurs. — Je sais tout, répondit Antoine, mais rassurez-vous, mes chers parents, vos affaires sont dans le meilleur état. Je viens de chez le prince, mon cher père, et il m'a chargé de vous exprimer sa bienveillance. — A moi ! s'écria le vieillard ; comment as-tu vu le prince ? je n'y conçois rien. En vérité, je commence à craindre que tout cela ne soit qu'un beau rêve.

— Non, dit Antoine, ce n'est rien moins qu'un rêve ; c'est l'exacte vérité. Asseyez-vous dans votre fauteuil, mon cher père, et vous, ma bonne mère, je vais tout vous conter dans les plus grands détails. — Il ôta son manteau et approcha quelques chaises. Les vieillards, ravis de joie, le firent asseoir au milieu d'eux. Les autres membres de la famille, debout près de lui, le regardaient avec étonnement et dans l'attente. Antoine fit le récit suivant :

— Notre auguste prince, comme vous savez, se trouvait, il y a peu de temps encore, en Italie. Il n'était alors qu'héritier présomptif. Il y eut à Rome une exposition de tableaux de jeunes peintres. Il y alla, et parmi cette multitude de productions, il y en eut une qui attira toute son attention. On lui dit que c'était l'ouvrage d'un jeune peintre de son duché, nommé Antoine Kroner. Le prince me fit appeler, me donna des éloges et me témoigna la plus vive satisfaction. Il me demanda le prix de mon tableau, et, avec une noble générosité, il me le paya bien au delà de mes prétentions. Comme il voulait voir les peintures les plus célèbres de Rome, je l'accompagnais souvent ; je prenais place à côté de lui dans sa voiture, et dînais même quelquefois à sa table. Il arriva qu'on mit en vente quelques vieux tableaux d'une beauté remarquable. J'allai avec le prince, qui voulut les voir. Il me demanda mon opinion sur les tableaux qui lui plurent, et résolut d'en faire l'acquisition. On avait déjà fixé le jour où l'on devait les vendre à l'enchère. Mais le prince ne put rester jusqu'à cette époque ; il dut partir pour prendre les rênes de l'État. Il me chargea d'acheter les tableaux et de les lui faire parvenir avec soin et sans qu'ils fussent endommagés. Il détermina le prix qu'il voulait y mettre, et m'alloua la somme nécessaire. Je pris à cœur cette honorable mission, et je fus assez heureux pour ne donner qu'un prix bien inférieur à celui qu'on m'avait fixé. Comme j'avais vu en Italie à peu près tout ce qui pouvait mériter l'attention d'un peintre, et qu'un vaisseau allait mettre à la voile, je m'embarquai avec les tableaux. J'abordai heureusement avec mon précieux trésor. Je louai une voiture particulière, et afin que les tableaux ne courussent aucun risque, je les accompagnai moi-même jusqu'à la capitale. J'allai sur-le-champ à la cour, et me fis annoncer. Le prince venait de quitter la table, et se trouvait dans son cabinet. Il me reçut de suite. — Soyez le bienvenu en Allemagne, me dit-il ; que m'apportez-vous d'Italie ? — Les tableaux, répondis-je, que Votre Altesse m'a chargé de lui acheter. — Eh bien, combien en avez-vous ? — Je les ai tous. — Tous, dit-il avec joie ; mais c'est charmant. — Il donna sur-le-champ l'ordre de les déballer et de les exposer. J'y veillai moi-même ; aucun n'était endommagé. Le prince était ravi. En fait de tableaux, il n'est pas seulement amateur, c'est un connaisseur distingué. Je lui présentai les quittances.—Mais la somme, dit-il, est bien inférieure à celle que je vous avais allouée. — Que Votre Altesse, repris-je, me dise à qui je dois remettre le restant. — N'en parlons pas, me dit-il gracieusement ; je suis encore votre débiteur. Si vous êtes content de moi, je le suis davantage de vous. Mais vous devez être fatigué du voyage, et vous vous êtes en outre donné la peine de déballer les tableaux. Il faut vous reposer.—Il me fit donner une chambre dans la résidence. — En me trouvant le soir dans ma chambre, l'idée me vint tout à coup d'aller voir le vieux M. Muller, le conseiller des eaux et forêts. A l'exception du prince, c'était le seul homme que je connusse dans la capitale, et je n'avais pas oublié qu'autrefois, étant garde général, il était venu vous voir bien souvent, mon cher père, et que vous aviez toujours été ensemble dans les meilleures relations. Il me demanda comment je

trouvais là. Je le lui dis. — Vous venez à propos, me
dit-il. Il me parla aussitôt de votre triste position, des
chagrins que vous causait le garde général, du voyage que
vous avez entrepris à la capitale, et de votre départ après
le peu de succès de vos démarches, quelques jours avant
mon arrivée. Je voulus retourner aussitôt chez le prince.
— Non pas, me dit M. Muller, cela ne se peut. Demain
vous solliciterez une audience particulière ; je vous accompagnerai. Le prince est prévenu en votre faveur. —
Le lendemain matin nous fûmes de suite introduits. —
Je parlai alors de vous avec beaucoup de chaleur ; je ra-
contai la manière dont vous m'avez reçu et les bontés
dont vous m'avez comblé. J'entrai dans les plus grands
détails. Le conseiller me dit plusieurs fois : —Au fait, au
fait. — Mais le prince sourit en disant : — Ne l'interrom-
pez pas ; j'aime à voir cette reconnaissance d'un fils envers ses parents adoptifs ; à la fin, nous verrons bien où
il veut en venir.—Je parlai alors de M. de Schilf, et je ne
me gênai pas de dire les motifs de sa haine contre vous,
et comme quoi il aurait été condamné, comme bracon-
nier, à la détention, sans l'indulgence exagérée du vieux
prince. — Arrêtez, me dit le conseiller d'un ton sévère,
vous oubliez le respect qu'on doit à son souverain ; un
prince ne saurait être trop indulgent. Le garde général
était encore jeune alors, et à ce titre il avait droit à
quelque indulgence. — Continuez, continuez, me dit le
prince. — Je lui fis voir alors les lettres que vous m'écri-
viez en Italie, mon cher père. Je les avais retirées, pendant la nuit même, de ma malle. Toutes contenaient les
vœux les plus sincères pour l'héritier présomptif, qui se
trouvait alors en Italie en même temps que moi. — Le
prince lut non-seulement les passages que je lui indi-
quais, mais il poussa même la bonté jusqu'à me demander
la permission de lire les lettres en entier. — Maintenant,
dit-il, je me souviens que vous m'avez déjà parlé, en Italie,
de ce digne homme. Celui qui écrit ainsi et qui a élevé un
aussi bon fils ne peut être qu'un homme d'honneur. —
Eh bien, repris-je, que Votre Altesse punisse donc le

garde général et accorde à Christian la place de son
père. — Le conseiller me regarda d'un air mécontent, et
me dit :—Est-ce ainsi qu'on parle à son souverain ?—Mais
le prince continua en souriant : —Les choses ne peuvent
aller aussi vite que vous le pensez, jeune homme. Il faut
que j'entende auparavant le garde général. — Il fit signe
au conseiller de venir près de la fenêtre, et lui parla en
particulier quelques moments. Puis le conseiller s'assit
et se mit à écrire. Quant au prince, il me dit : — Soyez
tranquille; justice sera faite.— Pendant que le conseiller
écrivait, le prince me parla peinture. — Feu mon père,
me dit-il, m'a laissé une charmante collection de tableaux. Je suis curieux de voir ce que vous en direz. Ils
ont tous besoin de quelques réparations ; je vous charge
de ce travail, si toutefois vous voulez l'entreprendre. —
Avec le plus grand plaisir, répondis-je, mais seulement
après les fêtes de Noël. C'est pendant la veille de ce saint
jour que j'ai vu pour la première fois mes parents adoptifs;
il faut que je les revoie pour ce soir, d'autant plus qu'ils
se trouvent dans une triste position, et que je puis leur
donner de bonnes nouvelles. — Rien de plus juste, repartit le prince; mes exigences doivent céder devant la
reconnaissance que vous devez à vos parents.—Cependant
le conseiller avait fini; il remit l'écrit au prince, qui le
signa. — Saluez de ma part votre père adoptif, me dit-il;
et dites au brave vieillard d'être sans inquiétude.

   — Avec quelle hardiesse vous avez parlé au prince,
me dit le conseiller en m'accompagnant chez moi. Je
vous faisais toujours signe de vous modérer, mais c'était
peine perdue. Après tout, il faut vous le pardonner en
faveur de votre amour pour vos parents. Du reste, le
chemin le plus court est toujours le meilleur. — Je demandai alors au conseiller quel avait été le sujet de leur
conversation, et ce que le prince lui avait ordonné d'é-
crire. Après s'être fait prier longtemps, il consentit enfin
à me confier que le prince lui avait dit : — On a manqué
me faire commettre une injustice; voilà un brevet qui
devait donner à un étranger la place du vieux forestier.

Cependant j'avais quelques scrupules, et je ne l'ai pas encore signé, bien qu'on y comptât. J'examinerai l'affaire plus à fond. —La lettre que le conseiller avait écrite était adressée au garde général, et en voici à peu près le contenu : « Son Altesse avait appris avec le plus grand « mécontentement la manière indigne dont l'honorable « forestier Grünenwald avait été traité par le garde gé- « néral. Il lui était enjoint de la façon la plus formelle de « laisser en repos, à l'avenir, le vieux forestier et son « fils. » Le conseiller dut expédier à l'instant l'ordre par une estafette. Car, il m'importe, avait dit le prince, de rassurer le plus tôt possible l'honnête vieillard. Le conseiller me chargea encore de vous saluer et de vous dire que l'enquête qui sera ordonnée par le prince ne pourra que vous être favorable, et que votre fils obtiendra à coup sûr votre place.

Pendant le cours de ce récit, le vieux garde, ainsi que le reste de la société, s'était essuyé maintes fois les yeux. Il se leva, embrassa Antoine, ôta le voile qui couvrait le tableau de la naissance du Christ, leva son regard vers le ciel, et s'écria : — Mêlons nos chants aux cantiques des anges. Gloire à Dieu dans le ciel, et paix sur la terre aux hommes de bonne volonté.

IX

L'ARBRE DE NOEL.

Après avoir achevé son récit, Antoine s'informa avec beaucoup de soin de la santé de ses parents. Ce n'était pas sans éprouver du chagrin qu'il avait remarqué combien tous deux avaient vieilli depuis son départ. En voyant leurs cheveux gris et leurs rides nombreuses, il avait eu peine à retenir ses larmes. Cependant il se garda bien de laisser paraître son émotion, de peur de les affliger. D'un

autre côté, ce fut avec la surprise la plus agréable qu'il
vit son frère et ses sœurs, Christian, Catherine et Louise,
arrivés à la fleur de l'âge. Il appela les deux enfants de
Christian.— Mon Dieu ! dit-il, comme le temps passe ! Il
y a dix-huit ans, Catherine et moi nous avions l'âge de
ces enfants; Louise était encore plus petite; et maintenant ils nous ont remplacés.—Il regarda les deux enfants
avec tendresse. — A propos, leur dit-il, avez-vous reçu
vos présents de Noël? — Mon Dieu, non, répliqua le petit
François; le garde général a troublé la fête; c'est un
véritable Hérode.—La mère le reprit. La petite Clara dit
alors :—C'est sans doute un ange qui t'a envoyé, Antoine;
mais nous as-tu apporté des cadeaux de Noël? — Oh!
oui, dit-il, je ne vous ai pas oubliés. Mais il faut attendre
que ma voiture soit arrivée; tout s'y trouve. — Les enfants furent satisfaits.

On servit le souper; mais on causa plus qu'on ne mangea. Après le repas, les enfants allèrent se coucher. Mais
les autres membres de la famille restèrent levés. — Demain matin, il faut leur faire une surprise, à ces chers
petits, dit Antoine; nous leur préparerons un arbre de
Noël, car, de même que la crèche, l'arbre de Noël est en
usage dans certains pays. Il faut encore que Christian,
par amour pour ses enfants, aille chercher ce soir même
un jeune sapin dans la forêt voisine. J'ai ce qu'il faut
pour orner l'arbre. J'ai laissé à Aeschenthal mon cocher,
dont les chevaux étaient trop fatigués, et je suis accouru
par le sentier, à travers les montagnes; mais demain à la
pointe du jour, arrivera ma voiture, avec ma malle et le
reste de mes effets.

Le lendemain, de grand matin, quand les enfants
étaient encore livrés à un doux sommeil, toute la famille
était déjà occupée, dans la maison, à élever et à orner
l'arbre de Noël. Un jeune et beau sapin aux branches
vertes et touffues fut placé dans le coin de la chambre,
entre les deux fenêtres. Quand la voiture fut déchargée,
Antoine ouvrit une grande boîte remplie de tout ce qui
pouvait faire plaisir à des enfants. Il suspendit aux bran-

ches de l'arbre une foule de petits objets, tels que de
beaux fruits, toutes sortes de sucreries, de jolies corbeilles pleines de pralines, des couronnes de fleurs arti-
ficielles, ornées de rubans roses et bleues, enfin un
grand nombre de brillants jouets. Il disposa tout de la
manière la plus pittoresque, puis il prit quelques dou-
zaines de lampions de fer-blanc remplis de cire ; il les
suspendit aux rameaux avec beaucoup de précaution, de
façon qu'ils éclairassent l'arbre sans le brûler. Quand
tout fut terminé, Catherine et Louise réveillèrent les enfants. — Mais, ajouta Antoine, ne les laissez pas venir
avant que j'aie fini d'allumer les lampions et que la mère
ait appelé. — En entendant parler des cadeaux de Noël,
les enfants oublièrent le sommeil. On ne put les habiller
assez vite. Enfin la mère leur cria : — Arrivez ! — Ils s'é-
lancèrent dans la chambre, mais s'arrêtèrent tout à coup,
éblouis par l'éclat des lumières. Leur étonnement et
leur extase à la vue de ce spectacle extraordinaire leur
ôtèrent d'abord la parole. La bouche béante, ils fixaient
les yeux sur cet arbre merveilleux. L'éclat verdoyant des
branches, ces lumières qui étincelaient au travers comme
des étoiles, les pommes empourprées, les poires dorées,
cette foule d'objets brillants de mille couleurs, leur semblaient tenir de la magie. Ils ne savaient s'ils veillaient
ou s'ils rêvaient. Enfin, ils s'écrièrent dans leur ravissement : — Que c'est beau ! que c'est magnifique ! — Un
si bel arbre, chargé pendant l'hiver de tant de fruits différents, dit François, n'a pas son pareil dans toute la forêt. — Eh ! dit Clara, ces arbres ne viennent que dans le
paradis terrestre, ou même dans le ciel. N'est-ce pas, ma
mère, c'est l'enfant Jésus qui nous l'a envoyé ? — Pas
précisément tel qu'il est là, répondit-elle ; cependant
c'est Jésus-Christ, couché jadis dans une humble crèche
et régnant maintenant dans le ciel, qui vous a préparé
cette joie ; car, s'il n'était pas né, nous ne saurions rien
des fêtes et des présents de Noël. — Eh bien, dirent
les enfants, nous l'aimerons et nous lui obéirons bien.
Il est si bon, et il aime tant les enfants ! Personne, sur

la terre, n'a encore éprouvé une joie comme la nôtre.

— C'est vrai, dit la grand'mère ; les hommes ne peuvent guère ressentir un bonheur pareil à celui des enfants. Les enfants innocents sont les êtres les plus heureux de la création ; leur joie est pure et sans mélange. Que Dieu vous conserve votre candeur et votre bonté ! Hélas ! dit-elle aux autres assistants, trop souvent la douleur, les soucis, l'ambition, l'avarice, d'autres mauvaises passions, et même les remords, empoisonnent nos jours les plus heureux. Aussi est-elle belle et vraie, cette parole de notre divin Sauveur : « Si vous ne vous convertissez et ne « redevenez comme ces enfants, vous n'entrerez pas dans « le royaume des cieux. » — L'usage d'un arbre de Noël me plaît beaucoup, dit le vieillard. Nos pères ont eu une heureuse idée en faisant des fêtes de la religion chrétienne des jours de réjouissances diverses pour les enfants. Ces joies enfantines leur font aimer et chérir les fêtes du Seigneur, et disposent leur cœur à goûter des joies plus nobles, à prendre part à la félicité qui nous est échue. Désormais chaque veille de Noël verra fleurir un arbre pour ces chers petits. Quand même il ne serait pas orné avec autant de magnificence que celui-ci, il ne leur fera pas moins de plaisir. Il faut si peu pour réjouir les enfants ; faute de mieux, quelques pommes, quelques poires, quelques noix dorées suffisent. Personne non plus ne cherchera à lésiner, quand il s'agira de procurer à des enfants une joie pure et salutaire. De plus, cet arbre peut nous rendre de grands services pour leur éducation ; du moins il nous dispensera souvent de recourir à la verge. Des enfants qui ont vu un arbre de Noël y penseront certainement l'année entière, et quand on leur dira : Si vous n'obéissez pas, vous n'aurez pas votre arbre, ils écouteront bien mieux les remontrances que si on menaçait de les frapper.

Les parents remercièrent Antoine du plaisir qu'il avait procuré à leurs enfants et petits-enfants. — C'est une bagatelle, dit-il ; n'en parlons plus. Mais vous me permettrez de vous offrir également quelques petits cadeaux

de Noël. Il ouvrit la malle, qui était placée dans un coin
de la chambre. — Quand je partis, vous me la remplîtes
largement; serait-il juste que je vous la rapportasse
vide? Il remit à la vieille mère de belles fourrures et des
soieries de prix. — Il est du devoir d'un bon fils, dit-il,
de préserver du froid ses vieux parents pendant la rude
saison. A la femme de Christian et aux deux jeunes filles,
il donna du taffetas vert pour des robes, des foulards de
Milan et d'autres objets de toilette. Le jeune forestier
reçut un superbe fusil à deux coups, dont le bois, en
noyer, était incrusté d'argent. — Vous, mon cher père,
vous n'irez plus à la chasse, dit Antoine au vieux forestier; il faut vous reposer de vos fatigues. Vous avez besoin
de forces pour vos vieux jours : voici un panier de bon
vieux vin du Rhin, et voilà pour le goûter. Il lui remit
une coupe d'argent magnifiquement dorée à l'intérieur.
Au dehors, au milieu d'une couronne de chêne se trouvaient gravés ces mots : — *A mon cher père, Frédéric
Grünenwald, donnée pendant la fête de Noël de l'année* 1758,
en souvenir de l'année 1740, *par son fils reconnaissant, Antoine Kroner.*

Le vieux forestier embrassa Antoine les larmes aux
yeux. Ce dernier lui remit encore un rouleau d'or. —
Mon cher père, lui dit-il, vous avez dépensé de fortes
sommes pour moi; il n'est pas juste que vos enfants et
vos petits-enfants en souffrent. Le digne vieillard fut
surpris et ne voulut pas accepter le présent. — Ce n'est
rien moins qu'un présent, repartit Antoine. Notre auguste
souverain m'a traité avec la plus grande générosité, et
je m'en réjouis doublement, parce que cela m'a mis à
même de vous payer en partie une dette dont je ne pourrai
jamais m'acquitter complétement. — Tous les assistants
étaient étonnés. — Cher Antoine, lui dit la vieille mère,
quand jadis, pendant la sainte veillée, tu entras pour la
première fois sous notre toit, aurions-nous pu croire alors
que tu nous réservais un jour cette heureuse veille de Noël?
aurions-nous pensé que ton intercession près du prince
nous sauverait d'un si grand malheur, et que tu nous ren-

drais au centuple le bien que nous t'avons fait! — C'est Dieu qui l'a voulu, dit Antoine; il m'a conduit dans votre maison pour faire votre bonheur et le mien. Que son nom soit béni!

— Mais permettez-moi, continua Antoine, de vous quitter maintenant. — Quoi, comment, pourquoi? s'écria toute la famille étonnée. — Je compte aller voir M. Riedinger, dit Antoine. J'assisterai à l'office divin chez lui; je causerai, par ma visite, une joie inattendue à mon excellent maître, et j'espère vous l'amener pour ce soir. Nous terminerons alors de la manière la plus agréable les fêtes de Noël et les derniers jours de l'année. On accompagna Antoine jusqu'à la voiture. Il tint sa promesse, et la vieille maison du garde, au milieu de la sombre forêt. contint pendant ces quelques jours les hommes les plus heureux qui aient jamais vécu.

Quelques mots suffisent pour dire ce que l'histoire d'Antoine renferme encore de remarquable. Il demanda au vieux forestier et à sa femme la main de Louise; ils la lui accordèrent avec empressement. — Mon Dieu, ma chère Louise, dit la bonne mère, le soir où tu donnas la petite pomme pour présent de Noël à Antoine, aurais-je pensé qu'un jour il te mènerait à l'autel? Le jour des noces fut la plus belle fête qu'on ait jamais célébrée dans la maison du garde. Antoine acheta une maison dans la capitale, eut toujours, grâce à ses talents, beaucoup de tableaux à peindre, et vécut avec Louise dans la plus parfaite harmonie.

Au printemps suivant, le prince, en société du conseiller Muller et d'un étranger fort instruit dans l'économie forestière, arriva inopinément à son château de Felseck. Cette visite consterna le garde général, qui n'en attendit rien de bon. — Vous avez outre-passé mes ordres, lui dit le prince. Trompé par vos rapports, j'avais suspendu le vieux forestier, et j'avais le dessein de ne donner à son fils qu'un très-mince emploi. Mais chasser si inhumainement la famille tout entière de sa demeure, comme vous en aviez la pensée, telle n'a jamais été ma volonté. Toutefois, inspectons d'abord la forêt.

Le district du garde général était dans l'état le plus pitoyable. — Sur les plans que vous m'adressiez, les choses étaient au mieux, dit le prince. Tout était écrit et tracé comme sur une gravure; mais il en est autrement dans la forêt. En maint endroit il s'est trouvé beaucoup plus de bois que vos rapports ne l'indiquaient. Vous m'avez trompé. Ainsi qu'on le découvrit plus tard, le garde général avait en effet livré successivement à une forge voisine quelques milliers de cordes de bois de plus qu'il n'était porté sur les comptes. Pour subvenir à son luxe effréné, qui égalait presque celui d'un prince, il avait non-seulement dissipé sa fortune et contracté des dettes, mais il s'était encore rendu coupable d'infidélité envers son prince. Il fut destitué et condamné à réparer le préjudice. Le pauvre M. de Schilf se vit réduit à végéter tristement dans une petite maison de campagne, unique débris de sa fortune.

Le prince trouva le district du vieux forestier dans le meilleur état. Il vint le voir en personne, lui témoigna sa satisfaction, se fit présenter tous les membres de la famille et leur parla avec beaucoup d'affabilité. Avant de remonter sur son cheval blanc, qu'un écuyer tenait par la bride, devant la maison, il dit à Christian : — Je vous nomme garde forestier; tâchez de vous rendre digne de cette faveur. Quant à vous, dit-il en s'adressant au père, vous êtes déjà d'un certain âge, mais vous n'êtes pas encore ce vieillard usé dont m'avait parlé M. de Schilf. Malgré les années, vous êtes encore vert. Je ne puis encore vous mettre en retraite. Vous devez me comprendre quand je vous dis : ADIEU, MONSIEUR LE GARDE GÉNÉRAL.

LA CORBEILLE DE FLEURS

1

LE PÈRE JACQUES ET SA FILLE.

Dans le canton seigneurial d'Eichbourg vivait, il y a plus de cent ans, un homme de grand sens et de haute probité ; il se nommait Jacques Rode. Pauvre enfant, quand il vint autrefois dans le pays pour apprendre l'horticulture dans le château, ses excellentes qualités, son bon cœur, l'habileté avec laquelle il savait tout entreprendre, enfin sa noble physionomie, lui avaient gagné la bienveillance de ses maîtres. On lui confia

au château plusieurs emplois subalternes, et quand le
comte, alors jeune encore, se mettait en voyage, Jacques
faisait partie de sa suite. Dans le cours de ces voyages, il
avait enrichi son esprit de beaucoup de connaissances ; il
avait acquis un langage et des manières distingués ; mais,
ce qui vaut mieux encore, il avait su préserver son cœur
noble et honnête de toute souillure et du contact du monde.
Le comte avait eu l'intention de récompenser les fidèles
services de Jacques en lui donnant une place avantageuse ;
celui-ci aurait pu obtenir la charge d'intendant au palais
que le comte possédait dans la capitale ; mais le brave
homme regrettait toujours la vie calme et retirée des
champs. Aussi, vers cette époque, un petit héritage qui,
jusqu'alors, avait été affermé, s'étant trouvé vacant à
Eichbourg, Jacques pria le comte de le lui donner à bail.
Le noble seigneur le lui abandonna gratuitement pour toute
sa vie, et lui accorda même chaque année une quantité
suffisante de blé et de bois pour l'entretien de son ménage
lors de son établissement. Jacques se maria à Eichbourg,
et vécut du produit du petit héritage ; outre une fort jolie
maison d'habitation, il se composait d'un grand et beau
jardin, dont une moitié était couverte d'arbres fruitiers, et
l'autre de plantes potagères.

Après avoir vécu pendant plusieurs années dans l'union
la plus heureuse avec son épouse, femme accomplie sous
tous les points, Jacques se l'était vu arracher par la mort :
sa douleur fut inexprimable. Le brave homme, déjà pas-
sablement chargé d'années, vieillit visiblement, et ses
cheveux grisonnaient à vue d'œil. Sa seule joie au monde
était sa fille unique. Elle lui était restée seule de plusieurs
enfants qu'il avait eus, et elle ne comptait que cinq ans à
la mort de sa mère. Comme elle, elle se nommait Marie,
et reproduisait en tout son fidèle portrait. Déjà, dans son
enfance, elle était d'une beauté remarquable ; mais en
grandissant, sa piété, son innocence, sa modestie, sa
bienveillance si franche envers tout le monde, donnèrent
un charme particulier à ses grâces. Il y avait sur ses traits
comme une auréole de bonté ; il vous aurait semblé que

votre bon ange vous regardait. Marie n'avait pas encore
atteint sa quinzième année que déjà elle s'entendait à
merveille à la conduite d'un petit ménage. Dans la jolie
petite chambre où l'on se tenait d'habitude, on n'eût point
aperçu le moindre atome de poussière ; dans la cuisine,
la vaisselle brillait comme si elle eût été neuve ; toute la
maison était un modèle d'ordre et de propreté. De plus,
elle aidait à son père avec un zèle infatigable dans les travaux du jardin ; et les heures qu'elle passait ainsi auprès
de lui comptaient parmi les plus heureuses de sa vie ; car
ce père sage et sensé savait, par des conversations instructives et amusantes, faire un plaisir du travail.

Marie grandissait au milieu des plantes et des fleurs ;
son jardin formant tout son univers, elle conçut dès son
enfance une vive passion pour les belles fleurs. Aussi son
père faisait-il venir chaque année des graines, des oignons
et des marcottes de fleurs qu'elle ne connaissait pas encore et lui permettait d'en couvrir le bord des plates-
bandes. Elle trouvait ainsi, dans ses heures de loisir, la
plus agréable occupation. Ses jeunes plantes, si frêles et si
délicates, étaient l'objet de tous ses soins ; elle contemplait en rêvant ces bourgeons qu'elle ne connaissait pas
encore, et cherchait à deviner quelles fleurs ils contenaient. Elle attendait avec impatience le moment où ils
s'ouvriraient ; mais quand le jour tant désiré était venu,
et que la fleur brillait dans tout son éclat, sa joie était
alors au-dessus de toute expression.—Voilà une joie pure,
innocente, disait son père en souriant. Il en est qui dé-
pensent plus de florins pour des objets d'or et de soie, que
moi de kreutzers pour mes graines, et ils sont loin de procurer à leurs filles un bonheur aussi grand, aussi pur que
le mien.

Chaque mois, chaque semaine, en effet, offrait de nouveaux plaisirs à Marie ; elle disait souvent dans sa joie :
— Je me figure à peine le paradis plus beau que notre
jardin. — Personne aussi n'aurait passé devant sans
s'arrêter pour en contempler les belles fleurs : chaque
jour, les enfants du pays regardaient à travers la grille

et Marie ne manquait jamais de leur donner quelques. fleurs.

Mais grâce à la sagesse de son père, la passion de Marie pour les fleurs devait tendre à un but plus élevé : dans leur beauté, dans leurs formes si variées, dans leur dessin si pur, dans leurs proportions si exactes, enfin dans leurs couleurs éclatantes et leurs suaves odeurs, il lui apprit à admirer la sagesse, la bonté et la toute-puissance de Dieu. Il avait coutume de consacrer la première heure de la journée au recueillement et à la prière, et pour cela il avait soin de se lever toujours avant le temps fixé pour le travail. Selon lui, la vie n'avait guère de mérite, si l'homme ne savait trouver au milieu de ses occupations quelques heures ou du moins quelques demi-heures dans la journée pour s'entretenir en paix avec son Créateur, et songer aux hautes destinées qui nous attendent dans le ciel. Aussi, par les belles matinées de printemps et d'été, emmenait-il avec lui sa fille sous un berceau de feuillage, égayé par les chants mélodieux des oiseaux, d'où l'on découvrait le jardin étincelant de rosée, et un riche paysage doré par les rayons du soleil levant. Là, il lui parlait de Dieu, qui fait briller la lumière avec tant de douceur, qui envoie la rosée et la pluie, qui nourrit l'oiseau dans les airs, et qui revêt la fleur avec tant de magnificence. Là, il lui apprenait à voir dans le Tout-Puissant le père infiniment bon des humains, ce Dieu qui, dans son fils bien-aimé, se révèle à nous avec plus de douceur encore et de bonté que dans toute la création. Là, enfin, il lui apprenait à prier, pendant qu'il priait lui-même, avec elle, du fond du cœur. Ces matinées contri-buèrent beaucoup à graver dans l'âme, encore tendre, de la jeune Marie, la plus douce piété filiale.

Dans ces fleurs chéries, il se plaisait à lui faire voir l'emblème des vertus de la jeune fille. Un jour au com-mencement du mois de mars, elle lui apporta, rayon-nante de joie, la première violette : — Chère Marie, lui dit-il, que cette jolie violette soit pour toi une image de l'humilité, de la retenue et de la bienveillance dans

l'obscurité. Elle est revêtue des tendres couleurs de la
modestie, c'est dans la retraite qu'elle aime à fleurir :
cachée sous le feuillage, elle emplit l'air des plus suaves
parfums. Toi aussi, chère Marie, sois une humble violette ;
elle méprise l'éclat d'une vaine parure, évite de se faire
remarquer, et jusqu'à ce qu'elle se flétrisse, répand ses
bienfaits dans l'ombre.

Quand les roses et les lis furent en pleine floraison, et
que le jardin fut dans toute sa magnificence, Jacques
parla ainsi à sa fille, transportée de joie, en lui montrant
du doigt un lis éclairé par le soleil levant. — Le lis, chère
enfant, est l'emblème de l'innocence ; regarde, comme il
se dresse beau, brillant et pur ! Le satin le plus blanc n'est
rien à côté de ses pétales : elles ressemblent à la neige ;
heureuse la jeune fille dont le cœur est, comme lui,
exempt de toute souillure. Mais la plus pure de toutes les
couleurs est aussi la plus difficile à préserver. Un rien ternit
la fraîcheur du lis ; on ne doit y toucher qu'avec la plus
grande délicatesse, sans quoi l'on risque d'y laisser des
taches. C'est ainsi qu'un mot, une pensée, peuvent com-
promettre l'innocence. Quant à la rose, dit-il, en lui
montrant cette fleur, tu vois en elle le symbole de la pudeur. La rougeur de l'innocence est plus belle encore que
les couleurs de la rose. Heureuse la jeune fille qu'une
plaisanterie inconvenante fait rougir, et que les couleurs
qui se répandent sur ses joues avertissent du danger ! Les
joues qui rougissent facilement conservent longtemps
leur beauté et leur fraîcheur ; des joues qui ne rougissent
plus deviennent bientôt blêmes et jaunes ; elles se flétrissent avant le temps sous la pierre du tombeau. — Puis il
cueillit quelques lis et quelques roses, en fit un bouquet et le donna à Marie en disant : — Les roses et les
lis, ces deux fleurs si belles, sont sœurs ; elles vont
ensemble : dans les bouquets et dans les couronnes elles
brillent, l'une à côté de l'autre, d'un éclat sans pareil ;
de même l'innocence et la pudeur sont deux sœurs ju-
melles. Oui, Dieu a placé près de l'innocence une sœur
vigilante, la pudeur, pour lui servir d'ange gardien.

Conserve cette pudeur, chère enfant, et tu ne perdras jamais l'innocence ; que ton cœur reste toujours pur comme
un lis sans tache, et tes joues conserveront à jamais les
couleurs de la rose.

Le plus bel ornement du jardin était un pommier-nain
guère plus haut qu'un rosier, situé sur un petit tertre de
verdure, au milieu du jardin. Jacques l'avait planté le
jour de la naissance de Marie, et toutes les années il produisait des pommes magnifiques, jaunes comme de l'or
et rayées de pourpre. Une année, entre autres, s'annonça
d'une manière très-favorable ; l'arbuste était tout couvert
de fleurs, et Marie allait le voir chaque matin. — Qu'il est
beau ! s'écria-t-elle dans son ravissement, quelles magnifiques couleurs roses et blanches ! on dirait que tout l'arbre
n'est qu'un grand bouquet. — Mais un matin, quand elle
revint, la gelée avait brûlé toutes les fleurs ; elles prenaient
déjà une teinte jaune et brune et se roulaient sur elles-
mêmes aux rayons du soleil. A ce triste spectacle, Marie
se prit à pleurer. Son père lui dit alors : — C'est ainsi

que les plaisirs criminels détruisent la jeunesse. Oh ! ma
fille ! redoute la séduction. Vois-tu, si un pareil sort
l'attendait, si les belles espérances que tu m'as données

s'évanouissaient ainsi, non pas seulement pour une année, mais pour le reste de la vie, oh! je verserais des
pleurs bien plus amers que ceux que tu répands aujour-
d'hui; je n'aurais plus un seul instant de joie sur la terre,
et c'est le cœur navré que je descendrais dans la tombe.
— Et quelques larmes humectèrent la paupière du vieillard dont les paroles firent la plus profonde impression
sur sa fille.

Marie grandit ainsi sous les yeux de ce sage et excellent père, au milieu des fleurs du jardin, florissante
comme une rose, innocente comme un lis, modeste comme
une violette, et riche d'espérances comme un arbuste
en fleurs.

C'était toujours avec un sourire de contentement sur
les lèvres que le vieillard contemplait son jardin, dont
les fruits récompensaient si bien ses labeurs; mais il
éprouvait une joie bien plus profonde encore en voyant
sa fille, dont la bonne éducation produisait des fruits
bien plus beaux encore.

II

MARIE EST REÇUE AU CHATEAU.

Par une belle matinée des premiers jours de mai, Marie coupait, dans le petit bois voisin, des tiges d'osier et
de noisetier. Son père s'en servait pour tresser de jolies
corbeilles, quand ses occupations ne l'appelaient pas à
son jardin. Là, Marie, ayant découvert les premiers muguets, en cueillit une touffe, et en forma deux bouquets,
l'un pour son père, l'autre pour elle-même. En rentrant
par l'étroit sentier, à travers les prairies en fleurs, elle
rencontra la comtesse d'Eichbourg avec sa fille Amélie.
Elles résidaient habituellement dans la capitale, mais

depuis quelques jours elles étaient arrivées à leur château.

Aussitôt qu'elle aperçut les deux dames avec leurs robes blanches et leurs ombrelles vertes, elle s'écarta un

peu pour leur faire place, et se tint avec respect au bord du sentier.

— Quoi! déjà des muguets! s'écria la jeune comtesse, qui préférait ces fleurs à toutes les autres. Marie offrit sur-le-champ à chacune un bouquet; elles l'acceptèrent avec plaisir, et la mère d'Amélie tira sa bourse de soie pourpre, dans le dessein de récompenser Marie; mais celle-ci lui dit: — Oh! permettez, Madame; ce n'est pas dans cette intention que j'ai agi: n'enlevez pas à une pauvre fille, qui déjà a été comblée par ses maîtres de tant de bienfaits, le bonheur de leur faire un aussi léger plaisir, sans songer à une récompense.

La comtesse sourit avec bonté, et pria l'enfant de revenir souvent apporter des muguets à sa fille Amélie. Marie alla donc au château chaque matin: tant que les muguets fleurirent, elle n'y manqua pas un seul jour; son bon sens, sa franche gaieté, ses manières simples et modestes charmèrent de plus en plus Amélie. La saison des muguets était passée depuis longtemps, qu'elle était encore obligée de venir passer quelques heures en la société d'Amélie. La jeune comtesse laissa voir maintes fois son plaisir d'avoir Marie auprès d'elle et son intention de l'attacher à son service. Cependant le jour de la naissance d'Amélie approchait. Marie songea à lui faire un petit cadeau champêtre ; bien souvent elle lui avait présenté des bouquets ; elle pensa donc à offrir autre chose. L'hiver dernier, son père avait façonné quelques corbeilles d'un goût exquis : la plus jolie avait été donnée à Marie. Elle en avait fait venir le dessin de la ville, et l'exécution avait réussi à merveille. Marie résolut d'emplir de fleurs cette corbeille et d'en faire hommage à Amélie pour l'anniversaire de sa naissance. Son père l'approuva complétement, et il orna de plus la jolie corbeille du chiffre de la jeune comtesse et des armes de l'illustre famille, qu'il sut y enlacer avec beaucoup de grâce et d'habileté.

Le matin du jour de la fête, Marie cueillit les roses les plus brillantes, des marguerites blanches et bleues, des giroflées d'un brun doré, des œillets d'un rouge vif, d'un jaune clair et d'un brun sombre, enfin d'autres belles fleurs encore de toutes les couleurs. Elle prit ensuite des branches garnies de leurs feuilles, et arrangea les fleurs et le feuillage dans la corbeille, de manière à ce que les couleurs se mariassent le mieux les unes avec les autres ; elle garnit la corbeille d'une légère guirlande de boutons de roses, et au-dessus du nom d'Amélie, elle plaça une petite couronne de myosotis[1] ou de *Vergissmeinnicht*. Les frais boutons de roses, la mousse verte et les *Vergissmeinnicht* se détachaient au mieux sur le treillage blanc et fin de la corbeille. En somme, c'était un petit chef-d'œuvre. Le père de Marie lui-même, malgré sa gravité, ne put retenir un sourire d'approbation, et lui dit, quand elle voulut emporter la corbeille : — Ah ! laisse-la-

---

[1] Petite plante à fleurs bleues et quelquefois blanches, dont une espèce, à feuilles velues, croît au bord des eaux et dans les lieux humides. On sait que le nom allemand du myosotis, appelé aussi *germandré*, *gremillet*, *oreille de souris*, signifie *ne m'oubliez pas*.

moi encore un peu, que je puisse jouir de sa vue quelques
instants de plus.

Marie la porta au château et l'offrit à Amélie, en y
joignant les vœux les plus sincères pour son bonheur. La
jeune comtesse était en ce moment à sa toilette. Derrière elle se tenait la femme de chambre, occupée à la
coiffer pour la fête. Le plaisir d'Amélie fut des plus vifs :
elle ne trouvait pas assez de paroles pour louer tantôt les
belles fleurs, tantôt la jolie corbeille. — Chère enfant,
lui dit-elle, tu as ravagé tout ton jardin pour me faire ce
magnifique présent... Ton père a un talent admirable !
C'est si gracieux, de si bon goût, qu'il est impossible de
rien voir de mieux. Oh ! viens tout de suite avec moi !
allons trouver ma mère !--Elle se lève, prend amicalement
la main de Marie, et monte avec elle dans l'appartement
de sa mère : — O maman ! voyez donc, s'écria-t-elle en
entrant, quel superbe présent m'a fait Marie ! Jamais
vous n'avez vu de plus jolie corbeille ni de plus belles
fleurs !

La corbeille plut aussi beaucoup à la comtesse. — En
effet, dit-elle, c'est très-beau ! Je voudrais l'avoir peinte,
car cette corbeille, avec ses fleurs, humides encore de la
rosée du matin, ferait le plus beau groupe qu'un peintre
ait jamais composé. Cela fait beaucoup d'honneur au goût
de Marie, mais encore plus à son bon cœur.

— Attends quelques instants ici, chère enfant, lui
dit-elle. Et elle fit un signe à Amélie de la suivre dans la
pièce voisine.

Là, la comtesse dit sa fille : — Nous ne pouvons laisser
partir Marie sans lui faire un cadeau. Que penses-tu donc
que nous puissions lui donner ?

Amélie réfléchit quelques instants :—Je crois, dit-elle,
qu'une de mes robes lui conviendrait le mieux ; peut-être
bien si vous le permettiez, ma chère maman, ma robe à
fond vert, avec ces jolies fleurs rouges et blanches ; elle
est presque neuve encore, à peine l'ai-je mise quelquefois ; mais elle m'est devenue trop petite. Cela fera encore
une belle robe de fête pour Marie, elle se l'arrangera elle-

même, elle est assez habile pour cela ; si donc vous ne pensez que ce soit trop... — Non, non certainement, dit la comtesse, quand on veut faire un cadeau à quelqu'un, il faut donner quelque chose qui puisse lui servir. Ta robe verte aux jolies fleurs ira très-bien à la petite jardinière.

— Allez maintenant, dit la comtesse avec bonté, en sortant de la pièce voisine avec Amélie, allez, mes enfants, et prenez soin des fleurs afin qu'elles ne se flétrissent point jusqu'à l'heure du repas. Comme nous avons du monde aujourd'hui, la corbeille sera le plus joli ornement de la table ; elle servira de bouquet. Je laisse Amélie te remercier, chère Marie.

Amélie courut avec Marie dans son appartement. et pria sa femme de chambre de lui chercher la robe. Henriette (c'était le nom de la fille) parut surprise, et dit : « Mais Votre Excellence ne pense pas à mettre cette robe aujourd'hui ? — Non, dit Amélie, mais j'en fais présent à Marie. — De cette robe ! s'écria Henriette avec précipitation ; mais madame votre mère le sait-elle ? — Apporte toujours la robe, lui dit Amélie en prenant un air sérieux, le reste me regarde.

Henriette se tourna vivement pour cacher son dépit, et s'en alla ; elle était rouge de colère. Elle tira avec impatience les robes de la commode de la jeune comtesse. — Que ne puis-je les déchirer toutes ! dit-elle. Maudite jardinière ! elle m'a déjà enlevé une partie de l'affection de mes maîtres, et voici que, par-dessus le marché, elle me vole cette robe ! Car les effets qu'on ne met plus m'appartiennent de droit. Oh ! que je voudrais lui arracher les yeux, à cette damnée bouquetière ! — Cependant elle dissimula son irritation le mieux qu'elle put ; elle affecta un air riant et donna la robe à Amélie.

— Chère Marie, dit cette dernière, j'ai reçu de plus riches présents aujourd'hui que ta corbeille, il est vrai, mais aucun ne m'a fait plus de plaisir. Ces fleurs que tu vois sur cette robe ne sont pas aussi belles que les tiennes, mais j'espère que, par amour pour moi, tu ne les dédaigneras point. Porte cette robe en mon souvenir, et salue ton père de ma part. — Marie prit la robe, baisa la main de la jeune comtesse, et partit.

Henriette continua son ouvrage en silence, le cœur plein de dépit, de jalousie et d'une colère concentrée. Elle eut de la peine à ne pas faire éprouver quelque peu son ressentiment à la chevelure d'Amélie pendant qu'elle la coiffait. — Es-tu fâchée, Henriette? lui dit Amélie avec douceur. — Ce serait une sottise de se fâcher, répondit-elle, quand vous êtes la bonté même. — C'est bien parler, reprit la comtesse, je souhaite que tes pensées soient d'accord avec tes paroles.

Pendant ce temps, Marie, transportée de joie, s'en était allée chez elle avec sa belle robe. A la vue de ce magnifique présent, le contentement du vieillard ne fut pas très-vif; il secoua sa tête grise en disant : — J'aurais préféré que tu n'eusses pas porté cette corbeille au château; je fais un très-grand cas de cette robe, en ce qu'elle est un souvenir de nos maîtres ; mais je crains d'éveiller l'envie, et, ce qui serait pis encore, j'ai peur que tu ne deviennes vaine et frivole. Sois donc sur tes gardes, chère Marie, afin du moins que le plus grand de ces deux malheurs n'arrive pas. La modestie et la bonne conduite vont mieux à une jeune fille que la plus belle parure. »

III

LA BAGUE DÉROBÉE.

Marie, après avoir essayé sa robe nouvelle, venait à peine de la replier avec soin et de l'enfermer dans l'armoire, que la jeune comtesse arriva dans sa petite chambre, pâle, tremblante et presque hors d'haleine : — Dieu du ciel! Marie, qu'as-tu fait? dit-elle, la bague en diamants de ma mère a disparu. Personne n'est entré dans la chambre que toi. Oh! donne-la à l'instant, sans quoi cette affaire peut avoir des suites terribles ; donne-la vite et tout pourra s'arranger encore. — Marie, effrayée, devint pâle comme la mort. — Ah! mon Dieu! dit-elle, qu'est-ce que cela signifie ? Je ne l'ai point, cette bague ; je n'en ai seulement pas vu dans l'appartement ; je n'ai pas bougé de la place où j'étais.

— Marie, reprit la comtesse, je t'en conjure, dans ton propre intérêt, rends-moi cette bague. Tu ne connais pas la valeur de la pierre qui y est enchâssée ; cette bague a coûté près de mille écus ! Si tu l'avais su, certes, tu ne l'aurais pas prise. Tu as cru, sans doute, que c'était un objet de peu de valeur. Rends-la-moi, et l'on te pardonnera tout en faveur de ta jeunesse et de ton ignorance.

Marie se prit à pleurer.—En vérité, dit-elle, je ne sais rien de cette bague. Jamais je n'ai touché à une chose qui ne m'appartenait pas, à plus forte raison bien moins encore la voler. Mon père m'a trop recommandé de ne jamais rien prendre à personne. — Le père de Marie entra sur ces entrefaites. Du jardin où il travaillait il avait vu la comtesse entrer précipitamment dans la maison. — Grand Dieu ! quel malheur ! s'écria-t-il quand il apprit ce dont il s'agissait. Le brave homme fut effrayé au point qu'il fut contraint de se retenir au coin de la table et de s'asseoir sur un banc.

—Mon enfant, dit-il, le vol de cette bague est un crime puni de mort ; mais c'est le moindre mal ; pense au commandement de Dieu : «Tu ne voleras point. » Quand on s'est rendu coupable d'une pareille action, ce n'est pas seulement aux hommes qu'on en doit compte. Il est un être plus élevé envers lequel nous sommes responsables ; c'est le souverain Juge, auquel on ne peut mentir ni échapper. Si tu as oublié Dieu et ses saints préceptes, si tu ne t'es point rappelé, à l'heure de la tentation, mes exhortations paternelles, si l'éclat de l'or et des pierreries a ébloui tes yeux et t'a entraînée au crime, ne le nie point ; avoue-le et rends la bague, c'est le seul moyen de réparer, autant que possible, ta faute.

Marie répliqua d'une voix entrecoupée de sanglots et de gémissements : — O mon père ! bien sûr, bien sûr, je n'ai point vu de bague. Ah ! si j'en avais trouvé une dans la rue, je n'aurais pas eu de repos que je ne l'eusse restituée à son maître..... Bien sûr, je ne l'ai pas !

—Vois-tu, reprit son père, c'est uniquement par amour pour toi que la jeune comtesse, cet ange, est venue ici : c'est pour te préserver des mains de la justice. Elle te témoigne l'intérêt le plus tendre ; aujourd'hui même elle t'a fait un riche présent. Eh bien, ce serait mal de lui mentir et de chercher à la tromper. Au risque de te perdre, si tu as la bague, dis-le ; la noble comtesse, par son intercession, écartera de ta tête le châtiment que tu auras encouru. — Marie, sois franche, ne mens pas !

— Mon père, dit Marie, vous le savez bien vous-même, de ma vie je n'ai dérobé la valeur d'une obole ; je n'aurais pas même osé prendre une pomme sur l'arbre d'autrui, ou une poignée d'herbe dans son pré, à plus forte raison un objet de cette valeur. Croyez-moi, mon bon père, je ne vous ai jamais menti. — Marie, reprit-il encore une fois, regarde mes cheveux gris, tu ne voudrais pas me les faire porter de douleur dans la tombe ; épargne-moi cette amertume. Dis-le devant Dieu, que j'espère bientôt rejoindre, et qui ne reçoit point de voleuse dans son Paradis. Dis-le ; as-tu la bague? Sur ton bonheur éternel, je t'en conjure, dis la vérité !

Marie tourna vers le ciel ses yeux en pleurs ; elle éleva ses mains jointes et s'écria :—Sur mon bonheur éternel, je le jure, je ne l'ai pas ! — Eh bien, maintenant, dit le père, j'en suis convaincu, tu ne l'as pas ; tu n'oserais mentir en présence de Dieu, de la noble comtesse et de ton vieux père, et puisque tu es innocente, comme j'en suis persuadé, je suis tranquille. Sois tranquille aussi, Marie, et ne crains rien. Il n'y a qu'un mal au monde que nous devons redouter, c'est le péché ; la prison et la mort ne sont rien à côté. Quel que soit le sort qui nous attende, quand bien même tout le monde nous abandonnerait et se tournerait contre nous, nous avons Dieu pour ami.

Certainement il nous sauvera, et tôt ou tard il fera éclater notre innocence.

La jeune comtesse essuya une larme. — Quand je vous entends parler ainsi, mes amis, dit-elle, je crois bien que vous n'avez pas la bague. Cependant, quand je réfléchis à toutes les circonstances, il me semble impossible qu'elle ne soit pas en votre possession. Ma mère se rappelle parfaitement l'endroit où elle venait de la placer quand je suis entrée avec Marie : c'était sur la table à ouvrage. Aucune autre personne n'a pénétré dans sa chambre; Marie peut attester elle-même que je ne me suis pas approchée de la table. Elle était seule pendant que je parlais avec ma mère dans la pièce voisine. Personne n'y a mis le pied avant ni après elle. Quand nous fûmes sorties, ma mère ferma la porte à clef pour changer de toilette. Quand elle fut habillée et qu'elle voulut mettre sa bague, le bijou avait disparu; c'est en vain qu'elle chercha dans la pièce. Elle poussa la précaution jusqu'à ne laisser entrer personne de ses gens, jusqu'à ce qu'elle eût fouillé partout à deux ou trois reprises différentes. Tous ses efforts furent inutiles ! Qui donc a pu dérober cette bague? — Je m'y perds comme vous, répondit Jacques, Dieu nous a envoyé là une rude épreuve; mais quel que soit le destin qui nous attende, dit-il en levant les yeux vers le ciel, je suis prêt, Seigneur ! Seulement, ne me privez pas de votre grâce, ô mon Dieu ! cela me suffit !

— Croyez bien, dit la comtesse, que je retourne chez moi le cœur serré. Voilà un triste anniversaire; cela tournera mal. Ma mère, il est vrai, n'en a dit mot encore à personne qu'à moi, pour ne point faire de peine à Marie; mais il est impossible de cacher la chose plus longtemps. Ma mère doit porter cette bague aujourd'hui; mon père qui, vers midi, reviendra de la capitale, s'apercevrait de suite de son absence. Il la lui a donnée le jour de ma naissance; ma mère attend que je la lui rapporte. Adieu, dit-elle enfin, je dirai que je vous crois innocents, mais aura-t-on foi en mes paroles? — Elle sortit triste et les

larmes aux yeux; Jacques et sa fille étaient trop atterrés
pour songer à l'accompagner.

Assis sur un banc, la tête dans ses mains, Jacques, en
proie aux réflexions les plus déchirantes, tenait ses yeux
fixés sur la terre : des pleurs inondaient ses joues pâles.
Marie tomba à ses genoux, et, le regardant en pleurant,
elle lui dit : — O mon père! je suis innocente dans toute
cette affaire, oui certes, je suis innocente. — Son père
la releva, la regarda longtemps dans ses yeux bleus, et
dit : — Oui, Marie, tu es innocente. Le crime n'a pas
cette franchise et cette candeur dans le regard.

— Mon père, reprit Marie, quelle peut être l'issue de
cette affaire? que va-t-il nous arriver? Oh! si le malheur
pouvait me frapper seule, je le supporterais avec plaisir!
Mais ce qui m'effraie le plus, c'est l'idée de vous voir
souffrir à cause de moi. — Aie confiance en Dieu, et sois
sans crainte, lui dit son père. Pas un cheveu ne saurait
tomber de notre tête sans sa volonté; tout ce qui nous
arrivera nous viendra de lui; cela ne peut donc tourner
qu'à notre avantage, que pouvons-nous désirer de plus?
Seulement ne t'effraye pas et dis toujours la vérité. Quelques menaces qu'on te fasse, quelque espérance qu'on
te donne, ne t'écarte jamais le moins du monde de la
vérité, et ne mens pas à la conscience : une bonne conscience est un bien doux oreiller, même en prison. Sans
doute on va nous séparer; ton père ne pourra plus te
consoler, chère Marie; tourne-toi donc avec d'autant plus
de ferveur vers ton Père qui est dans le ciel; on ne
pourra pas te le ravir, lui, le protecteur tout-puissant de
l'innocence.

Tout à coup, les portes s'ouvrirent avec violence. Le
bailli, le greffier et plusieurs recors entrèrent pêle-mêle
dans la chambre; Marie jeta un cri et serra son père dans
ses bras. — Séparez-les! s'écria le bailli les yeux enflam-
més de colère; enchaînez la fille et jetez-la en prison. En
attendant, que le père soit mis en lieu sûr!

Les recors arrachèrent Marie des bras de son père; elle
tomba évanouie, et on l'entraîna sans connaissance. Quand

le père et la fille arrivèrent dans la rue, une grande foule
s'était déjà amassée. L'histoire de la fameuse bague courut bientôt dans tout le bourg. Il y eut un rassemblement,
un tumulte tel, autour de la maison du jardinier, qu'on
eût cru qu'elle était en flammes. On entendait les juge-
ments les plus divers. Malgré la bienveillance que Jacques et Marie avaient toujours témoignée à chacun, il ne
manquait pas de gens qui trouvaient une joie maligne à
faire des observations malveillantes. L'honnête aisance
à laquelle ils étaient arrivés, grâce à leur zèle et à leur
économie, avait excité l'envie de quelques personnes. —
Maintenant on sait d'où leur vient leur fortune, disaient-
elles ; auparavant, on n'y comprenait rien. De cette manière, il n'est pas difficile de vivre plus à l'aise et de se
mieux vêtir que les honnêtes gens de l'endroit.

Cependant, la majeure partie des habitants d'Eichbourg
prenait une part sincère au malheur du digne vieillard et
de sa fille. Plus d'un chef de maison, plus d'une mère de
famille se dirent : — Quelle misère pourtant que l'humanité ! Le meilleur d'entre nous n'est pas à l'abri du sort !
Qui eût pu croire cela de la part d'aussi honnêtes gens ?
Toutefois, l'on se trompe peut-être, et Dieu veuille alors
faire paraître au grand jour leur innocence ! Mais, fussent-ils même coupables, que le Seigneur ne les abandonne pas ; qu'il leur inspire la pensée d'échapper à
l'affreux malheur qui les attend. Que sa grâce nous préserve, tous tant que nous sommes, du péché, à l'abri
duquel nous ne sommes jamais.

On voyait de côté et d'autre des groupes d'enfants qui
pleuraient : — Ah ! disaient-ils, si on les enferme, nous
ne pourrons plus recevoir de fruits de l'honnête Jacques,
ni de fleurs de la bonne Marie. On ne devrait pas le souffrir !

IV

MARIE EST JETÉE EN PRISON.

Marie, encore à moitié évanouie, avait été transportée
dans la prison. En recouvrant ses sens, elle pleura, sanglota, se tordit les mains et pria; ensuite, épuisée par la
frayeur, la tristesse et les larmes abondantes qu'elle avait
répandues, elle tomba sur un lit de paille, où un doux
sommeil vint clore ses paupières. Quand elle se réveilla,
il faisait déjà nuit. Il régnait autour d'elle une obscurité
profonde qui l'empêchait de rien distinguer. L'histoire
de la bague lui sembla un rêve : elle crut d'abord qu'elle
était dans son lit. Elle s'en réjouissait déjà, quand tout à
coup elle sentit des chaînes à ses mains; leur cliquetis
retentit à son oreille d'une manière effrayante. Frappée
d'épouvante, elle se dressa sur sa couche de paille.— Que
puis-je faire autre chose, s'écria-t-elle en tombant à genoux, que de lever vers toi ces mains chargées de fers, ô
mon Dieu ! Tourne ton regard vers cette prison, et vois
une pauvre fille à genoux devant toi. Tu sais que je ne suis
point coupable ! Tu es le sauveur de l'innocence, sauve-
moi !... prends pitié de moi ! prends pitié de mon pauvre
vieux père !... Oh ! du moins, répands tes consolations
dans son cœur !... Fais-moi plutôt souffrir doublement !

En pensant à son père, un torrent de larmes s'échappa
des yeux de Marie, la douleur, la pitié étouffèrent sa voix.
Elle continua ainsi longtemps à pleurer et à sangloter.

La lune, voilée jusqu'alors par d'épaisses nuées d'orage,
vint briller à travers l'étroite et sombre lucarne de la prison, et projeta sur le sol l'ombre des barreaux de fer. A
la blanche lueur de ses rayons, Marie put apercevoir distinctement les quatre murs de son étroit cachot, les bri-
ques rouges dont ils étaient construits, le ciment blanc
qui liait les pierres entre elles, le petit massif à hauteur

d'appui qu'on avait pratiqué dans un coin en guise de table, et sur ce massif une cruche et un plat de terre, enfin chaque brin de la paille qui lui servait de lit.

Quand les épaisses ténèbres qui l'environnaient se furent dissipées, elle sentit son cœur allégé en voyant l'astre de la nuit ; il lui sembla retrouver un vieil ami.

— Astre chéri, lui dit-elle, viens-tu visiter ton amie? Oh ! naguère encore, quand, à travers le feuillage de la vigne, les rayons glissaient par ma fenêtre jusque dans ma petite chambre à coucher, tu brillais d'un éclat bien plus beau, bien plus vif qu'aujourd'hui à travers ces épais et sombres barreaux ! Prends-tu part à mon infortune? Eussé-je jamais cru que je te verrais d'un lieu pareil? Que fait mon père à cette heure ? Peut-être veille-t-il aussi ! peut-être il pleure et se désole comme moi ! Oh ! que ne puis-je le voir un seul instant ! Peut-être, en ce moment, lune chérie, tu regardes aussi dans son cachot ! Que ne peux-tu parler ! que ne peux-tu lui dire combien sa fille Marie pleure et se lamente !

Mais quelles paroles insensées me dicte ma douleur ! Pardonne-moi ces vains propos, ô mon Dieu !... C'est toi, oui, c'est toi dont l'œil pénètre dans le cachot de mon père ! Tu nous vois l'un et l'autre, tu regardes dans nos cœurs ! ton assistance souveraine franchit les murs et les grilles. Oh ! console-le dans son malheur !

Sur ces entrefaites, Marie s'aperçut avec étonnement que les parfums les plus suaves emplissaient sa prison. Dans la matinée, elle s'était fait un bouquet avec les boutons de roses et les autres fleurs qui ne lui avaient pas servi pour la corbeille, et elle l'avait mis à son sein. L'air en était embaumé.

— Vous ne m'avez donc pas quittée, mes fleurs adorées ! dit-elle en voyant le bouquet. Fallait-il donc que vous vinssiez avec moi en prison, pauvres plantes ! Quel est votre crime ?... Que votre exemple me console, moi qui suis innocente comme vous !—Elle détacha le bouquet et le contempla à la lueur de la lune. — Ah ! dit-elle, quand ce matin je cueillais ces boutons de roses dans notre jar-

din, et ces *Vergissmeinnicht* au ruisseau voisin, aurais-je
cru que ce soir je coucherais dans un cachot !... quand je
tressais ces chaînes de fleurs, qui aurait pensé que le même
jour je porterais ces chaînes en fer !... Ainsi, rien n'est
constant sur la terre; personne ne sait avec quelle rapidité
son sort peut changer, et à quelles tristes suites peuvent
conduire les actions les plus innocentes. L'homme a bien
sujet d'implorer chaque matin l'assistance de Dieu.

Elle se remit à pleurer; ses larmes tombèrent sur les
boutons de roses et les myosotis, où elles brillèrent
comme des gouttes de rosée, que fait chatoyer un rayon
du soleil. — *Celui* qui n'oublie pas les fleurs et qui leur
envoie la chaleur et la pluie ne peut m'oublier non plus.
O mon Dieu, répands tes consolations dans le cœur de
mon père et dans le mien, comme tu verses la rosée du
ciel aux calices altérés des fleurs. — Le souvenir de son
père redoublait ses pleurs. — Excellent homme, disait-
elle, comme tous les discours que tu me tenais sur les
fleurs me reviennent en mémoire ! Ces boutons de rose
ont fleuri au milieu des épines ; c'est ainsi que pour moi
la joie naîtra des souffrances. Si, avant l'époque fixée par
la nature, on eût voulu tirer cette rose naissante du bou-
ton qui la renfermait, on l'eût gâtée. Dieu l'en a fait sortir
peu à peu, et pour ainsi dire en prenant du doigt, avec
soin et délicatesse, chacune de ces feuilles éclatantes
comme la pourpre, puis il a caché dans leur sein le par-
fum le plus doux. Dieu changera ainsi mon affliction; il
en fera sortir les grâces qu'elle contient. J'attendrai avec
patience que le temps soit arrivé.

Ces *Vergissmeinnicht* me font penser à leur Créateur.
Oui, mon Dieu ! je veux me souvenir de toi, comme tu te
souviens de moi. Ces petites fleurs sont bleues comme le
ciel; que le ciel soit ma consolation dans mes maux de
cette vie. — Voici des pois de senteur aux fleurs roses et
blanches; sans les rameaux voisins auxquels elle s'attache, cette plante élancée ramperait sur la terre; mais,
grâce à leur appui, elle s'élève, pour ainsi dire, avec les
ailes du papillon, au-dessus de la poussière, et s'épanouit

dans tout son éclat. Comme elle, je veux m'attacher à toi,
ô mon Dieu ! et m'élever au-dessus de la fange et des misères de ce monde.

Ce sont ces résédas surtout qui parfument ma prison.
Fleur innocente et douce, tu prodigues tes parfums à ceux
mêmes qui t'ont cueillie ; je veux te ressembler : je veux
faire du bien à ceux qui, sans que je leur aie causé le
moindre mal, m'ont arrachée de mon jardin et m'ont
jetée dans cette prison. — Voici une pervenche : elle ré-
siste à l'hiver et conserve, pendant la rude saison, la
belle couleur verte de l'espérance ; Dieu, qui maintient
cette petite plante belle et verte sous la neige et la glace,
au milieu des tourmentes de l'hiver, saura bien aussi me
garder au milieu des tourmentes du malheur. — Voilà
encore quelques feuilles de laurier : elles me font songer
à l'immortelle couronne qui attend dans le ciel ceux qui
ont souffert avec courage et résignation sur la terre. Oh !
il me semble déjà la voir splendide et rayonnante, cette
immortelle couronne du triomphe ! Fleurs de la terre,
vous êtes éphémères comme toutes ses joies: vous vous
flétrissez bientôt ! Mais là-haut, après les maux passagers
de cette vie, nous attendent un bonheur et une gloire qui
ne passeront jamais.

Un sombre nuage voila tout à coup la lune, Marie ne
vit plus ses fleurs : le cachot était devenu d'une obscurité
effrayante ; son cœur se serra de nouveau d'épouvante ;
mais le nuage passa bientôt, et l'astre reparut resplendissant. — C'est ainsi que l'innocence peut être obs-
curcie, mais elle finit toujours par briller de tout son
éclat. De même, avec ton aide, ô mon Dieu, mon innocence, sur laquelle pèsent aujourd'hui les lourds nuages
du soupçon, finira par triompher des accusations que la
malveillance élève contre elle.

Marie se recoucha sur sa botte de paille et s'endormit
le cœur tranquille et rassuré. Un songe agréable et léger
vint la consoler dans son sommeil : elle rêva qu'elle se
promenait, au doux clair de lune, dans un jardin inconnu,
au milieu d'un désert ombragé de noirs sapins. Ce jardin

lui sembla d'une beauté merveilleuse. Jamais elle n'avait
vu la lune si belle, si argentée. Tout à coup elle aperçut
son père dans ce lieu enchanté : la lune se reflétait sur la
noble figure du vieillard, animée par un doux sourire.
Marie se précipite vers lui, se suspend à son cou et répand de délicieuses larmes qui humectaient encore ses
joues à son réveil.

V

MARIE COMPARAIT DEVANT LE TRIBUNAL.

Marie venait à peine de s'éveiller, quand un huissier
entra dans sa prison et la conduisit devant le tribunal.
Elle sentit tout son corps frissonner en entrant dans la
haute salle voûtée, où le jour pénétrait à peine à travers
les fenêtres gothiques aux vitraux hexagones. Le bailli
siégeait sur un vaste fauteuil, recouvert d'un drap rouge
comme du sang : le greffier, la plume à la main, était
assis devant un énorme pupitre, noirci par le temps. Le
juge adressa un grand nombre de questions à Marie :
celle-ci répondit à toutes avec vérité ; elle pleura, gémit
et attesta les cieux de son innocence ; mais le juge lui
répondit : — Tu ne me tromperas pas au point de me
faire tenir pour possible ce qui ne l'est pas. Personne
n'est entré que toi dans la chambre ; personne que toi ne
peut avoir la bague : avoue-le donc !

Marie répondit en pleurant : — Je ne puis point dire
autre chose, je ne sais rien sur la bague, je ne l'ai point
vue, je ne l'ai pas.

— On a vu la bague entre tes mains, continua le juge ;
qu'as-tu donc à répondre à cela ? Marie assura que c'était
impossible. Il agita sa sonnette, et Henriette fut introduite.

Dans la colère que lui causait la robe, et dans le but

de faire perdre à Marie la faveur de ses maîtres, elle avait dit aux gens du château : — Il n'y a que cette misérable jardinière qui puisse avoir la bague : quand elle descendait l'escalier, je l'ai vue qui en regardait une dans sa main ; cette bague était montée en pierreries. Tout d'abord cela me sembla louche. Cependant je ne voulus pas agir avec trop de précipitation et je gardai le silence ; je pensai que peut-être on la lui avait donnée, comme on lui a donné déjà bien d'autres objets. Si toutefois elle l'avait volée, la chose ne manquerait pas de faire du bruit, et alors il serait toujours temps de parler. Je suis bien contente de ce que je n'ai pas encore été aujourd'hui dans la chambre de la comtesse : de méchantes créatures, comme cette hypocrite Marie, pourraient jeter des soupçons sur les honnêtes gens.

On prit au mot Henriette : elle dut venir rendre compte de ce qu'elle avait dit. Quand elle parut devant le tribunal, et que le juge la somma de dire la vérité, le cœur lui battit avec violence, il est vrai, et elle sentit fléchir ses genoux ; mais la méchante fille écouta les paroles du juge et fut sourde au cri de sa conscience : — Si j'avoue que j'ai menti, pensait-elle, on me chassera ou même on m'emprisonnera. Elle persista donc dans son mensonge, et osa dire à Marie, en face : — Tu as la bague, je te l'ai vue.

Marie fut saisie d'horreur devant une semblable fausseté ; mais elle ne s'emporta pas en injures ni en outrages ; elle se borna à pleurer, et dit d'une voix entrecoupée de larmes : — Ce n'est pas vrai, tu ne m'as pas vu la bague. Comment peux-tu mentir si horriblement, et me perdre quand je ne t'ai jamais fait le moindre mal !

Mais Henriette ne pensait qu'aux avantages de ce monde et était toujours animée de haine et d'envie contre Marie ; elle répéta ses mensonges dans les plus grands détails avec toutes les circonstances qu'elle avait imaginées : puis, sur un signe du juge, on l'emmena.

— Te voilà convaincue, dit le bailli à Marie ; toutes les circonstances sont contre toi. La femme de chambre de la jeune comtesse a même vu la bague dans tes mains. Maintenant dis-nous où tu l'as mise ? — Marie persista à dire qu'elle ne l'avait pas ; là-dessus il ordonna qu'on la frappât jusqu'au sang. Marie se répandit en cris et en pleurs ; elle implora Dieu et répéta constamment qu'elle était innocente ; mais tous ses efforts furent inutiles : elle fut traitée avec la plus grande barbarie. Enfin, on la jeta de nouveau dans son cachot, pâle, tremblante et couverte de sang. Ses blessures la firent cruellement souffrir ; elle passa la moitié de la nuit sans pouvoir dormir, couchée durement sur la paille qui lui servait de lit. Elle pleura, gémit et pria Dieu, qui, enfin, lui envoya un sommeil réparateur. Le lendemain, Marie comparut de nouveau devant le juge : la rigueur n'ayant servi de rien, il essaya de l'amener à un aveu par la douceur et par des promesses séduisantes : — Tu as encouru la mort, lui dit-il, tu as mérité de périr sous le couteau ; mais si tu déclares où est la bague, on ne te fera plus rien : les coups que tu as reçus seront ta seule punition. — Marie persista dans sa déclaration. — Le juge ayant remarqué de quel tendre amour elle était animée pour son père, continua en ces termes :—Si tu t'obstines ainsi, et si tu ne fais pas de cas de ta vie, pense du moins aux cheveux gris de ton père : veux-tu voir tomber sa tête sanglante sous la hache du bourreau ? Quel autre que lui a pu t'engager à nier avec autant d'opiniâtreté ? Crois-tu qu'il ne lui en coûtera pas la vie ? — En entendant ces mots, Marie fut effrayée au point qu'elle faillit tomber. — Avoue, lui dit le juge, que tu as pris la bague : un mot, un seul mot « oui » peut sauver ta vie et celle de ton père.

Ce fut là une bien rude épreuve pour Marie ; elle garda longtemps le silence. Il lui vint bien à l'esprit de dire qu'elle avait pris la bague et qu'elle l'avait perdue en chemin ; mais elle se dit en elle-même : — Non, il vaut mieux s'en tenir toujours à la vérité ; mentir serait un péché ; pour rien au monde je ne veux en commettre, quand la vie de mon père et la mienne devraient en être le prix ; je ne veux et ne dois écouter que toi, ô mon Dieu !

Pour tout le reste, je m'en remets avec confiance à ta
sainte volonté. — Puis elle ajouta d'une voix émue : — Si
je disais que j'ai la bague, ce serait un mensonge, et
quand je pourrais échapper à la mort par un péché, je ne
le voudrais pas ! Mais, continua-t-elle, s'il doit couler du
sang, épargnez les cheveux gris de mon bon père ! c'est
avec joie que je verserais tout le mien pour lui. — Ces
paroles émurent tous les assistants ; le juge lui-même, si
grave et si sévère, en fut touché jusqu'au fond du cœur.
Il se tut, et fit signe qu'on reconduisît Marie en prison.

VI

JACQUES VA RETROUVER SA FILLE EN PRISON.

Le bailli était gravement embarrassé. — Voici déjà le
troisième jour, dit-il le matin à son greffier, et nous ne
sommes pas plus avancés que la première heure. Si je
voyais seulement la possibilité que quelque autre eût pris
la bague, je voudrais bien croire que cette fille est innocente. Une pareille obstination dans un âge si tendre a
quelque chose d'inouï ; par malheur, les circonstances
sont trop évidemment contre elle : il faut absolument
qu'elle l'ait volé.

Il alla trouver encore une fois la comtesse et la questionna de nouveau sur les moindres détails. Il interrogea
de nouveau Henriette. Il passa toute la journée sur les
pièces du procès, et pesa chaque parole que Marie avait
dite dans son interrogatoire. Enfin, la soirée était déjà
bien avancée, quand il ordonna qu'on fît sortir Jacques
de prison et qu'on l'amenât dans son cabinet. — Jacques,
lui dit-il, je suis réputé pour ma sévérité, il est vrai, mais
vous me rendrez cette justice que jamais je n'ai fait
sciemment du tort à quelqu'un. Vous pensez bien, je
l'espère, que je ne veux pas la mort de votre fille. Mal-

heureusement, toutes les circonstances la désignent comme l'auteur du vol, et, d'après la loi, elle doit mourir. La déposition de la femme de chambre achève d'éclairer cette affaire. Cependant, si l'on retrouvait la bague, et que le dommage fût ainsi réparé, elle pourrait recevoir sa grâce en faveur de sa jeunesse ; mais si elle continue à nier avec tant d'opiniâtreté et de perversité, la méchanceté, dès lors, compense chez elle le nombre des années, et elle est dévouée à la mort. Jacques, allez donc la trouver ; engagez-la à restituer la bague, et je vous donne ma parole qu'alors (mais alors seulement, remarquez-le bien) elle ne mourra pas ; qu'elle en sera quitte pour un léger châtiment. Vous êtes père, vous pouvez tout sur elle ! Si vous n'en obtenez rien, que pourra-t-on penser, sinon que vous êtes de connivence, et que vous avez pris part à son crime ? Encore une fois, si la bague ne se retrouve pas, malheur à vous !

— Je veux bien lui parler, répondit Jacques, mais je sais d'avance qu'elle n'a pas volé la bague et que, par conséquent, elle ne pourra l'avouer. Toutefois, je veux tout essayer ; et si, malgré son innocence, ma fille doit périr, je regarde comme une grande faveur de la voir une dernière fois.

Le geôlier conduit en silence le vieillard dans la prison de sa fille : il pose la lampe fumeuse sur le massif où se trouve, dans un plat de terre, le souper encore intact de Marie et, à côté, la cruche en grès, pleine d'eau ; puis

il s'en va, en fermant la porte à double tour. — Marie, le visage tourné contre le mur, était couchée sur son lit de paille, et sommeillait un peu. La lumière blafarde et rougeâtre de la lampe lui fait entr'ouvrir les yeux et tourner la tête. Aussitôt qu'elle aper-

çoit son père, elle jette un grand cri, s'élance de sa couche, en faisant retentir ses chaînes, et se jette à moitié
évanouie au cou de son père, qui s'assied avec elle sur
la paille, et la serre dans ses bras. Ils gardent longtemps
le silence, et leurs pleurs se confondent dans ces douces
étreintes.

Enfin, Jacques aborde la mission dont on l'avait chargé.
— Ah ! mon père ! interrompt Marie, vous ne douterez
pas, du moins, vous, de mon innocence ! O mon Dieu !
continue-t-elle en pleurant, il n'est donc plus personne
au monde qui ne me regarde comme coupable ! pas
même mon bon père ! Oh ! croyez-moi bien, pourtant,
vous n'avez point élevé en moi une voleuse !

— Sois tranquille, chère enfant, répondit-il, je te crois ;
je n'ai fait qu'exécuter la mission dont on m'a chargé
auprès de toi. — Et tous deux retombent dans le silence.

Jacques contemplait sa fille ; les joues de l'infortunée
étaient pâles et creusées par le chagrin, ses yeux rouges
et gonflés par les pleurs ; son épaisse chevelure blonde,
dont elle eût pu se couvrir tout entière, était dénouée et
flottait en désordre. — Pauvre enfant ! dit le père, Dieu
t'a imposé une bien rude épreuve ! et cependant un malheur bien plus grand, bien plus effroyable encore nous
menace ; peut-être, je le crains, peut-être, hélas ! feront-
ils tomber cette jeune tête sous la hache du bourreau !

— Mon père ! reprit Marie, pour ce qui me regarde, je
suis tranquille ; mais votre tête à cheveux blancs ! ô mon
Dieu ! si je devais la voir rouler sous le couteau ! — Sois
sans crainte, chère enfant, il ne m'arrivera rien, à moi ;
mais toi... j'ai bonne espérance cependant, il est vrai...
pour toi, les choses pourraient arriver à un point où.....
— Oh ! s'écrie Marie avec transport, en interrompant Jacques, s'il en est ainsi, cela m'ôte le poids le plus lourd que
j'avais sur le cœur. Tout est bien alors. Mon père, je ne
crains pas la mort ; j'irai près de mon Dieu, le Père de
mon Rédempteur ; je reverrai ma mère dans le ciel. Oh !
quelle n'est pas ma joie !

Ces paroles allèrent jusqu'au fond des entrailles du

I.   16

vieillard : il pleura comme un enfant. — Eh bien ! Dieu
soit loué, dit-il enfin, en joignant les mains ; Dieu soit
loué des bonnes dispositions où je te vois. Il est cruel ! —
bien cruel pour un homme près de la tombe, pour un
père plein d'amour, — de perdre ainsi son unique enfant,
sa fille bien-aimée, sa seule consolation, son dernier appui, la couronne et l'espoir de sa vieillesse ! Cependant,
murmura-t-il d'une voix entrecoupée, que ta volonté soit
faite, Seigneur ! Tu exiges de moi un bien grand sacrifice ;
mais je le fais avec soumission. Prends ma fille, je te la
remets ; elle est ce que j'aime le plus sur la terre ; nulle
part elle ne peut être mieux qu'entre tes mains. Je la recommande à ton cœur paternel, infiniment bon ; c'est sa
meilleure sauvegarde. Oui ! il est préférable encore,
chère Marie, que tu meures innocente sous le glaive du
bourreau, plutôt que de vivre pour me causer la douleur
de te voir, dans ce monde périssable, séduite, privée de
ton innocence et entraînée au péché et au crime. Pardonne-moi de parler ainsi. Tu es vertueuse : et qui, plus
que toi, est digne d'être compté au nombre des anges du
ciel ? Le monde est pervers, sa nature est faible, et les
anges eux-mêmes ont failli. Meurs donc consolée, ma
fille, si telle est la sainte volonté de Dieu. Tu meurs sans
être coupable, c'est la plus belle mort, quelque sanglante
qu'elle puisse être. Comme un beau lis sans tache, tu
seras transplantée de cette terre aride et sauvage dans une
meilleure patrie... dans le ciel !

Un torrent de larmes suspend ses paroles. — Pourtant
encore un mot, dit-il après une pause. Henriette a déposé
contre toi : elle a affirmé, sous la foi du serment, qu'elle
avait vu la bague entre tes mains : son témoignage te
donne la mort ; mais si tu dois périr, n'est-ce pas que tu
lui pardonnes ; que tu n'emporteras pas de haine dans
l'autre monde ? Oui, sur cette paille, dans ce sombre cachot, chargée de ces lourdes chaînes, tu es encore plus
heureuse qu'elle, bien qu'elle vive au château, couverte
de soie et de dentelles, au sein de l'abondance et des honneurs. Il vaut mieux mourir pure comme toi, que de vivre

dans la honte comme elle. Pardonne-lui, Marie, comme
ton Sauveur pardonna à ses ennemis. Marie, tu lui accor-
des un pardon complet, n'est-ce pas ? — Marie le promit.

— Maintenant, continua son père en entendant venir
le geôlier, je te recommande à la grâce de Dieu... et à
ton Sauveur, qui, lui aussi, périt innocent du supplice
des malfaiteurs ; et si tu ne dois plus revoir ton père, si
c'est la dernière fois que je t'embrasse aujourd'hui, je te
suivrai bientôt, hélas ! car, je le sens, je ne résisterai pas
longtemps à ce coup. — Le geôlier avertit Jacques de se
retirer. Marie, résolue à le retenir, le serre avec force
dans ses bras ; mais ce bon père se dégage avec une
douce violence... et Marie retombe éperdue sur sa
paille !...

On reconduisit Jacques près du juge. Lorsqu'il fut arrivé, il éleva la main droite vers le ciel, et s'écria d'une
voix sonore, quoique empreinte d'une indicible émotion :
— Devant le Dieu tout-puissant, je jure que ma fille est
innocente !.....

— Je serais presque porté à le croire, dit le bailli ; malheureusement, je ne puis me guider sur vos déclarations,
ni sur celles de votre fille ; je dois juger d'après les faits
de la cause et la lettre de la loi.

VII

LE JUGEMENT ET SON EXÉCUTION.

Tout le monde, au château et dans le bourg, était curieux de voir comment l'affaire de Marie se terminerait.
Tous les gens de bien tremblaient pour sa vie, car, dans ce
temps-là, le vol était puni avec une excessive sévérité,
et il y avait mainte exécution pour des sommes d'argent
qui n'égalaient pas la vingtième partie de la bague.

Le plus ardent désir du comte était de savoir Marie innocente; il parcourut lui-même toutes les pièces du procès, s'entretint des heures entières avec le bailli; mais il ne put se convaincre de son innocence, car il lui semblait de toute impossibilité que toute autre fût coupable du vol. Les deux comtesses, la mère et la fille, le conjurèrent, les larmes aux yeux, de ne pas permettre qu'on exécutât Marie. Son vieux père, dans la prison, priait Dieu sans relâche de faire paraître au jour l'innocence de sa fille. Toutes les fois que Marie entendait le geôlier avec ses clefs, elle s'attendait à ce qu'on vînt lui annoncer son arrêt de mort. Pendant ce temps, le bourreau préparait la place du supplice et arrachait l'herbe qui avait poussé de toutes parts.

Henriette, en se promenant, le vit occupé à ce travail, et ce spectacle lui perça le cœur. Le soir, au souper, elle s'assit à table pâle et toute bouleversée; chacun put voir qu'elle était en proie à quelque peine secrète. Elle passa une nuit très-agitée, et il lui sembla voir maintes fois dans ses rêves la tête sanglante de Marie. Sa conscience la tourmentait nuit et jour: mais la malheureuse n'avait que les instincts les plus bas et les plus grossiers; elle ne se sentait pas le courage de réparer sa faute par un aveu sincère.

Le juge prononça enfin la sentence. Marie, que son vol public et odieux, et l'opiniâtreté qu'elle mettait à le nier, rendaient passible de la peine de mort, ne fut condamnée, en considération de sa jeunesse et de ses excellents anté-cédents, qu'à la réclusion perpétuelle dans une maison de force; son père, qui s'était rendu complice de son crime et de son obstination à le nier, par le fait ou par les mauvais principes qu'il lui avait donnés, fut condamné à être banni pour toujours du comté. Leurs biens devaient être vendus comme une faible compensation du préju-dice causé et des frais du procès. Le comte commua la peine à l'égard de Marie: elle dut passer la frontière avec Jacques, et, pour assoupir toute l'affaire, il ordonna qu'on les y conduisît à l'aube du jour suivant.

Quand ils passèrent devant la porte du château, sous la conduite du geôlier, Henriette sortit tout à coup. Comme

l'affaire, contre son attente, avait eu une issue plus heureuse qu'elle n'espérait elle-même, cette fille légère et sans âme avait retrouvé toute sa gaieté. Il lui aurait semblé un peu dur de voir exécuter Marie ; mais de les voir chassés ainsi tous deux, c'était juste ce qu'elle désirait : elle avait toujours eu peur que Marie ne finît par lui faire perdre sa place. Cette crainte n'existant plus, son ancienne haine contre Marie, sa jalousie, son mauvais cœur, reprirent le dessus. La comtesse Amélie, en voyant la corbeille de fleurs sur une commode, lui avait dit : — Ôte cette corbeille de devant mes yeux ; elle éveille en moi des souvenirs trop tristes ; je ne puis la voir sans douleur.
— Henriette l'avait prise, et elle la portait en ce moment :
— Tiens, voilà ton cadeau, dit-elle à Marie ; mes maîtres ne veulent rien recevoir de pareilles mains ; ta splendeur a passé comme ces fleurs que tu te faisais si bien payer. J'ai le plus grand plaisir à te rendre ton panier.
— Là-dessus, elle jeta la corbeille aux pieds de Marie, s'en retourna au château en ricanant, et ferma sur elle la porte avec grand bruit.

Marie ramassa la corbeille en silence, la larme à l'œil, et continua sa marche ; son père n'avait pas seulement un bâton pour la route ; Marie n'avait que sa corbeille. Les yeux humides de pleurs, elle retourna plus de cent fois la tête vers la maison paternelle, jusqu'à ce qu'enfin elle eût disparu à ses regards derrière le coteau, et après elle le château, puis la pointe du clocher.

Après que le geôlier eut quitté Marie et son père, bien loin dans la forêt, à la borne du comté, le vieillard, accablé de douleur et de fatigue, s'assit sur cette pierre couverte d'une mousse épaisse et ombragée par un chêne séculaire.

— Viens, ma fille, lui dit-il. — Et prenant Marie dans ses bras, il lui joignit les mains, les élevant avec les siennes : — Avant tout, remercions Dieu de ce qu'il nous a fait sortir de cet étroit et sombre cachot pour nous rendre la vue de son ciel et l'air frais de la liberté ; remercions-le de ce qu'il nous a sauvé la vie, et qu'il t'a rendue

16.

à mon amour, ô ma fille chérie !..... Jacques tourna ses
yeux vers la voûte céleste, qui brillait claire et bleue à travers le feuillage du chêne, et pria ainsi à haute voix : —
O notre Père, qui es aux cieux ! unique espoir de tes enfants sur cette terre ! protecteur tout-puissant des opprimés ! reçois les actions de grâces que nous t'adressons
ensemble pour nous avoir sauvés des fers, de la prison et
de la mort ! reçois nos remercîments pour tous les biens
que nous avons reçus dans ce monde. Comment pourrions-nous quitter cette frontière sans t'adresser l'hommage de notre reconnaissance ! Avant de fouler le sol
étranger, nous t'implorons encore ! Abaisse tes regards
sur un pauvre vieux père et sur sa fille éperdue, prends-
nous sous ta protection ! Sois notre guide dans les rudes
sentiers parmi lesquels nous allons nous engager, peut-
être, ma pauvre fille et moi ! Conduis-nous chez des gens
vertueux, dispose leur cœur à la pitié ! Accorde-nous,
sur ta vaste terre, une petite place où nous puissions
achever en paix notre pèlerinage, et mourir consolés !
Oui, cette place, bien que nous l'ignorions encore, tu nous
l'as déjà certainement préparée ! C'est avec foi et confiance, et le cœur soulagé, que nous nous y dirigeons !

Quand ils eurent ainsi prié tous deux (car Marie répéta
mentalement toutes les paroles de son père), ils se sentirent le cœur plein d'un calme extraordinaire et d'un
courage à toute épreuve.

———————

VIII

UN AMI DANS LE MALHEUR.

Tout à coup ils virent arriver, par la forêt, le vieux
chasseur du comte, Antoine, avec lequel Jacques avait
jadis suivi son maître en voyage. Il était parti avant le jour
pour lancer un cerf.

— Dieu vous bénisse, Jacques ! dit-il ; est-ce vous vraiment ? J'ai cru entendre votre voix, et je ne me suis pas trompé. Ainsi donc, hélas ! ils vous ont chassés ! Il est bien cruel pourtant d'être contraint, sur ses vieux jours, d'abandonner une patrie qui nous est si chère ! — Partout où s'étend l'azur du ciel, la terre appartient à Dieu ; partout sa bonté se répand sur nos têtes ; mais notre patrie véritable est au ciel ! — Mon Dieu ! reprit le chasseur avec pitié, on vous a donc renvoyés tels que vous êtes là ! Vous n'avez pas même les vêtements nécessaires pour la route. — Celui qui vêt les fleurs, répondit Jacques, nous vêtira aussi. — Et de l'argent, vous n'en avez guère non plus ? demanda le chasseur. — Nous avons une bonne conscience, dit Jacques ; nous sommes plus riches que si la pierre sur laquelle je suis assis était d'or et qu'elle nous appartînt.

— Mais répondez donc, reprit le chasseur ; je suis sûr que vous n'avez pas un kreutzer ? — Cette corbeille vide que vous voyez est toute notre fortune. Que croyez-vous qu'elle puisse bien valoir ? — Mon Dieu ! fit le chasseur d'un air soucieux, un florin, ou peut-être un écu !..... Mais à quoi bon ?

— Eh bien alors ! continua Jacques, nous sommes riches, si toutefois Dieu me laisse ces deux bras. Je peux faire au moins cent de ces corbeilles dans un an, et, avec cent écus, nous pouvons certes nous en tirer. Mon père, qui était vannier, voulut qu'outre le jardinage j'apprisse encore son métier, afin d'avoir une occupation utile pendant l'hiver. Je l'en remercie dans sa tombe. Il a fait plus pour moi que s'il m'avait laissé trois mille florins d'héritage qui me rapporteraient une rente de cent écus. Une âme droite, un corps sain et un état honorable, sont la meilleure des richesses terrestres. — Eh bien, tant mieux que vous le preniez ainsi, dit le chasseur ; je pense que vos connaissances en jardinage pourront aussi vous servir ; mais maintenant, où allez-vous de ce pas ?

— Bien loin ! dit Jacques, quelque part où nous ne soyons pas connus ; là où Dieu nous conduira. — Jacques, dit le chasseur, acceptez donc ce gros bâton noueux ; par bonheur, je l'ai pris avec moi. Vous n'en avez pas même un pour la route ! Et voici quelque argent, continua-t-il en tirant une petite bourse de cuir de sa poche, je l'ai reçu pour du bois, hier soir, dans ce hameau là-bas, où j'ai passé la nuit. — Le bâton, dit Jacques, je l'accepte en souvenir d'un honnête homme ; mais l'argent, je ne puis le recevoir ; c'est le prix du bois, il appartient au comte.

—Mon vieux, mon brave ami ! dit le chasseur, ne soyez pas inquiet ; l'argent a déjà été remis au comte : je l'ai avancé, il y a plusieurs années, à un pauvre diable qui avait perdu sa vache et qui ne pouvait payer le bois qu'il avait acheté. Depuis, je n'y pensais plus : hier donc, comme il est mieux dans ses affaires, il me l'a rendu ino-pinément et en me remerciant. C'est Dieu qui vous envoie cette somme. — Eh bien, je la prends, dit Jacques, et que Dieu vous en récompense ! Vois-tu, Marie, ajouta-t-il en s'adressant à sa fille, comme le bon Dieu prend soin de nous dès le commencement de notre voyage ! Avant que nous ayons quitté la frontière, il m'envoie déjà mon bon vieil ami qui m'apporte un bâton et de l'argent pour la route. Avant que je me sois levé de dessus cette pierre, il a exaucé ma prière ; sois donc tranquille et sans crainte, Dieu continuera de veiller sur nous.

Le vieux chasseur prit congé d'eux les yeux pleins de larmes : — Adieu, honnête Jacques ! adieu, bonne Marie ! dit-il, en tendant sa main d'abord au père, puis à la fille : je vous ai toujours connus pour d'honnêtes gens, et je continue à vous tenir pour tels. Vous verrez s'accomplir le proverbe : *L'honneur ne périt pas.* Non, non ! le Sei-gneur n'abandonnera pas ceux qui font le bien et se con-fient en lui. Emportez cette maxime pour la route....., et Dieu vous conduise !

Le chasseur se détourna, le cœur ému, et se dirigea sur Eichbourg. Jacques se leva, prit sa fille par la main, et s'en alla avec elle, par les chemins de la forêt, chercher fortune sur un sol étranger.

IX

ÉMIGRATION DE JACQUES ET DE MARIE.

Marie et son père cheminaient toujours plus loin : ils avaient déjà fait plus de vingt milles ; nulle part ils ne trouvaient à s'établir ; le peu d'argent d'Antoine était dépensé ; ils furent obligés de vivre de privations. Il leur sembla très-pénible de demander l'aumône, mais enfin il fallut bien s'y résoudre. A plus d'une porte on les renvoyait rudement ; à plus d'une autre on ne leur donnait en murmurant qu'un morceau de pain sec, et, avec cela, ils n'avaient que l'eau de la fontaine voisine. Quelquefois seulement ils recevaient dans un plat de terre un peu de soupe et de légumes, et de temps en temps quelques restes de viandes ou de pâtisseries. Mais Marie dut voir plus d'une fois comment on choisissait longtemps afin de ne donner que le plus petit et le plus mauvais morceau. Après avoir passé plusieurs jours sans avoir pris aucun aliment chaud, ils étaient encore trop heureux de pouvoir passer la nuit dans une grange.

Un jour qu'ils avaient suivi une route encaissée continuellement entre des coteaux boisés et des montagnes, sans rencontrer pendant longtemps aucune habitation, le vieillard se trouva mal. Pâle et sans parole, il tomba au pied d'une colline couverte de sapins, sur des feuilles sèches. Marie était saisie de frayeur et d'angoisses. C'est en vain qu'elle cherche un peu d'eau fraîche autour d'elle, elle n'en trouve pas la moindre goutte. Vainement elle appelle au secours ; elle ne voit d'habitation nulle part. Elle monte précipitamment au sommet de la colline afin de mieux voir autour d'elle. Enfin, au bas du revers opposé, elle aperçoit une maison de paysans isolée au milieu de la forêt, avec des champs de blé mûr et des prairies verdoyantes tout à l'entour. Elle descend la colline

en courant de toutes ses forces, et arrive presque hors
d'haleine à cette habitation. Les larmes aux yeux et d'une
voix entrecoupée, elle implore du secours. Le fermier et
sa femme, tous deux déjà d'un certain âge, étaient des
gens charitables et compatissants. Ils furent touchés des
cris, de la pâleur, des larmes et de la frayeur mortelle
de la pauvre jeune fille. La femme dit à son mari : — At-
telle donc un cheval à la charrette ; il faut transporter ici
ce pauvre vieillard. Le fermier s'en alla atteler le cheval
et faire avancer la voiture. Pendant ce temps, la fermière
apporta quelques coussins, une cruche en grès pleine
d'eau fraîche, et une fiole de vinaigre. Marie, ayant appris que le chemin des voitures, qui tournait autour de
la colline, était en mauvais état et plus long d'une forte
demi-lieue, prit de l'eau et le vinaigre, et s'en retourna
aussitôt par où elle était venue, afin d'arriver plus vite
auprès de son père.

Quand elle fut près de lui, il s'était un peu remis ; il
était à demi couché sous un sapin, et sa joie fut des plus
vives quand il vit reparaître Marie, dont l'absence l'avait
beaucoup inquiété. On le transporta dans la voiture, et on
le conduisit à la ferme.

Le fermier avait derrière sa maison deux jolies petites
chambres et une cuisine ; le tout était vide. Il les prépara
pour le vieillard. La fermière lui dressa un bon lit. Marie
se contenta d'un banc, afin d'être toujours auprès du vieillard, dont la maladie n'était qu'une faiblesse provenant
du défaut de bonne nourriture et de bon gîte, en un mot,
de toutes les misères de la route.

La bonne fermière donna tout ce qu'elle avait chez elle
pour restaurer le malade ; elle ne regarda ni à la farine,
ni aux œufs, ni au lait, ni au beurre ; elle sacrifia même
quelques poules pour faire du bouillon fortifiant au
pauvre Jacques. Plus tard, le digne fermier alla presque
chaque jour au colombier chercher un jeune pigeon. —
Tiens, disait-il en souriant à sa femme, fais-lui rôtir cela ;
puisque tu n'épargnes pas tes poules, je ne veux pas rester
en arrière.

Le fermier et sa femme avaient coutume d'aller chaque
année à une fête voisine. Cette fois, ils convinrent de rester
chez eux et d'acheter, avec l'argent qu'ils y auraient
dépensé, quelques bouteilles de bon vieux vin pour le
malade. Marie les remercia les larmes aux yeux. — Mon
Dieu, dit-elle, il y a donc partout des gens charitables,
et c'est souvent dans les contrées les plus écartées qu'on
trouve les meilleurs cœurs.

La pauvre jeune fille ne quittait pas le chevet de son
père, mais pour cela elle ne restait pas les bras croisés.
Elle était très-habile à tricoter et à coudre ; elle travaillait donc sans relâche pour la fermière, et ne restait pas
un instant désœuvrée. Celle-ci était charmée de son
activité, de sa conduite régulière et modeste. Les soins
et la bonne nourriture profitèrent à Jacques ; il fut bientôt
en état de se lever. Il ne pouvait rester oisif, et voulut
donc utiliser de nouveau son talent à faire des corbeilles :
Marie lui chercha des branches de saule et de noisetier.
Il commença par faire un beau et solide panier muni
d'anses, qu'il offrit à la fermière en reconnaissance de
ses bontés. Il avait su deviner son goût. Le panier était
solide, mais fort et joli en même temps ; sur le dessus,
on voyait figurées, avec des tiges d'osier teintes d'un
beau rouge, les initiales du nom de la fermière et la date
de l'année ; sur les côtés, des tiges peintes en jaune, en
brun et en vert, représentaient, en s'entrelaçant, une
ferme avec un toit de chaume et quelques sapins à l'entour. Toute la maison admira ce joli ouvrage, qui fit le
plus grand plaisir à la fermière, qui fut très-flattée de
cette allusion à son domaine, qu'on nommait la *Ferme
des sapins*.

Quand Jacques fut tout à fait rétabli, il dit au fermier
et à sa femme : — Il y a assez longtemps que nous vous
sommes à charge ; il est temps que je me remette en
route. — Mais le fermier, lui prenant la main, lui dit : —
Quelle lubie vous prend, mon cher Jacques ! Je ne pense
pas vous avoir offensé en rien ; pourquoi donc partir ?

Pour un homme sensé comme vous, voilà une idée qui ne l'est guère !

La fermière s'essuya les yeux avec son tablier, et dit :

— Restez donc avec nous ! La saison est déjà avancée ! voyez, le feuillage jaunit sur les buissons et sur les arbres ; l'hiver est à nos portes ; voulez-vous donc à toute force retomber malade ?

Jacques leur assura qu'il n'avait l'intention de partir que pour ne point les gêner. — Nous gêner ! s'écria le fermier ; soyez tranquille sur ce point. Dans votre petite chambre, vous ne nous gênez nullement ; puis, ce qu'il vous faut pour votre entretien, vous le gagnez bien.

— Oh ! oui, ajouta la fermière, Marie seule le gagne déjà en tricotant et en cousant. Et vous, Jacques, si vous voulez continuer à faire des corbeilles, vous ne serez pas dans l'embarras. Le dernière fois, quand j'allai chez la meunière des Sapins tenir son enfant sur les fonts baptismaux, j'avais pris avec moi mon beau panier. Toutes les paysannes qui se trouvaient là auraient désiré en avoir de pareils. Je vous procurerai bon nombre de commandes ; l'ouvrage ne vous manquera pas de sitôt.

Jacques et Marie consentirent à rester ; le fermier et sa femme en témoignèrent leur contentement le plus sincère.

X

JACQUES ET MARIE PASSENT DES JOURS HEUREUX À LA FERME
DES SAPINS.

Jacques et sa fille s'établirent dans le petit logement, et ils y vécurent à part, sur le désir qu'ils en témoignèrent eux-mêmes. On garnit la chambre de quelques meubles indispensables, et la cuisine, de vaisselle de terre. Marie s'estima heureuse de pouvoir de nouveau s'asseoir devant l'âtre et préparer leurs repas. Pendant que Jacques tressait des paniers et qu'elle travaillait à l'aiguille, ils s'abandonnaient aux plus douces causeries. Ils passaient aussi quelquefois la soirée chez leurs voisins; et le fermier, sa femme, et tous les gens de la maison écoutaient avec le plus vif plaisir les discours sensés de Jacques et ses histoires fécondes en enseignements. L'hiver, avec ses ouragans, s'écoula ainsi de la manière la plus agréable.

Près de la ferme se trouvait une grande pièce de terre qui servait de jardin, mais dont l'ordonnance laissait beaucoup à désirer. Les nombreux travaux des champs empêchaient le fermier et sa femme de l'entretenir convenablement; d'ailleurs, il ne s'y entendaient guère. Jacques entreprit d'en faire un jardin dans les règles. Déjà, pendant l'automne, il avait fait ses dispositions, et, le printemps arrivé, à peine la neige avait-elle disparu, qu'il se mit à travailler avec Marie depuis le matin jusqu'au soir. Le jardin fut partagé en planches ensemencées de différents légumes et bordées de plants de mélisse; les allées furent couvertes d'un gravier fin. Marie n'eut pas de repos que son père n'eût fait venir de la petite ville voisine quelques pieds de rosiers, des oignons de lis, des plants d'oreilles d'ours, et des graines de beaucoup d'autres plantes. Elle se mit de nouveau à cultiver de belles fleurs, dont plusieurs étaient encore inconnues dans cette contrée sauvage et isolée. Le jardin s'épanouit bientôt avec tant de magnificence, qu'il donna un aspect riant à toute cette sombre vallée. Le verger voisin s'améliora aussi entre les mains de Jacques et produisit de plus beaux fruits. Bref, il faisait prospérer tout ce qu'il entreprenait.

Le vieux jardinier avait retrouvé toute sa bonne humeur. Il recommença ses observations sur les fleurs et les plantes, mais sans se répéter, et trouvant toujours quelque chose de neuf à dire.

Vers les premiers jours du printemps, Marie avait cherché longtemps des violettes dans les haies d'épines qui entouraient le jardin. Elle avait coutume, chaque année, d'en offrir le premier bouquet à son père. Enfin elle en trouva des plus belles et des plus odorantes, et les lui apporta toute rayonnante de joie. — C'est bien, dit son père en souriant et en prenant le bouquet ; qui cherche trouve. Mais écoute, continua-t-il, il est pourtant digne de remarque que la violette, cette fleur si agréable, croît de préférence parmi les épines. Il me semble qu'il y a là un grand enseignement. Qui jamais aurait pu croire que nous trouverions tant de bonheur dans cette sombre vallée et sous ce toit de chaume couvert de mousse ? Il n'est pas dans la vie de position si malheureuse qui n'ait quelques plaisirs cachés sous les épines. Reste vertueuse et sage, ma fille, et quelque malheur qui t'accable, tu trouveras toujours au fond de ton cœur des joies pures et intimes.

Une bourgeoise de la ville vint un jour à la ferme pour acheter du chanvre à la fermière. Elle avait amené son petit garçon avec elle. Pendant qu'on choisissait le chanvre et qu'on en débattait le prix, la porte était restée ouverte, et l'enfant s'était esquivé dans le jardin. Il s'était jeté, les mains tendues, sur un rosier pour le dépouiller, et les épines l'avaient cruellement piqué. A ses cris, sa mère et la fermière coururent au jardin, et Jacques, avec sa fille, les y suivit. Ils trouvèrent près de l'arbuste l'enfant tout en pleurs et les mains ensanglantées. Il maudissait ces vilaines fleurs trompeuses.

— Voilà comme nous sommes souvent de grands enfants, dit Jacques ; comme la rose, chaque plaisir est environné d'épines, et nous tombons dessus à pleines mains ; l'un se perd par la danse et le jeu, un autre par l'ivresse ou par des excès plus graves encore ; puis le voilà qui pleure, se lamente et accuse les plaisirs. Ne vous laissez pas séduire par la beauté de la rose. L'homme est un être raisonnable ; il ne doit pas écouter ses seuls désirs mais il doit toujours se conduire avec prudence et réflexion.

Un matin (c'était un dimanche), le temps était beau, Marie descendit au jardin avec son père. Ils aperçurent un lis qui venait d'éclore pour la première fois, et brillait d'un doux éclat au soleil levant, parmi quelques autres fleurs. Elle appela les gens de la maison, qui, depuis longtemps, désiraient voir fleurir un lis. Tout le monde l'admira. — Quelle beauté ! quelle blancheur éblouissante ! quelle pureté sans tache ! dit la fermière. — Oh ! oui, dit Jacques avec émotion. Que le cœur de tous les hommes n'est-il ainsi ? ce serait un spectacle bien doux pour Dieu et ses anges ! car il n'y a que les cœurs purs qui soient en rapport avec eux.

— Et comme il est droit et élancé, dit le paysan.

— Comme un doigt qui nous montre le ciel, ajouta Jacques. J'aime à voir cette fleur dans un jardin. Chaque laboureur devrait en avoir dans le sien. Sur cette terre où nous sommes condamnés au travail, nous oublions trop souvent le ciel ; mais cette belle fleur, qui se tient si droite, nous rappelle qu'au milieu de nos travaux et de nos peines, nous devons regarder vers l'avenir et chercher quelque chose de mieux que ce que la terre peut nous donner.

— Toutes les plantes, continua-t-il en s'animant, même les moindres brins d'herbe, cherchent à s'élever ; celles qui sont trop faibles par elles-mêmes, comme les fèves, les pois, et ce houblon, là-bas, dont les broussailles s'enlacent à d'autres et montent avec elles. Il serait triste que l'homme seul, avec ses pensées, ses vœux et ses espérances, rampât sur la terre !

Jacques, un jour, plantait de jeunes rejetons dans une couche fraîchement remuée, tandis que sa fille arrachait les mauvaises herbes d'un carré voisin. — Cette double occupation, dit le vieillard, doit être celle de toute notre vie. Notre cœur est aussi un jardin que Dieu nous a donné à soigner. Nous devons toujours nous y occuper d'y planter le bien et d'en arracher le mal aussitôt qu'il y germe, sans quoi le jardin dépérit bientôt ; mais celui qui s'acquitte bien de ce double devoir, et qui ne cesse d'implorer la grâce du Dieu qui nous envoie le soleil, la rosée et la pluie, la croissance et la prospérité, celui-là cultive dans son cœur le plus beau des jardins, un véritable paradis.

Jacques et Marie avaient ainsi passé déjà trois printemps et trois étés à la ferme des Sapins, travaillant avec ardeur, et se livrant à des entretiens instructifs, et parfois à d'innocents plaisirs. Au milieu de leur contentement, ils avaient presque oublié leurs malheurs passés. Mais quand l'automne revint, quand le soleil projeta des ombres plus vastes, quand le dernier ornement du jardin, les astères, aux rayons violets et au disque jaune, fleurirent, que le feuillage des arbres se nuança de mille couleurs, et que le jardin inclina au repos de l'hiver, Jacques sentit considérablement diminuer ses forces et se trouva plusieurs fois gravement indisposé. Il est vrai qu'il cacha son mal à sa fille pour ne pas lui causer de peine ; mais dans les remarques qu'il faisait sur les fleurs il y avait quelque chose de mélancolique qui maintes fois serra le cœur de la bonne Marie.

Un jour, elle contemplait une rose tardive qui ne s'était épanouie qu'en automne ; elle voulut la cueillir, mais les feuilles lui tombèrent tout à coup sous les mains et se dispersèrent sur le sol. — Voilà l'homme, dit le vieillard ; dans la jeunesse, nous ressemblons à la rose qui vient d'éclore, mais nous fléchissons comme elle ; le temps où nous fleurissons est court et passe vite. Ne compte donc pas, ma fille, sur la beauté vaine et passagère du corps ; aspire à la beauté de l'âme, à la vertu, qui est éternelle.

Une autre fois, sur le soir, Jacques, monté sur une échelle, dans le jardin, cueillait des pommes à un arbre ; il les donnait à Marie, qui les serrait avec soin dans son panier. Alors il prononça ces paroles : — Comme le vent d'automne souffle tristement sur le chaume, et se joue dans les feuilles desséchées et dans mes cheveux gris ! Mon automne est arrivé, chère Marie, et le tien viendra aussi. Fais en sorte d'être chargée de fruits comme cet arbre, et de plaire à Dieu, le maître unique du vaste jardin du monde.

Jacques, voyant Marie planter encore quelques graines

pour le printemps suivant, lui dit : — C'est ainsi, ma
fille, qu'on nous mettra un jour en terre ; mais sois tranquille, de même qu'au bout d'un certain temps la graine
se remue au fond de la terre, s'anime et s'élève en belle
fleur au-dessus du sol, et sort comme en triomphe du
fond de sa tombe ; de même, un jour, nous sortirons de
la nôtre, resplendissants de beauté et de magnificence.
Penses-y, Marie ; un jour, quand la terre me recevra, que
les fleurs que tu planteras quelquefois sur ma tombe
scient pour toi une image de la résurrection et de l'im-
mortalité.

Marie regarda son père ; deux grosses larmes s'échap-
paient de ses yeux. Elle s'effraya, et de sombres pressentiments se saisirent de son cœur alarmé.

XI

MALADIE DE JACQUES.

Au commencement de l'hiver, qui s'annonça d'une
manière très-rigoureuse et couvrit la vallée et la montagne
d'une neige épaisse, Jacques tomba gravement malade.
Marie voulut faire appeler le médecin de la petite ville
voisine, et le brave fermier s'en alla lui-même le chercher
en traîneau. Le médecin prescrivit un traitement. Quand
il sortit, Marie l'accompagna et lui demanda si elle pouvait
espérer un prompt rétablissement.

Le médecin lui répondit que jusqu'à présent il n'y avait
pas un danger grave, mais que la maladie tournerait en
consomption, et qu'alors il n'y aurait plus d'espoir, surtout à son âge. A ces mots, Marie tomba presque à la
renverse ; elle pleura, elle sanglota. Cependant elle sécha
ses larmes et chercha à s'égayer avant de rentrer dans la
chambre du vieux Jacques, afin de ne pas lui causer de
chagrin.

Marie soigna son père avec une admirable piété filiale.
Elle cherchait à lire dans ses yeux ses moindres volontés.
Toute la nuit elle veillait à son chevet ; quand d'autres
voulaient la relever, afin qu'elle ne tombât point malade
elle-même, et qu'après beaucoup de résistance, elle con-
sentait à se coucher sur le banc, il était rare qu'elle pût
fermer les yeux. Si Jacques venait à tousser, elle s'ef-
frayait soudain : pour peu qu'il remuât, elle se glissait sur
la pointe des pieds pour voir comment il se trouvait.
Elle lui préparait et lui donnait elle-même ses aliments
avec le plus tendre amour ; elle relevait ses coussins, lui
faisait la lecture, et priait Dieu sans relâche. Bien souvent,
quand il était assoupi, elle s'approchait du lit, et, les
mains jointes et élevées vers le ciel, elle soupirait, et de
grosses larmes brillaient dans ses yeux : — O mon Dieu !
rends-moi mon père, je t'en supplie, rends-le-moi encore
pour quelques années !—Elle avait fait quelques épargnes,
sur le travail de ses mains, car elle passait souvent la
moitié des nuits ; elle dépensa jusqu'à sa dernière obole
pour procurer quelques soulagements à son vieux père.

Le pieux vieillard se remit un peu, il est vrai, mais ce
fut pour mieux pressentir qu'il n'échapperait pas à cette
dernière maladie. Il était calme et résigné. Il parla avec
la plus grande sérénité de sa mort prochaine. Mais Marie
lui dit en pleurant à chaudes larmes : — Oh ! taisez-vous,
mon père ! je n'ose pas seulement y penser ! Que ferai-je
alors ? Hélas ! votre pauvre Marie n'aurait plus personne
sur la terre ! — Ne pleure pas, chère enfant, lui dit Jacques en lui tendant doucement la main de son lit, tu as
un bon père dans le ciel ; celui-là te restera quand l'autre
aura disparu de ce monde. Ce qui m'inquiète le moins,
c'est de savoir comment tu te nourriras, comment tu ga-
gneras ta vie. Les oiseaux trouvent leur nourriture ; pourquoi ne la trouverais-tu pas ? Dieu la donne aux passe-
reaux sur les toits, pourquoi te la refuserait-il ? L'homme
a besoin de peu, et pour peu de temps. Hélas ! un souci
bien différent me préoccupe ! Mon seul désir est que tu
restes toujours pieuse, bonne et innocente, comme tu l'as

toujours été jusqu'à présent. Oh! ma fille! tu ne sais pas encore combien le monde est méchant et corrompu, et quelle est la perversité des hommes. Hélas! il en est malheureusement qui se feront un passe-temps de chercher à te ravir l'innocence, l'honneur et la paix de l'âme, et de te rendre malheureuse pour toute la vie. Ils souriront de pitié si tu leur parles de crainte de Dieu, de conscience, de commandements divins et d'éternité! Fuis ces hommes, ma fille! s'ils vantent ta beauté, s'ils te flattent et tournent autour de toi comme le papillon autour de la fleur, ne les écoute pas, chère Marie! méprise leurs paroles, n'accepte jamais un présent de leurs mains, et ne crois pas à leurs promesses. Souvent le démon se cache sous la figure d'un ange, et le serpent dort sous les fleurs. Vois-tu, Dieu a commis un ange fidèle à ta garde; c'est la sainte rougeur de l'innocence. Si quelqu'un voulait t'entraîner au mal, s'il t'adressait seulement une parole qui blessât ta pudeur, tu sentirais ce feu se répandre sur tes joues. Laisse-toi guider par cet ange gardien; ne l'offense jamais, afin qu'il reste toujours avec toi. Tant qu'il te dirigera et que tu écouteras ses saintes inspirations, tu n'auras pas à redouter la séduction; mais si, malgré ses avertissements, tu écoutes une seule fois la moindre proposition défendue, tu risques de te perdre à jamais.

O Marie! tu auras un ennemi qui s'éveillera au fond de ton propre cœur. Il y aura des instants où tu te sentiras entraînée vers le mal; tu chercheras à te persuader qu'il n'est pas si terrible, qu'il est même innocent et permis. Eh bien, écoute maintenant mes conseils, grave au fond de ton cœur les paroles de ton père mourant: Ne fais, ne dis et ne pense rien qui pourrait te faire rougir, si ton père le savait. Bientôt mes yeux se fermeront pour toujours; je ne pourrai plus veiller sur toi; mais songe que ton père céleste te voit partout et regarde sans cesse dans ton cœur. Tu craindrais, en te livrant à une conduite coupable, de me faire de la peine à moi, ton père sur la terre; eh bien, redoute mille fois plus encore de lui déplaire, à lui, ton père dans le ciel.

Regarde-moi encore, Marie! Si jamais tu te sentais

tentée de mal faire, pense à mon pâle visage, pense à ces
larmes qui coulent sur mes joues amaigries ! Viens, pose
ta main dans ma main froide et décharnée qui bientôt
doit tomber en poussière ! Promets-moi de ne jamais oublier mes paroles. A l'heure du danger, figure-toi que
cette main glacée te retient au bord de l'abîme.

Oh ! ma fille ! tu contemples avec des larmes ma
figure blême et décharnée ! Moi aussi, jadis, j'avais une
figure épanouie, de belles et fraîches couleurs comme
toi ! Un jour aussi, comme moi, tu seras étendue pâle et
amaigrie sur un lit de mort, si Dieu ne t'enlève pas plus
tôt de ce monde.

Les joies de ma jeunesse ont passé comme les fleurs
du printemps, dont on ne retrouve plus la place, comme
la rosée sur les fleurs, qui ne brille qu'un instant et s'é-
vanouit. Les bonnes actions, au contraire, sont semblables aux pierres précieuses, qui ont une valeur durable;
la vertu, une bonne conscience, ressemblent à la plus
rare de toutes, au diamant, que nulle force ne peut briser. Aspire à la possession de ce précieux joyau. — Le
bien que j'ai fait est ma seule joie aujourd'hui; mon seul
regret est le mal que j'ai pu commettre.

Reste pieuse, mon enfant, pense souvent à Dieu !
marche sous ses regards, porte-le dans ton cœur. C'est
en lui que j'ai trouvé la félicité la plus vive; c'est lui qui,
dans tous mes chagrins, a été mon meilleur, mon seul
consolateur.

Crois-moi, Marie, je parle le langage de la vérité;
s'il en était autrement, je te le dirais. J'ai vu le monde
tout comme un autre, dans mes voyages avec le comte;
j'ai vu tout ce qu'il y a de beau et de magnifique dans les
grandes villes; j'ai passé des semaines entières dans les
plaisirs; j'ai assisté avec mon jeune maître aux fêtes les
plus brillantes, aux plus folles mascarades, parmi les flots
d'une musique bruyante, au milieu des lazzi et de joyeux
propos, des mets les plus choisis, des vins les plus rares;
il me restait plus que je n'en pouvais prendre. Eh bien,
ces joies étourdissantes ont laissé mon cœur vide. Oh !

oui ! je puis l'affirmer hautement : une heure seule de recueillement et de méditation sous notre berceau de feuillage, à Eichbourg, ou sous cet humble chaume, m'a toujours apporté un contentement plus profond que toutes ces joies frivoles ! Cherche ton bonheur en Dieu ; c'est lui qui peut t'en donner la plus grande part.

Tu sais, mon enfant, de combien de chagrins j'ai été abreuvé pendant toute ma vie. Quand ta mère mourut, mon cœur fut longtemps pareil à une terre sèche et aride que les rayons du soleil ont fendue, et qui aspire après la pluie du ciel. C'est ainsi que mon cœur manquait de consolations : Dieu m'en donna. Un jour viendra où ton âme sera pareille à une terre languissante ; mais ne perds point courage. La terre ne soupire pas en vain après la rosée : Dieu la lui envoie quand il est temps. Cherche tes consolations en lui ; elles rafraîchiront ton cœur, comme une douce pluie rafraîchit la terre altérée.

Aie une confiance à toute épreuve dans la Providence ; elle dispose admirablement les choses pour ceux qui l'aiment ; elle ne les fait traverser les peines de la vie que pour les conduire au bonheur.

Te souviens-tu encore, chère Marie, quelle fut ta douleur pendant notre triste voyage, quand un jour je tombai malade au bord du chemin ? Eh bien, Dieu s'est servi de cette maladie pour nous conduire dans ce coin de terre, où nous avons déjà passé trois années de bonheur auprès de ces honnêtes fermiers. Sans cette maladie, nous n'aurions pas frappé à leur porte, ou bien leur pitié n'aurait pas été éveillée au même point ; ils nous auraient donné peut-être une jatte pleine de lait avec un morceau de pain, puis ils nous auraient congédiés.

Sans elle, enfin, ces braves gens et nous, nous n'aurions pas appris à nous connaître et à nous aimer. Le bonheur qu'ici nous avons goûté, le bien que nous y avons fait ou pu faire, ce grand nombre de jours sans nuages que nous y avons passés, étaient des grâces contenues dans cette maladie. C'est ainsi, chère Marie, que, dans les circonstances les plus tristes de notre vie, nous

17.

pouvons ressentir la clémence de Dieu. De même qu'il
répand avec profusion ses fleurs sur les montagnes et dans
les vallées, dans les bois et sur le bord des ruisseaux, et
même sur la fange des marais, afin que nous puissions
voir partout les effets de sa bonté ; de même, dans tous
les événements de notre vie, il a laissé des traces de sa
sagesse, de son amour et de sa miséricorde, afin que notre
attention s'éveillât, et que nous vinssions puiser dans son
sein la joie et la consolation. Pour peu que l'homme ré-
fléchisse, il voit la main de Dieu dans sa vie.

La plus grande douleur que nous ayons certainement
éprouvée, c'est bien lorsque tu attendais la mort au milieu des fers, et que nous pleurions et gémissions ensemble dans ta prison. Eh bien, certainement cette affliction
sera une source de grâces pour toi, et il me semble
qu'elles sont déjà visibles. Quand la jeune comtesse te remarqua entre toutes les filles de l'endroit, c'est qu'elle te
jugea digne de sa société ; elle te fit présent de cette belle
robe et voulut toujours t'avoir auprès d'elle ; tu te croyais
heureuse, ma fille ; mais qu'il eût fallu peu de temps pour
que les honneurs, les plaisirs et le luxe te rendissent frivole, légère et mondaine, et te fissent oublier Dieu ! C'est
donc dans notre intérêt qu'il a disposé différemment les
choses, et qu'il nous a envoyé ce malheur. Dans la misère,
dans la prison et durant notre voyage, nous avons appris
à le mieux connaître, et nous nous sommes rapprochés de
lui. Dans cette sauvage contrée, loin des plaisirs et de la
corruption du monde, il t'a préparé un meilleur gîte. Tu
t'y es épanouie comme la fleur de la solitude, à l'abri des
mains de la spoliation.

Plus tard, dans sa bonté, Dieu fera tourner ce malheur à ton avantage. Un jour, si, comme je l'espère, il a
écouté mes vœux, il fera éclater ton innocence, quand
même je ne serai plus là pour le voir ; mais cela n'est
point nécessaire pour mon repos, car je n'ai jamais douté
de toi. Oui, Marie, la joie et le bonheur sortiront pour toi
du milieu de ces revers ; tu goûteras encore des jours
heureux sur la terre, bien qu'au surplus ce soi-disant

bonheur ne soit que le moindre, et que le but pour lequel Dieu nous envoie les souffrances ne soit atteint que dans le ciel, où l'on n'entre qu'après avoir traversé les douleurs et les misères de cette vie.

Si donc tu tombes dans la détresse, chère fille, ne te laisse pas aller à de vaines alarmes : songe que Dieu veille toujours sur toi, et que tes inquiétudes sont superflues. Dans quelque lieu donc que sa sainte providence puisse te conduire, quelque dure que te paraisse ta position, répète-toi sans cesse : — Ce lieu est le meilleur, cette position est la plus sûre pour moi, quelque rude, quelque misérable qu'elle soit d'ailleurs. — Pense qu'elle est nécessaire pour achever ton noviciat dans la vertu et faire ton bonheur éternel.

De même qu'un jardinier met ses plantes à la place qui leur est la plus avantageuse et cherche à favoriser, par tous les moyens, leur croissance et leur prospérité, de même Dieu a placé les hommes ici-bas dans la position qui convient le plus à leurs progrès dans la vertu.

Comme toutes les traverses que tu as essuyées jusqu'à présent, chère Marie, ma maladie et ma mort seront aussi une source de bénédictions pour toi.

Chaque fois que je prononce ce mot, tu fonds en larmes, ma pauvre fille; oh ! ne pleure pas ! Vois-tu ! la mort n'a rien de si effrayant : elle devrait plutôt être un sujet de joie pour nous.

Causons encore une fois comme jadis, quand nous travaillions ensemble dans notre jardin à Eichbourg. Tu as vu souvent des couches printanières. Les jeunes plantes, faibles et chétives encore, sont comme étouffées dans ces carrés étroits et resserrés. On ne se douterait pas des fleurs magnifiques ou des fruits délicieux qu'elles produiront plus tard : mais elles ne porteraient ni fleurs ni fruits si on les y laissait renfermées. L'espace leur manque. Aussi ce n'est pas pour y rester, et tomber flétries les unes sur les autres, que le jardinier les y a placées : c'est pour aller s'épanouir un jour au milieu des champs, en plein air, sous l'azur du ciel et les rayons du soleil,

sous la pluie et la rosée. Te rappelles-tu ta joie quand je
les sortais des couches ! Tu me disais maintes fois de ne
pas tarder davantage, que ces pauvres petites plantes
commençaient à étouffer dans leur étroite prison ; tu n'a-
vais de repos que lorsqu'elles étaient en pleine terre, et
tu disais alors : — Oh ! qu'elles doivent être contentes
maintenant ! Il me semble voir leur bien-être ! Eh bien,
nous aussi, nous sommes des plantes frêles et chétives ;
cette terre est une couche étroite et sans air ; mais notre
destination n'est point ici-bas. Nous ne sommes, hélas !
que de faibles, de misérables plantes. Dieu nous transplan-
tera dans une autre terre, dans son grand, son magnifique
jardin, *le paradis.*

Essuie donc tes larmes, ma fille ; vois-tu, mon sort va
s'améliorer. Oh ! comme je me réjouis d'entrer bientôt dans
le sein de Dieu ! Comme nous serons heureux, quand nous
aurons dépouillé ce corps qui nous cause tant de maux !
Te souviens-tu, chère Marie, de la joie ineffable que nous
éprouvions dans notre jardin à voir une belle matinée de
printemps ? Eh bien, le plus magnifique des jardins, c'est
le ciel ! le printemps y règne éternellement !..... C'est
dans ces contrées plus belles que je vais bientôt me rendre ! Oh ! sois pieuse, sois bonne, Marie ! afin que nous
nous retrouvions là-haut. Ici-bas, nous avons vécu ensemble dans les douleurs et les afflictions, et nous nous
séparons dans les larmes. Là-haut, nous vivrons dans la
joie et le bonheur, et nous ne nous quitterons plus !

Là je retrouverai ta mère ! comme mon cœur bat
d'allégresse à cette douce pensée ! O Marie ! encore une
fois, reste pieuse et sage ! si la fortune te sourit, n'oublie
pas les félicités éternelles pour les félicités passagères de
ce monde ; alors, rayonnants de joie, ta mère et moi,
nous viendrons à ta rencontre, et nous te recevrons au
milieu de nous. Ne pleure donc pas, ma fille, réjouis-toi
plutôt d'avance du sort qui nous attend. —

C'est ainsi que le pieux vieillard employa les derniers
jours de sa vie à consoler sa fille qu'il allait abandonner
seule sur la terre ; c'est ainsi qu'il chercha à la préserver

de la corruption du monde. Chacune de ses paroles était
une bonne semence qui tombait dans un terrain fertile.
— Je t'ai causé de la peine, chère enfant, dit-il, et je t'ai
fait verser bien des larmes; mais ce sont des larmes fécondes : ce qui est semé parmi les pleurs pousse plus
vite et prospère mieux, comme la graine qu'arrose au
printemps une pluie douce et bienfaisante.

XII

MORT DE JACQUES.

Aussitôt que la maladie de Jacques eut commencé à
prendre de la gravité, Marie s'en était allée à Erlenbrunn, pour en avertir le curé de cette paroisse, à laquelle appartenait la *ferme des Sapins*. Le curé, honnête
et vénérable ecclésiastique, vint souvent visiter le malade : ils eurent ensemble les conversations les plus édi-
fiantes, et jamais il ne s'en allait sans avoir consolé Marie. Une après-midi, quand il revint, il trouva le vieillard
singulièrement affaibli. Jacques pria sa fille de sortir quelque temps, en disant qu'il voulait s'entretenir seul avec
le curé. Quand elle rentra, son père lui dit : — Chère
Marie, je viens de mettre ordre à ma conscience, et demain je compte recevoir le pain de la vie des mains de
notre digne curé.

Marie s'effraya à cette nouvelle, des pleurs s'échappèrent
de ses yeux; la pensée d'un malheur prochain s'était
présentée à son esprit, mais elle se remet aussitôt. —
Vous avez raison, mon père, dit-elle; ce que nous pouvons faire de mieux dans nos misères et dans nos peines,
c'est de recourir au Seigneur.

Jacques passa le reste du jour dans le silence et la
prière; il était profondément ému et parlait peu. La dé-

votion avec laquelle, le lendemain matin, il s'unit à son divin Sauveur, fut au-dessus de toute expression. La foi, l'amour et l'espérance en une vie éternelle, avaient mis comme une auréole autour de son noble visage ; de chaudes larmes coulaient sur ses joues. Marie, à genoux aux pieds du lit, tremblait, priait et versait des pleurs. Le fermier, sa femme et les autres gens de la maison, assistèrent avec attendrissement, et les mains jointes, à la sainte cérémonie. Tout le monde avait les larmes aux yeux. — Maintenant, dit Marie, mon cœur est allégé ; je suis consolée. Dans toutes nos peines et à l'article de la mort, la religion du Christ nous donne un courage vraiment divin.

Cependant le digne vieillard approchait toujours de plus en plus de sa fin. Le fermier et sa femme, qui l'aimaient et l'estimaient comme leur meilleur ami en bénissant le jour où il était venu chez eux, lui témoignaient la plus vive sollicitude. Ils venaient au moins dix fois par jour dans sa chambre, tantôt l'un, tantôt l'autre, pour savoir de ses nouvelles. Marie leur demandait chaque fois : — Ne pensez-vous pas qu'il puisse encore en réchapper?

La fermière lui répondit un jour : — Hélas ! ma pauvre enfant, il ne verra certainement plus les arbres se couvrir de feuillage. — Dès ce moment, ce ne fut plus qu'en tremblant de frayeur que Marie regarda dans le jardin. Jusque-là, la venue du printemps l'avait toujours remplie de joie. Cette fois, c'est la tristesse dans l'âme qu'elle vit les groseilliers se couvrir de feuilles, et les arbres de bourgeons ; c'est avec épouvante qu'elle entendit les chants joyeux du pinson ; c'est avec douleur qu'elle vit pousser les perce-neige et les primevères. — Mon Dieu, disait-elle, tout s'épanouit au bonheur, à l'espérance; mon père seul doit-il mourir sans espoir ? Oh ! non pas sans espoir, pourtant, ajouta-t-elle en levant pieusement les yeux vers le ciel, non ! Jésus l'a dit, il ne mourra pas, il dépouillera seulement cette enveloppe terrestre; ce n'est que là-haut qu'il vivra de sa vie véritable !

Le pieux vieillard aimait beaucoup que Marie lui fît la lecture. Elle lisait avec émotion et d'une voix pleine de douceur. Vers la fin de sa maladie, ce qu'il entendait avec le plus de plaisir, c'étaient les dernières paroles et la dernière prière de Jésus. Une nuit, elle veillait au chevet de son père; la lune brillait avec tant d'éclat dans la chambre, qu'on remarquait à peine la lueur d'une petite lampe de nuit. — Marie, lui dit le mourant, lis-moi encore une fois la belle prière de Jésus. — Elle alluma un cierge et la lut.

—Maintenant, donne-moi le livre, dit-il, et éclaire-moi un peu. Marie le lui mit entre les mains et approcha le cierge allumé. — Regarde, ajouta-t-il, voilà ma dernière prière pour toi. Il lui montra le passage, et d'une voix entrecoupée, il lut la prière suivante, en appliquant les paroles à sa fille : — Mon père, je ne suis plus pour longtemps en ce monde, mais cette femme y est encore pour quelques années ; bientôt, je l'espère, je vais te rejoindre, ô toi, mon père, ô toi, le Saint des saints ! Que ton divin nom la préserve du mal ! Tant que j'ai été avec elle sur cette terre, je l'ai mise sous la garde de ce saint nom ; mais maintenant je vais près de toi. Je ne te prie pas de l'ôter de ce monde, afin de la garantir du péché. Maintiens-la dans ta sainte vérité : « Ta parole est vérité. » Mon père, fais en sorte que celle que tu m'as donnée vienne un jour là où j'espère arriver maintenant. *Amen.*

Marie, debout près du lit, tenait le cierge d'une main tremblante, et répéta en sanglotant : *Amen!*

—Oui, continua Jacques, oui, ma fille, là-haut nous verrons Jésus dans toute la splendeur dont Dieu l'a revêtu avant la création du monde ; là-haut, nous nous reverrons aussi l'un et l'autre. Il se recoucha sur son coussin pour se reposer un instant. Il garda le livre à la main ; c'était le Nouveau Testament. Le pauvre vieillard l'avait acheté des premiers deniers qu'il avait économisés depuis son expulsion d'Eichbourg ; c'était le fruit de ses épargnes sur sa nourriture. — Chère fille, reprit-il après quelques instants, il faut que je te remercie encore pour l'amour que tu m'as témoigné dans cette dernière maladie. Tu as observé fidèlement et avec joie le quatrième commandement du Seigneur. Pense à moi, Marie, tu en seras encore récompensée en ce monde, quelque pauvre, quelque misérable que je t'y laisse. Je ne puis rien te donner que ma bénédiction et ce volume. Reste pieuse et sage, chère fille, et cette bénédiction ne sera pas sans fruit. La bénédiction d'un père fidèle au Seigneur est le plus riche héritage pour des enfants vertueux. Garde ce livre en mémoire de ton père ; il n'a coûté que quelques kreutzers ; mais si tu le lis avec attention, et si tu en observes les préceptes, je te laisse, pour ces quelques kreutzers qu'il m'a coûtés, le plus grand des trésors. Quand je te laisserais plus de pièces d'or que le printemps ne produit de fleurs et l'automne de fruits, avec tout cet argent tu ne pourrais rien acheter de plus précieux ; car ce livre contient la parole de Dieu, et cette parole a le don de rendre heureux ceux qui y croient. Lis-en au moins une maxime tous les matins ; car malgré tous les travaux et toutes les occupations, on trouve toujours quelques instants de loisir ; grave-la dans ton cœur et médite-la pendant la journée. Si quelque passage te paraît obscur, prie ton directeur de te l'expliquer, comme je te l'ai toujours fait moi-même. Les préceptes les plus importants sont clairs pour toutes les intelligences, il faut t'y tenir et les suivre : c'est une journée de bénédictions. Vois-tu cette seule maxime : « Regardez le lis des champs, » m'a plus avancé dans la sagesse que beaucoup de volumes que j'ai lus durant mes jeunes années. Ces simples paroles ont été pour moi l'occasion de mille joies innocentes, et, au milieu des afflictions sans nombre qui m'auraient rempli d'alarmes et fait plier lâchement sous le joug, elles m'ont toujours rendu le courage et la sérénité.

Le matin, vers trois heures, le vieillard dit à sa fille : — Marie, j'éprouve d'étranges angoisses ! ouvre un peu la fenêtre. Elle l'ouvrit ; la lune n'était plus au ciel, mais les étoiles brillaient d'une beauté ineffable. — Regarde comme le ciel est beau, ajouta-t-il ; que sont les fleurs de la terre, à côté de ces étoiles impérissables ! C'est là que

je vais aller ! Oh ! que ma joie est vive ! Conduis-toi bien,
Marie, afin de m'y rejoindre un jour ! — En disant ces mots,
il retomba sur son lit, et s'endormit... d'un doux et heureux sommeil... Marie crut qu'il n'était qu'évanoui ; elle
n'avait jamais vu mourir personne. On ne le croyait pas
si près de sa fin. Cependant la frayeur la saisit ; elle
éveilla les gens de la maison. Tout le monde accourut
près du lit du vieillard. Quand Marie apprit qu'il avait
cessé de vivre, elle serra le cadavre dans ses bras ; elle
baisa son pâle visage, et ses larmes se mêlèrent à la sueur
de la mort. — O mon père ! mon bon père ! s'écria-t-elle,
que puis-je te rendre pour tout ce que tu as fait pour
moi ! Oh ! merci pour chaque mot, pour chaque exhortation que tes lèvres mourantes m'ont adressés ! C'est
avec une profonde reconnaissance que je baise ces mains
froides et roidies par la mort... ces mains qui m'ont fait
tant de bien, — qui ont travaillé pour moi ; — ces mains
qui m'ont soutenue avec sollicitude durant les années de
mon enfance ! C'est aujourd'hui seulement que je vois
combien tes intentions étaient bonnes et salutaires ! Oh !
merci, merci pour tout ce que tu as fait pour moi, et
pardonne-moi si, par faiblesse et légèreté, j'ai pu t'of-
fenser durant mon jeune âge !... O mon Dieu ! récom-
pense-le de tout l'amour qu'il m'a témoigné... Hélas !
que mon âme ne peut-elle te suivre dans le ciel, ô mon
père ! Fais en sorte, mon Dieu, que ma mort soit semblable, un jour, à celle du juste ! Non, non, cette vie sur
terre n'est rien, absolument rien, quand on songe qu'il y
a un paradis et une vie éternelle ! c'est désormais ma
seule consolation !

Tous les assistants versaient des larmes. A force de
prières et d'exhortations, la fermière parvint enfin à
emmener Marie avec elle ; mais elle voulut à toute force
veiller la nuit suivante près de son père. Elle lut, pria et
pleura jusqu'au matin. Avant qu'on fermât le cercueil,
elle contempla encore une fois le corps du vieillard. —
Hélas ! dit-elle, c'est donc pour la dernière fois que je
vois ces traits vénérables ! Comme son visage est beau !...

on dirait qu'il sourit et qu'il brille déjà maintenant des rayons de l'éternelle splendeur !... Adieu ! adieu ! dit-elle père chéri, et elle fondit en larmes. Que tes restes mortels reposent en paix, maintenant que les anges du Seigneur ont porté ton âme dans le ciel !

Elle avait fait un bouquet d'une branche de romarin, de quelques primevères d'un jaune doré, et de violettes d'un bleu sombre, et l'avait mis à la main du pieux jardinier, qui avait tant semé et planté dans sa vie. — Que ces fleurs hâtives, gages du renouvellement de la terre, dit-elle, soient pour toi l'image de la résurrection future, et ce romarin, toujours vert, le symbole de mon pieux, de mon éternel souvenir !

Quand on cloua le cercueil, chaque coup de marteau lui portait au cœur, au point qu'elle tomba presque évanouie. La fermière l'emporta dans une autre chambre et la supplia de se reposer un moment sur le lit, afin de reprendre des forces.

A l'enterrement, Marie, revêtue d'un robe de deuil que lui avait prêtée une fille charitable du village, marcha derrière le corps de son père ; elle-même était pâle et blême comme une morte, et chacun prenait pitié de la pauvre délaissée, orpheline maintenant de père et de mère.

Comme Jacques était étranger à Erlenbrunn, on creusa sa fosse dans un coin du cimetière, près du mur. Deux grands sapins, qui s'élevaient par derrière, la couvrirent de leur ombrage. Le curé adressa au mort une oraison touchante sur ces mots de Jésus : « Le blé qui tombe dans la terre et qui ne se corrompt pas ne porte aucun fruit ; mais s'il s'y corrompt, il portera des fruits en abondance. » Puis il parla de la patience et de la résignation avec lesquelles le pauvre vieillard avait supporté les maux de la vie, et du bel exemple qu'il laissait à tous ceux qui l'avaient connu ; il dit les choses les plus consolantes pour la pauvre orpheline, si profondément frappée ; il finit par remercier au nom du défunt tous ces bons villageois de l'amour qu'ils lui avaient témoigné, et les avertit de tenir lieu de père à la pauvre abandonnée.

Marie ne manqua jamais d'aller visiter la tombe chérie, toutes les fois qu'elle se rendait à Erlenbrunn entendre l'office divin, ainsi que les dimanches soirs, aussi souvent qu'il lui fut possible. Là, elle pleurait et fléchissait les genoux. — Nulle part, disait-elle, je ne prie aussi bien du fond du cœur que sur cette tombe. Désormais je suis étrangère ici-bas. Oh ! oui, je le sens, un monde meilleur nous est réservé, j'ai le mal de ce pays céleste ! Elle ne quittait jamais le cimetière qu'avec la pieuse résolution de mépriser les joies de la terre, et de ne vivre que pour Dieu et la vertu, dans le doux espoir d'être de nouveau unie à ses parents aux pieds du trône de l'Éternel.

XIII

NOUVEAUX CHAGRINS DE MARIE.

A partir de ce jour, Marie fut en proie à une tristesse profonde. Il lui semblait que toutes les fleurs eussent perdu leurs couleurs si fraîches ; les sapins, autour de la ferme, lui paraissaient sombres et noirs, comme s'ils eussent porté le deuil. Le temps finit par adoucir sa peine, mais bientôt survinrent de nouveaux chagrins.

De grands changements s'étaient opérés à la *ferme des Sapins* depuis la mort de son père. Le fermier et sa femme avaient cédé leur fonds à leur fils, bon et tranquille garçon. La nouvelle bru était assez belle et très-riche ; mais indépendamment de la vanité qu'elle tirait de sa beauté, elle n'avait de passion que pour l'argent. L'orgueil et l'avarice avaient laissé peu à peu des traces tellement profondes sur sa figure, que, malgré toute sa beauté, elle avait quelque chose de très-repoussant.

Quand elle savait que quelque chose était agréable aux

parents de son mari, c'était une raison pour elle de ne
pas le faire ; elle ne pourvoyait à leur entretien qu'à
regret, avec lésinerie, et parce qu'elle y était forcée par les
conventions. Toute la journée elle cherchait à leur causer
de la peine, et leur comptait, pour ainsi dire, chaque morceau dans la bouche. Les bonnes vieilles gens se retirèrent dans la pièce de derrière, et ne parurent plus qu'à
de rares intervalles dans celle occupée par leur bru.

Le jeune marié n'était pas traité avec plus d'égards ; sa
femme n'avait en lui parlant que les mots les plus grossiers à la bouche, et cent fois par jour elle lui reprochait
la grande fortune qu'elle lui avait apportée. Plutôt
que de passer la journée entière à se disputer, il préférait souffrir et se taire. Elle ne voulait pas seulement
lui permettre de voir ses vieux parents, de peur, comme
elle disait, qu'il ne leur donnât quelque chose en ca-
chette. C'était en tremblant que le soir, après avoir
achevé son ouvrage, il osait entrer chez eux. Presque
toujours il les trouvait assis tristement sur un banc, l'un
près de l'autre. Il s'asseyait à leurs côtés et leur contait
ses chagrins.

— Oui, oui, disait le fermier, voilà comme cela se passe
toujours. Ta mère s'est laissé éblouir par l'appât d'une
grande fortune, et toi, mon fils, par l'éclat de belles joues ;
moi, j'ai eu le tort de céder à vos prières. Maintenant
nous voici punis tous les trois. Nous aurions dû écouter
les bons avis du vieux Jacques. Ce vieillard sensé ne
voulut jamais approuver ce mariage, quand il en était
question de son vivant. Je me souviens de toutes ses paroles, et j'y ai pensé mille fois depuis.

T'en souvient-il encore, mère ? Tu dis un jour : Dix
mille florins sont pourtant une bien belle somme ! Jacques te répondit : — Une belle somme ? non pas. Les
fleurs du jardin, là-bas devant la fenêtre, sont mille fois
plus belles. Une lourde somme, avez-vous peut-être
voulu dire ? En effet, il faudrait de fortes épaules pour la
porter sans ployer jusqu'à terre, et ne pas devenir, sous
ce fardeau, un être misérable et rabougri, animé des

instincts les plus bas. Pourquoi tenez-vous tant à l'argent ? Jusqu'à présent vous n'avez manqué de rien ; bien au contraire, vous avez toujours eu plus qu'il ne vous fallait. Prenez garde ! les richesses enflent le cœur. La pluie, quelque bienfaisante, quelque nécessaire qu'elle soit, peut faire périr les plantes les plus vivaces, si elle tombe avec trop d'abondance. Voilà les paroles mêmes de Jacques ; je crois les entendre encore.

Toi, mon fils, tu disais une fois : Il faut pourtant avouer que c'est une belle personne, fraîche comme une rose. Jacques était plus raisonnable que toi ; il te disait : Une fleur n'est pas seulement belle ; elle réunit la douceur à la beauté ; elle nous fait les présents les plus précieux, une cire fine et un miel exquis. La beauté sans la vertu est une rose artificielle, misérable parodie qui n'a ni miel, ni cire, ni parfums. Voilà ce que disait l'honnête Jacques ; mais nous ne voulions pas l'écouter. Maintenant il faut souffrir. Ce qui nous semblait alors notre plus grand bonheur est aujourd'hui notre plus grande infortune. Que Dieu nous fasse la grâce de la supporter patiemment, car il n'y a plus de remède ! Tel était le sujet de leurs entretiens.

La pauvre Marie, de son côté, était aussi en butte aux plus mauvais traitements. — Les vieux parents s'étant établis dans la pièce de derrière, elle avait été obligée de la quitter. Bien qu'il y eût plusieurs jolies chambres vides, la jeune fermière, par méchanceté, lui donna la plus vilaine de la maison. Elle ne manqua pas une occasion de lui faire de la peine et de la tourmenter de la façon la plus cruelle ; elle passait la journée à la gronder. Marie ne travaillait jamais assez, et rien de ce qu'elle faisait n'était bien. La pauvre orpheline ne voyait que trop qu'elle était méprisée et à charge dans la maison. Les vieux parents ne pouvaient guère la consoler ; ils avaient assez à faire avec leurs propres chagrins. Maintes fois elle eut la pensée de quitter la ferme ; mais où chercher un refuge ? Elle consulta le curé d'Erlenbrunn. Le sage ecclésiastique lui dit : — A l'avenir, votre place

n'est plus à la *ferme des Sapins*, ma chère Marie. Votre
père vous a donné une excellente éducation ; il vous a fait
apprendre tout ce qui est nécessaire pour bien conduire
un ménage : à la *ferme des Sapins*, on exige de vous les
services d'une paysanne ! on vous charge de travaux qui
sont au-dessus de vos forces et de votre condition. Cependant je ne vous conseille pas de partir sur-le-champ et
d'aller courir le monde sans avoir un plan arrêté d'avance.
Ce que vous pouvez faire de mieux, c'est de demeurer
encore, de travailler autant que vos forces vous le permettent ; de prier, de vous confier à Dieu, et d'attendre
jusqu'à ce que le Seigneur vous tire de votre triste position. Dieu, qui vous a élevée pour une autre sphère,
saura vous y conduire. Je vais m'occuper de vous trouver
une condition auprès d'une famille bourgeoise, honnête
et chrétienne. Priez et reposez-vous sur Dieu ; soyez
constante dans les épreuves, et tout se fera pour le
mieux. — Marie remercia le curé, et promit de suivre ses
bons conseils.

Le lieu qu'elle recherchait avec prédilection était la
tombe de son père.

Elle y avait placé un rosier. — Hélas ! avait-elle dit en
le plantant, que ne puis-je toujours rester ici ; je l'ar-
roserais de mes larmes, et bientôt il verdirait et se cou-
vrirait de fleurs !

L'arbuste, à cette époque, s'était orné de feuilles
vertes, et ses boutons de pourpre commençaient à s'entr'ouvrir. — Mon père, dit-elle, avait bien raison de pré-
tendre que la vie de l'homme ressemble à un rosier.
Pendant un certain temps, il paraît nu et desséché, on ne
voit que les épines ; mais si l'on attend avec patience, la
saison revient où il se couvre d'un riche feuillage et de
roses magnifiques. Voici le moment des épines pour moi ;
mais je ne perdrai pas courage : je veux croire à tes paroles, ô mon père ! Peut-être s'accomplira-t-il pour moi
ce proverbe : « Le temps amène les roses. »

XIV

MARIE EST CHASSÉE DE LA FERME.

Au milieu des chagrins de toute espèce que Marie eut à essuyer, arriva le 25 juillet. C'était le jour de la fête de son père. Jusque-là ce jour avait toujours été une époque de bonheur pour elle. Mais cette fois, ce fut les larmes aux yeux qu'elle salua l'aurore, dont les rayons dorés pénétrèrent dans sa chambre. Elle avait coutume de réserver, à cette occasion, quelque plaisir à son père ; tantôt elle lui offrait un souvenir auquel elle avait travaillé en secret de ses propres mains, tantôt elle lui préparait quelques mets recherchés ; il trouvait devant lui, à l'heure du dîner, une bouteille de vin, et la table, couverte de linge blanc, était ornée de fleurs. Elle aurait bien voulu encore lui témoigner son amour !... Les gens du pays avaient l'habitude, surtout à de pareils anniversaires, de couvrir de fleurs la tombe de ceux qu'ils avaient aimés ; souvent ils en avaient demandé à Marie, qui toujours s'était fait un plaisir de leur en donner. Il lui vint l'idée d'orner ainsi la tombe de son père. La jolie corbeille, cause première de tous leurs malheurs, qu'elle avait placée sur une armoire, frappa ses yeux ; elle la prit, la remplit au jardin de fleurs et de feuillage, partit pour Erlenbrunn une heure avant que l'office commençât, et la plaça sur la tombe paternelle. Ses larmes coulèrent sur les feuilles et y brillèrent comme des gouttes de rosée. — O mon père ! mon bon père, dit-elle, tu as semé de fleurs tous mes pas dans la vie, et je ne puis reconnaître tes bienfaits ; je veux du moins orner ta dernière demeure.—Elle laissa la corbeille sur la tombe, sans crainte qu'on y touchât, non plus qu'aux fleurs. C'était bien plutôt avec une joie mêlée de tristesse que les villageois la contemplaient ; ils bénissaient la pieuse fille du fond de leur cœur, et souhaitaient au vieillard le repos éternel.

Le lendemain, au moment où les gens de la ferme rentraient le foin qu'ils avaient récolté dans la grande prairie, de l'autre côté du bois, on s'aperçut qu'une pièce de toile qu'on avait étendue pour la faire blanchir dans le verger, près de la maison, avait disparu. La jeune fermière ne l'apprit que le soir. Méfiante, comme toutes les personnes avares, elle porta à l'instant ses soupçons sur Marie.

Jacques n'avait pas fait un mystère de l'histoire de la bague, il l'avait confiée aux vieux parents. Le fils, qui la connaissait aussi, avait eu l'imprudence de la raconter à sa femme. Aussi, vers la brune, quand Marie, le râteau sur l'épaule et l'arrosoir à la main, revint avec les servantes à la maison, la jeune fermière sortit de la cuisine, furieuse comme un dragon, l'interpella de la manière la plus rude, et lui demanda la pièce de toile.

Marie répondit avec modération qu'il était impossible qu'elle l'eût prise, puisqu'elle avait passé la journée entière à faner avec les autres gens de la maison. Pendant que la fermière était occupée à la cuisine, un étranger avait pu facilement la dérober ; c'est ce qui avait eu lieu en effet ; mais la jeune fermière s'écria avec fureur : — Voleuse !... crois-tu que j'ignore que tu as dérobé une bague, et que tu n'as échappé qu'avec peine aux coups du bourreau ! Sors d'ici sur-le-champ ; il n'y a pas de place dans ma maison pour des misérables comme toi !

— Tu ne peux pourtant pas la renvoyer si tard ! lui dit son mari. Le soleil est déjà couché ; permets-lui au moins de souper avec nous, puisqu'elle a passé toute la journée à travailler pour nous à l'ardeur du soleil, et garde-la encore cette nuit.

— Pas une heure seulement ! s'écria-t-elle avec rage, et toi, tu vas te taire, ou je vais chercher à la cuisine un tison enflammé, et je te l'enfonce dans la bouche. — Le jeune homme vit bien que son intercession ne ferait qu'empirer le mal, et garda le silence. Marie ne répondit pas aux invectives de la fermière ; elle mit ses effets dans

un mouchoir blanc (le peu qu'elle possédait y tenait facilement), et, munie de son petit paquet qu'elle prit sous
le bras, elle remercia, en pleurant, ses maîtres de tout
le bien qu'ils lui avaient fait, protesta encore une fois de
son innocence, et demanda comme une grande faveur la
permission de dire adieu aux vieux parents. — Oh ! je te
l'accorde volontiers, dit la fermière avec ironie, et si tu
pouvais emmener avec toi ces deux têtes grises, tu me
ferais bien plus de plaisir encore. Il paraît que la mort
ne se soucie pas de venir les prendre de sitôt.

Les bonnes gens avaient tout entendu, et versaient des
larmes ; ils consolèrent Marie du mieux qu'ils purent, et
lui donnèrent pour la route le peu d'argent qu'ils avaient,
et qui se montait à quelques florins. — Va, chère enfant,
lui dirent-ils, et que Dieu soit avec toi ! La bénédiction
que t'a laissée ton père est un trésor caché qui paraîtra
au jour quand il le faudra. Souviens-toi de nos paroles :
tu seras encore heureuse un jour.

Marie, avec son petit paquet sous le bras, monta, à la
tombée de la nuit, l'étroit sentier de la colline boisée.
Elle voulut voir encore une fois la tombe de son père.
Quand elle sortit de la forêt, la cloche du soir sonnait au
village, et en arrivant au cimetière il faisait nuit. Elle
n'éprouva pas la moindre frayeur à errer ainsi, dans les
ténèbres, au milieu des tombeaux ; elle alla près de celui
de son père et pleura à chaudes larmes. La lune brillait
en ce moment de tout son éclat à travers les deux sombres
sapins, et éclairait de ses rayons argentés les roses de la
tombe et la corbeille de fleurs, qui était encore à sa place.
Le vent du soir soufflait doucement au travers des branches et agitait de temps à autre les feuilles du rosier.
Hormis ce léger bruit, il régnait partout un silence de
mort.

— Hélas ! mon père, dit Marie, que n'es-tu encore au
monde pour que ta pauvre fille puisse te confier sa peine !
Mais non... il est bien, et j'en remercie Dieu, que tu
n'aies pas vécu assez pour essuyer ce nouveau malheur.
Tu es heureux, à cette heure, et à l'abri de toutes les

afflictions. Oh ! que ne suis-je près de toi ! je n'ai subi de ma vie une pareille épreuve.

Jadis, quand la lune brillait à travers les barreaux de fer de ma prison, tu vivais encore, ô mon père ! et maintenant elle brille sur ta tombe. Jadis, quand je fus bannie de mon pays, je t'avais du moins près de moi, mon père, j'avais le meilleur des amis, le plus sûr des protecteurs ! Maintenant je n'ai plus personne, pauvre délaissée, soupçonnée d'un crime, étrangère partout ; je suis seule au monde et n'ai de patrie nulle part. On me chasse même du seul coin de terre qui me restait. Ma dernière consolation, celle de venir pleurer quelquefois sur toi, m'est enlevée.—Elle versa de nouveau des larmes amères.

—O mon Dieu ! s'écria-t-elle en tombant à genoux, toi, mon Père, qui est au ciel, laisse tomber un regard sur une pauvre orpheline qui pleure sur les cendres de son père ! Prends pitié de moi ! C'est quand notre détresse est la plus profonde, que ton secours est le plus proche ! Mes souffrances ne peuvent être plus fortes, et mon cœur est près de se fendre. Oh ! fais-moi voir que ton bras est puissant ; fais éclater ta bonté sur moi, ne m'abandonne pas, car je n'ai que toi dans l'univers. Prends-moi dans ton ciel où sont mes parents, ou fais tomber une goutte de consolation dans mon cœur abattu. Tu envoies bien aux fleurs, après l'ardeur du jour qui les flétrit et les courbe, la molle clarté de la lune et une rosée bienfaisante pour ranimer leur langueur. Oh ! prends pitié, prends pitié de moi, mon Dieu !

Que faire encore aujourd'hui, et où aller ? dit-elle, après une pause. Je n'ose pas entrer dans une maison pour demander l'hospitalité à une heure aussi avancée. D'ailleurs, si je disais pourquoi l'on m'a renvoyée, on ne me recevrait peut-être nulle part. Elle regarda autour d'elle. Près du mur, tout à côté des deux sapins, se trouvait une vieille pierre tumulaire couverte de mousse. Comme l'inscription en était effacée depuis longtemps, et que d'ailleurs elle barrait le chemin, on l'avait placée

là en guise de banc. — Je veux m'asseoir sur cette pierre,
dit-elle, et passer la nuit près de mon père. C'est peut-
être la dernière fois que je viens en ces lieux ; peut-être
ne reverrai-je plus ce lieu chéri... Demain, avant le jour,
je partirai à la grâce de Dieu, et j'irai où sa main me conduira.

XV

LE CIEL VIENT AU SECOURS DE MARIE.

Marie s'assit sur la pierre près du mur, sous l'épais
ombrage des sapins, et cacha sa figure dans son mouchoir, qui était déjà mouillé de larmes. Son cœur était
profondément ému, et elle priait intérieurement avec
une ferveur qu'aucune expression ne pourrait rendre.

— O mon Dieu ! dit-elle une fois en sanglotant, n'as-tu
donc pas un ange pour me montrer le chemin que je dois
prendre ?

Aussitôt, il lui sembla qu'une douce voix l'appelait fa-
milièrement par son nom. — Marie ! Marie ! Elle leva les
yeux et fut saisie d'effroi. Une forme gracieuse était debout devant elle... Les rayons de la lune l'entouraient
comme d'une auréole de lumière... belle et svelte comme
un ange, ses yeux étaient empreints d'une bonté céleste ;
ses joues brûlaient d'une tendre rougeur comme la fleur
du pêcher ; sa tête et ses épaules étaient inondées de
boucles d'un blond doré, et une longue robe blanche
comme la neige l'enveloppait de ses plis. Marie se sentit
tressaillir, elle tomba à genoux en tremblant et s'écria :
Mon Dieu ! que vois-je ? Un ange qui vient à mon secours ?

— Chère Marie, dit l'apparition avec bonté, je ne suis
point un ange. Je suis une créature humaine comme toi ;
mais je n'en viens pas moins à ton aide. Dieu a exaucé
tes prières : regarde-moi bien, ne me reconnais-tu pas ?

— Dieu du ciel ! s'écria Marie, oui, c'est bien vous, la

comtesse Amélie, comment vous trouvez-vous ici, noble
dame, dans ces lieux effrayants, à cette heure de la nuit,
et si loin de chez vous ?

La comtesse releva doucement Marie, la serra dans
ses bras, l'embrassa tendrement, et lui dit : — Chère enfant, nous avons commis une grande injustice envers toi :
tu t'es vue récompensée bien tristement pour le plaisir
que tu m'as causé un jour en me donnant cette jolie corbeille. Mais, on a découvert ton innocence. Oh ! puisses-
tu pardonner à mes parents ! Vois-tu, nous voulons tous
réparer ce malheur autant qu'il est en notre pouvoir. Pardonne-nous, pauvre Marie.

— Oh ! cessez de parler ainsi, noble comtesse, répondit Marie avec émotion. Vous nous avez traités avec douceur et bonté dans cette circonstance. Non, jamais je n'ai
eu la pensée de garder quelque ressentiment contre vous,
ni contre vos parents. C'est avec amour, bien au contraire, que je pensais à vos bienfaits. Il n'y avait qu'une
chose qui me faisait de la peine, c'est que vous et vos
parents, vous me crussiez une ingrate et mauvaise
créature. Mon plus ardent désir était de voir éclater un
jour mon innocence. Dieu a exaucé mes vœux, qu'il en
soit loué !

La comtesse tint longtemps Marie dans ses bras, elles
pleurèrent ensemble. Puis, ayant vu la tombe à ses pieds,
Amélie joignit les mains et s'écria avec une profonde
tristesse : — Oh ! digne, excellent homme ! toi dont la
dépouille se flétrit sous cette terre ; toi que j'ai aimé dès
mes plus jeunes ans ; toi qui as tressé le berceau où reposa mon enfance, et dont le dernier présent, à mon jour
de naissance, fut cette corbeille qui repose sur la tombe...
oh ! que n'es-tu encore en vie, pour que je puisse contempler ton bienveillant visage et te demander pardon,
à deux genoux, des maux que nous t'avons causés. Hélas !
mon Dieu ! si notre jugement n'avait pas été si prompt,
si nous avions mis plus d'hésitations à douter de la probité d'un vieux et loyal serviteur, peut-être cette tombe
ne recèlerait point encore ta dépouille ; tu vivrais sans

doute heureux et honoré au milieu de nous ! Oh ! pardonne-nous ; je promets ici solennellement au nom de mes parents de rendre en bienfaits à ta fille Marie, le double de ce que nous lui avons causé de malheurs et d'afflictions. Oh ! encore une fois !... pardon, pardon !...

— Ah ! noble comtesse, s'écria Marie, jamais mon père n'a gardé contre vous le moindre ressentiment ; tous les matins, il comprenait ses anciens maîtres dans ses prières, sans changer en cela l'habitude qu'il avait prise à Eichbourg. Il les bénit encore à son heure dernière. — Marie, me dit-il un peu avant de quitter pour toujours la terre, Marie, je crois fermement que mes maîtres reconnaîtront un jour ton innocence, et qu'ils te rappelleront de ton exil. Tu diras alors au puissant comte, à la bonne comtesse et à l'angélique Amélie, que dans son enfance je portais si souvent dans mes bras, combien mon cœur conserva pour eux, jusqu'à la mort, de profonds sentiments de respect, d'amour et de reconnaissance. — Telles furent, je l'atteste hautement, ses dernières paroles pour vous.

Ce récit arrachait à Amélie des pleurs plus amers encore. Enfin elle dit : — Viens, Marie, assieds-toi à côté de moi, sur cette pierre. Je ne puis plus m'arracher d'auprès de cette tombe ; je me recueille ici comme dans le sanctuaire divin, et il me semble que la bénédiction de ton père plane au-dessus de nous.

XVI

COMMENT LA COMTESSE AMÉLIE ÉTAIT VENUE AU CIMETIÈRE.

— Dieu te protége visiblement, Marie, dit la comtesse après qu'elles se furent assises sur la pierre, et en enlaçant la fille de Jacques dans ses bras. Sa providence m'a miraculeusement amenée ici pour venir à ton aide, et il

18.

faut que je te raconte avant tout comment cela s'est fait, quoique cela paraisse d'abord tout naturel, et que ce ne soit qu'en y réfléchissant bien que le doigt de Dieu se montre sans qu'on en puisse douter.

Depuis la manifestation éclatante de ton innocence, le repos m'a quittée entièrement. Ton père et toi étiez toujours présents à ma pensée, et votre souvenir m'arrachait des larmes continuelles. Mes parents vous firent chercher partout, mais ce fut en vain ; on n'apprit aucunement de vos nouvelles. Il y a quelques jours, j'arrivai avec mon père et ma mère au château de Prape, qui borde la forêt, à une petite distance du village, et qui, depuis quelque vingt ans, habité seulement par un garde forestier, n'avait été visité par personne. Mon père, qui est, comme tu le sais, intendant général des forêts, avait à terminer ici un différend élevé à propos de bois qui font partie des domaines du prince. Aujourd'hui, il a passé toute la journée dans la forêt, avec deux seigneurs étrangers amenés par la même affaire. Ce soir, ma mère a été obligée de faire la partie avec les dames de ces deux seigneurs et la demoiselle de l'un d'eux. Je fus heureuse de me trouver inutile dans cette société, car je ne professe pas une grande passion pour le jeu. La soirée était si belle, si fraîche et si douce ; le soleil terminait si brillamment son cours quotidien : l'aspect de ses derniers rayons dorant capricieusement les montagnes couvertes de sapins, qui laissaient échapper, çà et là, quelques fantastiques rochers, tout était si délicieux et si nouveau pour moi, que je demandai la permission de me récréer à mon aise de ce magnifique spectacle, en me promenant dans les environs. La fille du forestier m'accompagna.

Nous traversâmes le village ; les portes de l'enceinte extérieure de l'église étaient ouvertes ; les pierres funéraires étaient éclairées des dernières lueurs du soleil. J'ai toujours eu, même dans mon enfance, une prédilection pour les inscriptions tumulaires qui décorent les tombes. J'ai des pleurs sincères pour celles qui recouvrent de jeunes hommes ou de jeunes filles enlevés à la

fleur de l'âge; et, quand je vois une longue carrière dignement fournie, je ne puis me défendre d'un mouvement de joie. Les vers mêmes qui composent la plupart
de ces inscriptions, quoique généralement assez mauvais,
ne laissent pas cependant d'élever mes pensées, d'épurer
mes sentiments, et je sors rarement d'un cimetière sans
avoir fait bonne provision de résolutions vertueuses.

Nous entrâmes donc. Après avoir lu la plupart des
épitaphes, la fille du forestier me dit : — Je vais maintenant vous montrer quelque chose de bien beau, le tombeau d'un pauvre homme, qui n'a, il est vrai, ni monument, ni inscription, mais que l'ingénieuse piété de sa
fille a su orner d'une manière aussi gracieuse que touchante. Voyez-vous là-bas, l'ombre des sapins, ce rosier
fleuri et cette belle corbeille de fleurs? c'est la tombe du
vieillard. — J'y cours, et aussitôt je demeure stupéfaite,
car je reconnus au premier coup d'œil la corbeille qui,
depuis ton départ d'Eichbourg, n'a pas quitté mon souvenir. Je l'examinai de plus près ; c'était bien elle ; et
en eussé-je douté encore, que les initiales de mon nom
et les armes de ma famille, que j'y vois distinctement,
m'en eussent convaincue. Je m'informai de tes nouvelles
et du sort de ton père. La fille du forestier me raconta
votre séjour à la ferme des Sapins, la dernière maladie de
ton père et la douleur que tu ressens de cette perte
cruelle. Je courus aussitôt chez M. le curé, en qui j'ai
appris à connaître un digne et vénérable prêtre ; il me
répéta ce que je venais d'apprendre, et me dit de toi tout
le bien possible. Je voulais aussitôt me rendre à la ferme ;
mais le récit du respectable curé avait fait passer les heures comme des secondes, et la nuit étendait ses voiles les
plus sombres. Que dois-je faire? dis-je alors. Il est trop
tard maintenant pour aller à la ferme des Sapins, et demain, dès l'aube du jour, nous partons. — Le curé fit
appeler alors le maître d'école, et le pria d'aller aussitôt
te chercher, et de t'amener à la cure.

Cette pauvre jeune étrangère? dit le maître d'école,
je n'ai pas besoin d'aller si loin pour la trouver; elle est

bien certainement près de la tombe de son père, à pleurer et à gémir. La pauvre enfant ! pourvu que sa douleur
ne soit pas mortelle, et qu'elle ne la réunisse pas bientôt
au père qu'elle regrette tant ! en tout cas, il faut trembler
pour sa raison. Je viens de l'apercevoir à travers l'ouverture du clocher, où je suis resté, après le couvre-feu [1],
pour faire quelques réparations à l'horloge, afin qu'elle
marche au moins pendant que les seigneurs seront ici.

Le curé voulut m'accompagner jusqu'ici, mais je le
priai de me permettre de venir seule te trouver, pour
pouvoir t'embrasser sans témoins et dans toute l'effusion
de mon cœur. Cependant je le priai de se rendre chez
mes parents et de les tirer de toute inquiétude, en leur
disant où je me trouvais. Voilà, ma chère Marie, la cause
de mon apparition subite; c'est ainsi que Dieu s'est servi
de ta corbeille de fleurs pour nous réunir de nouveau sur
la tombe de ton excellent père.

— Oui ! dit Marie en joignant les mains et en jetant
vers le ciel un regard plein de reconnaissance, c'est Dieu
qui a fait tout ceci. Il s'est laissé toucher par mes larmes
et par mes peines. Oh ! combien il est bon à mon égard !
combien il m'aime. On dit qu'il n'envoie plus ses anges
au secours des humains ; et moi je dis, d'après ma propre
expérience, qu'il envoie encore aux malheureux des anges, des âmes d'élite pleines d'humanité et de compassion, grandes et nobles comme celle de la comtesse
Amélie. Oui, Dieu dirige leurs pas et les conduit là où
leur présence doit apporter la consolation et l'espérance
comme la venue d'un ange.

Amélie interrompit l'orpheline et dit : — Il me reste en-

---

[1] Le *couvre-feu* est un antique usage au moyen âge. Au coucher du
soleil on sonnait les cloches pour avertir que tout travail public cessait.
Alors chaque habitant rentrait chez lui et quittait un instant la vie de
société pour se livrer aux douceurs de la vie de famille ; le guet parcourait les rues que le défaut de police et d'éclairage rendait peu sûres ;
les ouvriers *couvraient* le feu dans les ateliers pour éviter de fréquents
et faciles incendies, ce qui fit inventer le mot *couvre-feu*, et le silence
de la nuit succédait ainsi sans transition au tumulte du jour. En beaucoup de contrées on sonne encore le *couvre-feu* à l'*Angelus* du soir.

core à te dire, chère Marie, ce qui dans toute cette histoire
me frappe davantage et m'inspire la vénération la plus profonde pour la justice de Dieu, qui si souvent conduit nos
destinées par un fil invisible. Henriette, la plus grande en-
nemie que tu eusses sur terre, faisait tous les efforts imaginables pour chasser ton souvenir de mon cœur, afin de
conserver mieux la place qu'elle occupait près de moi. Il
n'est mensonge odieux qu'elle n'inventât pour parvenir
à ses fins, et, te le dirai-je? son affreux dessein semblait
avoir réussi. Cependant, comme tu vas l'apprendre, ce
furent précisément ses mensonges et sa fourberie qui lui
firent perdre par la suite notre confiance et sa place, et te
rendirent plus chère que jamais à nos cœurs. Elle voulut
t'éloigner à jamais de moi ; elle triomphait déjà de ton
bannissement perpétuel ; dans le transport de son horrible
joie et de sa méchanceté satisfaite, elle jeta avec un rire
de mépris ta corbeille à tes pieds, sans se douter que ce
serait précisément cette atroce malignité qui la perdrait
un jour et nous réunirait pour toujours ; car c'est cette
corbeille qui m'a fait découvrir ta retraite. Il reste donc
démontré que ceux qui donnent tout leur amour à Dieu
ne craignent point d'ennemi ; que le mal que pourraient
nous faire les méchants de la terre, il le ferait à la fin
tourner à notre plus grand profit, et que nos ennemis
les plus implacables, alors même qu'ils travaillent le plus
activement à notre ruine, ne font que concourir à la con-
solidation de notre fortune et de notre bonheur, et le proverbe qui dit que *le bien vous vient de vos ennemis* est vrai
pour nous... Mais maintenant dis-moi aussi, ma pauvre
enfant, continua la comtesse, comment il se fait que tu
viens si tard visiter cette tombe, et pourquoi ces larmes
abondantes que tu versais tout à l'heure?

Marie se prit alors, à raconter comment elle venait
d'être congédiée de la ferme des Sapins d'une manière
ignominieuse, ce qui mit le comble à l'émotion de la bonne
comtesse. — Oui, s'écria-t-elle, c'est Dieu qui a permis
que je vinsse ici au moment où ta tristesse était au comble et où tu lui demandais, avec tant de larmes amères,

son secours et sa protection. Tu vois donc combien j'ai raison de dire que Dieu fait tourner à notre plus grand bien le mal que veulent nous faire nos plus grands ennemis. La méchante fermière t'a chassée de chez elle en croyant causer ta perte, et elle n'a fait que te jeter dans mes bras et dans ceux de mes parents, qui vont faire leur possible pour te rendre au bonheur. — Mais il est temps de partir ; mes parents m'attendent, viens donc, Marie ; je ne t'abandonne plus, et demain nous partons ensemble.

Marie, qui songeait que probablement elle ne reverrait plus sa tombe chérie, pouvait à peine s'en arracher et lui dit un douloureux adieu. La comtesse la prit par le bras en lui disant : — Viens, viens, ma bonne Marie, emporte cette corbeille de fleurs ; elle sera pour toi un souvenir consolant de la mémoire de ton digne père. Au lieu de ce tendre et fragile témoignage de ta piété filiale, nous lui érigerons un monument plus durable et dont certainement tu seras contente. Viens donc, tu dois être impatiente d'apprendre l'histoire de la bague ; je vais te la conter chemin faisant.

La lune s'était levée et sa douce clarté éclairait la marche des deux jeunes filles, qui se dirigèrent par le château en se tenant par le bras.

XVII

L'ANNEAU RETROUVÉ.

Le chemin qui conduisait au château formait une longue et sombre allée de tilleuls séculaires. Après qu'Amélie et Marie eurent marché quelque temps, absorbées par une silencieuse émotion, la jeune comtesse commença son récit : — Je vais te dire maintenant comment la bague s'est retrouvée :

Cette année, nous quittâmes la capitale plus tôt qu'à l'ordinaire, et les premiers beaux jours de mars étaient à peine arrivés, que nous partîmes pour Eichbourg, où des affaires pressées réclamaient la présence de mon père. Nous étions à peine arrivés, que le temps changea, et, une nuit surtout, il fit une tourmente affreuse ; le vent et la pluie ne discontinuèrent point.

Tu connais l'énorme poirier qui se trouvait dans notre jardin d'Eichbourg ? Il était très-vieux et déjà ne portait presque plus de fruits. La tourmente de cette nuit l'ébranla tellement, qu'à chaque instant on s'attendait à le voir tomber ; mon père ordonna qu'on l'abattît. Tous les gens du château y mirent la main, afin de diriger sa chute de manière à ce qu'il ne pût endommager les arbres voisins. Mes parents, les enfants et tous les habitants du château descendirent, ainsi que moi, dans le jardin pour assister à l'opération.

A peine l'arbre était-il tombé avec un grand fracas, que mes deux jeunes frères sautèrent sur un nid de pie qui se trouvait au sommet de l'arbre et qui, depuis long-temps, était l'objet de leur enfantine convoitise. Ils l'examinèrent avec une minutieuse attention.—Eh ! qu'est-ce que ceci ? s'écria tout à coup Auguste. Regarde donc, frère, ce qui brille avec tant d'éclat entre les rameaux assemblés qui forment le nid ! — On dirait l'éclat de l'or et du diamant, répondit Albert. — Henriette s'approche alors avec curiosité, puis jette un cri perçant en disant : — Jésus ! c'est la bague ! — Et une pâleur mortelle décolora son visage. Les enfants retirèrent alors l'anneau et le portèrent à leur mère avec des cris d'allégresse.

— Oui, c'est bien lui, dit-elle. Oh ! honnête Jacques, et toi, pauvre Marie, que de mal nous vous avons fait ! Certes, j'éprouve un grand plaisir d'avoir retrouvé cette bague ; mais je préférerais mille fois retrouver le jardinier et sa fille. Ce serait avec un incroyable bonheur que j'abandonnerais cet anneau pour réparer le tort que nous leur avons causé.

— Mais, pour Dieu ! demandai-je, comment se fait-il

que cette bague se soit trouvée dans un nid d'oiseau sur la cime la plus élevée de cet arbre ?

— Rien n'est plus facile à démontrer, dit Antoine, le vieux chasseur, auquel la découverte de votre innocence arrachait des larmes ; il est certain que le vieux Jacques, pas plus que sa fille Marie, n'ont pu cacher ce bijou dans le nid de cette pie ; l'arbre est trop élevé, et il leur eût été impossible de grimper jusqu'à son sommet. D'ailleurs, Marie a été arrêtée et mise en prison, ainsi que son père, presque à leur sortie du château. Ce ne peut donc être que ces sombres oiseaux qui font leurs nids au sommet des arbres, les pies, qui ont commis le larcin ; on connaît leur passion pour tout ce qui brille, et ils ne manquent pas de transporter dans leurs nids tout ce qu'ils peuvent attraper de semblable. Il est donc plus que probable qu'un de ces oiseaux aura dérobé la bague pour la transporter au haut de l'arbre ; seulement je m'étonne qu'un vieux chasseur tel que moi n'ait pas songé plus tôt à cette probabilité. C'est sans doute parce que Dieu a voulu envoyer cette cruelle épreuve à mon vieil ami Jacques et à sa fille Marie.

Ma mère répondit : — Vous avez fort raison, Antoine ; maintenant toute l'histoire m'est connue. Je me rappelle en effet très-bien que souvent ces oiseaux volaient du haut de l'arbre sur ma fenêtre, qui précisément se trouvait ouverte le jour de la disparition de la bague ; que la table où je l'avais posée se trouvait dans l'embrasure, et qu'après avoir fermé ma chambre à coucher au verrou, je passai quelque temps dans une pièce voisine. Sans doute qu'une de ces pies, avec ses yeux perçants, aura aperçu l'anneau du haut de l'arbre et qu'elle l'aura emporté dans son bec pendant que je me trouvais dans mon cabinet.

Mon père fut bien surpris et bien stupéfait quand il acquit cette preuve palpable de votre innocence. — J'ai l'âme navrée des tourments injustes qu'ils ont soufferts, s'écria-t-il, et s'il peut être quelque consolation pour moi, c'est qu'au moins notre conscience est à l'abri de

toute mauvaise volonté, et que cet affreux malheur n'est
dû qu'à une erreur fatale. Cependant je ne goûterai de
repos que lorsque j'aurai retrouvé ces braves gens, et
qu'après leur avoir rendu l'honneur que nous leur avons
enlevé, j'aurai tout fait pour réparer nos torts. — Puis il
s'avança vers Henriette qui, au milieu des figures épanouies de joie qui nous entouraient, conservait une attitude troublée et un visage où se trahissait une conscience coupable. — Serpent trompeur et dissimulé,
s'écria-t-il, comment as-tu pu mentir ainsi à la justice et
à tes maîtres, et les conduire à commettre un acte sans
pareil d'iniquité ! Comment as-tu pu trouver dans ton
cœur assez de lâcheté pour appeler sur la tête vénérable
d'un vieillard, et sur celle de son innocente fille, un aussi
effroyable malheur !

Allez ! saisissez-la, cria-t-il à deux sergents de police qui étaient venus prêter leur concours pour l'aba-
tage de l'arbre, et qui s'étaient déjà approchés d'Henriette comme deux oiseaux de proie, n'attendant qu'un
coup d'œil de mon père pour s'en emparer. Couvrez-la,
continua-t-il avec force, des mêmes chaînes qui étreigni-
rent la pauvre Marie ; jetez-la dans le même cachot où
elle l'a fait gémir. Coupable, il faut qu'elle endure tous
les maux dont elle a voulu accabler l'innocente ; qu'on
lui enlève tout ce qu'elle a pu amasser d'argent et d'effets,
afin de pouvoir l'offrir un jour en dédommagement à
ceux qu'elle a fait dépouiller ; enfin que le même sergent
de police que voilà, et qui a conduit Marie à la frontière
de nos domaines, l'y conduise également dans l'état où
elle se trouve.

Les assistants entendirent ces paroles avec effroi, et
ils restaient là, silencieux et pâles. Jamais on n'avait vu
mon père aussi animé, et jamais il n'avait mis autant de
vivacité dans ses paroles. Il se fit longtemps un silence
absolu ; puis peu à peu les pensées se formulèrent dans
les interlocutions suivantes :

— Ce qui t'arrive est bien fait, dit l'un des deux
sergents à Henriette en lui saisissant le bras : *celui qui*

I.   19

tend des piéges à autrui finit par s'y prendre lui-même.

— Voilà ce que l'on retire du mensonge et de la fraude, dit le second sergent, en lui prenant l'autre bras : *il est donc bien vrai qu'il n'est trame si fine et si bien ourdie qui ne se découvre enfin au grand jour.*

La cuisinière dit aussi : — La colère que lui a causée la belle robe de Marie a été la première cause de la jalousie d'Henriette et du mensonge qu'elle a commis ; puis la honte de passer pour une infâme menteuse l'empêcha de se rétracter, et c'est ainsi qu'elle justifie l'adage : « Quiconque laisse enlever au diable un seul cheveu de sa tête devient bientôt sa proie pour l'éternité. »

— Eh ! eh ! dit enfin le cocher, qui tenait encore sur l'épaule la cognée avec laquelle il avait abattu l'arbre, il faut espérer que dorénavant elle se corrigera ; sans quoi il lui arrivera plus mal dans l'autre monde. Car, ajouta-t-il en agitant sa hache, il est écrit que *tout arbre qui ne portera point de bons fruits sera coupé et jeté au feu.*

La nouvelle de la découverte de la bague se répandit rapidement dans tout Eichbourg et aux environs, et bientôt nous fûmes entourés d'une grande foule, accourue de tous côtés. Le bailli ne tarda pas à arriver également ; le greffier, qui se trouvait présent à la trouvaille, s'était hâté de l'en avertir. Tu croiras à peine, ma pauvre Marie, combien l'excellent bailli fut affecté de cette nouvelle ; car, quelque dur qu'il se soit montré à votre égard, il n'en est pas moins un très-honnête homme, qui toute sa vie a pratiqué les principes les plus sévères du droit et de l'équité. — Je donnerais la moitié de mon bien, que dis-je ? Je donnerais toute ma fortune, s'écria-t-il d'une voix qui nous émut jusqu'au fond du cœur, pour que cet événement ne fût pas arrivé ; car en vérité c'est une chose bien affreuse que de condamner l'innocent.

Puis, portant les yeux sur la foule assemblée, il dit d'une voix forte et solennelle : — Dieu seul est le juge qui ne se trompe jamais et que personne ne saurait tromper. Lui, qui sait tout, savait seul comment la bague avait

disparu ; lui seul connaissait la place où elle est restée
cachée jusqu'à présent. La vue bornée des juges humains
les entraîne facilement à l'erreur, et malheureusement
il n'est pas rare sur la terre de voir succomber l'innocence et triompher le crime. Mais, cette fois, le juge
invisible, Dieu, qui punira un jour le mal et récompensera la vertu, a voulu faire éclater sur cette terre déjà
l'innocence méconnue et la méchanceté cachée..... Et
voyez et admirez maintenant comment sa volonté sainte
a su enchaîner toutes les circonstances pour que ce but
fût atteint ! Il a fallu que, pendant l'orage épouvantable
qui a ébranlé tout le château et nous a remplis d'effroi,
le vent courbât le vieil arbre au point qu'il menaçât ruine ;
il a fallu que cette pluie extraordinaire lavât et nettoyât
le nid d'oiseau, afin que la bague frappât tout de suite les
yeux par son éclat et son brillant ; il a fallu que nos seigneurs fussent au château, et que Dieu leur donnât l'idée
d'assister à la coupe de l'arbre ; il a fallu que d'innocents
et joyeux enfants, les jeunes comtes, à qui la pensée ne
pouvait venir de cacher leur trouvaille, découvrissent les
premiers la bague ; il a fallu, enfin, que la délatrice de
Marie, Henriette, par le cri qu'elle a jeté, proclamât
hautement son innocence. Ce n'est pas la première fois
qu'il arrive un accident extraordinaire. Dieu qui, presque
toujours, ne revise que dans l'autre monde les procès
jugés sur la terre, et décide alors, selon la vérité et la
justice, de la vie ou de la mort de chacun, Dieu permet
qu'à de certains intervalles de semblables événements
arrivent en ce monde, afin que les hommes tournent
leurs regards vers leur souverain juge, que personne ne
saurait tromper, et qu'au milieu des injustices qui peuvent se commettre ici-bas, ils ne perdent pas l'espérance en une justice éternelle, toute-puissante et infail-
lible.

Ainsi parla le bailli, avec autorité ; tout le monde
l'écouta avec attention, l'approuva, et se sépara en médi-
tant sur ce qui était arrivé. — Et voilà, chère Marie, comment la bague s'est retrouvée.

Tout en causant ainsi, Amélie et l'orpheline étaient arrivées aux portes du vieux château.

XVIII

NOBLE MANIÈRE DE RÉPARER UNE INJUSTICE.

Pendant ce temps, le comte, la comtesse et les autres seigneurs s'étaient rassemblés dans la grande salle du château, qui était décorée dans l'ancien goût avec beaucoup de magnificence. Suivant la vieille mode allemande, tous les murs étaient revêtus de tapisseries où se trouvaient figurées, avec beaucoup d'art, des chasses entières, avec une multitude de veneurs, de chiens, de chevaux, de cerfs et de sangliers. Malgré leur ancienneté, les couleurs paraissaient encore très-fraîches et très-éclatantes, et en entrant, surtout le soir, quand les lustres, avec leurs mille bougies, étaient allumés, on se serait cru transporté dans une forêt.

Le vénérable curé était déjà arrivé depuis longtemps, et toute la société avait écouté l'aventure de Jacques et de Marie avec un vif intérêt. Il avait raconté avec tant d'émotion l'histoire du pieux vieillard; il avait fait un tableau si touchant de la manière d'agir et de penser de l'excellent homme pendant son séjour à la ferme des Sapins; il avait présenté sous un jour si favorable la vénération, l'amour et l'attachement inaltérables du vieux serviteur pour ses maîtres, qui ne s'étaient vus réduits à le méconnaître, lui et sa fille, que par suite de circonstances les plus étranges et les plus inconcevables; enfin, il avait cité de si beaux traits de la tendresse extrême de Marie pour son père, des soins empressés qu'elle lui avait prodigués, de son activité, de sa piété, de sa patience et de sa modestie, que tous les auditeurs avaient les larmes aux yeux; quant à la noble comtesse, la mère d'Amélie, elle ne fut plus maîtresse d'elle-même, elle fondit en larmes.

En ce moment, Amélie entra dans la salle ; elle tenait la fille de Jacques d'une main, et de l'autre, elle portait la corbeille de fleurs. Tout le monde vint à leur rencontre ; Marie fut comblée de félicitations.

Le comte la prit doucement par la main, et lui dit : — Pauvre fille ! comme tu es pâle et épuisée ! c'est notre conduite irréfléchie qui a décoloré tes joues et empreint sur ton jeune front cette tristesse prématurée ! Pardonne-nous, nous ferons tous nos efforts pour faire refleurir sur ton visage les roses évanouies. Nous t'avons chassée de la demeure paternelle ; eh bien, désormais elle t'appartient en toute propriété. Je te donne la jolie petite maison d'Eichbourg, avec son grand jardin, dont ton père n'avait que la jouissance ; dès ce soir, mon secrétaire rédigera l'acte de donation, et Amélie te le remettra.

L'épouse du comte embrassa Marie, la serra étroitement dans ses bras, et ôtant de son doigt la cause de tant de chagrins, l'anneau qu'elle avait sorti de l'écrin et dont elle venait de se parer : — Chère enfant, dit-elle à la jeune orpheline, ton innocence et ta vertu sont, je l'avoue, de plus riches joyaux que ce diamant enchâssé dans cette bague. Bien que tu sois riche de trésors plus précieux, ne méprise pas cette pierre, accepte-la comme une faible compensation de l'injustice que tu as éprouvée, et comme un gage de ma tendresse maternelle. Si ce bijou ne peut servir encore à ta parure de noces, du moins ce sera pour ta dot. Quand le temps viendra où il t'en faudra une, je la dégagerai pour toute sa valeur.

En disant ces mots, elle passa la bague au doigt de Marie.

La pauvre jeune fille versa autant de douces larmes qu'elle en avait répandu d'amères avant ce jour ; elle était étourdie de tant de bonheur, elle succombait presque sous l'émotion, comme sous un fardeau trop lourd. Incapable de dire un mot, elle ne faisait que pleurer, elle voulait refuser le présent de la comtesse.

Un des seigneurs étrangers lui dit : — Va, ma chère
enfant, accepte toujours les dons de la générosité. Dieu
a comblé des plus grands biens l'honorable comte et son
aimable compagne; mais, ce qui vaut mieux encore, il
leur a donné, avec un noble cœur, le désir de faire le
meilleur usage de leurs richesses.

— Permettez, monsieur le baron, dit la comtesse,
vous nous flattez; ceci n'est pas un acte de générosité.
Nous avons donné au monde le spectacle d'une criante
injustice, et je n'y songerai jamais qu'avec peine et en
rougissant. Notre repos, notre honneur exigent absolument la réparation de cette faute. Nous ne pouvons donc
pas nous faire un mérite de notre munificence ; ce n'est
qu'un devoir de conscience que nous accomplissons.

La simple et modeste fille tenait d'une main tremblante
la bague qu'elle avait retirée de son doigt ; elle tourna
ses beaux yeux vers le curé, comme pour lui demander
ce qu'elle devait faire.

— Oui, Marie, lui dit le digne ecclésiastique, il faut
accepter ce bijou. M. le comte et madame la comtesse ont
trop de délicatesse pour consentir à le reprendre. Puisque
cet événement met en évidence d'une manière si étonnante combien un soupçon, quelque fondé qu'il paraisse,
peut quelquefois nous tromper, qu'il soit aussi un exemple édifiant de la grandeur avec laquelle des cœurs généreux savent réparer les effets de leur précipitation. Vois-
tu, mon enfant, Dieu te récompense de ta piété filiale ;
car il a dit lui-même : « Celui qui honore ses parents sera
heureux sur terre. » Il se sert des mains bienfaisantes du
comte et de son épouse pour te rémunérer de tout ce
que tu as souffert. Accepte donc ce riche présent, et maintenant qu'on t'a vue si résignée, si douce et si patiente
dans l'adversité, il ne te reste plus qu'à te montrer reconnaissante envers Dieu dans le bonheur, et à faire preuve
toujours de la même bienveillance, de la même modestie.

Marie prit la bague avec des larmes de reconnaissance ;
il lui était impossible de prononcer une parole de remercîment.

Amélie, qui, la corbeille à la main, se tenait à côté de Marie, éprouvait la joie la plus vive de voir ses parents agir avec tant de noblesse.

Dans ses regards on voyait toute l'affection qu'elle ressentait pour Marie. Le curé, qui souvent avait été à même de remarquer combien la jeunesse voit de mauvais œil les bontés que les parents témoignent à des enfants étrangers, était touché du désintéressement d'Amélie. « Que Dieu, dit-il, récompense le comte et la comtesse de leur générosité, et qu'il leur rende en grâces et en bénédictions pour leur fille, magnanime comme eux, tout ce qu'ils ont fait pour une pauvre orpheline ! Oui, Dieu s'en souviendra ; tout ce que nous sacrifions de nos biens de ce monde pour nos semblables qui sont dans le malheur, est autant de gagné. Mais ce n'est pas seulement sur cette terre que nous serons récompensés ; c'est un capital que nous amassons pour un monde meilleur, où il ne courra plus de risque de se perdre ; c'est là qu'il produira un jour les plus riches intérêts.

XIX

CIRCONSTANCE REMARQUABLE DANS CETTE HISTOIRE.

La comtesse ordonna qu'on servît le souper ; elle pria le curé d'y participer, et voulut que Marie y prît part également. Pendant la prière, car ce saint usage régnait encore dans la haute société de cette époque, Marie fit une réflexion qui la toucha profondément. — Mon Dieu, pensa-t-elle, quels étaient ma douleur et mon abattement lorsque le soir, après une journée de travail, on me chassa de la ferme des Sapins, et comment pouvais-je penser qu'à cette heure déjà dans ce château au milieu de la société la plus distinguée on me préparât un festin ! Que je te suis reconnaissante de ta sollicitude, ô mon père céleste ! Ah ! pardonne à ma pusillanimité, et désormais accorde-moi cette grâce, que je ne sente plus défaillir ma confiance en ta bonté.

Marie fut placée entre la comtesse et Amélie. Avec sa timidité de jeune fille, elle se défendait d'accepter cette place d'honneur, quand la comtesse lui dit d'un ton affectueux : — Puisque nous venons de retrouver en toi, non pas une fille prodigue, mais bien une fille abandonnée, il est juste que nous donnions ce festin pour célébrer son retour, et la place d'honneur te revient de droit. Elle prit Marie par la main et la fit asseoir à la place qui lui était destinée.

Pendant tout le repas, on ne parla guère que de l'aventure de Marie. Le comte avait mené avec lui le vieux chasseur Antoine, à cause de ses connaissances dans la partie forestière. Le fidèle serviteur aidait à servir ses maîtres à table, plutôt par goût que parce qu'il y était astreint. Ce soir-là, il se tint presque constamment derrière la chaise de Marie ; il essuyait ses larmes l'une après l'autre. Son âge lui avait donné, en quelque sorte, le droit de hasarder quelques mots dans la conversation. — N'est-il pas vrai, mademoiselle Marie, lui dit-il, que les paroles que je vous adressais à vous et à votre père, près de la borne, dans la forêt, se sont réalisées? L'honneur ne saurait périr, et Dieu n'abandonne jamais ceux qui se confient en lui. Tout est pour le mieux maintenant ; il n'y a qu'un malheur, c'est que mon vieil ami d'enfance n'ait point assez vécu pour être témoin de ce jour de bonheur. Quelle n'eût pas été sa joie, à ce pauvre Jacques, s'il avait vu sa fille, son seul trésor sur la terre depuis la mort de sa femme, reconnue innocente et comblée de tant d'honneurs ! Non, je ne peux pas m'ôter de l'idée que Dieu aurait dû lui permettre encore de vivre ces quelques mois ; le vieillard serait-il mort de joie le soir même, je n'y aurais trouvé rien à redire ; mais il n'aurait pas dû être privé de ce bonheur.

— J'approuve votre sensibilité, cher Antoine, lui dit le curé ; elle fait l'éloge de votre bon cœur. Mais nous de-

vons porter nos regards plus haut que ce monde, où notre
vie n'est que la partie la plus courte, et, je puis le dire,
la plus misérable de notre durée entière. Cette terre n'est
que le vestibule d'un autre monde, et la vie que nous
coulons ici-bas n'est que le noviciat d'une seconde, d'une
meilleure existence dans le ciel. Si nous considérions la
vie de l'homme, abstraction faite de sa destinée future,
nous serions nécessairement choqués par des choses qui
ne s'accorderaient pas avec la sagesse, la bonté et la justice divines. Mais si nous portons nos regards vers le ciel,
nous découvrons des aspects qui nous consolent des con-
tradictions et des discordances de cette vie.

Il en est ainsi de Jacques et de sa fille. Marie voit
toutes ses souffrances réparées par une noble générosité ;
son vieux père, au contraire, par un coup fatal du sort
meurt misérable, repoussé et méconnu de ses maîtres
qu'il chérit ; et, ce qui est le plus dur pour son cœur
paternel, il expire en laissant sa fille dans la misère la
plus profonde. S'il n'y avait pas une autre vie, une pareille
inégalité dans la réparation des souffrances nous sem-
blerait une injustice criante et révolterait tous les cœurs,
comme ce bon vieillard le sent très-bien. Mais il y a une
vie meilleure ; il y a heureusement pour nous, pauvres
humains, un monde dans lequel seulement nous attein-
drons le but de nos peines : là le pauvre vieillard si
injustement frappé voit, aux termes de ses maux, une
récompense plus belle, plus éclatante, que sa fille ici-
bas ; là, il goutte maintenant, au sein des splendeurs
célestes, une joie et une félicité près desquelles ce brillant
festin, dans une salle éblouissante de lumière, nous offre
à peine une ombre. Il y a mieux encore, je n'en suis pas
certain, mais mon cœur me le dit, et maintes fois le cœur
mérite plus de croyance que l'esprit ; mon cœur me dit
que le pieux vieillard, qui a emporté au ciel son amour
paternel, prend à cette soirée une part plus grande que
nous ne croyons. Et puisque je vois tous mes nobles convives si profondément émus, je veux leur raconter encore
un fait que j'aurais pu oublier au milieu d'autres détails.

19.

Un matin, je vins voir le malade. Quelque grande que fût sa confiance en la providence de Dieu, il ne pouvait toujours se soustraire aux tristes préoccupations que lui causait l'avenir d'une fille chérie. Ce jour-là, je le trouvai d'une sérénité remarquable ; il me tendit la main hors du lit avec un doux sourire, en me disant : « Maintenant, monsieur le curé, mon cœur est délivré du dernier fardeau qui lui pesait, de mes craintes au sujet de ma fille ; j'ai prié, cette nuit, comme jamais je ne l'avais fait de ma vie, et un calme extraordinaire, une céleste consolation, se sont répandus dans mon âme. Je sais que le puissant comte et son épouse tiendront lieu de père et de mère à ma fille. » C'est ainsi que parla le pieux vieillard après cette nuit, et je viens d'apprendre ici avec étonnement, par la conversation que nous avons eue à table, que c'était précisément la nuit durant laquelle cet orage épouvantable a courbé le vieil arbre du jardin du château, et a fait paraître ainsi au jour, avec le précieux joyau, l'innocence méconnue de Marie.

Ainsi, Dieu avait déjà exaucé à cette époque la prière du vieillard. Son âme glorifiée a continué devant le trône du Tout-Puissant ses pieuses instances : ses vœux ont hâté le salut de la pauvre fille dont la misère était au comble, et nous ont préparé cette belle et heureuse soirée. Et comment celui que le sort de sa fille touche le plus près pourrait-il seul ignorer l'heureux changement qui s'est opéré? Je ne sais, mais, c'est une pensée consolante, je crois que là-haut, par delà la tombe, il connaît le bonheur de Marie et qu'il prend part à notre joie. Quoi qu'il en soit, ce qui demeure certain, c'est que la prière du vieillard, pendant cette nuit, et la bonté avec laquelle Dieu l'a exaucée, répandent un reflet merveilleux sur toute cette histoire, et la couronnent pour ainsi dire. C'est aujourd'hui seulement qu'elle paraît dans tout son éclat, comme une œuvre de la divine providence.

Non, continua le curé avec un attendrissement visible, ce n'est point le sort aveugle qui nous a rassemblés ici, ce n'est point le hasard qui nous a préparé ces ten-

dres, ces douces émotions. C'est la bonté de Dieu, c'est sa
sainte providence qui m'a amené, moi étranger, au milieu
de cette noble société, pour lui révéler un fait que m'a
confié le vertueux Jacques à son lit de mort, et qui jette
la plus vive lumière dans les profondeurs de cette
histoire.

Puisse-t-elle être une preuve que Dieu, qui a mis
dans le cœur des mères un amour si tendre, a pour tous
les hommes un amour bien plus profond encore, et veille
sur eux avec plus de sollicitude que des parents ne pourraient veiller sur leurs enfants. Puissions-nous tous vivre
et mourir dans la persuasion qu'un cœur paternel existe
là-haut pour nous ! car c'est notre seule consolation dans
la détresse et à l'heure de la mort, qui ne fait grâce à
aucune condition, et de laquelle aucun ordre, aucune
couronne ne sauraient nous préserver.

— C'est ma conviction, monsieur le curé, dit la comtesse en se levant et en lui tendant la main. Les assistants
approuvèrent ses paroles et se levèrent pour sortir. — Il
est déjà tard, ajouta-t-elle, et comme nous voulons partir
demain au point du jour, il faut encore nous reposer quelques heures, et nous séparer afin de ne pas nous distraire
des douces émotions que monsieur le curé nous a laissées. Nous ne pouvons mieux terminer ce jour. — Tout
le monde se sépara le cœur plein d'attendrissement.

XX

VISITE A LA FERME DES SAPINS.

Le lendemain, au lever de l'aurore, chacun au château
faisait ses préparatifs de départ. Amélie surtout et
la demoiselle étrangère étaient empressées autour de
Marie.

Lorsque celle-ci demeurait à Eichbourg, elle s'était

toujours habillée comme il convient aux serviteurs de grande maison ; mais pendant son séjour à la ferme des Sapins, s'étant vue obligée de renouveler plusieurs parties de sa toilette, elle ne voulut pas se faire remarquer par une mise plus distinguée que celle des gens du village ; aussi pour le moment, elle était vêtue à peu près comme les filles de la campagne. La demoiselle étrangère, qui était de la taille et de l'âge de Marie, lui fit don, sur la prière d'Amélie, d'un habillement complet et presque tout neuf encore. Marie ne voulait pas accepter d'abord ; mais la comtesse lui dit : — Allons, pas de cérémonies ! tu vas t'habiller sur-le-champ. A l'avenir, tu ne me quitteras plus ; il faut donc que tu sois mise plus élégamment. Après tout, il vaut mieux changer tout de suite de costume, on le remarquera moins.

Les deux jeunes filles rivalisèrent de zèle à parer Marie, puis l'emmenèrent avec elles et la conduisirent dans la grande salle, où le déjeuner était déjà servi. La compagnie fut étonnée d'abord de voir une étrangère avec les deux demoiselles, mais bientôt on reconnut Marie ; on la félicita de grand cœur, et chacun applaudit à l'heureux changement qui s'était opéré dans son costume.

Après déjeuner, l'on se mit aussitôt en route ; il fallut que Marie s'assît dans la voiture, à côté d'Amélie, près du comte et de la comtesse. Le comte donna l'ordre de passer près de la *Ferme des Sapins*, car il était curieux de voir les braves gens qui avaient accueilli les exilés avec tant de bonté. En route, il s'informa avec soin de leur position ; Marie ne lui cacha pas combien elle était triste, et ajouta qu'ils n'avaient plus de bonheur à espérer pour leurs vieux jours.

L'arrivée de la voiture ne fit pas peu d'effet à la ferme ; car jamais peut-être, depuis qu'elle était bâtie, il n'y en était arrivé, du moins une aussi belle.

Quand elle s'arrêta à la porte de la maison, la jeune fermière accourut à la hâte. — Il faut bien, se dit-elle, que j'aide à descendre à ce noble étranger, ainsi qu'à sa femme et à ses deux filles. — Tout à coup, en donnant la ·

main à l'une de ces belles demoiselles, elle reconnut
Marie. — Qu'est-ce que cela veut dire ! s'écria-t-elle dans
un langage rustique. Elle laissa tomber la main de Marie,
comme si elle eût touché un serpent, recula de dix pas,
et pâlit et rougit tour à tour.

En ce moment, le vieux fermier travaillait au jardin.
Le comte, sa femme et Amélie, coururent à sa rencontre,
lui tendirent la main, le louèrent de sa conduite envers
Marie et son père, et l'en remercièrent dans les termes
les plus affectueux.

— Mon Dieu ! dit le brave fermier, je lui ai plus d'obli-
gations qu'il ne m'en a. Avec lui, la bénédiction de Dieu
entra dans ma maison, et si j'avais en tous points suivi ses
conseils, je m'en trouverais bien mieux à présent. Depuis sa mort, mon seul bonheur est ce jardin, et c'est
à lui que je dois encore de m'être réservé ce petit terrain, qu'il m'a appris à cultiver. C'est là que je m'oc-
cupe depuis que le travail de la charrue m'est devenu
pesant, et je cherche, parmi les plantes et les fleurs, la
paix que je ne peux plus trouver chez moi.

Pendant ce temps, Marie avait été chez la vieille fermière, dans la petite pièce ; elle l'amena par la main, en
lui recommandant à plusieurs reprises de ne pas avoir
peur, car la bonne femme n'avait parlé de sa vie à d'aussi
grands seigneurs. Elle ne s'approcha qu'en tremblant, et,
comme son mari, elle fut comblée de louanges et de remercîments.

Les deux bons vieillards étaient confus et pleuraient de
joie comme des enfants. — Ne t'ai-je pas prédit, que ta
pitié filiale te porterait bonheur ? lui dit le fermier. Tu le
vois, ma prédiction s'est réalisée. — La bonne vieille, qui
avait perdu sa timidité, dit, en tâtant des doigts l'étoffe
de la belle robe de Marie : — Oh ! oui, ton père avait bien
raison avec son proverbe : « Celui qui vêt les fleurs
prendra soin de toi. »

Quant à la jeune fermière, elle se tenait à quelque distance de là, et se disait à elle-même : — Tiens ! tiens !
que ne voit-on pas en ce monde ? Voici une misérable

mendiante qui est devenue une noble demoiselle. Eh bien,
qui l'eût jamais pensé ? Maintenant elle ne souffrirait plus
à ses côtés une de nos pareilles. N'importe, on sait ce
qu'elle est, et hier soir encore elle a monté la côte, là-
bas, avec son paquet sous le bras, pour aller mendier par
le monde.

Le comte n'entendit pas ces paroles injurieuses ; mais
il eut assez de la mine grimacière et impertinente de la
jeune fermière. — Quelle vilaine créature ! pensa-t-il ; et
il fit plusieurs tours de jardin en réfléchissant.

— Écoutez, brave homme, dit-il en s'arrêtant près du
vieux fermier, j'ai une offre à vous faire. J'ai donné à
Marie le petit héritage que son père faisait valoir à Eichbourg ; mais elle n'est pas encore à la veille de se mettre
en ménage. Que vous semblerait-il de venir l'habiter ?
Vous vous y plairiez à coup sûr, et je puis vous dire d'a-
vance que Marie n'exigera pas de fermage. Vous pourrez
vous livrer à l'aise à votre goût pour les plantes et les
fleurs, et, de plus, vous trouverez dans la jolie maison le
repos et la paix nécessaires à vos vieux jours.

La comtesse, Amélie et Marie pressèrent vivement les
bonnes vieilles gens d'accepter ; mais cela n'eût pas été
nécessaire, car cette proposition leur causa plus de joie
que si on était venu les délivrer de l'enfer.

Sur ces entrefaites, le jeune fermier revint des champs :
il brûlait de savoir ce que signifiait l'arrivée, à sa ferme,
de cette voiture, attelée de quatre magnifiques chevaux
blancs. Quand il sut de quoi il s'agissait, il n'hésita pas à
donner son adhésion, quelque peine que pût lui causer
le départ de ses parents. Son plus grand chagrin était de
les voir tourmenter par leur bru, et il se sentit consolé
par la pensée qu'à l'avenir ils seraient plus heureux.

La jeune fermière fit son possible pour déterminer les
parents de son mari à quitter la maison. Elle se piqua de
politesse, et comme elle venait d'entendre Marie traiter
le comte d'Excellence, elle dit, avec un profond salut :
— Mais vraiment, Monseigneur l'Excellence nous fait là
une grâce étonnante ; il serait malhonnête de ne pas ac-

cepter. Je suis sûre qu'il en serait profondément peiné,
et madame l'Excellence, son épouse, pourrait se dire : —
Ces gens-là sont de véritables souches. Vraiment, c'est un
bonheur inouï !

— Eh bien, voilà qui me fait plaisir de te voir de cet
avis, fit le jeune fermier ; je disais toujours : La bienfaisance envers les pauvres honorables et vertueux amène le
bonheur et la bénédiction sur la famille, mais tu ne voulais pas me croire ! J'ai donc enfin une fois raison !

La jeune femme devint rouge de colère, mais rouge
comme une écrevisse. Elle n'osa pas toutefois laisser
éclater son humeur ; elle se borna à jeter sur son mari
un regard furieux, comme si elle eût voulu l'en percer.

Le comte promit de faire prendre les vieux parents
aussitôt que les préparatifs nécessaires auraient été faits ;
puis il remonta en voiture avec toute sa société, et disparut entraîné rapidement par ses fringants chevaux.

XXI

CE QUI SE PASSE PLUS TARD A LA FERME DES SAPINS.

Le comte tint parole : l'automne n'était point encore
achevé qu'une voiture vint d'Eichbourg pour prendre les
deux bons vieillards. Leur fils versa de sincères larmes
à l'idée de cette séparation ; mais la bru, qui avait compté
les jours et les heures, ressentit la joie la plus vive de se
voir débarrassée ; mais ce plaisir néanmoins fut de courte
durée, car le cocher était porteur d'un écrit portant que
chaque trimestre ils eussent à payer en espèces sonnantes,
au bureau de la recette voisine, la valeur, d'après le cours
des mercuriales, de ce qu'ils étaient tenus de fournir
pour l'entretien de leurs parents ; le tout sous peine de
saisie. A cette nouvelle, la jeune fermière ne se sentit pas de colère ; elle jura et tempêta : — Nous tombons

de fièvre en chaud mal, dit-elle ; s'ils fussent restés ici, ils ne nous auraient pas coûté la moitié. — Quant au fils, il se rejouit de pouvoir, malgré sa femme, faire quelque sacrifice pour les auteurs de ses jours ; mais il se garda bien de laisser percer sa joie.

Le lendemain matin, les deux vieillards montèrent en voiture, et partirent accompagnés des vœux de leur fils et des malédictions secrètes de leur belle-fille ; mais celle-ci fut punie de sa conduite, comme elle le méritait, et porta la peine de son avarice et de son inhumanité.

Elle avait versé ses fonds chez un négociant, qui venait de monter une fabrique et qui promettait dix pour cent de revenu. Le capital était placé à intérêts composés. La fermière se félicitait de cette opération, et son plus grand bonheur au monde était de calculer, devant son mari, combien la somme entière produirait au bout de dix et de vingt ans. Mais bientôt elle se vit arracher bien durement à ses rêves dorés ; l'entreprise du négociant ayant manqué, ce dernier fut déclaré en faillite. Ce fut un coup de foudre pour la fermière. Du jour qu'elle eut appris cette nouvelle fatale, elle n'eut plus une heure de repos. Elle était toujours en route, tantôt pour consulter son avocat, tantôt pour voir les juges. Pendant des nuits entières elle ne fermait pas l'œil, au milieu des préoccupations qui l'agitaient.

Enfin, de ses dix mille florins, elle n'en recueillit que quelques cents. Ce coup la jeta dans le désespoir ; la vie lui devint à charge, elle souhaita la mort. Ces chagrins profonds et continuels l'avaient tellement affaiblie, qu'une fièvre opiniâtre se déclara. Son mari voulut faire venir le médecin de la ville voisine ; mais elle s'y refusa. — Il a échoué près du vieux Jacques, dit-elle ; il ne réussirait pas davantage près de moi. Le bourreau [1] de Buchdorfs'y entend mieux. — Mais ce n'était que l'avarice qui la fai-

---

[1] Autrefois, dans quelques contrées de l'Allemagne, et même de la France, l'exécuteur des hautes œuvres jouissait, auprès des classes peu éclairées, d'une assez grande réputation médicale, et vendait pour certains maux des élixirs de sa façon.

sait parler ainsi ; car elle comptait payer quelques florins de moins qu'avec un médecin. Le fermier, cette fois, s'opposa sérieusement aux volontés de sa femme, et un docteur fut appelé ; mais de colère, elle jeta, sans seulement y regarder, les médicaments par la fenêtre, et fit venir le bourreau en secret. Ses gouttes, si renommées, lui firent passer son mal ; mais elles contenaient un principe vénéneux qui changea la fièvre en une maladie de langueur.

Le curé d'Erlenbrunn vint souvent visiter la fermière ; il l'engagea avec beaucoup de douceur à s'amender, à changer ses goûts, et à détourner son cœur des choses terrestres pour l'élever vers la divinité.

Mais ces exhortations ne firent qu'irriter la malade. Elle ouvrit de grands yeux en entendant le curé parler de la sorte. — En vérité, dit-elle, je ne sais ce que cela signifie, quand il me presse ainsi de faire pénitence. Qu'il s'adresse au négociant qui nous a trompés, à la bonne heure ; là, ses sermons seront à leur place. Quant à moi, il me semble que je n'ai rien à me reprocher. Tant que j'ai pu sortir, je n'ai pas manqué une seule fois au service divin ; chez moi, j'ai dit chaque jour mes prières ; je n'ai fait, dans toute ma vie, que travailler et ménager ; j'ai été un modèle de la plus recommandable des vertus, de l'économie ; personne au monde ne peut me reprocher le moindre mal, et pas un pauvre dire que je l'aie laissé passé devant ma porte sans lui faire l'aumône. Eh bien, je le demande, que peut-on vouloir de plus ? J'aurais cru, au contraire, que monsieur le curé me regardait comme une des personnes les plus vertueuses de la paroisse.

L'honnête ecclésiastique se vit forcé de lui parler avec plus d'autorité et de vigueur, afin de la pousser à se convertir. Il lui fit voir amplement et de la manière la plus évidente, que ce qu'elle aimait le plus au monde, c'était l'argent, et que son avarice, qu'elle prenait faussement pour une vertu très-louable, pour de l'économie, n'était qu'une véritable idolâtrie ; que la colère désordonnée à laquelle elle se laissait emporter était un des péchés les plus abo-

minables, et que la douceur et la patience, ces aimables
qualités, si nécessaires en ce monde, lui manquaient
complétement. Son avarice et sa colère, disait-il, avaient
causé à son époux des chagrins sans nombre; la pauvre
orpheline, si ignominieusement chassée, en avait été la
victime, ainsi que les deux vieillards, qu'elle aurait dû
honorer et aimer comme ses propres parents, au lieu de
les renvoyer de la maison. Maîtresse d'une assez grande
fortune, elle n'avait pas rempli l'important précepte de la
charité, en donnant de temps à autre un morceau de pain
ou une poignée de farine à un indigent; loin de là, elle
avait méconnu ce saint devoir, car les pauvres honteux,
les plus recommandables et les plus dignes de pitié, n'a-
vaient jamais, dans le besoin, reçu d'elle une mesure de
blé, quand ses greniers en regorgeaient. Lorsqu'une col-
lecte se faisait en faveur des victimes d'un incendie ou de
quelque autre malheur, elle contribuait toujours pour la
moindre part; sa criminelle usure lui avait fait perdre
une grande fortune, avec laquelle elle aurait pu faire
beaucoup de bien, et avait abrégé sa vie; elle manquait
de ce qui fait la base du christianisme, l'amour de Dieu
et du prochain; en fréquentant les églises, sans doute elle
avait rempli un saint devoir; mais son assiduité au service divin ne pouvait lui être comptée, car sa conduite ne
s'en était pas ressentie, et sa prière n'en était pas une,
puisqu'elle partait d'un cœur sans amour...

Mais elle ne permit pas au curé d'achever ces chaleu-
reuses exhortations; elle commença à se lamenter et à
crier. — Oh! je suis bien la plus malheureuse des femmes
de la terre! personne au monde ne me plaint! Mais je ne
me serais jamais attendu à des sentiments pareils de la
part de mon directeur. Je ne lui ai pourtant point fait de
mal, pour qu'il se montre si indisposé à mon égard et
me considère comme une si méchante créature!

Le bon curé, affligé de cette scène, prit son chapeau
et sa canne, et s'en alla. — Qu'il est difficile, dit-il, de
faire naître le goût et les sentiments des choses célestes dans un cœur qui s'est attaché à la terre! Qu'il

est éloigné du royaume de Dieu, de la piété et de la
vertu véritables ! Avec quelques paroles apprises par
cœur il croit s'acquitter envers Dieu, et se décharger de
tous ses devoirs envers son prochain en lui jetant les
miettes de sa table ! En attendant, il ne s'amende pas,
et, ce qui est pire encore, il prend, dans son aveuglement,
des vices pour des vertus.

— Ah ! dit-il en passant devant le jardin, et en y jetant
les regards, comme ils se trompent ceux qui croient que
l'argent seul fait le bonheur ! Avec tout son or et ses
biens, cette riche fermière n'a pas goûté, dans toute sa
vie, une heure de la joie pure que Marie éprouvait si
souvent au milieu des fleurs de ce parterre !

La fermière cependant eut encore bien des souffrances
à essuyer. Elle passait la nuit entière à tousser ; dans
son avarice, elle se refusait quelquefois jusqu'à une
goutte de vin ou une cuillerée de bouillon, et au milieu
de ses maux, elle manquait de consolations ; elle n'avait
pas la force nécessaire pour souffrir et se résigner à la
volonté divine. Le curé se donna encore toute la peine
imaginable pour la mettre en de meilleures voies ; et, en
effet, vers les derniers jours de sa vie, elle montra plus
de douceur et de repentir ; mais il douta toujours, et non
sans motifs, que sa conversion fût sincère.

Enfin elle mourut à la fleur de ses jours, triste victime
de l'avarice, exemple éclatant de cette vérité : que les
biens de la terre, loin de nous procurer toujours la félicité,
nous jettent souvent dans les plus grands malheurs.

XXII

ENCORE UN TRISTE ÉVÉNEMENT.

La famille du comte avait emmené Marie avec elle dans
la capitale. Un matin, un vieil ecclésiastique se fit con-

duire près de Marie, et lui dit qu'il avait une mission à
remplir près d'elle. Une personne dangereusement malade et près de mourir voulait, disait-il, avoir un entretien
avec elle avant de quitter ce monde, afin de sortir en
paix ; quant à son nom, elle ne voulait le dire qu'à Marie
elle-même. Cette proposition étonna beaucoup la jeune
fille ; elle consulta la comtesse sur ce qu'elle devait faire.
Celle-ci connaissait l'ecclésiastique pour un homme d'une
piété très-éclairée ; elle conseilla donc à Marie de le
suivre. Sur la demande de l'ecclésiastique, le vieil Antoine les accompagna.

Marie fut obligée d'aller loin, jusque dans la partie la
plus reculée du faubourg. Enfin, dans une rue latérale,
ils arrivèrent à une maison d'une chétive apparence. Il
fallut gravir cinq étages, et les escaliers des deux derniers étaient si sombres, si étroits et si délabrés, que
Marie en fut saisie d'effroi. L'ecclésiastique s'arrêta près
d'une vieille porte formée de quelques planches clouées
ensemble, et dit : — C'est ici. Toutefois, attendez
encore un instant ; vous aurez certainement besoin de
ceci. —En disant ces mots, il versa sur le mouchoir de
Marie quelques gouttes d'essence de mélisse, puis il poussa
la porte.

Marie entra dans une mansarde de l'aspect le plus misérable. Les vitres de la petite fenêtre obscure étaient rac-
commodées partout avec des lambeaux de papier ; une
misérable couchette, garnie de matelas plus mauvais
encore, une chaise boiteuse, avec une cruche d'eau, sans
anse ni couvercle, composaient tout l'ameublement.

Mais ce qu'il y avait de plus affreux à voir, c'était certainement la malade elle-même. Quand elle se retourna,
qu'elle se mit à parler d'une voix rauque et caverneuse,
en tendant une main décharnée vers Marie, celle-ci crut
voir un squelette, et trembla de tous ses membres. Enfin,
par quelques mots que cette forme hideuse parvint à dire
avec beaucoup de difficulté et en râlant, Marie comprit
que c'était Henriette, — Henriette qui jadis, au château
d'Eichbourg, brillait plus fraîche qu'un lis de printemps.

La malheureuse avait appris de l'ecclésiastique que Marie avait suivi ses maîtres à la ville, et l'avait fait venir pour la prier de lui pardonner ses torts dans l'aventure de l'anneau. Elle n'avait pas voulu dire son nom, de crainte que Marie ne lui gardât rancune et ne vînt pas la voir.

La bonne fille sentit son cœur s'émouvoir ; elle assura Henriette que depuis longtemps elle lui avait pardonné, et qu'elle ne se sentait pour elle que la plus vive et la plus profonde compassion. Pour lui prouver qu'elle avait tout oublié, elle allait lui serrer la main et l'embrasser, quand l'ecclésiastique s'écria tout à coup : — Reculez-vous, et il étendit la main pour arrêter Marie. — Au nom du ciel ! continua-t-il, qu'alliez-vous faire ! ce mal est contagieux. — Quel est-il donc ? demanda Marie avec terreur. L'ecclésiastique baissa les yeux et garda le silence ; mais la malade le pria de ne pas faire un mystère de son malheur, puisqu'il pourrait servir d'exemple à d'autres.

Il reprit donc, en regardant Marie avec tristesse : — Hélas ! cette maladie est la suite de honteux excès ! Voilà les ravages terribles que l'inconduite exerce sur les visages les plus beaux ; cette mort affreuse est la digne fin d'une vie impure ! Vous êtes encore jeune, ma fille. Beaucoup vous diront que vous êtes belle ; devant vous, ils parleront du vice avec une coupable légèreté, et chercheront même à l'excuser ; les mauvais exemples ne manqueront pas. La séduction cherchera à vous enlacer aussi. Eh bien, que cet exemple soit toute la vie présent à vos yeux ! Vous voyez où conduit le péché : que le souvenir de ce hideux tableau devienne votre sauvegarde ! Que ne puis-je amener ici toutes les jeunes filles de la ville, afin qu'elles profitent de cet exemple ! — Que ne puis-je surtout faire voir ce triste objet à ces hommes pervers qui, sous le masque de l'amitié, de l'amour et des plaisirs, ont trompé cette malheureuse Henriette, encore innocente, et l'ont réduite en cet horrible état.

Il est des gens aveugles qui nous taxent de folie, nous, prêtres du Christ, et nous font un crime de prêcher la fuite des dissipations; mais, je le demande, quel charme peut-on trouver à des plaisirs de cette nature qui se terminent ainsi? Malheur à ceux qui font l'éloge de pareils passe-temps pour séduire des jeunes personnes sans défiance!

Il y avait longtemps déjà qu'Henriette, pendant qu'elle était à la capitale avec ses maîtres, avait contracté de mauvaises connaissances. Quand elle fut renvoyée d'Eichbourg, elle les renouvela, se perdit complétement, vécut un certain temps au milieu des plaisirs, et se parait de robes magnifiques qu'elle se procurait par des moyens honteux. Épuisée par la maladie, elle fut obligée de vendre ses vêtements, qui constituaient toute sa fortune, pour la dixième partie de ce qu'ils lui avaient coûté, et languit dans la misère, abandonnée de ses anciens amis. Elle avoua tout au curé en versant des larmes de repentir.

— Hélas! dit-elle, je suis une grande pécheresse; j'ai mérité mon sort. J'ai d'abord oublié Dieu, j'ai cessé d'écouter les bons conseils qu'on me donnait, j'ai été sourde aux cris de ma conscience, je n'ai plus rien aimé au monde que les flatteries et les divertissements; tel a été le commencement de mon malheur, et voilà où j'en suis réduite aujourd'hui. — Oh! s'écria-t-elle d'une voix défaillante, pourvu qu'un châtiment éternel ne m'attende pas dans l'autre monde! Cependant, comme vous m'avez pardonné, vous, bonne Marie, que j'ai si grièvement offensée, j'espère que Dieu daignera aussi me pardonner.

Marie s'en retourna toute bouleversée; l'épouvante, le dégoût et la pitié l'empêchèrent de prendre aucune nourriture; elle voyait continuellement cette forme repoussante devant ses yeux; cette voix grêle retentissait sans cesse à ses oreilles. Elle avait besoin de se dire à elle-même: — Cet objet hideux, c'est pourtant Henriette, et elle répéta ces paroles presque toute la journée. Cette image lui rappela son pommier fleuri, que les frimas avaient ravagé un matin. Tout ce que son père lui avait dit à cette époque, et plus tard, sur son lit de mort, où, du moins, les consolations le soutenaient, lui revint en mémoire. Elle promit de nouveau à Dieu, du fond de son cœur, de mener toujours une vie pure et sans tache.

Elle n'oublia pas de recommander Henriette à la comtesse. La malheureuse fut visitée par un médecin; elle reçut des aliments, du linge et tout ce qui lui était nécessaire. Mais après avoir enduré les souffrances les plus atroces, et s'être vue presque abandonnée, car personne n'osait approcher d'elle, à cause de son aspect horrible et de l'odeur cadavéreuse qu'elle exhalait, elle mourut à peine âgée de vingt-trois ans!

XXIII

ENCORE UN ÉVÉNEMENT HEUREUX.

Quand la campagne se couvrit de verdure et de fleurs, le comte partit pour Eichbourg avec sa femme et sa fille; Marie fut du voyage, et occupa dans la voiture sa place accoutumée, à côté d'Amélie. Le soir, en approchant du bourg, quand l'orpheline vit paraître, sous les feux du soleil couchant, le clocher, le château et la demeure de son père, elle fut tellement touchée à cet aspect qu'elle ne put retenir ses larmes. — Jadis, quand je quittai Eichbourg, je ne croyais certainement pas y revenir ainsi. Que les voies du Seigneur sont admirables, et que sa bonté est immense!

Quand la voiture arriva devant la porte du château, tous les fonctionnaires et les serviteurs du comte se trouvaient là pour complimenter leurs maîtres. Marie fut accueillie avec la plus grande bienveillance: chacun lui témoigna sa joie de la revoir, et la félicita de ce que son innocence avait paru au jour. Le vieux bailli lui prit la main avec une tendresse toute paternelle, la pria devant tous les assistants de lui pardonner; il remercia le comte

et la comtesse de la manière généreuse dont ils avaient
réparé son injustice, et déclara que lui, de son côté, sur
qui pesait la plus grande responsabilité, il ferait tous ses
efforts pour s'acquitter de cette dette sacrée.

Le lendemain, le contentement et une belle matinée
de mai, dont les rayons pénétraient dans sa chambre,
avaient réveillé Marie au point du jour. Elle alla en toute
hâte visiter la demeure et le jardin paternels. En route,
elle ne rencontra que des visages amis. Beaucoup de ces
enfants à qui elle donnait des fleurs s'étaient formés et
avaient tellement grandi, qu'elle avait peine à les reconnaître. A la porte du jardin, elle trouva le vieux fermier
et sa femme qui la reçurent avec une vive cordialité, et
lui exprimèrent tout le bonheur qu'ils goûtaient.

— Un jour, dit le fermier, quand vous étiez sans asile,
nous vous avons recueillie sous notre toit; et maintenant
que nous avons été renvoyés de notre maison, vous nous
donnez cette agréable habitation pour y passer nos vieux
jours.

— Oui, oui, dit la fermière, il est toujours bon de se
montrer charitable envers son prochain, car nous igno-
rons s'il ne pourra pas un jour nous être utile.

— Bah ! dit le fermier, nous n'avions pas alors cette
pensée, et nous n'avons point agi dans ce but ; en attendant, l'adage n'en est pas moins vrai : « Soyez humain,
et l'on sera charitable envers vous. »

Marie entra dans la maison ; la chambre où l'on se tenait d'habitude, et la place où le vieux Jacques s'asseyait,
réveillèrent dans son cœur de douloureux souvenirs. Elle
parcourut tout le jardin, et salua comme d'anciens amis
tous les arbres que son père avait plantés : elle s'arrêta
surtout près du pommier-nain qui se trouvait alors en
pleine floraison. — Ah ! s'écria-t-elle, que l'existence de
l'homme est de courte durée ! elle passe, et les arbres et
les arbrisseaux lui survivent.

Elle s'assit sous le berceau de feuillage où elle avait
goûté tant de moments heureux avec son père. Il lui
sembla, en jetant les yeux sur ces allées qu'il avait culti-

vées si péniblement, le voir encore tel qu'il était. Elle versa de pieuses larmes en sa mémoire; mais ce qui pouvait la consoler et faire naître la joie dans son âme, c'était la pensée que le vieillard habitait des contrées plus fortunées où il recueillait ce qu'il avait semé en ce monde.

Marie venait chaque printemps passer quelques semaines à Eichbourg, en société d'Amélie; et là, entourée de l'estime et de l'amour de tous, elle coulait près de sa généreuse amie les jours les plus tranquilles. Un matin, toutes deux étaient assises autour d'une table à ouvrage et travaillaient à l'envi à achever une robe. Soudain, sans qu'elles s'y attendissent, elles virent entrer le bailli en grande cérémonie. Quoique ce fût un jour ouvrable, il portait son bel habit d'écarlate, et sa perruque était fraîchement poudrée. Les deux jeunes filles se regardèrent avec étonnement, comme pour se demander ce que cela voulait dire. Le bailli commença par présenter ses hommages à Amélie, puis il ajouta qu'il avait une proposition d'une grande importance à faire à mademoiselle Marie.

Son fils, ajouta-t-il, en se tournant vers elle, Frédéric, que son Excellence le comte avait bien voulu lui adjoindre dans ses fonctions et le désigner comme son futur successeur, avait déclaré à son père que le bon cœur et les excellentes qualités de mademoiselle Marie l'avaient charmé, et qu'il s'estimerait heureux de lui donner sa main. En bon fils, il n'avait pas voulu parler à Marie de son amour et de ses projets avant d'avoir obtenu le consentement de son père. Ce dernier le lui avait donné à l'instant avec la joie la plus vive, et, en sa qualité de père, il avait pris sur lui de faire la demande en mariage. Cette alliance, poursuivit-il, lui serait d'autant plus agréable, de son côté, qu'il pourrait en quelque sorte réparer l'injustice fatale qu'il avait commise autrefois, et qu'il avait regrettée si souvent. Il espérait que mademoiselle Marie n'avait pas d'éloignement pour son fils, et que tout au moins une commune erreur, par un zèle exagéré pour la justice, ne serait pas un motif de repousser cette proposition. Il se tut et attendit la réponse de la jeune fille.

Celle-ci fut très-surprise de cette ouverture; elle ne sut d'abord que répondre, et rougit à plusieurs reprises. Le fils du bailli était un jeune homme du plus grand mérite; il avait achevé ses études avec beaucoup de succès, tant à l'Université qu'à la Régence [1], où il avait acquis des connaissances étendues et approfondies; ses mœurs étaient irréprochables, il possédait un cœur excellent, des manières distinguées, et de plus une très-jolie tournure. Depuis que Marie était revenue à Eichbourg, il s'était entretenu quelquefois avec elle, dans le jardin du château, où elle venait d'ordinaire après dîner, et il lui avait toujours témoigné un grand respect et les soins les plus délicats.

Marie se doutait bien qu'il avait de l'amour pour elle, et il lui était bien venu à l'idée qu'ils pourraient être heureux ensemble; mais elle ne donna pas de suite à cette pensée, elle était trop modeste pour oser élever si haut ses prétentions. Aussi, elle se tint sur ses gardes, afin de ne pas laisser naître en son cœur une affection qui n'aurait servi qu'à la tourmenter, et, dès ce moment, elle évita toujours, avec le plus grand soin, de rencontrer Frédéric dans le jardin. Bien donc que cette proposition lui plût en secret, elle ne put cependant s'expliquer au moment même. Elle dit, en balbutiant et avec une candeur virginale, que cette demande la comblait d'honneur, mais qu'elle désirait un peu de temps pour réfléchir et en parler au comte et à son épouse qui, jusqu'à ce jour, lui avaient tenu lieu de père et de mère.

Ces paroles suffirent au clairvoyant bailli, qui se retira très-satisfait. Il alla trouver les protecteurs de Marie; le projet de ce mariage obtint leur entière adhésion.

— Vous nous apportez une nouvelle qui nous comble

---

[1] Les Universités allemandes jouissent d'une grande et juste célébrité. Les études y sont poursuivies d'une manière solide et sérieuse, et les doctes leçons des professeurs y attirent un concours immense de disciples. C'est ce qui fait qu'en Allemagne la littérature et les sciences sont si répandues. Le nom de Régence s'entend ici pour l'administration de la principauté.

de joie, mon cher bailli, lui dit le comte. Nous nous
étions souvent dit, ma femme et moi, que cet excellent
Frédéric et cette aimable Marie feraient un couple parfaitement assorti ; mais nous nous gardions bien d'en
rien dire. Nous craignions qu'on ne prît notre désir pour
un ordre ; et en fait de mariage, nous évitons tout ce
qui peut ressembler, même de loin, à de la crainte. Nous
sommes doublement satisfaits de voir nos vœux s'accomplir sans notre concours.

—Je vous félicite de tout mon cœur, monsieur le bailli,
dit la comtesse à son tour ; vous aurez en Marie la meilleure des filles, et votre fils une excellente épouse. Marie
a été formée à l'école du malheur, et c'est la plus profi-
table de toutes. C'est par les souffrances surtout que
s'effacent les aspérités dans les meilleurs caractères.
Marie est humble de cœur, elle n'a jamais été gâtée
par les flatteries ; c'est la jeune personne la plus modeste, la plus exempte de prétentions que je connaisse.
Douce, affectueuse, et ce qui est la source de toutes
les vertus, d'une piété exemplaire, dès son enfance
elle a été habituée au travail ; et comme elle a pratiqué elle-même tous les soins du ménage et de la
campagne, elle s'entendra à merveille à conduire une
maison. Dans la capitale, elle a pris en peu de temps des
manières distinguées, sans que la pureté de ses mœurs
en ait souffert. Elle est le plus heureux assemblage d'innocence et de beauté. Sous tous les rapports c'est une
femme accomplie, un véritable modèle. Votre fils sera
heureux avec elle.

Aussitôt que la comtesse eut appris le consentement
formel de Marie, elle s'occupa avec la plus grande activité
des préparatifs de la noce.—Je veux m'efforcer, dit-elle,
de faire de ce jour une fête magnifique ; je me charge
aussi de la dot et de la parure de la mariée. — Au fait,
dit le comte en souriant, la bague pourra maintenant
servir d'anneau nuptial à Marie. Qui l'aurait jamais pensé ?
—On convint également, après avoir consulté le curé
d'Eichbourg, d'inviter celui d'Erlenbrunn, pour bénir le

mariage. — Ce sera une surprise pour la fiancée, dit la comtesse, et, de son côté, le digne ecclésiastique qui a pris une part si vive à l'infortune de Marie, se fera un plaisir d'être le témoin de son bonheur.

Le jour du mariage fut un des plus beaux qu'on ait jamais vus à Eichbourg. A l'heure fixée, toute la famille du comte se rendit à l'église, où s'était déjà rassemblée, de tous les points du comté, une foule considérable. A moins d'y être absolument forcé, personne ne resta chez soi ; c'était en effet un spectacle trop rare pour les villageois, que de voir élevée à tant d'honneurs une pauvre fille chargée de fers quelques années auparavant.

Amélie, la tête ceinte d'une couronne virginale, accompagna son amie à l'église. Elle ne crut point déroger par là à son rang, ni rien perdre en considération. En effet, elle ne fit que gagner en faveur auprès du peuple ; on ne l'estimait que davantage pour son affabilité.

Marie, couronnée de roses rouges et blanches, et vêtue d'une robe violette, se tenait debout devant l'autel. Avec son visage rayonnant de fraîcheur, et ses yeux baissés avec modestie, elle était belle comme un ange. A ses côtés se tenait son beau fiancé, à la taille noble et svelte. Tous les regards étaient fixés sur eux.

Non loin du peuple, sur le côté de l'autel, se trouvait Antoine, le vieux chasseur. En voyant la belle fiancée, l'image hideuse d'Henriette, à son lit de mort, lui revint en mémoire. « Mon Dieu ! se dit-il, si seulement tous les assistants avaient vu Henriette, pour la comparer en esprit à Marie... Ils verraient où conduisent les voies diverses qu'ont suivies ces deux jeunes filles. »

Avant que la sainte cérémonie commençât, le curé d'Erlenbrunn adressa un beau discours au peuple. Il raconta d'abord en peu de mots l'histoire de la fiancée et de son père, puis il loua la sainte Providence, qui se sert de l'adversité pour former les hommes et les préserver de maints écarts ; qui nous enseigne la confiance, la piété, l'humilité et la patience ; qui nous prépare d'avance aux joies qu'elle nous destine sur terre, et, ce qui

est bien préférable, qui forme par les souffrances notre
éducation pour le ciel, et qui nous rend ainsi propres à
goûter les félicités éternelles. Il recommanda aux jeunes
époux de bien élever leurs enfants, de leur inspirer la
crainte de Dieu, l'amour du bien et la fuite du mal; car
le meilleur héritage qu'on puisse leur laisser est une
bonne éducation. Il exhorta vivement la jeunesse à vivre
dans la piété, à honorer la vieillesse, à conserver l'innocence, cette belle fleur de nos jeunes années, et à observer
en toutes choses les saints commandements de Dieu, qui
sont comme une main qui, à l'entrée des chemins divers
et opposés, nous montre où nous devons aller pour trouver le bonheur et le salut.

Le repas de noces, qu'on donna dans la grande salle du
château, fut magnifique. Au lieu des ornements d'argent,
qui devaient occuper le milieu de la table, on voyait, à
la grande satisfaction de tous les convives, la jolie corbeille. Amélie l'avait remplie, en secret, des plus belles
fleurs, et l'avait fait placer là.—C'est une délicate pensée,
dit le curé d'Erlenbrunn, d'avoir ainsi orné la table;
cette corbeille la pare mieux que l'or et l'argent ne sauraient faire. Mais c'est là plus qu'un beau spectacle pour
les yeux; cette corbeille fait naître des pensées plus
élevées et remplit le cœur des plus saintes émotions. Elle
est pleine, en effet, des preuves de la puissance de Dieu,
de sa sagesse et de sa bonté; car n'est-ce pas Dieu qui
donne aux fleurs leur parure, leurs couleurs et leur par-
fum, et qui les décore avec plus d'éclat que jamais un
roi n'en fut revêtu dans toute sa magnificence?

Nous voyons là, devant nos yeux, une preuve toute
particulière de la Providence; car Dieu s'est servi de cette
corbeille pour préparer le sort de la fiancée et nous dis-
poser tous à cette fête. Ce Dieu, dont nous admirons avec
raison la bonté dans la splendeur de la rose, dans l'éclat
satiné du lis et dans l'azur de la violette, ce Dieu se révèle
encore à nous avec plus de bonté dans la direction qu'il
donne à notre vie; car souvent il se sert des circonstances
les plus futiles pour nous préserver du malheur, nous

20.

tirer de la peine, nous écarter du mal et nous porter au
bien. Souvent, de l'événement le plus simple, il fait sur-
gir une suite d'événements de la plus haute importance ;
il dirige vers un même but les circonstances les plus
contradictoires, de sorte que la vie humaine, quand nous
pourrons la parcourir d'un seul coup d'œil, ce qui n'arrivera que là-haut, nous semblera un tout admirablement
ordonné, une merveille de sa puissance, de sa sagesse et
de sa bonté.

J'espère que notre fiancée conservera cette corbeille
comme un souvenir de famille, et qu'elle ne la regardera
qu'avec les plus vifs sentiments de reconnaissance envers
l'Éternel. Dieu veuille que de pareilles fêtes lui donnent
souvent l'occasion de la remplir de fleurs ; puisse-t-elle,
après cinquante ans, en parer encore la table pour l'anniversaire de ce jour.

XXIV

MONUMENT DE JACQUES.

Le monument qu'Amélie devait faire élever à Jacques,
selon la promesse qu'elle en avait faite à Marie sur la
tombe même du brave vieillard, était achevé. Il était à la
fois d'une grande simplicité et d'une beauté austère ; le
marbre en était noir et orné d'une épitaphe en lettres
d'or, avec le nom, la profession et l'âge du jardinier ;
cette épitaphe ne contenait que ces paroles de Jésus, qui
méritent à coup sûr d'être écrites en caractères d'or :
« Je suis la résurrection et la vie ; celui qui croira en moi
vivra, quand même il serait mort. » Sous ces mots, on
voyait figurée en relief, avec beaucoup d'art, la corbeille
dont Dieu s'était servi pour tirer l'orpheline de l'infortune. Amélie avait dessiné la corbeille, après l'avoir fait
remplir par Marie des plus belles fleurs, et en avait remis

au sculpteur le dessin qui avait réussi complétement.

On lisait encore sur la corbeille cette sentence mémorable de l'Écriture sainte : « La gloire humaine est comme. l'herbe des champs, qui passe vite ; mais la parole du Seigneur vivra éternellement. » Le monument était surmonté d'une simple croix.

Le curé d'Erlenbrunn fut enchanté, et il fit placer le monument sur la tombe de Jacques. Il faisait un bel effet sous le sombre feuillage des sapins ; et quand le rosier se mit à fleurir, et que ses branches vertes, avec leurs boutons à moitié ouverts, se penchèrent sur le marbre brillant, sans cacher toutefois l'inscription, l'âme se trouvait saisie de recueillement. C'était le tombeau le plus remarquable de cet asile de mort. Toutes les fois que le digne curé recevait des étrangers dans son humble presbytère, il ne manquait pas de les mener voir ce monument funèbre.

Quand on le félicitait d'avoir placé sur la tombe d'un homme, à la fois jardinier et vannier, une corbeille pleine de fleurs : « C'est plus qu'une idée convenable, ajoutait-il ; cette corbeille a une autre signification plus belle encore : elle est, comme les villageois l'appellent avec raison, le monument d'une histoire bien touchante. Le sol que nous foulons ici a été arrosé de larmes bien amères. »

Il racontait alors l'histoire de la corbeille, et presque toujours les auditeurs quittaient la tombe du vieillard avec les sentiments et les résolutions qu'en achevant cette histoire, notre vœu le plus ardent serait de voir partager à nos jeunes lecteurs.

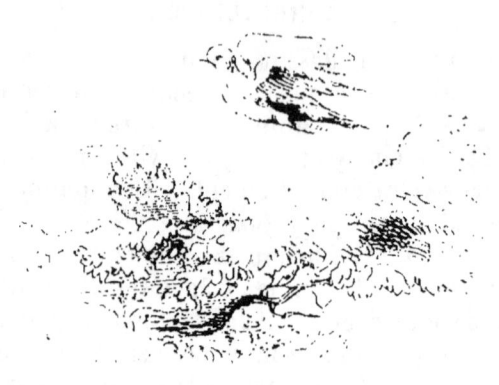

LE SERIN

I

A CETTE époque désastreuse qui vit la vieille monarchie française s'écrouler, et tant de nobles familles périr avec elle, vivait au delà du Rhin la famille d'Erlau. Elle avait pour chef un homme généreux et humain, dont l'épouse était aussi bonne qu'aimable. Leurs deux enfants, nommés Charles et Lina, ressemblaient en tout à leurs parents. A la première nouvelle de cette terrible révolution qui coûta tant de sang et de larmes à l'Europe entière, le

seigneur d'Erlau abandonna sa capitale, et vint habiter un
château éloigné qu'il possédait entre les Vosges et le Rhin.
Là, au milieu d'un village qui lui appartenait, retiré dans
son manoir, qu'entouraient de tous côtés des collines,
des vignobles, des champs fertiles en blé, des arbres fruitiers de toute espèce, il vivait avec sa famille, étranger
aux événements de ce monde, au sein de la paix la plus
profonde. Ses vassaux, qui le révéraient comme leur
bienfaiteur, accoutumés à ne le posséder que quelques
semaines chaque année, se réjouissaient de le voir séjourner maintenant au milieu d'eux. Le bien qu'il faisait
dans le village ne saurait se décrire. Tout le pays environnant ressemblait à un jardin; sa bienfaisance en fit
bientôt un paradis.

Cet excellent père regardait comme son plus grand
bonheur le loisir qui lui permettait de se consacrer tout
entier à l'éducation de ses enfants. Ses heures les plus
agréables étaient celles où il s'occupait à les instruire dans
la religion. Sa conviction était qu'elle seule peut accoutumer l'homme à la vérité, lui donner une véritable valeur,
le rendre heureux et le consoler dans l'adversité et à
l'heure de la mort. Sa femme, qui partageait les mêmes
sentiments, ne manquait jamais d'assister à ces leçons, et
son cœur maternel, si sensible, si pieux, les interrompait
de temps en temps par quelque observation judicieuse.
C'était toujours avec un accent de profonde émotion qu'il
parlait, à cette époque de troubles et d'orage, de la divine providence et de la confiance qu'il fallait mettre en
Dieu. Madame d'Erlau, lorsqu'elle regardait ses enfants,
qui devaient se mêler à cette société désorganisée, et
qu'elle se prenait à penser à ce souverain amour qui ab-
sorbe tous les autres, sentait des larmes de douleur et de
joie couler de ses yeux, et ses discours étaient empreints
d'une ineffable sensibilité et d'une exquise tendresse. Les
paroles que son cœur laissait échapper trouvaient des
cœurs faits pour les comprendre. En effet, ses deux enfants l'écoutaient avec une grande attention, et souvent
des larmes sillonnaient leurs joues. C'est ainsi que cette

famille vivait heureuse et tranquille, en dépit de l'orage
qui grondait autour d'elle.

Cependant, en dehors des instructions religieuses,
qu'il considérait comme l'objet le plus important, cet
excellent père ne négligeait pas les connaissances qui
peuvent devenir nécessaires dans le commerce de la vie;
il s'appliqua même à orner leur esprit, et à leur donner
des talents qui font le charme de l'existence. Entre autres
choses, il touchait à merveille du clavecin, et sa voix était
si belle, que sa femme seule pouvait se dire supérieure à
lui. Il enseigna le clavecin à son fils Charles, et le chant à
sa fille Lina.

Un soir que le temps était sombre et menaçant, on était
à la fin de l'hiver, toute la famille se trouvait réunie dans
un salon chaud et bien éclairé, autour d'un magnifique
clavecin : la musique et le chant étaient sa récréation habituelle pendant les longues soirées de la mauvaise saison.
M. d'Erlau s'était amusé à composer un cantique pour ses
deux enfants; il y avait adapté un air facile et agréable,
et l'accompagnement sur le clavecin était noté de manière
que les petits doigts de Charles pussent l'exécuter. Madame d'Erlau ignorait tout cela. Après qu'elle eut fait entendre sa voix pure et mélodieuse dans un morceau ori-
ginal, que son mari accompagna sur son violon, celui-ci
s'écria :— A votre tour maintenant, Charles et Lina; faites-
nous entendre votre petit concert.— Alors Charles s'assit
au clavecin, en toucha, et sa sœur, avec sa voix enfantine,
mais remplie de charmes, chanta avec sensibilité, et en
tremblant un peu, les vers qui suivent :

> Je ne perdrai jamais courage,
> Même au sein de l'adversité;
> Le maître à qui je rends hommage
> Est un Dieu si plein de bonté !
>
> Les éclairs traversent la nue,
> La foudre ébranle les échos;
> D'un mot, à la nature émue
> Il rend le calme et le repos.
>
> Qu'un jour par ses mains foudroyée,
> Cette terre tombe en éclats,

Toujours constante et résignée,
Mon âme ne tremblera pas.

Heureux qui vient, Dieu secourable,
Te faire hommage de son cœur !
Il élève, à jamais durable,
L'édifice de son bonheur.

Non je ne perdrai pas courage,
Même au sein de l'adversité ;
Le maître à qui je rends hommage
Est un Dieu si plein de bonté !

L'heureuse mère fut ravie en entendant ses deux enfants bien-aimés ; jamais concert, au milieu de la cour et dans son palais, ne lui fit éprouver autant de plaisir. Elle les prit dans ses bras, et s'écria avec émotion :— Dieu, qui jusqu'ici vous a protégés, sera plus tard votre soutien !

En ce moment, la porte du salon s'ouvre violemment ; plusieurs gardes nationaux, armés et vêtus de leurs uniformes, s'y précipitent ; le chef de l'escouade exhibe un mandat d'arrêt décerné contre M. d'Erlau ; il enjoignait de le transférer sans retard dans les prisons de la ville. C'était, disait le mandat, un partisan de la monarchie, un ennemi de la liberté. Les yeux de l'officier qui le portait étaient noirs et brillaient d'un feu sinistre ; des cheveux, noirs aussi, descendaient sur son front, et d'épais favoris donnaient à son visage un air farouche. Il se tenait debout, dans une attitude menaçante. Madame d'Erlau, éplorée, se précipite à ses pieds en joignant les mains ; des larmes brûlantes inondent son visage, tout pâle de terreur. Les deux enfants se joignent à elle ; ils supplient qu'on n'emmène pas leur bon père. Leurs pleurs coulent avec abondance, et les sanglots les empêchent bientôt de parler ; — mais tous leurs efforts sont inutiles ; ils n'obtiennent même pas un sursis d'un jour, d'une heure, nécessaire cependant pour préparer les objets que le séjour d'une prison rend indispensables. Celle-ci était peu éloignée. Le malheureux père fut contraint de partir sur-le-champ ; sa femme la pressait dans ses bras, ses enfants embrassaient ses genoux ; il s'arracha avec violence à leurs étreintes convulsives, et suivit les gardes nationaux qui l'attendaient.

Quand il ne fut plus là, le désespoir de madame d'Erlau
et des enfants ne connut plus de bornes. Ils veillèrent
toute la nuit pour empêcher que la nouvelle de cette ar-
restation ne se répandît dans le village, où le seigneur
d'Erlau était aimé comme un père. Anéantie par la douleur, les mains et ses yeux levés au ciel, madame d'Erlau
s'assit dans un fauteuil ; ses enfants se pressèrent contre
elle en sanglotant. Cependant elle revint bientôt à elle ;
alors, s'adressant à Charles et Lina : — Mes enfants, leur
dit-elle, ne perdons pas si tôt la confiance que nous
devons avoir en Dieu ! C'est lui qui nous envoie le malheur
qui nous atteint ; il nous donnera la force de le supporter.
Cet affreux événement qui nous désespère, il le mènera à
bonne fin, et le changera un jour en joie. Ainsi donc, con-
sultons-nous, et, pleins de confiance, répétons : « Dieu
tout-puissant, que ta volonté soit faite ! »

11

Madame d'Erlau songeait aux moyens de sauver son
mari. Aussitôt que les portes de la ville furent ouvertes,
elle s'y rendit. Elle courut chez les juges, et leur attesta
l'innocence du comte ; elle invoqua le témoignage de tous
leurs voisins : il vivait tranquille et éloigné du monde ;
jamais il ne s'était occupé des affaires politiques ; jamais
il ne s'était entretenu de ces matières avec qui que ce fût.
— Tous nos vassaux pourraient l'attester, ajouta-t-elle.
Elle se jeta à leurs pieds ; mais sa douleur et ses prières
ne produisirent pas plus d'effet que si elle s'était adressée
à des objets inanimés. Tous ceux auxquels elle parla restèrent impassibles. Elle ne put même pas obtenir la permission de visiter son mari. Tout ce qu'elle apprit, c'est
qu'il devait périr dans quelques jours sur l'échafaud.
Trois jours avaient été employés à toutes ces démarches ;
quand elle revint à son château, elle le trouva occupé

par des soldats. On avait saisi l'argent qui s'y trouvait, on l'avait pillé, et on l'avait ensuite transformé en une caserne. L'entrée lui en fut interdite, et elle s'éloigna le désespoir dans le cœur. Elle se désolait et appelait ses enfants en pleurant ; car personne ne pouvait lui dire ce qu'ils étaient devenus. Tous ses serviteurs avaient également disparu. Le jour était à sa fin, et la pauvre femme ne savait où diriger ses pas, où même passer la nuit.

Sur ces entrefaites, elle fut rencontrée par Richard, son vieux et fidèle serviteur, qui s'approcha d'elle avec empressement, et lui dit : — Ma noble, mon excellente maîtresse ! vous courez le danger d'être arrêtée d'un moment à l'autre. Les gens qui ont envahi la maison ont laissé échapper devant moi, dans leur colère, quelques paroles, qui respiraient sous le masque de la liberté, l'injustice, la cruauté et l'oppression la plus criante. Des méchants ont recueilli ces paroles, et les ont vivement répandues en lieu convenable. Aussi, il n'est de salut pour vous que dans une prompte fuite. Vous cacher dans mon logis est trop dangereux. Vous ne pouvez sauver votre époux, et rester ici plus longtemps ne servirait qu'à vous perdre vous-même. Vos enfants sont en sûreté dans ma maison. Allons, suivez-moi. Mon frère, le vieux pêcheur, qui habite les bords du Rhin, est prévenu. Je vous conduirai cette nuit auprès de lui, et il vous transportera, vous et vos enfants, de l'autre côté du Rhin, en lieu sûr.

Cédant à ces paroles, madame d'Erlau se décide à se rendre chez le bon Richard, dont la maison était située au milieu du village. Mais là, un nouveau sujet de douleur l'attendait. Lina avait été tellement émue des catastrophes survenues au château, que, le jour même où sa mère la quitta pour se rendre à la ville, elle avait été obligée de se mettre au lit. La maladie avait fait des progrès dans cette soirée. Une fièvre ardente brûlait le sang de la pauvre enfant ; elle délirait et ne reconnaissait même pas sa mère. Impossible d'arracher celle-ci du lit où gisait son enfant bien-aimée ; elle voulait elle-même la soigner, mais le médecin, qui était présent à cette scène, la dissuada de cette idée. — La malade, dit-il, ne le sera pas longtemps; tout est fini pour elle; la mort s'en est déjà emparée. Votre présence lui serait tout à fait inutile, et c'est un devoir pour vous de songer à votre propre salut.

Désespérée, pâle, les yeux rougis par les larmes, la malheureuse mère se tenait toujours auprès de son enfant, et ne pouvait se décider à partir. Le médecin lui adressa quelques paroles encourageantes, et la prit doucement par le bras pour la conduire hors de la maison. Elle fit en effet quelques pas vers la porte, s'arrêta en frémissant, revint sur ses pas, les bras ouverts, embrassa sa fille, et s'écria avec un accent profond de désespoir : — Non, chère enfant; je ne puis t'abandonner. La vie n'est rien pour ta mère ! je veux mourir avec toi.

Le vieux Richard et son excellente femme la priaient à mains jointes de partir sans retard, lui promettant d'avoir soin de son enfant comme du leur. — La nuit est venue, disait Richard; à la faveur de ses ténèbres il est possible de s'échapper. Chaque minute de retard augmente le danger et peut coûter la vie, non-seulement à vous, bonne maîtresse, mais encore à ma femme et à moi. Recevoir chez soi quelqu'un sans préalablement le déclarer à l'autorité, est maintenant un crime que la loi punit de mort.

— Eh bien alors, s'écria la mère infortunée en s'adressant à sa fille, puisque je ne puis plus rien pour toi sur cette terre, puisque ma présence ici ne peut servir qu'à perdre ces braves gens, je m'éloigne en te recommandant à Dieu. Adieu donc, ma chère, ma bien-aimée Lina; monte au séjour de la paix, dans ce séjour où l'innocence vit à l'abri de la persécution, où les larmes sont inconnues, où rien ne brise plus les cœurs qui l'aiment.

Le petit Charles, qui se tenait auprès de sa mère, prit en pleurant la main de sa sœur, et lui dit : — Sois heureuse, bonne Lina, de te voir rappelée au ciel, au milieu des anges. Tu y seras mieux que sur terre, où nous sommes condamnés à vivre dans la crainte et les angoisses. Oh! que ne puis-je partir avec toi !

Madame d'Erlau s'agenouilla devant ce lit de douleurs,

et s'écria, en levant les yeux au ciel : — O mon Dieu ! reçois-la dans ton sein, pauvre victime digne de toute ta compassion !... Elle reste muette quelques moments ; puis elle se relève précipitamment, embrasse sa fille, prend Charles par la main, et s'élance vers la porte, émue et tremblante, sans regarder en arrière.

La pauvre femme était alors décidée à la fuite. Son fidèle serviteur avait apporté avec lui quelques objets indispensables au voyage. Chargé de ce fardeau, il s'avançait péniblement. La malheureuse mère, un paquet sous le bras, le suivait et donnait la main au petit Charles, qui, lui aussi, portait un léger sac. Aucune parole n'était échangée. La nuit et un vent violent favorisaient leur marche : la pluie tombait par torrents. — Ce vent, cette pluie, cette obscurité profonde, dit enfin à voix basse le vieux Richard, sont des signes éclatants de la miséricorde céleste. Ils nous dérobent à la vue de nos persécuteurs. Si la lune brillait, nous courrions le risque d'être découverts plus facilement. Ainsi, ce qui nous apparaît d'abord comme un malheur finit toujours par tourner à notre bien. Il en est de même des peines, des orages et des tribulations de la vie.

Ils arrivèrent enfin à la demeure du vieux pêcheur. Ils entrèrent dans l'étroite cabane, tout enfumée, au milieu de laquelle une petite lampe répandait une faible clarté. L'honnête batelier les reçut avec une franche cordialité, et tandis qu'aidé de Richard, il mettait sa barque à flot, sa femme servait aux deux proscrits quelques aliments grossiers. Ils étaient saisis de terreur et transis de froid ; ils mangèrent peu. Richard et son frère ne tardèrent pas à revenir. Alors on se mit en route pour gagner le fleuve. La lune, à son dernier quartier, venait de se lever ; elle se dégageait de temps en temps des nuages épais qui voilaient sa lumière, et adoucissait un peu, par sa clarté, ce que l'obscurité avait d'effrayant. Un froid mortel glaça les sens de la pauvre femme, lorsque, par cette nuit d'orage, elle arriva sur les bords du fleuve, et qu'elle le vit, grossi par les pluies, écumer sous les rafales de la tem-

pête ; lorsqu'elle aperçut la barque fragile, capable tout
au plus de porter deux personnes, et dans laquelle il lui
fallait s'embarquer, elle et son fils. Les deux frères rele-
vèrent son courage, et le plus âgé, le pêcheur, sauta dans
la nacelle, saisit les rames et s'écria, avec un accent de
confiance religieuse : — Dieu nous conduira sains et saufs
à l'autre rive ! — Alors Richard dit adieu à sa noble maîtresse. Il avait, pendant le pillage du château, réussi à sauver
une tabatière, une montre en or et deux bagues enrichies de
pierres précieuses. Il lui remit ces objets. Il y ajouta quelques pièces de monnaie qu'il avait épargnées sur ses gages,
mais sans lui dire qu'elles lui appartenaient. Ensuite il
lui baisa respectueusement la main, qu'il couvrit de larmes brûlantes, serra dans ses bras le petit Charles, tout
sanglotant, et dit : — O ma maîtresse bien-aimée ! je suis
vieux, je vous vois peut-être pour la dernière fois, vous
et ce cher petit. Je ne peux rien faire de plus pour vous.
Mais Dieu ne vous abandonnera pas. Il vous laissera vivre pour jouir encore d'heureux jours. Vous êtes trop
bienfaisante pour que le malheur puisse vous poursuivre
longtemps. Je vous accompagnerais bien, mais, qui sait?
je puis encore trouver le moyen de sauver notre bon
maître. Je vais tout mettre en œuvre pour cela. — Chacun
pleurait. Madame d'Erlau lui recommanda encore de lui
donner des nouvelles de son époux et de sa fille. Richard
lui en fit le serment, et lui aida, ainsi qu'au petit Charles,
à entrer dans la barque.

    Lorsque l'embarcation se fut éloignée, Richard tomba à
genoux, et, levant les yeux au ciel : — Dieu clément,
continua-t-il, permettez qu'ils arrivent à l'autre bord ! Je
resterai à genoux jusqu'à ce que mon frère m'ait apporté
la nouvelle qu'ils n'ont plus rien à craindre. Dieu veuille
qu'un jour je puisse aller annoncer à ma digne maîtresse
le salut de son mari et de son enfant bien-aimée !

III

Nos fugitifs avaient traversé le Rhin sans accident et se trouvaient enfin hors de tout danger. Mais ils ne pouvaient demeurer longtemps dans ce pays : la vie y était très-pénible pour les émigrés, et, pour comble de malheur, le théâtre de la guerre se rapprochait de plus en plus. Madame d'Erlau se décida à suivre la direction que lui avait indiquée Richard, et à gagner la Suisse, en descendant le Rhin. Mais ses ressources en argent s'épuisaient. Un voyage en Suisse lui parut beaucoup trop cher. Alors, suivant le conseil qu'on lui avait donné, elle se dirigea vers la Souabe, et, au bout de quelques jours de marche, elle arriva à l'entrée du Tyrol. Là enfin, par l'entremise d'une personne charitable, elle trouva un vieil habitant qui consentit à la recevoir dans sa chaumière.

Elle se mit aussitôt en route avec le petit Charles. Un guide se chargea de son léger bagage et marcha devant elle. Il fallut gravir des montagnes escarpées, traverser de profondes vallées. Enfin, après avoir franchi un dernier obstacle, ils aperçurent une vallée étroite, couverte de pâturages, au milieu de roches dont l'aspect avait quelque chose d'effrayant. A droite, à l'ombre d'un rocher, et pour ainsi dire suspendues en l'air, gisaient quelques cabanes en bois, couvertes de toits presque plats ; au milieu d'elles s'élevait le clocher d'une petite chapelle, au-dessus d'une toiture dont le bois avait beaucoup souffert des injures de l'air. Sur la gauche apparaissait une sombre forêt de pins, et derrière elle, deux montagnes dressaient jusqu'aux nuages leurs sommets, séjour de neiges éternelles. Après quelques minutes de marche, le guide s'arrêta ; à l'aide du bâton qu'il portait, il désigna un endroit dans la profondeur de la vallée, et dit : — Vous voyez là-bas cette roche toute noire? C'est là que demeure le vénérable vieillard qui doit vous rece-

voir. — Madame d'Erlau soupira, et, après avoir pris
congé de son guide, descendit l'étroit sentier qui conduisait dans la plaine.

Le Tyrolien qui les attendait, vieillard encore vert, la
reçut avec joie et cordialité. Tous nos grands airs de politesse lui étaient étrangers ; il ne savait pas faire la différence du *tu* ou du *vous*. Et cependant il avait un juste
sentiment de la bienséance. Ainsi, pour témoigner à l'é-
trangère la considération qu'il avait pour elle, il s'était
parée de sa tenue des dimanches : habit de drap gris, gi-
let rouge écarlate, et sur sa tête son beau chapeau vert,
orné d'une longue plume de coq. Quand il l'aperçut :
— Dieu vous soit en aide, digne femme ! s'écria-t-il. Je
m'estime heureux de pouvoir vous abriter sous mon
toit.

Sa femme, vieille Tyrolienne à la figure ouverte, aux
cheveux blancs et aux joues colorées, était debout devant la porte de la chaumière. Elle était très-propre-
ment vêtue ; après s'être essuyé les mains à son tablier
blanc (elle revenait de la cuisine), elle s'approcha de l'é-
trangère et lui dit : — Dieu te soit en aide, pauvre femme !
Le souper est prêt, mais il est peu fait pour exciter ton
appétit. Chez nous, on ne trouve guère que du lait et du
beurre, du pain d'avoine et des pommes de terre.

Le vieux Tyrolien la fit entrer dans une chambre obscure dont l'étroite fenêtre avait vue sur la forêt de pins et
les deux montagnes couvertes de neige. Tout l'ameublement de cette pièce consistait en une table, un banc, une
couple de chaises fabriquées avec du bois de pin, et en
un poêle de terre, tout couvert de mousse. A côté se trouvait encore une petite chambre à coucher, d'une nudité
presque complète. Et cependant la pauvre madame d'Erlau remercia Dieu d'avoir trouvé cet asile.

Elle sut se conformer à ce que les circonstances exi-
geaient d'elle. Elle s'occupa elle-même de sa nourriture,
et passa le reste de son temps à broder et à coudre. De
cette manière, elle se rendit toujours utile à quelque
chose. Mais elle ne savait comment occuper Charles ;

c'était là son plus grand souci. Elle ne pouvait l'instruire elle-même, les livres lui manquaient, et il avait déjà commencé l'étude du latin. Un matin qu'elle était plongée dans ses pensées affligeantes, la cloche de la petite chapelle vint à tinter. La vieille Tyrolienne entra précipitamment dans la chambre pour lui annoncer que le curé du village situé de l'autre côté de la montagne devait dire aujourd'hui la sainte messe. Charles et sa mère se hâtèrent de se rendre à l'église. Le curé prononça un petit discours qui alla au cœur de la pauvre mère. Quand l'office divin fut terminé, elle s'entretint avec lui et trouva dans ce prêtre un homme plein d'intelligence, de dévotion et de charité. Il lui promit d'apporter à son fils les livres qui lui étaient nécessaires, et même de consacrer, chaque après-midi, quelques heures à lui donner des leçons, si toutefois le petit garçon voulait prendre la peine de traverser la montagne.

Ce fut avec joie que Charles écouta cette proposition, et il recouvra toute sa gaieté en voyant de nouveau son temps occupé par le travail. Il se donnait à peine le temps de déjeuner, et, ses livres sous le bras, il prenait sa course à travers la montagne, pour aller trouver son professeur. Mais, lorsque les pluies tombaient avec abondance pendant plusieurs jours, il n'y avait pas de leçon possible pour Charles. La sagesse de sa mère lui faisait considérer une innocente récréation comme aussi nécessaire que le travail. Elle pensa à lui procurer les deux objets à la fois.

Il y avait à cette époque beaucoup de serins dans le Tyrol; ils avaient été achetés à des marchands étrangers. Le vieux Tyrolien lui-même possédait une volière de jeunes oiseaux, parmi lesquels on remarquait surtout quelques jolis serins. Charles pria sa mère de lui acheter un de ces oiseaux, qui étaient à très-bon marché. — Tu le sais, lui disait-il, Lina avait au château un semblable oiseau. Achète-m'en donc un; et ainsi, au milieu de ces rochers et de ces forêts, nous aurons quelque chose qui nous rappellera le souvenir de notre chère patrie ! La bonne mère

y consentit, et l'enfant choisit dans la volière le plus joli
serin, celui qui ressemblait le plus à ce charmant oiseau
que sa sœur avait autrefois.

Charles était bien satisfait de se voir possesseur de
ce petit oiseau, dont les plumes étaient d'un si beau
jaune, dont les yeux étaient d'un noir si vif et si brillant
et qui ne tarda pas à devenir familier avec Charles ; il
venait se percher sur sa main et becqueter au bord de
ses lèvres des miettes qu'il y plaçait. Quand Charles écrivait, il volait près de lui, et s'amusait à arracher les
barbes de sa plume, et à lui becqueter les doigts ; mais,
quoique l'enfant prît goût à ce jeu, il était souvent obligé
de l'enfermer dans sa cage, pour ne pas être dérangé
dans son travail. Quand l'oiseau commença à chanter,
Charles ne put assez louer la beauté de sa voix. — Il faudra
lui apprendre un air ! lui dit une fois le vieux Tyrolien.
Mais Charles crut qu'il plaisantait. Il ignorait qu'on pouvait apprendre à chanter aux oiseaux. Le vieillard tira de
sa poche un petit flageolet. — Hé ! dit Charles, c'est une
jolie petite flûte d'ivoire. — Le vieux Tyrolien lui joua
une contredanse, et lui en montra le doigter. Charles fut
charmé du son clair et pur de l'instrument, ses connaissances en musique lui en rendirent la connaissance
prompte et facile, et bientôt il put s'en servir pour jouer
tous les airs qu'il entendait. Alors il choisit un d'entre
eux, et le joua tous les jours et plusieurs fois devant son
serin, et, lorsqu'enfin celui-ci le chanta pour la première
fois et sans une faute, Charles ne put contenir sa joie, et
sa mère lui dit en souriant : — Fais en sorte de réciter
toujours tes leçons aussi couramment que cet oiseau
répète le chant qu'il a appris. — Ainsi le serin et la flûte
firent passer de douces heures à Charles et même à sa
mère, lorsque le vent et la pluie les enfermaient dans
leur triste cabane.

Cependant la noble femme avait toujours l'esprit occupé
du sort de son mari et de sa fille, et ces pensées lui va-
laient de bien tristes jours, et remplissaient ses nuits
d'insomnie et de pleurs. Elle cherchait toujours à avoir

de ses nouvelles ; mais c'était en vain. Les seules qui pussent arriver de France jusqu'à elle, se bornaient au récit des journaux. Le curé avait la bonté de les remettre à Charles une fois par semaine. Un soir ce dernier revint tout joyeux ; il apportait les gazettes ; il s'empressa de les regarder, et dit à sa mère : — M. le curé n'a pas eu le temps de les parcourir entièrement ; cependant il en a assez lu pour voir qu'ils contenaient d'heureux événements. — Madame d'Erlau les lut avec avidité, et vit qu'en effet les nouvelles du théâtre de la guerre étaient satisfaisantes. Elle en conçut l'espérance que bientôt elle pourrait retourner dans sa patrie bien-aimée. Mais à la fin du journal se trouvait une longue liste de nobles, qui devaient être exécutés à cause de leur attachement pour l'ancienne monarchie. Et dans ce nombre la pauvre femme aperçut le nom de son mari, Henri d'Erlau. Elle poussa un cri, comme si la foudre l'eût frappée. Le journal lui échappa des mains, et elle tomba sans connaissance. Elle demeura longtemps dans cet état ; enfin les gens de la maison, attirés par les cris de Charles, étant arrivés, lui rendirent l'usage de ses sens. Mais elle tomba dangereusement malade ; on tremblait de ne pas la sauver, et le pauvre enfant, qui ne quittait pas le lit de sa mère un seul instant, dépérissait à vue d'œil. Le vieux Tyrolien répétait souvent en secouant la tête, et avec un accent de profonde douleur : — L'automne qui vient couvrira de ses feuilles le tombeau de la pauvre femme, et son enfant ne verra peut-être pas revenir le printemps.

IV

Le vieux et fidèle serviteur de la famille d'Erlau, Richard, avait attendu, sur les bords du Rhin, le retour de son frère ; et celui-ci lui avait appris que le passage s'était heureusement affectué. Tranquille sur ce point, son plus

violent désir était d'arracher son maître à la mort, car il
regardait comme une criante injustice que la fidélité du
seigneur d'Erlau envers son roi légitime pût lui coûter
la vie.

Dès le lendemain matin il se rendit à la ville. Il y avait
un fils, nommé Robert, qui faisait le service dans la garde
nationale. Ce jeune homme, rempli de force et de courage,
était souvent de garde à la porte de la prison où gémis-
sait M. d'Erlau. Richard, avec l'aide de son fils, espéra
tirer son maître de prison. Ils formèrent donc ensemble
différents projets, mais ils furent tous rejetés comme im-
praticables après un mûr examen. Enfin ils décidèrent
que Robert observerait tout d'un œil attentif, afin de
saisir la première occasion favorable qui se présenterait.
Mais ce fut peine inutile, et Robert perdait déjà toute
espérance.

Après une longue captivité, le seigneur d'Erlau avait
été condamné à mort. — La sentence devait être exécutée
le lendemain matin. Le désespoir dans le cœur, il était
assis dans un coin de son cachot solitaire, la tête cachée
dans ses mains. On n'avait même pas pris le soin de lui
apporter de la lumière ; aussi une obscurité profonde régnait dans sa chambre. Il pensait à sa femme, à ses enfants. Il ne s'inquiétait pas pour lui, mais pour eux. Il
n'en avait pas reçu de nouvelles, et l'ignorance de leur
position présente le tourmentait cruellement. Néanmoins
les paroles qu'il avait prononcées, les yeux levés au ciel,
en entendant son arrêt de mort, il les répétait en ce moment : — Dieu puissant, que ta volonté soit faite !

Il tourna toutes ses pensées vers l'Éternel. — Où, se disait-il à lui-même, trouverais-je des consolations, pendant cette nuit, qui doit être la dernière de mon existence,
si ce n'est auprès de toi, Dieu de clémence ! Il n'arrivera à
moi et à ma famille que ce que ta divine volonté aura permis. Si tu prends en pitié ma femme bien-aimée et mes enfants, ta bonté me remplacera auprès d'eux et les consolera
de leur douleur. — Et moi, plein de confiance en ta miséri-
ricorde, je vais, ferme et tranquille, porter ma tête sur cet

échafaud déjà teint du sang de mes amis ! Mais si tu veux
encore me réunir à eux pour un moment, il est facile à ta
puissance d'ouvrir les portes de mon cachot, et de m'arracher au pouvoir de mes ennemis, — et alors ma vie entière et celle de ma famille te sera entièrement consacrée,
et je te vouerai une éternelle reconnaissance !

Pendant que ces pensées occupaient l'esprit du prisonnier, un bruit assez fort se fit entendre à l'entrée de son
cachot, et la porte fut ouverte brusquement. Des nuages
de fumée la pénétrèrent aussitôt, et l'éclat d'un violent
incendie illumina toute la prison. Un jeune soldat parut
devant lui, et lui dit : — Sauvez-vous; c'est la volonté de
Dieu !

Ce jeune soldat, c'était Robert. Par l'imprudence de
quelques militaires pris de vin, le feu venait d'éclater dans
la partie de la prison qu'habitaient les détenus politiques.
Les soldats qui montaient la garde à la porte avaient mis
bas leurs armes et leurs capotes, et s'étaient précipités
en avant pour éteindre l'incendie. Robert avait profité de
cette circonstance ; il avait ramassé la dépouille d'un des
soldats, et s'était de suite rendu dans le cachot du seigneur d'Erlau.

— Endossez vite cette capote, lui dit Robert; et en
même temps qu'il lui aidait à la passer, il lui passait sur
la tête le chapeau garni de longues plumes et décoré d'une

cocarde tricolore, il lui attachait un sabre à la ceinture et lui mettait un fusil entre les mains. La longue barbe, qui, pendant sa captivité, n'avait pas été coupée une seule fois, lui donnait l'air farouche des soldats de cette époque, et lui prêtait une allure tout à fait martiale. — Maintenant, partez, lui dit Robert, descendez bravement l'escalier, et sortez par la grande porte. Sous ce déguisement, vous pourrez, j'espère, la traverser sans obstacle. Ensuite, vous vous rendrez auprès de mon père, qui vous attend chez mon oncle le pêcheur.

L'arrivée du jeune soldat avait été pour le seigneur d'Erlau comme l'apparition d'un ange, et ses paroles comme un avertissement du ciel. Il prit promptement les allures de son rôle. Avec le sérieux qu'exigeait la gravité des circonstances, il descend l'escalier, se joint à tous ces hommes qui, chargés de seaux d'eau, criaient d'une voix impérieuse : — Place, place ! et il parvient sans obstacle à gagner la rue. Il n'y avait plus à reculer ; un courage surnaturel précipitait ses pas. Il marche droit à la porte de la ville, et en sort heureusement, grâce au soin qu'avait eu Robert de lui donner le mot d'ordre.

Il était minuit quand il arriva à la maison du vieux pêcheur. Il frappa aux volets. Le pêcheur sortit, et ne fut pas peu effrayé en l'apercevant, car il ne reconnut pas M. d'Erlau : il crut qu'on venait l'arrêter, lui ou son frère, parce que leur fidélité et leur dévouement pour la famille d'Erlau leur avaient fait beaucoup d'ennemis dans le pays. Mais lorsqu'il eut reconnu le comte, sa joie ne connut plus de bornes ; il s'écria en joignant les mains : — Dieu soit loué ! et il l'introduisit dans la chambre. Richard, qui avait veillé pendant bien des nuits en attendant cet heureux moment, se précipita à sa rencontre en s'écriant : — O mon bon maître ! et tous deux s'embrassèrent en pleurant. La première question de M. d'Erlau fut pour sa femme et ses enfants. Alors Richard lui apprit que Charles et sa mère étaient en sécurité, que Lina avait été très-malade, mais que sa santé était aujourd'hui entièrement rétablie ; il lui dit qu'elle était là, près de lui. Lina, qui dormait dans la chambre voisine, avait été réveillée par les cris de joie du bon Richard. Ayant reconnu la voix de son père, elle se leva et se précipita dans ses bras, en pleurant de joie; et en même temps, ses joues fraîches et roses étaient mouillées des larmes délicieuses que répandait son père.

Après ces premiers épanchements d'une ivresse bien naturelle, M. d'Erlau résolut de traverser le Rhin cette nuit même, et de fuir un pays qui jadis avait été pour lui un séjour de paix et de bonheur, mais qui n'était plus aujourd'hui qu'une terre de meurtre et de sang; et ce fut dans la même barque qui avait déjà favorisé la fuite de sa femme et de son fils, qu'il voulut aborder la terre germanique, où alors la paix régnait encore. Aussitôt il se mit en route avec Lina. Le vieux pêcheur marchait devant, et Richard, qui portait une valise sur ses épaules, venait après lui. La nuit était claire et étoilée. Ils approchaient du Rhin, marchant avec précaution et observant un profond silence; la barque, cachée à l'ombre de broussailles épaisses, était préparée pour leur départ. Mais tout à coup ils entendirent derrière eux une décharge de mousqueterie, et au même instant, plusieurs voix crièrent durement : — Halte! halte! Le feu n'avait pas tardé à être éteint, et alors les soldats s'étaient aperçus de la disparition du prisonnier, et s'étaient mis de suite à sa poursuite. Les cris se rapprochaient de plus en plus. Les malheureux fuyards étaient à moitié morts de terreur. Ils gagnèrent, aussi rapidement qu'ils le purent, l'endroit où la barque était amarrée. Quand ils furent arrivés, M. d'Erlau, tenant Lina dans ses bras, s'y précipita; Richard y sauta après lui. Ils s'emparèrent des rames et poussèrent l'embarcation avec vigueur. Quant au vieux pêcheur, n'ayant pu y trouver place, il alla se cacher dans le tronc d'un vieux saule.

La barque n'était pas à vingt pas du rivage, que les soldats y arrivèrent. Ils firent feu sur les fugitifs. Les balles sifflèrent aux oreilles de la pauvre Lina, qui en fut tout effrayée. Son père la fit coucher au fond du bateau. Les deux rameurs redoublèrent leurs efforts. Une nouvelle décharge traversa le chapeau de M. d'Erlau, et deux balles frappèrent la rame que tenait Richard. La frêle embarcation, qui tirait à peine un pouce d'eau, vacilla et fut au moment de s'enfoncer. Cependant on arriva sain et sauf à l'autre bord.

M. d'Erlau tomba à genoux, et remercia Dieu de son salut; Richard et Lina suivirent son exemple. Ensuite ils s'assirent sur un tronc d'arbre renversé, pour se remettre un moment de leur fatigue. Après s'être reposé quelques minutes, Richard, qui ne voulait pas que son maître restât dans cet endroit, se leva, prit son bâton de voyage et sa lourde valise dont il était chargé, et marcha en avant; M. d'Erlau et Lina le suivirent. Il prit le route qui traversait les montagnes boiseuses de la Souabe, appelée la Forêt-Noire, à cause des sombres forêts de sapins qui couvrent le pays.

V

M. d'Erlau n'avait qu'un désir, c'était de retrouver promptement sa femme. Richard connaissait, dans les environs de la Forêt-Noire, un brave fermier. Ils se rendirent de suite auprès de lui, pour y rester quelques jours et se préparer à de plus longs voyages. M. d'Erlau était à peine entré dans la chaumière, qu'il parlait déjà de se remettre en route. — Je n'aurai pas un moment de repos, dit-il à Richard, que je n'aie retrouvé ma femme et mon enfant. Tu m'as toujours dit qu'ils s'étaient retirés en Suisse. Mais comment nous y rendre? Ma petite Lina ne peut faire à pied une aussi longue route, et nos moyens ne nous permettent pas de prendre la voiture.

Alors Richard prit une bourse remplie d'or, et l'étala sur la table. — Vous n'êtes pas aussi pauvre que vous le pensez, mon excellent maître, dit-il; cet or est à vous. —

M. d'Erlau regardait tantôt l'or étalé sous ses yeux, tantôt son fidèle serviteur. — Lorsque vous étiez dans l'opulence, reprit Richard, vous n'avez jamais cessé de faire le bien. Que d'argent n'avez-vous pas donné aux malheureux qui vous entouraient! Eh bien, j'ai mis en réserve un peu de ces aumônes, pendant que vous languissiez au fond d'une prison et que madame d'Erlau errait sur la terre étrangère. Il est beaucoup d'hommes, comme j'ai pu l'éprouver, chez qui la reconnaissance et la probité sont innées; aussi, j'ai trouvé beaucoup d'honnêtes gens qui, non-seulement n'ont pas refusé de me remettre ce qu'ils devaient, mais même beaucoup plus, et cela, par amour et par reconnaissance pour leur bon maître. — Henri d'Erlau compta l'argent. — C'est beaucoup, beaucoup! dit-il en levant les yeux au ciel. Combien durera-t-il, combien peut-il durer? — Nous pourrons économiser, répondit Richard, et malgré cela, prendre une voiture pour nous rendre en Suisse.

Richard acheta un cheval et une petite carriole, qu'il eut soin de faire couvrir d'une toile rayée, pour se mettre à l'abri de la pluie et du vent. Ils se mirent en route. Richard suivit à pied la voiture pendant la plus grande partie de la route; en vain Lina et son père le prièrent de monter avec eux, il refusa, et continua à aller à pied. Ils atteignirent ainsi la Suisse. Mais nulle part Henri ne put avoir des nouvelles de sa femme. Toutes ses recherches furent inutiles, et il demeura convaincu qu'elle avait suivi une autre direction. Ils revinrent donc sur leurs pas, et regagnèrent la Souabe.

Cependant les mauvais traitements qu'il avait endurés dans la prison, les angoisses d'une condamnation, les craintes et les soucis qui avaient accompagné sa fuite, joints aux fatigues chaque jour répétées du voyage, avaient épuisé les forces de M. d'Erlau. Il tomba malade, et fut obligé de séjourner dans une petite ville, jusqu'à son rétablissement.

Richard loua un appartement composé de trois chambres et d'une cuisine; il acheta les meubles nécessaires,

et son expérience dans tout ce qui tenait aux soins domestiques le mit à même de gouverner sagement le petit
ménage. Ce fut avec empressement que Lina l'aida dans
les travaux qui n'étaient pas au-dessus de ses forces.
M. d'Erlau fut d'abord obligé de garder le lit, et il y demeura longtemps avant de pouvoir se lever. Lina lui pro-
digua les plus tendres soins ; elle fit tout pour le distraire.
Elle avait chaque jour une nouvelle surprise à lui faire ;
tantôt c'était un nouveau mets qu'elle avait elle-même
apprêté, tantôt une nouvelle chanson, tantôt, enfin, une
nouvelle consolante. Son père lui prodiguait en retour
les plus vives marques de tendresse.

L'anniversaire de la naissance de Lina arriva. Ce jour-
là, elle se rendit de bonne heure à la messe pour offrir à
Dieu des actions de grâces, et surtout pour le prier de
conserver les jours de ses parents. Lorsqu'elle rentra,
grande fut sa joie. Sur la fenêtre de sa chambre se trouvaient exposées de magnifiques giroflées rouges et bleues,
et au-dessus de ces fleurs, était accrochée une jolie cage
renfermant un serin entièrement semblable à celui qu'elle
avait autrefois possédé. Le soleil était vif et brillant, et ses
rayons lumineux rehaussaient encore les riches teintes
des fleurs. Lina fut enchantée. La tendresse de son père,
auquel elle devait cette surprise, lui fit venir des larmes
aux yeux. Elle le remercia avec les expressions du plus
tendre amour. — Ma chère enfant, lui répondit son père,
je ne puis aujourd'hui te donner rien de plus. Lorsque
nous habitions notre château, cet anniversaire était un
jour d'allégresse pour la famille ! nous le passions en réjouissances, et c'était une fête pour tout le village. Aujourd'hui, notre fête sera moins bruyante.

Un bon repas avait été préparé. M. d'Erlau se mit à table, et y fut, comme autrefois, d'humeur gaie et joyeuse.
Richard lui-même fut obligé d'y prendre place. Le repas
touchait à sa fin ; le brave serviteur déposa encore sur la
table une tourte, sur laquelle des fleurs avaient été posées,
et une bouteille de vin rouge originaire de l'Alsace, sa patrie. Henri but d'abord à la santé de Lina, et ensuite à celle

de sa femme et de son fils. Mais alors la douleur vint se
mêler à la joie ; des larmes tombèrent jusque dans son
verre. — Ah! Lina, s'écria-t-il, où sont ta mère et ton frère ;
où fêtent-ils aujourd'hui cet anniversaire? que leur est-il
arrivé? Ah! une femme, un enfant, sans un ami, sans un
protecteur pour les défendre, sont exposés à bien des chagrins, bien des malheurs, bien des périls ! Qui sait si
nous pourrons encore une fois fêter ensemble cet anniversaire? Jadis j'avais une confiance inébranlable dans la
céleste Providence; mais aujourd'hui, je passe des heures
bien amères. J'ai peur, j'ai peur!...

M. d'Erlau pleurait ; Lina se jeta à son cou, pour essayer

de le consoler. — Ne te fais pas de peine, mon bon père,
lui dit-elle. Dieu ne nous abandonnera pas. Il nous réu-
nira un jour tous encore. Ce n'est pas en vain qu'il nous
a sauvés d'une manière si miraculeuse. Sois certain qu'il
veille sur nous. — Oui, il y veille ! ajouta Richard en
essuyant ses yeux. Chacun alors garda le silence; il y eut
un moment de profonde émotion dans ces trois cœurs.

Le serin l'interrompit, en chantant l'air si bien connu
de Lina :

Je ne perdrai jamais courage,
Même au sein de l'adversité.
Le maître à qui je rends hommage
Est un Dieu si plein de bonté !

L'étonnement de Lina fut au comble; elle joignit les mains, en s'écriant : — Dieu puissant, que veut dire cela ? C'est la première romance que Charles apprit à toucher sur le clavecin, que j'appris à chanter, et, tu te rappelles que nous l'exécutâmes le soir même où l'on vint t'arrêter. — M. d'Erlau, Lina, Richard partageaient le même étonnement, et regardaient le gentil oiseau. Il répéta l'air deux et trois fois, c'était bien le même; pas une note n'y manquait.

— Ceci est bien extraordinaire, dit M. d'Erlau, et il s'approcha de la cage. Grand Dieu ! je crois que tu veux me rendre ma femme bien-aimée et mon enfant chéri. Eux seuls ont pu apprendre cet air à cet oiseau, quoique je ne comprenne pas encore comment ils ont pu le faire ? O Richard ! dis-moi, où as-tu trouvé ce serin ?

Richard lui apprit qu'il l'avait acheté la veille à un jeune Tyrolien. — Cours aussi vite que tu le pourras, reprit Henri, à la recherche de ce jeune homme. Peut-être pourra-t-il nous donner de bonnes nouvelles. — Richard demeura longtemps absent. Henri et sa fille passèrent tout ce temps dans la plus grande inquiétude. — A quelle extrémité se sont-ils donc trouvés réduits, dit Henri, pour avoir été contraints de vendre cette petite créature. Peut-être même sont-ils morts, et ce serin est le seul objet qu'ils nous aient laissé. Richard revint enfin avec le Tyrolien. Mais il ne put rien leur apprendre d'important. Il l'avait acheté d'un pâtre, qui gardait des troupeaux dans le Tyrol. Le nom de madame d'Erlau lui était entièrement inconnu. Mais sur les questions réitérées de Henri, le jeune Tyrolien l'assura qu'il se trouvait dans le pays une femme et un jeune garçon semblables à celui dont il parlait, et il était bien possible que ce serin leur eût appartenu. Tous les dimanches il voyait cette personne à l'église, et il avait rencontré souvent le jeune garçon,

qui se rendait à l'école, chez le curé. Il devait même être
déjà très-savant, car il portait sur son dos un gros paquet
de livres, liés à l'aide d'une courroie. Ce jeune homme
leur dépeignit avec tant de vérité le port et les traits de
madame d'Erlau et de Charles, que tous s'écrièrent dans
un transport de joie : — Ce sont eux, ce sont bien eux !
Ils remercièrent Dieu des moyens merveilleux qu'il avait
employés pour leur révéler le séjour de ceux qu'ils cher-
chaient depuis si longtemps. M. d'Erlau s'enquit, avec le
plus grand soin, du lieu où vivait sa femme, du chemin
qui y conduisait, et remit au Tyrolien, tout étonné, un
double thaler [1] pour le récompenser des bonnes nouvelles qu'il lui avait apportées.

On procéda de suite aux préparatifs du voyage; Henri
ne se ressentait plus de sa maladie ; la joie qu'il éprouvait contribua plus à son rétablissement que n'eussent pu
faire les soins du meilleur médecin. Lina aida son père à
faire les paquets, et Richard alla préparer la petite voiture
et reprendre le vieux cheval demeuré depuis longtemps
chez un aubergiste, qui avait consenti à le prendre sans
rétribution, à la condition de s'en servir pour son usage.
Le lendemain, de bonne heure, ils partirent pour le Tyrol.
Ils n'oublièrent pas d'emporter avec eux le petit serin. On
l'avait suspendu dans sa cage à un des cercles en bois qui
supportaient la couverture en toile de la voiture, et le
plaisir d'entendre de temps à autre leur chanson favorite
fit paraître le temps plus court aux voyageurs.

VI

Henri et ses compagnons arrivèrent heureusement,
dans leur modeste équipage, au village dans la paroisse
duquel était situé le hameau de la Roche-Noire. M. d'Er-

[1] Environ six francs.

lau se rendit de suite chez le curé. Celui-ci lui confirma tout ce que le jeune Tyrolien lui avait appris. Sa femme et son fils vivaient encore. — Aujourd'hui, lui dit le brave pasteur, celle-là se consume dans la plus profonde douleur. Elle croit son époux mort, et depuis que cette fatale nouvelle lui est parvenue, son cœur est resté fermé à tout sentiment de bonheur. Elle relève à peine d'une longue maladie dont son désespoir a été l'unique cause; mais sa convalescence est lente et pénible.

M. d'Erlau lui demanda alors comment cette fausse nouvelle lui était parvenue. Le curé alla chercher un paquet de journaux, en prit un, et le lui donna à lire. Henri vit en effet de ses propres yeux, que le journal donnait la date du jour où il avait dû être exécuté. Un tel fait le surprit d'abord, mais il ne tarda pas à se l'expliquer. A cette époque de troubles et de confusion, une pareille irrégularité n'avait rien d'étonnant. Il pensa ou qu'on avait oublié d'effacer son nom de la liste des personnes exécutées, ou qu'on n'avait pas voulu le faire dans l'espérance qu'à l'aide de cette supercherie sa fuite ne serait pas connue.

M. d'Erlau ressentit une vive douleur en songeant que cette fausse nouvelle était la cause du désespoir de sa femme et avait failli l'être de sa mort. Le curé fut d'avis d'employer les plus grands ménagements pour l'informer du salut et du retour de son mari. Il convint avec M. d'Erlau de ce qu'il avait à faire, et tous prirent ensuite la route de la Roche-Noire, malgré l'heure avancée et le mauvais état du temps. Il avait plu toute la journée, et il commençait à neiger abondamment, car dans ce pays l'hiver commence de bonne heure. Cependant ils arrivèrent bientôt au sommet de la montagne; de là, à travers les ouvertures de la forêt qui la couronnait, ils aperçurent au fond de la vallée les toits plats et couverts de neige de quelques chaumières qui composaient le hameau. Ils s'assirent sur un fragment de rocher recouvert de mousse, sous l'abri des sapins, dont les feuilles touffues et pendantes les garantissaient du vent et de la pluie; Richard seul se dirigea vers une chaumière que le bon curé lui avait indiquée.

En ce moment, madame d'Erlau, vêtue d'habits de deuil, était assise au coin de la cheminée, dont le feu commençait à éclairer l'intérieur de la chambre, déjà plongée dans l'obscurité. Elle était occupée à broder, et Charles lui faisait la lecture. Lorsqu'elle aperçut son fidèle Richard, les cheveux couverts de neige, elle poussa un grand cri, et sa broderie lui échappa des mains. Elle courut à lui ; des larmes de joie et de douleur tout à la fois coulaient de ses yeux ; elle le reçut avec tant de cordialité, qu'on eût dit qu'elle retrouvait un père. Charles, aussi, ne se possédait pas. Elle invita Richard à s'asseoir sur la chaise de bois que son fils avait approchée du feu.

— Ah ! Richard, s'écria-t-elle, lorsqu'il eut pris place près de la cheminée, est-ce ainsi que nous devions nous revoir ! Ah ! laissez-moi garder le silence aujourd'hui sur la mort du meilleur des hommes ! ce souvenir est trop pénible. Mais qu'est devenue Lina ? Elle est morte, la pauvre enfant, comme l'avait prédit le médecin ! Ah ! peut-être son gracieux visage n'est-il depuis longtemps que cendres et poussière ! — Alors Richard lui apprit que le médecin, cet excellent homme, ne lui avait signalé la mort de sa fille comme inévitable que pour la décider plus facilement à une prompte fuite ; qu'en effet, Lina n'avait pas tardé à se rétablir, et que depuis ce temps elle avait toujours été fraîche et bien portante. La pauvre mère ne pouvait contenir sa joie. — Mais, dit-elle, et ses regards étaient mornes, pourquoi ne l'avoir pas amenée avec vous ? pourquoi ne pas l'avoir arrachée à sa malheureuse patrie, où l'on ne peut compter aujourd'hui sur une heure d'existence ? Comment avez-vous pu vous mettre en route sans elle, homme cruel ? Pourquoi n'avez-vous pas... Elle ne put achever, car la porte de la chambre s'ouvrit avec force, et Lina vola dans ses bras. Charles s'y précipita aussi. Jamais il n'y eut de plus douces larmes que celles que répandit cette mère en pressant de nouveau ses deux enfants contre son sein.

Mais la joie ne tarda pas à faire place à de sombres
pensées. — Ah ! pourquoi as-tu cessé de vivre, mon bon
Henri ! dit-elle en levant au ciel des yeux pleins de larmes. Oh ! comme alors mon bonheur eût été complet !
Mes chers enfants, vous n'êtes aujourd'hui que de pauvres
orphelins, et votre vue remplit de douleur le cœur de
votre malheureuse mère ! car, pauvre veuve sans amis,
sans conseils, que puis-je faire pour vous ?

Richard, alors, commença à la préparer doucement à
l'heureuse nouvelle qu'il avait à lui annoncer ; mais il la
trouva plus calme qu'il ne s'y était attendu. Le bonheur
de revoir son vieux Richard, le bonheur plus grand encore de presser de nouveau sa fille dans ses bras, l'avait
préparée tout naturellement et par degrés, sans une trop
violente secousse, au suprême bonheur de revoir devant
ses yeux l'époux qu'elle avait cru mort. M. d'Erlau, le
cœur agité et tremblant, était depuis longtemps debout
devant la porte de la cabane, et, de là, il pouvait entendre
tout ce qu'on y disait.

A peine madame d'Erlau eut-elle compris, aux paroles de Richard, que son mari vivait encore, qu'elle s'é-
cria avec l'accent de la joie la plus exaltée : — Il vit !...
Dieu soit à jamais béni de l'avoir arraché à ses bourreaux !
Certainement il n'est pas loin d'ici. O mes enfants, cou-
rons au-devant de votre père ! — En ce moment, M. d'Erlau poussa la porte, et se précipita dans les bras de sa
femme. Mais celle-ci, qui, jusqu'à ce moment, avait cru
à la mort de son époux, et qui tout à coup le revoyait vivant devant elle, éprouva une singulière émotion. Tremblante et craintive comme si elle doutait encore que ce
fût bien lui, elle ne pouvait en détacher ses yeux. Il lui
était même impossible de prononcer une seule parole
pour exprimer l'excès de son bonheur ; enfin elle s'écria :
— Oh ! quelle félicité nous attend dans le ciel, où nous reverrons tant d'êtres chéris dont nous pleurons aujour-
d'hui la mort !

M. d'Erlau, son épouse, Charles et Lina, le vénérable
curé et le fidèle serviteur, passèrent au coin du feu une

soirée délicieuse ; le vieux Tyrolien et sa femme prirent aussi la plus vive part à cette bienheureuse réunion.

Quelques jours après, un matin, arriva un nouvel hôte, qui, après Dieu, avait le plus contribué à la réunion de l'heureuse famille. Richard apporta le serin, qu'il avait laissé dans la maison du pasteur. Charles fut charmé de le revoir. C'est pendant la maladie de sa mère, qu'ayant trouvé une fenêtre ouverte, l'oiseau en avait profité pour s'envoler, et, depuis ce moment, Charles n'en avait plus entendu parler. M. d'Erlau raconta alors en détail, à sa femme, comment cet oiseau l'avait amené à découvrir sa retraite. Celle-ci, en entendant le détail de cette merveilleuse rencontre, éleva son âme vers Dieu en joignant les mains et en s'écriant : — Dieu clément, c'est toi qui as permis que tout cela arrivât ; c'est toi qui t'es servi de ce messager pour faire connaître à mon mari dans quel coin retiré de l'univers je passais mes tristes jours ! S'il ne s'était pas enfui, j'aurais encore vécu cet hiver plongée dans ma douleur.

Charles joignit ses actions de grâces à celles de sa mère. — N'est-ce pas, dit-il, que j'ai eu une heureuse idée en lui apprenant notre cantique. Mais je n'aurais jamais pensé, lorsque je me désolais tant de sa perte, que Dieu ne me l'avait enlevé que pour me rendre avec lui et mon père et ma sœur ! Ceci prouve que d'un petit malheur Dieu peut faire naître pour nous une grande félicité !

— Tu as raison, mon bon Charles, ajouta son père. Ainsi, Dieu ne nous a dépouillés de nos biens temporels que pour nous en faire acquérir de plus précieux. Leur perte, je l'espère, n'a fait que nous rendre plus vertueux ; eh ! que sont les honneurs, les richesses, auprès de la vertu ? Elle seule a toujours une précieuse valeur. Peut-être, un jour, Dieu nous rendra ce que nous avons perdu, comme il nous a rendu déjà ce joli serin.

Le berger que Charles avait chargé de trouver et de lui ramener l'oiseau qui s'était enfui, au lieu de le lui rapporter, le vendit. Il fut bien confondu lorsque le curé lui apprit comment cet oiseau, quoique à plusieurs milles

de lui et dans un autre pays, avait décélé le larcin dont il
s'était rendu coupable. — Jamais je ne ferai plus une
mauvaise action, dit ce jeune garçon ; car je le vois
aujourd'hui : quelque soigneusement cachée que soit une
faute, elle finit toujours par être découverte. »

M. d'Erlau se décida à passer l'hiver sous l'humble
toit du brave Tyrolien. Richard fut logé dans une des
chaumières voisines, et le serin remis à la place qu'il occupait avant sa fuite. Lina en eut le plus grand soin ;
malgré la rigueur de l'hiver, elle ne le laissa manquer de
rien. Souvent, lorsque, dans les beaux jours de la saison,
la famille se trouvait réunie dans la petite chambre, regardant la campagne couverte de neige, et respirant les
âpres émanations des pins de la forêt, l'oiseau se mettait
à chanter cet air qui plaisait tant à ses oreilles :

> Je ne perdrai jamais courage,
> Même au sein de l'adversité.
> Le maître à qui je rends hommage
> Est un Dieu si plein de bonté !

Alors toute la famille chantait en chœur la romance entière; c'était pour eux une consolation et un plaisir. Et,
au milieu des peines et des soucis qui dans la suite accablèrent encore cette famille, elle éprouva toujours un
vif plaisir à entendre cet air, surtout lorsque l'oiseau le
terminait par une petite roulade. — Confions-nous donc,
disaient-ils, à celui qui s'est servi de cet oiseau si petit, si
innocent, pour nous réunir d'une manière aussi miraculeuse. Celui qui a tant de moyens pour secourir l'affliction, qui jusqu'ici nous a toujours aidés, viendra de nouveau à notre secours.

— Oui, oui, répétait le vieux Richard, je le crois
aussi. Voyez là-bas, au milieu d'une neige épaisse et d'un
froid glacial, ces pauvres petits oiseaux. Les regards
qu'ils lèvent au ciel m'ont toujours singulièrement ému.
Alors je fais les réflexions suivantes : ils regardent le ciel.
Pauvres petits, ils ne sèment pas, ils ne récoltent pas, ils
n'ont pas de granges pour amasser des provisions, cepen-

dant ils ont au ciel un père qui les nourrit ! Et vous, aux yeux du Tout-Puissant, n'êtes-vous pas plus qu'eux ? Et lorsque je regarde cet oiseau, ces vérités se gravent plus profondément dans mon cœur ; lorsque je l'entends chanter, le courage me revient, quelque contraires que les événements soient pour nous en ce moment, quelque difficile qu'il nous soit de reparaître dans le monde ; car celui qui prend soin d'un oiseau ne peut nous oublier.

Pendant quelque temps encore, la famille fut obligée de mener une vie pénible. Mais enfin le moment arriva où elle put revoir sa patrie et rentrer en possession de tous ses biens. Lorsqu'ils eurent recouvré leur fortune, leur premier soin fut de soulager le malheur de ceux de leurs amis qui y étaient tombés, et de récompenser magnifiquement le bon Richard, sa femme et son fils, le vieux pêcheur, et tous ceux enfin qui leur avaient fait quelque bien et adouci leur exil.

COMMENT HENRI D'EICHENFELS
APPRIT A CONNAITRE DIEU

I

LA GARDE D'UN ENFANT EST UN SOIN DIGNE DES ANGES.

u commencement du siècle dernier vivaient dans un antique et superbe château, situé près d'une forêt, le comte Frédéric et la comtesse Adélaïde d'Eichenfels. Un enfant du nom de Henri était le seul fruit de leur union et l'objet de toute leur tendresse.

Le petit Henri n'avait pas encore balbutié le nom de père, que déjà le comte était parti pour la guerre. La comtesse demeura au château, ne trouvant de consolation à l'absence du comte, et de douceur dans la solitude qui l'entourait, que dans les soins qu'elle donnait à son cher enfant. Elle résolut de se vouer entièrement à son éducation, et son cœur s'épanouissait à l'idée que bientôt elle pourrait voler à la rencontre de son époux et lui présenter dans ses bras leur charmant Henri.

Un soir, la comtesse se trouvait au château, près d'elle

était son fils ; Marguerite, sa bonne, l'amusait en lui présentant des fleurs qu'elle venait de cueillir. L'enfant tendait en souriant ses petites mains pour les saisir, et sa

mère, partageant son innocente joie, le regardait avec
tendresse. Dans cet instant entra un serviteur du comte
qui l'avait suivi à l'armée : il apportait l'effrayante nouvelle que son maître avait été blessé dangereusement, et
qu'avant de mourir, il demandait à voir encore une fois
la comtesse, son épouse. A ces mots, une pâleur mortelle se répandit sur le visage de la noble dame, et ses
bras tremblants purent à peine retenir son fils, qu'elle
tenait sur ses genoux. Le messager, pour calmer un peu
sa douleur, lui dit que tout espoir n'était pas perdu, que
le comte pourrait encore en revenir ; mais que cependant
cette espérance était bien faible, et il ajouta qu'il serait
nécessaire que madame la comtesse voyageât jour et nuit
si elle voulait revoir son époux. La comtesse résolut de
partir à l'instant. Elle embrassa son fils : — Hélas ! mon
cher Henri, dit-elle, tu ne sais pas encore ce qui cause
la douleur de ta mère ! Ton père va mourir et tu ne l'auras point connu ! Oh ! que j'ai de peine et de chagrin à

t'abandonner ici sans pouvoir t'emmener au milieu des camps !

— Marguerite, dit-elle en s'adressant à la jeune bonne, je te confie mon Henri ; garde-le avec le plus grand soin, ne le laisse pas seul un instant, et ne l'abandonne pas même pendant son sommeil ; sois attentive près de lui comme si j'y étais encore. Quand le ciel sera beau, fais-lui respirer l'air pur du matin dans le parc ; chante-lui quelque chansonnette, cause avec lui, et récrée souvent sa vue par des fleurs et d'autres jolis objets ; retire-lui des mains tout ce qui pourrait le blesser ou lui être nuisible. Surtout observe-toi toujours à son égard et ne te laisse jamais aller devant lui à l'impatience et à la colère. O Marguerite ! la garde d'un enfant est un soin digne des anges ; sois donc l'ange gardien de mon fils. La femme de charge, à qui je confie la surintendance du château, saura bien me dire si tu as fidèlement exécuté mes ordres. Promets-moi d'obéir aveuglément à mes dernières exhortations, et qu'au moins je puisse partir tranquille sur ce point. Je vais compter avec inquiétude toutes les heures de mon retour ; si tu me rends mon fils gai et bien portant, je saurai reconnaître dignement tes services.

Marguerite promit d'être digne de l'emploi qu'on lui confiait. Alors la comtesse embrassa son enfant, le bénit, et, levant au ciel ses yeux mouillés de pleurs, elle remit Henri aux bras de Marguerite, puis monta en voiture au milieu des lamentations de ses serviteurs et de ses vassaux, sans que l'approche de la nuit, la pluie ni le vent pussent la retenir un instant de plus.

II

PETITE NÉGLIGENCE AMÈNE GRAND MALHEUR.

Marguerite était une pauvre orpheline du village voisin. Une piété solide l'animait, son caractère se distinguait par la douceur et l'égalité, son maintien était modeste et sa physionomie gracieuse et ouverte; c'est ce qui avait décidé la comtesse à lui confier la garde du petit Henri. Marguerite suivit strictement toutes les recommandations de sa maîtresse : sans cesse elle se rappelait les ordres et les exhortations qu'elle en avait reçus pour les suivre exactement, car elle aimait la comtesse comme une bienfaitrice, et c'était pour elle un devoir agréable et un moyen de lui témoigner sa reconnaissance que de prodiguer des soins à l'enfant, dans lequel elle voyait et respectait déjà son futur seigneur.

Une après-dînée, Henri dormait profondément; Marguerite, assise près de lui, le veillait avec sollicitude. Elle avait orné le berceau, dans lequel il était alors, de magnifiques roses nouvellement épanouies, afin que son réveil fût égayé par leur vue. Une gaze blanche et fine garantissait le visage d'Henri des mouches et des cousins. Rien ne semblait troubler son sommeil, la santé rayonnait sur sa charmante figure, et l'éclat des couleurs qui brillaient sur ses joues égalait celui des roses qui l'entouraient.

A ce moment survint une troupe de musiciens ambulants qui firent entendre leurs accords à la porte du château, et les domestiques accoururent en foule; ces derniers firent entrer les musiciens dans une salle basse; puis, profitant de l'absence des maîtres, ils se mirent à danser, résolus d'employer gaiement toute leur soirée.

Marguerite aimait passionnément la musique; cependant elle se rappelait les ordres de la comtesse, et elle restait tranquille auprès du berceau du jeune comte. Mais bientôt arriva Georges, garçon jardinier : — Pourquoi ne viens-tu pas, Marguerite? descends donc aussi; si tu savais comme nous nous amusons! je n'ai jamais entendu de musique plus charmante. L'un tape sur un tympanon comme s'il voulait le mettre en pièces; un jeune homme joue du triangle d'une manière délicieuse; et enfin un gros jouffu joue du cor de chasse à vous assourdir les deux oreilles, sans que le son en soit moins clair cepen-

dant que celui du triangle. Dépêche-toi de descendre ! —
Marguerite répondit qu'elle ne pouvait pas quitter Henri
un seul moment. — Ne sois donc pas si enfant, reprit
l'étourdi ; tu ne veux pas faire seule la sainte, j'espère.
Viens, viens, et ne te fais pas tant prier ; dans un quart
d'heure tu seras de retour. Tu ne voudras pas refuser de
faire un tour de valse.

Marguerite se laissa entraîner et descendit malgré un
violent battement de cœur. Elle éprouvait peu de plaisir,
tant elle avait d'inquiétude ; elle voulut donc se retirer
bientôt, mais les autres domestiques la retinrent. Enfin
elle parvint à s'échapper et se hâta d'accourir auprès du
berceau de l'enfant chéri confié à ses soins.

Mais quelle n'est pas sa stupeur ! le berceau est vide et
elle ne voit l'enfant nulle part. Cependant elle ne perd pas

courage et s'imagine que quelqu'un du château, voulant
s'amuser de sa frayeur, aura caché l'enfant dans un autre
lit. Mais la pensée seule que la comtesse pourra connaître sa négligence la fait déjà trembler. Elle court de

chambre en chambre sans trouver aucune trace. Une an-
goisse mortelle s'empare alors de ses sens; elle vole à la
salle où l'on danse encore, et dit aux danseurs : — Le
jeune comte n'est plus dans son berceau ! qui donc de
vous a voulu m'effrayer en l'en retirant ? — Mais on ne put
rien lui apprendre ; personne n'était sorti de la chambre.
La danse fut aussitôt interrompue, et les musiciens se retirèrent sans même réclamer leur pourboire. Tous, tant
qu'ils étaient, montèrent et cherchèrent partout inutilement. Bientôt on découvrit qu'il manquait, outre l'enfant,
beaucoup d'effets à son usage ; et l'on ne put douter que
l'enfant n'eût été ravi.

La joie générale qui animait tout à l'heure tous les es-
prits s'était changée en pleurs et en cris de désespoir.
C'était un chagrin comme si chacun assistait aux funérailles d'un des siens. — Hélas ! s'écria la femme de charge
éplorée, que deviendra la comtesse lorsqu'elle apprendra cette nouvelle. Ce sera pour elle le coup de la mort.

Mais la douleur la plus poignante était celle qu'éprouvait Marguerite, et, dans le premier moment de son affreux désespoir, elle se serait jetée par la fenêtre si on ne
l'eût retenue à temps. — O mon Dieu ! répétait-elle avec
des cris déchirants, qui aurait pu croire qu'une légère désobéissance amènerait un si grand malheur ?

III

GRANDE DOULEUR D'UNE MÈRE.

Pendant que les gens du château, saisis de frayeur et
consternés, se trouvaient réunis dans la chambre de l'enfant qu'ils remplissaient de leurs gémissements, et que
Marguerite à moitié folle, les yeux hagards et stupides,
les cheveux en désordre, gisait à terre avec les roses du
berceau, muets et tristes témoins du rapt de l'enfant ;

la porte de la chambre s'ouvrit tout à coup, et l'on vit entrer la comtesse.

La blessure du comte n'était pas aussi dangereuse qu'on l'avait craint tout d'abord. Dès qu'il fut hors de danger, la comtesse, sur ses prières et poussée par ses inquiétudes maternelles, se hâta de revenir pour être plus tôt auprès de son cher enfant. Aussitôt arrivée, elle avait sauté en bas de sa voiture et volé vers la chambre où elle espérait embrasser l'idole de son cœur.

A sa vue tous ses gens furent frappés de crainte. Marguerite jeta un cri perçant : — O mon Dieu ! dit-elle, prends pitié d'elle et de moi ! — La comtesse vit avec terreur tous ces visages pâles comme la mort, tous ces yeux rouges de larmes, le désespoir de Marguerite et le berceau vide. Personne ne voulait répondre à ses questions multipliées. Mille pressentiments affreux, mille effrayantes pensées traversent alors comme l'éclair l'esprit de la pauvre mère ; elle tremble pour la vie de son enfant, et lorsqu'enfin elle eut à moitié appris, à moitié deviné la désolante histoire, il lui sembla que le ciel s'écroulait sur sa tête et que la terre cédait sous ses pas ; elle s'évanouit et serait tombée sur le parquet sans les bras de ses serviteurs qui la soutinrent.

— O mon Dieu ! mon Dieu ! s'écria-t-elle en gémissant après avoir repris ses sens ; quelle rude épreuve tu m'imposes ! Hélas ! mon enfant, mon pauvre enfant ! mon époux, mon cher époux ! cette nouvelle va lui faire une blessure plus profonde que le fer des ennemis ! O mon pauvre Henri, où es-tu maintenant ? dans quelles mains es-tu tombé ? Hélas ! si tu avais été ravi par des brigands et que tu dusses vivre au milieu d'eux, grandir dans leurs principes corrompus, désolante pensée à laquelle je n'ose m'arrêter un instant ! je préférerais mille fois avoir à pleurer sur ta tombe ; car tu serais maintenant un des anges gardant le trône du Seigneur, et j'aurais l'espoir de te rejoindre un jour ! Mais maintenant je suis privée de cette douce, de cette unique consolation ! Hélas ! que peux-tu, que vas-tu devenir au milieu de pareilles gens ?

— Mon Dieu ! s'écria-t-elle encore en tombant à genoux et en élevant vers le ciel ses deux mains tremblantes, toi qui es toute bonté, toi le seul consolateur des affligés ! mon enfant a été ravi de mes bras, mais il ne peut être soustrait à ta main protectrice. J'ignore dans quelle forêt obscure, dans quel antre de brigands il peut se trouver; mais ton œil sait le chercher et le voir. Je ne puis plus lui enseigner le bien et ton amour, mais toi, toi seul tu peux le faire encore. Tu entends le cri du jeune oiseau ; écoute aussi les lamentations de mon enfant, qui sans doute pleure, gémit et soupire après sa mère. Donne-moi la force, ainsi qu'à mon époux, de supporter notre malheur ! quoique notre petit ange nous ait été ravi par l'imprévoyance et la méchanceté des hommes, ce n'a pas été cependant sans que tu le permisses. Tu l'as voulu ainsi, que ta volonté soit accomplie ! Je t'offre mon fils comme un sacrifice de mon cœur saignant et ulcéré. Oui, j'en conserve l'espoir, tu auras pitié d'une pauvre mère, tu sauras apporter un remède à sa douleur, et peut-être la changeras-tu un jour en joie. — Ainsi se consolait cette mère désolée.

Cependant le désespoir de Marguerite était immense ; elle tomba aux pieds de la comtesse en implorant son pardon. — Grand Dieu, lui dit-elle, si je pouvais arracher votre enfant des mains des ravisseurs au prix de tout mon sang, avec quelle joie j'en verserais jusqu'à la dernière goutte ! Condamnez-moi au dernier supplice, je sens que j'ai mérité la mort.

La comtesse la releva. — Ton repentir, dit-elle, te mérite ton pardon, il ne t'arrivera aucun mal. Mais tu vois combien j'avais raison, combien mes exhortations étaient utiles et sages; tu as appris par expérience combien la négligence, la légèreté, et surtout le penchant au plaisir peuvent amener d'affreux malheurs. Toutes nos joies de ce monde sont fragiles comme ces roses qui gisent effeuillées et flétries.

Lorsque le premier moment de la douleur fut passé, et que la comtesse apprit qu'il n'y avait que quelques heures que l'enfant avait été enlevé, elle mit à la poursuite des ravisseurs tous les gens du château. Ils revinrent tous l'un après l'autre ; Marguerite courait à la rencontre de chacun, et ses gémissements recommençaient à chaque fois qu'elle voyait revenir un visage triste. Enfin arriva le dernier sans qu'on eût découvert la moindre trace de l'enfant, et Marguerite avait versé tout ce qu'elle avait de larmes. Peu à peu, cependant, sa douleur devint plus calme, mais elle conservait une pâleur mortelle et elle errait partout comme une ombre. Chacun la plaignait, et un jour enfin elle disparut, sans qu'on sût ce qu'elle était devenue.

IV

LA CAVERNE DE BRIGANDS.

Une bohémienne, vieille femme au dos voûté, aux cheveux noirs poissés, au teint jaune et terreux, avait ravi le jeune Henri. Cette mégère faisait métier de tromper la bonne foi des gens et de les voler sous prétexte de leur dire la bonne aventure. C'est par ce moyen que souvent elle s'était introduite au château et qu'elle avait pu en étudier à son aise tous les détours. Elle était de connivence avec le plus âgé des trois musiciens, et pendant qu'ils remplissaient toute la maison des sons discordants de leur musique et qu'ils y retenaient les gens du château, la bohémienne s'introduisit furtivement par une petite porte que le garçon jardinier avait laissée ouverte par négligence, et entra dans le jardin ; puis elle se glissa, par un escalier dérobé, dans la chambre de l'enfant, et après avoir fait un paquet de tout ce qu'elle put y saisir de précieux, elle s'empara également du pauvre enfant et s'enfuit vers la forêt avec toute la rapidité que pouvaient lui prêter ses jambes alourdies par l'âge et le

précieux fardeau qu'elle venait de dérober avec tant
d'audace.

Arrivée dans le bois, elle se cacha dans un fourré
jusqu'à ce que la nuit fût arrivée ; alors elle reprit sa
course et porta l'enfant plus loin. Elle suivit des sentiers
solitaires et tortueux ; abondamment pourvue de vivres,
et voyageant ainsi pendant plusieurs jours, se cachant
dans les buissons et dans le plus épais des blés, jusqu'à
ce qu'elle atteignît les montagnes.

Là se trouvait, dans les profondeurs de la terre, une
caverne affreuse, située au milieu d'une ancienne carrière
abandonnée et ruinée depuis longtemps. L'entrée en
était tellement cachée par des quartiers de rocs et d'é-
paisses broussailles, qu'elle aurait échappé à l'œil le
mieux exercé.

Après que la bohémienne eut rampé longtemps à travers les pierres et les broussailles, elle arriva devant une
porte de fer dont elle possédait la clef. Elle ouvrit la porte
et, après une course qui dura bien une grande heure, elle
pénétra enfin dans la caverne.

C'était un réceptacle de brigands, et ils y trouvaient un
asile assuré contre les investigations de la justice. C'est
là qu'ils cachaient les trésors qu'ils retiraient de leur
affreux métier. Ils y enfouissaient une quantité énorme
de riches vêtements, de bijoux, d'or, d'argent, de pierres précieuses et une foule d'objets de prix.

Les brigands, hommes affreux, dont les visages atroces se cachaient sous d'immenses barbes en désordre,
étaient attablés lorsque la bohémienne entra avec l'enfant,
et ils buvaient en fumant et en jouant aux cartes.

Ils éprouvèrent une joie féroce lorsqu'ils apprirent que
cet enfant était le jeune comte Henri d'Eichenfels, et ils
félicitèrent beaucoup la bohémienne de son hardi larcin.
Depuis longtemps ils souhaitaient de s'emparer de l'enfant de quelque illustre famille.

—Tu as fait un fameux coup, grand'mère ! dit le chef
de la bande. Nous sommes maintenant bien plus en sûreté,
car si l'un de nous se laisse prendre, cet enfant nous

servira d'otage, sa vie nous répondra de l'existence de notre compagnon et de tout ce que l'on pourra tenter contre nous. Par ce moyen, nous assurons donc notre existence et peut-être même notre liberté.

Le capitaine recommanda à la bohémienne, qui servait de cuisinière et qui était chargée de tous les détails d'intérieur de la caverne, de veiller soigneusement sur l'enfant et de faire en sorte de le conserver à la vie.

C'est dans cet antre affreux que le charmant enfant grandit et qu'il apprit à parler. Les souvenirs de sa première enfance s'effacèrent ; il ne se rappela plus rien du soleil, de la lune, ni de toutes les sublimes créations de Dieu. Pas un rayon de jour n'arrivait à cet asile de terreur, et les murs livides de la caverne n'étaient éclairés que par la pâle lueur d'une lampe, dont la clarté douteuse et blafarde ajoutait encore à l'horreur de ce séjour, qu'elle éclairait seule, le jour comme la nuit.

Les vivres ne manquaient pas. Les brigands apportaient en quantité du pain, de la viande, des légumes et autres choses nécessaires à la vie et qui pouvaient se conserver facilement. Le vin surtout se trouvait toujours en abondance.

Un grand tonneau rempli d'eau, qu'ils renouvelaient souvent, remplissait dans leur ménage l'office de fontaine, et comme ils étaient obligés de chercher cette eau assez loin, ils ne recommandaient à leur vieille ménagère d'autre économie que d'en dépenser le moins possible, et l'enfant était chargé du soin de tenir toujours le robinet fermé.

Des nattes de joncs recouvertes de magnifiques tapis leur servaient de lit durant la nuit.

La bohémienne ne laissait l'enfant manquer de rien. Elle lui donnait à manger en abondance ; mais là se bornaient ses soins, et elle ne s'occupait ni de la culture de son esprit ni de celle de son cœur ; le pauvre petit n'apprit ni à lire ni à écrire, et jamais la bouche de ces impies ne prononçait le nom de Dieu.

Cependant, l'un d'entre eux, jeune homme que la funeste passion du jeu avait conduit à s'enrôler dans la bande infernale et à embrasser cette vie de crime, mais qui appartenait à d'honnêtes parents, s'entretenait assez volontiers avec l'enfant, et de temps en temps lui apportait quelque jouet pour l'amuser. Il lui donnait surtout une quantité de figurines de bois coloriées. Tantôt c'était une bergerie complète avec nombre de moutons, un berger et son chien; tantôt un jardin avec des arbres de toute sorte auxquels pendaient des fruits dorés ou rougeâtres; ou bien encore un petit miroir et d'autres objets à l'usage de l'enfance. Un jour il lui acheta une petite flûte et lui apprit à jouer un petit air; une autre fois il lui donna un bouquet de fleurs peintes et lui montra la manière d'en découper dans du papier, de les rassembler et de les couvrir de couleurs agréables : Henri trouvait ainsi quelques distractions à sa dure captivité.

Mais le jouet qui faisait le plus de plaisir à Henri était un petit portrait de sa mère que la bohémienne avait dérobé au château. Ce portrait était une peinture exécutée avec un fini et une délicatesse extrême et encadrée dans une boîte d'or entourée de diamants. La vieille ne lui laissait ce bijou que de temps en temps, encore fallait-il qu'elle fût de bonne humeur.

Le jeune brigand regardait souvent cette peinture, songeait à sa propre mère et essuyait alors une larme furtive que ce souvenir lui arrachait. — Pauvre enfant, disait-il en lui-même, quelle cruauté pourtant de t'avoir enlevé aux caresses d'une pareille mère ! Combien auprès d'elle ton sort eût été différent de celui qui t'attend dans cette abominable caverne. Et ta bonne mère ! comme elle doit te pleurer ! Quel plaisir n'éprouverais-je pas à te remettre dans ses bras ! Mais ici je suis moi-même prisonnier. Cent fois déjà je me serais enfui, si mes prétendus amis avaient eu moins de méfiance et si leur surveillance à mon égard avait pu se trouver en défaut !

Il s'entretenait avec l'enfant de toutes sortes de sujets, lui racontait mille choses pour l'égayer et lui ouvrir l'intelligence ; cependant il n'osait pas lui parler de Dieu et

de l'Éternité : ses compagnons ne l'eussent pas souffert,
tellement ils craignaient tout ce qui peut éveiller le
remords.

V

TENTATIVE DE FUITE.

A mesure qu'Henri grandissait, il éprouvait la curiosité
de savoir où ces hommes se rendaient chaque fois qu'ils
quittaient la caverne. Souvent il leur avait demandé de
les accompagner, mais toujours ils l'avaient brusquement
éconduit, lui défendant même de renouveler sa prière.

Un jour, ils étaient sortis pour une de leurs expédi-
tions ; la bohémienne, dont les jambes fléchissaient et
qui ne pouvait plus sortir était pour le pétulant enfant
une bien triste société. Elle était toujours de mauvaise
humeur, et comme elle souffrait beaucoup des yeux,
elle restait quelquefois assise des heures entières derrière un écran vert, sans dire un mot, raccommodant du
vieux linge ou comptant de l'argent ; puis elle s'endormait
et ronflait pendant d'autres heures encore.

Un jour qu'elle était profondément endormie, Henri
prit courage, alluma un flambeau, enfila la sombre allée
par laquelle les brigands sortaient ordinairement, et,
avançant toujours, il parvint enfin à la porte de fer. Mais
il ne put l'ouvrir, car une énorme serrure l'assurait contre toute tentative de cette nature. Il revint alors sur ses
pas ; cependant à l'allée qu'il venait de parcourir abou-
tissaient plusieurs galeries latérales dans lesquelles on
pouvait faire une course souterraine de plusieurs lieues.
Henri s'engagea dans la première qu'il rencontra. Lorsqu'il eut marché longtemps et que sa bougie fut près de
s'éteindre, il lui parut apercevoir comme une lumière
briller dans le lointain. Plein de curiosité, il se dirige

vers elle ; plus il avance plus elle grandit et plus son feu
paraît ardent, jusqu'à ce qu'enfin il croie voir un grand
corps embrasé. Cependant il avance résolûment et parvient bientôt à une crevasse de rocher qui livrait passage
aux rayons du matin et à travers laquelle on pouvait arriver en plein air. En un saut l'enfant fut dehors.

Dire ce que lui fit éprouver cette première vue d'un
magnifique ciel bleu couronnant un splendide horizon
couvert de toutes ses productions de la nature et borné
par de hautes et belles montagnes, aucune langue n'aurait d'expression pour cela. C'était par une délicieuse
matinée d'été ; le soleil se levait et l'immensité du ciel
se dorait de ses premiers feux ; les montagnes et les bois
brillaient d'un éclat rougeâtre ; la terre était couverte
d'herbes et de fleurs ; les oiseaux faisaient entendre leurs
ravissants concerts ; au fond de la vallée murmurait une
eau limpide où se reflétaient les chatoyants rayons du
soleil et les cimes verdoyantes des montagnes.

Henri demeura comme ébloui par des éclairs. Il était
transporté ; et, comme s'il se réveillait à peine d'un long
et profond sommeil, il n'était pas assuré de la plénitude
de ses sens ; il ne pouvait que regarder, et longtemps il
ne sut trouver de paroles pour exprimer son étonnement.
A la fin, il s'écria : — Où donc suis-je ? Quelle immensité
s'étend autour de moi ! Oh ! quel beau, quel ravissant
spectacle que tout ceci ! — Et il se prenait à contempler
avec extase ou un chêne majestueux, ou les pins verts
qui couronnaient les rochers, ou l'onde polie comme un
miroir, ou l'églantier qui orne les buissons.

A cet instant le soleil, escorté de brillants nuages que
doraient ses rayons, parut s'élever derrière une colline
garnie de sapins touffus. L'enfant le regarda fixement ;
il lui sembla voir une immense flamme, et il crut que
ces nuages, qu'il voyait pour la première fois, allaient
prendre feu. Il continua à considérer sa marche jusqu'à
ce qu'enfin l'astre, se dégageant des blanches et légères
vapeurs de l'aurore, planât au-dessus des collines, les
éclairant toutes également de ses feux resplendissants.

— Qu'est-ce donc que cela? quelle est cette merveilleuse lumière? s'écria Henri, continuant de fixer l'astre du jour et tenant ses bras étendus comme pour le saisir, jusqu'à ce qu'enfin l'éclat croissant de ses rayons le forçât de détourner les yeux.

Il se met alors à avancer de quelques pas, mais bientôt il s'arrête par la crainte de fouler aux pieds les belles fleurs dont était jonchée la terre. Il aperçoit alors un agneau qui s'était couché à l'ombre d'un buisson de rose. — Un agneau! un agneau! s'écria-t-il, et il courut pour le saisir; mais l'agneau, effrayé, se leva et se mit à bêler. Henri recula plein de terreur. — Qu'est ceci? dit-il; comment! cet agneau est en vie, il marche, il a une voix! les miens sont muets et inanimés; aucun ne bouge. Quelle merveille! Qui donc lui a donné la vie?

Il veut alors entamer la conversation avec l'agneau; il lui adresse mille questions, et finit presque par se fâcher de ce qu'il n'en reçoit pour toute réponse que le même et incompréhensible cri.

Alors survint un jeune pâtre, joli garçon aux joues roses et aux cheveux blonds, qui était à la recherche de l'agneau égaré. Depuis longtemps il considérait Henri, et ne savait que penser de lui. L'enfant fut effrayé d'abord de la présence du berger, mais lorsque celui-ci l'eut salué d'une manière affable, Henri reprit courage. — Oh! que tu es beau! lui dit-il; mais dis-moi donc, poursuivit-il en étendant les bras vers le ciel et autour de lui, cette immense caverne t'appartient-elle? ne veux-tu pas me permettre de rester ici près de toi et de ton agneau? — Le pâtre ne comprit rien aux paroles de l'enfant, et s'imagina un instant qu'il était fou. Il lui demanda comment il était arrivé là, et lorsque Henri lui eut raconté qu'il sortait des antres de la terre et qu'il lui eut parlé de la vieille grand'mère et des hommes aux longues barbes, le pâtre se troubla et il fut saisi d'une grande frayeur. Plein de pitié, il prend l'enfant dans un de ses bras, de l'autre saisit l'agneau, et se met à fuir comme s'il avait à ses trousses tous les brigands de la terre.

VI

L'ERMITAGE.

Au milieu des montagnes vivait un vieil et respectable ermite, âgé de plus de quatre-vingts ans, et dont la piété et la science avaient porté au loin la renommée. On l'appelait le père Menrad. C'est près de lui que le jeune pâtre résolut de conduire l'enfant qu'il venait de trouver. L'ermitage, dont il n'était pas bien éloigné, se trouvait sur le penchant d'une montagne, au-dessus du lac, et semblait un paradis au milieu de ce désert. La cabane de l'ermite apparaissait au milieu d'un jardin orné des plus belles fleurs et des plus beaux légumes, avec son toit de chaume, sa treille et son entourage ombreux d'arbres fruitiers. Derrière la maisonnette s'étendait un vignoble, et le long de la mon-

tagne se déroulait un riche champ de blé; dans les moindres interstices des rochers se trouvaient ou des arbres chargés des plus beaux fruits ou des buissons présentant les plus charmantes baies. Sur la cime d'un rocher, qui dominait le lac, s'élevait la chapelle avec son clocher pointu : on y parvenait par un escalier taillé dans le roc.

Lorsque le pâtre parvint avec son protégé à travers la grille du jardin, jusqu'auprès de l'ermite, celui-ci lisait attentivement sur un banc de bois qu'ombrageait un pommier et d'où l'on jouissait de l'admirable vue que présentaient le lac et les coteaux environnants. Le grand livre dans lequel le vieillard lisait avec recueillement était placé devant lui sur une table. Le peu de cheveux qui garnissaient son front chauve et sa longue barbe étaient blancs comme la neige, mais ses joues étaient vermeilles comme celles d'un jeune homme.

A l'approche du pâtre, il se leva et salua les nouveaux venus ; il écouta le récit qu'on lui fit avec un intérêt marqué, puis il demanda à l'enfant de lui dire son nom, et le prit dans ses bras avec tous les témoignages d'une tendre piété. Il devina bientôt que c'était quelque enfant de famille ravi par des brigands. — Laisse-moi ce petit, dit-il au pâtre, et ne parle à personne encore de cette aventure. J'espère que nous pourrons trouver ses parents. C'est ici qu'il sera le plus à l'abri des nouvelles tentatives des brigands. Ils fuient ma solitude comme le feu. Ce n'est point chez moi qu'ils pourraient voler de l'or ou de l'argent, et ils se soucient fort peu de ce que je puis offrir et qui cependant vaut mille fois mieux que ces richesses, à savoir : de bons conseils et de salutaires exhortations. Puis il dit à Henri : — Sois le bienvenu, mon cher enfant ! je veux te servir de père jusqu'à ce que mes soins t'aient rendu tes véritables parents.

Le vieillard offrit ensuite à ses hôtes du lait et du pain, et le pâtre, aussitôt qu'il fut rassasié, prit sa houlette pour retourner à son troupeau. Mais l'enfant ne voulut pas le laisser partir et s'attacha en pleurant à ses vêtements. Ce n'est qu'après avoir promis de revenir bientôt et lui avoir fait cadeau de l'agneau que le jeune homme put s'en aller, laissant Henri tout joyeux de ce présent qui, à ses yeux, avait une valeur inestimable.

VII

LE SOLEIL ET LES FLEURS.

Après que le jeune homme fut parti, l'ermite fit asseoir Henri à ses côtés sur le banc, puis il tâcha d'entamer la conversation. — Dis-moi, mon enfant, demanda-t-il, tu ne sais donc rien de ton père et de ta mère?

— Oh! oui, dit Henri, j'ai une belle mère, là, dans ma poche; regarde-la. — Il tire alors l'image qu'il avait cachée sur lui et que renfermait un étui de maroquin doublé de satin rouge. Le pauvre enfant n'avait pas encore vu le portrait de sa mère à la clarté du soleil. Il fut frappé de sa beauté, et l'éclat que jetaient les diamants qui l'entouraient éblouirent ses yeux.

— Comme il fait clair chez toi! s'écria-t-il. Mais, dit-il encore en montrant le soleil, qui donc a allumé là-haut cette belle lampe d'or, qui répand sa lumière tout à l'entour? Son éclat m'empêche de l'envisager. Celle qui éclaire notre caverne m'a l'air maintenant bien pâle et bien pauvre. Et comment se fait-il qu'elle monte toujours plus haut? Quand je commençai à l'apercevoir pour la première fois, elle semblait s'avancer de derrière les arbres et en peu de temps elle s'était déjà élevée si haut que je n'aurais plus pu l'atteindre quand même je me serais hissé sur le sommet du plus grand arbre. Comment peut-elle se tenir ainsi dans les airs et se mouvoir aussi librement? on n'aperçoit cependant aucun cordon. Qui donc l'attire, qui donc peut monter là-haut pour en renouveler l'huile?

Le père Menrad lui répondit que l'on appelait cette grande et belle lumière le soleil, et qu'elle avait plus de mille fois l'âge du petit Henri, marchant toujours ainsi et brûlant des mêmes feux sans qu'il fût besoin d'une goutte d'huile.

— Voilà ce que je ne comprends pas! dit Henri. Mais comme tu as de belles fleurs! s'écria-t-il aussitôt. Et il courut vers des plates-bandes qui ressemblaient à des corbeilles. — Oh! quelles sont merveilleusement peintes! quelles belles couleurs rouges, bleues et jaunes! et comme leurs innombrables feuilles si jolies et si délicates sont toutes découpées de même! Mais avec quelle étoffe sont-elles donc faites? Ce n'est pas du papier, c'est encore moins de la soie. Est-ce toi qui as fait toutes ces fleurs? que de temps tu as dû y employer? Plusieurs renferment des filaments si frêles et si déliés! Tu dois avoir à ton service des ciseaux bien effilés et d'excellents yeux. J'ai bien fait des fleurs, mais je ne pourrais jamais approcher de cette perfection.

Menrad répondit que personne au monde ne pourrait faire de pareilles fleurs, et qu'elles provenaient toutes de la terre. Mais Henri se refusait à le croire. — Cela ne se peut pas, dit-il; je crois bien plutôt que c'est toi qui les as faites.

Le vieillard montra alors à l'enfant l'élégante capsule d'un pavot, et la lui secouant dans le creux de la main, il en fit sortir toutes les graines qu'elle contenait. Il lui dit que chacune de ces graines contenait une masse de ces fleurs rouges qui sortaient de la terre dès qu'on les lui confiait, et que c'étaient de pareilles graines qui avaient donné naissance à toutes les autres fleurs qu'il voyait.

Henri regardait l'ermite avec un étonnement mêlé de doute. — C'est d'une si petite graine que peut sortir une si grande et si magnifique fleur? Mais alors il faut que ces graines soient bien merveilleusement conformées, plus merveilleusement encore qu'une montre d'or.

— C'est en effet ainsi, dit Menrad.

— Mais qui donc alors a fait ces graines? reprit Henri; il me semble qu'il serait plus facile encore de faire toutes ces fleurs qu'une seule de ces graines.

Il se mit à considérer de nouveau toutes les fleurs, sautant d'une plante-bande à l'autre et ne pouvant se lasser de les admirer. Cependant le soleil lui faisait ressentir toute son ardeur. — Comme la chaleur de cette lampe est forte ! se prit-il à dire ; malgré la distance qui la sépare de moi, elle me pénètre tout entier ! c'est une bien merveilleuse lumière !

Menrad le ramena sous le pommier qui abritait le banc et la table de son frais ombrage. — Il fait très-bon ici, dit Henri lorsqu'ils y furent parvenus et en regardant attentivement le pommier ; cet arbre est comme un écran vert qui garantit non-seulement d'une lumière trop vive, mais encore d'une trop forte chaleur. Comme il est grand, et de combien de milliers de feuilles il est chargé ! Le tronc, à ce que je vois, est en bois, et cependant je commence à croire que ce n'est pas toi qui as fait cette énorme quantité de feuilles et de fleurs ; un pareil travail serait par trop difficile.

VIII

LES PLANTES ET LES ARBRES.

Le vieillard, après cela, entra dans sa cabane et prépara une petite collation pour le dîner. Il apporta d'abord du lait et du pain, il y joignit pour l'enfant du beurre, du miel et une jolie corbeille pleine des plus belles pommes. Pour lui, il prit des racines, des herbes, un beau melon doré et un peu de vin rouge que contenait un flacon de verre. Henri mangea avec appétit et dit à l'ermite : — Mais où prends-tu toutes ces bonnes choses ? Sors-tu donc aussi pour aller au pillage ?

Le père Menrad lui raconta en dînant comment tous ces fruits avaient poussé de la terre. — Vois-tu, dit-il en saisissant une pomme qu'il pela et découpa pour Henri, cette pomme, je l'ai cueillie sur cet arbre. Entre ses branches et ses rameaux croissent de temps en temps des paniers entiers de pareils fruits. — Est-ce bien vrai ?

23.

s'écria Henri en regardant Menrad avec stupéfaction.

L'ermite prit alors l'enfant dans ses bras et abaissant une branche, il lui montra les petites pommes vertes.

— Vois-tu maintenant comme elles apparaissent entre le feuillage ! Elles grossissent toujours de plus en plus, et parviennent enfin à atteindre la grosseur et les belles couleurs rouge et jaune que possèdent celles de cette corbeille. Mais voici qui est bien plus merveilleux, dit Menrad après avoir partagé la pomme en quartiers. Ce grand et gros arbre lui-même sort de ce petit pepin que je tiens à la pointe de mon couteau, et je l'ai connu à cet état de graine. Chacun de ces pepins renferme un pareil arbre, je dis plus, une quantité incalculable de ces arbres. D'un seul de ces grains on peut recueillir une telle quantité de pommes que le monde serait trop petit pour les contenir, et que la vie d'un homme, fût-elle éternelle, ne suffirait pas à les compter.

— Le pain nous vient aussi au moyen de semblables grains, poursuivit-il en montrant à Henri une poignée de blé qu'il avait été chercher dans la cabane ; il en est de ceux-ci comme des pepins de la pomme et de la semence des fleurs. Avec un seul d'eux nous pourrions avoir plusieurs milliers de pains comme celui que tu vois sur la table.

Menrad lui décrit alors comment tout cela se fait, et tout en parlant le conduit à son champ de blé qui avait pris une place couverte naguère de ronces et d'épines. Henri saute sur un épi et voit avec joie qu'il renfermait déjà un grand nombre de grains.

—Il en est ainsi, dit en terminant le père Menrad, de toutes les plantes vertes que tu vois au loin autour de nous. Tout, l'herbe que foulent nos pieds, là-bas ces rosiers fleuris, ces innombrables épis, cette vigne qui couvre la cabane, et, au-dessus de la cabane et de la colline, ces rochers énormes, ces immenses sapins qui s'élèvent orgueilleusement au-dessus de la montagne et cette tendre mousse qui s'attache au tronc du pommier : tout cela sort et s'élève du sein de pareils grains, ou du moins peut en sortir.

Tout ce que tu aperçois sur cette table : le lait et le beurre qui sont produits par l'herbe, le miel qui donne les fleurs, le pain nourrissant et le vin fortifiant; toutes ces plantes et tous ces fruits, ce cresson, ces raves, ce gros et beau melon, l'osier qui a servi à faire cette belle corbeille, le bois dans lequel on a taillé ces assiettes et ces gobelets, et jusqu'à cette table et ce banc, nous devons tout à ces petites graines. Je me suis borné à les déposer dans la terre pour avoir là un pommier, pour tirer d'ici cent mille gerbes, et changer ainsi ma solitude, qui n'était d'abord qu'un aride désert, en une résidence charmante où je suis entouré de tout ce qui est beau et où je possède tout ce dont j'ai besoin.

Tout cela parut des merveilles à l'enfant. Autant il avait été frappé d'étonnement à la vue de toutes ces choses, autant ce que lui disait le père Menrad lui causait de surprise.

IX

LES SOURCES ET LA PLUIE.

Cependant le soleil accomplissait sa course et l'ombre commençait à couvrir les plates-bandes du jardin. Quelques fleurs, de celles que l'ermite préférait, avaient pâli à l'ardeur du soleil. Quoique le bon père espérât une pluie prochaine, cependant il crut prudent de les arroser. Il prit donc son arrosoir d'une main, Henri de l'autre, et descendit à la source qui s'échappait écumante du flanc d'un rocher moussu.

Henri joignit les mains d'étonnement. — Quelle immense quantité d'eau sort de cette pierre, s'écria-t-il, à chaque instant je crois voir son cours cesser, et cependant il continue toujours avec autant de force et d'abondance. Qui donc a versé là dedans toute cette masse d'eau? et où en prend-on pour l'entretenir? Tu devrais l'épargner davantage et fermer cette ouverture, sans quoi tu finiras par n'en plus avoir.

Menrad lui répondit que cette eau coulait ainsi depuis autant de temps que le soleil éclairait de sa lumière, sans diminuer jamais, sans avoir jamais besoin qu'on la renouvelât. Il ajouta que tout le lac, qu'Henri avait pris d'abord pour un immense miroir, n'était que de l'eau, ce qui fut pour l'enfant un nouveau miracle.

L'ermite s'en fut avec son arrosoir, et commença à répandre de l'eau sur ses fleurs. — Mais que fais-tu donc là? s'écria Henri; tu abîmes tes fleurs; leurs belles couleurs vont passer. — Menrad répondit en souriant que les fleurs et les herbes, les épis et les vignes, les buissons et les arbres, qui ont aussi leur vie, avaient autant besoin d'eau que les hommes de boire. — Cependant, dit Henri, qui donc peut suffire à arroser toutes ces plantes? Qui donc peut monter au haut de ces montagnes pour arroser la cime de ces arbres?

— Tout cela est prévu, répondit le bon père, et tu l'apprendras peut-être plus tôt que nous ne le pensons, ajouta-t-il en regardant le ciel qui se voilait de nuages.

Bientôt, en effet, un gros nuage se forma au-dessus de la montagne; il creva, et une pluie, d'abord très-fine, tomba ensuite avec une grande force. Ce fut pour Henri un nouveau sujet de satisfaction.

— Mais c'est magnifique, dit-il; voilà qui t'épargne une peine énorme; ces gouttes tombent par milliers, avec une égalité parfaite, comme si elles sortaient d'un arrosoir. Mais qui a amené ce nuage, ainsi que tu appelles cette merveilleuse chose? Qui a porté de l'eau si haut? Comment se fait-il que ce nuage plane ainsi au-dessus de nous sans tomber sur notre tête. — Tu sauras tout cela, répondit Menrad. Et Henri continua de regarder le nuage jusqu'à ce que, s'étant complétement évaporé, le ciel fût redevenu bleu et clair comme auparavant.

Tout cet étalage de merveilles si inattendues avait ra-

pidement fait passer la journée à Henri. Mille choses
auxquelles l'habitude empêche les hommes de faire
attention : un papillon brillant posé sur une feuille de
rose, un petit escargot bariolé collé au tronc d'un arbre
ruisselant de pluie, les gouttes d'eau qui scintillaient
comme autant de diamants pendus aux feuilles des
arbres, une fauvette perchée sur une branche, et qui
voltigeait d'arbre en arbre, chantant sa douce chanson
du soir, les chèvres de l'ermite, qui revenaient de la
montagne, tout cela était pour l'enfant l'objet d'un ravissement incessant, et faisait naître mille questions qui
provoquaient mille réponses.

Enfin le soleil, au terme de sa carrière, sembla s'abî-
mer dans les eaux du lac. — Hélas ! s'écria Henri tout
effrayé, voilà la lampe du soleil qui s'éteint là-bas dans

l'eau ; elle disparaît, et
avec elle toute notre
joie. Quand même nous
allumerions notre lam-
pe, à quoi pourrait-elle
nous servir dans l'im-
mensité qui nous envi-
ronne ?

L'ermite le rassura.
— Ne crains rien, dit-il,
nous allons bientôt nous
coucher ; nous n'avons
nul besoin de lumière
pour cela ; nous ne se-
rons pas réveillés que
déjà le soleil aura re-
paru de l'autre côté,
entre ces deux monta-

gnes ; c'est ainsi qu'il décrit un cercle continuel, éclairant, échauffant tout, sans qu'il puisse s'arrêter un seul
instant.

X

Le petit Henri revint à ses anciennes questions, auxquelles le vieillard avait, à dessein, différé de répondre,
voulant jusqu'au bout exciter la vive curiosité de l'enfant.
— Mais qui donc est cause, demanda-t-il de nouveau, que
le soleil chemine toujours ainsi? et qui a bâti là-haut
cette magnifique voûte, et l'a si admirablement peinte
de bleu? Qui a renfermé dans le creux des rochers cette
masse énorme d'eau, qui coule ainsi si pure et sans
cesse? Qui dirige la course des nuages? qui leur permet
de nager si aisément dans les airs, et de se résoudre en
mille gouttes bienfaisantes qui viennent arroser les plantes altérées? Qui fait chanter aux oiseaux leurs vives
chansons? Qui a caché dans ces petits grains les fleurs et
les arbres, et qui les force de pousser, pour ainsi dire,
à la place et de la forme qu'on désire? Qui a étendu à
terre cet immense tapis de gazon et de fleurs? et qui
nous comble de tant de dons magnifiques et précieux?
Qui, enfin, est le grand ordonnateur de toutes ces
merveilles?

— Ainsi tu crois, dit le père Menrad, que quelqu'un
est l'auteur de tout cela?

— Certainement, dit Henri, j'en suis bien sûr. Celui
qui le nierait serait un sot. Les hommes de la caverne
travaillaient longtemps quand ils voulaient l'agrandir
seulement un tant soit peu. Un jour même elle menaçait
ruine, et ils eurent mille peines à l'étayer, et cependant,
à cette voûte immense qui s'étend sur nous, nous n'a-
percevons pas un seul pilier. Notre lampe de la caverne
ne s'allumait pas d'elle-même, et quand nous ne voulions pas rester dans l'obscurité, il nous fallait avoir
continuellement l'œil sur elle, et l'alimenter d'huile. Et

notre réservoir d'eau, il fallait aussi l'entretenir sans cesse, si nous ne voulions pas endurer la soif. Je sais tout ce qu'il faut de peine et de patience, et combien il faut avoir de bons yeux pour découper une fleur. Je comprends fort bien que la main de l'homme n'a pu créer toutes celles qui nous entourent. Je voudrais cependant connaître qui a fait tout cela.

Le moment était venu pour le vieillard de parler de la puissance de Dieu, de sa sagesse et de ses bienfaits, maintenant que l'enfant, ému de la grandeur, de la beauté et de l'ordonnancement de l'univers, manifestait le plus ardent désir de connaître enfin le sublime et divin auteur de toutes ces merveilles, qui venaient de saisir si fortement toutes les facultés de son âme. C'est avec un profond respect, de la voix la plus émue et les larmes aux yeux, que le vieillard dit à Henri qu'il avait raison, qu'il existait *quelqu'un* qui avait fait tout cela, et que cet être, infiniment puissant, infiniment sage et infiniment bon, qui avait créé cet univers, et à qui les hommes mêmes doivent la vie, s'appelle DIEU.

L'enfant avait éprouvé le matin, à la vue du soleil qu'il voyait pour la première fois s'élever dans les airs et inonder la terre de ses rayons d'or, une émotion et un sentiment d'admiration moins grands que ce qu'il éprouva aux paroles de l'ermite.

L'idée de Dieu éclaira souvent son âme comme un divin soleil, et, l'échauffant, lui fit paraître l'univers sous un jour bien plus beau, comme la manifestation des nombreux bienfaits d'un père rempli d'amour.

— Oui, mon enfant, ajouta Menrad, en voyant l'émotion de Henri, c'est Dieu qui a fait tout ce que tu vois. C'est lui qui a créé cette admirable voûte azurée que nous appelons le ciel. Il a allumé le soleil et tracé sa course éternelle; non-seulement il nous dévoile les œuvres du Créateur et nous éclaire pour nos affaires, mais c'est lui encore dont les rayons brûlants mûrissent les fruits comme le feu cuit nos aliments.

C'est Dieu qui a fait sortir les sources de la terre et

tomber du ciel les gouttes de pluie qui nous désaltèrent et rafraîchissent toute la nature. C'est lui qui a étendu sous nos pieds ce beau tapis de gazon et de fleurs; il a donné à celles-ci leurs brillantes couleurs et leurs suaves parfums. Il fait sortir du creux des sillons le grain qui nous fournit le pain, et croître sur les coteaux la vigne qui nous donne le vin, qui ranime nos forces. Il charge les arbres de fruits de toutes sortes, et il fait couler au fond des vallées verdoyantes des ruisseaux de lait, et le miel qui découle du creux des arbres et des rochers. Il a fait croître l'arbre qui nous protége de son ombre et nous chauffera de son bois. Il enseigne aux oiseaux les chansons qui nous charment; il a recouvert de laine l'agneau qui repose à tes pieds, et elle a servi à tisser l'étoffe de ton vêtement et du mien. Il pourvoit abondamment à tout ce qui est nécessaire à nos besoins et à notre subsistance. Il a donné à toutes les créations un aspect agréable, afin que, par le charme qu'elles nous procurent, nous l'aimions de toute notre âme; et qu'un jour nous puissions le rejoindre dans des régions bien plus belles que ce qui cause en ce moment ton admiration, et où nous jouirons d'un bonheur sans mélange. Quoique nous ne puissions pas l'apercevoir ici-bas, cependant il nous voit sans cesse, il connaît toutes nos actions, entend toutes nos paroles et sait jusqu'à nos plus secrètes pensées. Mais nous pouvons nous adresser à lui à toute heure du jour; il est l'arbitre suprême de toutes nos destinées. C'est lui qui t'a retiré de la caverne et qui a conduit vers moi les bras qui t'ont apporté ici. C'est notre plus grand bienfaiteur, notre meilleur ami; c'est, en un mot, notre tendre père.

Henri écoutait le pieux ermite avec le plus grand recueillement; son cœur s'emplissait d'une indicible émotion, et ses yeux ne quittaient pas un instant le vieillard. Pendant que Menrad discourait, la nuit les surprit sans que l'enfant y prît garde; la lune, qui d'abord semblait un petit nuage perdu dans l'espace, brillait alors de son éclat le plus pur, et planait, entourée de myriades d'étoiles éclatantes, au-dessus du lac, qui réfléchissait comme une glace polie les splendeurs du ciel. C'était comme un autre firmament, avec son astre nocturne et ses étoiles, et cette brillante immensité, répétée à l'infini, offrait la plus parfaite image de l'infinie éternité. Les vents retenaient leur haleine et n'agitaient aucune feuille des arbres; toute la nature était dans un solennel silence.

Un sentiment nouveau et profond, celui de l'adoration et de la prière, s'empara alors du cœur de Henri, et il reconnut à cette manifestation la présence de Dieu. A cet instant, le vieillard joignit les mains avec ferveur et prononça à voix lente une prière que Henri répéta mot à mot en imitant l'humble posture de l'ermite. Ce fut la première prière que l'enfant adressa au ciel. La pensée que Dieu, que jusqu'alors il avait ignoré, l'avait comblé de tant d'incomparables bienfaits, lui arrachait de brûlantes larmes de reconnaissance, et lorsque le vieillard eut achevé son oraison, il entendit avec bonheur Henri ajouter : — Je te remercie encore, mon Dieu ! de m'avoir tiré de la sombre caverne pour me conduire près de ce digne homme qui m'a instruit de ta puissance et de tes bontés.

Le père Menrad prit l'enfant par la main et ils rentrèrent à la cabane. Il y fit à Henri un lit de mousse

tendre qu'il recouvrit d'un tapis ; son manteau lui servit
de couverture.

XI

UN VOYAGE DANS LA MONTAGNE.

Le père Menrad garda Henri près de lui tout l'été pour
l'instruire encore davantage et le corriger de quelques
mauvaises locutions et de quelques pernicieuses habitudes qu'il avait contractées dans l'affreuse société au
fond de laquelle il avait vécu jusque-là. Il pensait aussi
qu'une nourriture saine et l'air pur des montagnes ren-
draient à l'enfant la santé que son séjour souterrain avait
profondément altérée, et que ses parents n'en éprouve-
raient que plus de joie en le revoyant. Bientôt, en effet,
Henri reprit ses couleurs fraîches et éclatantes comme
celles de la rose qui s'épanouit au soleil du matin.

Vers le milieu de l'automne, le père Menrad résolut,
lui qui avait longtemps parcouru le monde et visité beaucoup de villes, de reprendre son bâton de voyage et de
retourner parmi les hommes pour rechercher les parents
de Henri.

Il allait trouver le père du jeune pâtre qui avait amené
l'enfant, pour prier de le recevoir chez lui jusqu'à son
retour. C'était un homme pieux et droit qui demeurait
dans le fond de la montagne. Il accéderait facilement
aux propositions du vieillard.

L'étoile du matin avait à peine disparu, que le vieillard réveilla l'enfant et le conduisit à la chapelle où ils
adressèrent à Dieu une fervente prière pour qu'il bénît
leur voyage. Puis, après avoir déjeuné et s'être muni de
provisions pour la route, Menrad se mit en marche accompagné de Henri, qui ne pouvait contenir sa joie. Ils
suivirent des sentiers qui n'étaient connus que des bergers alpins ou des chasseurs de chamois.

Vers midi, ils arrivèrent à des rochers escarpés au haut desquels broutait un troupeau de chèvres. Ils s'assirent à leur ombre pour se reposer un instant et prendre une légère collation.

Le petit pâtre qui était préposé à la garde du troupeau de chèvres s'approcha du père Menrad et lui baisa la main. A sa vue Henri sauta d'étonnement en s'écriant : — Tiens ! un enfant comme moi ! Oh ! qu'il est beau ! Je ne savais pas qu'il existât d'autres enfants que moi ; je me croyais seul sur la terre. Oh ! n'est-ce pas que tu vas venir avec nous ? — Le pâtre s'offrit à porter la besace de l'ermite. Ils cheminèrent donc ensemble, et Henri était si heureux de causer avec son nouveau compagnon qu'il ne donna aucune attention au pays qu'il parcourait, ni à ce qu'il pouvait trouver de remarquable sur la route.

Bientôt ils arrivent dans un petit vallon verdoyant entouré de hauts rochers. Un troupeau de moutons, qui appartenait précisément au paysan chez lequel se rendait Menrad, y paissait tranquillement.

Henri prit une joie très-grande à voir quelques agneaux qui n'étaient nés que depuis peu de jours ; il les accablait de caresses, leur prodiguant les noms les plus doux.

Cependant Menrad s'enquit du pâtre qui gardait le troupeau, et après quelques recherches il aperçut assise sous la saillie d'un rocher au pied duquel coulait une source pure, une jeune fille qui tenait dans une de ses mains une houlette, et dans l'autre, à son grand étonnement, un livre dont la lecture paraissait l'absorber. Il l'aborda. Elle était vêtue d'une robe blanche et portait pour coiffure un chapeau vert. Son visage était très-doux, mais une profonde mélancolie se peignait sur ses traits.

Elle n'avait jamais vu le père Menrad, mais elle le reconnut aussitôt d'après la description qu'on lui en avait faite ; elle se leva donc avec empressement et le salua respectueusement et avec toutes les marques d'une grande vénération.

Menrad lui dit : — Il n'y a pas longtemps que tu gardes ce troupeau ; car j'ai vu son propriétaire dernièrement, et il ne m'a pas parlé de toi. — Elle répondit qu'elle gardait les chèvres dans la montagne depuis plusieurs années déjà, mais qu'elle n'était au service de son nouveau maître que depuis trois jours. — D'où es-tu donc, poursuivit l'ermite, et pourquoi cette tristesse où je te vois plongée ? — La pauvre fille éclata alors en sanglots. — Hélas ! dit-elle, je suis née loin d'ici. Une négligence de jeunesse m'a plongée dans le plus affreux malheur. J'étais au service de maîtres excellents ; un jour, je laissai un instant seul leur unique enfant : cet instant suffit à des brigands pour l'enlever. Le désespoir et le remords ne me permirent pas de demeurer plus longtemps près de ma bonne maîtresse ; je me réfugiai dans les montagnes pour fuir sa douleur et ses regards. Je vis dans la solitude et tous les jours je prie Dieu de permettre que le malheur que j'ai causé soit réparé, que l'enfant renaisse au jour et que l'immense douleur de sa mère se convertisse en allégresse. Dieu sans doute aura pitié des larmes que je verse et que lui seul, avec les rochers qui m'entourent, voit répandre.

Le vieillard lui dit avec émotion : — Je crois que Dieu a enfin exaucé ta prière. — Il prit alors le portrait de la mère de Henri, que par précaution il avait emporté, et, le montrant à la jeune fille, il lui demanda : — Connais-tu ce portrait? — La jeune fille jette un cri perçant que lui arrachent l'étonnement et la joie. — Mon Dieu ! s'écrie-t-elle, c'est le portrait de la comtesse d'Eichenfels, la mère de l'enfant enlevé !

L'exclamation de la jeune fille parvint jusqu'à Henri, qui accourut avec empressement. Il regarda avec curiosité cette nouvelle figure et lui dit avec l'accent de la commisération : — Pourquoi pleures-tu et que te manque-t-il? Tu as faim peut-être ? Tiens, voilà mon pain et deux pommes, mange.

Mais l'ermite dit à la jeune fille : — Regarde, voici l'enfant qui a été enlevé en même temps que ce portrait. —

La joie pensa suffoquer un instant la pauvre fille; elle tombe à genoux et, levant au ciel ses mains jointes, elle s'écrie : — Tu as exaucé, Dieu bon et miséricordieux, la fervente prière que je t'adressais jour et nuit. Oh! lis dans mon cœur combien il y a de reconnaissance, car je ne saurais l'exprimer. — Puis elle accable l'enfant de caresses et l'arrose de larmes. — Que Dieu te bénisse, mon cher Henri, lui dit-elle; il t'a donc rendu à notre amour! Mais est-ce bien toi, et ne rêvé-je point?... Oui, oui! c'est toi! tu ressembles à ton père comme une goutte de rosée à une autre. Oh! quelle sera la joie de ta mère! Mais réjouis-toi donc, Henri, nous allons retrouver tes parents !

Le père Menrad essuya une larme et dit : — Sois bénis, ô mon Dieu! ta providence a veillé avec sollicitude sur cet enfant. Tu as essuyé les larmes de cette jeune femme qui ne s'est pas lassée d'en répandre. Tu rends à ses parents un fils bien-aimé, tu as couronné de succès mes premiers pas, et tu m'as épargné, à moi, pauvre vieillard, de longues et pénibles recherches; que ton nom et ta miséricorde soient bénis à jamais !

L'ermite se rendit alors, accompagné de Marguerite et de Henri, à la cabane des braves paysans, qui n'était pas à plus d'une demi-lieue de là. Le petit gardien de chèvres se chargea pendant ce temps de veiller au troupeau.

— Est-ce là mon père et ma mère? demanda Henri en voyant arriver le paysan et sa femme, le visage épanoui. Il eut quelque chagrin d'apprendre le contraire. — Ils sont si affables! disait-il; mon père et ma mère ne peuvent l'être davantage, et je serais volontiers resté avec eux.

Nos voyageurs s'arrêtèrent quelques moments dans la maison du paysan, pour y prendre quelques rafraîchissements, puis ils se remirent en route, accompagnés du jeune pâtre, fils de l'honnête paysan. Vers le soir, ils parvinrent au bas des montagnes, et ils entrèrent dans une large vallée où Henri ne vit pas sans un grand éton-

nement les groupes nombreux de maisons qui formaient
un village. Le lendemain, dès l'aube, ils montèrent dans
un chariot de campagne, dont la conduite fut confiée à
l'adresse du jeune pâtre, et ils cheminèrent dans l'espoir
d'être à Eichenfels sous trois jours au plus.

XII

UNE RENCONTRE IMPRÉVUE.

Le premier jour du voyage se passa sans accident. Le
mouvement de la voiture, le grand nombre de villages,
de châteaux et de hameaux qui semblaient fuir devant
eux, causaient à Henri une joie indicible, et, à chaque
château qu'il apercevait sur les hauteurs, il demandait
si ce n'était pas encore Eichenfels.

Cependant vers le soir du second jour, ils arrivèrent
à un bois épais ; le chemin était si mauvais qu'on avait
peine à y passer. De plus, il survint une tempête effroyable, et la pluie tomba par torrents ; la nuit les surprit, et
bientôt ils ne virent plus autour d'eux.

Ils furent obligés de chercher un refuge au milieu de
la forêt, dans une auberge très-redoutée des voyageurs,
à cause des entreprises des brigands. Cependant ils se
firent servir à souper, et allèrent se coucher. La fatigue
les endormit bientôt profondément ; Menrad seul, qui
avait fait placer le lit de Henri dans sa chambre, resta
levé ; il s'agenouilla devant une table sur laquelle brûlait
une bougie, et jusqu'à minuit il lut et pria.

Tout à coup un grand bruit se fait entendre dans la
maison ; plusieurs voix rudes et rauques vociféraient, et
l'on frappa avec violence à la porte. Tous les habitants de
la maison furent réveillés en sursaut. Le père Menrad
sortit de sa chambre. — Ah ! mon Dieu ! lui dit Margue-

rite en l'apercevant, je crains que ce ne soient les brigands qui veulent nous enlever de nouveau le jeune
comte !... Le vieillard lui imposa silence et descendit.
Les aubergistes étaient eux-mêmes très-effrayés, et dé-
clarèrent qu'ils n'osaient ouvrir. Cependant les coups
redoublaient de violence, et il était à craindre que la
porte ne cédât bientôt à ces efforts.

Menrad, qui était un homme plein de courage, dit :
— Cette porte ne peut nous garantir ; mais Dieu sera notre
défenseur et notre appui ; nos destinées reposent en lui.
Voyons si, par la douceur, nous ne pouvons pas nous
arranger avec ces gens.

Il ouvrit la porte, et aussitôt quatre hommes robustes,
armés de pied en cap et portant de longues barbes, entrèrent insolemment, éclairés par une torche que portait
l'un d'eux. — Nous venons nous emparer de toutes les
chambres de la maison, dirent-ils ; notre maître va arriver avec toute sa suite, et il n'aura pas trop de la maison
entière. — Menrad leur demande quel est leur maître, et
leur réponse le plonge aussitôt dans un grand et agréable étonnement. C'était le comte Frédéric d'Eichenfels,
père d'Henri. Le comte, suivant le récit de ses gens, n'a-
vait pas voulu abandonner l'armée après la guérison de
sa blessure, et il avait continué de combattre jusqu'à ce
que l'ennemi fût forcé de demander la paix. Elle venait à
peine de se conclure, et le comte était en route pour son
château, avec le peu de ses guerriers qui avaient échappé
au fer des Turcs.

La nouvelle de la conclusion de la paix mit tout le
monde en joie ; chacun s'empressa de servir ces braves
guerriers. Ceux-ci se montrèrent reconnaissants et chagrins de l'entrée inconvenante qu'ils avaient faite. — Par
une telle tempête, dirent-ils, il est pardonnable à un soldat de ne pas vouloir attendre trop longtemps à la porte
d'une maison qu'il rencontre au milieu d'une pareille
nuit. — Ils ajoutèrent qu'il se seraient certainement éga-
rés dans cette sombre forêt, sans trouver la maison, s'ils
n'avaient aperçu, comme un phare libérateur, la lu-

mière de Menrad, qui leur indiquait le vrai chemin.

Cette petite particularité, que la lumière devant laquelle Menrad avait veillé si tard avait dirigé la marche du comte vers l'auberge, causa une vive émotion au pieux vieillard, qui était habitué à voir le doigt de Dieu dans toutes choses, et il remercia du fond du cœur la divine providence du secours qu'elle venait de lui donner.

XIII

JOIE D'UN PÈRE.

Le comte arriva bientôt. C'était un homme d'une taille élevée; ses traits étaient d'une douceur et d'une noblesse extrêmes, et ses manières pleines de bienveillance. Il pria le vieil ermite de partager sa chambre, ordonna d'apporter un flacon du meilleur vin, versa à Menrad la première rasade, et but à sa santé en trinquant à l'ancienne mode allemande.

— Je vous salue de cœur, vénérable père, dit le comte. Se reposer sous un toit et dans une chambre chaude, après un long voyage et la tourmente qui nous a assaillis, est un bonheur inappréciable. Et cependant j'éprouve plus de joie encore, et mon cœur est plus satisfait à l'aspect de votre personne, où se marque tant de piété, de bienveillance et de sérénité. Aussi j'éprouve le besoin de vous offrir mon âme tout entière. Tous mes gens, comme vous le voyez, sont joyeux et contents, de retrouver, après tant de fatigues et de dangers, leur patrie bien-aimée. Mais moi, qui les y ramène, et c'est une chose assez commune en ce monde, je suis seul triste parmi eux. Je crains que, chez moi, tout n'aille pas comme je le désirerais. Je n'ai point d'inquiétude sur la santé de la comtesse; mais toutes mes terreurs sont pour mon fils unique. Depuis longtemps mon épouse ne m'a rien écrit de certain à son égard, et, dans sa dernière lettre, elle me fait redouter de ne le plus voir en ce monde.... Vous connaissez beaucoup de chevaliers, père Menrad, car vous avez été vous-même, dans un temps, un vaillant guerrier. Vous voyagez en ce moment, et sans doute vous avez parcouru beaucoup de pays des environs. Ne sauriez-vous point me dire ce qui se passe à Eichenfels ? Si vous ne pouvez pas me donner de nouvelles favorables, accordez-moi au moins quelques consolations.

A ces mots, la figure du vieillard s'épanouit, et il répondit d'un air tout joyeux : — Je puis, à cet égard, vous donner les meilleures assurances. Votre fils se porte à merveille, et c'est bien le plus charmant enfant que j'aie vu de ma vie. — Vous le connaissez ? dit le comte avec une émotion visible. — Oh ! beaucoup ; et cependant il s'est passé bien des choses à son égard pendant que vous étiez à l'armée. — Là-dessus l'ermite raconta, au grand étonnement du comte, tout ce qu'il savait de l'histoire de Henri, et il lui montra, pour plus de certitude, le portrait de la comtesse. — Oh ! c'est bien elle, dit le comte ; cela lui ressemble parfaitement. Hélas ! a-t-elle conservé ce teint et ces grâces ? La douleur ne les a-t-elle pas altérés?... Mais où donc est mon fils, maintenant ? — Ici même, dans cette maison, dit Menrad. — Ici !.. s'écria le comte, et il se leva avec une telle précipitation, qu'il renversa son siége ; ici ! et pourquoi donc, bon père, ne m'avez-vous pas dit cela plus tôt. Oh ! menez-moi tout de suite auprès de lui.

L'ermite prit la bougie qui se trouvait sur la table, et le comte le suivit dans la chambre de son fils. L'enfant dormait du sommeil profond de l'innocence, et son aspect était beau comme celui d'un ange. Son père ne pouvait assez le considérer à la lumière de la bougie. — On a bien raison de dire, remarqua Menrad, que c'est pendant le sommeil que Dieu envoie le bonheur à ses enfants. — Les yeux du comte se mouillèrent de larmes. — Mon Dieu ! dit-il, quand je partis pour la guerre, c'était un petit enfant pleureur, et maintenant c'est un gracieux garçon. O ma tendre et bien-aimée épouse! à cette heure, je comprends tes lettres, et je te remercie du fond du cœur du ménagement que tu as mis à m'épargner le plus mortel chagrin. Henri, mon cher Henri, s'écria-t-il en prenant l'enfant par le bras, et l'embrassant avec tendresse, Henri, réveille-toi, regarde, voici ton père. — Henri se frotta les yeux, regarda le comte, et put à peine se réveiller entièrement. — C'est toi ! dit-il enfin plein de joie, et avec le plus doux sourire. Que Dieu te bénisse, ô le plus aimé des pères ! Ma mère est-elle avec toi ?

Le comte prit Henri dans ses bras, et l'inonda de larmes de tendresse. — C'est la Providence divine qui t'a miraculeusement sauvé, mon cher enfant. Je ne puis assez remercier Dieu de t'avoir rendu à mon amour. — Et moi non plus, dit Henri, car Dieu est bien bon, et il se montre à notre égard bien grand et bien généreux, puisqu'il nous comble de tant de bonheur.

Le comte était dans le ravissement, et lorsque Henri, tout à fait éveillé, eut repris toute sa vivacité, le charme que causèrent à son père son esprit naturel, ses réponses et ses reparties, est impossible à décrire. — O Menrad, dit-il au vieillard, que de remercîments je vous dois ! Tout mon comté est trop peu pour vous récompenser des soins que vous avez donnés à mon fils.

Marguerite était entrée dans la chambre, et se tenait à l'écart, n'osant avancer. Le comte lui parla avec bonté, lui tendit la main et ranima son courage par sa bonté. — Mais les brigands, ajouta-t-il avec indignation, expieront cruellement leurs forfaits. — Aussitôt il donne l'ordre aux plus courageux de ses gens de se mettre à la recherche de leur repaire, et de les amener pieds et poings liés à Eichenfels ; puis il se mit à causer de nouveau avec son fils, et serait resté toute la nuit avec lui, si Menrad ne lui eût représenté qu'ils avaient tous besoin de repos pour pouvoir, de bon matin, reprendre, dispos, la route d'Eichenfels.

XIV

LA MÈRE CONSOLÉE.

Pendant ce temps, la bonne et noble comtesse passait dans l'amertume et dans les larmes une vie que chaque jour rendait plus douloureuse. Elle avait appris la nouvelle de la paix, et espérait revoir bientôt son époux. Elle répandit de nouveaux pleurs. — Hélas! dit-elle, je suis bien malheureuse! Ce qui cause partout une joie universelle, est pour moi un effrayant sujet de peine. La femme du dernier soldat se réjouit de son retour, et quand je pense au chagrin qui attend le comte, ce n'est qu'avec terreur que je vois s'avancer le jour de son arrivée; comment pourrai-je lui apprendre l'affreux malheur arrivé à notre enfant? Mon Dieu! il n'est plus de bonheur pour nous sur la terre!

L'anxiété la suivait partout et lui ravissait tout repos; elle allait d'une chambre à l'autre, à la chapelle du château, au jardin, et partout elle élevait son âme à Dieu; elle ne trouvait un peu de calme que dans la prière et dans la conviction que Dieu disposait des destinées des hommes et que lui seul savait changer en joies ineffables les plus grandes afflictions.

— Bon Dieu, s'écria-t-elle un jour que, retirée dans l'endroit le plus obscur de son jardin, elle avait pleuré abondamment et longtemps prié, bon Dieu! aie donc enfin pitié de moi, aie pitié de mon époux, mets une fin à ma cruelle anxiété; seul tu en as la puissance. Oh! permets que notre prochaine entrevue se passe dans la joie. Tu as cru devoir, dans ta sagesse, séparer et éloigner l'un de l'autre les parents et l'enfant; rends-nous maintenant notre fils, et permets que nous nous réunissions encore une fois tous trois. Tu as déjà séché bien des larmes; sèche aussi les miennes, car tu es tout miséricorde et tu te complais à changer le chagrin en joie. O mon Père ! mon Père ! mon tendre Père ! quelque pécheresse que je sois, je n'en suis pas moins ta fille, je puis te prodiguer ce doux nom, c'est ton Fils bien-aimé qui nous a enseigné à te le donner et à te nommer ainsi dans nos plus grandes afflictions. Certes tu m'aimes bien plus que je ne puis moi-même chérir mon enfant : écoute donc, exauce ma prière, et n'abandonne pas ta fille, et ton enfant, qui n'a d'autre appui, d'autre consolation que toi !

Tandis qu'elle priait ainsi, elle entend un bruit de pas. Elle lève les yeux, et quelle n'est point sa surprise en apercevant Marguerite, qui venait d'arriver avec les autres voyageurs, et qui suivait la longue allée conduisant au bosquet où elle se trouvait.

Un éclair d'espoir traversa aussitôt l'esprit de la pauvre mère lorsqu'elle reconnut la jeune fille et qu'elle remarqua son visage rayonnant, qui lui parut celui d'un ange du ciel. —Noble et bonne comtesse, dit Marguerite, je vous apporte les plus heureuses nouvelles de votre cher Henri ; il vit, et bientôt il sera dans vos bras. —Ces paroles étaient à peine prononcées que Menrad entrait dans le bosquet pour préparer la comtesse au retour de son époux et de son fils. En homme sage, il mettait une prudence consommée dans toutes ses actions. La comtesse était au comble du bonheur de retrouver, en un même jour, un époux et son fils. Elle conduisit l'ermite dans l'appartement qu'elle occupait autrefois avec son fils.

A peine en ouvrait-elle la porte que le comte accourut au-devant d'elle avec Henri. Sa joie était si forte qu'elle ne put prononcer que ces mots : —O mon époux ! ô mon fils ! et elle tomba dans les bras du comte. Elle resta longtemps muette, arrosant des plus douces larmes tantôt le visage du comte, tantôt celui de son fils. —Maintenant je puis mourir contente, dit-elle enfin, puisque Dieu m'a accordé cet immense bonheur. Avec quelle merveilleuse sagesse il fait toute chose ! Je tremblais, mon cher époux, d'aller à ta rencontre sans notre tendre enfant, et c'est toi

qui me le rapportes à notre première entrevue! Mon Dieu,
pourrai-je trouver dans ma vie assez d'actions de grâces
pour te remercier d'avoir mis la joie sur tous les visages
où régnait la tristesse! Je ne veux plus désormais avoir de
douleur, puisque tu sais si bien l'anéantir et mener tout à
bien. Quel beau garçon tu es devenu, mon Henri, et quelle
heureuse réunion la miséricorde divine nous a réservée
à tous trois. Tous trois il nous avait séparés, et maintenant il nous rassemble par un des effets de sa toute-puissance. Que pour lui soient toutes nos louanges et tout
notre amour!...

Tous trois pleurèrent de précieuses larmes de joie et
de reconnaissance, partagées par Marguerite et le père
Menrad, qui ne pouvaient se soustraire à l'émotion de ce
tableau.

Après que ces premiers moments de bonheur furent
passés, Henri raconta son histoire à sa mère. Son récit,
fait avec vivacité et simplicité, arracha souvent à la comtesse des larmes ou des sourires. Il dit surtout avec chaleur le moment où, pour la première fois, il entra dans
le monde en sortant de la caverne, à travers la fissure des
rochers. Ce fut avec plus d'émotion encore qu'il parla de
l'instant où Menrad l'entretint pour la première fois de
Dieu et de ses œuvres, et, en pensant à cette époque à jamais mémorable dans sa vie, les sanglots étouffaient sa
voix.

— Vraiment, dit le comte, je suis presque aux regrets
de n'avoir pas aussi passé mon enfance dans une pareille
caverne. Nous sommes trop habitués aux magnificences
de la divinité pour en connaître tout le prix et toute la
beauté.

Oh! si nous pouvions, comme Henri, apercevoir tout
à coup les merveilles de Dieu avec l'œil d'une intelligence
exercée, quel effet produiraient sur nous toutes ses œuvres! Bon Dieu! combien nous étonnerait ta création,
combien ta sagesse nous paraîtrait grande et combien tes
bienfaits nous rempliraient de reconnaissance et d'admiration! à l'aspect de ton beau ciel et de cette terre rem-

plie de merveilles, notre cœur se pénétrerait d'indicibles sentiments d'amour.

La comtesse ajouta : — Ce que Henri a éprouvé en sortant de la caverne, et en assistant pour la première fois au spectacle de l'univers, nous l'éprouverons à notre tour lorsque nous quitterons cette vie terrestre pour retourner au ciel ; car, de même que tous les jouets qu'on avait donnés à Henri dans la caverne et auxquels il prenait tant de plaisir, tels que ses fleurs, ses moutons, ses arbres, etc., n'étaient qu'une pâle et bien faible copie des chefs-d'œuvre de la création, de même toutes les beautés et toutes les joies de ce monde peuvent bien n'être que l'ombre des félicités et des magnificences qui nous attendent au ciel. Il n'y a qu'un bonheur qui puisse se comparer à ces joies : c'est celui de revoir, après une longue et douloureuse absence, ceux que l'on aime, et je me trouve en ce moment si heureuse de notre réunion, que je me crois presque déjà transportée au ciel.

Le vénérable vieillard dit à son tour : — Les sentiments que viennent d'exprimer le comte et la comtesse sont beaux et élevés. Cependant la meilleure leçon que nous devons tirer de l'histoire de Henri est celle-ci : La sagesse, la bonté, la toute-puissance et la miséricorde de Dieu se manifestent si clairement en présence du ciel et de la terre, qu'un enfant même peut s'en apercevoir et reconnaître Dieu dans sa création.

--- --- --- --- --- ---

XV

RÉCOMPENSE DU BIEN, PUNITION DU MAL.

Quelques jours après ces événements, les gens du comte arrivaient à Eichenfels avec la bande de brigands qu'ils avaient eu le bonheur de surprendre réunis dans la caverne. Les brigands marchaient enchaînés deux à deux ; la troupe était suivie d'une voiture pleine de coffres où se

trouvaient entassées une quantité de choses précieuses
qui avaient été dérobées; au-dessus de tous ces bagages
on avait placé la vieille bohémienne.

Les brigands n'avaient pas cherché longtemps l'enfant
évadé; car, en voyant la porte de fer soigneusement fermée, et ignorant l'ouverture des rochers par où il était
sorti, et dont ils ne soupçonnaient pas l'existence à cause
de la grande galerie obscure qui y conduisait, ils crurent
que Henri était tombé dans un des précipices de la montagne, ou qu'il avait été enseveli par quelque éboulement.

Ils furent donc bien stupéfaits lorsque, en arrivant à
Eichenfels, ils virent, à la porte du château, le jeune
comte entre son père et sa mère. Ils ne pouvaient comprendre comment il avait passé par la porte de fer.

— Nous nous imaginions, dit le chef de la bande avec dépit, que personne au monde ne nous le disputerait en
courage et en habileté, et il faut que ce soit un enfant

qui nous livre et nous fasse tous charger de fers ; c'est désolant ! Maintenant je reconnais ce que je n'avais jamais voulu croire : quand un voleur est mûr pour la corde, arrive l'archer qui l'y mène.

Le musicien au tympanon, qui se trouvait auprès de lui, disait à part lui : — Nous avions enlevé cet enfant pour qu'il pût un jour nous servir d'otage et de rançon, et voici que c'est précisément ce même enfant qui cause notre perte. Il paraît cependant qu'ils ont raison, les gens qui disent que celui qui fait le mal trouve toujours, à la fin, qu'il s'est trompé dans ses calculs.

Le jeune homme qui seul avait montré quelque bonté pour Henri, et dont le  cœur n'était pas entièrement corrompu, s'écria : — La Providence a permis que cet enfant échappât, et je me réjouis de ce qu'il existe, quoique sa vie cause ma mort. Dieu montre par là qu'il sait protéger l'innocence et punir le crime ; et maintenant se réalise ce que me disait toujours ma mère : Quand même le coupable chercherait un refuge dans les entrailles de la terre, la vengeance de Dieu saurait toujours l'atteindre.

Lorsque Henri aperçut ce jeune homme enchaîné au milieu des autres brigands, son cœur s'émut, et il pria avec instance son père de vouloir bien pardonner à celui qui lui avait montré tant de bonté et témoigné tant d'intérêt. Le comte répondit qu'il ne pouvait rien promettre pour le moment, mais qu'il le traiterait avec le plus d'indulgence qu'il pourrait.

Comme il se trouvait que le jeune homme n'avait jamais versé de sang, et qu'il avait plutôt servi de domestique aux brigands que partagé leurs crimes, il sauva sa tête ; mais il fut condamné à une prison perpétuelle.

Le comte commua cette peine, et décida que jusqu'à ce qu'il eût donné des preuves évidentes de son repentir et de son retour à une bonne vie, il serait placé dans une maison de correction, dont il pourrait sortir alors pour rentrer dans sa famille.

— Tu vois, lui dit le comte, lorsqu'on l'emmena, que tout bien est récompensé de même que tout mal est puni. Tu n'as qu'à rendre grâces à ton amitié pour mon fils de l'adoucissement de ta peine, et je veux reporter à ta mère le bien que tu as fait à Henri. Conduis-toi de manière à mériter ton pardon, et bientôt, peut-être, tu pourras la rejoindre.

Les autres brigands reçurent le salaire de sang que méritaient leurs sanguinaires actions. La bohémienne fut enfermée pour le reste de ses jours. On rendit aux propriétaires que l'on put retrouver le fruit de leurs nombreuses déprédations, et le comte fit construire un hospice d'orphelins avec le produit du reste. Marguerite resta, comme auparavant, au service de la comtesse, et retrouva des jours heureux après d'aussi longs chagrins.

Georges, le jeune jardinier, que l'on s'était vu obligé de chasser depuis longtemps du château à cause de sa légèreté, de son intempérance, s'adonna à toutes sortes de déréglements, et après avoir consumé ainsi ses plus belles années dans l'inconduite et la débauche, il mourut misérablement. Le jeune pâtre de la montagne retourna chez son père comblé des présents du comte.

Celui-ci aurait bien désiré de garder le père Menrad près de lui ; le vieillard demeura en effet quelque temps au château ; mais bientôt il reprit le chemin de son ermitage sans vouloir aucunement changer sa cabane contre un château. — Je veux, répondait-il à toutes les sollicitations du comte et de sa famille, je veux consacrer le reste de mes jours au service du Seigneur, et je ne crois pas que je puisse mieux le faire que dans mon ermitage. J'ai assez vécu parmi le monde pour savoir ce qu'il est, et nous préparer pour une vie meilleure est ce que nous pouvons faire de plus raisonnable dans celle-ci.

Le vénérable vieillard bénit, en partant, le comte, la comtesse et leur fils, qui ne voulait pas le quitter. Cette heureuse famille reconduisit le bon père jusqu'à la voiture qui l'attendait à la porte d'honneur. Il y monta, et saluant une dernière fois ses hôtes, il leur adressa avec émotion ces paroles, qu'ils conservèrent longtemps dans leurs cœurs : — Portez-vous bien ; que la paix du Seigneur vous accompagne ; nous nous reverrons au ciel.

TABLE DES MATIÈRES

FIN DE LA TABLE.

Corbeil, typ. et stér. de Crête.